※ | SCHERZ

W0002342

PETER JAMES

DER ABSOLUTE BEWEIS

THRILLER

Aus dem Englischen
von Irmengard Gabler

SCHERZ

Aus Verantwortung für die Umwelt hat sich der S. Fischer Verlag zu einer nachhaltigen Buchproduktion verpflichtet. Der bewusste Umgang mit unseren Ressourcen, der Schutz unseres Klimas und der Natur gehören zu unseren obersten Unternehmenszielen.

Gemeinsam mit unseren Partnern und Lieferanten setzen wir uns für eine klimaneutrale Buchproduktion ein, die den Erwerb von Klimazertifikaten zur Kompensation des CO_2-Ausstoßes einschließt.

Weitere Informationen finden Sie unter: www.klimaneutralerverlag.de

Deutsche Erstausgabe
Erschienen bei FISCHER Scherz

Die englische Originalausgabe erschien 2018
unter dem Titel »Absolute Proof« bei Macmillan,
an imprint of PanMacmillan, London.
© Really Scary Books/Peter James 2018

Für die deutschsprachige Ausgabe:
© 2020 S. Fischer Verlag GmbH, Hedderichstraße 114,
D-60596 Frankfurt am Main

Lektorat: Claudia Jürgens, Berlin

Satz: Dörlemann Satz, Lemförde
Druck und Bindung: CPI books GmbH, Leck
Printed in Germany
ISBN 978-3-651-02577-6

Dem verstorbenen Harry Nixon gewidmet

Ein Brief des Autors

Geschätzter Leser, geschätzte Leserin,

da ich den Roman, den Sie nun lesen werden und mit dem ich schier unglaubliche 29 Jahre schwanger ging, aufregender finde als alles, was ich je geschrieben habe, möchte ich ihn Ihnen persönlich vorstellen!

Das Buch ist wie meine Roy-Grace-Romane temporeich und voller überraschender Wendungen, ein internationaler Thriller, der sich zwischen dem Vereinigten Königreich, Amerika, Ägypten und Griechenland bewegt. Der Protagonist Ross Hunter ist ein Enthüllungsjournalist – eine Rolle, die der eines Detektivs nicht unähnlich ist –, und eine Episode des Buches spiegelt eine Begebenheit wider, die ich 1989 selbst erlebt habe, als eines Nachmittags aus heiterem Himmel ein älterer Herr bei mir anrief.

Er sei nicht etwa geisteskrank, versicherte er mir. Er sei während des Krieges Pilot gewesen und mittlerweile ein pensionierter Akademiker. Er könne den endgültigen Beweis erbringen, dass Gott existiert, und habe von einem Vertreter Gottes erfahren, der Autor Peter James könne ihm dabei helfen, ernst genommen zu werden.

Da mich die Frage interessierte, wie sich die Existenz Gottes endgültig beweisen ließe, reichte ich sie weiter an einen modern eingestellten Bischof, mit dem ich befreundet bin. Für die meisten Gläubigen aller Religionen sei der Beweis der Feind des Glaubens, sagte er mir, und würde jemand behaupten, die Existenz Gottes glaubhaft beweisen zu können, wäre er höchstwahrscheinlich seines Lebens nicht mehr sicher – denn wessen Gott wäre es denn? Es käme zu Spaltungen innerhalb der christlichen, jüdischen und islamischen Glaubenssysteme, und Nationen wie China würden sich gewiss ungern einer höheren Macht beugen.

Und da ging mir ein Licht auf! Mir war klargeworden, dass diese Geschichte das Potenzial für einen spannenden Thriller hatte, den die Leserinnen und Leser einfach nur als aufregende Achterbahnfahrt genießen können, oder sie nutzen die Gelegenheit, sich mit der größten Frage der Menschheit auseinanderzusetzen ...

Peter James

1

Januar 2005

Die Bar in Downtown-Los Angeles war ein Loch und passte demnach ausgezeichnet zu Mike Delaneys gegenwärtiger Stimmung. Er setzte sich auf einen freien Hocker zwischen einem Pärchen mittleren Alters, das rechts von ihm eine Runde Mandelhockey spielte, und einem Betrunkenen in Holzfällerhemd, Jeans und Arbeitsstiefeln, der zu seiner Linken mürrisch über seinem Glas Bourbon brütete.

Delaney setzte sich auf das zerschlissene Lederpolster, machte den Barmann auf sich aufmerksam und bestellte ein Bier. Über der Bar war ein Fernseher an die Wand montiert, in dem verschwommen, jedoch in voller Lautstärke ein Football-Spiel lief, obwohl kein Mensch hinsah. Der Betrunkene linste ihn aus blutunterlaufenen Augen an, die an Nacktschnecken erinnerten.

»Ich kenn dich!«, lallte er. »Du bist doch der Typ aus dieser Show, oder? Ist schon 'ne Weile her? Du bist das doch, oder?«

Er bekam sein Bier hingestellt. »Zahlen Sie bar oder mit Karte?«, fragte der Barmann.

»Mit Karte, bitte.«

»Haben Sie denn eine Kreditkarte?«

So ein Lokal war das.

Er zog die American Express aus der zerfransten Brieftasche und legte sie auf den Tresen. Der Barmann nahm sie an sich.

»Mickey der Magier, stimmt's?«, lallte der Betrunkene. »Du warst im Fernsehen.«

»Sie erinnern sich an die Show?«

»Ja. Na klar. Sie war beschissen.

»Danke, Kumpel.«

»Ich mein's ernst. Wie lang ist das her? Zehn Jahre?«

»Kommt hin.«

»Tja.« Der Typ kippte den letzten Schluck Bourbon hinunter. »Du warst beschissen. Kein Wunder, dass sie die Show gestrichen haben!«

Delaney nahm einen großen Schluck Bier und ignorierte ihn. Es war nicht nur die Show, die abgesetzt worden war; vor einer Stunde hatte ihm nun auch sein Agent gekündigt.

»Weißt du was, Junge?«, hatte Al Siegel am Telefon seines protzigen Büros am Wilshire Boulevard zu ihm gesagt. »Du bist ein Dinosaurier, sieh's ein, Junge. Ich hab mir die Beine ausgerissen, um was für dich aufzutreiben. Dann bist du ausgerastet. Deine Karriere ist vorbei. Sieh's ein, du gehst auf die sechzig zu. Geh in Rente, zieh nach Palm Springs, da kannst du Golf spielen oder sonst was. Ich hab noch einen Anruf auf der anderen Leitung, da muss ich drangehen. Hör zu, es tut mir leid, Junge, aber so ist das nun mal – alles klar?«

So ist das nun mal. Als wüsste Mike Delaney das nicht. Hier in der Traumfabrik war man mit vierzig schon jenseits von Gut und Böse. Im Magic Castle, seinem Stammclub, waren wenige Magier über dreißig. Das letzte Engagement, das sein Agent ihm verschafft hatte – Taschenspielertricks bei einer großen Filmstar-Party in Bel Air –, das hatte er vermasselt. Als ihm einer seiner Tricks schiefgegangen war, war er ausgetickt und hatte dem arroganten Kerl am Tisch Prügel angedroht, weil er sich über ihn lustig gemacht hatte.

»Hörst du eigentlich zu?«, insistierte der Betrunkene. »Du warst beschissen, gib's schon endlich zu!« Er äugte wieder zu ihm herüber. »Und weißt du was, du siehst auch beschissen aus.«

Und er fühlte sich beschissen.

Der Betrunkene schnippte mit den Fingern. »Einen doppelten Jim Beam, *on the rocks.*« Er wandte sich wieder Delaney zu. »Bier ist was für Schwächlinge.«

»Ach ja?«

Der Barmann stellte dem Betrunkenen ein großes Becherglas hin, randvoll mit Whiskey und Eiswürfeln.

Der Mann hob sein Glas. »Trink lieber mal was Ordentliches, Mister Mieser Magier. Cheers.«

Er nahm einen Schluck und spuckte ihn gleich wieder aus. »Pfui Teufel!«, brüllte er den Barmann an. »Was soll das denn sein? Ich hab Jim Beam bestellt. Das hier ist kein Whiskey, sondern Bier, verdammt noch mal!«

Der Barmann, ein groß gewachsener, traurig aussehender Mann in den Siebzigern, der schon seit einer Ewigkeit hier bediente, schüttelte den Kopf. »Tut mir leid, Mister, aber Sie täuschen sich. Kann es sein, dass Sie genug hatten?«

»Das is' verflucht noch mal Bier, sag ich Ihnen! Wollen Sie mich vergiften, oder was?«

Der Barmann hielt ihm die halbvolle Whiskeyflasche vor die Nase. »Ich hab Ihnen hieraus eingeschenkt.«

»Ach ja? Dann gießen Sie noch mal ein.«

Verärgert holte der Barmann ein frisches Glas aus dem Regal und goss Jim Beam hinein. Zu seinem Erstaunen entstand Bierschaum im Glas, der langsam nach oben stieg und überlief.

Mike Delaney grinste und sagte nichts.

2

April 2005

Für Ross Hunter begann der Freitagmorgen mit dem Katzenjammer, den er eigentlich hatte vermeiden wollen. Dasselbe hatte er sich schon vorige Woche vorgenommen und auch die Woche davor. Seit er vor achtzehn Monaten als Reporter beim *Argus* angefangen hatte, war es jeden Freitagmorgen dasselbe.

Er konnte allerdings nicht ahnen, wie anders der heutige Tag werden sollte.

Ross stand kurz vor seinem dreiundzwanzigsten Geburtstag. Er war groß und durchtrainiert, hatte sehr kurzes dunkles Haar und ein attraktives, wenn auch ernstes Gesicht, als würde er unentwegt über alles nachdenken – was er meistens auch tat. Nur gerade jetzt nicht.

Er hatte das Gefühl, als steckte ihm eine Axt im Schädel. Er konnte keinen klaren Gedanken fassen. Verschlafen kämpfte er sich aus dem Bett, gähnte und trottete ins Bad, um ein Paracetamol zu schlucken. Er fluchte, weil er sich schon wieder so zugerichtet hatte. Jeden Donnerstagabend nahm er sich vor, mit seinen Kollegen, der Geselligkeit halber, ein schnelles Glas trinken zu gehen. Und das endete dann damit, dass er spätnachts vom Coach House in der Stadtmitte von Brighton sternhagelvoll nach Hause wankte.

Schuld an der Misere hatte nicht zuletzt eine gewisse Imogen Carter, eine junge Gerichtsreporterin, in die er total verschossen war. Ihr Interesse dagegen schien eher einem der Redakteure zu gelten. Und sie konnte viel mehr vertragen als alle anderen. Doch allmählich, das spürte er, nahm sie Notiz von ihm und flirtete jedes Mal ein bisschen mehr mit ihm.

Herzlichen Dank für den Brummschädel, Imo, und dafür, dass ich zusehen durfte, wie du Arm in Arm mit dem blöden Kevin Fletcher zum Taxistand getorkelt bist.

Ross, der erst vor kurzem seinen Abschluss an der School of Journalism am Goldsmith College gemacht hatte und sehr ehrgeizig war, freute sich jeden Morgen darauf, in der Lokalredaktion arbeiten zu dürfen, wo er als Anfänger über alles Mögliche berichten musste. Ein Verkehrsunfall, ein plötzlicher Kindstod, ein Brand, eine Anhörung vor Gericht, eine Wohltätigkeitsveranstaltung oder todlangweiliges Zeug wie ein Tag der offenen Tür an einer Schule. All das verbuchte er als Plus auf dem Konto, weil er auf diese Weise sein Handwerkszeug erlernen und in dieser angesehenen Lokalzeitung Erfahrungen sammeln konnte.

Nach einer Trainingsstunde im Fitnesscenter und der langen Strecke mit dem Fahrrad den Hügel hinauf zur Arbeit wäre sein Kopf hoffentlich wieder klar. Während er in den Trainingsanzug schlüpfte und die Schnürsenkel seiner Turnschuhe band, hörte er sich die Lokalnachrichten im Radio an. Er hoffte stets auf eine Eilmeldung, mit der er sich irgendwann in ferner Zukunft einen Namen machen konnte. Dann würde sich nämlich sein Traum von einer überregionalen Schlagzeile erfüllen, mit seinem Namen darunter.

Während er die Tabletten mit ein wenig Wasser hinunterwürgte, ging er in die kleine Küche seines zugigen Apartments im zweiten Stock unweit der Portland Road. Der schwache Essensgeruch aus dem indischen Take-away im Erdgeschoss trug nicht gerade dazu bei, die Übelkeit zu vertreiben, die mit seinen rasenden Kopfschmerzen einherging. Nach ein paar Bissen Banane am Frühstückstisch ging es ihm ein wenig besser. Er spülte sie mit Apfelsaft hinunter und starrte auf den Notizzettel, der auf dem Tisch klebte. *Geburtstagskarte für Dad*, stand darauf. Er würde später irgendwo eine besorgen.

Er ging nach unten, vorbei an seinem abgeschlossenen Fahrrad in der Eingangshalle, und trat hinaus in die Dunkelheit und den Nieselregen.

Nach einem forschen zehnminütigen Lauf erreichte er kurz nach sieben Uhr das Fitnesscenter. In dem verspiegelten Raum, in dem es leicht nach Schweiß und Putzmittel roch, waren bereits mehrere Leute und trainierten. Die meisten waren allein auf den Laufbändern, Crosstrainern oder Spinnern zugange, andere stemmten Gewichte, um Arm- und Beinmuskeln zu trainieren, einige wenige hatten private Trainerstunden. Der hämmernde Beat von Queen war zu laut für Ross' Schädel, als er für ein Zwanzig-Minuten-Workout auf einen Crosstrainer stieg und das Display einschaltete.

Als er langsam die Geschwindigkeit steigerte und zusah, wie sein Puls anstieg, 110 … 120 … 130 …, hörte er plötzlich seinen Bru-

13

der Ricky seinen Namen rufen. So laut, so nah, dass er das Gefühl hatte, Ricky stünde direkt neben ihm.

Nur war das nicht möglich. Ricky lebte in Manchester, 260 Meilen entfernt, wo er eine Ausbildung zum Hotelmanager absolvierte. Sie telefonierten nur selten miteinander, aber Ricky hatte ihm erst gestern Nachmittag eine E-Mail geschickt, um mit ihm zu besprechen, was sie ihrem Dad zum sechzigsten Geburtstag nächste Woche schenken sollten.

Einen Augenblick später war ihm, als strömten elektrische Impulse aus den Griffen des Crosstrainers direkt in seine Arme. Er konnte sich nicht mehr bewegen. Seine Füße blieben wie angewurzelt stehen. Alles drehte sich, als stürzte er kopfüber eine Achterbahn hinunter. In einem Anflug von Panik fragte er sich, ob er aus Zuckermangel ohnmächtig wurde.

Oder hatte er einen Herzinfarkt?

Der ganze Raum schwankte, ein Meer aus grauen Geräten, die er nur noch verschwommen wahrnahm.

Er wurde in einen langen, dunklen Tunnel gesogen. Sein ganzer Körper wirbelte jetzt wild herum, und er klammerte sich verzweifelt an die Griffe des Trainingsgeräts. Vor sich in der Ferne sah er ein Licht, das mit jeder Sekunde heller und greller wurde. Bilder zuckten vorbei. Ein Embryo. Ein Säugling. Das Gesicht seiner Mutter. Das Gesicht seines Vaters. Ein Ball, der geworfen wurde. Eine weiße Tafel mit einem Lehrer davor, der einen Edding in der Hand hielt und ihn anbrüllte. Sein Leben, erkannte er. Er sah sein Leben an sich vorbeihuschen.

Ich sterbe.

Sekunden später hüllte ihn das Licht am Ende des Tunnels völlig ein. Es war warm und gleißend hell. Er trieb auf einer Luftmatratze auf einem flachen Ozean und sah das Gesicht seines Bruders über dem seinen schweben.

»Alles okay, Ross, ja? Wir sind cool?«

Ricky. Den er verabscheut hatte, solange er denken konnte. Er hasste es, wie Ricky aussah, wie er redete, wie er lachte, wie er aß. Und er kannte auch den Grund: Ricky und er waren eineiige Zwillinge. Es war, als blickte er in einen Spiegel, wann immer er ihn sah.

Eigentlich sollte zwischen Zwillingen Zuneigung bestehen. Ein spezielles, unzertrennliches Band. Aber er hatte nichts dergleichen gespürt.

Nur eine intensive Abneigung.

Das lag wohl hauptsächlich daran, dass seine Eltern stets Ricky bevorzugt hatten, obwohl Ricky das nicht einsehen wollte.

Sobald er alt genug war, um von zu Hause auszuziehen, machte er sich davon, um, so weit es nur ging, von Ricky wegzukommen. Ein anderes College in einer anderen Stadt. Er hatte sogar mit dem Gedanken gespielt, seinen Namen zu ändern.

Jetzt trieb sein Bruder davon, wurde immer tiefer in das weiße Licht hineingesogen. Gleichzeitig drehte er sich zu Ross um und streckte verzweifelt die Arme nach ihm aus, wollte nach seinen Händen greifen. Doch er bewegte sich zu schnell für Ross, wie ein Schwimmer, der von der Brandung aufs offene Meer gezogen wurde.

»Wir sind cool, ja, Ross?«, rief Ricky ihm verzweifelt zu.

»Ja, wir sind cool«, antwortete er.

Das gleißende Licht verschluckte seinen Bruder, und Ross war wie geblendet.

Gesichter blickten auf ihn herab. Das Licht hatte sich verändert. Er roch Schweiß, Teppich, ungewaschenes Haar. Hörte hämmernde Musik. Sein Herz pochte wie wild.

Jemand kniete über ihm.

»Alles okay?«

Ross sah sich benommen um. Bin ich gestorben?, fragte er sich in einem Anflug von Panik.

Helfende Hände zogen ihn hoch, führten ihn zu einer Bank im Kraftraum und stützten ihn, während er sich hinsetzte.

Ein muskulöser Mann, einer der Personal Trainer im Studio,

beugte sich zu ihm herunter und reichte ihm einen Becher Wasser. »Trink das.«

Er schüttelte den Kopf, um ihn klar zu kriegen.

»Vielleicht hast du dich übernommen?«, sagte eine Stimme.

»Nein – nein, ich …« Er verfiel in Schweigen, war verwirrt.

»Soll ich einen Arzt rufen?«, fragte ein anderer.

Er schüttelte den Kopf. »Nein, es geht schon – ehrlich. Es geht schon. Vielleicht brauch ich ein bisschen Zucker oder so was.«

»Bleib noch ein paar Minuten hier sitzen und ruh dich aus.«

Jemand hielt ihm einen Löffel Honig hin, und er steckte ihn in den Mund.

»Sind Sie Diabetiker?«, fragte ihn einer der Mitarbeiter und starrte ihn besorgt an.

»Nein, nein, bin ich nicht.«

Es dauerte zehn Minuten, bis er aufstehen konnte, ohne sich irgendwo festhalten zu müssen. Kurze Zeit später, nachdem er die Angestellten überzeugt hatte, dass er in Ordnung war, verließ er das Studio und ging benommen nach Hause, ohne auf den Regen, die Kälte oder sonst etwas zu achten. Er schloss die Haustür auf und schleppte sich die Treppe hinauf. Es fühlte sich an, als hätte er einen Berg zu erklimmen.

Den Leuten im Fitnessstudio hatte er gesagt, es gehe ihm gut, aber er fühlte sich überhaupt nicht gut. Er fühlte sich entsetzlich. Als er die Tür seines Apartments aufsperrte, hörte er sein Handy klingeln und spürte zugleich, wie es in der Hosentasche vibrierte. Er zog es heraus und blickte auf die Nummer auf dem Display, die er nicht kannte.

»Hallo?«, meldete er sich.

Er hörte die Stimme einer weinenden Frau. »Ross? Oh Gott, Ross?«

Es war Cindy, Rickys Freundin.

»Hi«, sagte er, noch immer sehr mitgenommen. »Cindy? Was – was ist los?«

Sie brach wieder in Tränen aus. Er hörte sie eine Weile schluchzen, dann fasste sie sich und sagte: »Ricky.«

»Was?«

»Eben war die Polizei hier. Ricky war beim Joggen im Park, wie jeden Morgen. Ein Baum ist auf ihn gestürzt. Vor einer halben Stunde. Ein Baum. Er hat ihn erschlagen. Großer Gott, Ross, er ist tot!«

3

Juli 2009

Nach jahrelangen Bombardierungen und Straßenkämpfen standen in Lashkar Gah keine unbeschädigten Hotels mehr, und diejenigen, die darin gearbeitet hatten, waren entweder von den Taliban ermordet worden oder längst geflüchtet. Aufgrund der angespannten Sicherheitslage und weil viele Journalisten entführt, manche von ihnen sogar hingerichtet worden waren, galt das Gebiet als No-go-Area. Die Mitglieder des internationalen Pressekorps, die sich trotzdem hineinwagten, wohnten in einem Zelt innerhalb des von weißen Mauern umgebenen Lagers am Rand der Stadt, der ISAF-Militärbasis für die Provinz Helmand.

Allen Journalisten war angeraten worden, sich optisch möglichst einzufügen. Sie sollten sich Bärte wachsen lassen, beige Kleidung tragen, nicht allein herumlaufen und, wenn sie es doch taten, auf keinen Fall ihre Pressewesten tragen, weil diese sie als Entführungsziele brandmarkten.

»*Grüße aus der Hölle*«, hatte Ross Hunter gleich nach seiner Ankunft seiner Frau gesimst. Oder es zumindest versucht. Es hatte über einen Tag gedauert, bis er die Nachricht endlich versenden konnte. Im Gegensatz zu den anderen Reportern, die bereits Routine hatten, berichtete er zum ersten Mal aus einem Kriegsgebiet, und gerade jetzt, mit der ständigen Angst im Nacken, wünschte er sich inständig, es möge auch sein letztes Mal sein. An den meisten Tagen verdunkelte dichter Rauch die Sonne, ein Gemisch aus Artilleriefeuer und brennenden Gebäuden. Die Luft war stickig vom Gestank verwesender Leichen, von Abwasser und Pulverdampf, und die täglichen fünf Rufe des Muezzins zum Gebet wurden meistens vom unentwegten Rattern der Helikopter übertönt.

Ross saß auf seinem Bett im Schlafsaal des Camps, kratzte sich den Bart, der andauernd juckte, und tippte seinen jüngsten Artikel für die *Sunday Times* in seinen Laptop, der an ein Satellitentelefon angeschlossen war. Um sein Unbehagen noch zu steigern, fühlte er sich wie ein Betrüger. Ein Jahr zuvor hatte er voller Lob über einen früheren Mitschüler geschrieben, der vor mehreren Jahren als Soldat beide Augen und die rechte Hand verloren hatte und dem es trotzdem gelungen war, sich ein neues Leben aufzubauen, zu heiraten, zwei Kinder zu zeugen und Ski laufen zu gehen. Er hatte die Tapferkeit britischer Soldaten im Einsatz zur Sprache bringen wollen.

Der Artikel hatte eine begeisterte Reaktion seitens der Armeeführung hervorgerufen, die ihn einlud, sich selbst ein Bild von einem Kriegsgebiet zu machen und die Soldaten kennenzulernen. Doch er hatte auch eine Flut von E-Mails von dienenden Soldaten fast aller Ränge provoziert, einige mit Namen versehen, viele auch anonym, die ihm Horrorgeschichten darüber erzählten, wie die britische Regierung ihre Soldaten im Stich ließ und wegen nicht vorhandener oder mangelhafter Ausrüstung – aufgrund von Budgetkürzungen – viele unnötige Verluste verursachte.

Die *Sunday Times* hatte die nötigen Dokumente besorgt und Ross einen obligatorischen dreitägigen Hostile Environment Training Course in Hertfordshire finanziert. Er war in einem C-130-Hercules-Transportflugzeug, über einen Umweg, hierhergeflogen. Seine einzige Bitte an seine Zeitung war gewesen, nichts Kritisches zu drucken, bevor er wieder sicher im Vereinigten Königreich angekommen war. Er war nicht allzu erpicht auf die Vorstellung, ausgerechnet jene Menschen zu vergrämen, die dafür sorgten, dass er hier draußen einigermaßen sicher war.

Und er entdeckte schnell, dass es vieles gab, worüber er schreiben konnte. Eine komplette Materialsammlung über die Behandlung der britischen Truppen durch ihre eigene Regierung. Auf der Liste standen britische Soldaten, deren Gewehre Ladehemmung hatten, deren Panzerspähwagen nicht dazu taugten, sie vor Minen zu schützen, und ein völliges Fehlen von Melderposten, um Verluste durch sogenannten Eigenbeschuss zu verhindern.

In seiner letzten Depesche hatte Ross einen ranghohen Militärkommandanten zitiert, auf Bitte des Mannes anonym, der die zur Verfügung stehende Ausrüstung mit Mobiltelefonen verglich, die schon seit zehn Jahren ausgemustert waren. Und um dem Ganzen die Krone aufzusetzen, gab es jetzt im Unterschied zur Erfahrung seines alten Schulfreundes nur noch wenig Mitleid, Unterstützung oder Nachbetreuung für die schwerverletzten und dauerhaft geschädigten Soldaten nach ihrer Rückkehr in die Heimat. Wenn Ross schrieb, versuchte er das Hintergrundgeräusch der fernen – und manchmal auch gar nicht so fernen – Granateneinschläge, Gewehrsalven und sporadischen Bombenexplosionen auszublenden, die sich auch in der Nacht fortsetzten.

Die meisten der ausländischen Korrespondenten schienen alte Freunde zu sein, einschließlich des Fotografen, der ihm zugeteilt worden war. Dies bestärkte deutlich sein Gefühl, ein Außenseiter zu sein. Einige von ihnen saßen unter einem schwerfälligen Deckenventilator, der die heiße, feuchte Luft im Inneren nur herumrührte, ohne frischen Wind zu erzeugen oder die Temperatur zu verändern, und pokerten mit abgegriffenen Spielkarten. Ross schwitzte, fühlte sich unentwegt feucht und klebrig und sehnte sich nach einer kalten Dusche, obwohl er erst vor ein paar Stunden geduscht hatte. In den vergangenen zwei Wochen hatte er kaum geschlafen, und so war er permanent erschöpft und so verängstigt, dass ihm schlecht war.

Doch im Augenblick, während er schrieb, überwog seine Wut. Wut auf die Folgen der Vergewaltigungen und Massaker an Frauen und Kindern durch die Taliban, deren Zeuge er geworden war. Wut auf das, was er in dem Haus gesehen hatte, das er gestern mit Soldaten betreten hatte: An einem provisorischen Galgen hing ein alter Mann, und zu seinen Füßen lag die nackte Leiche einer jungen Frau mit durchgeschnittener Kehle. Sie hatten eine Frau weinen gehört und im oberen Stockwerk, in einem Schrank versteckt, die Ehefrau des Mannes gefunden. Sie hatte nur ein einziges Wort sagen können, immer und immer wieder. Ein afghanischer Soldat hatte es für Ross übersetzt.

Warum?

Wo war Gott, fragte er sich. Hatte Er Freude an diesem Gemetzel?

Hier in Afghanistan, wo eine Gräueltat der anderen folgte, konnte man den Eindruck gewinnen, dass Gott ein krankes Hirn hatte. Dass Er diese ganze Welt zu Seinem eigenen schrägen Vergnügen geschaffen hatte. Um zu sehen, welche Schranken der Menschlichkeit Seine Geschöpfe als Nächstes niederreißen würden.

Wenn er in den frühen Morgenstunden auf seinem Bett lag und ständig damit rechnen musste, dass eine Granate auf dem Pressezelt landen und ihn und alle anderen in Stücke reißen würde, hatte Ross die Kopfhörer in den Ohren und hörte Musik, um die Geräusche auszublenden. Imogen, die er vor zwei Jahren geheiratet hatte, hatte ihm für diese Reise Playlists von einigen seiner Lieblingsbands zusammengestellt: Maroon 5, The Fray, Kaiser Chiefs und viele seiner liebsten Country-Songs, David Allan Coe, Willie Nelson und Patsy Cline.

In der Nacht vor dem Angriff hatte er ihr eine Textnachricht geschickt, wie jede Nacht.

Ich lieb Dich so sehr, Kleines. Trotzdem wünsch ich mir nicht, dass Du hier wärst, weil ich das keinem wünsche. Wenn ich an Dich denke, stehe ich die Tage und Nächte hier besser durch. Hab versucht, das Buch über Kriegsdichtung zu lesen, das du mir mitgegeben hast, aber es war zu traurig. Vor allem das Gedicht, in dem es heißt: »Und sterbe ich, dann denkt von mir nur das.« Weil der Dichter dann tatsächlich gestorben ist. Ich träume davon, in Deinen Armen zu liegen. Ich hab schreckliche Dinge gesehen. Wie kann ein Mensch so etwas tun? Hab Dich lieb. XX

Zu seiner Erleichterung ging die Nachricht, was selten vorkam, bei seinem ersten Versuch durch.

Der folgende Morgen würde sich für immer in Ross' Gedächtnis einprägen. Freitag, der 17. Juli. Die ISAF-Truppen witterten endlich den Sieg. Die Taliban waren auf dem Rückzug. Zwei Trupps wurden ausgesandt, um ein Gebiet in der Stadt zu sichern, aus dem die Taliban tags zuvor vertrieben worden waren. Den Reportern sagte man in der Besprechung, dass dies eine gute Gelegenheit wäre, weitere Gräuel der Taliban in Augenschein zu nehmen und zu fotografieren. Allerdings drohe noch immer Gefahr von Heckenschützen.

Ross hatte mit dem Fotografen Ben Haines darüber gesprochen, einem witzigen, unermüdlichen Veteranen, der Erfahrungen in mehreren Kriegsgebieten gesammelt hatte, und sie waren zu dem Schluss gekommen, dass das Risiko überschaubar wäre. Schließlich würden sie von zwanzig ISAF-Soldaten und etlichen einheimischen Soldaten beschützt und wären umgeben von Reportern aus allen Teilen der Welt. Für ihn war alles neu, und live mit dabei zu sein wäre gut für seine Karriere – er konnte viel dabei lernen.

Um sieben Uhr früh machten sie sich auf den Weg durch die zerstörte Stadt. Die feuchte Morgenluft war erfüllt vom fauligen Gestank verwesender Leichen, und nicht weit über ihnen schwebten Hubschrauber wie riesige Schaben. Ross und Ben trugen Helme und kugelsichere Kleidung unter ihren Westen, auf denen fett gedruckt vorne und hinten PRESSE stand. Die Mauern um sie herum waren überzogen von Einschusslöchern, wie Pockennarben. Überall zerbombte oder zerschossene Ruinen voller Hassparolen.

Es geschah ohne Vorwarnung, als sie aus dem Schutz einer schmalen Gasse auf den zentralen Marktplatz gelangten. Gewehrfeuer, das von allen Seiten zu kommen schien.

Ein Hinterhalt.

Ross blieb sekundenlang wie angewurzelt stehen, eher neugierig als ängstlich. Dann wurde ein Einheimischer direkt vor ihm von einem Geschoss getroffen, das ihm in einer Fontäne von Hirnmasse und Blut die obere Hälfte des Kopfes wegblies. Etwas weiter vorn schlug eine Granate ein. Er spürte die Explosion und sah, wie Soldaten, Journalisten und Fotografen zu Boden geworfen wurden. Eine weitere Explosion folgte, und ein abgerissener Kopf rollte über den staubigen Boden, Mund und Augen offen wie in ungläubigem Staunen.

Ben, der mit seiner Kamera am Boden kauerte und die Szene filmte, brüllte plötzlich auf vor Schmerz und rollte wie ein irrer rotierender Derwisch über den Boden.

Halb wahnsinnig vor Angst, sah Ross überall Gewehrfeuer, wohin er auch blickte. Von den Dächern der einstöckigen Wohnhäuser. In den Fenstern. Direkt zu seiner Linken bemerkte er ein großes, völlig ausgebombtes Bankgebäude, dessen Eingangstür fehlte. Er rannte darauf zu, während um ihn her die Projektile einschlugen und Schmutz und Steinsplitter aufwirbelten. Er stürzte sich in das abgedunkelte Innere, wobei er sich in blanker Panik umsah.

Das Gewehrfeuer hinter ihm wurde fortgesetzt.

Er blieb stehen und blickte über die Schulter.

Direkt in die Augen von Ben Haines, der auf dem Boden lag. Aus seiner Seite strömte Blut, seine Kamera lag nicht weit vor ihm.

Er versuchte, sich zu bewegen, zu kriechen, seine Kamera zu erreichen, aber er schaffte es nicht.

»Ross! Hilf mir! Hilf mir! Bitte, hilf mir! Hilf mir doch, um Gottes willen!«, schrie er verzweifelt, seine Stimme schmerzverzerrt.

Überall lagen getroffene Soldaten, Reporter, Fotografen. Viele rührten sich nicht mehr, andere wanden sich oder versuchten wegzukriechen.

Eine massive Gewehrsalve streckte noch mehr Leute nieder.

»Ross!«, brüllte Haines. »Oh Gott, hilf mir!«

Ungeachtet der Gefahr rannte Ross wieder hinaus, lief, wie er es gelernt hatte, im Zickzack auf Ben zu, fest entschlossen, seinen Freund irgendwie in Sicherheit zu bringen. Doch als er nur noch wenige Meter von dem Fotografen entfernt war, krachten Schüsse aus einem Maschinengewehr. Ben wurde durchgeschüttelt wie eine Stoffpuppe, seine Kleidung von Rissen übersät. Sein Helm wurde getroffen und weggeblasen. Einen Sekundenbruchteil später wurde ein kleines Stück von seiner Kopfhaut fortgerissen, und er stürzte vornüber in den Dreck.

In panischem Schrecken machte Ross kehrt und rannte zurück zum Gebäude. Er hörte weitere Schüsse, weitere Einschläge, die eine Linie aus Staub vor ihm aufwirbelten. Etwas stieß ihm den Helm vom Kopf. Er spürte einen heftigen Schmerz im rechten Fuß, und als er den Eingang erreichte, fühlte sein Kopf sich an wie von einem Hammer getroffen, und er taumelte nach vorn. Der Steinboden kam ihm entgegen. Knallte ihm hart ins Gesicht.

Er musste sich hochrappeln.

Unbedingt.

Taliban-Kämpfer jagten hinter ihm her auf das Gebäude zu, flammende AK-47-Gewehre in den Fäusten.

Um ihn herum schlugen Projektile ein.

Er flüchtete ins Innere des Gebäudes, lief geduckt und in Schlangenlinien um sein Leben, wand sich an Schreibtischen vorbei, die Computer darauf unter Staub und Schutt begraben. Er sprang über einen Kassenschalter hinweg und wartete geduckt. Wartete. Sein rechter Fuß fühlte sich an, als hätte jemand einen Nagel hindurchgetrieben, und sein Kopf pochte. Seinen Helm hatte er verloren.

Wieder hörte er eine kurze, harte Gewehrsalve irgendwo da draußen, gefolgt von jäher, wundersamer Stille.

Keine Schritte, die sich näherten.

Ihm war schwindelig. Er schaute nach oben. Die Decke über ihm schien sich zu drehen. Er spürte, wie sein Körper wankte, fühlte sich, als würde alles Blut aus seinem Kopf gesogen. Der Boden knallte ihm wieder ins Gesicht, aber er merkte es nicht mehr, blieb reglos liegen.

Nach einer gewissen Zeit, wann genau, wusste er nicht, weckte Ross ein Quieken. Und im Halbdunkel starrte er in die Augen einer kaninchengroßen Ratte mit langen Schnurrhaaren.

»Verpiss dich!«, zischte er.

Das Tier huschte in die Dunkelheit.

In der Ferne war eine gewaltige Explosion zu hören.

Noch eine Autobombe?

Ihm dröhnte der Kopf, er hatte quälenden Durst, Mund und Kehle waren völlig ausgedörrt. Er richtete sich auf, lauschte in die Dunkelheit. Dachte zurück. Der Kassenschalter, über den er gesprungen war. Alles war still. Er versuchte aufzustehen, doch sein rechter Fuß tat höllisch weh. An seinem Stiefel klebte geronnenes Blut. Er strich sich die Haare aus der Stirn und spürte etwas Klebriges. Er betrachtete seine Hand, auch sie war voller Blut.

Jetzt erinnerte er sich wieder und erschauerte.

Ich lebe.

Langsam, vorsichtig stand er auf und linste über den Tisch. In der Ferne konnte er den Ruf zum Gebet hören. Weiter vorn ein Schimmer Tageslicht. Jenseits der Schwelle, die er übertreten hatte.

Er sah auf die Uhr. 19.30 Uhr. Großer Gott, es war wenige Minuten nach 7 Uhr gewesen, als – als …

Er schleppte sich unter Schmerzen auf den Eingang zu und

spähte hinaus. Überall lagen Leichen im Staub, ISAF-Soldaten, Pressemitarbeiter und auch Taliban-Kämpfer. Er konzentrierte sich auf den Fotografen, der ihm in diesen entsetzlichen Wochen ein Freund gewesen war.

Ben Haines.

Schon hatten sich Fliegen auf den Leichen niedergelassen.

Als er gerade im Begriff war, nach draußen zu gehen, hörte er Stimmen.

Er erstarrte.

Die Stimmen wurden lauter, kamen näher.

Er rannte wieder hinein, vorbei an den leeren Schreibtischen der Schalterbeamten weiter nach hinten, stieß eine Tür auf und sah Steinstufen, die nach unten führten. Er zerrte die Tür hinter sich zu, verriegelte sie und rannte nach unten. Ein Stockwerk und noch eines. Hier war es kühler. Vor ihm war ein begehbarer Tresor, dessen Tür, mit riesigen drehbaren Griffen, einen Spalt offen stand.

Er brauchte mehrere Sekunden, um die fünfzehn Zentimeter dicke Stahltür weit genug aufzuziehen, um hineinzuschlüpfen. Dann, mit Hilfe des Lichts seines Telefons, suchte er nach einem Griff im Inneren, doch da war keiner. Also zog er sie einfach zu, so gut es ging, und blieb stehen. Vorsichtshalber stellte er das Telefon auf leise, obwohl es ohnehin kein Signal empfing.

Sein Herz schlug so laut, dass er kein anderes Geräusch um sich her wahrnahm. Während er sich dem schmalen Spalt zwischen Tür und Rahmen näherte, lauschte er nach Geräuschen über ihm. Lauschte, ob jemand zwei Stockwerke höher gegen die Tür hämmerte, die er verriegelt hatte.

Er hörte nichts.

Unkontrollierbar zitternd, warf er einen Blick auf sein Handy-Display. Imogen hatte auf seine letzte SMS noch nicht geantwortet. War sie nicht angekommen?

Die entsetzlichen Hilfeschreie des Fotografen hallten in seinem Kopf nach. Der erbärmliche Anblick des sich windenden Mannes.

Wie er versuchte, auf ihn zuzukriechen. Wie seine Schädeldecke weggeblasen wurde.

Ross rang den Brechreiz nieder, der ihn befiel. Vor lauter Ekel und Angst.

Dann setzte er sich auf den harten Steinboden in dem leeren Tresorraum. Sein Kopf hämmerte. Ein stechender Schmerz durchfuhr seinen rechten Fuß. Und er sehnte sich verzweifelt nach Wasser – er hatte seit dem Morgen nichts mehr getrunken.

Er zog den Stiefel und die Socke aus und inspizierte den Fuß im Licht seiner Handy-Taschenlampe. Auf der Oberseite war ein blutiges, ausgefranstes Loch zu sehen, etwa fünf Zentimeter hinter den Zehen, und in der Sohle ein noch scheußlicheres Loch, durch das die Kugel ausgetreten war. Er hob die Hand an den Kopf und ertastete eine kleine Einkerbung über der rechten Schläfe, wie eine Furche.

Zweimal angeschossen?

Irgendwo in diesem Gebäude mussten Toiletten sein und so etwas wie eine Küche, wo er Wasser und vielleicht einen Verbandskasten finden sollte. Er würde später nachsehen, wenn er das Gefühl hätte, dass es sicher wäre, sich aus seinem Versteck zu wagen.

Er rollte sich auf dem Boden zusammen und schlief ein.

Wenige Minuten später wurde er von etwas geweckt, das über sein Gesicht kroch.

4

Juli 2009

Muss ich hier unten sterben? Allein mit den Ratten?

Er hatte geschlafen und von Wasser und Nahrung geträumt. Einfacher Nahrung. Gekochten Eiern; gedünsteten Äpfeln; Pommes; Hamburgern mit Käse und Tomatenketchup.

Als er aufwachte, lag er im Dunkeln. Sein Akku war leer. Jetzt hatte er nur noch seine Armbanduhr, deren Ziffernblatt hell wurde, wenn er seitlich einen Knopf drückte. Er fühlte sich fiebrig.

Dachte an seinen Bruder. Ricky. Dachte ständig an ihn, mit Gewissensbissen und Bedauern. Kurz nach Rickys Tod hatte er bei einer Hochzeit einen alten Schulfreund getroffen. Jim Banting. Ricky habe gewusst, dass Ross ihn nicht leiden konnte, aber nicht verstanden, warum, hatte Jim ihm erzählt.

Während er in der Dunkelheit zwischen den Ratten saß und nichts anderes tun konnte als grübeln, kam ihm immer wieder Ricky in den Sinn, und er bedauerte, wie mies er seinen Bruder behandelt hatte. Dabei musste er andauernd an Ben Haines denken, dessen Leiche dort draußen lag und in der sengenden Hitze vor sich hin faulte. Es hätte ebenso gut ihn treffen können. Vielleicht hätte er Ben, wenn er anders reagiert hätte, auch irgendwie retten können.

Letzte Nacht war er die Treppe hinaufgeschlichen, hatte die Tür entriegelt, dann aber Stimmen gehört, die sich auf Arabisch unterhielten. Voller Angst war er wieder nach unten geeilt und hatte vergessen, die Tür zu verriegeln. Er hatte entsetzlichen Durst. Sein Mund war völlig ausgetrocknet, seine Zunge fühlte sich an wie ein Fremdkörper, und seine Lippen klebten schmerzhaft aufeinander. Sein Kopf fühlte sich besser an, aber die Schusswunde an seinem Fuß war eitrig, wie er im schwachen Licht seiner Uhr bemerkte. Sie hatte sich entzündet. Wurde sie nicht bald behandelt, käme es zu einer Septikämie, und er würde hier unten sterben, ganz allein. Er musste sich aufmachen und Verbandszeug auftreiben, und zwar schnell.

Plötzlich spürte er einen heftigen Schmerz an der rechten Hand. Er sah sich um. Und entdeckte rote Augen in der Dunkelheit.

Eine Ratte hatte ihn gebissen …

»Weg mit dir!« Er schlug nach dem Tier und stand auf, wackelig, schwindelig.

Sein rechter Fuß fühlte sich an, als stünde er in Flammen.

»Fuck you!«, brüllte er die Ratte an.

Da hörte er Geräusche über sich.

Schritte.

Er erstarrte.

Scheiße. Er hatte sich mit seinem Gebrüll verraten.

Die Schritte kamen näher. Die Stufen herunter. Eine nach der anderen. Klack. Klack.

Immer näher.

Klack. Klack.

Näher.

Er drückte sich gegen die Wand.

Näher.

Klack. Klack.

Er überlegte fieberhaft. Er würde dem Mistkerl auflauern und sich auf ihn stürzen.

Näher.

Er hörte ein leises Ächzen. Jemand zerrte an der schweren Tür. Sie gab nach. Ging auf.

Er zitterte vor Angst.

Dann die zaghafte Stimme eines Kindes. »Hallo?«

Ross drückte wieder auf den Knopf an seiner Uhr. Und sah den kleinen Jungen. Dunkles Haar, so dicht mit Staub bedeckt, dass es grau aussah, die Kleidung in Fetzen. Er starrte Ross nur benommen an.

»Ist schon okay, Junge«, sagte Ross.

»Engländer?«

»Mhm.«

»Taliban weg. Weg«, sagte der Junge, machte kehrt und lief davon.

Ross hörte ihn hastig die Stufen hinaufsteigen.

Er wartete noch ein paar Augenblicke, bevor er sich ein Herz fasste und ihm folgte, vorsichtig, ungewiss, ob dies nicht eine Falle sei. Er lechzte nach Wasser. Nach etwas zu essen. Oben war es

28

taghell. Er sah den Jungen hinaus ins Freie rennen, mit erhobenen Armen. Ross zögerte noch, hielt sich im Schatten, schlich geduckt zwischen den Möbeln hindurch, stieß einige Male ungelenk dagegen und eilte hinter dem Jungen her. Völlig geschwächt, spähte er hinaus auf den Platz.

Die Leichen waren allesamt weggeschafft worden, die Blutspuren in der Sonne getrocknet. Die Stadt war fast völlig still, zum ersten Mal, seit er hergekommen war. Gleich darauf hörte er das Röhren eines Motors und ein metallisches Rattern. Ein Panzer kam auf den Platz gefahren. Er erkannte den Challenger 2. Eine der wenigen ordentlichen Gerätschaften, mit denen die Regierung die Truppe ausgestattet hatte.

Ross stolperte hinaus auf den Platz, wedelte mit einem Taschentuch.

Der Panzer blieb vor ihm stehen, die vordere Luke ging auf, und der Kopf eines Mannes tauchte auf. »Willst du mitfahren, Kumpel?«, fragte er Ross mit einem Cockney-Akzent.

»Fahrt ihr zufällig nach London?«

»Spring rauf. Ich schalte den Taxameter ein.«

Ross wankte auf ihn zu, hatte aber nicht die Kraft hinaufzuklettern. Zwei Soldaten stiegen zu ihm herunter, um ihm zu helfen.

»Du bist von der Presse, stimmt's?«, fragte der Mann. Er hatte einen kahlrasierten Schädel und ein Tattoo auf dem rechten Arm: ein Totenschädel, über dem ein Adler die Schwingen ausbreitete.

»Mhm«, keuchte Ross.

»Welche Zeitung?«

»*Sunday Times.*«

»Les ich schon lang nicht mehr. Alles Quatsch. Lauter gequirlte Scheiße, findest du nicht auch?«

Ross lächelte. Für Widerworte fehlte ihm die Kraft.

»Die Redakteure, die sollten mal zu uns rauskommen, verstehst du? Und sich die Scheiße mal in echt ansehen.«

»Habt ihr Wasser für mich?«, bat Ross.

5

Juli 2009

Zehn Tage später, von denen er vier in einem amerikanischen Militärkrankenhaus in Afghanistan verbracht und die übrigen auf seinen Rückflug gewartet hatte, gelangte Ross in einem Militärtransporter endlich wieder nach England, auf die Luftwaffenbasis RAF Brize Norton in Oxfordshire. Man hatte ihn einen Tag früher ins Flugzeug gesetzt als ursprünglich geplant, und so hatte er beschlossen, Imogen zu überraschen, die ihn erst am nächsten Morgen erwartete.

Nachdem er am frühen Nachmittag am Bahnhof Brighton angekommen war, bei leichtem Nieselregen, nahm er sich ein Taxi und bat den Fahrer, vor einem Blumenladen anzuhalten, in dem er einen riesigen Strauß kaufte, und dann vor einer Weinhandlung, wo er eine Flasche Veuve Clicquot besorgte, Imogens Lieblingschampagner.

Kurz nach drei Uhr nachmittags hielt das Taxi vor dem großen, etwas schäbigen Reihenhaus nahe der Kreuzung Seven Dials, in dem sie die Wohnung im obersten Stockwerk bewohnten. Er bezahlte den Fahrer, steckte ihm ein Trinkgeld zu, stieg mit seiner Reisetasche, der Flasche und den Blumen aus dem Wagen, humpelte auf die Eingangstür zu und sperrte sie auf. Im Hausflur schlug ihm der vertraute Geruch nach Moder entgegen, und aus der Erdgeschosswohnung tönte irritierend laute Musik.

Zu Hause zu sein fühlte sich seltsam an. Fast surreal. Als wären die vergangenen Wochen ein böser Traum gewesen. Nur dass die Narbe an seinem Kopf und sein schmerzender Fuß ihn an die Realität erinnerten. Genauso wie die Ängste, die ihn befielen, sobald er die Augen schloss.

Er warf einen Blick auf die Uhr. Imogen, die für ein Online-Magazin in Brighton die Website verwaltete, wäre erst in ein paar Stunden zu Hause. Er hätte demnach genügend Zeit, um zu duschen und sich zu rasieren, den Champagner in den Kühlschrank und die Blumen in eine Vase zu stellen. Er freute sich riesig darauf, Imogen wiederzusehen. Sie in die Arme zu nehmen, wieder in der tröstlichen Normalität anzukommen. Mit ihr zu schlafen – Gott, wie lange war das her – und einfach nur mit ihr zu sprechen, ihr von den Gräueln zu erzählen, die er durchlebt hatte; ihr zu sagen, wie ihm der Gedanke an sie dabei geholfen hatte, das alles durchzustehen.

Vielleicht würden sie später indisch essen gehen, sie liebten indisches Essen, und er sehnte sich nach der Normalität eines Restaurants.

Er stieg die drei Treppenfluchten bis zum obersten Stockwerk hinauf, steckte den Schlüssel ins Schloss und öffnete die Tür. Als er in den von Bücherregalen gesäumten Flur trat, hörte er zu seiner Überraschung Musik, The Fray, eine Band auf seiner Playlist. War sie doch zu Hause?

Er betrat das Wohnzimmer und bemerkte eine offene Flasche Wein auf dem Beistelltisch, halb leer, und zwei halb leere Gläser. Und eine riesige Bomberjacke, die achtlos hingeworfen auf dem Sofa lag.

Er runzelte die Stirn.

Die Musik kam aus dem hinteren Teil der Wohnung.

»Imogen? Liebling?«, rief er, und seine Stimme verfing sich in seiner Kehle, während sich ein eisiges Gefühl im Magen ausbreitete.

Er stellte die Tasche, die Flasche und die Blumen ab, ging aus dem Zimmer und den Flur entlang. Die Musik kam aus dem Schlafzimmer. Und er hörte noch ein anderes Geräusch. Ein Stöhnen. Er blieb einen Augenblick vor der Tür stehen, bevor er sie weit öffnete.

Und er sah seine Frau, splitternackt, mit ekstatischem Gesichtsausdruck, das Haar zurückgeworfen, die kleinen, runden Brüste hüpfend, rittlings auf einem nackten, bärtigen Mann.

Dann sah Imogen ihn.

6

9 Jahre später
Mittwoch, 1. Februar

Der Alte zitterte, als er sich in der Dunkelheit langsam den steilen Hügel in Somerset hinaufkämpfte, niedergedrückt von der Last, die er im Herzen trug. Die Last der gesamten Menschheitsgeschichte. Der ewige Kampf zwischen Gut und Böse. Gottes Liebe und Gottes Zorn. Die Häme des Teufels.

Ohne zu ahnen, dass ein Nachtsichtfernglas auf ihn gerichtet war, stieg er vorsichtig durch das rutschige Gras, geleitet nur von dem schwachen Strahl seiner kleinen Taschenlampe, den GPS-Koordinaten auf seinem Handy und der Gewissheit im Herzen, eine Mission zu haben. Schicksal.

Seine Füße in den durchnässten Halbschuhen waren feucht, und ein rauer Wind blies durch seinen dünnen Mantel; die Kälte klebte an seinem Rücken wie eine Kompresse aus kalten Blättern. Er trug einen schweren Spaten und einen Metalldetektor bei sich.

Es war drei Uhr früh.

Wolkenfetzen jagten über den Himmel, für kurze Momente durchbohrt von den steinkalten Strahlen des Vollmonds. Wann immer das geschah, sah er den dunklen Schatten der Klosterruine auf dem Hügel zu seiner Rechten. Die Nacht hatte etwas Übernatürliches an sich. Die Wolken wirkten wie die Kulisse in einem alten Hollywoodfilm. Sie erinnerten ihn an die Szene, in der Cary Grant und Grace Kelly in einem offenen Sportwagen vermeintlich mit hoher Geschwindigkeit dahinrasten, während im Hintergrund die Landschaft vorbeizog, die Haare der beiden aber dennoch tadellos frisiert blieben.

Heute Nacht jedoch sollte er nicht an alte Filme denken, sondern nur an das eine:

Schicksal.

Heute Nacht, an diesem Ort, begann die Reise. Er war gebrechlich und wusste nicht, wie viel Zeit ihm noch blieb auf dieser Erde. Er hatte so lange auf den Ruf gewartet, dass er schon daran gezweifelt hatte, ob er jemals käme. Und als es endlich so weit war, geschah es auf Seine geheimnisvolle Art und Weise.

Es gebe da jemand, so wurde ihm gesagt, der ihm helfen könne, aber er hatte ihn nicht gefunden. Und weil ihm allmählich die Zeit davonlief, hatte er beschlossen, den Weg allein zu gehen.

Die Luft war unruhig, wie elektrisiert, er spürte das Prickeln wie Gänsehaut. Der Wind war voller Raunen, das er nicht verstand.

Er roch das süße Gras. Irgendwo ganz in der Nähe hörte er ein elendes Quieken. Da hat sich wohl der Fuchs ein Kaninchen geholt, dachte er. Das Quieken wurde zunehmend jämmerlich und verstummte irgendwann.

Er verglich die unentwegt wechselnden Koordinaten auf seinem Handy mit denen auf dem Zettel, der in seiner Brusttasche steckte. Näher. Näher.

Fast da.

Er blieb stehen, holte tief Luft. Trotz der beißenden Kälte war er schweißgebadet. Er war ermüdende zweieinhalb Stunden gefahren, um hierherzukommen, gefolgt von einem langen Fußmarsch um das Gelände herum, auf der Suche nach einer Stelle, wo er über den Zaun steigen konnte. Er hatte seine Handschuhe vergessen, aber der Weg zurück zum Auto, um sie zu holen, wäre zu lang gewesen.

Er zog den Zettel heraus und überprüfte noch einmal die Koordinaten, die er sich in seiner sorgfältigen Handschrift notiert hatte.

51°08'40"N 2°41'55"W

Er war ganz nah.

Die Erkenntnis verlieh ihm neuen Schwung. Er tat mehrere Schritte nach links und stieg noch ein paar Meter weiter den Hügel hinauf.

Gleich war es so weit!

Und plötzlich stimmten die Ziffern auf seiner Kompass-App mit denen auf dem Zettel überein:

51°08'40"N 2°41'55"W

Hier musste es sein. Genau an dieser Stelle. Im selben Augenblick gaben die Wolken über ihm den Mond frei, und ein heller Strahl beschien die Stelle. Jemand dort oben wies ihm den Weg. Dies war das Zeichen.

Sein Schicksal!

Fieberhaft fing er an zu graben, umklammerte den Spaten, so fest er konnte, mit seinen klammen, arthritischen Fingern. Er rammte ihn in die Erde, drückte ihn dann mit seinem Gewicht noch tiefer hinein und stemmte den ersten Erdklumpen heraus. Etliche Würmer wanden sich. Er setzte zum zweiten Spatenstich an.

Dabei umtanzte ihn ein helles Licht, das aus dem Nichts gekommen war. Es war aber nicht der Mond, sondern der Strahl einer starken Taschenlampe. Zweier Taschenlampen. Und er hörte eine Stimme. Eine wütende Männerstimme.

»He! Sie da!«

Er drehte sich um. Einen Moment lang blendete ihn das Licht, das ihm ins Gesicht leuchtete. Blinzelnd hielt er mit seiner schwächeren Taschenlampe dagegen. Das Licht fiel zuerst auf einen jungen, uniformierten Polizisten und dann auf den Mann mittleren Alters in einem Parka, der neben ihm stand.

»Er ist hier«, entgegnete er. »Genau hier an dieser Stelle, an der ich grabe. Unter meinen Füßen!«

»Was denken Sie sich eigentlich? Sind Sie noch ganz dicht?«

»Ich rette die Welt.«

»Sie beschädigen Privatbesitz.«

»Hören Sie mir zu, bitte.«

»Nein, Sie hören mir zu!«, sagte der Mann im Parka. »Sie haben hier keinen Zutritt. Wer zum Teufel hat Ihnen erlaubt, mitten in der Nacht in geweihter Erde zu graben?«

»Gott«, erwiderte er schlicht.

7

Donnerstag, 16. Februar

Ein lateinisches Zitat befand sich an einer hölzernen Pforte im Kreuzgang der Kartause des hl. Hugo, im Herzen von Sussex gelegen, fünfzehn Meilen nördlich von Brighton. *Mihi enim vivere CHRISTUS est et mori lucrum.* »Denn CHRISTUS ist mein Leben, und Sterben ist mein Gewinn.«

Hinter dieser Tür saß in der Abgeschiedenheit einer kargen Zelle Bruder Angus an seinem Schreibtisch und las. Seit vielen Jahren lebte er ein einsames Leben und verbrachte täglich viele Stunden auf Knien in seiner winzigen Gebetsnische.

Doch in den vergangenen Monaten hatte er sich immer öfter aus seiner Zelle gewagt, um über den Kreuzgang zu der weitläufigen holzvertäfelten Bibliothek zu gelangen. Bei jedem dieser Aufenthalte suchte er systematisch unter den vielen tausend ledergebundenen Schriften – viele davon noch aus den Tagen vor der Erfindung des Buchdrucks – nach maßgeblichen Titeln und trug so viele er tragen konnte zurück in seine Zelle.

Ein Mönch hier konnte, wenn es ihm gefiel, in seiner Zelle bleiben und sie niemals verlassen. Das Essen wurde ihm jeden Morgen von einem der Brüder durch die Luke neben seiner Tür gereicht. Doch Bruder Angus war zutiefst besorgt. Und er hatte niemanden, mit dem er seine Sorgen teilen konnte, weil es ihm erst in einigen Tagen wieder erlaubt sein würde zu sprechen – nur für eine Stunde, während des sonntäglichen Spaziergangs.

Im nächsten Monat wurde er dreiundsechzig, und er wusste nicht, wie lange es ihm noch vergönnt wäre, seinem Herrn zu dienen. Nicht allzu lange, dessen war er gewiss. Aufgrund seiner Krankheit war es nicht einmal wahrscheinlich, dass er diesen Winter noch erleben würde. Vielleicht nicht einmal mehr den Sommer.

Bis vor kurzem war er mit dem Leben, das ihm geschenkt war, zufrieden gewesen. Das war nicht immer so gewesen. Als ein Kind der sechziger Jahre hatte er das wilde Leben in vollen Zügen genossen. Nach abgebrochenem Studium war er der Leadgitarrist einer Heavy-Metal-Band gewesen, Satan's Creed, und hatte zehn Jahre lang ein Leben voller Sex and Drugs and Rock 'n' Roll geführt. Er war vor allem durch Deutschland getourt, hatte in Clubs und bei Open-Air-Festivals gespielt und es andauernd mit Groupies getrieben.

Bis er eines Tages das Licht gesehen hatte.

Mehrere Lichter, um genau zu sein. Die Stiftlampen von Ärzten, die ihm nach einer gewaltigen Überdosis in die Pupillen geleuchtet hatten. Er konnte sich nicht mehr erinnern, was er alles geschluckt hatte. Zuerst die Lichter in der Notaufnahme. Dann das hellste Licht von allen. Das Licht seiner Berufung.

Eine griechisch-orthodoxe Krankenschwester in der Klinik in North London, die ihm beim Entzug geholfen und ihm das Leben gerettet hatte, erzählte ihm von ihrem Bruder, einem Mönch in einer klösterlichen Gemeinschaft auf dem heiligen Berg Athos. Angus war immer schon von Griechenland fasziniert gewesen, und die Spiritualität des griechisch-orthodoxen Glaubens hatte ihn irgendwie angesprochen. Er war konvertiert. Der Bruder der Krankenschwester hatte ihm dann ein Besuchervisum verschafft.

Er hatte nur fünf Tage bleiben wollen und war fünf Jahre geblieben. In dem strengen Ritual von Gebet, Arbeit, Schweigen und wenig Schlaf war er zu einer tiefen Spiritualität gelangt. Bis ihn Gott eines Tages nach Horsham in Sussex zurückgerufen hatte. Seine alte Mutter war erkrankt und hatte seine Hilfe benötigt.

Er pflegte die an Alzheimer Erkrankte sieben Jahre lang, bis zu ihrem Tod. Eigentlich hatte er vorgehabt, auf den Berg Athos zurückzukehren. Da war er eines Tages, kurz nach dem Begräbnis seiner Mutter, zufällig an den Toren von St Hugh's Charterhouse vorbeigefahren und hatte erneut das Licht gesehen, diesmal heller denn je. Kurzerhand wendete er den Wagen, fuhr hinein und überließ sein Fahrzeug dem Abt des Kartäuserklosters mit den Worten, er solle den Erlös für die Instandhaltung des Gebäudes verwenden.

Seitdem war er hier. Und er würde auch nicht mehr von hier fortgehen. Es war sein Zuhause – zumindest vorübergehend, bis …

Bis er wirklich zu Hause wäre.

Vielleicht.

Die Kartause war in den wohlhabenden Tagen des Ordens errichtet worden, als sicherer Hafen für französische Mönche, die vor der Revolution geflüchtet waren. Doch nur wenige französische Mönche hatten hier Asyl genommen. Wie bei vielen Klöstern der vergangenen Jahrhunderte der Fall, war auch dieses Gebäude zwar ursprünglich für mehr als zweihundert Mönche errichtet worden, doch es gab nur wenige Novizen, und wenn die Älteren starben, wurde es immer schwieriger, sie zu ersetzen. Gegenwärtig lebten nur noch dreiundzwanzig Mönche hier, einschließlich des Abtes und seines Stellvertreters, und sie kamen aus aller Welt. Das Schweigen war demnach nicht nur ein strenges Gebot, sondern auch den Gegebenheiten geschuldet. Von den dreiundzwanzig Mönchen sprachen siebzehn jeweils eine andere Sprache. Das Kloster hieß, wie so viele in der Welt, die zu wenig Mönche hatten, Brüder aller Orden willkommen.

Die wenigsten, die hierherkamen, hielten der Disziplin und Routine lange stand. Ihnen wurde beispielsweise nahegelegt, um 20 Uhr zu Bett zu gehen, doch sie mussten bereits um 23.50 Uhr wieder aufstehen zum Gebet, das sie entweder in der Einsamkeit ihrer privaten Gebetsnischen oder mit der Gemeinschaft in der Kirche verrichteten.

Bruder Angus' Zelle war für klösterliche Verhältnisse ungewöhnlich groß. Sie umfasste zwei Stockwerke, und er hatte einen eigenen Garten, von einer Mauer umgeben, in dem er sein eigenes Gemüse anbauen konnte. Im Erdgeschoss befand sich seine private Kapelle mit einem Bild Jesu an der Wand. Darunter stand, auf einem handgeschnitzten Sockel aus Holz eine Marienstatue. Im kurzen Flur befand sich eine Nische, die seine Werkbank und die Werkzeuge beherbergte, die er für die Instandhaltung seiner Zelle und für die Gartenarbeit benötigte.

Im oberen Stockwerk, bestehend aus zwei kleinen Zimmern, standen sein Bett, ein hölzerner Tisch, ein Stuhl und die Gebetsbank. Eine türkisfarbene Wärmflasche hing verkehrt herum an einem Haken neben seinem schmalen Waschraum, und es gab einen kleinen Holzofen, die einzige Wärmequelle während der langen Wintermonate. Er sollte jetzt Feuer machen, wusste er, denn er fröstelte, weil seine Kutte ihm nur spärlich Schutz bot gegen die beißende Kälte. Doch er war viel zu vertieft in die antiquierte Sprache des vor ihm liegenden Buches, die er nur mit Mühe zu entziffern vermochte.

Von seinem Schreibtisch aus, vor sich einen Stapel Bände aus der Bibliothek, die Bibel, das Gebetbuch und der Gebetsplan, bot ihm das Fenster einen Blick über die Gartenmauer hinweg auf den stillen Friedhof, umgeben vom neugotischen Kreuzgang des Klosters.

Reihen schlichter Holzkreuze kennzeichneten dort anonym die Grabstätten der Brüder, die ihm vorausgegangen waren. Und schon bald würde sein irdischer Leib bei ihnen liegen. Doch wo wäre seine Seele?

Es war eine Frage, die ihm bis vor kurzem kein Problem bereitet hatte. Er hatte schon mehrmals mit dem Abt darüber gesprochen, und jedes Mal hatten ihn die Beteuerungen des Abtes weniger überzeugt. Je mehr er las und analysierte, desto heftiger wurde sein Glaube auf die Probe gestellt. Und wenn da nichts wäre?, hatte er immer öfter gedacht. Überhaupt nichts?

Wenn er all die Jahre damit verbracht – verschwendet – hätte, die leere Luft anzubeten?

Er suchte jetzt in den Seiten dieses Buches nach einer Antwort und hoffte inständig, Gott möge ihn zu einer Passage leiten, in der sie sich verbarg. Es war unbedingt notwendig. Er kannte die Welt da draußen nicht mehr. Sie hatte sich grundlegend verändert, seit er in den Orden eingetreten war. Obwohl er ihn kurz verlassen hatte, um seine Mutter zu pflegen, hatte er den technologischen Fortschritt der letzten Jahrzehnte mit Argwohn betrachtet. Er benutzte kaum je ein Telefon, war aber im Umgang mit dem Internet geschickter geworden.

Er hatte Angst bekommen, dass er bald sterben würde und nichts von ihm bliebe als faulende Knochen in einem anonymen Grab, wie all die anderen, die einmal mit ihm und vor ihm hier gelebt hatten.

Dann, vor wenigen Monaten, hatte er eine Nachricht erhalten. Die möglichen Konsequenzen hatten ihm noch mehr Angst eingejagt, weil die Nachricht so kryptisch gewesen war.

Es braute sich etwas zusammen. Die Religionen in der Welt gerieten zunehmend in Aufruhr und polarisierten in einer Art und Weise, wie es seit Jahrhunderten nicht mehr der Fall gewesen war. Jede Nacht, wenn er schlief, sandte Gott ihm Zeichen und Botschaften. Wies ihn an, online zu gehen, sich weiterzubewegen. Doch statt Klarheit zu erhalten, fühlte er sich in zunehmendem Maße verwirrt.

Es gab Tage – manchmal auch Wochen –, an denen all die Botschaften und Zeichen miteinander verschmolzen und unentzifferbar wurden. Daher hatte er sich von den religiösen Texten den wissenschaftlichen zugewandt. Die meisten Mönche hier lebten ohne moderne Technologie. Doch Bruder Angus befasste sich mittlerweile mit einigen ihrer ungewöhnlicheren Vordenker. Besonders interessierten ihn die Gedanken eines amerikanischen Professors namens Danny Hillis. Er hatte den Parallelrechner erfunden und war Mitbegründer der Firma Thinking Machines Corporation. Das Motto der Firma lautete: *Wir wollen eine Maschine bauen, die einmal stolz auf uns sein wird.*

Und einige Worte des Erfinders berührten ihn tief.

Es gab eine bestimmte Passage aus einem Vortrag, den Hillis

Mitte der 1990er-Jahre gehalten hatte und der Bruder Angus nicht mehr aus dem Kopf ging. »Was die Suche des Menschen nach Gott angeht, so bin ich nicht sicher, ob wir Ihn zwingenderweise in den Gewölben einer gotischen Kathedrale finden. Ich halte es für wahrscheinlicher, dass wir Ihn im Cyberspace finden werden. Die Technik könnte der Weg sein, diese Kommunikationsfrequenz zu aktivieren.«

Angus hatte den Zorn des Abtes – und den möglichen Ausschluss aus dem Kloster – riskiert, indem er versucht hatte, ihn davon zu überzeugen, jedem Mönch einen Computer mit Internetanschluss zu gewähren. Das alte Gemeinschaftsexemplar in der Bibliothek habe ausgedient, sei viel zu langsam, so sein Argument, aber der Abt hatte nichts davon wissen wollen und seine Bitte mit den Worten abgetan: »Gott sagt jedem von uns, was er wissen muss. Wenn wir aufhören, darauf zu vertrauen, sollten wir das Kloster verlassen. Vielleicht steckst du in einer Glaubenskrise, Bruder Angus? Denk daran, alles, was war, ist noch immer. Es ist in Gott. Wer suchet, der findet. Frag Ihn, und Er wird dir Antwort geben.«

In seinen Gebeten fragte Bruder Angus Ihn jeden Tag mit größerer Dringlichkeit. Die Antwort, die er bekam, lautete, es werde schon sehr bald etwas geschehen. Etwas so Fundamentales für die Christenheit wie die Ankunft Christi.

Eine Wiederkunft des Herrn?

Oder kam ein Großer Betrüger?

8

Donnerstag, 16. Februar

Ross Hunter hätte beinah nicht reagiert auf den Anruf. »Unterdrückte Nummer«, las er auf dem Display seines Festnetzanschlusses. Vermutlich wieder einer dieser lästigen automatisierten Anrufe, die mittlerweile regelrecht zum Fluch geworden waren. Er hatte eine Deadline einzuhalten: Seine Redakteurin Natalie McCourt von der *Sunday Times* erwartete um vier Uhr nachmittags – also in exakt zwanzig Minuten – seine Story über sechs Fußballer aus der Premier League, die in eine filmreife Steuerhinterziehungsintrige verwickelt waren.

Montmorency, Ross' dunkelgrauer Labradoodle, der neben seinem Schreibtisch auf dem Boden lag, schien im Augenblick zwei Deadlines im Sinn zu haben. Würde er diesen Knochen, auf dem er so nervig laut herumkaute, noch zu Ende kriegen, bevor sein Herrchen mit ihm Gassi ging? Und würden sie Gassi gehen, bevor es dunkel wurde?

In den darauffolgenden Tagen würde Ross sich oft fragen, was genau ihn eigentlich dazu bewogen hatte, doch den Hörer abzunehmen. Aber selbst wenn er es nicht getan hätte, hätte es der Anrufer mit ziemlicher Sicherheit noch einmal probiert. Und noch einmal. Ross war ziemlich gefragt neuerdings und hütete sich mehr denn je, Anrufe nicht entgegenzunehmen. Sein erster großer Durchbruch vor Jahren als junger Reporter für Brightons Lokalzeitung *Argus* war just so einem Anruf aus heiterem Himmel geschuldet. Er hatte ihm die Story über einen Sex-Skandal verschafft, der darin geendet hatte, dass ein hiesiges Parlamentsmitglied seinen Hut nehmen musste.

»Ross Hunter«, meldete er sich und schaute dabei auf die dunkler werdende Patcham Street hinunter. Sein Arbeitszimmer befand sich im ehemaligen Loft des Hauses, das seine Frau Imogen und er bezogen hatten, um kurz nach jenem schrecklichen Nachmittag, als er aus Afghanistan zurückgekommen war und sie im Bett mit einem anderen Mann überrascht hatte, noch einmal von vorn anzufangen.

Sie hatte ihn um Verzeihung gebeten. Sie habe sich davor gefürchtet, vom Foreign Office die Nachricht zu erhalten, er sei vermisst oder getötet worden, und habe Trost bei einem alten Freund gesucht. Weil er sich damals verzweifelt nach Normalität gesehnt hatte, hatte er ihre Erklärung akzeptiert und ihr verziehen. Später hatte er dann herausgefunden, dass sie ihm nicht die Wahrheit gesagt und die Affäre schon viel länger bestanden hatte. Ihre Beziehung war seitdem nicht mehr dieselbe, als hätte man die Scherben eines zerbrochenen Glases zusammengeklebt. Es war zwar wieder ganz, aber die Risse waren stets gegenwärtig. Mit dem Umzug hatten sie sie zu übertünchen versucht. Und jetzt war sie schwanger, aber er hatte noch immer Zweifel.

Er konnte ihr einfach nicht vertrauen. Nicht vollkommen. An manchen Tagen kam sie ziemlich spät von der Arbeit nach Hause, und ihre Erklärungen klangen nicht sonderlich überzeugend. Dann wieder brach sie verlegen ein Telefongespräch ab, sobald er zu ihr in den Raum kam. Bei solchen Gelegenheiten trat ihm wieder das Bild vor Augen, wie Imogen nackt auf dem bärtigen Mann im gemeinsamen Ehebett saß.

Ein Lieferwagen fuhr mit eingeschalteten Scheinwerfern langsam am Haus vorbei. Er sah, wie eine der Nachbarinnen im Minivan nach Hause kam. Offenbar hatte sie ihr Kind von der Schule abgeholt. Sie öffnete die hintere Autotür, und er sah im Licht der Innenbeleuchtung, wie sie ihrem Sohn, einem kleinen Nervtöter, der permanent brüllte, aus dem Sicherheitsgurt half.

Die Stimme am anderen Ende klang wie die eines gebildeten älteren Mannes. »Spreche ich mit dem Journalisten Mr. Hunter?«

»Ja – und wer sind Sie?«

»Gott sei Dank, dass ich den Richtigen erwischt habe. Es hat eine ganze Weile gedauert, bis ich Ihre Telefonnummer rausgefunden hatte. Ich habe jeden einzelnen R. Hunter in Sussex angerufen, der im Telefonbuch stand.«

»Sie hätten mich über die sozialen Medien kontaktieren können – ich bin ziemlich aktiv auf Twitter und Facebook. Sie hätten mir auch eine E-Mail schreiben können – meine Mailadresse ist im Impressum angegeben.« Er trank einen Schluck Tee aus dem Becher auf seinem Schreibtisch.

»Dies ist keine Angelegenheit für die sozialen Netzwerke,

Mr. Hunter. Auch eine E-Mail wäre zu unsicher, dieses Risiko durfte ich nicht eingehen. Ich habe viele Ihrer Artikel gelesen. Besonders beeindruckt war ich von der Geschichte, die Sie vor einigen Jahren für die *Sunday Times* geschrieben haben. Sie beklagten darin, dass die britische Regierung unsere Soldaten in Afghanistan im Stich lasse.«

»Sie haben den Artikel gelesen?«

»Mein Sohn ist in der Provinz Helmand gestorben. Durch Eigenbeschuss. Früher nannte man das wohl Kurzgänger. Hätte es ein System zur Verhinderung von Eigenbeschuss gegeben, würde er vielleicht noch unter uns weilen.«

»Das tut mir leid.«

»Es ist nicht der Grund, weshalb ich anrufe, aber trotzdem danke. Meine verstorbene Frau und ich versuchten, nicht allzu verbittert zu sein.«

Ross befürchtete schon, dieses Telefonat könnte auf eine Verschwendung der wenigen kostbaren Minuten hinauslaufen, die ihm noch geblieben waren, um seinen Artikel zu Ende zu schreiben und noch einmal durchzulesen.

»Ich möchte Ihnen lediglich versichern, dass ich nicht verrückt bin, Mr. Hunter.«

»Gut zu wissen«, erwiderte er.

»Mein Name ist Dr. Harry F. Cook. Ich bin ein ehemaliger Offizier der britischen Luftwaffe und emeritierter Professor für Kunstgeschichte an der Universität Birmingham. Ich weiß, wie seltsam sich das anhört, aber ich habe vor kurzem den endgültigen Beweis für die Existenz Gottes erhalten – und man hat mir gesagt, es gebe da einen Autor, einen renommierten Journalisten namens Ross Hunter, der mir dabei helfen könnte, ernst genommen zu werden.«

»Wie bitte?«

»Ich weiß, das klingt seltsam. Ich geb's ja zu.«

»Nun ja, das tut es tatsächlich.« Ross überlegte kurz. »Von welchem Gott ist hier die Rede?«

»Es gibt nur einen Gott, Mr. Hunter. Es gibt viele Propheten und viele verschiedene Glaubensrichtungen, aber es gibt nur einen Gott.«

»Darf ich fragen, wer behauptet hat, dass ich derjenige sei, der Ihnen helfen könne?«, fragte Ross, während er seiner Nachbarin dabei zusah, wie sie ihren Sohn an die Haustür ihres Bungalows lotste.

»Gott persönlich«, erwiderte Harry F. Cook schlicht. »Hätten Sie ein paar Minuten Zeit für mich?«

Ross warf einen Blick auf seine Uhr, sah die kostbaren Minuten verrinnen. »Ich fürchte, Sie müssten sich kurzfassen, Dr. Cook, mein Abgabetermin rückt näher.«

»Gut, ich mache es ganz kurz – oder soll ich Sie lieber ein wenig später anrufen?«

»Nein, schießen Sie los.« Er griff sich einen Stift und kritzelte »Dr. Harry F. Cook« und »RAF« und »Universität Birmingham, Prof. em. Kunstgeschichte« auf einen Zettel. Dann nahm er noch einen Schluck Tee, der allmählich kalt wurde.

»Tja, die Sache ist die, Mr. Hunter, ich muss Sie treffen und Ihnen das alles ausführlicher erklären. Ich kann Ihnen versichern, dass ich Ihre Zeit nicht unnötig in Anspruch nehme. Zweifellos haben Sie es alle Tage mit irgendwelchen Spinnern zu tun. Hätten Sie eine halbe Stunde für mich Zeit? Ich komme, wohin Sie wollen. Und ich habe etwas für Sie, von dem ich wirklich glaube, dass Sie es hören wollen. Ich habe eine Botschaft für Sie.«

»Eine Botschaft? Von wem?«

»Von Ihrem Bruder Ricky.«

Ross saß einen Augenblick benommen da. Und fragte sich, ob er richtig gehört hatte.

»Sie haben eine Botschaft von Ricky?«

»In der Tat.«

»Sagen Sie sie mir?«

»Nicht am Telefon, Mr. Hunter.«

Ross spürte einen kalten Luftzug. Die Lichter in der dunkler werdenden Straße schienen plötzlich zu flackern – wie Kerzenflammen, die ein Windstoß erfasst hatte. Er erschauerte und notierte sich mit zitternder Hand, was er eben gehört hatte. »Sie haben wirklich eine Botschaft von meinem Bruder?«

Er sah das blinkende Blaulicht eines Rettungswagens die Straße heraufkommen und hörte das Heulen eines Martinshorns. Einen Moment lang fragte er sich, ob er dieses Gespräch nur träumte. »Wer sind Sie wirklich, Dr. Cook?«

Ein Krankenwagen jagte vorbei.

»Bitte glauben Sie mir, ich bin ein ganz gewöhnlicher Mensch, der tut, was ihm aufgetragen wurde. Bitte, Mr. Hunter, ich flehe Sie an, können wir uns treffen?«

Ross hatte im Laufe der Jahre tatsächlich mit vielen Spinnern zu tun gehabt, und alle hatten sie behauptet, weltbewegende Geschichten für ihn zu haben. Doch etwas in der Stimme dieses Mannes klang ehrlich – und machte ihn neugierig.

»Ich gebe Ihnen eine halbe Stunde, okay? Wir treffen uns auf eine Tasse Tee. Wenn Sie mich bei dieser Gelegenheit davon überzeugen können, dass wir mehr Zeit benötigen, dann vereinbaren wir einen neuen Termin, in Ordnung?«

»Das ist wirklich sehr nett von Ihnen. Wie gesagt, ich fahre, wohin Sie wollen, um Sie zu treffen. Bitte sagen Sie mir, wo und wann es Ihnen passt?«

9

Donnerstag, 16. Februar

Boris hockte in seinem großen Käfig ungemütlich auf dem Schreibtisch – halb darauf, halb daneben – und hämmerte ungeschickt auf der Computertastatur herum. Der Kapuzineraffe mit dem runden

Greisengesicht, der cremefarbenen Mähne und dem langen braunen Schwanz war zwar schlau für einen Affen, aber nicht schlau genug, um sich die Tastenkombination zu merken. Er nahm keine Notiz von dem Kauderwelsch, das vor ihm erschien; er schaute bloß erwartungsvoll auf die Schütte, in der gelegentlich eine Leckerei landete, zum Beispiel eine Erdnuss oder ein Stückchen Banane.

Er hatte inzwischen erkannt, dass die Versorgung mit Leckereien zum Stillstand kam, sobald er selbst zum Stillstand kam. Tippte er dagegen wild drauflos, kämen auch die Leckereien. Dagegen hatte es keinen Sinn – auch das hatte er in den vergangenen drei Wochen gelernt –, auf die Tastatur zu pissen oder zu kacken, weil dann nämlich lange Zeit überhaupt kein Essen auftauchte.

Dr. Ainsley Bloor, ehemals Professor für Biologie an der Universität Brighton, ehe er vor einigen Jahren seine Seele an die Pharmaindustrie verkauft hatte, war jetzt CEO eines der Pharmariesen mit dem weltweit größten Wachstum, Kerr Kluge. Der Zufall, dass die Initialen an die des Ku-Klux-Klans erinnerten, war vielen seiner lautstarken Kritiker nicht entgangen. Der einzige Unterschied zwischen den beiden Organisationen, witzelten sie nicht ganz zu Unrecht, bestehe darin, dass der Pharmariese dank seiner Genetik-Abteilung wisse, wie sich die Hautfarbe von Menschen verändern ließe.

Boris jedoch kümmerte nur sein eigener Lebensraum. Er hämmerte drauflos, und die Leckerchen kamen.

Ainsley Bloor war lange Zeit einer der profiliertesten militanten Atheisten Großbritanniens gewesen. Der jugendlich wirkende Fünfundfünfzigjährige mit dem glatten silbergrauen Haar, das für einen Firmenboss ungewöhnlich lang war, besaß ein scharf geschnittenes, falkenartiges Gesicht mit durchdringenden grauen Augen und war ein glühender Anhänger der Gruppe, die man in Anspielung auf die Apokalypse als Die Vier Reiter bezeichnete – Richard Dawkins, Daniel Dennett, Christopher Hitchens und Sam Harris.

Mehrere Verfechter des Neuen Atheismus vor ihm hatten versucht, das Theorem der endlos tippenden Affen zu beweisen, von dem sie glaubten, es spiele eine Schlüsselrolle beim Nachweis, dass die Welt absolut zufällig entstanden sei und nicht auf ein wie immer geartetes *Intelligent Design* zurückgehe.

Dieses einfache, elegante Theorem besagte, dass eine unendliche Anzahl von Affen, die wahllos auf eine Schreibmaschine eintippten, irgendwann das vollständige Werk von William Shakespeare zustande brächten.

Bis jetzt hatte jeder, der das Experiment versucht hatte, irgendwann aufgegeben. Einer der berühmtesten Atheisten Großbritanniens, der verstorbene Professor Anthony Flew, hatte es ebenfalls probiert und war zu dem Schluss gelangt, dass die Anzahl subatomarer Teilchen im Universum um ein Vielfaches geringer war als die Wahrscheinlichkeit, dass ein Affe auch nur ein vierzehn Zeilen langes Shakespeare-Sonett tippte. Flews Fazit war zum Teil dafür verantwortlich, dass er sich vom Atheismus abgewandt hatte und nun an Gott glaubte, an einen intelligenten Schöpfer.

In seinen Zwanzigern hatte Bloor, fest entschlossen, die Vorstellung eines Schöpfergottes ins Lächerliche zu ziehen, drei Bücher veröffentlicht – *Das Große Göttlein, Wer war Gottes Papi?* und *Mathe mit Gott.* Sein Argument – und die Theorie, die es unterstützte – hatte einen langen Bart. Es konnte bis zu Aristoteles zurückverfolgt werden, über Blaise Pascal und Jonathan Swift bis zu Emile Borel und Arthur Eddington, die allesamt versucht hatten, die Ursprünge des Lebens mit Mathematik und Zufall zu erklären.

Doch nach Bloors Meinung war die Art und Weise, wie Anthony Flew und all die anderen vor ihm ihre Experimente angelegt hatten, mit einem fatalen Fehler behaftet.

Sie hatten ein maßgebliches Element vergessen.

Er saß in seinem Büro, vor dem Computer-Algorithmus, den zu vervollkommnen er zehn Jahre gebraucht hatte, arbeitete sich durch die drei Wochen, in denen der Affe die Tastatur beackert hatte – und erkannte allmählich ein Muster.

Nur ein Anfang. Aber ein Fortschritt. Ja, eindeutig ein Fort-

schritt! Von den sechs Affen in sechs Käfigen in der Orangerie des
einst stattlichen Anwesens, in dem er mit seiner Frau lebte, wurde
Boris allmählich zum Star.

Die Tausend-Meilen-Reise, dachte er. Wie Laotse sagte: »Eine
Reise von tausend Meilen beginnt mit dem ersten Schritt.«

Oder dem ersten Tastendruck.

10

Montag, 20. Februar

Um 15.50 Uhr, zehn Minuten bevor Dr. Harry F. Cook eintref-
fen sollte, starrte Ross aus dem Fenster seiner Wohnung im zwei-
ten Stock und dachte an eine Story, die er für die *Sunday Times* in
Arbeit hatte und die einen gewissen Beamten des National Health
Trust ins Schwitzen bringen würde. Da kam ein makellos weißer
Nissan Micra angefahren und parkte am Gehweg vor dem Haus.

Sein Handy meldete eine SMS.

Ein Blick auf das Display sagte ihm, dass sie von Imogen stammte.

> Komme später, gegen 7. Soll ich was zu essen mitbringen?
> Thailändisch vielleicht? Sei auf der Hut vor dem Spinner –
> will Dich nicht zerstückelt im Kühlschrank finden! Hab
> Dich lieb. XXXX

Er schrieb zurück:

> Unbedingt! Hähnchen-Satay & grünes Fischcurry, bitte.
> Bin bis an die Zähne bewaffnet! Hab Dich auch lieb. XXX

Er wandte sich wieder seiner Arbeit zu und versuchte vergeblich, sich zu konzentrieren. Sie kam wieder mal später nach Hause, grübelte er. Warum? Was trieb sie die ganze Zeit? Er starrte zerstreut aus dem Fenster, auf den Mann in dem kleinen Nissan. Minuten später klingelte es an der Tür. Auf die Sekunde genau vier Uhr.

Er ging hinunter zum Eingang und öffnete die Haustür.

Vor ihm stand ein großgewachsener älterer Herr mit einem großen Aktenkoffer. Er war Mitte siebzig, schätzte Ross, trug einen seriösen Nadelstreifenanzug, dazu farblich passend eine Krawatte und ein Einstecktuch.

»Mr. Hunter?« Er streckte ihm die Hand entgegen.

»Dr. Cook? Sie haben uns gleich gefunden?«

»Oh ja, dank des wunderbaren Satellitennavigationssystems.«

Als sie einander die Hände schüttelten, beugte Cook sich zu ihm vor, sah ihn aus traurigen, wässrigen Augen eindringlich an und sagte: »Es ist sehr nett von Ihnen, mich zu empfangen, Mr. Hunter. Sie verstehen doch, dass Sie und ich die Welt retten müssen?«

Ross schenkte ihm ein verhaltenes Lächeln. »Nun ja, ich werde mein Bestes tun!« Angesichts der Tatsache, wie elegant der Mann gekleidet war, wünschte er sich kurz, er würde nicht nur eine alte Jeans, einen weiten Pulli und ausgetretene Hausschlappen tragen.

»Mr. Hunter, ich kann Ihnen nicht sagen, wie viel das für mich bedeutet – und für die Menschheit.«

Ross lächelte. »Tja, mal sehen. Kommen Sie herein, darf ich Ihnen etwas zu trinken anbieten?«

»Eine Tasse Tee wäre schön.«

Aus der Küche ertönte lautes Hundegebell.

»Still, Monty!«, rief Ross.

Der Labradoodle kam über die schwarz-weißen Schachbrettfliesen im Flur getrottet und wedelte treuherzig mit dem Schwanz.

Ross tätschelte den Hund und wandte sich wieder seinem Gast zu, der das gelockte Tier argwöhnisch beäugte. »Er ist ein absolutes Weichei – ein überaus liebreizendes Naturell. Mögen Sie Hunde?«

»Aber ja, sehr sogar. Monty, sagten Sie?«

»Ja. Die Abkürzung von Montmorency.«

»War Montmorency nicht der Name des Hundes in dem wunderbaren Buch *Drei Mann in einem Boot*?«

»Stimmt genau, daher haben wir ihn – na ja, es war die Idee meiner Frau, sie hatte das Buch schon immer sehr gern.«

Es war eines der Bücher, die sie auf ihre Hochzeitsreise nach Italien mitgenommen und beide gelesen hatten – er zum ersten Mal und Imogen mindestens zum dritten Mal. Sie hatten eine Menge gelacht, besonders als der Protagonist sich im ersten Kapitel beklagte, er sei auf seiner Kreuzfahrt viel zu seekrank, um etwas zu essen. Ross und Imogen hatten eine Kreuzfahrt spendiert bekommen, als Gegenleistung für einen Artikel für den Reiseteil des Magazins, bei dem sie früher gearbeitet hatte. Als dann in der Bucht von Biskaya ein Sturm aufkam, hatten sie beide zwei Tage lang flachgelegen und sich hundeelend gefühlt.

»Meine Frau und ich waren immer mehr für Katzen«, sagte Cook.

»Wir hatten auch einen Kater – aus dem Tierheim. Cosmo. Aber er war sehr eigen, ist oft tagelang verschwunden.«

»Es ist nicht leicht, Katzen zu verstehen.«

»Stimmt. Eines Tages kam er nicht wieder. Vielleicht hatte er was Besseres gefunden.«

Der alte Herr gluckste in sich hinein. »Das kann schon sein.«

Ross geleitete ihn zum Sofa in ihrer modernen, luftigen Lounge und ging in die Hightech-Küche, die Imogen ausgesucht hatte – sie hatte mehr gekostet als die Staatsverschuldung einer kleinen Nation, viel mehr, als sie sich vernünftigerweise leisten konnten –, und setzte den Kessel auf. Er kramte in einem der Küchenschränke und fand eine Packung Vollkornkekse mit Schokofüllung. Er riss sie auf und schüttete ein paar auf einen Teller. Dann stellte er Tee und Kekse auf ein Tablett und trug es ins Wohnzimmer.

Einige Augenblicke später, in einem Lehnstuhl gegenüber von

Cook und mit Monty an der Seite, der knopfäugig zusah, wie der Gast seinen Tee umrührte, sagte Ross: »Sie haben eine Botschaft von meinem Bruder Ricky für mich?«

»Ich komme noch darauf zu sprechen.« Cook nippte an seinem Tee und nickte versonnen, kurz in seiner eigenen Welt versunken. »Alles der Reihe nach, wenn Sie gestatten.«

Ross nickte.

»Meine Frau Doreen war ebenfalls Akademikerin, müssen Sie wissen, und unterrichtete an derselben Universität wie ich Physik. Vor sechs Monaten ist sie an Krebs gestorben.«

»Mein herzliches Beileid.«

»Ich danke Ihnen. Die Sache ist die, Mr. Hunter: Ich musste ihr in ihren letzten Tagen im Hospiz versprechen, dass ich nach ihrem Tod ein Medium aufsuche, um Kontakt zu ihr aufzunehmen. Als praktizierender Christ konnte ich mich, um ehrlich zu sein, nicht wirklich für diese Dinge erwärmen, aber da sie vehement darauf bestand, habe ich ihr natürlich mein Wort gegeben. Und nachdem sie gestorben war, musste ich mein Versprechen natürlich einhalten.«

»Natürlich.« Ross fragte sich, worauf Cook hinauswollte.

»Auf eine Empfehlung hin fand ich eine sehr nette Dame und konsultierte sie ungefähr drei Wochen nach dem Begräbnis meiner Frau. Doch statt einer Nachricht von Doreen erreichte mich die eines Mannes, der behauptete, er habe eine Botschaft von Gott zu überbringen. Gott sei äußerst besorgt über den aktuellen Zustand der Welt, sagte er. Nur wenn die Menschheit dazu gebracht werden könnte, wieder an Ihn zu glauben, könne sie vor dem Abgrund gerettet werden. Als Beweis für seine Vertrauenswürdigkeit, so habe Gott es ihm aufgetragen, solle er mir drei Fakten an die Hand geben, die noch niemand auf diesem Planeten kenne, verschlüsselt durch Koordinaten. Ein angesehener Journalist namens Ross Hunter, sagte er, könne mir dabei helfen, ernst genommen zu werden.«

»Wirklich? Ich hatte keine Ahnung, dass ich ein so hohes Ansehen genieße.«

»Der Mann hatte jemanden bei sich, der eine Botschaft für Sie hatte. Ihr Bruder Ricky lässt Ihnen sagen, ihm sei klar, dass Sie ihn nicht mochten, wenn auch nicht, warum. Aber er verzeiht Ihnen.«

Ross starrte ihn gebannt an. »Hat er noch etwas gesagt?«

»Er sagte, Sie sollten mir vertrauen. Er nannte zwei Namen. Bubble und Squeak. Sie sollten sich an Bubble und Squeak erinnern. Squeak hat Sie gebissen, wissen Sie noch?«

Ross fühlte sich wie benommen. Bubble und Squeak waren zwei Rennmäuse, die Ricky und er zu ihrem neunten Geburtstag von ihren Eltern bekommen hatten. Squeak hatte ihn in den Zeigefinger gebissen, richtig fest. Wie in drei Teufels Namen konnte dieser Dr. Cook das wissen?

Der alte Mann blickte auf den Aktenkoffer am Boden neben ihm und wies mit einem Nicken darauf. »Es steht alles hier drin, Mr. Hunter.«

»Gut.«

Cook öffnete den Koffer und zog ein dickes Bündel Din-A5-Blätter heraus, von Gummibändern zusammengehalten. »Lesen Sie das. Der Text wurde mir direkt von Gott diktiert, mehrere Tage lang, nach meinem Besuch bei diesem Medium.« Er übergab das Bündel Ross. »Ich habe die Koordinaten natürlich geschwärzt, Mr. Hunter, für den Fall, dass das Manuskript hier in die falschen Hände fallen sollte.«

Der Stapel wog schwer. Das Deckblatt war fleckig und leer, eine Ecke eingeknickt. Der Journalist blätterte die Seiten kurz durch. Es gab keine Kapitel, nur fortlaufenden Text auf liniertem Papier – in geneigter, winziger Schrift, sorgsam und sauber, in schwarzer Tinte mit kleinen Tippex-Flecken hie und da und eingestreuten Anmerkungen. Am unteren Rand jeder Seite war die Seitenzahl eingefügt. Insgesamt waren es 1247 Seiten. »Also schön«, sagte er. »Lassen Sie es hier, und ich sehe es mir an.«

Der alte Herr schüttelte bedauernd den Kopf. »Ich fürchte, das geht nicht. Es ist das einzige Exemplar, wissen Sie.«

»Sie haben keine Kopie?«

Cook sah fast düpiert drein. »Ich kann doch nicht riskieren, dass das Manuskript den Falschen in die Hände fällt. Ich muss hierbleiben, solange Sie es lesen.«

Ross stöhnte innerlich. Wie er befürchtet hatte, hörte der Mann sich mehr und mehr wie ein Spinner an. Und dennoch, was er über Ricky gesagt hatte, ließ sich nicht abtun. Woher hätte er die Sache mit den zwei Rennmäusen wissen sollen? Er hatte nie darüber geschrieben und, soweit er sich erinnern konnte, auch nie davon gesprochen. Woher also wusste Dr. Cook davon? Er nahm das Manuskript auf, wog es in den Händen und blätterte es durch. »Ich würde vier Tage brauchen, um es zu lesen!«

Der alte Mann hob einen Finger. »Das dürfte hinkommen.«

Ross schüttelte lächelnd den Kopf, blieb geduldig. »Sie wollen also vier Tage lang auf meiner Couch sitzen, während ich Ihr Manuskript lese?«

»Ich darf es nicht aus den Augen lassen.«

Ross schüttelte wieder den Kopf. »Dr. Cook, das kommt nicht in Frage. Es tut mir leid, doch abgesehen von anderen Dingen kann ich mir nicht vier Tage am Stück freinehmen. Sie werden mir einen gewaltigen Vertrauensvorschuss geben müssen – entweder Sie lassen das Manuskript hier bei mir, und ich lese es, sobald ich Zeit habe, oder Sie nehmen es wieder mit. Und bevor ich damit anfange, muss ich noch einiges über den Inhalt wissen. Und über diesen Gottesbeweis, von dem Sie sprachen. Was sind das für drei Fakten, die Sie angeblich haben?«

»Ich habe drei Koordinatensätze erhalten – der erste verweist auf die Stelle, an der sich der Heilige Gral befindet.«

»Der Heilige Gral?«

»Richtig.«

»Das ist ein ziemlich dicker Fisch«, sagte Ross und machte sich eine Notiz.

»Nicht so dick wie der nächste, Mr. Hunter. Die Koordinaten

zum Standort eines bedeutenden Gegenstands, der sich auf unseren Herrn Jesus Christus bezieht.«

»Ist die Quelle vertrauenswürdig?«

»Bitte, Mr. Hunter, wie ich schon sagte, ich bin kein Spinner. Bitte hören Sie mich an. Der dritte Koordinatensatz verweist auf ein dermaßen bedeutendes Ereignis, dass es – auf eine wirklich positive Weise – die ganze Welt verändern wird.«

»Werden Sie mir sagen, was es ist?«

»Zu gegebener Zeit, aber noch nicht jetzt. Erst muss ich sicher sein, dass Sie der Richtige sind. Nur so viel: Die dritten Koordinaten beziehen sich auf die Wiederkunft Christi.«

»Seine Wiederkunft?«

»So ist es.«

Ross überlegte kurz, betrachtete seine Notizen. Er kritzelte einen Heiligenschein. »Na schön. Haben Sie irgendetwas davon überprüft, Dr. Cook?«

Cook nahm einen Schluck Tee und nickte versonnen, ganz in seiner eigenen Welt. »Ja, das habe ich in der Tat. Ich habe die Koordinaten für den Heiligen Gral überprüft. Sie stehen für den Ort Chalice Well in Glastonbury.«

»Wirklich?«

»Wie Sie wissen, wird schon lange gemutmaßt, dass dort Josef von Arimathäa begraben liegt. Chalice Well ist eine der ältesten Quellen in Großbritannien, im Tal von Avalon, zwischen dem Glastonbury Tor und Chalice Hill gelegen.«

»Zufällig weiß ich eine ganze Menge darüber. Vor ein paar Jahren habe ich für den *Guardian* einen ausführlichen Artikel über das Glastonbury-Festival und die Mythen geschrieben, die sich um den Glastonbury Tor ranken. Sämtliche Artuslegenden vom Heiligen Gral haben dort ihren Ursprung.«

»Gut, dann wissen Sie ja, wovon ich spreche. Natürlich haben Feinde Unseres Herrn Fehlinformationen gestreut. Ich hoffe, Mr. Hunter, Sie sind Manns genug, diese zu durchschauen. Es ist wahrscheinlich einer der vielen Gründe, warum man mir gerade Ihren Namen genannt hat. Sie könnten mir helfen, hieß es.«

»Sind Sie denn dort gewesen?«

»Ja, mit Wünschelruten und einem Metalldetektor, in einem weiten Bogen um die Stelle, die von den Koordinaten bezeichnet wird, und dort unten ist tatsächlich etwas.« Cooks Augen funkelten in fast messianischem Eifer. »Chalice Well wird von einer Stiftung verwaltet, an die ich mich anschließend wandte. Ich bat sie um ihre Zustimmung, dort archäologische Grabungen durchführen zu dürfen, doch obwohl ich den Verantwortlichen erklärte, warum ich das tun wollte, haben sie sich geweigert.«

»Haben sie Ihnen Gründe genannt?«

»Ich habe getan, was ich konnte, um sie zu überzeugen, aber ich glaube einfach nicht, dass sie mich ernst nehmen. Ich glaube, mit Ihnen wäre es anders – Sie stehen im Ruf, völlig integer zu sein, die müssten Sie ernst nehmen.«

»Das ist sehr schmeichelhaft.«

»Es ist wahr, Mr. Hunter.«

»Es gibt da allerdings ein großes Problem«, sagte Ross. »Nach dem, was ich von meiner eigenen Forschung noch weiß, ist es zwar durchaus möglich, dass Josef von Arimathäa nach der Kreuzigung Jesu nach England gelangte ...«

»Absolut«, sagte Cook. »Höchstwahrscheinlich kam er über die Schwemmebene der Somerset Levels und erreichte König Artus' legendären Inselberg Avalon, der jetzt Glastonbury Tor heißt. Um den Kelch sicher zu verwahren, der das Blut des Gekreuzigten enthielt, vergrub er ihn an einem geheimen Ort. Sieben Jahrhunderte nach Jesu Tod wurde das Kloster Glastonbury errichtet. 1191 behaupteten Mönche der Abtei, sie hätten die Gräber von König Artus und Königin Guinevere gefunden. Sämtliche Dokumente darüber gingen vermutlich während der Reformation Heinrichs VIII. verloren – als die Protestanten sich vom Papst in Rom abspalteten und die Mehrzahl der Klöster dem Erdboden gleichgemacht wurden. Ihre Reliquien und Schriften wurden entweder vernichtet oder in alle Winde verstreut.«

Ross nippte an seinem Tee. »Ja, schon, aber als ich für meinen Artikel recherchierte, kam es mir so vor, als wären die mittelalterlichen Mönche doch ziemlich geschäftstüchtig gewesen und als wären die Einnahmen aus dem Reiseverkehr für die damaligen Klöster ebenso wichtig gewesen wie für viele Seebäder heutzutage. Etliche Gelehrte haben deshalb behauptet, die Entdeckung dieser Gräber sei einfach nur erfunden worden, um den religiösen Tourismus anzukurbeln. Was wissen Sie darüber, Dr. Cook?«

»So ziemlich alles. Als Pilgerstätte dürfte der Ort von Tausenden Gläubigen besucht worden sein. Es gab gewiss alle möglichen heiligen Souvenirs und auch viele Scharlatane, die vermeintlich wundertätige Reliquien verkauften. Doch das war gängige Praxis für viele Klöster. Sie sind zu Recht skeptisch, Mr. Hunter. Und da so vieles während der Reformationszeit zerstört wurde, lässt sich nach all den Jahrhunderten unmöglich die Wahrheit feststellen.«

»In der Tat. Haben Sie die beiden anderen Koordinaten nachgeprüft?«, fragte Ross.

»Das habe ich. Doch bevor ich nicht sicher weiß, dass Sie mir helfen wollen, kann ich sie nicht preisgeben, fürchte ich.«

Bei aller Skepsis, die er in diesem Moment empfand, konnte Ross nicht einfach so vom Tisch wischen, was Cook ihm von Ricky erzählt hatte. Außerdem wirkte der Mann auf ihn geradezu rührend aufrichtig. Cook glaubte ohne jeden Zweifel an die Botschaft, die er erhalten hatte.

Und trotzdem.

»Dr. Cook, Sie sagten doch, Gott sei der Ansicht, dass der Glaube an Ihn gefestigt werden müsse, damit die Welt nicht in den Abgrund stürze, richtig?«

»So ist es, Mr. Hunter.«

»Aber die Welt war doch noch nie auf geradem Kurs, oder? Wenn Sie sich die vergangenen Jahrtausende ansehen, werden Sie feststellen, dass fast alle Menschen auf der Welt an einen Gott – oder an Götter – geglaubt und zu Ihm gebetet haben. Und trotzdem haben die Menschen dieselben schrecklichen Dinge getan, die sie auch heute noch überall auf der Welt tun. Und das, obwohl sie inbrünstig an ihre Gottheit glaubten.«

Er hielt einen Augenblick inne und blickte auf den alten Mann, der ihn aufmerksam betrachtete.

»Wenn Er wirklich Gott ist, Dr. Cook, und uns dazu bringen möchte, dass wir wieder auf Kurs kommen – was immer Er darunter versteht –, warum sorgt Er dann nicht dafür?«

»Weil Gott uns den freien Willen gab. Er sandte Seinen Sohn, um uns zu retten, und wir verhöhnten und ermordeten ihn. Seither leiden wir an den Folgen. Und jetzt gibt man uns eine einmalige zweite Chance.«

Ross' Bauchgefühl sagte ihm, dass er bei diesem Spiel nur verlieren konnte. Um herauszufinden, dass sein Zwillingsbruder bei einem Unfall ums Leben gekommen war, hätte Cook seinen Namen nur bei Google einzugeben brauchen.

Und was war dann mit Bubble und Squeak?

Er beschloss zu bluffen. Er warf einen Blick auf die Uhr. »Tja, mehr Zeit habe ich leider nicht – ich weiß nicht recht, wie's nun weitergehen soll. Ich schlage vor, Sie nehmen Ihr Manuskript, fertigen eine Kopie an und schicken mir diese, wenn ich Ihnen helfen soll. Ansonsten …« Er stand auf. »Es war sehr nett, Sie kennenzulernen.«

Cook regte sich nicht. »Also schön«, sagte er, spitzte die Lippen und nickte nachdenklich. »Ich vertraue Ihnen, Mr. Hunter. Ich lasse das Manuskript hier bei Ihnen, wenn Sie mir versprechen, keine Kopie zu machen.«

Ross nickte.

»Lesen Sie es bitte, so schnell Sie können, dann treffen wir uns wieder und entwickeln eine Strategie, wie wir die Menschheit retten können.«

»Guter Plan«, sagte Ross. »Unter einer Bedingung.«

»Die wäre?«

»Sie geben mir alle drei Koordinaten.«

Cook zögerte, maß ihn aus argwöhnisch schmalen Augen. »Warum brauchen Sie die?«

»Sie bitten mich, Ihnen viel Zeit zu opfern. Deshalb würde ich sie gern selbst nachprüfen.«

»Also gut. Als Zeichen meines Entgegenkommens überlasse ich Ihnen die präzisen Koordinaten für Chalice Well, Mr. Hunter. Es ist nicht, dass ich kein Vertrauen zu Ihnen hätte, aber ich kann nicht riskieren, dass sie in die falschen Hände gelangen.« Wieder starrte er Ross eindringlich an. »Sie verstehen doch sicher, dass es eine Menge Menschen gibt, die sie haben möchten? In den falschen Händen könnten sie extrem gefährlich sein.«

»Inwiefern?«

»Muss ich es aussprechen?«

Jetzt erkannte Ross den Lehrer in dem Mann. Den ungeduldigen Dozenten, der sich bemühte, einen begriffsstutzigen Studenten nicht vor den Kopf zu stoßen.

»Luzifer, Mr. Hunter.« Cook sah ihn vorwurfsvoll an. »Satan. Der gefallene Engel, der gelobt hat, zu gegebener Zeit in den Himmel zurückzukehren.«

»Okay«, sagte Ross und versuchte dabei, nicht auszusehen, als nähme er Cook nicht für voll.

»Sobald ich das Gefühl habe, dass keine Gefahr droht, überlasse ich Ihnen die übrigen Koordinaten. Und ich muss Sie auch darum bitten, mir Ihr Wort zu geben, in Chalice Well – oder sonst wo – keine Grabungen durchzuführen ohne mein Beisein.«

»Sie haben mein Wort.«

Etwas zögernd öffnete Cook seine Brieftasche, zog einen kleinen Zettel heraus, nicht größer als fünf auf fünf Zentimeter, und gab ihn Ross.

Der vermochte die winzigen handgeschriebenen Zahlen und

Buchstaben kaum zu entziffern. Mit halb zugekniffenen Augen las er die Koordinaten laut vor:

»51°08'40"N 2°41'55"W…«

Dann las er die nachfolgenden Zahlen:

»14 9 14 5 13 5 20 18 5 19 19 20 12.«

Er sah Cook an. »Was sind das für Zahlen? Das sind keine Koordinaten.«

»Nein, in der Tat.«

»Ist es irgendein Code?«

»Ich weiß es nicht. Ich habe mich in Chalice Well nach entsprechenden Zahlen umgesehen, als ich dort war, aber keine Chance. Doch irgendeinen Sinn haben sie ganz zweifellos.«

Einige Minuten später schüttelten sie einander vor der Haustür die Hände.

»Sie geben gut acht auf das Manuskript, nicht wahr, Mr. Hunter?«

»Ich schütze es mit meinem Leben.«

Ross blieb an der Tür stehen und sah zu, wie Cook in den Wagen stieg, das Licht einschaltete und davonfuhr. Es war kurz vor 18 Uhr.

Dann schloss er die Tür, ging nach oben in sein Arbeitszimmer und begann zu lesen.

Der Mann in der dunkelgrauen Vauxhall-Limousine, die in einiger Entfernung stand, setzte das Nachtsichtfernglas ab, schaltete die Aufnahmefunktion aus und machte sich ein paar Notizen auf seinem Tablet, ehe er den Motor startete und losfuhr.

11

Montag, 20. Februar

Alle waren froh, und Pastor Wesley Wenceslas gefiel das. Er mochte Frohsinn! Und nichts machte den Sechsundvierzigjährigen froher, als wenn er die Worte des Herrn verbreitete – nun ja, die Worte des Herrn, wie er sie auslegte. Eine Auslegung, die eindeutig vielen Menschen zusagte. Das *frohe* Wort.

Die Gemeinden wurden mit jeder Woche größer, in jedem Ableger der Wesley Wenceslas Ministries. Seine Kirche in South Kensington war schon seit einigen Jahren zu jedem Gottesdienst brechend voll – 1700 Gläubige. Doch wenn Pastor Wesley selbst predigte, üblicherweise am Sonntagabend, pflegten Hunderte draußen vor den Bildschirmen zu stehen, und das bei so ziemlich jedem Wetter, und alle beteten gemeinsam und hatten einander lieb. In seinen drei weiteren Kirchen in England, in Manchester, Leeds und Leicester, war es nicht anders. Überdies hatte er neuerdings drei Ableger fest in Amerika etabliert und noch weitere in Planung. *Mit Gott im Rücken liegt dir die Welt zu Füßen!*

Die Klickzahlen auf seinem YouTube-Kanal gingen stetig in die Höhe. Gegenwärtig sahen sich 5,2 Millionen Menschen seine Sendungen an, womit er viele Mainstream-Kanäle bei weitem übertraf, was seine Sponsoren sehr froh machte. Was wiederum seinen Bankdirektor sehr froh machte. Genau wie die Besitzer seiner bevorzugten Schmuck-, Schuh- und Bekleidungsgeschäfte in Westbourne Grove in London und am Rodeo Drive in Beverly Hills, wo er gern Geschenke für seine Frau Marina einkaufte, die sich meistens um ihre drei kleinen Kinder kümmerte. Sie wurden aus religiösen Gründen, aber auch der Sicherheit wegen, zu Hause in Gethsemane Park unterrichtet, ihrem Landhaus in Surrey, der sowohl ihr Zuhause als auch der Sitz der Wesley Wenceslas Ministries war.

Auch seine englischen Rolls-Royce-Händler in Sussex waren froh. Das sportliche, zweitürige goldbeige Phantom-Coupé, in dem er zurzeit herumkutschierte, war nur wenige Wochen alt, und er hatte noch fünf weitere Rolls, alle unter zwei Jahre, in seiner Zehnfachgarage stehen. Jesus war zwar arm gewesen, argumentierte er, doch das war damals gewesen – wir lebten aber im Hier und Jetzt. Die Welt hatte sich verändert, die Ansprüche hatten sich verändert, schrieb und predigte Wesley Wenceslas. Wer war besser geeignet, denen die Hand zu reichen, die geistliche Weisung am nötigsten hatten? Irgendein frommer Mönch in Jesuslatschen auf einem Drahtesel oder jemand im schicken Anzug und mit flotten Schlitten?

Die christlichen Kirchen in der gesamten westlichen Welt verloren ihre Anhänger und fragten sich, warum. Einige glaubten, es läge daran, dass sie der jüngeren Generation nichts zu bieten hätten, und setzten auf rockende Vikare mit E-Gitarren, die Kirchenlieder in ein U2-Konzert für Arme verwandelten, aber das klappte nicht, oder? Sie bekamen trotzdem nicht mehr Zulauf. Harry Cohn, der alte Filmmogul in Hollywood, hatte den Nagel auf den Kopf getroffen, als er sagte:»Gebt den Leuten, was sie haben wollen, und sie rennen euch die Türen ein.«

»Hey«, pflegte er zu scherzen,»es war doch der liebe Gott persönlich, der sagte, dass im Land der Verheißung Milch und Honig fließen würden!«

Die Menschen sehnten sich nach Farbigkeit, Licht, Lachen, Schönheit, und sie liebten das Drama, Sensationen und Wunder, doch brauchten sie vor allem eines: Geld. In einem heißen Land konnte man arm sein, und solange man etwas zu essen hatte, konnte man barfuß herumlaufen, in Lumpen, und ohne Dach über dem Kopf überleben. Doch in einem kalten, nassen Klima wie in diesem Land brauchte man viel mehr. Und das kostete Geld. Er glaubte an das Wohlstandsevangelium: Je dicker das Bankkonto, desto gesegneter der Mensch.

Er wusste das. Er war selbst einmal arm gewesen – vor nicht allzu langer Zeit. Es war eine einfache Gleichung, doch wie so viele der traditionellen Kirchen in den USA hatten die etablierten Kirchen in England seit Jahrzehnten – oder vielmehr seit Jahrhunderten – am Thema vorbeigepredigt. Das zeigte allein die Größe seiner Anhängerschar. Kirchen brechend voll von Gläubigen, die Gottes Botschaft, Gottes Liebe verbreiteten. Die wahre Auslegung der Lehren Seines Sohnes.

BARMHERZIGKEIT. TOLERANZ. ERFOLG!

Wie viele Kirchen hatten über die Jahrhunderte dieses letzte Wort zum Tabu für ihre Schäfchen erklärt – während sie selbst gewaltige Reichtümer angehäuft hatten? Es war ihnen zupass gekommen, die schlichte Wahrheit abzutun, dass die Reichen die Macher, die Erfolgreichen waren. Schließlich waren es die Reichen, die wirksame Arzneien herstellten, Flugzeuge bauten; Autos; Lebensmittel; Schulen; Büchereien; Krankenhäuser; Straßen. Wenn es wirklich einfacher war für ein Kamel, durch ein Nadelöhr zu gehen, als für einen Reichen, ins Himmelreich zu kommen, wie Jesus den Synoptischen Evangelien zufolge angeblich gesagt hatte, was war der Himmel dann für ein Ort? Pastor Wesley Wenceslas hatte eine ziemlich eindeutige Meinung dazu:

Ein Himmel mit nichts als armen Leuten wäre doch ein ziemlich schäbiger Ort. Eine riesige Müllhalde für Verlierertypen – und wer wollte schon in alle Ewigkeit mit einem Haufen Verlierer abhängen?

Außerdem hatte er schon immer ein Problem gehabt mit diesem Zitat, weil er von seinen religiösen Studien her wusste, dass Jesus ein gerechter Mann gewesen war. Es war ebenso voreingenommen wie hetzerisch zu behaupten, dass alle Reichen schlecht und alle Armen gut seien. Da die Heilige Schrift vielfach schlecht übersetzt worden war, hatte er sich eingehend mit dieser Überlieferung beschäftigt, denn sie widersprach so vielem, wofür er sich starkmachte. Und so war er der Sache schließlich auf die Spur gekommen, in George M. Lamsas Übersetzung der syrisch-aramäischen Peschitta. Dort war

62

das im Originaltext des Matthäusevangeliums, 19,24, verwendete Wort »Kamel« durch »Seil« ersetzt, und eine Fußnote besagte, dass das aramäische Wort *gamla* sowohl »Seil« als auch »Kamel« bedeutete.

Es war ein triumphaler Augenblick für Pastor Wesley Wenceslas gewesen. Was Jesus wirklich gesagt hatte, war, dass ein reicher Mann sich gut überlegen musste, wie er sein Leben gestaltete, so wie er sich konzentrieren musste, um ein Seil durch ein Nadelöhr zu führen, wenn er in den Himmel kommen wollte.

Natürlich leuchtete das ein. Die monotheistischen Religionen – jene, die an den einen Gott glaubten – hatten ihre Macht und Stellung erlangt, indem sie zu Kontrollinstanzen wurden. Und dazu war Geld vonnöten. Der unermessliche Reichtum des Vatikans war nur durch diese Kontrolle angehäuft worden – und das Schuldgefühl, das er fast zwei Jahrtausende mit diesem einen Satz in den Reichen erzeugt hatte.

Aufgrund einer Falschübersetzung.

Einer gewollten Falschübersetzung?

In seinen behaglichen Ledersitz geschmiegt, mit nur einem Finger am Lenkrad, lauschte er seiner eigenen Stimme aus dem Radio, das auf seinen eigenen Internetsender eingestellt war, Wesley Wenceslas Radio.

»Bei Matthäus 5,5 heißt es: ›Selig, die keine Gewalt anwenden, denn sie werden das Land erben.‹ Nun, denken wir darüber nach. Was hat dieser Satz eigentlich zu bedeuten? Dass jeder, der etwas verteidigt, verdammt ist?«

Das schmiedeeiserne Tor zum Gethsemane Park öffnete sich, als sich ihm der schwarze Range Rover mit zweien seiner Leibwächter in der Dunkelheit näherte. Der Rolls fuhr hinterher, dicht gefolgt von einem zweiten schwarzen Range Rover mit zwei weiteren Leibwächtern. Kameras behielten den Konvoi im Blick, der die lange Allee hinauffuhr.

Wenceslas lächelte über den Ausblick zu seiner Rechten, sein von vielen tausend Lampen erhelltes Anwesen. Ein gottgefälliger Anblick. Viele Morgen grünende Wiesen, die sanft zum See hin abfielen, wo sich, inmitten von Springbrunnen, sein eigenes privates Heiligtum befand. Dies war der Ort, wo er regelmäßig Stunden allein verbrachte, im Gebet vertieft und über die Heilige Schrift nachsinnend, während er gleichzeitig in den Computer sah und seine Wochenbilanz im Blick behielt, um zu prüfen, ob seine Herde noch immer großzügig seine gottgegebene Berufung unterstützte.

Das Gras war ausgesprochen grün, eine Farbe, die ihm gefiel, und nach Monaten üppigen Regens sollte das auch so sein. Doch zuweilen, in den Sommermonaten, wenn der Regen auf sich warten ließ und die Berieselungsanlage Mühe hatte, das Gras vor dem Braunwerden zu schützen, pflegte er dem Grün chemisch nachzuhelfen. Einflussreiche und wichtige Besucher kamen hierher, und für sie musste alles perfekt aussehen. Und das bedeutete grünendes Gras. Er sah darin nichts Falsches. Wir alle brauchten doch zuweilen ein klein wenig Hilfe im Leben, sogar Gott der Allmächtige persönlich. Besonders in diesen zunehmend dunklen und unruhigen Zeiten.

Vor allem im Hinblick auf die beunruhigenden Nachrichten, die er heute Morgen erhalten hatte.

12

Montag, 20. Februar

»Das Essen steht auf dem Tisch und wird kalt!«, rief Imogen ungeduldig.

»Ich komme!«, erwiderte Ross.

»Das hast du schon vor fünf Minuten gesagt!«

»Tut mir leid! Ich komme!«

Vorsichtig legte er den dicken Stapel loser Blätter beiseite, den Harry Cook ihm anvertraut hatte. Das einzige existierende Exemplar. Zum Glück, dachte er. Denn das bedeutete, dass nicht noch ein armer Tropf unwiederbringliche Stunden seines Lebens mit dem Versuch vergeuden müsste, es zu lesen.

Rasch checkte er Facebook und Twitter, fand aber nichts Interessantes und hastete nach unten.

»Also, was denkst du?«, fragte Imogen, als er die Küche betrat mit ihrem Panoramablick über die Lichter des dichtbesiedelten Patcham Valley.

»Tut mir leid, ich wollte schon kommen, als du mich das erste Mal gerufen hast, doch dann erschien mir etwas interessant – aber Fehlanzeige.«

Er setzte sich an den kleinen Holztisch, auf dem sie Hähnchen-Satay, grünes Fischcurry und Tomatensalat angerichtet hatte. »Duftet wundervoll!«, sagte er. »Mann, hab ich Lust auf ein Bier!« Er holte sich ein Lager aus dem Kühlschrank.

»Ich würde dir so gern Gesellschaft leisten!« Sie hob ihr Glas Mineralwasser. Neben ihr auf dem Tisch lag ein Stapel Rechnungen.

»Hin und wieder kannst du doch ein Glas trinken.«

»Ich bin lieber brav – sobald Caligula auf der Welt ist, hol ich mir meine Belohnung.«

Daran besteht kein Zweifel, dachte er, sagte es aber nicht.

Seit der Ultraschall ihnen gezeigt hatte, dass das Baby ein Junge war, hatten sie ihn zum Spaß nach dem grausamen römischen Kaiser benannt – wegen der höllischen Übelkeit, die Imogen jeden Morgen befiel. Und außerdem wollte Imogen auf gar keinen Fall eine dieser rührseligen Mamis werden, die sie beide so schrecklich fanden. Und so war es bei »Caligula« geblieben.

Als sie geheiratet hatten, waren sie sich beide einig gewesen, dass sie keine Kinder wollten, zumindest eine Weile nicht. Bis auf ein Pärchen wollten die meisten ihrer Freunde keine Kinder und hatten auch noch keine. Seit seiner Rückkehr aus Afghanistan hatten sich seine Ansichten zum Kinderkriegen noch erhärtet. Er war aufrichtig besorgt über den Zustand der Welt und nicht sicher, was die Zukunft für ein Kind bereithielt. Dazu kamen ihm immer mehr Zweifel, ob er denn wirklich den Rest seines Lebens mit Imogen verbringen wollte, einer Frau, der er niemals ganz vergeben oder je wieder völlig vertrauen konnte. Mit ihr ein Kind zu haben würde das Ganze nur verkomplizieren.

In den ersten Monaten, nachdem er wieder zu Hause war, hatte er Imogen gebraucht, und sie war fabelhaft gewesen – wahrscheinlich aus schlechtem Gewissen. Seine Nerven lagen blank nach seinem Erlebnis im Kampfgebiet, er konnte kaum noch schlafen, und wenn doch, plagten ihn unentwegt Albträume. Sie hatte sich um ihn gekümmert, hatte ihr Möglichstes getan, um ihren Fehltritt wiedergutzumachen und ihm dabei zu helfen, wieder gesund zu werden. Doch im Laufe der Jahre hatte sich die Kluft zwischen ihnen wieder vertieft. Dann war sie schwanger geworden.

Und er konnte ihr nicht recht glauben, dass sie die Pille tatsächlich vergessen hatte, auch dies ein Zeichen, wie wenig er seiner Frau vertraute. Seiner Meinung nach hatte sie es absichtlich getan, vermutlich wegen der biologischen Uhr, die tickte, vielleicht aber auch als letzten verzweifelten Versuch, ihre Ehe zu retten. Obwohl sie fast überhaupt nicht mehr miteinander schliefen, wenn's hochkam, einmal im Monat.

Imogen erhob ihr Glas. »Cheers«, sagte sie.

Sie stießen an und sahen einander dabei in die Augen – Imogen hatte immer darauf bestanden. Dann erhob sie erneut ihr Glas und sagte: »Also gut, lass uns die Welt retten!«

»Ich bin nicht überzeugt, dass Gott ausgerechnet einem emeritierten Kunstgeschichtsprofessor auftragen würde, die Menschheit zu retten.«

»Beim letzten Mal hat Er sich einen bescheidenen Zimmermannssohn ausgesucht.«

Ross lächelte.

»Und diesmal hat Er ja zusätzlich dich auserkoren, damit es funktioniert. Du bist zwar kein bescheidener Zimmermannssohn, aber immerhin ist dir Geld genauso gleichgültig wie Jesus.« Sie wies auf die Rechnungen.

»Sind fiese darunter?«

»Wir kriegen jeden Monat welche, Ross. Du scheinst zu glauben, dass ich sie wegzaubern kann. Das kann ich nicht, ich bin nur sehr gut darin, sie über unsere Kreditkarten von A nach B und zurück zu schieben. Du brauchst ein paar lukrative Aufträge – und wir müssen uns für die Zeit, wenn ich nicht mehr arbeiten kann, eine Geldreserve aufbauen.«

»Tja, ich glaube schon, dass diese Geschichte Potenzial hat.«

»Ross Hunter, der Mann, der die Welt retten muss.«

»Eine große Aufgabe.«

»Aber mein Mann ist ihr doch gewachsen, nicht?«

»Das ist er.« Sollte er ihr sagen, was Cook ihm über seinen Bruder erzählt hatte? Lieber nicht. Er hatte ihr damals erzählt, was ihm im Augenblick von Rickys Tod passiert war. Es hatte ihn überrascht, wie skeptisch sie reagiert hatte – trotz ihrer religiösen Erziehung. Oder vielleicht auch gerade deswegen.

»Und wie kommt mein Mann mit dem Manuskript voran, das ihm helfen soll, die Welt vor dem Abgrund zu erretten?«

»Ich fürchte, er hat erst dreiundfünfzig von tausendzweihundertsiebenundvierzig Seiten geschafft und verliert langsam jeden Lebenswillen.«

»Halte durch, tapferer Soldat!«

»Ha.« Er trank noch einen Schluck Bier. »Vielleicht solltest du es lesen – schließlich bist du die Christin von uns beiden.«

»Ich bin nicht gerade das Musterbeispiel eines gläubigen Menschen. Wenn du die Bibel gelesen hättest, würdest du wissen, was Gott von medial veranlagten Menschen hält: Man sollte ihnen nicht trauen.«

»Kann man denn auf die Bibel vertrauen?«

Imogen sah ihn vorwurfsvoll an.

»Tut mir leid. Mir kommt diese ganze Sache sehr seltsam vor.«

»Öffnet sie den Verstand, oder öffnet sie alte Wunden?«

»Ricky?«

Sie nickte.

»Ich weiß es nicht. Ich weiß nicht, was ich davon halten soll. Ich – ich bin ein aufgeschlossener Mensch, das weißt du. In den letzten Tagen habe ich viel über Gott nachgedacht, über Religion und so, und eine Menge im Internet recherchiert – ich habe mehrere Debatten zwischen Dawkins und Gläubigen gelesen. Falls es Gott gibt, tut Er mir leid, und ich sag dir auch, warum.«

»Und warum?«

»Wie soll Er jemals gewinnen? Der eine Pfarrer bittet Ihn um Sonnenschein, damit das Dorffest nicht ins Wasser fällt. Gleichzeitig betet der Bauer um Regen, damit seine Feldfrüchte nicht verdorren. Wie soll Gott sich entscheiden?«

»Er muss eben abwägen, was wichtiger ist.«

»Wirklich? Ein achtjähriges Mädchen stirbt an einem Hirntumor. Was ist wichtiger – das kleine Mädchen, das leben will? Seine verzweifelten Eltern, die wollen, dass es am Leben bleibt? Oder der Tumor, der das Mädchen zerstören will? Wurde der Tumor von Satan zum Spaß dort platziert? Oder von Gott zu einem bestimmten Zweck?«

»So kannst du das nicht betrachten, Schatz.«

»Ich hab's aber gerade getan. Jeder stellt sich die Frage, wie Gott, sofern es Ihn gibt, so viel Leid zulassen kann.«

»Du willst jetzt einen langen theologischen Streit vom Zaun brechen?«

Er grinste und schüttelte den Kopf. »Nö, ich muss ein Buch lesen. Eines, das so dröge ist, dass sich die Gebrauchsanweisung für meinen Wagen wie ein Jack-Reacher-Thriller liest. Das Buch, das die Menschheit retten wird, oder das Manuskript aus der Hölle?«

68

»Da es über ein Medium in die Welt kam, wahrscheinlich Letzteres. Fährst du morgen trotzdem nach Bristol – für das Radio-Interview?«

»Klar.«

»Warum fährst du nicht mit dem Zug? Dann hast du ein paar Stunden Zeit zum Lesen.«

»Ich will auf dem Rückweg in Chalice Well vorbeifahren – und dafür brauche ich das Auto.«

»Fahr mit dem Zug hin, dann kannst du die Zeit mit was Nützlichem verbringen, und zurück nimmst du dir einen Mietwagen. Die Zeitung zahlt dir doch die Reisekosten, oder nicht?«

»Gute Idee, das werd ich tun. Zu blöd, dass Harry Cook das Manuskript nicht als Audiodatei bekommen hat – dann könnte ich es mir im Auto anhören.«

Sie schüttelte den Kopf. »Zu gefährlich. Du könntest am Steuer einschlafen!«

Er grinste. »Auch wieder wahr.«

»Ich musste eben einen Traumjob ablehnen, wegen Caligula«, sagte sie.

»Welchen denn?«

»Eine Woche Tauchurlaub auf den Malediven für uns zwei. Ich hätte nur einen Artikel für ein neues Online-Magazin darüber schreiben müssen. Flüge in der Businessklasse, all so was eben.«

Eines ihrer gemeinsamen Interessen war das Tauchen, sie hatten beide einen Tauchschein. Sie hatten bereits mehrere Tauchurlaube im Ausland verbracht. Einen weiteren würde es wohl eine Weile nicht geben, dachte er mit Bedauern, wegen des Babys.

»Schade. Hoffentlich erfährt der kleine Lümmel eines Tages, was wir seinetwegen verpasst haben!«

Sie grinste und hielt ihr Telefon in die Höhe. »Sieh mal, einhundertneun Likes auf Instagram.« Sie gab es ihm, und er sah das Instagram-Foto von Monty, der mit resigniertem Gesichtsausdruck neben ihm saß, während er im Sessel las. Die Bildunterschrift lau-

69

tete: *Montmorency wartet geduldig, bis sein Herrchen das Manuskript gelesen hat und endlich mit ihm Gassi gehen kann.*

»Toll!«, antwortete er.

Nach ihrem gemeinsamen Abendessen, zu dem er nach dem Bier noch eine halbe Flasche Wein gekippt hatte, einen durchaus akzeptablen und sehr kräftigen australischen Shiraz, kehrte Ross in sein Arbeitszimmer zurück, die Flasche und sein Glas in Händen. Er setzte sich wieder in den Sessel, goss sich Wein ein und las weiter. Eine Passage aus der Bibel reihte sich an die andere.

Aber die Feiglinge und Treulosen, die Befleckten, die Mörder und Unzüchtigen, die Zauberer, Götzendiener und alle Lügner – ihr Los wird der See von brennendem Schwefel sein. Dies ist der zweite Tod.

Nach einer halben Stunde legte Ross das Manuskript auf den Boden, um kurz Pause zu machen, weil ihm die winzige Handschrift und die Anmerkungen allmählich auf die Nerven gingen. Er setzte sich an den Schreibtisch, loggte sich bei Twitter ein und schrieb:

Wie ließe sich der unumstößliche Beweis erbringen, dass Gott existiert? Irgendwelche Ideen? #ExistenzGottes

Er stellte den Tweet online, ging auf Facebook und postete dieselbe Nachricht. Dann widmete er sich wieder seinem Manuskript und durchpflügte es weiter. Er gähnte, hatte zunehmend Mühe, sich zu konzentrieren, gähnte erneut. Nach einigen Minuten fielen ihm die Augen zu.

13

Dienstag, 21. Februar

Ein dumpfer Schlag riss Ross aus dem Schlaf, aus einem verstörenden Traum, in dem Dämonen in fließenden weißen Gewändern wie menschliche Düsenjets mit wütendem Gekreische auf ihn zugerast kamen. Er setzte sich ruckartig auf, blinzelte orientierungslos, wusste kurz nicht, wo er war. Er sah das Licht aus der Leselampe neben ihm. Seiten von Cooks Manuskript auf dem Boden verteilt. *Mist. Wie spät ist es?*
Er schaute auf die Uhr. Schon 2.20 Uhr, stellte er erschrocken fest. Er war im Sessel eingeschlafen.
Scheiße, Scheiße, Scheiße!
Er musste früh los, nach Bristol. Er hatte sich bereit erklärt, mittags auf BBC Radio Bristol ein Interview zu geben über den ungeheuerlichen Einfluss, den Lobbyisten insgeheim auf viele Entscheidungen ausübten, die im Parlament getroffen wurden. Es bezog sich auf einen Artikel, den er für die *Sunday Times* geschrieben und damit eine Menge kontroverser Reaktionen ausgelöst hatte – so viele, dass die Zeitung noch eine Geschichte darüber angefordert hatte. Er erwog auch, ein Buch über das Thema zu schreiben, und dieses Interview mit einer angesehenen Radiomoderatorin konnte ihm die Munition liefern, die er benötigte, um einen Verlagsvertrag auszuhandeln. Er musste in Bestform sein. Bristol war fast 170 Meilen entfernt. Er würde den Zug nach Victoria Station nehmen und dann umsteigen. Gute drei Stunden Lesezeit. Mit ein wenig Glück konnte er einige hundert Seiten von Cooks Manuskript durchackern. Sofern er durchhielt.

Er hatte zunehmend Zweifel, ob er Dr. Harry Cook wirklich noch mehr Zeit widmen sollte.

Er beließ alles, wie es war, knipste das Licht aus, schlich ins

Schlafzimmer, zog sich aus, putzte sich die Zähne und schlüpfte neben Imogen, die tief und fest schlief, ins Bett.

Manchmal schluckte er eine Tablette, um schlafen zu können, aber heute war es dafür schon zu spät; wenn er jetzt noch eine nähme, wäre er den ganzen Vormittag benommen. Er schmiegte den Kopf ins Kissen und dachte über sein Gespräch mit dem seltsamen alten Mann nach.

Sie und ich müssen die Welt retten.

Nach dem zu urteilen, was er bis jetzt gelesen hatte, war das Manuskript nichts weiter als geisteskrankes Geschwafel. Bibelpassagen, durchsetzt mit unausgegorenen Gedankenfetzen. Manche Wörter und Phrasen waren unterstrichen. War ihm irgendetwas Wesentliches entgangen?

Als Teenager hatte Ross die Bibel von vorn bis hinten zu lesen versucht und war gescheitert. Der Religionsunterricht in der Schule hatte ihn zu Tode gelangweilt. Doch nichts hatte ihn je so sehr gelangweilt wie dieser Text, den er den ganzen Abend versucht hatte zu lesen. 85 Seiten von über 1200. Ob es besser wurde? Er hatte seine Zweifel. Doch er musste irgendwie durchkommen, auch wenn er es nur überflog.

Drei Stunden im Zug nach Bristol. Drei Stunden zum Lesen.

Das Manuskript aus der Hölle.

Ein Weg zur Hölle, der mit guten Absichten gepflastert war?

14

Dienstag, 21. Februar

Die Orangerie war so weit vom Haus entfernt, dass Ainsley Bloor und seine Frau von den Geräuschen der sechs Affen in ihren Käfigen und ihrem Geruch nicht gestört wurden.

In jedem Käfig befand sich ein Computer, der mit einem Endlospapierdrucker verbunden war. Wenn Bloor am Abend nach Hause kam und bevor er morgens in sein Büro fuhr, sah er stets als Erstes nach seinem Experiment.

Bis jetzt, nach über drei Wochen, hatten fünf der Tiere noch überhaupt nichts begriffen, trotz des Anreizes einer Belohnung, die ihnen nach mehreren Tastenanschlägen automatisch zugeteilt wurde. Sie rissen das Papier in Fetzen, kauten darauf herum, spuckten es aus und benutzten die Tastatur entweder als Toilette oder als Spielzeug, das sie durch den Käfig schleuderten.

Einer jedoch, Boris, in Käfig 6, war sein leuchtender Stern. Sein großer Hoffnungsträger!

Der CEO des pharmazeutischen Unternehmens Kerr Kluge rannte in Trainingsanzug und Turnschuhen atemlos durch die Dunkelheit, ein Blatt Papier in der Hand. Er passierte den Landeplatz und die schattenhafte Silhouette seines zweimotorigen Augusta-Hubschraubers und überquerte den Crockett-Rasen. Durch einen Seiteneingang hastete er ins Haus, den Flur entlang und nach oben in ihr gemeinsames Schlafzimmer.

»Sieh dir das an!«, rief er. »Cilla, Schatz, sieh her, sieh her!«

Aufgeschreckt vom Klang seiner Stimme, sprang Yeti, ihr weißer Shih Tzu vom Bett.

Es war 6.45 Uhr. Cilla war noch nie eine Frühaufsteherin gewesen, und er wusste, dass sie den ganzen Tag brummig sein würde, wenn man sie vor 8 Uhr aus dem Schlaf riss. Aber das hier war es ihm wert.

Bloor knipste ihre Nachttischlampe an, hielt ihr einen Computerausdruck vor die Nase und blieb mit triumphierendem Lächeln erwartungsvoll vor ihr stehen.

Sie blinzelte und besah sich die Seite voller aneinandergereihter Buchstaben, durchsetzt mit Zahlen und Symbolen.

»Was genau soll ich mir ansehen, Liebling?«, fragte sie in ihrem üblichen sarkastischen Ton.

»Na, das hier!« Er tippte auf einen Buchstaben, der rot umrandet war. »I.«

Sie blickte stirnrunzelnd zu ihm auf. »Entgeht mir etwas?«

»I.«

»Hast du was getrunken?«

»Um diese Zeit? Wohl kaum.«

»*I?* Um mir das zu zeigen, hast du mich aufgeweckt?«

»Du verstehst es nicht, Liebling, hab ich recht?«, sagte er ungeduldig.

»Ich sehe den Buchstaben I. Tut mir leid, bin ich schwer von Begriff?«

»Du siehst nicht den Buchstaben I, sondern das Wort ›I‹.«

»Das Wort?«

»Es ist doch großgeschrieben, mit einem Leerzeichen links und rechts! Begreifst du nicht, was das bedeutet?«

»Nein, tut mir leid. Erklärst du's mir?«

Er ballte die Fäuste und stieß sie in die Luft. »Es ist ein Durchbruch. Ein folgenschwerer Durchbruch. Damit werde ich beweisen, dass es keinen Gott gibt!«

Sie linste ihn aus schlaftrunkenen Augen an. »Der Buchstabe I? Bist du sicher, dass du keinen gezwitschert hast?«

»Du kapierst es einfach nicht, stimmt's?«

»Nein, ich kapier's nicht, würdest du freundlicherweise aufhören, in Rätseln zu sprechen?«

»Okay – Boris!«

»Dein Affe?«

»Ja! Boris! Boris hat das geschrieben! Siehst du das nicht? Kapierst du das nicht?«

»Nein, tut mir leid. Ich kapier's nicht. Der Buchstabe I zwischen zwei Leerzeichen. Was entgeht mir?«

»Es ist ein Wort, Liebling. Ein verständliches englisches Wort! ›I‹, ich. Er hat drei Wochen dafür gebraucht, aber jetzt ist er so weit! Ein Affe hat ein Wort getippt!«

Wieder besah sie sich die Seite. »Meinst du, er begreift auch den Sinn?«

»Ist das wichtig? Ich kann nicht glauben, dass du mir diese Frage stellst! Es ist die alleraufregendste Sache überhaupt! Ein Affe tippt ein richtiges Wort! Das hat noch keiner geschafft.«

»Sobald er deine These bewiesen und die gesammelten Werke Shakespeares abgetippt hat, in der richtigen Reihenfolge, bin ich auch beeindruckt.«

»Das ist doch nicht der Punkt!«

»Ach nein?«

»Ein Freund des Atheisten Anthony Flew hat das gleiche Experiment mit einem Affen, einer Schreibmaschine und einer konstanten Papierzufuhr durchgeführt. In achtundzwanzig Tagen hat der Affe vierzig Seiten unsinniges Zeug getippt, nicht ein einziges verständliches Wort. Nicht mal ein ›I‹ mit einem Leerzeichen links und rechts. Flew glaubte, dass auf der Erde die Ressourcen knapp würden, bevor der Affe irgendetwas Sinnvolles getippt hätte. Dies war seiner Meinung nach der Beweis für die Existenz Gottes. Er lag falsch! Streich dir das Datum in deinem Tagebuch an! Der Tag, an dem die Existenz Gottes endgültig widerlegt zu werden begann.«

»So ein I hat's in sich«, sagte sie herablassend, rief den Hund zu sich und schien wieder einzudösen.

15

Dienstag, 21. Februar

»Danke, Ross Hunter«, sagte die BBC-Moderatorin Sally Hughes und beugte sich näher an das Mikrophon in dem kleinen Studio. »Wenn Sie Ross Hunters wirklich faszinierenden Artikel über Lobbyisten in der Politik lesen wollen, finden Sie ihn auf der Webseite der *Sunday Times*.« Sie las den Link vor, holte Luft und redete dann weiter. »Sie hören BBC Radio Bristol. Es ist kurz vor 13 Uhr, gleich folgt Rory Westerman mit den neuesten Verkehrsnachrichten und dem Wetter. Nach den Nachrichten wird der mehrfach ausgezeichnete Sternekoch Charlie Bouvier Ihnen einige seiner Rezepte verraten. Sie hören mich wieder um 14 Uhr mit unserem nächsten Gast, dem Schriftsteller Val McDermid.«

Sie drückte auf einen Schalter, und die rote *Auf Sendung*-Lampe ging aus. Sie lächelte Ross zu.

»War das okay?«, fragte er.

»Großartig!«, sagte sie.

Er nahm den letzten Schluck kalten Kaffee aus dem Becher, den er vor der Sendung bekommen hatte, und griff sich seinen Rucksack mit Cooks Manuskript.

»Geben Sie noch andere Interviews in der Gegend?«, fragte sie.

»Nein, ich habe mir einen Mietwagen genommen, weil ich auf dem Rückweg nach Sussex noch über Glastonbury fahre«, sagte er. »Ich muss etwas herausfinden, solange es noch hell ist.«

»In Glastonbury?«

»Ja.«

»Sind Sie schon mal da gewesen?«

»Vor ein paar Jahren.«

»Sie sollten sich Chalice Well ansehen. Ein erstaunlicher Ort – sehr spirituell.«

»Sagten Sie Chalice Well?«

»Ja.«

»Seltsam, dass Sie das erwähnen«, entgegnete er. »Genau da wollte ich hin. Was wissen Sie denn darüber?«

»Na ja, einiges, um ehrlich zu sein – mein Onkel ist ein Mitglied der Stiftung.«

Er sah sie erstaunt an. »Ihr Onkel? Ein Mitglied der Stiftung?«

»Ja, Julius Helmsley – er hat die Schwester meiner Mutter geheiratet. Warum?«

»Was für ein Zufall!«

»Zufall?«

Er sah auf seine Uhr, dann auf die Uhr an der Wand. »Haben Sie Zeit auf einen kurzen Happen? Um zwei sind Sie wieder auf Sendung, nicht?«

»Um die Ecke ist ein Café. Ich brauche ein Sandwich oder so was.«

»Ich auch.«

Zehn Minuten später saßen sie an einem Tisch, Sally Hughes mit einem grünen Tee und einem Thunfisch-Sandwich, Ross mit einem doppelten Espresso, einer Cola light und einem getoasteten Schinken-Käse-Sandwich. Sie war in ihren Dreißigern, und ihr Gesicht, umrahmt von dichten dunklen Locken, strahlte eine Wärme aus, die ihm im Studio sofort die Aufregung genommen hatte. Auch ihre leicht rauchige Stimme gefiel ihm sehr. Sie war nicht schön im herkömmlichen Sinn, doch ihre intelligente, dynamische Art machte sie äußerst attraktiv.

Sie sah jetzt sehr entspannt aus in ihrem schwarzen Rollkragenpulli, mit der langen Goldkette, den Jeans und schwarzen Stiefeln. Sie trug mehrere Ringe, bemerkte er, aber keinen Ehering.

»Nun, wieso ist das ein Zufall?«

Er erzählte ihr die Geschichte seiner Begegnung mit Harry Cook. Als er fertig war, sagte sie eine Weile nichts.

»Was denken Sie?«, fragte er sie schließlich.

»Was denken *Sie*?«, entgegnete sie prompt.

»Dass er wahrscheinlich verrückt ist. Zumindest dachte ich das, bis Sie Chalice Well erwähnt haben!«

»Sind Sie gläubig?«, fragte sie.

»Ich bin wohl eine Art Agnostiker. Als Teenager war ich in Richtung Atheismus unterwegs, doch dann – ist etwas passiert.«

»Was denn?«

»Es ist ein bisschen – na ja, peinlich, zu persönlich, um darüber zu sprechen.«

»Ein gleißend helles Licht auf dem Weg nach Damaskus?«

»Etwas in der Art. Und Sie? Sind Sie gläubig?«, fragte er.

»Ich glaube nicht an den Gott der Bibel – aber ich glaube, dass da etwas ist. Eine Art höhere Intelligenz. Es wäre ein ziemlich trostloser Tag für die Menschheit, an dem man endgültig bewiesen hätte, dass es weder einen Gott gibt noch ein Leben danach – und auch keinerlei Belohnung oder Vergeltung. Wir wären mit der schieren Verzweiflung und Sinnlosigkeit des Daseins alleingelassen, meinen Sie nicht auch?«

»Ich weiß es nicht. Ich hab mich gut gefühlt als Nicht-Gläubiger, bis …«

»Bis dieses Etwas in Ihrem Leben passiert ist?«

»Genau. Und Ihr Onkel – wie heißt er doch gleich?«

»Julius Helmsley.« Sie schüttelte den Kopf. »Er leitet ein pharmazeutisches Unternehmen – er hat keinerlei religiöse Überzeugung.«

»Er ist aber doch ein Stiftungsmitglied von Chalice Well, einem heiligen Ort!«

»Ja, weil er in der Gegend ein Feriendomizil besitzt, und seine Firma hilft mit Fördergeldern, Chalice Well zu erhalten – aus einer Art Bürgerpflicht heraus. Sie haben hier unten in Somerset ein Zentrum für Forschung und Entwicklung.«

»Würde Ihr Onkel mit mir sprechen?«

»Über Dr. Cook?«

»Ja, und über Chalice Well im Allgemeinen.«

»Ich frage ihn, was er über den Mann weiß, und sage Ihnen Bescheid.« Sie schenkte ihm ein geheimnisvolles Lächeln.

Sie hatte etwas sehr Ansprechendes an sich. Doch er wollte keine Signale aussenden. Er wurde schließlich bald Vater und fühlte sich Imogen verpflichtet, ungeachtet seiner zwiespältigen Gefühle ihr gegenüber. Er sah auf die Uhr. »Wann müssen Sie wieder im Studio sein?«

»In zwanzig Minuten, bevor mein Produzent anfängt, zappelig

zu werden. Sie haben mir noch nicht erzählt, was Sie von diesem Manuskript halten, das Cook Ihnen gegeben hat.«

»Bis jetzt bin ich noch am Kämpfen. Ich halte es gerade für absoluten Quatsch.«

»Bis auf die Koordinaten für Chalice Well?«

»Vielleicht.«

»Und die beiden anderen Koordinaten, die Sie noch nicht haben? Sind Sie noch daran interessiert?«

»In meiner Funktion als investigativer Journalist durchaus.«

Sie lächelte wieder. »Es war nett, mit Ihnen zu plaudern.«

»Ganz meinerseits.«

»Melden Sie sich, wenn Sie wieder mal in der Gegend sind.«

»Mit Sicherheit.«

»Haben Sie eine Karte? Mal sehen, vielleicht kann ich meinen Onkel dazu kriegen, Sie anzurufen oder Ihnen eine E-Mail zu schicken.«

Ross gab ihr eine. Zum Abschied drückte er ihr unbeholfen einen Kuss auf die Wange. »Ich halte Sie auf dem Laufenden.«

»Ja, das wäre nett. Vielleicht können Sie ja mal herkommen und in meiner Sendung über Harry Cook sprechen?«

»Den Retter der Welt?«

»Und den Teufelskerl von Reporter, der ihm geholfen hat!«

Ross tippte auf den schweren Rucksack, der neben ihm auf dem Boden stand. »Vielleicht steht alles hier drin.«

»Sie sehen aus, als könnten sie die Verantwortung schultern. Das mein ich ernst.«

Während die Moderatorin zurück ins Studio eilte, ging Ross nachdenklich an die Theke, um zu bezahlen. Was für ein seltsamer Zufall. Merkwürdig, sehr merkwürdig. Chalice Well, schon zum zweiten Mal in zwei Tagen. Ein Zeichen? Oder tatsächlich nur ein Zufall?

16

Dienstag, 21. Februar

Von seinem gläsernen Büro in der 44. Etage des KK-Gebäudes aus – die Angestellten hatten ihm den Spitznamen Pillenbox verpasst – herrschte Ainsley Bloor mit kaltem Blick und noch kälterem Herzen über das ständig expandierende Kerr-Kluge-Imperium. Am Südufer der Themse gelegen, bot es einen eindrucksvollen Panoramablick über den Fluss, unter anderem auf einen der Wolkenkratzer Londons, *The Gherkin*, die Gurke.

Kerr Kluges Zentrum für Forschung und Entwicklung im ländlichen Somerset belegte ein weitaus bescheideneres Gebäude. Die geheimnisvolle Einrichtung, die sich über ein riesiges Gelände erstreckte, wies oberirdisch nur drei Stockwerke auf. Unterirdisch dagegen füllte sie sieben weitere Etagen. Ein Teil der Arbeit dort bestand aus Forschung anhand von Tierversuchen, die man vor neugierigen Blicken und Tierschützern schützen wollte. Doch der noch größere Teil ihrer geheimen Tätigkeit war Gensequenzierung, von diesem Bunker aus betrieben sie das größte Genforschungsinstitut im Vereinigten Königreich.

Bloor und sein Firmenvorstand glaubten, dass ihr Unternehmen auf lange Sicht Gensequenzen patentieren lassen sollte, um chronische Krankheiten wie Diabetes, Schuppenflechte, Arthritis und Depressionen zu bekämpfen und Erhaltungstherapien für Menschen mit lebensbedrohlichen Krankheiten wie Parkinson, Demenz und Krebs zu entwickeln.

Bis vor wenigen Augenblicken war Bloor in ausgezeichneter Stimmung gewesen. Er hatte gerade einen Vertrag unterschrieben mit dem größten Lieferanten von pharmazeutischen Produkten nach Zentralafrika. Die Firma würde ihnen sämtliche abgelaufenen Medikamente in den Regalen abnehmen und hatte sich zudem bereit erklärt, eines ihrer bestverkäuflichen und lukrativsten Produkte der letzten Jahre auf diesem Kontinent zu vertreiben, ein Antihistaminikum, das die FDA, die amerikanische Behörde für Lebens- und Arzneimittel, unlängst verboten hatte, nachdem man ihm fatale Auswirkungen auf den Herzrhythmus nachgewiesen hatte. Vor einer Woche hatte es ganz danach ausgesehen, als könnte diese FDA-Regel ihren Nettoprofit ernsthaft beeinträchtigen. Jetzt war es das glatte Gegenteil.

Er hatte sich auf ein feines Mittagessen mit seinen engen Mitarbeitern gefreut, um auf den Handel anzustoßen.

Und noch dazu hatte er privat auch seinen Fortschritt mit Boris zu feiern.

Ein junger Mann, unlängst promoviert, war erst vor kurzem in die Firma gekommen und würde ebenfalls an dem Essen teilnehmen. »Steven, Sie müssen eines wissen über Kerr Kluge, wirklich nur eines«, hatte Bloor ihm beim Vorstellungsgespräch gesagt. »Wir sind in der Branche, um Profit zu machen, nur das ist uns wichtig. Falls wir zufällig mit unseren pharmazeutischen Produkten das Leben für ein paar Leute besser machen, ist das nicht mein Problem. Verstehen Sie, woher der Wind weht?«

Doch im Augenblick hatte der CEO ein ganz anderes Problem.

Er saß an seinem Schreibtisch, mit dem Telefon am Ohr, und beobachtete, wie unter ihm ein Schleppkahn ein Schiff die Themse hinaufzog. Es war schön draußen, einer dieser sonnigen Wintermorgen, wenn London sich von seiner besten Seite zeigte, wenn es wirklich die schönste Stadt der ganzen Welt war, wie er fand. Einer Welt voller Gelegenheiten für seine Firma. Voller Märkte, die es noch zu erobern galt. Voller neuer Patente, die es anzumelden galt. Neuer Patente, die bereits genehmigt worden waren, für Medikamente, die nach Jahren in den letzten Testphasen waren.

Manchmal, wenn er Menschen auf Partys zum ersten Mal begegnete und diese ihn fragten, was er beruflich machte, hatte er diebischen Spaß daran, ihnen zu sagen, er sei Drogendealer.

Doch dieser Anruf machte ihm keinen Spaß.

Das Fundament seiner Firma – und aller anderen Pharmaunternehmen, der großen wie der kleinen – war im Kern abhängig von einer einzigen Sache: dass niemand jemals eine Wunderpille gegen eine dieser Krankheiten erfand. Ihr Profit basierte auf Produkten, die das Leben der Kranken verlängerten, es ihnen ermöglichten, möglichst lange mit ihren Leiden klarzukommen. Ohne sie davon zu befreien.

Er blaffte eine Anweisung ins Telefon.

17

Dienstag, 21. Februar

Mit Hilfe der Navigations-App auf seinem iPhone lenkte Ross den kleinen Toyota-Mietwagen durch die Vororte von Bristol. Er passierte einen Kreisverkehr mit Schildern nach Bath, Shepton Mallet und Wells, nahm dann die Abzweigung nach Wells und folgte wie angegeben der A37. Das Gerät zeigte an, dass er in 54 Minuten ankommen würde.

Es hatte aufgehört zu regnen, und stellenweise zeigte sich der blaue Himmel zwischen den Wolken. Er war erleichtert, nicht in der Nässe herumlatschen zu müssen. Doch gleichzeitig hatte er das seltsame Gefühl, dass er irgendetwas vergessen hatte.

Er beugte sich nach vorn und fummelte am Radio herum, bis er Heart FM fand, mit einem neuen Song von Passenger. Er mochte die Band.

Während er der Musik lauschte und über das Gespräch mit der Moderatorin Sally Hughes nachdachte, hatte er noch immer das Gefühl, etwas vergessen zu haben. Als säße ein Schatten mit ihm im Wagen.

Da fiel der Groschen.

»Scheiße!«, sagte er laut. »Oh Scheiße, Scheiße, Scheiße!«

Er hatte den Rucksack mit Harry Cooks Manuskript im Café stehen lassen.

Wie? Wie konnte ihm das passieren? Er war eben übermüdet, sah er ein.

Hektisch suchte er nach einer Stelle, wo er wenden konnte. Der Verkehr war dicht, hinter ihm und auf der Gegenfahrbahn. Weiter vorne rechts entdeckte er die Einfahrt zu einem Hofladen. Mit klopfendem Herzen und heftig atmend blinkte er, wartete auf eine Lücke im Verkehr, bog ab und hielt an. Dann blickte er hinter sich, wartete erneut auf eine Lücke, stieß rückwärts auf die Straße, beschleunigte vor einem Lkw, der ihn anhupte, und fuhr, so schnell es sein Mut hergab, zurück nach Bristol.

Herrgott noch mal! Das einzige Exemplar. Und wenn jemand den Rucksack geklaut hatte in der Hoffnung, dass er einen Laptop enthielt? Wie sollte er Cook das nur beibringen?

Da traute ihm jemand zu, die Welt zu retten, und er stolperte schon über die erste Hürde.

Scheiße, Scheiße, Scheiße.

Vor ihm fuhr ein Traktor mit fünfzehn Meilen pro Stunde.

»Komm schon, komm schon, na los!« Er scherte ein wenig aus, um daran vorbeizusehen, doch der Gegenverkehr war lückenlos, außerdem näherten sie sich einer Hügelkuppe.

Er hatte Bauchweh. Wie konnte er nur so blöd sein?

Und wenn er weg war, was dann?

Er hatte die ersten tausend Seiten überfliegen können. Wo immer er den Text gründlicher gelesen hatte, hatte er ihn durchweg kryptisch gefunden. Das hätte er Harry F. Cook auch ohne weiteres per Mail schreiben können, aber er hatte das Gefühl, es dem alten Mann schuldig zu sein, den ganzen Text zu lesen. Er schuldete es der Menschheit, oder nicht?

Obwohl er nicht überzeugt war. Nicht im mindesten.

Und doch konnte er den Zufall mit Sallys Onkel nicht einfach abtun.

Bitte sei noch da, bitte sei noch da. Bitte!

Zwanzig Minuten später hielt er auf einer doppelten gelben Linie vor dem Café und lief hinein. Es war fast leer. Er rannte am Tresen vorbei ins Hinterzimmer, wo sie gesessen hatten, und schaute auf den Boden, unter den Tisch.

Der Rucksack war weg.

Er fühlte sich völlig leer.

Dann sprach ihn jemand an, und er drehte sich um. Eine junge Frau mit leuchtend rotem Haar stand hinter dem Tresen, ihre Bedienung, erinnerte er sich.

»Kann ich Ihnen helfen?«

»Ja – ich – ich war vor ungefähr einer halben Stunde hier und hab meinen Rucksack stehenlassen.«

»Ah ja. Sie haben Glück, es gibt noch ehrliche Menschen auf der Welt. Ein Herr hat ihn hier abgegeben.«

Sie bückte sich, und als sie wieder auftauchte, hatte sie einen schwarzen Nylon-Rucksack in der Hand. »Ist er das?«

Erleichterung durchflutete ihn. »Sie sind ein Engel!«, sagte er.

Er hätte sie küssen können.

Er öffnete den Reißverschluss, um sich zu vergewissern, ob das Manuskript noch da war, und eilte zum Wagen zurück.

Der Verkehr war auf der ganzen Strecke dicht, und so erreichte Ross Glastonbury erst kurz vor 16 Uhr. Noch dreißig Minuten, dann wäre Chalice Well geschlossen. Die Straße in den Ort war schmal, mit einer Reihe schmuddeliger Häuser zu seiner Linken und einer Hecke zur Rechten, so dass zwei Lastwagen Mühe hatten, aneinander vorbeizukommen. Die Hecke mündete in einen Pfad, der den Hügel hinaufführte, auf eine hohe graue Mauer zu mit einem grün-weißen Schild und einem Pfeil.

CHALICE WELL TRUST.

Fünfzig Meter weiter war neben einer Maueröffnung ein viel

größeres Schild. Er folgte ihm und fand sich auf einem Parkplatz wieder, mit zwei Autos darauf und etwa einem Dutzend leeren Parkbuchten vor einer Reihe attraktiver Häuschen, die aussahen wie kleine Teestuben.

Er bemerkte mehrere Schilder.

WILLKOMMEN IN CHALICE WELL
CHALICE WELL IST EIN HEILIGER ORT UND EIN GARTEN FÜR DEN WELTFRIEDEN
PARKEN NUR FÜR MENSCHEN MIT BEHINDERUNG
Ein kleineres Schild darunter besagte, dass zweihundert Meter weiter noch ein Parkplatz war.

Er wendete den Wagen, fuhr auf die Hauptstraße zurück und sah fast sofort ein Hinweisschild zum Parkplatz und einem Souvenirgeschäft. Die Straße war frisch geteert worden, und er erblickte ein modernes zweistöckiges Gebäude und hoch oben in weißen Lettern den Namen »R. J. Draper & Co.«. Davor befand sich ein großer, leerer Parkplatz. Eine Tafel wies darauf hin, dass die Parkgebühr zwei Pfund betrug, zu bezahlen im Laden.

Er holte seinen Rucksack aus dem Kofferraum und schulterte ihn, weil er ihn nicht im Auto lassen wollte. Nachdem er bezahlt hatte, ging er eilig zu Fuß nach Chalice Well zurück und versuchte sich zu orientieren. Dann folgte er einem gepflasterten Weg eine Anhöhe hinauf, vorbei an den Teestuben-Häuschen und einen Laubengang entlang. HANDYFREIE ZONE, stand auf einem Schild.

Folgsam stellte er das seine leise und ging weiter, an einem kleinen Gebäude vorbei, bis zu einem Kassenhäuschen aus Holz, im Fenster eine Frau. Er bezahlte die 4,20 Pfund Eintritt und erhielt im Gegenzug eine Broschüre mit einer Karte. Die hilfsbereite Frau erklärte ihm die Anlage.

»Führt dieser Weg zum Glastonbury Tor?«, fragte er.

»Nein.« Sie deutete nach links. »Sie müssen hier entlang – am Ende des Wegs folgen Sie dann einfach der Beschilderung.«

Er bedankte sich und studierte die Karte. Das Gelände war viel übersichtlicher, als er angenommen hatte, wie ein gepflegter Stadtpark. Er ging weiter den Pfad hinauf, der zu seiner Rechten von einer niedrigen Hecke und zu seiner Linken von Blumenbeeten gesäumt war. Dahinter erhob sich ein steiler Hügel, der hie und da mit großen Büschen und Bäumen bewachsen war. Zu seiner Rechten sah er, malerisch gelegen, einen runden Teich mit rostfarbenem Wasser, das durch einen Brunnen in einen schmalen, von Pflastersteinen gesäumten Kanal und unter einer steinernen Brücke hindurchfloss. Der Vesica Pool, besagte die Karte.

Weiter vorn standen zwei herrliche Eiben. Ein Stück weit den Hügel hinauf entdeckte er eine verzierte Pforte neben einem kleinen Schild mit den Worten CHALICE WELL.

Er fotografierte es mit seinem Handy.

Ein älterer Mann, wie ein Gärtner gekleidet, kam mit einer Schubkarre auf ihn zu, wünschte ihm einen friedlichen Nachmittag und ging weiter. Nach ein paar Schritten bemerkte Ross ein weiteres Hinweisschild zur Quelle. Er sah sich um, entdeckte aber zunächst nur die unteren Äste riesiger Bäume und eine Ansammlung wilder Büsche und Sträucher, die allesamt dringend zurückgeschnitten werden mussten.

Doch als er näher trat, auf einen Zaun zu, der wohl die Grenze markierte, hinter der ein Pfad den Berg hinaufführte, entdeckte er eine kreisförmige, ummauerte Mulde mit zwei Treppenzugängen.

Am Fuß der Treppen lag die Quelle.

Als er hinunterschaute, verspürte er einen Anflug von Enttäuschung. Sie war kleiner, als er angenommen hatte, nicht größer als einen Meter im Durchmesser. Er hatte nicht gewusst, was ihn erwartete, und hatte gedacht, dass sie irgendwie dramatischer aussehen würde.

Er stieg die drei großen Stufen hinunter und blieb unten stehen, um sie genau zu betrachten. Ungleichmäßige flache Steine umgaben die Quelle, und sie selbst war von einem Gitter bedeckt, damit niemand hineinfallen konnte. Der reichverzierte Deckel war nach oben geklappt und festgekettet.

Der Broschüre nach symbolisierte die rötliche Farbe des Wassers in der Quelle, die niemals versiegt war, das Blut Christi.

Er knipste ein paar Fotos und warf dann einen Blick auf die Geo-Koordinaten, die er von Cook bekommen und auf seinem Handy gespeichert hatte. Sie zeigten, dass er noch ein wenig weitergehen musste. Er verließ den Bereich der Quelle und folgte den Koordinaten, die ihn durch den malerischen Garten und dann nach links führten, den steilen Grashügel hinauf. Etwa zweihundert Meter über der Quelle hatte er die exakte Stelle erreicht.

51°08'40"N 2°41'55"W

Genau hier hatte Cooks Metalldetektor einen Gegenstand im Boden angezeigt.

Er starrte nach unten, spürte, wie er Gänsehaut bekam. Jemand hatte hier vor kurzem den Boden aufgegraben. Es sah aus, als hätte man eine etwa 120 mal 60 Zentimeter große Grube aufgebuddelt und wieder zugeschüttet. Jemand hatte das Erdreich aufgefüllt und frisches Gras angesät, das gerade keimte.

Wer?

Harry Cook. Wer sonst.

Es war ein unheimliches Gefühl. Er hatte die tiefstehende Sonne im Gesicht und hörte irgendwo in der Ferne Schafe blöken.

Unheimlich, und doch …

Es gab ein Geschäft auf dem Gelände – es war auch auf der Karte markiert –, in dem man Andenken erstehen konnte. Hatten die mittelalterlichen Mönche damals den Mythos, dass Josef von Arimathäa hier begraben war, wirklich nur geschaffen, um Pilger anzulocken? Eine zynische Theorie?

Der Heilige Gral war den Legenden zufolge entweder der Kelch, aus dem Jesus beim Letzten Abendmahl getrunken hatte, oder das Gefäß, in dem sein Blut aufgefangen worden war, als er am Kreuz hing. Oder beides.

Laut den Informationen, die Ross in den vergangenen Tagen gegoogelt hatte, war Josef von Arimathäa ein reicher Mann gewesen und erpicht darauf, in das Reich Gottes zu gelangen. Er war ein heimlicher Jünger Jesu – dies offen zuzugeben, wäre nicht besonders klug gewesen – und hatte von Pilatus die Erlaubnis eingeholt, Christi Leichnam vom Kreuz zu nehmen und in das große Grab zu legen, das er eigentlich für sich selbst vorgesehen hatte.

Anschließend, so Cook in einer klareren Passage, musste Josef dann aus unerfindlichen Gründen seine Heimat verlassen. Er hatte einige Andenken mitgenommen, unter anderem auch den Kelch, und war schließlich in England gelandet, um die erste christliche Kirche zu gründen – hier in Glastonbury, wie manche vermuteten.

Ross stand da und dachte nach. *Also schön, ich bin jetzt Josef. Ich musste aus der Heimat fliehen, nachdem ich den Sohn Gottes in das Grab gelegt hatte, das für mich selbst vorgesehen war. Es hat mich in dieses wilde, heidnische Land verschlagen, an diesen merkwürdigen Ort mit seinem seltsamen Hügel und einer tiefen Quelle. Ich habe ein Andenken von meinem Großneffen bei mir – dem Sohn Gottes. Es ist der einzige Beweis, dass er existiert hat. Nicht viel. Nur ein Kelch, aus dem er trank oder in dem sein Blut aufgefangen wurde. Aber immerhin. Ich muss ihn sicher verwahren, damit kommende Generationen ihn entdecken können. Also muss ich ihn verstecken für den Fall, dass die Heiden ihn finden und zerstören. Nur wo?*

Ross schaute sich um. *Wäre ich an seiner Stelle, würde ich ein Loch in diesen Hügel graben? Wohl kaum. Ich wäre viel schlauer.*

Cook mochte auf etwas gestoßen sein an der Stelle, wo er, Ross, jetzt gerade stand. Doch das konnte alles Mögliche sein. Es gab keinerlei Beweis, dass das Gefäß, aus dem Christus beim letzten Abendmahl trank oder in dem sein Blut aufgefangen wurde, wirklich aus Metall bestand. Möglich war es aber. Oder es bestand aus schlichtem Holz. Jesus war bescheiden. In diesem Fall hätte Cooks Metalldetektor es nicht entdecken können.

Er sah hinunter zur Quelle, die im Gebüsch verborgen lag, auf die Büsche und Bäume ringsum und dachte angestrengt nach. Er versuchte, im Geiste zweitausend Jahre zurückzugehen. Wie hatte es damals hier ausgesehen? Welcher Fleck würde als Erstes ins Auge stechen?

18

Dienstag, 21. Februar

Ross schlenderte wieder nach unten durch den Park und ging in den Andenkenladen, vielleicht fand er ja eine Kleinigkeit für das Babyzimmer. Auf den Regalen standen Heilmittel, Kelche und Kerzen, aber nichts, was einem Baby gefallen könnte.

Enttäuscht kaufte er einen Führer und machte sich auf den Weg zur Straße. Dort angekommen, ging er das kurze Stück bis zum Fußweg, der jenseits des Zauns verlief, und spazierte darauf weiter. Er kam an einem sehr esoterisch anmutenden Haus vorbei mit einem blumigen Wandgemälde auf der Fassade. Dann an einem steinernen Tempel über einer Wasserquelle. Etwas weiter oben war zu seiner Linken der hölzerne Zaun, den er von der anderen Seite gesehen hatte und der die Quelle umgab. Er musste gegenüber der Quelle sein, überlegte er. Der Zaun war auf eine Steinmauer gebaut, um Personen fernzuhalten, die den Park betreten wollten, ohne zu bezahlen.

Etwas weiter vorn zweigte rechts ein Fußweg zum Glastonbury Tor ab, daneben ein kleiner Parkplatz. Er ging den Fußweg in Richtung Hügel, bis dieser nach wenigen Minuten in Sicht kam. Und ihm den Atem raubte.

Mit seinen sieben regelmäßigen Terrassen hatte der Glastonbury Tor eine mythologische Verbindung zu König Artus und Avalon, und Ross spürte diesen geschichtlichen Zusammenhang, während er hier stand. Es war eine merkwürdige Landschaft und erinnerte ihn an die Hügel, die er vor einigen Jahren gesehen hatte, als er mit Imogen durch Neuseeland gereist war.

Er blickte zur Ruine von St. Michael's hinauf und stapfte dann darauf zu. Oben angelangt, betrat er den Turm und starrte von dort auf die kunterbunten Häuser der Stadt Glastonbury und die umliegenden Felder. In einigem Abstand sah er die Schafe, die er hatte blöken hören. Die Sonne stand schon sehr tief, und das Licht verblasste. Er schaute auf die Uhr. 17.10 Uhr. Er hatte noch eine lange Fahrt vor sich in seinem kleinen Mietwagen, über dreieinhalb Stunden. Er hatte genug gesehen und war sich jetzt noch sicherer.

Ein Pfad führte geradewegs wieder nach unten. Den nahm er, und als er unten angelangt war, hielt er kurz inne, um Imogen in einer SMS Bescheid zu geben, dass er vor neun zu Hause wäre.

Auf dem Gipfel des Glastonbury Tor, verborgen im Schatten zwischen den Mauerresten von St. Michael's Tower, um sich in der späten Nachmittagssonne nicht etwa durch Reflexe auf den Linsen zu verraten, richtete jemand ein Fernglas auf ihn.

19

Donnerstag, 23. Februar

Ross Hunter hatte Reverend Benedict Carmichael kennengelernt, als der Geistliche noch Vikar von St Peter's in Brighton gewesen war. Mit Carmichaels Hilfe hatte er einen satanischen Zirkel auffliegen lassen, der auf dem Land rituellen Kindesmissbrauch betrieben hatte. Ross hatte damals seine erste Titelstory in einer überregionalen Zeitung gelandet und war seitdem mit Carmichael befreundet.

Und er hatte zu seinem Erstaunen erfahren, dass dieser anscheinend so fromme Mann Zweifel hatte.

Während eines inoffiziellen Mittagessens in Lewes, wo der Prozess gegen die Mitglieder des Zirkels stattfand, hatte ihm Carmichael anvertraut, dass er Probleme mit der wörtlichen Auslegung der Heiligen Schrift habe, obwohl sein Glaube durchaus stark sei.

Ross hatte sich sehr für Benedict Carmichael gefreut, als dieser wenige Monate später zum Bischof von Reading ernannt worden war. Vor einem Jahr hatte ihm der Geistliche, der fließend Walisisch sprach, in einem Brief mitgeteilt, dass er Bischof von Monmouth geworden war.

Nach seiner Besichtigung von Chalice Well rief Ross Bischof Carmichael an, den er seit Jahren nicht mehr gesehen hatte, und bat ihn um ein Gespräch. Die Sache sei dringend, sagte er.

Zwei Tage später fuhr er in seinem dunkelgrauen Audi A4 auf den gepflasterten Parkplatz vor dem eleganten Backsteingebäude im Herzen von Monmouth. Er stieg aus dem Wagen, trat in den hellen Sonnenschein, streckte die Glieder nach der langen Fahrt und betrat das Haus. Schon nach wenigen Minuten führte ihn Carmichaels Sekretärin lächelnd nach oben, einen schmalen Flur entlang und in das gemütliche Büro des Bischofs.

Carmichael trug ein offenes schwarzes Sakko, unter dem das violette Hemd mit dem Kollar zum Vorschein kam. Um den Hals hatte er an einer goldenen Kette ein großes, verziertes Kreuz hängen. Er hatte zugenommen, seit Ross ihn zuletzt gesehen hatte, und sein Haar war dünn und grau geworden. Sein Gesicht jedoch wirkte nach wie vor jugendlich, und seine Augen leuchteten wissbegierig.

Sie setzten sich in zwei Lehnsessel und plauderten, brachten sich gegenseitig auf den neusten Stand, bis die Sekretärin ein Tablett mit Kaffee und Keksen vor ihnen abstellte.

»Nun, Ross, Sie wollten doch eine dringende Angelegenheit mit mir besprechen?«, sagte Carmichael. Er hatte eine freundliche, sonore Stimme, die ebenso gut eine vollbesetzte Kirche ausfüllen wie sich gegen einen aggressiven BBC-Reporter bei Radio 4 *Today* behaupten konnte.

Ross öffnete den Rucksack und holte Cooks Manuskript heraus.

»Sie haben ein Buch geschrieben, Ross?«

»Nein – wie's aussieht, war Gott der Verfasser«, antwortete Ross und lächelte.

Carmichael sah ihn fragend an.

Ross erzählte ihm die ganze Geschichte, von Cooks Telefonanruf bis hin zu dem Mittagessen mit Sally Hughes und dem Besuch in Chalice Well.

Als er zu Ende gesprochen hatte, tunkte der Bischof einen Vollkornkeks in seinen Kaffee. »Hmm«, sagte er nach einigen Momenten. »Wie ich Sie kenne, haben Sie sich sorgfältig über Dr. Cook informiert?«

»Das habe ich, er ist in Ordnung. Ein ehemaliges Mitglied der Luftwaffe, danach Kunstgeschichtsprofessor an der Universität Birmingham. Seine verstorbene Frau Doreen war ebenfalls Akademikerin und lehrte an derselben Uni. Die beiden hatten einen Sohn, der in Afghanistan von den eigenen Leuten getötet wurde. Er hat keinerlei Vorstrafen – ein ganz normaler Typ. Hat ziemlich gut Schach gespielt in seiner Jugend, war vielseitig gebildet und hat sich auch für Anthropologie und Biologie interessiert. Vor mehreren Jahren sind einige Artikel von ihm erschienen, in denen er die etablierten Theorien Darwins zu widerlegen suchte und Lamarck unterstützte.«

»Lamarck? Jean-Baptiste Lamarck?«

»Ja.«

Carmichael sah leicht irritiert zu, wie der aufgeweichte Teil seines Kekses abbrach und in seinem Kaffee landete. Er versuchte, die Brocken mit dem Löffel herauszufischen, und legte sie in seine Untertasse.

»Ah, Lamarck hat mich immer schon interessiert. Sie wissen das wahrscheinlich, doch während Darwin davon ausging, dass sich Organismen über eine natürliche Selektion weiterentwickeln, glaubte Lamarck an eine notwendige Anpassung an äußere Gegebenheiten. Nähme man einen Frosch aus dem Wasser, würde er innerhalb weniger Generationen seine Schwimmhäute verlieren und stattdessen Ballen entwickeln.«

»Deswegen war er doch nicht weniger Atheist als Darwin, oder?«

»Nun ja, darüber ließe sich streiten. Hätte Lamarck über Genetik Bescheid gewusst, hätte er gesagt, das Gehirn des Frosches habe seine Gene informiert, sie sollten statt der Schwimmhäute lieber Ballen hervorbringen. Doch was – oder wer? – hat das Gehirn des Frosches informiert? Aber das ist nicht der Grund Ihres Kommens, hab ich recht?« Er strich über die Seiten des Manuskripts und sagte, ein wenig zweifelnd: »Soll ich das etwa lesen?«

Ross schüttelte den Kopf. Und bemerkte sofort die Erleichterung im Gesicht des Bischofs. »Nein. Ich will wissen, was Sie davon halten – von dem, was Dr. Cook mir offenbart hat.«

»Ehrlich?«

»Natürlich, deswegen bin ich hier.«

»Nun, dieser Mann behauptet also, Gott wolle die Menschheit mit einem Beweis für Seine Existenz vor dem Abgrund bewahren. Deshalb habe Er ihm drei Koordinatensätze gegeben: für das Versteck des Heiligen Grals, für ein Objekt, das mit dem Körper Jesu Christi in Zusammenhang stand, und für den exakten Ort der Wiederkunft?«

»Ja.«

»Tja, das widerlegt die Behauptung, dass der Beweis der Feind des Glaubens sei. Zumindest wirft es ein anderes Licht darauf.«

»Wie meinen Sie das, Benedict?«

Der Bischof schloss kurz die Augen und öffnete sie dann wieder. »Nun ja, als Beweis für die Existenz Gottes würde ich persönlich schon mehr brauchen als drei Koordinatensätze. Und offen gestanden, wenn ich Gott wäre und jemandem den Beweis liefern wollte, dass es mich gibt, würde mir etwas Besseres einfallen, als ihm ein paar Koordinaten anzugeben. Ich persönlich würde etwas viel Überzeugenderes sehen wollen.«

»Das ist interessant«, entgegnete Ross. »Vor einigen Tagen habe ich in den sozialen Medien die Frage gestellt, wie sich die Existenz Gottes beweisen ließe.«

»Ich könnte mir vorstellen, dass Sie einige interessante Antworten erhalten haben.« Benedict lächelte.

»Etliche meinten, dass ich allein für diese Frage die ewige Verdammnis verdient hätte. Aber einige der Antworten fand ich tatsächlich ziemlich schlau.«

»Zum Beispiel?«

»Einer sagte, man müsste die DNA-Doppelhelix im Inneren des Grabes Christi eingraviert finden.« Er schaute Carmichael erwartungsvoll an, der nicht sonderlich beeindruckt schien.

»Das könnte allzu leicht als Täuschung abgetan werden, Ross.«

»Ja, vermutlich. Noch eine Antwort hat mir gefallen: die Lösung eines der ungelösten mathematischen Probleme der Welt. Der Yang-Mills-Theorie und des Massenlückenproblems zum Beispiel. Oder vielleicht auch Lösungen für alle sieben.«

»Hübsche Idee, aber Skeptiker würden es auf ausgeklügelte Computer-Algorithmen zurückführen.«

Ross lächelte. »Na schön, was würde Sie denn überzeugen, Benedict? Wenn Sie Gott wären und die Welt überzeugen wollten, dass es Sie tatsächlich gibt, was würden Sie tun?«

Ross schob sich einen Keks in den Mund und durchbrach mit seinem Kauen die Stille.

Der Bischof verschränkte die Finger und lehnte sich zurück. »Ich würde mir etwas überlegen, das einen hartgesottenen Atheisten überzeugen würde – etwas, das sich nicht so einfach abtun oder kleinreden ließe. Etwas, das den Gesetzen der Physik widerspricht. In anderen Worten, ein Wunder. Und zwar ein ziemlich großes.«

Ross überlegte. »Wie das Teilen eines Meeres?«

»Wir leben in einer weitaus skeptischeren Welt als zu Jesu Zeiten«, sagte Carmichael. »Die meisten von uns kennen David Blaine, Dynamo, Derren Brown und unzählige andere Zauberer und Illusionisten. Ich glaube, wir Menschen würden etwas ziemlich Spektakuläres brauchen – etwas, das die ganze Welt sehen und nicht so einfach mit einer wissenschaftlichen Erklärung abtun könnte.«

»Zum Beispiel, wenn die Sonne statt im Osten im Westen aufginge?«

»Etwas in dieser Größenordnung, ja.«

»Na schön«, sagte Ross. »Und wenn jemand dieses Wunder vollbringen könnte – was dann?«

Carmichael lächelte traurig. »Möchten Sie meine ehrliche Meinung dazu hören, Ross? Wenn jemand den endgültigen Beweis für die Existenz Gottes erbringen könnte, wäre er, wie ich glaube, seines Lebens nicht mehr sicher.«

20

Donnerstag, 23. Februar

Es mochte Einbildung sein, aber Ross kam es so vor, als hätte sich der Himmel draußen verfinstert. Er saß mit dem Rücken zum Fenster und wollte sich nicht umdrehen, um den Eindruck zu überprüfen. »Sie meinen, er könnte ermordet werden? Wie kommen Sie darauf, Benedict?«

Der Bischof hob abwehrend die Hände. »Ich bin ganz und gar nicht der Überzeugung, dass der endgültige Beweis für die Existenz Gottes, sofern so etwas überhaupt denkbar wäre, die Welt wieder auf den richtigen Kurs bringen würde. Ganz im Gegenteil. Denken Sie nur an die Folgen, an die Aufregung, die so etwas bei den Weltreligionen auslösen würde. Es würde sie ins Chaos stürzen. In die Verzweiflung. Jahrhundertelang hat jede einzelne darzulegen versucht, dass sie der einzige Weg zu Gott sei. Öl ins Feuer für die Fanatiker jeder Couleur. Panik im Falle all jener mit einem ausgeprägten kommerziellen Interesse an einem Glaubenssystem. Wo würden die abrahamitischen Religionen stehen? Ist es der katholische Gott? Der anglikanische Gott? Der jüdische? Islamische? Was ist mit den Hindus? Den Sikhs? Die Fundamentalisten wären entrüstet, würden von Blasphemie sprechen. Und die Scientologen würden auch ziemlich dumm aus der Wäsche gucken, oder?«

Ross starrte ihn an. Ironisch lächelnd fuhr Carmichael fort:

»Eine Menge Leute wären extrem verärgert, Ross, weil sie plötzlich kein Geschäft mehr machen könnten.«

»Der Vatikan, zum Beispiel?«

»Ganz bestimmt sogar. Die katholische Kirche hält sich ja für die einzig wahre christliche Kirche – sie müsste dringend Mittel und Wege finden, ihre Vorrangstellung neu zu bekräftigen. Zugleich könnte der Beweis von der Existenz Gottes den Anspruch der Juden auf das Gelobte Land legitimieren – was wiederum gewaltige Auswirkungen auf Palästina und Israel hätte. Für Putin, obwohl die Religion in Russland inzwischen akzeptiert wird, wäre es eine riesige Bedrohung seiner Macht, wenn der Kirche plötzlich eine gewisse Autorität zukäme. Erst recht in China. China schielt derzeit nach der Vormachtstellung in der Welt. Man versucht dort, sich dem Kapitalismus zu öffnen, zugleich aber seine Autonomie zu bewahren, ein schwieriger Balanceakt. Es gibt eine bedeutende Untergrundkirche in China, auch wenn das Land mehrheitlich atheistisch ist. Wenn sich nachweisen ließe, dass es tatsächlich einen Gott gibt, würde dies die Autorität der chinesischen Regierung unterminieren, weil die Menschen dann einem höheren Wesen verpflichtet wären.«

Ross schwieg, während er all die Informationen sacken ließ. Er versuchte, ruhig Blut zu bewahren, aber innerlich kochte er vor Aufregung angesichts der potenziellen Tragweite dieser Geschichte, sollte in Cooks Behauptung auch nur ein Körnchen Wahrheit stecken.

Vielleicht auch, wenn dem nicht so wäre.

»So habe ich das noch nicht gesehen, Benedict. Aber es leuchtet ein.«

Carmichael schenkte ihm ein schwer deutbares Lächeln. Dann wurde sein Gesicht wieder ernst. »In vielen Weltreligionen spielt das Geld eine ebenso große Rolle wie der Glaube, Ross. Ich sehe förmlich, wie der Gottesbeweis sie alle um ihre Legitimation bringt. Das wird vielen nicht gefallen. Und es gibt noch etwas zu bedenken. Etwas sehr Wichtiges.« Er verstummte, sah plötzlich beunruhigt aus.

Ross wartete geduldig.

»Es bereitet mir Sorgen, dass ein Teil dieser Information von einer Spiritistin – einem Medium – stammt. Diese Leute sind gefährlich. Und wenn es das Werk des Antichrist ist? In der Bibel heißt es, der Teufel sei schlau, ein Meister der Tarnung. Ich glaube, dass viele Menschen dieser Ansicht wären – das birgt große Gefahren.«

»Gefahren?« Ross blickte ihn verständnislos an. »Was wollen Sie mir sagen, Benedict? Dass Cook falschliegt? Dass seine Botschaft nicht von Gott, sondern vom Teufel kommt?«

»Na ja, es gibt in der Heiligen Schrift einen Hinweis darauf, dass Gott in Ausnahmefällen tatsächlich einem Toten erlaubt hat, mit einem Lebenden zu sprechen. Es war, als König Saul die Hexe von Endor konsultierte. Der verstorbene Prophet Samuel erschien und prophezeite Saul, er werde bald sterben. Wenn die Welt wirklich einer so dramatischen Situation entgegensieht, wie Sie sagen, könnte dies bedeuten, dass Gott erneut eine Ausnahme macht.« Er lächelte und fuhr dann fort: »Ich versuche, Ihnen die verschiedenen Perspektiven darzulegen und auch die Konsequenzen. Diese Art von Gottesbeweis, von dem Sie sprechen, würde die Menschheit meiner Meinung nach nicht einen, sondern noch tiefere Gräben ziehen, als es sie ohnehin schon gibt. Als alter Freund gebe ich Ihnen daher den guten Rat, dieses Manuskript an Ihren Bekannten zurückzugeben und ihm zu sagen, es täte Ihnen leid, aber Sie wären der Falsche.«

»Hat Gott Ihnen das gesagt? Was ist dann mit der Wiederkunft, von der im Neuen Testament die Rede ist?«

»In den Evangelien heißt es, dass vor Jesu Wiederkunft falsche Propheten erscheinen werden, dass es zu Katastrophen, Kriegen, Hungersnöten, Erdbeben und grausamen Verfolgungen kommen wird. Der Apostel Johannes geht sogar noch weiter und schreibt, vor Jesu Wiederkunft werde der Antichrist erscheinen.«

»So gut kenne ich die Bibel nicht. Ich dachte, die Wiederkunft wäre ein folgenschweres Ereignis, bei dem Jesus zurückkäme, um über die Lebenden und die Toten zu richten, die Welt vor dem Untergang zu bewahren und Himmel und Erde zu erneuern?«

»Ja, daran glauben die meisten Christen. Alle christlichen und islamischen Religionen glauben in irgendeiner Weise an eine Wiederkunft.«

»Die Juden nicht?«

»Die orthodoxen Juden glauben an das Kommen des Messias.«

»Nicht an Jesus?«

»Nein, sie glauben, dass Jesus ein falscher Messias war. Aber die Wiederkunft kommt nicht aus heiterem Himmel. Es gibt eine Menge Hinweise in der Bibel, die besagen, dass es einen Vorläufer geben wird, wie Johannes der Täufer einer war. Die Juden glauben, dass vor dem Messias Elias erscheinen wird, um das Reich Gottes zu verkünden. Und auch Jesus wies darauf hin, dass in der Zukunft Elias auf Erden erscheinen werde.«

Ross runzelte die Stirn. »Das ist alles ganz schön kompliziert und verworren.«

»Stimmt, aber es wäre auch ein ziemlich bedeutsames Ereignis.«

»Und was denken Sie persönlich über die Wiederkunft, Benedict?«

Wieder antwortete Carmichael mit einem Lächeln, das Ross nicht zu deuten wusste. Schließlich meinte er: »Ross, ich sage das jetzt als Freund zu Ihnen: Sie begeben sich auf sehr gefährliches Terrain, und Sie sind dieser Sache nicht gewachsen. Niemand wäre das. Es geht nicht nur um komplexe Glaubenssysteme oder um Fanatiker, die ihre Wahrheiten durchsetzen wollen. Es gibt dort draußen – innerhalb wie außerhalb der Religionen – eine rücksichtslose Geschäftswelt, deren gewaltiger Kapitaleinsatz ernsthaft Schaden nehmen könnte. Wie zum Beispiel würde Ihrer Meinung nach ein Quacksalber auf die Möglichkeit eines Wundertranks reagieren, der viel wirksamer wäre als seine Arzneien – für ihn aber nicht käuflich?«

»Und wenn Jesus Christus tatsächlich zurückkehrte? Wäre das nicht eine unumstößliche Antwort?«

»Als wir beide uns zum ersten Mal begegneten, sagten Sie mir, Sie seien nicht gläubig gewesen, nach dem Tod Ihres Zwillingsbruders jedoch ein wenig offener geworden. Stimmt doch, oder?«

»Stimmt.«

»Sie sind also bereit zu akzeptieren, dass Jesus existiert hat?«

»Möglich wär's«, entgegnete Ross. »Ob er tatsächlich der Sohn Gottes war oder nur ein gewöhnlicher Mensch, darüber habe ich noch nicht entschieden.«

»Als er vor über zweitausend Jahren zu uns kam, wurde er getötet. Glauben Sie, es wäre heute anders?«

»Harry Cook glaubt es.«

»Jesu Wiederkunft müsste heutzutage von etwas Außergewöhnlichem begleitet werden, Ross, einem Wunder und einer Art Zeichen – etwas Allgemeingültigem, das alle Menschen eint.«

»Und das wäre?«

»Ich weiß es nicht. Etwas, das noch niemand gesehen hat, vielleicht sogar etwas jenseits aller Vorstellung. Aber was, weiß ich auch nicht.« Der Bischof lächelte wieder. Wieder vermochte Ross dieses Lächeln nicht zu deuten.

21

Donnerstag, 23. Februar

Pastor Wesley Wenceslas bestand darauf, zwei Nächte pro Woche zu Hause in seinem Privatflügel im Gethsemane Park zu verbringen. Er half Marina dabei, ihre drei gemeinsamen Kinder Matthew, Mark und Ruth – acht, sechs und vier Jahre alt – zu baden und ins Bett zu bringen, und las jedem von ihnen jeweils eine kurze Passage aus dem Neuen Testament vor. Dann pflegte er sich hinzuknien und mit ihnen zu beten, Gott möge ihnen dabei helfen, brav zu sein, Seine Wege zu beschreiten, und sie reichlich segnen.

Anschließend speiste er mit seiner Frau zu Abend, was ihm sein privater Koch zubereitet und sein Butler serviert hatte. Den Anfang machte dabei ein Glas Krug-Champagner, gefolgt von exklusivem Weiß- oder Rotwein aus seinem üppig bestückten Weinkeller, je nachdem, ob es Fisch oder Fleisch zu essen gab. Danach pflegte er sich in sein Arbeitszimmer zurückzuziehen, um die täglichen Excel-Listen zu checken, die ihm die Einnahmen in jeder Kirche anzeigten, die Verkäufe seiner Bücher und Merchandising-Produkte, die Gebühren für seine Bezahl-Gebetsdienste via Internet und Telefon und all seine anderen Einkünfte.

Wenn er von zu Hause fort war, an den übrigen fünf Tagen in der Woche, die er entweder in einer seiner Kirchen im Vereinigten Königreich oder in den Staaten zubrachte, legte er mit den Tageseinnahmen dieselbe Sorgfalt an den Tag.

Er hatte entsetzliche Angst davor, jemals wieder arm zu sein.

Seine Mutter – sein Vater, dem er nie begegnet war, hatte sie verlassen, als sie mit ihm schwanger war – hatte nachts Büros putzen müssen, um Essen auf den Tisch zu bringen und ihr Bingo zu finanzieren, das sie tagsüber exzessiv spielte. Sie war tief gläubig und pflegte ihn sonntags zweimal in einen anglikanischen Gottesdienst mitzunehmen. Mit den Evangelikalen dagegen hatte sie nichts am Hut, obwohl sie auf den kleinen Jungen einen vergnügteren Eindruck machten. Sie lehnte es ab, einen Fernseher im Haus zu haben, und die einzigen Bücher, die sie zuließ, waren die Bibel und Bibelkommentare. Da er die meisten Nächte allein zu Hause war, las er die Bibel immer wieder durch, sobald er dazu imstande war. Die Geschichten darin begeisterten – und erschreckten ihn.

Was ihn an der Heiligen Schrift am meisten beeindruckte, war die Grausamkeit des alttestamentarischen Gottes. Dem kleinen Jungen kam er vor wie ein machtbesessener Egomane. Entweder man betete Ihn an, oder man war tot; oder man musste zusehen, wie ein geliebter Mensch geopfert wurde, oder musste irgendwelche anderen Nöte erdulden – oder alles auf einmal, wie bei Hiob.

Na gut, dachte er, Gott hatte die Welt immerhin erschaffen. Er konnte daher tun und lassen, was immer Er wollte – und durfte auch zornig werden, wenn Er sich nicht genügend gewürdigt fühlte.

Dass ihm seine Bibelkenntnisse eines Tages gute Dienste erweisen würden, konnte er damals noch nicht ahnen.

Als Kind interessierte er sich abgesehen von der Bibel nur für Autos und Musik – vor allem Reggae. Und die Band, mit der er sich am meisten identifizierte, war Bob Marley and the Wailers. Da sie zu Hause kein Radio hatten, konnte er sie jedoch nur über den Walkman eines Schulfreundes hören.

An Autos heranzukommen war einfacher. Sie lebten in einer Erdgeschosswohnung am Southwick-Ende von einer der Hauptstraßen nach Brighton, der Old Shoreham Road. Die Wohnung war vollgestopft mit religiöser Kunst und einer Angelusglocke, die dreimal am Tag läutete, um sechs Uhr morgens, um zwölf Uhr mittags und um sechs Uhr abends. Er pflegte aus dem Fenster zu schauen, auf die vorüberfahrenden Autos, und dabei zu träumen. Irgendwann würde er einen Porsche fahren, einen Lamborghini, Ferrari oder Aston Martin.

Er wusste genau, was jeder Wagen kostete, wie schnell er von null auf hundert beschleunigte, welche Höchstgeschwindigkeit er erreichte, wie viel Hubraum und PS er hatte.

Als er 14 Jahre alt war, hatte seine Mutter beim Bingo Geld gewonnen – eine Menge Geld. Während sie ihm mit glänzenden Augen davon erzählte, zog sie Fünf-Pfund-Noten aus ihrer Handtasche und verstreute sie wie Konfetti im Wohnzimmer.

Gott habe ihr in einem Traum verraten, wie sie gewinnen könne, sagte sie, damit sie ihrem besonderen Jungen eine besondere Freude machen und ihn für all die schäbigen Weihnachten entschädigen könne, die er erlebt habe, weil sie sich keine hübschen Geschenke leisten konnte. Gott habe ihr in diesem Traum dazu geraten, mit ihrem Jungen nach Disney World zu fahren. Zuerst sei sie unsicher gewesen, weil Disney World gegen alles verstieß, woran sie glaubte, doch in zwei weiteren Träumen habe Gott ihr eindeutig zu verstehen gegeben, dass sie ihrem Sohn diese spezielle Freude machen musste, weil er ein guter Junge sei.

Also flogen sie in den Sommerferien nach Orlando. Nach dem Start wurden Filme gezeigt, aber die durfte er sich nicht ansehen. Stattdessen drückte ihm seine Mutter eine Bibel in die Hand, aus Respekt vor dem Geschenk des Herrn. Er versuchte zu lesen, war aber viel zu aufgeregt und mit den Gedanken ständig woanders. Er freute sich auf die Attraktionen in Disney World, aber mehr noch auf die vielen amerikanischen Autos, die er zu sehen bekäme. Und er war auch abgelenkt durch den Film, den sich der Mann rechts von ihm ansah. Der Mann trug Kopfhörer, also konnte er nicht hören, was gesprochen wurde, aber er war wie gebannt von einer Frau mit riesigen Brüsten, die immer wieder auftauchte, manchmal in Unterwäsche oder im Bikini. Ihr Anblick erregte ihn zusehends. Er wusste, dass es respektlos war, trotzdem war er dankbar für die Bibel auf seinem Schoß, weil sie die Beule verdeckte.

Im Taxi vom Flughafen bekam er Stielaugen, als er all die glänzenden amerikanischen Autos und Trucks sah. Vor allem die Muscle-

Cars hatten es ihm angetan, die neuen wie die alten, Camaros, Corvettes, Mustangs, Firebirds, oder die mächtigen Trucks, besonders die Macks. Es war das erste Mal, dass er einen echten Mack zu Gesicht bekam, und er starrte begeistert auf die Aufbauten, mit denen die Fahrer ihre Gefährte verziert hatten – riesige Hörner oder Kühlerfiguren.

Im Hotel stand er neben seiner Mutter an der Rezeption und wartete geduldig, während sie ihren Pass aushändigte und ihren Namen, Marigold Smith, und seinen, Thomas Smith, eintrug – so hieß er damals. Ein uniformierter Hotelpage schob einen schmuckreichen Gepäckwagen aus glänzendem Messing, auf dem sich Koffer stapelten, durch die Lobby. Und er hoffte, dass ein Page käme und auch ihre Koffer auf so einen Gepäckwagen lud.

Stattdessen sagte seine Mutter dem Mann an der Rezeption, nein danke, sie benötigten keine Hilfe mit dem Gepäck, und während sie ihre Rollkoffer durch die Hotellobby schleiften, flüsterte sie Thomas zu: »Wir hätten ihm *Trinkgeld* geben müssen.«

Aus ihrem Mund klang das Wort »Trinkgeld«, als wollte man damit Satan höchstpersönlich bestechen.

Jetzt, da sie hier waren und er bereits einige Autos gesehen hatte, freute er sich auf den Vergnügungspark und auf die Fahrgeschäfte, von denen seine Klassenkameraden ihm vorgeschwärmt hatten. Doch seine Mutter hatte andere Pläne. Die Kirche ging vor. Dort würden sie zuerst um Vergebung bitten, weil sie den Vergnügungspark besuchen wollten.

»Können Sie uns ein Gotteshaus empfehlen, in dem wir beten können? Vielleicht eine anglikanische Kirche?«, fragte sie den Concierge.

»Tja«, sagte der große Mann im dunklen Anzug mit strahlendem Lächeln. »Wenn Sie etwas wirklich Spezielles suchen, sind Sie zur richtigen Zeit gekommen. Im Orlando Stadium wird uns morgen Pastor Drew Duane die Ehre seines Besuches erweisen!«

»Drew Duane?« Mutter runzelte die Stirn.

»Er ist wirklich etwas Besonderes, sag ich Ihnen, oh ja. Wenn Sie ihn noch nicht gesehen haben, sollten Sie sich diese Gelegenheit auf keinen Fall entgehen lassen.«

»Ist er anglikanisch?«

»Nein, Ma'am, das nicht, aber er ist *etwas Besonderes*. Er ist der beste Prediger, den ich je gehört habe. Er predigt vor 18 000 Gläubigen. Das Stadion ist völlig ausverkauft, aber mit etwas Glück kann ich Ihnen zwei Karten besorgen – verstehen Sie mich?«

Seine Mutter zögerte. »Nun ja, wir sind schließlich in den Ferien.« Sie wandte sich ihrem Sohn zu. »Was meinst du dazu? Probieren wir etwas Amerikanisches aus, während wir hier sind?«

Der Junge nickte skeptisch.

»Der liebe Gott wird uns schon verzeihen, wenn wir – ausnahmsweise, weil Ferien sind – eine andere Kirche ausprobieren.«

»Sicher tut Er das! Sie werden es nicht bereuen, ich selbst werde auch dort sein.«

Sie öffnete ihre Geldbörse und schob ihm einen Zehn-Dollar-Schein über die Theke. »Der Herr sei gepriesen!«, sagte sie.

»Ich danke Ihnen, Ma'am.« Er ließ die Banknote in der Hosentasche verschwinden. Ich schicke Ihnen die Karten ins Zimmer. Gepriesen sei Gott!«

Am folgenden Tag schafften sie es nach längerem Anstehen in der Schlange dann doch, ein paar Fahrgeschäfte zu besteigen, und während sie durch den Park schlenderten, unterhielt Thomas sich mit Donald Duck, Mickey Mouse und Pluto. Um 14 Uhr dann, nach einem Hamburger-Lunch, stiegen sie in ein Taxi und fuhren zum Stadion. Pastor Drew Duane sollte nicht vor 18 Uhr dort auftreten, aber es sei wichtig, sagte seine Mutter, frühzeitig dort anzukommen, um möglichst nah an den großen Prediger heranzukommen. Anderenfalls würde er sie nicht sehen, und wenn er sie nicht sah, dann sah Gott sie sicher auch nicht.

Ihre Plätze waren zehn Reihen von der Tribüne entfernt. Aber es war fast 19 Uhr, als Pastor Drew Duane endlich die Bühne betrat. Thomas Smith blickte ehrfürchtig auf einen der riesigen Bildschirme an der Seite des Stadions und sah, wie ein weißer Rolls-Royce angefahren kam, begrüßt von fünfzig stöckchenschwingenden Chearleadern, die den Choral *Tell Me the Old, Old Story* sangen.

Doch am meisten beeindruckte Thomas der Wagen. Er sah den Prediger aussteigen und hörte die begeisterten Schreie der Menge, die ihm huldigte.

Dieses Auto will ich haben, dachte er, *unbedingt*.

22

Donnerstag, 23. Februar

Ross' Heimfahrt nach seinem Besuch bei Benedict Carmichael war zermürbend gewesen. Die letzten zwei Stunden hatte er sich bei strömendem Regen und Dunkelheit durch den dichten Abendverkehr gekämpft. Die Fahrt hatte ihm genügend Zeit gegeben, über sein Treffen mit dem Bischof nachzudenken, und obwohl er müde war, schwirrte ihm der Kopf.

Imogen lag vor dem Fernseher auf dem Sofa und löffelte Karamelleiscreme in sich hinein – ihre aktuelle Sucht. Monty saß mit heraushängender Zunge neben ihr und sah sie erwartungsvoll sabbernd an. Für sein Herrchen hatte er kaum einen Blick übrig.

Ross küsste sie. »Wie war's bei dir heute?«

Sie griff nach der Fernbedienung, drückte den Pausenknopf und verzog das Gesicht. »Ziemlich bescheiden! Nachdem du gegangen warst, ist mir schlecht geworden, also bin ich zu Haus geblieben und hab von hier aus gearbeitet. Aber jetzt geht's mir wieder besser. Wie ist es gelaufen?«

»Wirklich interessant!«

»Du Glücklicher. Ich hab was gekocht – willst du bald essen?«

»Gibst du mir eine halbe Stunde? Ich muss schnell was recherchieren, solange ich es noch im Kopf habe, dann erzähl ich dir alles.« Er schaute auf das eingefrorene Bild im Fernsehen. »Was siehst du dir an?«

»Eine alte Folge von *Frasier*. Die Szene mit seinem Bruder ist ziemlich lustig.«

Er ging in die Küche, machte sich rasch einen Espresso und nahm ihn mit nach oben.

Wie immer waren Dutzende E-Mails eingetrudelt. Er überflog sie kurz, entdeckte aber keine, die nicht warten konnte. Er nahm einen Schluck Kaffee und dachte an das, was der Bischof zu ihm gesagt hatte.

Ich persönlich würde schon mehr brauchen als ein paar Koordinaten. Ich würde etwas sehen wollen, das den Gesetzen der Physik widerspricht. In anderen Worten, ein Wunder.

Na schön, das ist fair.

Der Beweis ist der Feind des Glaubens.

Der Spruch war nicht neu. Er hatte ihn schon irgendwo gehört, doch er verstand die Logik dahinter nicht ganz, und das wurmte ihn. Wahrscheinlich war es für die Kirchen ein gutes Argument, mit dem man Skeptiker mundtot machen konnte. *Glaubt an mich, ihr Kleingläubigen.* Auch Cook war ein *Kleingläubiger*, und genau aus diesem Grund hatte Gott mit ihm kommuniziert und ihm den sogenannten Beweis gesandt.

Ross gab den Satz »Der Beweis ist der Feind des Glaubens« bei Google ein.

Als Erstes kam ein Zitat von Thomas Jefferson, das nicht passte. Er suchte weiter. Es folgte ein Zitat von Anaïs Nin: »Sobald wir blind einer Religion, einem politischen System, einem literarischen Dogma hinterherlaufen, werden wir zu Automaten. Wir hören auf zu wachsen.«

Er versuchte es noch einmal anders und fand ein Zitat von Henry Adams aus dem 18. Jahrhundert: »Nicht einmal die großen Theologen des 13. Jahrhunderts – wie der heilige Thomas von Aquin – vertrauten allein auf den Glauben oder setzten die Existenz Gottes einfach voraus.« Thomas von Aquin war ein Theologe und Philosoph aus dem 13. Jahrhundert. Er schrieb: »Wer glaubt, der bedarf keiner Erklärung. Wer nicht glaubt, für den gibt es keine Erklärung.« Ross waren die Werke des Heiligen vertraut, er war in den Monaten nach dem Tod seines Bruders auf seine Lehren gestoßen, als er verzweifelt nach einer Erklärung für das Geschehen an jenem Morgen im Fitnessstudio gesucht hatte.

Thomas von Aquin argumentierte, dass alles – Sinnesorgane, die Nahrungskette, das, was wir heute als Stickstoffkreislauf bezeichnen, und so weiter – auf ein Ziel hinwirke. Die Ordnung des Universums könne nicht durch Zufälle erklärt werden, sondern nur durch Planung und Absicht. Dieser Plan sei ein Produkt der Intelligenz. Somit werde die Natur von einer göttlichen Intelligenz oder einem Großen Planer gelenkt.

Ross wurde vom Klingeln seines Telefons unterbrochen. Er schaute auf das Display. Eine Handynummer, die er nicht kannte. Er zögerte kurz, überlegte, ob es ein Verkaufsanruf sein könnte, meldete sich dann aber.

»Ross Hunter.«

»Hi, Ross, hier ist Sally – BBC Bristol?«

»Hey!«, sagte er, augenblicklich von ihrer Stimme aufgeheitert. »Das ist ja schön – wie geht's? Es war sehr nett, Sie kennenzulernen.« In Wirklichkeit war er überrascht, von ihr zu hören, weil er davon ausgegangen war, dass sie seitdem wahrscheinlich zwanzig andere Leute interviewt und ihn längst vergessen hatte.

»Ganz meinerseits«, sagte sie. »Wie war es in Glastonbury? Sind Sie gut hingekommen?«

»Ja, es war interessant.«

»Ich wollte doch mit meinem Onkel sprechen – Sie wissen schon, dem Treuhänder von Chalice Well? Julius Helmsley?«

»Natürlich. Und, haben Sie's getan?«

»Ich habe ihn zu Ihrem *Freund* befragt – Dr. Harry Cook.«

»Danke, das ist wirklich nett von Ihnen.«

Sie klang etwas verhalten. »Tja, ich habe leider keine besonders guten Nachrichten für Sie. Mein Onkel weiß Bescheid über diesen Mann und hält ihn für bekloppt. Offenbar hat man ihn vor ein paar Wochen mitten in der Nacht in Chalice Well dabei überrascht, wie er mit einer Gartenschaufel ein Loch graben wollte. Die Polizei hat ihn aus dem Park gejagt. Dann hat er irgendwie die privaten Telefonnummern meines Onkels und aller anderen Treuhänder herausgefunden und ruft sie mitten in der Nacht an, beschimpft sie, brüllt, sie sollten ihm dabei helfen, die Welt zu retten, anstatt ihm Knüppel zwischen die Beine zu werfen. Offenbar hat er vor etwa einer Woche zu meinem Onkel Julius gesagt, er sei der Antichrist!«

»Das gibt's doch nicht!«

»Doch, leider. Er ist ernsthaft gestört. Ich glaube, er hat nicht mehr alle Tassen im Schrank, wenn Sie wissen, was ich meine.«

»Verstehe.« Ross war ernüchtert.

»Wenn ich Sie wäre, würde ich ihn vergessen. Er bringt Ihnen nur Scherereien.«

Ross bedankte sich, versprach ihr, sich zu melden, wenn er wieder in der Gegend wäre, und legte auf.

Das Essen sei fertig, rief Imogen.

Er hörte sie nicht.

Er starrte auf das Manuskript auf seinem Schreibtisch, neben seiner Tastatur. Obenauf lagen Harry F. Cooks Adresse und Telefonnummer.

»Ross!«, rief Imogen erneut. »Das Essen ist fertig, komm schon, ich bin am Verhungern!«

»Gib mir zwei Minuten, Imo«, sagte er, griff zum Telefon und tippte Cooks Nummer ein.

Nach mehrmaligem Klingeln hörte er die Stimme des alten Mannes.

»Mr. Hunter?«

»Sie haben mir nicht erzählt, dass Sie in Chalice Well herumgegraben haben, Dr. Cook. Und dass man Sie fast verhaftet hätte. Und dass Sie mehrere Treuhänder beschimpft haben«, sagte er.

»Nun ja«, sagte Cook und klang aufrichtig zerknirscht. »Es war sehr dumm von mir. Ich – ich wollte unbedingt irgendeinen Beweis finden, also dachte ich, ich fang mal an zu graben – aber ich bin nicht sehr weit gekommen. Nur ein Spatenstich, dann hat man mich entdeckt und hinauskomplimentiert.«

»Nur einer? Nicht mehr?«

»Nein«, sagte er aufgebracht, »ich hatte keine Gelegenheit mehr. Da waren ein Polizist und ein Mann in einem Mantel, vermutlich einer der Treuhänder – er war ziemlich wütend auf mich –, die mir mit rechtlichen Schritten drohten.«

»Sagen Sie mir auch die Wahrheit?«

Ross dachte an den 120 mal 60 Zentimeter großen Graben, den kürzlich jemand ausgehoben hatte.

»Das ist die Wahrheit. Ich geb ja zu, dass es dumm war – ich hab die Beherrschung verloren. Diese Leute scheinen aus welchem Grund auch immer einfach nicht einzusehen, worauf sie da hocken. Vielleicht wollen sie es auch gar nicht wissen. Bitte glauben Sie mir, ich bin nicht der Geisteskranke, den sie aus mir machen wollen. Sie *müssen* mir glauben, Mr. Hunter. Man will mich aus irgendeinem Grund außer Gefecht setzen.«

»Dr. Cook, ich war vor kurzem in Chalice Well. Jemand hat exakt an der Stelle, zu der mich Ihre Koordinaten geführt haben, ein Loch gegraben.«

»Was?« Er klang aufrichtig schockiert. »Ein Loch – wie sah es denn aus?«

»Na, wie einer dieser Gräben – wie Archäologen sie anlegen. Er war ausgehoben und wieder zugeschüttet worden.«

»Das ist ja schrecklich.«

»Wenn Sie es wirklich nicht waren, der das Loch gegraben hat – wem haben Sie die Koordinaten denn noch gegeben?«

»Niemandem. Absolut niemandem. Glauben Sie mir, Mr. Hunter, Sie sind der Einzige.«

»Könnte es sein, dass noch andere Personen dieselbe Botschaft erhalten haben?«

Cook schwieg eine Weile. »Ich glaube, wenn das der Fall wäre, hätte ich es erfahren.«

»Nun, irgendjemand weiß aber Bescheid«, sagte Ross. »Wer könnte das sein?«

»Ich habe die Koordinaten außer Ihnen keiner Menschenseele verraten, mein Ehrenwort, Mr. Hunter.« Er klang aufrichtig.

»Aber Sie sagten doch, ein Polizist und einer der Treuhänder hätten Sie an der Stelle überrascht. Sie wussten, dass Sie ein Loch graben wollten.«

»Ich habe den Treuhändern die Koordinaten nie gegeben.«

»Das brauchten Sie auch nicht, wenn die Sie an der entsprechenden Stelle ertappt hatten.«

War es einer der Treuhänder gewesen, oder log Cook ihn an, wenn er behauptete, dass niemand sonst die Koordinaten hatte, fragte sich Ross. Oder waren sie nicht so geheim oder besonders, wie Cook glaubte? Es war allgemein bekannt, dass Josef von Arimathäa wahrscheinlich vor Ort gewesen war und dass er den Kelch – den Heiligen Gral – möglicherweise bei sich gehabt hatte.

»Der Gedanke, dass der Heilige Gral in die falschen Hände gelangt sein könnte, ist unerträglich, Mr. Hunter«, sagte Cook. »Rufen Sie mich deshalb an? Um mir von der Grabung zu erzählen?«

»Nein, ich rufe an, um Ihnen zu sagen, dass ich für diese Angelegenheit nicht der Richtige bin.«

Cook antwortete prompt und beschwichtigend. »Doch, Mr. Hunter, Sie sind der Richtige, glauben Sie mir. Seit unserer Begegnung habe ich nämlich etwas entdeckt, das Sie vielleicht umstimmen könnte. Bitte halten Sie mich nicht für einen harmlosen alten Trottel. Geben Sie mir die Chance, Ihnen zu erklären, was ich entdeckt habe.«

»Na schön, ich höre.«

»Nicht am Telefon, das ist zu gefährlich – die Sache ist außerdem zu wichtig. Wir müssen uns treffen. Bitte geben Sie mir die Chance dazu. Wenn Sie hören, was ich auf der Grundlage dieser Koordinaten und Zahlenfolgen errechnet habe, werden Sie mich verstehen. Es hat etwas mit Ihrer Entdeckung zu tun, der Grabung – tun Sie mir den Gefallen, Ich bitte Sie.«

Da war etwas in seiner Stimme, das Ross' Skepsis untergrub. Er war noch immer nicht überzeugt, aber immerhin ins Wanken geraten. Sein Journalisteninstinkt ließ ihn eine interessante Geschichte wittern. Wahrscheinlich nicht die, die Cook im Sinn hatte, aber vielleicht lohnte sie die Mühe und wäre immerhin die Art von Geschichte, mit der die *Mail* das Sommerloch füllen könnte: *Der Mann, der dermaßen überzeugt war, er könne die Welt retten, dass er in Chalice Well zu graben begann und verhaftet wurde.*

Er öffnete seinen Kalender. Morgen war Freitag. Keine Termine. Vielleicht wäre es interessant, den Mann bei sich zu Hause aufzusuchen. Ein paar Fotos von ihm zu knipsen. »Okay«, sagte er. »Wie wäre es, wenn ich morgen zu Ihnen komme? Passt es Ihnen am späten Vormittag?«

»Sie werden es nicht bereuen, Mr. Hunter, versprochen. Bringen Sie das Manuskript mit?«

»Natürlich.«

23

Freitag, 24. Februar

Kurz nach 11 Uhr, den Anweisungen seines Navis folgend, fuhr Ross die Hauptstraße eines hübschen kleinen Dorfes entlang, etwa zehn Meilen westlich von Birmingham. Als er Imogen am Vorabend beim Essen von seinem Gespräch mit dem Bischof von Monmouth erzählt hatte, dem Telefonanruf von Sally Hughes und der Unterhaltung mit Cook, hatte sie ihm klipp und klar gesagt, er solle den Mann vergessen, er sei eindeutig nicht ganz bei Trost, und Ross dürfe keine Zeit mehr mit ihm verschwenden.

Nach eineinhalb Meilen solle er rechts abbiegen, sagte sein Navi.

Er fuhr an einem Pub vorbei, einer Tankstelle und einer hässlichen kleinen Industrieanlage. Ein paar Minuten später entdeckte er ein Straßenschild, das teilweise im Gebüsch verborgen war. Er bog nach rechts auf eine einspurige Straße, überquerte eine Bogenbrücke über einem schmalen Fluss, fuhr vorbei an einer Autowerkstatt, einem Bauernladen, der frische Eier anpries und selbstgemachten Käse, dann einen langen, bewaldeten Hang hinunter. Auf dem Navi setzte ein Countdown zum Zielort ein. Ihm folgte eine karierte Flagge und die weibliche Stimme, die in triumphierendem Ton verkündete: »Sie haben Ihren Zielort erreicht!«

Auf der rechten Seite stand am Ende einer kurzen Auffahrt ein schicker Bungalow mit eingebauter Garage und einem gepflegten Vorgarten, in dem der Rasen aussah, als gehörte er zu einem Golfplatz. Vor der Garage stand mitten in der Zufahrt der weiße Nissan Micra, mit dem Cook ihn am Anfang dieser Woche besucht hatte. Er war blitzblank.

Er bog in die Auffahrt, stellte seinen Audi hinter Cooks Wagen ab und stieg aus. Er war viel unterwegs gewesen in letzter Zeit, fiel ihm auf. Es war bitterkalt, und in der Luft lag der angenehme Duft eines Kaminfeuers. Ein Spatz putzte sich im Vogelbad das Gefieder. Froh über seinen gefütterten Parka und die warmen Stiefel, verriegelte Ross den Wagen, ging, den schweren Rucksack über der Schulter, auf die Haustür zu und klingelte. Er hörte zwar den Ton, aber sonst tat sich nichts.

Nach einer Weile klingelte er erneut und hörte wieder den Ton. Wieder keine Antwort.

Er versuchte es noch einmal. Diesmal hämmerte er gleichzeitig gegen die Tür.

Ein Fahrzeug kam die Straße entlang. Er hörte ein typisches Dieselgeräusch. Gleich darauf fuhr ein schlammbespritzter Land Rover Defender mit einem Pferdeanhänger im Schlepptau vorbei.

Er drückte den Briefschlitz auf, spähte ins Innere und sah einen schmalen, leeren Flur. Er klopfte erneut.

Cook wusste, dass er kam, und hatte seine Nummer. Er hätte doch sicher angerufen, wenn er ausgehen wollte?

Ross zog sein Handy aus der Tasche, wählte Cooks Telefonnummer und wartete. Irgendwo im Haus hörte er es klingeln.

Nach zehnmaligem Klingeln hörte er klar und deutlich die Stimme des alten Mannes.

»Hallo, hier ist Harry Cook. Leider kann ich Ihren Anruf im Augenblick nicht entgegennehmen. Bitte hinterlassen Sie eine Nachricht und Ihre Telefonnummer, und ich rufe Sie baldmöglichst zurück. Vielen Dank.«

Ross legte auf, ohne eine Nachricht zu hinterlassen. Er war besorgt.

Cooks Wagen war hier.

Er drückte den Briefschlitz auf und rief laut: »Dr. Cook? Hallo!« Nichts regte sich.

Er beschloss, um das Haus herumzugehen, auf die Rückseite. Er stieg über eine niedrige Lavendelhecke, ging an einem Seitenfenster vorbei, blieb stehen und spähte hinein. Und erstarrte.

Es war ein Wohnzimmer mit einem altmodischen Fernseher, einer Couchgarnitur, Fotos auf einem Kaminsims über einem elektrischen Feuer und einem Nussbaumschrank mit Capodimonte-Porzellanfiguren. Doch das Zimmer sah aus, als hätte eine Bombe eingeschlagen. Sämtliche Polster lagen auf dem Boden, aufgerissen, ebenso die Seiten- und Rückenlehnen der Sessel und Sofas. Die Schranktüren standen offen, und mehrere Zierstücke lagen zerbrochen auf dem Teppich. Am hinteren Ende stand ein kleiner hölzerner Sekretär, dessen Schubladen sämtlich herausgezogen waren, ihr Inhalt auf dem Boden verstreut.

Der alte Mann war ausgeraubt worden, und das vor gar nicht langer Zeit, vermutete er. Vielleicht sogar heute Morgen. Aber wo war Cook?

Der Gedanke durchfuhr ihn, dass der oder die Einbrecher immer noch hier sein könnten.

Sollte er die Polizei rufen?

Doch wenn er das tat, würde er erklären müssen, warum er hier war. Und das könnte die Information gefährden, die der alte Mann ihm hatte geben wollen.

Den schweren Rucksack an sich gedrückt, eilte er an drei Mülltonnen vorbei, jede mit einem andersfarbigen Deckel, und gelangte auf die Rückseite des Hauses. Von der Küche aus betrat man einen quadratischen Wintergarten mit einer Flügeltür, und der hintere Garten sah genauso gepflegt aus wie der vordere. Zu beiden Seiten einer langgezogenen, getrimmten Grasfläche waren Stauden gepflanzt. Am hinteren Ende gab es einen Zierteich und ein hölzernes Sommerhaus.

Er ging zum Hintereingang und klopfte laut gegen die Flügeltüren. Schließlich drückte er die Klinke nach unten. Die Tür war unverschlossen und glitt auf. Fast sofort schlug ihm der Geruch von Ingwer entgegen, und eine Katze schoss wie eine Kanonenkugel an ihm vorbei ins Freie.

Er betrat den Wintergarten. Auf einem Glastischchen zwischen zwei Korbsesseln lag, ordentlich aufgefächert, ein Sortiment Zeitschriften für den Hobbygärtner.

»Hallo, Dr. Cook!«, rief er ins Haus.

Er hörte das laute Ticken einer Uhr. Er erschrak, als sie zweimal schlug. Es war 11.30 Uhr.

Er rief erneut nach Cook, wieder den Rucksack wie eine Waffe bereithaltend, falls jemand hereinkäme.

Doch alles blieb still, bis auf das Ticken der Uhr.

Zögernd ging er weiter, in die Küche, und auch hier gab es eindeutige Spuren eines Einbruchs. Alle Schranktüren und Schubladen standen offen. Tassen, Schüsseln, Vasen lagen in Scherben auf dem Linoleumboden. Tee-, Kaffee-, Zucker- und Mehlbüchsen waren umgestoßen, ihr Inhalt verschüttet.

Ross zögerte.

Auf dem Küchentisch stand noch das Frühstück. In der Mitte, auf einem Leseständer, lag die aktuelle Ausgabe des *Daily Telegraph*. Eine Packung Cornflakes, ein Krug Milch und eine Schale Cornflakes, in deren Resten noch der Löffel steckte. Zwei gekochte Eier, geköpft, doch ansonsten unberührt, in Eierbechern auf einem Teller, daneben kleine Häufchen Salz und Pfeffer und ein unbenutzter Löffel. Auch eine Tasse Tee stand da, gefüllt bis zum Rand. Der hölzerne Stuhl war vom Tisch gerückt, als wäre Cook hastig aufgesprungen und nicht zurückgekehrt. Gegenüber sollte, wie es aussah, ein zweiter Stuhl stehen.

Mittlerweile äußerst nervös, sah er sich nach einer Waffe um, die brauchbarer war als der Rucksack, und entdeckte auf dem Boden einen Türstopper aus Messing. Er bückte sich nach dem schweren Gegenstand, richtete sich auf und hielt ihn einsatzbereit, während er sich umsah und horchte. Über die Scherben steigend, erreichte er den Tisch; er tunkte einen Finger in den Tee. Eiskalt. Auch die Eier waren kalt. Cook musste also vor mindestens einer Stunde vom Tisch aufgestanden sein, überlegte er. Wahrscheinlich eher vor zwei oder drei Stunden.

Er ging weiter, in den Flur, den er durch den Briefschlitz gesehen hatte, und rief noch lauter nach Dr. Cook.

Rechts von ihm befand sich eine Standuhr, und ihr lautes Ticken war das einzige Geräusch, das antwortete. An der gegenüberliegenden Wand hing in einem Rahmen ein gestickter Bibelspruch.

Laßt ab und erkennt, daß ich Gott bin. Psalm 46,11

Der Geruch im Haus, ein wenig muffig, nach alten Leuten und Katzen, erinnerte ihn an das Haus seiner Großeltern.

Auf der rechten Seite gab es drei Türen. Die erste führte in ein Schlafzimmer mit Doppelbett. Das Bettzeug war zu Boden geschleudert und die Matratze an mehreren Stellen aufgeschlitzt worden. Kleidungsstücke, aus dem Einbauschrank gerissen, lagen auf dem Boden. Die Schubladen beider Nachtkästchen waren herausgezogen worden.

Die nächste Tür führte in eine Kammer mit einem Schreibtisch und einem Stuhl davor und einem Netzteil für einen Mac – obwohl kein Computer da war – unter dem Tisch, neben einem angeschlossenen WLAN-Router und einem Papierkorb. An der Wand standen drei Metallschränke. Sämtliche Schubladen waren offen, die Aktenordner hatte jemand auf den Boden geworfen, ihr Inhalt lag überall verstreut.

Auf dem Schreibtisch lag eine Maus. Mehrere Kugelschreiber und Bleistifte steckten in einem runden Halter. Ross bemerkte einen Notizblock, etwa fünf mal fünf Zentimeter – derselbe, nahm er an, auf dem Cook die Koordinaten für Chalice Well aufgeschrieben hatte. Auf dem obersten Blatt des Notizblocks bemerkte er einen schwachen Abdruck, eine lange, nach links unten gebogene Linie in der Form eines Hockeyschlägers, und etwas, das aussah wie Zahlen. Er ging in die Knie und warf einen Blick in den Papierkorb. Nur ein Gegenstand befand sich darin, ein zerknülltes Blatt Papier. Nachdem er sich erneut umgesehen hatte, faltete er es auseinander. Es war das oberste Blatt des Notizblocks, erkannte er. Eine mit Kuli gezogene schwarze Linie war darauf zu sehen, deren gebogene Form zum Abdruck passte. Daneben standen die Zahlen, die auf die Koordinaten gefolgt waren, obwohl er sich nicht ganz sicher war.

14 9 14 5 13 5 20 18 5 19 19 20 12

Das eigenartige Gekritzel machte ihn neugierig. Er faltete das Blatt zusammen, steckte es in seine Brieftasche und sah sich noch einmal gründlich um. Dann ging er hinaus in den Flur, vorbei an der Uhr, und näherte sich der letzten Tür, auf der rechten Seite. Sie führte in ein spärlich möbliertes Esszimmer mit einem Tisch, vier Stühlen und einem einzelnen Bild an der Wand, neben einer Eichenkommode: der Dogenpalast in Venedig. Die Schublade in der Mitte der Kommode stand offen, ebenso die beiden Türen, die den Blick freigaben auf Gläser auf der einen Seite, Tischsets und Servietten auf der anderen.

Plötzlich spürte er hinter sich einen Schatten und fuhr herum, den Türstopper fest in der Faust. Doch da war nichts. Er ging hinaus, durchquerte den Flur und spähte in das verwüstete Wohnzimmer. Auf dem Kaminsims stand über einem künstlichen Feuer ein gerahmtes Hochzeitsfoto in Schwarzweiß von einem viel jüngeren Harry Cook in einem dunklen Anzug, der Händchen hielt mit einer hübschen, sehr brav aussehenden Frau mit dunklem, welligem Haar.

Mit klopfendem Herzen ging er zurück in die Küche und blickte sich um. Und dann entdeckte er sie. Eine geschlossene Tür, die er vorhin irgendwie übersehen hatte.

Er drehte den Knauf und zog sie auf. Dahinter befand sich eine Holztreppe, die hinunter in den Keller führte. Er rief nach unten: »Dr. Cook? Hallo? Ist da jemand?«

Seine Stimme klang ängstlich, überschlug sich fast.

Er drückte auf den Lichtschalter. Eine einzelne Glühbirne, die an einer braunen Schnur baumelte, ging an, eine weitere am Fuß der Treppe. Er würde einen Blick hinunterwerfen, und wenn der alte Mann auch hier nicht zu finden wäre, würde er die Polizei rufen, beschloss er.

Langsam, Stufe für Stufe, stieg er die Treppe hinunter, die Faust noch fester um seine provisorische Waffe geschlossen. Als er sich dem nackten Betonboden näherte, sah er, dass der Keller eine Art Müllhalde war. Überall lagen lose Blätter herum. Ein paar alte Koffer waren umgestoßen worden.

Dann, *um Gottes willen.*

Oh Scheiße.

Nein.

Nein.

Jetzt verstand er, warum der zweite Stuhl am Küchentisch fehlte. Er befand sich hier unten. Harry Cooks knochiger, nackter Körper war mit grauem Gewebeband darauf festgezurrt, einen weiteren Streifen Gewebeband hatte man ihm quer über den Mund geklebt. Seine Arme waren zur Seite gestreckt, die Hände an die Wand genagelt.

Ross warf erneut einen nervösen Blick über die Schulter und trat dann an die Leiche heran. Cooks Augen waren weit aufgerissen, blickten entsetzt ins Leere. Gesicht und Körper waren übersät mit Brandmalen, vermutlich von Zigaretten. Seine Kehle war aufgeschlitzt. Geronnenes Blut klebte auf seiner Brust.

Ross machte kehrt und rannte die Stufen hinauf, durch das Haus und zur hinteren Türe hinaus. Er erbrach sich auf den Rasen. Dann zog er sein Telefon aus der Tasche und tippte mit zitternden Fingern 999 ein, vertippte sich dreimal, bis er endlich zu seiner Erleichterung den Klingelton hörte. Gefolgt von der Stimme des Notfall-Disponenten.

24

Samstag, 25. Februar

Das Curry Leaf im Brightoner Viertel The Lanes war brechend voll. »Haben Sie gewählt?« Der Ober stand lächelnd vor ihnen.

Nach kurzem Zögern sagte Imogen: »Wir können uns hier nie

entscheiden – warum bringen Sie uns nicht einfach ein Sortiment Vorspeisen und dann mehrere Hauptgerichte?« Sie warf einen fragenden Blick in die Runde. Ihre Freunde nickten, aber Ross schien in seine eigene Welt abgetaucht zu sein.

»Ross?«, sagte sie.

Er blickte erschrocken auf. »Entschuldige – ich hab nur – ich musste an gestern denken – ich ...«

»Ich bestelle uns verschiedene Vorspeisen, einverstanden?«

»Gute Idee«, sagte Ross.

»Prima! So, hat jemand irgendwelche Allergien oder Aversionen?« Der Ober wandte sich nacheinander an Ross, Imogen und ihre beiden engsten Freunde Hodge und Helen.

»Kleine Kinder«, sagte Helen, eine Chiropraktikerin mit einem etwas schrägen Sinn für Humor.

»Und sonst?«

»Nichts Gesundes, bitte«, fügte Hodge hinzu, der für die Finanzen eines internationalen Outlets zuständig war. »Nichts Gesundes.« Der Ober presste die Handflächen aneinander. »Das ist gut! Ich kann Ihnen versprechen, dass heute keine kleinen Kinder und nichts allzu Gesundes auf der Karte stehen – Sie werden begeistert sein.«

Als der Ober gegangen war, hob Hodge sein Glas Cobra-Bier. »Cheers.«

Die vier stießen an.

»Also, Ross«, sagte Helen. »Du hattest also gestern ein ziemlich traumatisches Erlebnis?«

»Könnte man sagen. Ja.«

»Du siehst blass aus.«

»Ich hab nicht sonderlich gut geschlafen.«

»Kein Wunder, Kumpel«, sagte Hodge. »Ich finde es erstaunlich, dass du heute überhaupt mitgekommen bist.«

»Na ja, ich dachte, ein bisschen Normalität kann nicht schaden nach dem, was ich vor Augen hatte. Und dann auch noch die Polizei mit ihren Fragen ...«

»In Afghanistan hast du doch auch schon Leichen gesehen. War das genauso?« Dann besann Helen sich. »Tut mir leid, das war ganz schön unsensibel.«

»Nein, ist schon okay. Ich dachte eigentlich, dass mich nach der Zeit dort unten nichts mehr schockieren könnte. Aber ich hab mich wohl getäuscht. Ich hab hier in England noch nie ein Mordopfer gesehen.«

»Wie war das für dich?«, fragte Helen, offenbar sehr interessiert.

»Ziemlich beschissen, um ehrlich zu sein.« Er kippte sein Bier hinunter und hielt Ausschau nach dem Ober, um noch ein Glas zu bestellen. »Vor allem, als die Polizei mich mit zur Wache nahm und dort drei Stunden lang verhörte, als hätte sie mich in Verdacht.« Er zuckte die Schultern. »Aber alles Wasser auf die Mühlen für meine Geschichte.«

»Worum geht's?«, fragte Hodge.

»Um die Suche nach einem Beweis für die Existenz Gottes oder besser gesagt um einen Mann, der glaubte, den Beweis gefunden zu haben.«

Hodge mit seiner Igelfrisur und dem getrimmten Bart erwiderte: »Und, hast du ihn gefunden?«

»Noch nicht – zumindest bin ich noch nicht überzeugt.«

Hodge grinste spöttisch. »Die Bibel ist doch im Grunde unter der Aufsicht Gottes entstanden. Für viele Gläubige ist sie das unumstößliche Wort Gottes, stimmt's?«

»So kenne ich es zumindest aus dem Religionsunterricht – allerdings habe ich nie sonderlich gut aufgepasst«, entgegnete Ross.

»Ich hab sie einmal ganz durchgelesen, Altes und Neues Testament. Wenn ich mich recht erinnere, stand da, dass die Erde flach ist und auf einem Sockel ruht – und in der Offenbarung des Johannes hat sie vier Ecken: *Vier Engel standen an den vier Ecken der Erde. Sie hielten die vier Winde der Erde fest, damit der Wind weder über das Land noch über das Meer wehte ...*« Hodge zog fragend die Augenbrauen in die Höhe. »Wenn Gott die Erde geschaffen hat, dann wusste Er doch, dass sie rund ist, oder? Offenbar muss er noch viel von uns lernen.«

Ross lächelte. »Ich denke, dass die Bibel voller Metaphern ist.«

»Wie viele Märchen«, erwiderte Hodge.

»Hatte dieser Dr. Cook eigentlich Kinder, Ross?«, fragte Helen.

»Ja, einen Sohn. Er ist in der Provinz Helmand von den eigenen Leuten erschossen worden. Das war wohl einer der Gründe, warum Cook sich an mich gewandt hat.«

Das Bier wurde serviert.

»Und das Motiv?«, fragte Hodge. »Hat die Polizei irgendetwas dazu gesagt?«

Er schüttelte den Kopf. »Nein.«

»Vermutlich ein Einbruch, der aus dem Ruder gelaufen ist«, sagte Helen.

»Frühmorgens?« Imogen sah Ross fragend an. »Du sagtest doch, er hätte gerade gefrühstückt. Seltsame Zeit für einen Einbruch.«

»Kommt öfter vor, als man denkt«, widersprach Ross. »Die Polizei hat es mir erzählt. Jemand, der spätnachts mit einem Lieferwagen herumfährt, macht sich verdächtig. Aber am Morgen achtet niemand auf ihn.«

»Was haben sie mitgehen lassen?«, fragte Helen.

»Tja, das hoffe ich herauszufinden.« Er trank sein Glas leer. Eineinhalb Tage später war er noch immer erschüttert.

»Wenn dir morgen nicht nach Golfen zumute ist, Kumpel, dann mach dir deswegen keinen Kopf«, sagte Hodge.

»Nein, ein paar Stunden an der frischen Luft sind genau, was ich brauche. Und die Wetteraussichten sind gut.«

»Bist du dir auch sicher?«

»Ich werde dich besiegen!«

»Und wovon träumst du nachts?«

Ross grinste. Hodge besiegte ihn andauernd.

»Abschlag 10 Uhr, geht das in Ordnung?«

Ross nickte.

»Es tut dir bestimmt gut«, ermutigte ihn Imogen.

Ross sah sie an und nickte. Gleichzeitig regte sich wieder sein Misstrauen gegen sie. Obwohl sie im dritten Monat schwanger war. Vier oder fünf Stunden ohne ihn im Haus. War sie nur altruistisch, eine liebevolle, treusorgende Ehefrau, oder hatte sie andere Motive?

»Das alles hat angefangen, als dieser Mann, dieser Dr. Cook, dich wegen seiner seltsamen Botschaft aus heiterem Himmel angerufen hat?«, fragte Helen. »Und du hast nicht einfach aufgelegt?«

»Ich bin Journalist, da ist man ständig auf der Suche nach einer interessanten Story.«

»Hast du denn keine Angst, nach dem, was mit Cook passiert ist?«

»*Ich* hab Angst«, sagte Imogen. »Ich hab Ross gebeten, das Ganze abzublasen. Wenn man sich mit religiösen Dingen beschäftigt, kann man nicht wissen, welchen Spinnern oder Fanatikern man auf die Füße tritt.«

»Wie Helen schon sagte, könnte es doch auch ein Einbruch gewesen sein, der dann schiefgelaufen ist«, versuchte Hodge sie zu beschwichtigen.

»Na sicher. Er war ein pensionierter Professor, kein Drogendealer«, entgegnete Imogen. »Sie haben ihn gefoltert. Offensichtlich waren sie hinter etwas her.«

»Das Manuskript?«, schlug Hodge vor.

»Nicht unbedingt«, erwiderte Ross. »Es gibt tatsächlich sadistische Einbrecher – sie sind zum Glück selten, aber so was kommt vor. Hier lebte ein alter Mann allein auf einem entlegenen Grundstück. Vielleicht waren sie überzeugt, dass er irgendwo einen Safe versteckt hatte.«

»Ich mag gar nicht daran denken, was passiert wäre, wenn sie bei deiner Ankunft noch im Haus gewesen wären.« Imogen nahm ihr Weinglas, wollte nach der Flasche greifen, ließ es dann aber sein. Hodge hob sie aus dem Eiskübel und hielt sie ihr hin. »Ich darf

122

nicht«, sagte sie. »Ein Glas Wein ist im Augenblick mein Limit – obwohl ich am liebsten die ganze Flasche austrinken würde. Ich kann es einfach nicht glauben, dieser arme Harry Cook, er war am Montag noch bei uns zu Hause – und jetzt ist er tot. Gefoltert und ermordet. Das kann doch kein Zufall sein. Es muss etwas mit dem von Gott diktierten Manuskript zu tun haben, das deiner Meinung nach totaler Blödsinn ist.«

»Ist es auch«, sagte Ross.

»Wenn es das ist, was Cooks Mörder bei ihm gesucht haben, sind *die* offenbar anderer Meinung«, sagte Imogen.

»Hast du der Polizei etwas von dem Manuskript erzählt?«, fragte Hodge.

»Nein.«

Imogen wandte sich Ross zu. »Wie bitte? Du hast Informationen zurückgehalten? Das ist strafbar.«

»Ich dachte, wenn ich es ihnen erzähle, werden sie es als Beweisstück einbehalten.«

»Und wo wäre das Problem?«, fragte Imogen.

»Was hast du damit getan?«, fragte Hodge.

Ross zögerte.

»Sag bloß, du hast es noch immer im Haus?«, sagte Imogen.

»Ich wollte mich nicht davon trennen – nicht, bevor ich die Gelegenheit hatte, eine Kopie anzufertigen, Imo.«

»Und wo ist es jetzt?«, wollte sie wissen.

»In Sicherheit.«

»Wo, in Sicherheit?«, fragte Imogen.

»In der Garage, okay? Ich bringe es am Montag zu unserem Anwalt und lege es dort in den Safe.«

»Herrgott! Du hast doch gesagt, es wäre totaler Blödsinn. Was willst du denn mit dem Zeug? Wer hat etwas davon?«

»Die Leute, die Harry Cook gefoltert und getötet haben?«, schlug Hodge vor.

»Das Manuskript ist nicht unbedingt der Grund, warum er ster-

123

ben musste. Soweit ich weiß, wusste außer mir niemand davon«, entgegnete Ross. »Bis auf eine BBC-Moderatorin, mit der ich in Bristol gesprochen habe, und ich glaube nicht, dass sie ein Killer ist.«

»Na ja, vielleicht hat Cook dir nur weismachen wollen, dass niemand davon wusste«, sagte Imogen.

»Ich sag euch jetzt, was ich wirklich glaube.« Er warf einen Blick in die Runde. »Cook war wahrscheinlich ein harmloser Spinner. Aber nehmen wir einmal an, er war doch nicht so verrückt, nehmen wir an, er hatte recht, was dann?«

»Und dafür willst du dein Leben aufs Spiel setzen?«, fragte Imogen.

Ross hatte darauf keine Antwort. Vielleicht verlieh ihm das Bier den Mut. Vielleicht auch das Gefühl, Cook verpflichtet zu sein. Er wusste nur, dass er nicht bereit war, die Sache aufzugeben. »Imo, du kennst meinen Job. Ich muss den Dingen auf den Grund gehen und schreibe Zeug, das die Leute aufrüttelt. Ich hab schon öfter Drohungen erhalten. Wenn ich allerdings das Gefühl hätte, dass ich damit dich oder unser Baby in Gefahr bringe, würde ich sofort die Finger von der Sache lassen.«

»Hoffentlich lohnt sich das Ganze wenigstens finanziell«, entgegnete seine Frau schnippisch.

25

Sonntag, 26. Februar

Pastor Wesley Wenceslas hielt an Sonntagen meistens zwei Predigten, eine bei Sonnenaufgang und die andere am Abend. Jede fand in einer anderen Kirche statt, im Vereinigten Königreich und in den Staaten. Er hatte insgesamt sieben in seiner Obhut und besuchte sie in regelmäßigen Abständen, entweder im Hubschrauber seiner Firma oder im Privatjet, einer Boeing 737 – beide weiß und mit dem eleganten, einprägsamen Logo eines fliegenden Fisches geschmückt, der sich um ein Kreuz schlang.

Von allen Dingen, die er gerne tat, freute ihn das Predigen, das Übermitteln der Worte des Herrn an seine Schäfchen, die Liebe, die er von ihnen zu spüren – und zu hören – bekam, am meisten. Oder zumindest fast so sehr wie beim Betreten der Garagen auf seinen englischen und amerikanischen Anwesen der Blick auf seine Flotte glänzender Luxuskarossen. Fast so sehr wie die Auswahl des helfenden Engels – oder der helfenden Engel –, der nachts mit ihm das Bett teilen würde.

Doch heute Morgen, trotz des strahlend blauen Himmels jenseits des Hubschrauberfensters und der kristallklaren Aussicht auf die Themse, verspürte der Pastor nicht die gewohnte Freude im Herzen.

Stattdessen hatte er eine unselige Vorahnung. Und hegte düsteren Groll.

Es gab da eine Bedrohung. Noch war sie klein, aber auch kleine Dinge konnten viel Schaden anrichten, denn aus klein konnte im Handumdrehen groß werden. Eine seiner Predigten, die er von Zeit zu Zeit hielt, enthielt ein Zitat des Dalai Lama: »Wenn du jemals gedacht hast, du seist zu klein, um etwas zu bewirken, dann hast du noch nie mit einem Moskito das Bett geteilt.«

Während der eine Stich lediglich eine juckende Stelle hervorrief, brachte der andere Malaria, das Denguefieber oder auch das Zika-Virus. Tödliche Krankheiten. Deshalb ließ man es besser nicht darauf ankommen, wenn man einen Moskito sah, sondern schlug ihn tot, und zwar schnell.

Und jetzt schwirrte da draußen ein menschlicher Moskito herum.

Die Welt war schon immer ein gefährlicher Ort gewesen, wo sich Gut und Böse unentwegt bekämpften. Seine Mutter war ihm genommen worden, weil er nicht bei ihr gewesen war, um sie zu beschützen, ihre Hand zu halten, als sie die Straße überquerte. Es war seine Schuld. Er hätte bei ihr sein müssen. Er würde sich nie mehr irgendetwas wegnehmen lassen, nie mehr zulassen, dass irgendetwas geschah, was er hätte verhindern können.

Gott hatte ihn auserwählt und ihm diese Mission im Leben zugewiesen. Er hatte ihn zu Seinem Fußsoldaten gemacht, und mittlerweile war er zu Seinem General aufgestiegen. Jetzt drohte Gefahr, und er würde damit umgehen, wie alle Generäle mit Gefahren umgehen.

Ein jäher Stoß schüttelte ihn durch und versetzte ihn einen Moment lang in Panik. Er mochte den Komfort seines Hubschraubers und den großen Auftritt, wo immer er landete, während ein zweiter Hubschrauber einige Minuten später die weniger bedeutenden Mitglieder seiner Entourage einflog – seinen Friseur, den Visagisten, seinen Koch und vier Leibwächter. Er erhielt regelmäßig Morddrohungen von religiösen Fanatikern unterschiedlicher Glaubensrichtungen, die mit seinen Lehren nichts anzufangen wussten. Die Furcht, die sie ihm einjagten, grenzte an Paranoia. Sie war fast so groß wie seine Flugangst. Dabei sollte der liebe Gott ihn doch eigentlich beschützen. Aber er hatte Zweifel, war sich nicht sicher, ob der liebe Gott seinen Lebenswandel billigte.

Sie verloren schnell an Höhe und landeten auf dem Londoner Heliport in Battersea. Mehrere Hubschrauber standen bereits am Boden, und von hier oben erinnerten sie ihn an kauernde, zornige Insekten.

Auch er war zornig. In die heutige Predigt hatte er seine Botschaft an die Gläubigen eingebaut: »Konzentriert euch auf die positiven Dinge. Es gibt so viel Negatives im Leben. Negatives zieht euch nach unten, Positives richtet euch auf. So wie unser Herr Jesus durch all das Positive, das ihn umgab, von den Toten auferweckt wurde.«

Grinsky, wie er den geschäftsführenden Direktor seines Imperiums nannte, saß angeschnallt im cremefarbenen Ledersitz ihm gegenüber, ein schmucker kleiner Mann mit tadellos frisiertem dunklem Haar. Er trug einen seiner dreiteiligen grauen Nadelstreifenanzüge, dazu eine rosa Krawatte und glänzend polierte schwarze Slipper von Gucci. Grinsky hatte ihn vor der neuen Bedrohung gewarnt, nachdem ein Polizist in Somerset, Mitglied ihrer Gemeinschaft, ihn kontaktiert hatte.

Grinsky las gerade stirnrunzelnd seine Predigt. Er hielt geziert seinen schmucken Montegrappa-Füller zwischen den manikürten Fingern und quittierte jede seiner Randnotizen mit einem spöttischen Zungenschnalzen. Sein richtiger Name lautete Lancelot Pope, und als er dem Mann zum ersten Mal begegnet war, hatte Wenceslas zu ihm gesagt: »Ich muss Sie haben – ich will den Leuten sagen können, dass der Papst für mich arbeitet!«

»Ich verstehe nicht ganz, was das hier soll, Boss«, sagte er spitz.

»Was denn?«

Pope las laut: »Der Satan ist überall, sage ich euch. Er ist kein feuriger Mann mit einem Schweif und einer Mistgabel. Er ist in jedem Supermarktregal, das euch mit Süßkram in Versuchung führt. Esst ungesundes Zeug, und ihr habt euch von Satan täuschen lassen. Er vergiftet euch heimlich.«

»Was ist daran falsch? Es ist eine wichtige Botschaft.«

»Ich denke an unsere YouTube-Sponsoren.«

»Und ich denke an unsere moralische Verpflichtung. Es ist meine heutige Botschaft.«

»Ich bin nicht einverstanden.«

Pope lächelte selten, und wenn er es doch tat, dann dünn und farblos wie ein Sonnenstrahl, dem es nicht ganz gelang, einen trostlosen Winterhimmel zu durchdringen. Aber egal, Wenceslas bezahlte den Mann nicht für sein Lächeln, er bezahlte ihn, damit er mit eiserner Hand sein Unternehmen führte. Damit er jedes Detail im Auge behielt, sogar seine Predigten, denen er den nötigen Feinschliff verpasste. Und damit er ihm Probleme vom Hals schaffte.

Genau das tat Pope. Der pingelige, höchst effiziente Kontroll-
freak war absolut rücksichtslos und der einzige Mitarbeiter der
Firma Wesley Wenceslas, der es wagte, dem Boss zu widersprechen
oder Paroli zu bieten. Nicht zuletzt, weil er zu viel wusste über den
Pastor.

Beiden Männern war klar, dass Lancelot Pope mit einer einzigen
Presseverlautbarung das gesamte Imperium ins Wanken bringen
konnte. Ebenso wussten beide, dass er das niemals tun würde, weil
Wenceslas ihn am Profit beteiligte. Er würde niemals die goldene
Gans schlachten, die ihn bereits zum Millionär gemacht hatte und
ihm, sofern alles weiter nach Plan lief, eines Tages noch viel mehr
Geld einbringen würde. Unermesslichen Reichtum.

Wenceslas wusste, dass Gott ihm diesen Mann geschickt hatte,
damit er auf ihn achtgab und auf alles, wofür er einstand.

Denn in seiner Jugend hatte sich lange Zeit niemand um ihn gekümmert. Am Tag nachdem er und seine Mutter von Disney World
nach England zurückgekehrt waren, hatte sie – wahrscheinlich verwirrt infolge des Jetlags, wie der Coroner angenommen hatte – die
Old Shoreham Road überqueren wollen, in die falsche Richtung
geschaut und war unter einen Bus geraten.

Von Stund an hatte er seinen Glauben an Gott komplett verloren
und sich in der Schule zum Rebellen entwickelt. Er hatte angefangen zu stehlen und herausgefunden, dass er andere dazu überreden
konnte, gewisse Dinge für ihn zu tun. Alles. Innerhalb eines Jahres
hatte er sich ein Netzwerk aus fünf Mitschülern aufgebaut, die in
der Schule für ihn Drogen vertickten.

Als man ihn schließlich erwischt hatte, wurde er zum Direktor
zitiert. Mr. Collins hatte sich ruhig mit ihm unterhalten, ihm gesagt, er habe Mitleid mit ihm wegen der schrecklichen Tragödie
um seine Mutter. Trotzdem bliebe ihm keine andere Wahl, als ihn
von der Schule zu werfen. »Sie haben so viel Charme, Thomas, und
sind im Grunde ein anständiger junger Mann, der nur vom rechten
Weg abgekommen ist. Sie können gut mit Menschen umgehen, ich

könnte mir vorstellen, dass Sie eines Tages im Vertrieb einer Firma arbeiten oder im PR-Bereich. Machen Sie sich mit einer Vorstrafe nicht Ihr Leben kaputt. Was würden Sie denn gern mit Ihrem Leben anfangen, wenn Sie eine Chance bekämen?«

»Ich will eine Menge Geld verdienen, Mr. Collins«, hatte er geantwortet. »Und einen Rolls-Royce samt Chauffeur will ich auch.«

»Ach ja?«

»Ja.«

»Alles ist möglich, Thomas, wenn Sie an sich glauben und hart arbeiten. Das versuche ich allen hier beizubringen. Sie müssen kein Krimineller werden, um viel Geld zu machen, Sie brauchen nur die richtigen Entscheidungen zu treffen.«

»Und die wären? Was sind die richtigen Entscheidungen, um viel Geld zu machen?«

»Ich will Ihnen sagen, was ich tun würde, um reich zu werden. Ich würde wohl Immobilienentwickler oder Banker werden. Oder …« Er zögerte und lächelte dann. »Oder ich würde eine Religion gründen!«

26

Sonntag, 26. Februar

Es war einer dieser unfassbar schönen Wintermorgen, und ein glitzerndes Netz aus Tau lag über dem Grün des Dyke Golf Club.

Sport war immer Ross' Methode gewesen, um Stress zu bewältigen, und so hatte er auch heute, trotz der Aufregung um Harry Cook, beschlossen mitzuspielen. Außerdem hoffte er, auf diese Weise seinen entsetzlichen Katzenjammer loszuwerden. Doch was Cook zugestoßen war, lastete wie ein dunkler Schatten auf seiner Seele. Nun würde er die übrigen Koordinaten nicht bekommen.

Hatte irgendjemand sie so dringend haben wollen, dass er den alten Mann deswegen zu Tode gefoltert hatte?

Diese Koordinaten wären unerlässlich gewesen, um eine Geschichte über Cook zu schreiben.

Er holte den Driver aus seinem protzigen neuen Golfbag – ein Weihnachtsgeschenk von Imogen –, fischte einen Ball heraus und legte die Tasche ins Gras. Er hielt den Ball in die Höhe und las die Markierungen. »Titleist 4«, verkündete er seinem Partner. Dann ließ er kurz den spektakulären Blick über die Felder und Wiesen auf sich wirken, bis hin zum Schlot der Shoreham Power Station und zum Ärmelkanal dahinter, war aber in Gedanken weit weg.

Hodge, der beim Münzwurf gewonnen hatte, schlug als Erster. Er pflanzte sein rotes Tee in die weiche, feuchte Erde, setzte den Ball darauf und ging, Knie gebeugt und Rücken gekrümmt, in Position. Er vollführte einige Schwünge, berührte mehrmals mit dem Schlägerkopf das Gras hinter seinem Ball und schlug ihn dann kraftvoll über das Grün.

Ross hatte nur ein leises Klicken gehört. Der Ball stieg steil nach oben, wo Ross ihn vor dem hellen Himmel kurz aus den Augen verlor, landete dann gute zweihundertfünfzig Meter vor ihnen mitten im Fairway und rollte weiter.

»Großartig!«, sagte er. »Toller Schlag.«

Hodge spitzte die Lippen und nickte selbstgefällig. »Ja, nicht übel.«

Ross steckte das eigene Tee in die Erde und legte den Ball darauf. Der fiel herunter. Er versuchte es erneut, aber der Ball fiel wieder herunter. Er fühlte sich, als würde ein heißer Draht durch sein Hirn getrieben. Beim dritten Mal blieb der Ball oben.

Er ging in Position, machte einen Übungsschwung, trat vor den Ball, holte aus und – schlug total daneben.

»Zweiter Versuch!«, sagte Hodge vorwurfsvoll und schaute noch selbstgefälliger drein. Er zog eine kleine Zigarre heraus und zündete sie an.

Ross vollführte noch einige Übungsschläge, trat wieder vor den Ball und schwang den Schläger. Er traf den Erdboden etwa einen Fußbreit vor dem Ball und sandte ein beachtliches Stück Grassode in die Luft.

»Mist!«, knurrte er. »Mist!«

Er legte die Grassode an ihren Platz zurück und bemerkte, dass neben ihnen schon die nächste Gruppe bereitstand, vier Spieler, deren Geduld er auf die Probe stellte.

Beim dritten Versuch gelang ihm ein beachtlicher Schlag, doch der Ball landete weit hinter dem seines Freundes im Gestrüpp.

Ross konnte seine Leistung auch auf den folgenden beiden Löchern nicht verbessern, weil er ständig an Cook denken musste.

Während sie darauf warteten, dass eine Vierergruppe vor Loch 6 abschlug, sagte Hodge, der sich erneut seine Zigarre anzündete: »Und was macht Imogen heute Morgen?«

»Sie wollte in die Kirche – sie will zumindest einmal im Monat hingehen.«

»Begleitest du sie manchmal?«

»Hin und wieder – zumeist wenn es in Strömen regnet und wir nicht golfen können.« Ross lächelte.

»Wie hältst du's eigentlich mit der Religion – wir haben nie darüber gesprochen?«, fragte Hodge. »Abgesehen von deinen Verrissen irgendwelcher predigender Scharlatane.«

Ross grinste. Hodge bezog sich auf einen langen Artikel, den er vor etwa fünf Jahren für die *Sunday Times* geschrieben hatte, über die reichsten Prediger der Welt. Die Wesley Wenceslas Ministries im Vereinigten Königreich hatten der Zeitung damals mit rechtlichen Schritten gedroht. Die Anwälte hatten die Anzeige fallengelassen, als die Zeitung ihrerseits damit gedroht hatte, Wesley Wenceslas' Vorstrafenregister zu veröffentlichen.

»Unsere Eltern waren nicht sonderlich gläubig. Als wir beide vierzehn waren, ist unsere Mutter, die wir beide sehr geliebt haben, an Krebs erkrankt. Ich habe jede Nacht für sie gebetet, aber drei

Monate später ist sie trotzdem gestorben. Danach hab ich aufgehört zu beten – hatte meinen Glauben verloren. Unser Dad hat Ricky und mich alleine großgezogen. Dann ist vor einigen Jahren etwas sehr Seltsames passiert, das ich mir einfach nicht erklären kann.«

»Und was war das?«

»Hab ich dir das nicht erzählt? Von Ricky, meinem eineiigen Zwillingsbruder?«

»Nein.«

»Er war mehrere hundert Meilen entfernt, als er bei einem tragischen Unfall ums Leben kam, aber ich hatte plötzlich eine unglaublich starke Verbindung zu ihm – mindestens eine Minute lang. Später hab ich dann herausgefunden, dass er im exakt selben Moment gestorben ist.«

»Ich hab gelesen, dass zwischen eineiigen Zwillingen eine Art Telepathie besteht. Vielleicht ist es das gewesen?«

Ross schüttelte den Kopf. »Nein, es war mehr als das – ich hatte eindeutig eine mystische Erfahrung. Es ist schwer zu erklären, ohne verrückt zu klingen, deshalb rede ich normalerweise nicht davon.«

»Und seitdem glaubst du wieder?«

»Nicht an Gott – aber daran, dass es so etwas wie ein größeres Ganzes gibt.«

Hodge paffte seine Zigarre. »Dieser Typ, dieser Dr. Cook.«

»Ja?«

»Von welchem Gott hat er gesprochen? Dem anglikanischen, katholischen, jüdischen, muslimischen Gott? Oder vom Gott der Hindus, Sikhs oder Rastas?«

»Ich bin mir nicht sicher.« Er sah seinen Freund fragend an. »Du bist ein überzeugter Atheist, hab ich recht?«

Hodge nickte, während er durch die Rauchfahne beobachtete, wie das unfassbar langsame Quartett sich endlich weiterbewegte. »Stimmt, ich hab ein großes Problem damit. Stephen Fry hat vor 'ner Weile darüber geredet und es genau auf den Punkt gebracht. Falls Gott uns wirklich erschaffen habe, meinte er, müsse er schon ein ziemlich krankes Hirn haben, um gleichzeitig einen Parasiten zu erschaffen, der nur in Kinderaugen existieren könne, sich vom Inneren des Augapfels nach außen wühle und dessen einziger Daseinszweck darin bestünde, Kinder blind zu machen?«

»Einige Religionen hätten bestimmt eine Erklärung dafür.«

»Alle Religionen haben irgendwelche lahmen Erklärungen für all das Leid. Doch wenn du dir die monotheistischen Religionen ansiehst und die Spaltungen darin, Anglikaner, Katholiken, Sunniten, Schiiten, Sephardim, Chassidim – worin besteht im Grunde der Unterschied zwischen ihnen? Weswegen all die Streitereien? Ich will es dir sagen. Sie streiten sich, wessen imaginärer Freund der beste ist.«

Ross lächelte. »Von allen Religionen, die an einen einzigen Gott glauben, verstehe ich das Christentum am besten. Mit ein paar wenigen Ausnahmen im Bible Belt in den Staaten hat es sich über die Jahrhunderte aus einer sehr tyrannischen Struktur – denk nur an die Zeit der Inquisition, als man sogenannte Ketzer hinrichten ließ – doch in ein ziemlich wohlwollendes Gebilde verwandelt.«

Sie beobachteten einen der vier Spieler vor ihnen, dessen Ball kaum fünfzig Meter vor dem Tee gelandet war. Der tattrige Achtzigjährige brauchte eine halbe Ewigkeit, um den nächsten Schlag vorzubereiten.

»Das Christentum, dessen zentrale Lehre im Glauben an die Auferstehung besteht«, entgegnete Hodge. »Zweitausend Jahre klammern sich die Leute an einen Glauben, der auf einem Zaubertrick mit Knochen basiert.« Er zog an seiner Zigarre. »Oder hatte unser Harry Cook etwas Besseres anzubieten? Es muss großartig sein, an Gott zu glauben. Man kann die ganze Verantwortung auf Ihn abwälzen – und Ihm für alles Blöde, das passiert, die Schuld geben. Komm schon, Ross, du bist doch ein schlauer Reporter. Komm wieder runter!«

»Kannst du mir erklären, warum wir hier sind, Hodge? Warum es uns gibt? Hast du Stephen Hawking gelesen und verstanden? Kannst du die menschliche Existenz erklären?«

»Muss ich das, um mein Leben zu genießen? Um meine Frau zu lieben? Um jetzt hier, an diesem wunderschönen Morgen, mein Golfspiel zu genießen? Was hat Gott mit alledem zu tun?«

»Abgesehen davon, dass er vielleicht alles geschaffen hat?«

»Na schön, und wer hat Gott geschaffen? Kannst du mir das beantworten? Sollte ich zu Ihm beten in der phantastischen Hoffnung, dass Er mir im Jenseits einen ordentlichen Platz an Seiner Tafel zuweist? Hat Gott irgendein Gerät, das unser Leben aufzeichnet und uns jedes Mal, wenn wir einen Hund streicheln oder einem Bettler eine Münze in den Becher werfen, Pluspunkte zuteilt?«

»Stellst du dir nie Fragen über deine Existenz, Hodge? Sollte man das nicht tun mit seiner sogenannten Intelligenz? Hatte Sokrates nicht recht, als er schrieb, das ungeprüfte Leben sei nicht lebenswert?«

»Willst du damit sagen, dass mein Leben nicht lebenswert ist, wenn ich es nicht hinterfrage?«

»Nein, überhaupt nicht. Was ich sagen will – na ja …« Er verstummte.

»Sag schon.«

Ross blieb einige Momente still. Was war es bloß, das Harry Cook im Sinn gehabt hatte? War sein Tod Teil eines größeren Ganzen? Würde ihm diese Reise, auf die er sich eingelassen hatte, außer ein paar Spalten in der *Sunday Times* auch einige Antworten bringen?

»Na schön, Hodge, ich will dir eine Frage stellen. Was würde dich, als Atheisten, von der Existenz Gottes oder zumindest von der Existenz eines Schöpfers überzeugen? Eines intelligenten Planers?«

Hodge holte den Driver aus dem Golfbag und trat vor das Tee. »Ziemlich viel verlangt an einem Sonntagmorgen.«

»Ich muss es wissen, deine Meinung ist mir sehr wichtig. Sag schon, was würde dich überzeugen?«

»Vermutlich würde ich etwas sehen wollen, was ich mir nicht erklären könnte. Etwas, das nicht einfach als Zaubertrick abgetan werden könnte.«

»Und das wäre?«

»Ich weiß auch nicht. Vielleicht eine verzögert einsetzende Ebbe – obwohl man sie auf eine Mondfinsternis oder so was zurückführen könnte.«

»Wenn also die Sonne im Westen aufginge, würdest du an Gott glauben?«

»Ich bin mir nicht sicher. Meine erste Reaktion wäre wohl, dass die Physiker – oder Astronomen – ihre Berechnungen vermasselt haben. Dass es vielleicht etwas ist, das alle tausend Jahre mal geschieht.« Er zuckte mit den Schultern.

»Was würde dich dann überzeugen, sag schon?«

»Vermutlich etwas aus dem Reich der Physik, von dem wir wissen, dass es unmöglich ist. Vielleicht dann.«

»Und wenn das passieren würde?«

Er bückte sich und legte den Ball auf das Tee. »Sieh es ein, Ross, es wird nicht passieren.«

Er schlug den Ball, der nach rechts abdrehte und im dichten Gestrüpp landete.

»Siehst du?«, sagte Ross. »Die kleinen Sünden bestraft der liebe Gott sofort.«

27

Es wird nicht passieren.

Der Satz war zum Mantra geworden für Pete Stellos. Er sagte es zu seiner Mutter, als sie von ihm wissen wollte, wann er ein nettes Mädchen kennenlernen und eine Familie gründen und Enkelkinder für sie zeugen würde. Er interessierte sich weder für Mädchen noch für Jungen, er verspürte überhaupt kein sexuelles Verlangen.

Menschen hatten allgemein etwas an sich, mit dem er sich nicht anfreunden konnte und das ihm schon früher Probleme bereitet hatte. Deshalb hatte er zu Beginn nur allein, für sich, gearbeitet. Zunächst hatte er in einem McDonald's in Des Moines, Iowa, die Nachtschicht übernommen. Dann hatte er das Gefühl, dass er etwas von der Welt sehen sollte – oder zumindest von seinem eigenen Land –, machte den Lkw-Führerschein, schipperte Autoteile quer durch Amerika und auf dem Rückweg Weizen.

Als Kind war er griechisch orthodox gewesen – obwohl er in der Folgezeit nicht das geringste Interesse an der Religion gezeigt hatte. Doch bei dem Begräbnis einer Großtante war er zum ersten Mal seinem Cousin Angus begegnet. Der Mönch hatte einige Jahre in einem Kloster auf dem Berg Athos in Griechenland gelebt, bevor er einem Orden in Großbritannien beigetreten war. Das Gespräch mit Angus hatte Petes Interesse am griechisch-orthodoxen Glauben neu entfacht. Angus meinte, der Berg Athos könnte ihn vielleicht interessieren. Allerdings könne er nicht einfach dort aufkreuzen, warnte er Pete. Er müsse sich einem langwierigen Aufnahmeprozess unterwerfen. Und das Leben im Kloster sei einsam.

Pete bat ihn, ihm mehr zu erzählen.

28

Sonntag, 26. Februar

In den Wochen nach seinem vorzeitigen Abgang von der Schule Blatchington Mill, sechs Monate vor seinem sechzehnten Geburtstag, ignorierte Thomas Smith in seiner Sucht nach Geld sämtliche guten Ratschläge seines Direktors. Er wurde zum Handlanger des Drogendealers, der ihn mit Cannabis, Ecstasy und anderen Drogen versorgt hatte, die er dann an der Schule vertickte.

In den folgenden sechs Monaten verdiente er mit links gutes Geld, indem er Abhängige im Zentrum von Brighton and Hove zumeist mit Heroin belieferte. Bis er mit dreitausend Pfund in den Taschen verhaftet wurde.

Er verbrachte zwei Jahre in einer Jugendhaftanstalt und baute sich ein großes Netzwerk künftiger Dealer für das Drogenimperium auf, das er geplant hatte. Im Alter von neunzehn Jahren bewohnte er ein cooles Apartment am Meer mit Blick auf den Ärmelkanal. Obwohl er aufgrund der teuren Monatsmiete, die er berappen musste, noch nicht genügend Geld angehäuft hatte für den Wagen, nach dem er sich derzeit verzehrte, hatte er immerhin schon fünfzigtausend Pfund in seinen Ferrari-Fonds gesteckt, wie er sein Erspartes scherzhaft nannte. In der Zwischenzeit fuhr er in einem hübschen schwarzen, zehn Jahre alten Porsche mit personalisiertem Nummernschild herum.

Dann, wenige Tage vor seinem zwanzigsten Geburtstag, wurde um fünf Uhr morgens seine Haustür eingetreten und mit ihr seine Welt zerstört. Sechs Beamte brüllten »POLIZEI! POLIZEI!« und drängten in die Wohnung.

Sie fanden Crack, Kokain, Heroin und noch das eine oder andere im Wert von zwanzigtausend Pfund. Er war ziemlich sicher, dass ein rivalisierender Dealer ihn verpfiffen hatte. Er wurde zu acht Jahren Haft verdonnert, und sowohl der Porsche als auch sein Zaster wurden konfisziert.

Gott hatte ihn gerettet. Er hatte Ihn im Gefängnis gefunden – oder anders gesagt, Gott hatte ihn gefunden, wie Thomas es gern darstellte. Geholfen hatte ihm, dass er schon als Kind und dann auch als Jugendlicher die Bibel gelesen hatte. Er erinnerte sich an längere Passagen daraus, zitierte aus der Schrift und hatte zudem ein natürliches Talent zum Predigen.

Dank der Unterstützung durch den unvoreingenommenen Direktor des Highdown-Gefängnisses, in dem er den Großteil der vier Jahre verbringen sollte, die er absitzen musste, durfte er jeden Sonntag draußen im Hof seinen eigenen Gottesdienst abhalten. Nach einem Jahr hatte er schon über hundert Gläubige, nach zwei Jahren waren es mehr als zweihundert. Er war so beliebt, dass er täglich nach dem Frühstück im Speisesaal des Gefängnisses Erweckungstreffen abhielt.

Dann sprach eines Nachts Gott direkt zu ihm. Gott sagte, er solle sich bessern, wenn er freikäme, seine Finger von den Drogen lassen und einen neuen Weg einschlagen, Seinen Weg. Auch einen neuen Namen sollte er annehmen, einen Namen, der für einen Neuanfang stand. Und eine neue Identität.

Einer der Insassen, die ihn regelmäßig predigen hörten, war mit einem Geistlichen in Tooting Bec befreundet, der einen ungenutzten Gemeindesaal hatte.

Bereits drei Monate nach seiner Freilassung predigte Pastor Wesley Wenceslas Gottes Wort in einer großen, vor sich hin rostenden Wellblechbaracke, angefüllt mit wackeligen Klappstühlen aus Holz.

Der Rest war – wie er stolz jedem erzählte, der es wissen wollte – Geschichte. Gelobt sei Gott!

Der Hubschrauber geriet ins Schlingern und sackte nach unten ab. Dann wurde er mehrere Male heftig durchgerüttelt.

Wenceslas bekam es mit der Angst. Er schloss die Augen und betete leise.

Beschütze uns, oh Herr.

Er schlug die Augen auf und sah aus dem Fenster. Der Helipad kam in Sicht. Er sah deutlich die Markierungen.

»Ganz schön holprig!«, stellte Pope fest. »Ganz schön holprig heute.«

Wenceslas starrte ihn an. »Gott gibt auf uns Acht, schon vergessen?«

Der Boden kam rasch auf sie zu. Im letzten Moment stockte die Abwärtsbewegung, und der Hubschrauber schwebte auf einem Luftkissen.

Dann spürte Wenceslas unter sich wieder festen Boden.

Die Rotoren über ihm knatterten weiter.

Er nahm die Kopfhörer ab. Pope tat es ihm gleich, fuhr sich mit den Fingern durchs Haar und sah auf seine kleine weiße Hublot-Armbanduhr. »Pünktlich wie die Feuerwehr!«, verkündete er.

»Gelobt sei Gott!«, sagte sein Boss.

29

Sonntag, 26. Februar

Als Ross kurz nach zwei Uhr nachmittags vom Golf nach Hause kam, war Imogens Auto weg. Sie hatte ihm einen Zettel hinterlassen, dass sie mit Monty zusammen mit einer Freundin und deren Hund spazieren sei und um drei zurück wäre – er sei mit Kochen an der Reihe.

Er fragte sich, welche *Freundin* das sein mochte. Aber es passte ihm in den Kram, dass sie nicht zu Hause war. Er hatte den Großteil der Vorbereitungen für den heutigen Sonntagsbraten schon gestern Nachmittag erledigt. Er schaltete den Herd ein, schob das Hähnchen und die Kartoffeln in die Röhre, stellte den Wecker auf seiner Armbanduhr und eilte nach oben. Fünfzehn Minuten später, geduscht und umgezogen, setzte er sich in sein Arbeitszimmer, schaltete den Computer ein und ging auf Google Earth. Dann tippte er die Koordinaten ein, die Cook ihm gegeben hatte. Die Position, auf der er am Dienstagnachmittag gestanden hatte.

51°08'40"N 2°41'55"W

Die Stelle, an der nach Cooks Überzeugung der Heilige Gral vergraben war.

Inmitten eines gepflegten Rasens – obwohl es sich damals, vor zweitausend Jahren, noch um ein offenes Feld gehandelt haben dürfte.

Nicht am Telefon, das ist zu gefährlich – die Sache ist außerdem zu wichtig. Wir müssen uns treffen. Bitte geben Sie mir die Chance dazu. Wenn Sie hören, was ich errechnet habe …

Was hatte ihm der Alte sagen wollen? Warum hatte er solche Angst, es ihm telefonisch mitzuteilen?

Die Bedeutung dieser Zahlen, die den Koordinaten folgten?

Er holte den Fetzen Papier heraus, den er in Harry Cooks Papierkorb gefunden hatte, faltete ihn auseinander und betrachtete den seltsamen Hockeyschläger und die Zahlen, die daneben standen.

14 9 14 5 13 5 20 18 5 19 19 20 12

Hatte die Form etwas mit den Zahlen zu tun? Waren sie eine Art Code? Ein Computer-Code?

Er tippte sie in eine E-Mail, schickte diese an seinen IT-Guru Chris Diplock und fragte ihn, ob er etwas damit anfangen könne. Obwohl Sonntag war, kam wie gewohnt prompt eine Antwort.

> Vermutlich eine Art Code, Ross. Mehr weiß ich leider auch nicht. Die Lücken dürften von Bedeutung sein, auch die Tatsache, dass einige Zahlen wiederholt auftauchen. Es gibt einige Webseiten und Foren im Netz, die sich mit dem Knacken von Codes beschäftigen. Anbei schicke ich dir ein paar, die interessant sein könnten.

Diplock hatte eine lange Liste mit Links angehängt.

Ross spielte mit dem Gedanken, die Zahlen bei Twitter und Facebook einzustellen und zu fragen, ob jemand wisse, was sie zu bedeuten hätten. Doch dann entschied er sich dagegen, weil er nicht wusste, wer ihm womöglich antwortete, und welche Fragen auf ihn zukämen. Stattdessen hatte er eine andere Idee. Vor einigen Jahren hatte er einen Artikel über Computer-Hacker geschrieben und in diesem Zusammenhang einen komischen Kauz an der Universität von Brighton getroffen, der dort Informatik lehrte. Der Typ war interessant, wenn auch ein wenig unberechenbar, und hieß Zack Boxx.

Zack, ein Geschöpf der Nacht und wenig gesellig, schien sich einzig und allein für Computertechnik und Craft-Biere zu interessieren. Ross hatte zwei Stunden mit dem Computerfreak verbracht, in denen Zack ihm gezeigt hatte, wie man sich in eine ganze Reihe von geheimen Regierungsabteilungen einhackte, nicht nur in Großbritannien, den USA und anderen Ländern, sondern auch in Militäreinrichtungen, einschließlich eines Drohneneinsatzes der USA im Iran, und dabei keinerlei Spuren hinterließ, wie er Ross versicherte. Tags darauf hatten sie sich auf einem Craft-Bier-Fest in Horsham total besoffen.

Zu Ross' Verwunderung war Zack nicht ein einziges Mal verhaftet worden und beriet mittlerweile Unternehmen freiberuflich in Sachen Internetsicherheit. Ross hatte den Kontakt gehalten und Zack, der immer spannende Geschichten zu erzählen hatte, gelegentlich zu Bierfesten in der Grafschaft begleitet. Einerseits mochte er sowohl den Typen als auch die Biere, andererseits ließ Zack nach ein paar Gläsern gern einmal einen Goldklumpen fallen.

Weil er wusste, dass der Computerfreak um diese Zeit wahrscheinlich noch in den Federn lag, schickte er ihm eine E-Mail, um ihn zu fragen, ob ihm zu den Zahlen irgendetwas einfiel. Außerdem sei es an der Zeit, schrieb er, dass sie beide sich wieder mal irgendwo auf ein Bier trafen.

Er brauchte sofort eines. Trotz des entspannenden Vormittags mit Hodge, dessen Gesellschaft er immer genoss, gingen ihm die Ereignisse vom Freitag nicht mehr aus dem Kopf. Er eilte also hinunter in die Küche und holte ein Peroni aus dem Kühlschrank. Er kramte in einer Schublade nach dem Öffner, knackte den Kronkorken und nahm die kalte Flasche mit nach oben, wobei er sich noch im Gehen einen Schluck genehmigte. Wieder am Schreibtisch, starrte er auf den Bildschirm, war aber in Gedanken woanders.

Beim Anblick von Harry Cook, der auf seinen Stuhl gefesselt war.

Scheiße.

Falls Harry Cooks gewaltsamer Tod mit alledem in Zusammenhang stand, sollte er dann nicht lieber die Finger davon lassen?

Imogen hatte er mit seiner Geschichte einen gehörigen Schrecken eingejagt. Bewegte er sich auf dünnem Eis, wie Benedict Carmichael angedeutet hatte? War irgendetwas es wert, dass man dafür sein Leben riskierte? Er versuchte sich an Cooks Worte zu erinnern, an die Nachricht für ihn, die der Professor durch das Medium erhalten hatte:

Der Mann hatte jemanden bei sich, der eine Botschaft für Sie hatte. Ihr Bruder Ricky sagte, Sie sollten mir vertrauen. Er nannte mir Namen. Bubble und Squeak.

Wie konnte Cook das mit seinem Bruder wissen? Vielleicht hatte er von Rickys Unfall ja in der Zeitung gelesen – doch das war Jahre her. Aus dem Internet? Die Sache mit den Rennmäusen konnte er aber auf gar keinen Fall wissen.

Wonach hatten Cooks Mörder gesucht? Nach dem Manuskript? Nach den Koordinaten, die sie darin vermuteten? Oder war das alles purer Blödsinn, und sie hatten es bloß auf das versteckte Geld eines alten Mannes abgesehen?

Was mochte Cook herausgefunden haben, dass er so aufgeregt gewesen war am Telefon?

Der einzige Gegenstand, den sie offensichtlich mitgenommen hatten, war Cooks Laptop. Der Ehering seiner Frau habe in seiner Schatulle auf dem Boden gelegen, hatte einer der Ermittler ihm erzählt. In einer der Schubladen im Schlafzimmer hätten zweitausend Pfund gelegen. Die Tatsache, dass so viel Bargeld und so viele Wertsachen nicht angerührt worden waren, ließ darauf schließen, dass der oder die Einbrecher es auf etwas anderes abgesehen hatten, das sie in Cooks Besitz vermuteten. Informationen zu einer Person – oder einem Gegenstand?

Ross dachte wieder an das Manuskript.

Die Vorstellung, es im Haus zu haben, gefiel ihm gar nicht. Morgen würde er es, wie er Imogen versprochen hatte, zu seinem Anwalt bringen – oder war es in einem Lagerhaus bei Shoreham Harbour besser aufgehoben? Dort hatte er mit Imogen vor ein paar Jahren einen Container gemietet, um einige Möbelstücke zwischenzulagern, als sie von der Wohnung in ihr derzeitiges Haus umgezogen waren.

Er gab Glastonbury Tor bei Google ein. Im zehnten Jahrhundert habe man auf der Hügelkuppe eine Holzkirche errichtet, las er, die später wieder zerstört worden sei. Das aktuelle Gebäude, die Ruine der Michaelskirche, stammte aus dem 13. Jahrhundert. Falls Josef von Arimathäa nach England gekommen war und den Heiligen Gral bei sich gehabt hatte, wäre dies fast tausend Jahre vor der Entstehung der ersten Kirche gewesen.

Er suchte weiter nach Informationen. Das Einzige, was Josef bei seiner Ankunft mit Sicherheit dort vorgefunden hätte, wäre die Quelle selbst gewesen.

Hätte ich den Kelch verstecken wollen, dachte Ross, hätte ich dann im Hügel ein Loch gegraben – oder hätte ich ein passenderes Versteck benutzt?

Doch die Koordinaten verwiesen auf den Hügel.

Wo waren die anderen Koordinaten, die Cook für sich behalten hatte? Verschwunden. Endgültig?

Er wurde den Gedanken nicht los, dass Cooks Tod eine bizarre moderne Version einer Kreuzigung gewesen sein könnte. Oder eine abscheuliche Parodie darauf.

Er versuchte es mit einem anderen Gedankengang. Na schön, mal angenommen, ich bin Gott und möchte Cook offenbaren, wo der Kelch ist. Gebe ich ihm die exakten Koordinaten oder nur annähernd exakte? Ich weiß schließlich, wo er zu finden ist, nicht?

Der listige, oft ruppige Gott des Alten Testaments stellte den Menschen Aufgaben und Prüfungen. Wenn er sich recht erinnerte – schließlich war es schon eine Weile her, dass er als Kind die Bibel gelesen hatte –, hatte Er es ihnen niemals leicht gemacht. Vielleicht hatte Gott auch Cook einer Prüfung unterzogen?

143

War es das, was Cook ihm hatte sagen wollen?

Nach dem herrlichen Morgen hatte der Himmel sich inzwischen verfinstert, und kleine Regentropfen rannen die Fensterscheibe herunter. Er dachte an das dicke Manuskript, dessen lose Blätter schlampig von zwei Gummibändern zusammengehalten wurden, und bekam es jäh mit der Angst.

Sollte er das verdammte Ding kurzerhand verbrennen?

Und seine Story aufgeben?

Er hatte bereits, Heiliger Gral hin oder her, das Gerippe für einen sensationellen Artikel. Irgendeine Boulevardzeitung würde ihn mit Sicherheit kaufen. Doch zuvor gab es noch ein Puzzleteil, das er einfügen musste. Ein ziemlich großes Teil. Es konnte den Durchbruch bedeuten.

Eine E-Mail kam an. Sie war von Zack Boxx.

Er öffnete sie.

Nächsten Samstag findet in Yapton bei Bognor ein Bierfest statt. Vielleicht fahr ich da hin. Die haben da ein paar gute Versionen von deutschen Weißbieren. 14 9 14 5 13 5 20 18 5 19 19 20 12. Vielleicht ein numerischer Buchstabencode? Jede Zahl steht für einen Buchstaben aus dem Alphabet? Das hieße in etwa: Nine Metres S (für Süden?) T (turn?) L (left?) Hilft Dir das?

Da kam Ross eine Möglichkeit in den Sinn. Aufgeregt ging er wieder auf Google Earth, zoomte Chalice Well heran und sah sich die Hockey-Schläger-Form an.

Sie passte!

Er holte sein Portemonnaie heraus, verließ Google Earth und ging im Internet auf Einkaufstour.

Als er gerade auf »Einkauf bestätigen« drücken wollte, hörte er unten Monty bellen. Gleich darauf rief Imogen zu ihm herauf:

»Ross, ich bin wieder da!«

»Toll, ich bin am Verhungern!«, rief er zurück. »Das Hähnchen müsste in zehn Minuten fertig sein.«

»Wie war's beim Golfen? Hast du gewonnen?«

»Nein, aber ich bin Zweiter geworden!«

Monty kam pitschnass ins Zimmer gesprungen, schüttelte sich, dass das Wasser nach allen Seiten spritzte, trottete auf ihn zu, setzte sich auf die Hinterbeine und gab Pfötchen.

»Na, nasser Junge, war's schön draußen?«

Er kraulte den Hund am Bauch.

Normalität.

Er hatte sie schmerzlich vermisst.

Gleichzeitig war er unglaublich aufgeregt – und mehr als ein bisschen ängstlich.

Er schickte Zack Boxx eine E-Mail zurück.

Du bist genial!

Boxx erwiderte Sekunden später:

Ich weiß. Ich hau mich wieder ins Bett, okay? Ist immer noch ziemlich früh für mich.

30

Montag, 27. Februar

Monaco passte ausgezeichnet für seine Zwecke. Das felsige Fürstentum, das zweitkleinste Land der Welt, weniger als zwei Quadratkilometer groß. Auf drei Seiten grenzte es an Frankreich, auf der vierten an das Mittelmeer, ein Großteil seiner Fläche war mit hoch aufragenden Wohnblocks vollgestopft, die Schulter an Schulter standen. Es gab dort keine Bettler und keine Obdachlosen, nur auffälligen Wohlstand, wohin man blickte, der möglichst unauffällig tat.

Der Ruf des Landes als glamouröse Steueroase, das sonnige Klima und der internationale Flughafen von Nizza, nur einen Katzensprung entfernt, waren für ihn ausgesprochen attraktiv, aber nicht der Hauptgrund, warum er hier lebte. Es war die Anonymität, die der Ort und seine Bewohner ihm boten, die ihm am besten gefiel.

Hier in Monaco konnte man an der Feinkosttheke im Supermarkt neben einem Formel-1-Fahrer, einem russischen Investmentbanker oder einem Brexit-Flüchtling zu stehen kommen. Oder eben neben ihm, Big Tony. Der in Wirklichkeit ziemlich klein war.

Obwohl man nicht wirklich neben Big Tony stehen wollte, wenn es nicht sein musste. Nicht etwa, weil er schlecht roch oder so. Es lag an seiner Aura. Er trug sie wie einen schwarzen Mantel.

Big Tony war eine recht unscheinbare physische Erscheinung, und seine Gesichtsfarbe war fahl. Er ging nicht sonderlich viel aus, es sei denn, um auf einem seiner schweren Motorräder über die Küstenstraßen zu preschen – die Serpentinen zwischen hier und Nizza. Er hatte sich daran gewöhnt, sich in Innenräumen aufzuhalten, fühlte sich wohler dort. Doch er mochte die Gewissheit, dass er neuerdings zumindest die Wahl hatte – im Gegensatz zu seiner Jugend, die er größtenteils in einem Hochsicherheitsknast in Colorado verbracht hatte. Wenn er damals schon klein und krumm gewesen war, als sie ihn mit sechsundzwanzig eingebuchtet hatten, war er jetzt, mit dreiundsechzig, noch kleiner und schmächtiger, zeigte ein nervöses Zappeln und hatte Raubvogelaugen. Er hatte allen Grund, nervös zu sein: Es gab schließlich etliche Personen, die noch eine Rechnung offen hatten mit ihm, vor allem ein paar Gangster im Gefängnis, die sich vor ihm aufgespielt hatten, und dann hatte er sie verpfiffen, um im Gegenzug eine Haftverkürzung zu bekommen. Er würde für den Rest seines Lebens einen Blick über die Schulter – und unter sein Auto – werfen.

Big Tony hatte mit fünfundzwanzig schon siebzehn Auftragsmorde erfolgreich ausgeführt. Der achtzehnte war schiefgelaufen: eine teure Angelegenheit, aber nicht etwa für seine Auftraggeber, die für ihre zweihunderttausend Dollar einen toten Drecksack bekommen hatten, sondern für ihn. Schieres Pech. Auf der 401 in North Toronto war ihm auf der Fahrt zum Flughafen ein Reifen geplatzt. Als er den Mietwagen auf den Seitenstreifen lenkte, wurde er von einem Lkw gestreift, dessen Fahrer, wie er später erfuhr, auf dem Handy ein Computerspiel laufen hatte. Während er sich im Krankenhaus drei Monate lang von seinen Verletzungen erholte, hatte die Polizei die Knarre im Kofferraum seines Wagens gefunden und seine Laptop-Dateien ausgewertet, und einige Monate später war er in die USA ausgeliefert worden, um dort vor Gericht gestellt zu werden.

Jetzt, zwölf Jahre nach seiner Freilassung, war er wieder vollständig auf den Beinen. Keine wahllosen Aufträge mehr für ihn, von nun an würde er sie sorgfältig aussuchen. Und sich nur noch für die lukrativsten entscheiden. Er erinnerte sich an die Worte des amerikanischen Armeegenerals Patton in einem Film, den er vor Jahren gesehen hatte: »Niemand hat je einen Krieg gewonnen, indem er für sein Land gestorben ist. Er hat ihn gewonnen, indem er einen anderen Dummen fand, der für sein Land starb.«

Neuerdings war er, meistens zumindest, Mr. Fixit. Er holte den Leuten ihre verlorenen Dinge zurück. Und nur gelegentlich beschaffte er den Leuten Dinge, die sie ganz einfach haben wollten.

Und der arrogante Scheißhaufen mit der albernen roten Brille, dem adretten Anzug und dem Aktenkoffer voller Zaster, der eben sein Apartment im 12. Stock betreten hatte, war jemand, der seine Dienste benötigte. Es stand ihm auf der Stirn geschrieben, auch wenn er sich noch so sehr bemühte, es zu verbergen.

Sie saßen im Erkerfenster, von dem aus man den Heliport und

das Mittelmeer überblickte und einen kleinen Park in östlicher Richtung, in dem gerade eine Frau einen kleinen Hund Gassi führte. Der Engländer hielt ein großes Glas mit einem fünfundzwanzig Jahre alten Glenfiddich in der Hand. Big Tony, der niemals trank, wenn er seinen Geschäften nachging, hatte sich für eine alkoholfreie Virgin Mary entschieden. Das Getränk passte wie die Faust aufs Auge, wie sich herausstellen sollte.

»Wir haben ein Problem«, sagte der Engländer. »Und meinen Informationen zufolge sind Sie der Mann, der es für mich lösen könnte.«

»In diesem Fall«, sagte Big Tony mit seinem trägen Südstaatenakzent – seine Stimme klang dabei viel tiefer und kräftiger, als sein Äußeres vermuten ließ –, »in diesem Fall haben Sie tatsächlich ein Problem, Mister.«

Der Engländer runzelte die Stirn. »Wieso?«

»Ich löse keine Probleme, Mister, ich tue den Leuten nur den einen oder anderen Gefallen.«

»Dann haben wir uns verstanden.«

»Kommt ganz darauf an, was Sie da in Ihrem Koffer haben.«

Der Engländer klappte ihn auf und zeigte ihm den Inhalt. Bündelweise Fünfhundert-Dollar-Noten. »Zwei Millionen, oder?«

»Und noch mal dasselbe bei Lieferung.«

»Sie sind teuer.«

»Teuer?«

»Ja. Sehr.«

»Schließen Sie den Koffer.«

»Schließen?«, fragte der Engländer nach.

»Mhm.«

»Warum sollte ich das tun?«

»Weil Sie ihn wieder mitnehmen, wenn Sie gehen. Ich bin nicht der Richtige für Sie.«

»Was soll das heißen?«

»Welchen Teil davon haben Sie nicht verstanden?«

Der Engländer sah verwirrt drein. Er nahm einen großen Schluck Whiskey. »Hören Sie, ich glaube, wir haben uns missverstanden. Ich bin einverstanden mit dem Preis.«

»Ich nicht. Er hat sich eben erhöht.«

»Hey, tut mir leid. Ich zahle, was immer Sie verlangen.«

»Gut. Jetzt sind es acht Millionen.«

»Was?«

»Sie haben's gehört.«

»Die doppelte Summe.«

»Ich weiß, für wen Sie arbeiten. Geld ist kein Thema. Kommen Sie mit dem richtigen Betrag, und wir unterhalten uns wieder.«

Der Engländer sah aus, als hätte er in eine Zitrone gebissen. »Bitte, lassen Sie uns …«

»Was?«, fiel er ihm ins Wort. »Hören Sie zu, Mister, wenn Sie mit mir ins Geschäft kommen wollen, sollten Sie zweierlei wissen. Erstens, ich verhandle nicht. Zweitens, ich bin kein guter Mensch und brauche Sie nicht zu mögen. Haben wir uns verstanden?«

»Ja.« Er sah auf die Uhr. »Ich könnte morgen wiederkommen.«

»Nach elf. Vorher hab ich meinen Pilates-Trainer hier.«

»Okay, aber in der Zwischenzeit wollen Sie sich vielleicht das hier mal ansehen.« Der Engländer gab Big Tony einen USB-Stick.

»Zuerst will ich Ihr Geld sehen. Verhandelt wird nicht.«

»Alles klar. Wie Sie sagten, mein Boss hat sehr tiefe Taschen.«

»Spielt gern Hosentaschen-Billard, wie?«

Wieder ein Biss in die Zitrone. Dann sagte der Engländer: »Sie wurden uns wärmstens empfohlen.«

»Ich steh nicht auf Geschleime. Kommen Sie morgen wieder, oder suchen Sie sich einen anderen. Mir ist das völlig egal.«

»Ich komm morgen wieder, nach elf, mit dem Geld.«

»Seh ich auch so.«

31

Montag, 27. Februar

Ross hatte die ersten zwei Jahre seiner Journalistenlaufbahn als Reporter für den *Argus* in Brighton verbracht. Dann war er zum Lokalressort der *Daily Mail* gewechselt. Nach kurzer Zeit hatte er sich dem Team der investigativen Journalisten der *Sunday Times* angeschlossen und richtig Feuer gefangen. Vor drei Jahren dann hatte er den Eindruck gewonnen, er verfüge jetzt über ausreichend Kontakte zu den Redaktionen großer Zeitungen, um sich selbständig machen zu können. Imogen hatte ihn dabei unterstützt.

Er hatte es nie bereut, obwohl er an manchen Tagen die Gemeinschaft – und die Gerüchteküche – des Büroalltags vermisste.

Ross hatte lange gebraucht, bis er sich daran gewöhnt hatte, von zu Hause aus zu arbeiten. Er genoss den Luxus, in möglichst bequemen Klamotten herumzulaufen, und die Freiheit, nur Storys nachzuspüren, die ihn interessierten. Trotzdem gab es eine Menge Tage, an denen sich die Zeit endlos hinzog, um schließlich auf kleine Höhepunkte heruntergebrochen zu werden.

Einer davon war die Zustellung der Zeitungen. Ein weiterer war die Morgenpost. Noch einer waren sporadische Lieferungen von Amazon und anderen Online-Diensten. Und er nahm sich stets die Zeit, frühnachmittags mit Monty lange Spaziergänge zu unternehmen.

Die Post pflegte stets pünktlich um zehn Uhr vormittags anzukommen, aber seit kurzem war der Postbote in Rente, und sein Nachfolger war unberechenbar. An manchen Tagen kam die Post erst weit nach Mittag an. Heute war so ein Tag. Doch drei unterschiedliche Pakete von Amazon, die er am Vortag bestellt hatte – zwei davon ziemlich groß – hatten ihn bis dahin auf Trab gehalten.

Er hatte sie geöffnet und ihren Inhalt ganz hinten in der Garage

gestapelt, ihrer Abstellkammer, weil er sich vor Imogen nicht recht-
fertigen wollte.

Als er sich wieder an den Schreibtisch setzte, um sich – einem
Vorschlag seines Redakteurs folgend – die persönlichen Besitz- und
Steuerverhältnisse eines unlängst zum Ritter geschlagenen Einzel-
handelsmagnaten näher anzusehen, hörte er unten ein Scheppern,
begleitet von Montys lautem Gebell.

Das Zeichen, dass die Post endlich gekommen war. Er schaute
auf die Uhr – es war 12.35 Uhr – und ging nach unten. Es war tatsächlich die Post, ein dünner Stapel Briefe, von einem Gummiband
zusammengehalten, der auf dem Fußabtreter lag.

Er nahm ihn mit in die Küche und sah ihn durch. Ein großer
Umschlag von seinem Steuerberater; wahrscheinlich keine angenehme Lektüre, dachte er, ein an Imogen adressierter Brief, ein
bräunlicher Umschlag von der Steuer- und Zollbehörde, der verdächtig nach einer Steuerforderung aussah, und ganz unten ein
kleiner, handgeschriebener Brief an ihn, abgestempelt in Birmingham.

Die Schrift war altmodisch, und er erkannte sie sofort.

Er legte Imogens Post auf den Tisch in der Diele, nahm seine
mit nach oben, setzte sich, öffnete den handschriftlich adressierten
Umschlag und holte einen Brief heraus:

Lieber Mr. Hunter,
was ich erfahren und an Sie weitergegeben habe, bereitet mir
Sorge. Als Sicherheitsmaßnahme habe ich für den Fall, dass
mir etwas zustoßen sollte, die beiden übrigen Koordinatensätze
der sicheren Obhut meines Anwalts anvertraut, Mr. Robert
Anholt-Sperry von Anholt-Sperry Brine in Birmingham. Er
ist angewiesen, die Koordinaten an Sie – und nur an Sie
persönlich – weiterzugeben, sofern der erste Satz Koordinaten
in Chalice Well Sie von meiner Lauterkeit überzeugt hat, was
ich mir aufrichtig wünsche. Sollte mir irgendetwas zustoßen,

*liegt die Verantwortung, die Welt zu retten, ganz allein auf
Ihren Schultern.*

Hochachtungsvoll,

Ihr Dr. Harry F. Cook

Ross las den Brief ein zweites Mal. »Das ist ein dicker Hund,
Harry!«, sagte er laut. Er lächelte, aber innerlich bebte er. Und erschrak, als es klingelte.

Er spähte aus dem Fenster und sah draußen einen UPS-Liefer-
wagen stehen. Er eilte nach unten und öffnete die Haustür.

Auch dieses Paket hatte er gestern bestellt.

Er unterzeichnete und ging mit Monty anschließend lange spazieren. Er überquerte die Fußgängerbrücke über den Zubringer zur
A27 und ging dann den Hang hinauf zum Chattri, dem schönen,
tempelartigen Denkmal für die Sikh-Soldaten, die im Ersten Welt-
krieg gefallen und anschließend an dieser Stelle beerdigt worden
waren.

Hier konnte er Monty von der Leine lassen und in Ruhe nachdenken.

Und trotz aller Vorbehalte gegen den seltsamen alten Mann
drängte sich immer wieder derselbe Gedanke in den Vordergrund:

Und wenn Harry Cook – entgegen jeder Wahrscheinlichkeit –
doch richtiglag?

Nine Metres South Turn Left – »neun Meter nach Süden, dann
nach links abbiegen«.

Er würde dem Mann noch eine Chance geben, das schuldete er
ihm. Wenn nichts dabei herauskäme, wär's das gewesen. Schluss.

Morgen wäre Dienstag, Imogens Literaturabend. Ideal, um ebenfalls wegzufahren. Wenn alles gut ginge, wäre er vielleicht sogar vor
ihr zu Hause. Obwohl er es tief im Herzen bezweifelte. Er war nervös bei dem Gedanken, was alles vor ihm lag. Trotzdem wusste er,
dass es ihm bis ans Ende seiner Tage keine Ruhe lassen würde, wenn
er die Sache jetzt nicht durchzog.

Doch die aufgewühlte Erde am Hügel von Chalice Well irritierte ihn. Wenn Cook ihm die Wahrheit gesagt hatte, hatte dann ein anderer versucht, an derselben Stelle zu graben? Jemand, der ihnen ein paar Schritte voraus war?

Hatte dieser Jemand den Heiligen Gral bereits entdeckt?

Er bezweifelte es. Und wenn dem nicht so war, dann würde er immer noch danach suchen, genau wie er, Ross.

War es möglich, dass ihn jemand beobachtete? Damit er ihn zum Ziel führte?

Wieder zu Hause, griff er sich seine Brieftasche und den Autoschlüssel, ging zum Wagen und fuhr die zehn Meilen nach Lewes.

Der Flohmarkt in Lewes, in einem historischen Gebäude untergebracht, wurde zum Teil von Entrümpelungsfirmen beliefert. Die zweihundert Stände verkauften alles, von alten Möbeln und Gemälden bis hin zu Artefakten und Nippes aus der Vor- und Nachkriegszeit, vieles davon nicht sonderlich wertvoll, aber für Sammler von zu großem Interesse, um in den Müll zu wandern.

Ross wurde schon nach wenigen Minuten fündig.

32

Montag, 27. Februar

Der hoch aufgeschossene achtundvierzigjährige Amerikaner schwitzte in seiner schweren schwarzen Kutte, als er frische Bettwäsche aus der Wäschekammer im Keller des Klosters die steinernen Stufen hinaufschleppte. Die Knöchel seiner rechten Hand schmerzten, die Haut abgeschürft und wund. Er fühlte sich entsetzlich heute, aber er versuchte, so zu tun, als wäre nichts geschehen.

Nach dem Morgengebet hatte Bruder Pete die Betten der Übernachtungsgäste abgezogen, ihre Handtücher, Laken und Kissenbezüge gewaschen und zum Trocknen an die Leine gehängt. Hier im Kloster Simonos Petras, das hoch auf einem Felsvorsprung über der Ägäis thronte, wurde die Tradition, Besuchern eine Mahlzeit und ein Nachtlager zu gewähren, streng aufrechterhalten. Doch sie durften nur eine Nacht bleiben, ehe sie zu einem anderen Kloster weiterzogen, in einigen Kilometern Entfernung.

Er durchwanderte das Labyrinth dunkler Gänge bis zum Schlafraum der Gäste und trat ein. Mit seinen metallenen Etagenbetten, den kahlen Wänden und dem winzigen Flügelfenster hatte er eine nüchterne, gefängnisartige Aura. Mehrere hundert Meter tiefer sah er das blaue Meer. Dieses Meer, in das er an manch einem schwülheißen griechischen Sommertag – entgegen der Regel – so gern gesprungen wäre. Doch Schwimmen galt als Vergnügen, und hier in dieser asketischen Gemeinschaft, die jetzt sein Zuhause war und die er niemals verlassen wollte, waren Vergnügungen aller Art verboten.

Es gab nur beschränkt elektrischen Strom. Radios und Fernseher waren verboten und die Kommunikation mit der Außenwelt streng eingeschränkt. Ein Mönch konnte, sobald er initiiert war, das Kloster nicht ohne die Zustimmung des Abtes verlassen.

Nur eine einzige Frau hatte seit 800 nach Christus, als das erste der zwanzig Klöster auf dieser langgezogenen, schmalen und gebirgigen Halbinsel in Nordgriechenland gegründet worden war, ihren Fuß auf den Berg Athos gesetzt. Die Autonome Mönchsrepublik des Heiligen Berges, regiert vom Patriarchen von Konstantinopel, war seit 1800 Jahren christlich orthodox. Siebzehn der Klöster waren griechisch-orthodox, eines russisch-, ein weiteres serbisch-orthodox und noch eines albanisch-orthodox. Die Mönche redeten nur das absolut Notwendigste miteinander, und auch nur mit Zustimmung des Abtes.

Vom Festland durch einen unüberwindbaren Gebirgszug abgeschottet, führte keine Straße hinein. Der Berg Athos war ausschließlich von Thessaloniki aus per Fähre erreichbar. Zugang hatten jeweils nur höchstens zwölf Männer, die nicht griechisch-orthodox waren, und alle Besucher mussten sich zur Inspektion in der Mönchsbehörde in Thessaloniki einfinden, wo man sicherstellte, dass sie keine verkleideten Frauen waren. Boote mit Frauen an Bord durften sich dem Strand nur auf einen Kilometer Entfernung nähern, und die höchste weibliche Lebensform, die auf der Halbinsel erlaubt war, waren Hühner. Nicht einmal weibliche Hunde oder Katzen waren erlaubt.

Dies alles passte Bruder Pete ganz ausgezeichnet. Der große, schlaksige, bärtige und kahlgeschorene Mönch hatte viele friedliche Jahre als Gastpater in diesem Kloster verbracht. Doch als er zum ersten Mal nach Simonos Petras gekommen war, hatte die schwindende Bewohnerzahl allen Mönchen hier und auch in den anderen Klöstern Sorgen bereitet.

Als der frühere Abt gestorben war, ein paar Jahre vor Petes Ankunft, hatte es zu wenige Mönche gegeben, um seinen Sarg zu tragen. Zum Glück hatte Gott interveniert, und in den vergangenen zehn Jahren hatte sich die Anzahl der Mönche wieder erhöht, von zwei auf fünfundzwanzig. Es waren Männer wie er, die aus welchem Grund auch immer der materialistischen Welt draußen entfliehen wollten, um ihr Leben in den Dienst Gottes zu stellen. Auch in den übrigen Häusern auf dem Heiligen Berg gab es wieder mehr Mönche.

Die Klöster hatten keine Mittel, um Mönche zu rekrutieren. Um die Verstorbenen zu ersetzen, war die Gemeinschaft gänzlich von Besuchern abhängig, die beschlossen zu bleiben. Genau wie er selbst. Pete Stellos hatte das Kloster auf Empfehlung seines Cousins Angus hin besucht und war bei seiner Ankunft dem Ruf des Herrn gefolgt.

Seine Tage verliefen friedvoll, ausgefüllt mit Arbeit und Gebet, und seine Hingabe ermöglichte es ihm, über die Entbehrungen – einschließlich der stickigen Hitze des Sommers und der Eiseskälte im Winter – hinwegzusehen. Sechs Tage in der Woche stand er um

2 Uhr morgens auf, trat in die Kirche und betete bis 6.30 Uhr. Anschließend wurde im Refektorium das Morgenmahl aufgetragen. Am siebten Tag wurde gefastet. Die Mahlzeit, bestehend aus Käse, Salat, Fisch und Weißwein, wurde schnell und schweigend gegessen, während der Abt oder ein Stellvertreter aus der Heiligen Schrift vorlas.

Nach der Mahlzeit betete er erneut bis um neun, woraufhin er im Schlafsaal der Besucher die Betten machte, die Wäsche erledigte und bis zum Abendessen – wieder bestehend aus Salat, Käse und Weißwein – erneut betete. Nach dem Essen betete er bis um zehn, wenn es an der Zeit war, schlafen zu gehen.

Wenn Besucher sich mit ihm unterhalten wollten, mussten sie sich vom Abt die Erlaubnis einholen, um nach dem abendlichen Mahl fünfzehn Minuten mit ihm zu sprechen. Bruder Pete zog es vor, mit niemandem sprechen zu müssen, doch er wusste, dass die seltenen Gelegenheiten, wenn jemand um eine Audienz bei ihm ersuchte, eine Chance war, vielleicht jemanden zu überzeugen, seiner Berufung zu folgen und hierherzuziehen. Die meisten Besucher waren fromme Männer, die den Mönchen Respekt zollten, oder solche, die verzweifelt Gottes Beistand suchten, weil ein geliebter Mensch im Sterben lag, Trauernde, die Verständnis und Trost suchten, oder Menschen, die vom rechten Weg abgekommen waren.

Doch vergangene Nacht hatte ihn ein Besucher, der um ein Gespräch mit ihm ersucht hatte, empört und zutiefst verstört, so dass er die ganze Nacht um Vergebung gebetet hatte. Es war ein aggressiver und skeptischer amerikanischer Journalist gewesen, der die Erlaubnis erhalten hatte, fünf Tage auf dem Heiligen Berg zu bleiben. Da er ausgerechnet hatte, dass Bruder Pete sechzehn Stunden im Gebet verbrachte, hatte er ihn gefragt, ob ihn das Beten schon jemals gelangweilt habe.

»Sicher«, hatte er geantwortet. »Aber alle Jobs haben ihre langweiligen Seiten.«

»Beten ist also ein Job für Sie?«, hatte der Journalist prompt dagegengehalten, seine herablassende Stimme voller Skepsis, die an Mitleid grenzte.

»Mhm.«

»Wofür beten Sie denn?«

»Ich bete zu Gott, Er möge sich der Probleme dieser Welt annehmen, Syrien und dem Iran Frieden schenken, der Verfolgung von Kindern in Nigeria durch die Boko Haram ein Ende machen, den Erdbebenopfern in Japan oder Italien helfen oder wo immer solche Katastrophen geschehen. Und ich bete für alle Menschen auf dieser Welt, die wegen ihres Glaubens verfolgt werden.«

»Ihr habt hier doch kein Radio, kein Fernsehen und auch keine Zeitungen. Woher wisst ihr, was in der Welt vor sich geht?«, wollte der Journalist wissen.

»Gott sagt es uns«, erwiderte Bruder Pete schlicht.

»Und das glauben Sie?«

»Absolut. Um ein Mönch zu sein, muss man doch *glauben*.«

»Und Sie haben niemals Zweifel?«

»Warum sollte ich Zweifel haben? Wer sein Leben in den Dienst Gottes stellt, dessen Zweifel werden zerstreut.«

»Na schön. Und wenn sich herausstellt, dass es keinen Gott gibt, haben Sie Ihr Leben vergeudet, oder etwa nicht?«

Pete sah auf die Uhr. Der Abt hatte ihm fünfzehn Minuten für dieses Interview gewährt. Zu seiner Erleichterung waren sie fast abgelaufen. »Ich muss gleich gehen«, sagte er.

»Noch eine letzte Frage. Was vermissen Sie aus Ihrem Leben davor?«

»Was ich vermisse?«

»Na ja, Sie wissen schon – Kino, Freiheit, Burger, das Internet, alles, was Sie hinter sich lassen mussten?«

»Nichts. Gott schenkt mir alles, was ich brauche.«

»Dann haben Sie also vor, bis zu Ihrem Lebensende hierzubleiben?«

Bruder Pete breitete die Arme aus und trat vor das Fenster, in dem kein Glas war. Weit unten lag der blaue Ozean. »Haben Sie von Ihrem Bürofenster aus auch so eine grandiose Aussicht?«

»Das ist Ihr Büro?«

»Wenn Sie so wollen.«

»Und was streben Sie als Nächstes an, auf der Klosterleiter nach oben? Die Penthouse-Suite?«

Den Spott ignorierend, entgegnete er schlicht: »Warum sollte ich woanders sein wollen? Ich werde hierbleiben, bis Gott mich ruft.« Er zuckte mit den Schultern. »Und dann gehe ich dorthin, wo Er mich braucht.«

»Noch eine allerletzte Frage, Bruder Pete, haben Sie wirklich noch nie gezweifelt? Hatten Sie nie das Gefühl, in Ihrer Dachkammer zu sitzen, während weiter unten eine grandiose Party steigt, zu der man Sie nicht eingeladen hat?«

Der Mönch sah ihn mitleidig an. »Seit ich hierhergekommen bin, hatte ich nie auch nur die Spur eines Zweifels. Nein, Sir. Ich vertraue auf Gott – und ich will Ihnen etwas sagen. Ich glaube, dass Ihnen dieses Gefühl nicht ganz fremd ist – Sie wollen es nur nicht zugeben.«

»Da täuschen Sie sich. Ich respektiere Ihre Ansichten, aber ich bin kein heimlicher Christ. Ich bin ein offener Mensch, und aus diesem Grund bin ich hier.«

»Dann haben Sie also vor, wieder nach Amerika zurückzukehren und für den *New Yorker* einen Artikel über die verrückten Mönche auf dem Berg Athos zu schreiben?«

»Ich werde schreiben, dass ich Sie und all die anderen fehlgeleiteten Arschlöcher hier zutiefst bedauere.«

Da trat Pete auf den Journalisten zu und versetzte ihm einen deftigen Faustschlag ins Gesicht, der ihm die Nase brach.

158

33

Dienstag, 28. Februar

Um fünf Uhr nachmittags, eine Stunde bevor Imogen von der Arbeit zurückkehren würde, lud Ross sämtliche Gerätschaften, die er zu brauchen glaubte, in seinen Kofferraum. Das meiste davon hatte er gestern geliefert bekommen. Er war froh über den prasselnden Regen und den düsteren Himmel – hoffentlich blieb das Wetter schlecht, dann hätte er eine gewisse Deckung.

Er hinterließ Imogen eine Notiz auf dem Küchentisch.

Hab noch einen Job reinbekommen, könnte spät werden.
Monty hat gefressen. Viel Spaß im Buchclub heute! X

Dann trat er die lange Stop-and-go-Fahrt durch den dichten Nachmittagsverkehr an, den Zielort Glastonbury in sein Navi einprogrammiert. Er war so intensiv auf die Aufgabe fokussiert, die vor ihm lag, dass er im schwindenden Licht die dunkle Limousine eine Zeitlang nicht bemerkte. Sie hielt sich beständig zwei oder drei Wagen hinter ihm, während er auf der A23, der M25 und dann der M3 an Basingstoke, an Salisbury, dann fast drei Stunden später auf der A303 an Stonehenge vorbeifuhr.

Erst jetzt fiel ihm auf, dass ihm vielleicht jemand folgte. Gleich nachdem der Wagen direkt hinter ihm nach links abgebogen war und die Scheinwerfer des nachfolgenden Fahrzeugs ihm bekannt vorkamen. Die meisten Scheinwerfer waren gleich, abgesehen von denen der neuesten Audi-Modelle und anderer hochpreisiger Wagen mit ihrer einprägsamen LED-Grafik. Augenblicke später blitzten in seinem Rückspiegel bläuliche Lichter auf, woraufhin ein Wagen mit röhrendem Motor an ihm vorbeischoss. Das unverkennbare Heck eines Porsche 911.

Jetzt waren keine Scheinwerfer mehr hinter ihm.

Wer immer das war, dachte er zu seiner Erleichterung, musste abgebogen sein. Doch er blieb auf der Hut. Und seine Nerven lagen blank, wenn er an die Aufgabe dachte, die ihm bevorstand.

Es war kurz nach 20.30 Uhr, als er endlich in Glastonbury ankam. Das Wetter war auf seiner Seite, es regnete noch immer in Strömen.

Perfekt. Er hätte sich keine bessere Deckung wünschen können.

Dann, mit einer Spur Unbehagen, dachte er, er hätte etwas im Rückspiegel bemerkt. Sofort drosselte er die Geschwindigkeit und warf immer wieder prüfende Blicke nach hinten, wenn er Straßenlaternen passierte. Nichts.

Alles nur Einbildung. Er war einfach nur nervös.

Saumäßig nervös.

Er fuhr auf den verlassenen Parkplatz auf dem Hof des Fabrikgeländes, schaltete die Scheinwerfer aus und blickte um sich, doch er entdeckte noch immer kein anderes Fahrzeug. Es regnete viel zu heftig, selbst für hartgesottene Tierfreunde, um in dieser unwirtlichen Nacht den Hund Gassi zu führen.

Da meldete sein Smartphone eine SMS.

Sie war von Imogen.

> Hoffe, es geht Dir gut. Hier ist gerade ein mächtiger Streit über dieses Buch entbrannt! X

Sie hatten *Shantaram* gelesen. Er schrieb zurück:

> Sag ihnen, Du hältst es für das neue »Fifty Shades of Grey«!

Er ließ den Motor an und fuhr wieder aus dem Parkplatz, wobei er nach Fahrzeugen Ausschau hielt, die nicht hier gestanden hatten, als er vor ein paar Minuten vorbeigefahren war, sah aber immer noch nichts.

Er bog nach links, auf die Straße, die von Chalice Well auf den Glastonbury Tor zuführte und die er bei seinem Besuch vor einer Woche entlanggegangen war, und fuhr bis zum Parkplatz, an dem der Fußweg begann. Er fand genügend Platz für sein Auto. Perfekt. Kein Mensch weit und breit.

Er öffnete den Kofferraum und holte die drei wasserfesten Reisetaschen heraus, in die er die Ausrüstung gepackt hatte, die er brauchen würde. Dann schleppte er sie das kurze Stück Straße wieder zurück, wobei er jederzeit bereit war, sich seitlich ins Gebüsch zu schlagen, sobald ein Auto angefahren käme. Er band sich eine Stirnlampe mit rotem Filter um – auf diese Weise, hatte er recherchiert, wäre das Licht aus der Ferne nicht zu sehen –, hievte die Taschen über den Zaun, ließ sie auf der anderen Seite zu Boden fallen und kletterte unbeholfen hinterher.

Er sah sich um, darum bemüht, seine Augen der Dunkelheit anzupassen.

Sollte er das wirklich durchziehen?

Bing. Eine SMS.

Er zog sein Handy heraus und warf einen Blick auf das Display. Wieder eine Nachricht von Imogen.

Haha! XX

Er lächelte unbehaglich, hatte ein schlechtes Gewissen, weil er ihr nicht gesagt hatte, was er heute hier vorhatte. Aber er hatte sie nicht ängstigen wollen. Er stellte das Telefon auf stumm.

Ein kleiner Lichtpunkt blitzte auf in der Dunkelheit, am hinteren Ende des Zauns, und erstarb. Sofort fing sein Herz heftig an zu klopfen. Er knipste die Stirnlampe aus, und während ihm der kalte Schweiß ausbrach, verharrte er eine Weile reglos.

Nichts.

Er wartete noch ein paar Minuten, während der Regen weiter unbarmherzig auf ihn niederprasselte, und wandte sich dann ab. Er knipste das Licht wieder an, nahm die Taschen auf und trottete auf die Quelle zu. Nachdem er behutsam die gefährlich glatten Stufen hinuntergestiegen war, stand er schließlich vor dem Brunnenkopf mit seinem geöffneten kreisrunden Deckel.

Das ist doch irre.

Fahr nach Hause.

Er war völlig durchgeschwitzt, und ihm war kalt, beklommen und zunehmend ängstlich zumute, auf welchen Schlamassel er sich eingelassen hatte.

Du Idiot, dachte er bei sich. *Vergiss das Ganze.* Harry Cooks schrecklicher Tod trat ihm wieder vor Augen. Lauerten etwa Cooks Mörder dort draußen in der Dunkelheit auf ihn?

Er erschauerte.

Vergiss es, schrie sein Verstand. *Fahr nach Hause, finde einen anderen Weg, um die Welt zu retten!*

Aber nun war er schon einmal hier.

Er stellte die Taschen ab, trat an die Quelle heran und spähte durch das Metallgitter auf das tiefschwarze Wasser darunter. Es roch nach Moos und Gras. Er dachte an das zerknüllte Blatt Papier, das er aus Cooks Mülleimer geholt hatte, an die Koordinaten und den entschlüsselten Nummerncode.

Nine Metres S (South?) T (turn?) L (left?)

Wenn man exakt von dem Fleck, den die Koordinaten angaben, neun Meter nach Süden schritt und dann nach links abbog, stand man am Brunnenkopf.

Er beugte sich hinunter, öffnete den Reißverschluss der einen Tasche und holte einen verstellbaren Schraubenschlüssel heraus. Er mühte sich eine Weile, sämtliche Muttern und Bolzen zu lösen, die das Gitter festhielten. Offensichtlich war seit Jahren – oder gar Jahrzehnten – nicht an ihnen gedreht worden. Als er endlich den letzten Bolzen bezwungen hatte, schwitzte er vor Erschöpfung. Er wollte gerade in die Knie gehen, um das Gitter anzuheben, als er hörte, wie ein Auto angefahren kam.

Es fuhr langsam die Straße jenseits des Zauns herauf. Ross hielt den Atem an. Wenn es die Polizei war, würde die sich dann fragen, was sein Wagen hier zu suchen hatte – oder einfach nur annehmen, dass es sich um einen nächtlichen Spaziergänger handelte, der zum heiligen Berg unterwegs war?

Er sah das Licht der Scheinwerfer in den überhängenden Zweigen. Der Wagen fuhr weiter. Das Motorengeräusch wurde schwächer, und er machte sich wieder an die Arbeit. Er packte zwei der schwarzen Metallstangen und zog fest daran.

Nichts tat sich.

Mist.

Er versuchte es erneut. Und noch einmal.

Bis er das Problem erkannte. Er hatte nur fünf Bolzen entfernt. Dabei waren es sechs, die das Gitter hielten, und der sechste war neben seiner linken Hand. Er hatte ihn übersehen.

Seine Nerven, musste er sich eingestehen. Er konnte nicht klar denken.

Er löste den letzten Bolzen samt Mutter, bückte sich und hob das Gitter erneut an. Ohne weiteres ließ es sich nun entfernen. Es war bei weitem nicht so schwer, wie er befürchtet hatte.

Erleichtert aufatmend, legte er es vorsichtig beiseite, griff in die zweite Tasche und holte das improvisierte Werkzeug heraus, das er sich heute zurechtgebastelt hatte. Es war seine GoPro-Kamera im Tauchgehäuse, die er im Urlaub benutzte, mit einem Schraubenschlüssel als Gewicht. Er hatte eine wasserfeste LED-Lampe an die Kamera montiert und ein Polypropylen-Seil daran befestigt.

Er knipste Lampe und Kamera an, stellte Letztere auf Videomodus und ließ die Vorrichtung ins Wasser. Er gab nach und nach mehr Seil zu und zählte. Zehn Fuß. Zwanzig Fuß. Dreißig. Vierzig. Fünfzig.

Im Touristenführer stand etwas von achtzig Fuß.

Sechzig. Siebzig. Achtzig.

Dann wurde das Seil schlaff.

Er zog es wieder straff und ging daran, die Kamera langsam und vorsichtig zu drehen und dabei wieder heraufzuholen. In regelmäßigen Abständen hielt er inne, um sich im Dunkeln umzuschauen, wobei seine Stirnlampe einen roten Schein auf das steinerne Rund der Mauer hinter dem Brückenkopf warf.

Plötzlich hörte er Schritte.

Er erstarrte, knipste die Stirnlampe aus, blieb reglos sitzen und lauschte. Der Regen prasselte auf ihn nieder. Er holte die Kamera weiter nach oben, hielt erneut inne und lauschte.

Das einzige Geräusch war der Regen.

Zitternd vor Kälte, knipste er die Lampe wieder an. Die Kamera kam leise platschend an die Oberfläche.

Er zog sie heraus, öffnete das Gehäuse, nahm die Kamera heraus, schützte sie dann in seinem Parka, so gut es ging, vor dem Regen, und spielte das Video ab.

Etwa eine Minute sah er sich das Video an. Das körnige Bild zeigte nacktes Mauerwerk, hie und da von Moos und Flechten überwachsen. Dann wackelte das Bild. Die Kamera hatte den Boden erreicht.

Sie begann sich zu drehen. Er sah ein paar Münzen. Das Gerät drehte sich weiter, Schlick aufwirbelnd. Nichts.

Scheiße, Scheiße, Scheiße.

Aber wenigstens wusste er nun Bescheid. Harry Cook war …

Er erstarrte, als die Kamera erneut schwenkte und im trüben Wasser etwas zutage trat.

Er drückte auf den Pausenknopf.

Da war etwas. Eindeutig. Ein dunkler Gegenstand. Er lag auf dem Grund. Ross schaute ihn sich noch einmal an. Und konnte ihn jetzt deutlicher sehen. Allmählich gewöhnten sich seine Augen an die Dunkelheit dort unten.

Es war, als durchzuckte ihn ein Stromschlag.

Was war das?

Er spielte die Aufnahme ein drittes Mal ab. Da, im Schlick eingebettet, lag etwas. Was genau es war, ließ sich nicht erkennen. Vielleicht war es ja nur ein großer Stein.

Als Nächstes holte er die Einzelteile der Strickleiter aus Draht heraus, die er im Internet erstanden hatte, und die zugehörigen Sprossen, und begann sie mit zitternden Händen zusammenzusetzen.

Als er fertig war, befestigte er die Leiter mittels eines Riemens an einem Baum unweit des Zauns und ließ sie in den Brunnenschacht hinunter.

Aus der dritten Tasche, der schwersten von allen, holte er seine Tauchausrüstung. Dann blieb er reglos stehen und starrte wieder in die Dunkelheit ringsum. Er zitterte am ganzen Leib. *Du bist irre. Vergiss es. Fahr nach Hause. Der Brunnen ist ohnehin zu schmal für dich.*

Ricky sagte, Sie sollten mir vertrauen. Er nannte zwei Namen. Bubble und Squeak.

Harry Cooks Stimme hallte in ihm nach.

Er war so weit gekommen. Jetzt würde er die Sache verflucht noch eins durchziehen.

Er legte die Kleider ab und wand sich, zitternd vor Kälte, in den Tauchanzug. Er zog Füßlinge und Handschuhe aus Neopren über, befestigte die Pressluftflasche an seiner Tarierweste und platzierte den Atemregler. Dann drehte er den Sauerstoff auf und überprüfte den Tankinhalt. Er hatte nur noch einen halben Tank übrig. Er hätte sich ohrfeigen können, weil er nicht früher nachgesehen hatte, war aber sicher, dass es für die Tiefe, in die er abtauchen wollte, leicht ausreichen würde, zumal er keine Strömung zu überwinden hätte – im Gegensatz zu seinem letzten ziemlich brenzligen Tauchgang mit Imogen im vergangenen Sommer am Elphinstone-Riff im Roten Meer. Er legte die Bleigewichte an, schnallte sich sein Tauchmesser und die starke Taucherlampe um die Beine, zog die Weste über, befestigte Stirnlampe und Tauchcomputer, setzte die Maske auf und griff sich eine der Taschen. Er stieg über den Rand des Brunnenkopfes, hielt sich an der Leiter fest und begann, die Tasche am Arm, den Abstieg.

165

Der Mann, der ihm von Patcham aus bis hierher gefolgt war, beobachtete ihn von seinem nahen Versteck aus durch eine Nachtsichtkamera. Ein unscharfes grünes Bild. Kurz nachdem Ross außer Sicht war, zoomte er hinein.

34

Dienstag, 28. Februar

Ross stieg die schwankende Leiter hinunter, mit jedem Schritt nervöser werdend, bis er, nicht weit unter dem Brunnenrand, die Wasseroberfläche erreichte. Er zögerte. Sämtliche Instinkte schrien ihm zu, er solle das Ganze abblasen und nach Hause fahren. Doch nach kurzem Zögern nahm er seinen ganzen Mut zusammen, steckte sich das Mundstück des Atemreglers in den Mund, rückte die Taucherbrille zurecht und ließ sich sanft nach unten gleiten.

Als sein Kopf unter Wasser tauchte, spürte er sofort, wie eisig kalt es war.

Pflanzen berührten sein Gesicht, und er erschauerte. Etwas weiter unten hielt er inne und befestigte die Tasche, die er bei sich hatte, an einer Sprosse.

Dann glitt er tiefer in die gespenstische Dunkelheit, die nur schwach von seiner Stirnlampe erhellt wurde. Er hörte das stete Rauschen seines Atems, das Blubbern von Blasen und das Klopfen seines Herzens. Und trotz des schützenden Neoprens zitterte er vor Kälte.

Der Abstieg kam ihm wie eine Ewigkeit vor.

Und er hatte entsetzliche Angst.

Er verharrte, fragte sich, ob er abbrechen sollte. Es wurde immer kälter, und er war noch nicht einmal auf halbem Weg nach unten.

Wahrscheinlich lag dort nur ein blödes Stück Müll.

Pflanzen, die aus der Mauer wuchsen, streiften sein Gesicht wie Spinnfäden. Seine Füße fanden die nächste Sprosse. Und die darunter. Es war die letzte. Jetzt war er zwanzig Fuß tief. Er ließ los und glitt nach unten, stetig und schnell.

Er hatte das Gefühl, als legte er an Tempo zu.

Dreißig Fuß. Vierzig. Fünfzig.

Er hatte vor Barbados in versunkenen Schiffswracks getaucht, in Höhlen im Roten Meer, an den Kontinentalplatten vor den Malediven, und noch nie Angst gehabt. Jetzt dagegen hatte er panische Angst. Und sank dabei immer tiefer den schmalen, tintenschwarzen Schacht hinunter.

Sechzig Fuß.

Er dachte an ihr ungeborenes Kind. An Imogen. Im Alleingang zu tauchen war ein absolutes No-Go. Im Alleingang in einen schmalen Schacht abzutauchen – noch dazu einen unbekannten – war schlicht Wahnsinn. Geriete er in Schwierigkeiten, wäre niemand da, um ihn zu retten. Er würde sein Kind niemals zu Gesicht bekommen.

Siebzig Fuß.

Nervös und verängstigt, wie er war, beging er den Kardinalfehler, seinen Auftrieb nicht zu checken, und landete schwer, wie ein absoluter Anfänger, auf dem weichen, schlammigen Brunnenboden.

Wütend auf sich selbst und seine Inkompetenz, konnte er nichts tun, als der Schlamm wie Nebel um ihn herumwirbelte, als abzuwarten, bis er sich gesetzt hatte. Den Druckmesser auf seinem Atemregler überprüfend, sah er, dass sein Sauerstoff nur noch für etwa fünfzehn Minuten reichen würde. Seine Panik hatte ihn dazu gebracht, viel mehr Luft zu verbrauchen als normalerweise.

In Panik zu geraten war dumm, das wusste er. So etwas konnte einen Taucher das Leben kosten. Er musste sich beruhigen. Irgendwie. Doch seine Gedanken waren angstgepeitscht.

Er hatte sieben Minuten gebraucht, um bis auf den Grund zu

167

tauchen, und für den Aufstieg würde er mindestens genauso lange brauchen. Doch das Wasser war immer noch zu trübe, um etwas zu sehen.

Langsam klärte es sich wieder.

Noch elf Minuten.

Zehn.

Er entdeckte mehrere Münzen, etwas, das aussah wie ein KitKat-Papier, eine halb zerfallene Pizzaschachtel und ein großes, altmodisches Nokia-Handy. Das war doch hoffentlich nicht der Gegenstand, den die Kamera aufgespürt hat? Nein, der war größer. Viel größer.

Er drehte sich herum, wirbelte erneut Schlamm auf, der alles eintrübte. Er ging in die Knie und wühlte mit den behandschuhten Fingern im tiefen Schlamm, wühlte ihn noch mehr auf und ekelte sich. Was war hier unten? Was für widerliches Zeug? Was für tote Tiere – oder lebendige Gründler? Er berührte etwas, das sich nach totem Frosch anfühlte, und schauderte. Dann ein fester Gegenstand. Im Schlamm begraben.

Der Gegenstand, den er auf seiner GoPro gesehen hatte?

Er hob ihn auf, hielt ihn sich vors Gesicht und sah im schwachen Schein seiner Stirnlampe lediglich die Fäden aus schlammigen Algen, die daran klebten.

Er wischte sie fort und erkannte, zu seiner Enttäuschung, dass es sich um einen roten Kindergummistiefel handelte, angefüllt mit Schlick.

Nachdem er sich vergewissert hatte, dass er nichts übersehen hatte, begann er endlich den Aufstieg.

Noch acht Minuten.

Er stieg so schnell auf, wie sein Piepser es zuließ, verharrte dann noch auf einer Sprosse kurz unter der Oberfläche, wo er beim Abstieg die Tasche befestigt hatte. Er öffnete den Reißverschluss ein wenig, um Wasser aufzunehmen, und zog ihn wieder zu. Dann stieg er weiter nach oben, tauchte auf, riss sich das Mundstück heraus und atmete erleichtert die frische Nachtluft. Er schleuderte die Tasche über den Brunnenrand.

Und erstarrte.

Vor ihm stand eine schattenhafte Gestalt.

Ein harter Schlag ins Gesicht stieß ihn von der Leiter. Mit den Füßen voran tauchte er zurück in den Brunnen, tastete dabei benommen, geschwächt nach der Leiter und schluckte Wasser.

Als er endlich eine Sprosse zu fassen bekam, arbeitete er sich mit angehaltenem Atem schnellstmöglich wieder nach oben. Endlich streckte er prustend den Kopf aus dem Wasser, spähte nach oben, riss das Tauchmesser aus der Scheide und umklammerte es fest mit der Rechten. Er kletterte weiter. Da er in der Dunkelheit nicht auszumachen vermochte, wie weit er vom Brunnenrand entfernt war, schob er sich, behutsamer jetzt, Sprosse für Sprosse weiter nach oben.

Plötzlich hörte er, wie ein Motor angelassen wurde und ein Wagen mit quietschenden Reifen davonbrauste.

Drecksack!

Er hastete die letzten Sprossen nach oben und hielt dann entsetzt inne.

Das Metallgitter über ihm lag wieder an seinem Platz.

Seine Nase schmerzte, aber er bemerkte es kaum, als er vorsichtig durch den Rost spähte. Sein Plan war aufgegangen.

Die beiden großen Reisetaschen waren noch da, aber sein Angreifer, wer immer es war, hatte die kleinere Tasche mitgenommen, die er vorhin dort deponiert hatte. Den Inhalt hatte er gestern auf dem Flohmarkt erstanden. Eine rostige Keksdose aus den 1930er-Jahren und einen versilberten Taufbecher. Er hatte beides, in Tuch eingeschlagen, in die Tasche gelegt.

Er wartete einige Augenblicke, lauschte in die Nacht, ob sich irgendwo etwas regte, hörte aber nichts.

Endlich stieß er kräftig gegen den Gitterrost, der sich aber nicht bewegte.

Er war lebend begraben.

35

Dienstag, 28. Februar

Ross rüttelte mit aller Kraft am Metallgitter. Dann ertastete er mit den Fingern einen der Bolzen. Der saß fest, ließ sich mit seinen nackten, klammen Fingern nicht bewegen. Er tastete weiter und entdeckte noch drei der ursprünglichen sechs Bolzen, allesamt festgezogen. Viel zu fest.

Diese Schweine!

Panik erfasste ihn. Würde er die ganze Nacht hier ausharren müssen, an die Leiter geklammert? Würde ihn am Morgen jemand rufen hören?

Konnte er sich so lange festhalten?

Er legte den Bleigürtel ab und befestigte ihn an der Leiter, ebenso die Sauerstoffflasche, fühlte sich freier ohne die Last und besser imstande, klar zu denken. Er konzentrierte sich, fest entschlossen, ruhig zu bleiben. Auf dem Grund des Brunnens war nichts. Aber wenn Josef von Arimathäa ein Versteck für den Heiligen Gral gesucht und sich für Chalice Well entschieden hätte, was hätte er dann getan? Und wer hatte die Quelle nach einem Kelch benannt?

Josef hätte keine Tauchausrüstung gehabt, also hätte er den Kelch, statt ihn einfach in den Brunnen zu werfen, doch lieber über der Wasseroberfläche versteckt, nicht wahr?

Ross sah auf die Uhr. 21.07 Uhr. Noch etwa zwölf Stunden, bevor jemand hier auftauchen würde. Er würde sich eine Erklärung ausdenken müssen. Doch bis dahin hatte er fast zwölf Stunden Zeit, um den oberen Bereich des Brunnens zu untersuchen. Die Ausrede für Imogen würde er sich später überlegen.

Er beschloss, methodisch vorzugehen. Er schob sich die Maske aus dem Gesicht und ging daran, an jedem einzelnen Stein in der runden Mauer zu rütteln. Unterhalb des Gitters fing er an und arbeitete sich, unter Zuhilfenahme seines Messers, systematisch nach unten vor.

Er war schon kurz davor, aufzugeben, als sich ein großer Stein, knapp über der Wasseroberfläche, als locker erwies.

Ein paar Minuten versuchte er, das Messer in den Spalt zwischen diesem und dem nächsten Stein zu stecken, und spürte, wie er sich allmählich aus dem Verbund löste. Bis er schließlich, zu seiner Überraschung, nach innen rutschte und ein Loch zum Vorschein kam. Mit klopfendem Herzen spähte er in die Dunkelheit, holte seine kräftige Taschenlampe heraus und leuchtete hinein. Er entdeckte einen größeren Hohlraum, der sich nach hinten auszudehnen schien, und spürte einen kalten Luftzug im Gesicht.

Er bearbeitete noch einen Mauerstein, bis auch dieser locker wurde, so dass er ihn in den Hohlraum stoßen konnte. Nachdem er einen dritten Stein herausgelöst hatte, war das Loch in der Mauer groß genug, um Kopf und Schultern hindurchzustecken. Der kalte Luftzug wurde stärker.

Was befand sich am Ende dieser Öffnung? Ein Weg nach draußen?

Er kroch hinein, spürte Spinnweben im Gesicht und wischte sie angeekelt beiseite. Dann sah er in einiger Entfernung zwei kleine rote Punkte, die augenblicklich verschwanden. Eine Ratte. Seit seiner Zeit in Afghanistan hasste er diese Tiere.

Es roch modrig, aber die Mauern schienen trocken zu sein. Grob behauener Stein. War das eine natürliche Höhle, oder war sie menschengemacht, fragte er sich, während er sich weiter voranquälte. Trotz der Stirnlampe und der kräftigen Taschenlampe sah er allenfalls ein paar Meter weit.

Der Gang war gerade hoch genug, um darin zu knien, und die gewölbte Decke war uneben und von kleinen Stalaktiten übersät. In der einen Hand die Taschenlampe, kroch er ein paar Meter weiter, bis der Gang schmaler und die Decke niedriger wurde und nur noch ein enger Durchschlupf für ihn blieb.

Mist!

Er fühlte sich unwohl in engen Räumen. Er saß nicht einmal gern auf der Rückbank eines zweitürigen Wagens. Um weiter voranzukommen, müsste er sich flach auf den Bauch legen und robben.

Er schob die Taschenlampe vor sich her. Ein weiteres Paar roter Äuglein funkelte in der Dunkelheit. *Verpiss dich.* Er hörte ein Quieken. Das scharrende Geräusch trappelnder Füße. Stille.

Er holte tief Luft, presste sich gegen den Boden und arbeitete sich voran, wobei sein Kopf die Höhlendecke streifte. Die kalte Luft, die ihm immer stärker ins Gesicht blies, nährte in ihm die Hoffnung, dass am Ende des Gangs eine Öffnung nach draußen führte.

Im Strahl der Taschenlampe sah er, dass der Tunnel nach einigen Metern noch enger wurde. Mit dem Kinn am Boden entlangreibend, schob er sich weiter.

Das Atmen fiel ihm zusehends schwerer.

Würde er am Ende hier drin stecken bleiben? Panik erfasste ihn, gleich würde er hyperventilieren.

Ganz ruhig. Tief und gleichmäßig atmen. Tief atmen.

Die Höhlenwände bedrängten ihn.

Es war wie in einem Sarg.

Du bist schon so weit gekommen. Nicht aufgeben. Nicht aufgeben.

Er hörte den Widerhall seines eigenen Atems. Und das scharrende Geräusch, das sein Körper bei jedem Vorwärtsschub verursachte.

Und wenn ich stecken bleibe?

Er verdrängte den Gedanken.

Wand sich weiter.

Dann, in etwa zwanzig Metern Entfernung, schien sich der Tunnel zu weiten. Die Aussicht versetzte ihm einen Energiestoß, und er schlängelte sich weiter. Bald darauf blickte er in eine Höhle, die groß genug war, um darin aufrecht zu stehen, und auf der anderen Seite in einen weiteren Tunnel mündete.

Erleichtert rappelte er sich hoch, noch etwas unsicher auf den Beinen, und ließ den Strahl seiner Taschenlampe über die kahlen Wände und den kahlen Boden gleiten bis zu einem kleinen Einschnitt zu seiner Rechten.

Von Staub überzogene Steinsplitter auf dem Boden darunter ließen vermuten, dass dieses Loch in der Wand nicht natürlichen Ursprungs war. Jemand hatte es herausgehauen. Neugierig ging er hinüber und leuchtete mit der Taschenlampe hinein.

Und entdeckte ganz hinten einen Gegenstand.

Er fasste hinein und holte ihn heraus.

Er war aus Holz, ungleichmäßig geformt, von der Größe eines Rugbyballs, von Staub überzogen, und schien aus zwei Hälften zu bestehen, deren Verleimung steinhart war.

Ein kalter Schauer überlief ihn.

Dieser Gegenstand war Menschenwerk.

36

Dienstag, 28. Februar

Ross stand da und starrte wie gebannt auf den Gegenstand. Er konnte keinen anderen Gedanken fassen. Seine Angst war mit einem Mal wie weggeblasen.

War es das, wonach Harry Cook gesucht hatte?

Warum er hatte sterben müssen?

Was mochte darin sein?

Er war schon versucht, seinen Fund gleich hier mit seinem Messer aufzubrechen. Doch dann siegte die Erkenntnis, dass er ihn zu beschützen hatte und wieder ins Freie gelangen musste, ohne erneut seinem Angreifer in die Hände zu fallen. Wer immer ihn getreten und bestohlen hatte, musste über kurz oder lang entdecken, dass die Tasche nicht das Gewünschte enthielt, und konnte zurückkommen.

Vielleicht würde ihn der Tunnel, der sich auf der anderen Seite der Höhle fortsetzte, ins Freie führen.

Er hatte keine Wahl, er musste es versuchen.

Er trug seinen Fund hinüber zum Tunnel, drückte sich erneut flach auf den Boden und schob seine Taschenlampe und den hölzernen Gegenstand vor sich her.

Wieder kroch er durch einen langen Tunnel, der ihm mit Müh und Not den Durchschlupf ermöglichte. Doch der Luftzug, der ihm entgegenblies, wurde immer stärker, kälter und frischer. Nach zwanzig Minuten sah er das Ende. Eine steinerne Mauer mit Stufen, grob herausgehauen, die in einen weiteren Hohlraum führten, hoch genug, um darin zu stehen.

Die Taschenlampe in der einen Hand, den Gegenstand in der anderen, stieg er etwa sieben Meter nach oben, wobei die kalte Luft mit jedem Schritt frischer wurde. Ganz oben sah er ein weiteres rundes, rostiges Metallgitter. Und Dunkelheit ringsum.

Er erreichte es, ohne einen Schimmer zu haben, wo er war, und stieß es nach oben.

Es regte sich nicht.

Gegen die Angst ankämpfend, stieß er mit seinem Messer kräftig in die Fugen. Und durchstieß etwas Weiches. Erde fiel ihm ins Gesicht und in die Augen, so dass er kurz blind war.

Er blinzelte, rieb sich die Augen, setzte sich die Taucherbrille auf und fuhr fort, mit dem Messer den Gitterrand zu lockern.

Schließlich stieß er das Gitter erneut nach oben.

Und spürte, wie es ein Stückchen nachgab.

All seine Kraft aufwendend, stemmte er sich erneut gegen den Deckel. Der bewegte sich um mehrere Zoll.

Er versuchte es noch einmal. Und bei seinem nächsten Versuch ließ sich das Gitter mit einem Sauggeräusch, als gäbe die Erde es endlich widerwillig frei, nach oben schieben und fiel beiseite.

Er stieg hastig die beiden letzten Stufen hinauf, kletterte durch die Öffnung ins Freie und leuchtete in die Umgebung.

Er stand in dichtem Unterholz. Er arbeitete sich durch das Gestrüpp, bis er endlich auf einem grasigen Abhang landete. Da wusste er, wo er war.

Etwa hundert Meter über ihm stand die Kirchenruine auf dem Glastonbury Tor. Hier war er vorige Woche gewesen. Zu seiner Linken befand sich ein riesiges, scheinbar undurchdringliches Weißdorngestrüpp, aus dem einige Bäume ragten.

Er stand im Regen und starrte in die Nacht, auf Chalice Well.

37

Dienstag, 28. Februar

Ross ging zurück zur Quelle und vergewisserte sich, ob sein Angreifer noch auf ihn lauerte. Seine übrigen zwei Taschen waren immer noch da. Er wickelte seinen Fund sorgfältig in ein Handtuch und legte ihn in eine Tasche. Dann ging er daran, seine Spuren zu verwischen.

Er löste das Gitter, das ihn eingesperrt hatte, zog die Leiter mitsamt den Gewichten und dem Sauerstofftank aus dem Brunnen und packte alles wieder ein. Dann legte er das Gitter an seinen Platz und schraubte es fest. Um die Öffnung, die er im Brunnenschacht freigelegt hatte, kümmerte er sich nicht. Schließlich schälte er sich aus seinem Neoprenanzug und schlüpfte wieder in die Kleider. Als er fertig war, beförderte er seine Taschen über den Zaun, kletterte hinterher und lauschte angestrengt nach Schritten in der Nähe oder einem Motorengeräusch.

Er verließ Glastonbury und fuhr mehrere Meilen in Richtung Brighton, bevor er einen abgelegenen Parkplatz entdeckte. Er fuhr hinauf und hielt hinter einem geschlossenen Imbisswagen an, wo er von der Straße aus nicht zu sehen war. Er versperrte die Türen, schaltete die Innenbeleuchtung ein, öffnete mit zitternden Händen die nasse Tasche auf dem Beifahrersitz und starrte auf den seltsamen ovalen Gegenstand im Handtuch.

Er hob ihn auf, schüttelte ihn und spürte, dass sich darin etwas sachte bewegte. Nachdem er sich erneut vergewissert hatte, dass auch wirklich niemand in der Nähe war, rieb er vorsichtig mit den Fingern an einer Stelle die zähe Staubschicht weg. Was darunter zum Vorschein kam, sah aus wie Holz. Dann hielt er sich das Objekt ans Ohr und klopfte dagegen. Es klang hohl.

Zitternd vor freudiger Erregung, versuchte er die beiden Hälften auseinanderzuzerren, schaffte es aber nicht. Er würde sich gedulden müssen, bis er zu Hause war.

Was mochte darin enthalten sein? War es das, was Cook vorhergesagt hatte – war so etwas möglich?

Oder war es am Ende gar nichts, nur eine große Enttäuschung?

Er wagte kaum zu hoffen, dass es sich tatsächlich um den Gral handelte. Wenn dem so war, hatte sich Josef von Arimathäa oder wer auch immer zweifellos große Mühe gegeben, ihn zu verstecken. Immerhin war er all die Jahre nicht entdeckt worden.

Er warf einen Blick in den Innenspiegel und sah, dass er aus der Nase geblutet hatte. Außerdem hatte er Kratzer auf Stirn und Wange. Er befeuchtete sein Taschentuch und wischte sich, so gut es ging, das Gesicht sauber. Die Nase sparte er aus, sie tat höllisch weh. Vielleicht waren es nur die Schatten im schummrigen Licht, aber es sah aus, als hätte er dunkle Augenringe. Ein Zeichen, dass seine Nase gebrochen war.

Kurz nach 2 Uhr kam er nach Hause, Adrenalin im Blut, und stellte den Wagen vor die Garage, neben Imogens Prius. Sie benutzten die Garage nur als Abstellraum und Werkstatt und kamen nie auf die Idee, eines der Autos dort zu parken.

Er sah sich in der Dunkelheit nach allen Seiten um, bevor er aus dem Wagen stieg und vor die Garage trat. Er öffnete das Schwingtor, so leise er konnte, knipste die Innenbeleuchtung an, stellte die Taschen ab, zog die Schwingtür wieder zu und vergewisserte sich, dass sie sicher verschlossen war.

Eilig hängte er seine Tauchausrüstung über sein Rennrad und das zusammengefaltete Brompton-Rad, schloss die Verbindungstür zum Wohnhaus auf, trug die nasse Tasche mit dem Fund an Monty vorbei, der in seinem Körbchen schlief, und stellte sie auf das Abtropfbrett. Der Hund öffnete ein Auge und schloss es wieder, als Ross auf Zehenspitzen die Treppe hinauf zum Schlafzimmer schlich.

Sein offizielles Statement für Imogen, seine gebrochene Nase und die Kratzer betreffend, würde sein, dass er von einem wütenden Hedgefonds-Manager, den er anlässlich einer Story über Steuerhinterzieher zu Hause aufgesucht hatte, eins auf die Nase bekommen hatte.

Sie schlief tief und fest und hatte ihm seine Nachttischlampe angelassen.

Gut.

Er wollte sich gerade wieder aus dem Zimmer schleichen, als sie murmelte: »Wie war's bei dir?«

»Ziemlich unspektakulär.«

»Gut.«

»Bei dir?«

»Das Buch war umstritten. Einige fanden es zu lang, aber ich hab widersprochen.«

Er ging zu ihr hinüber und küsste sie. »Schlaf gut.«

»Hab dich lieb.«

»Ich hab dich auch lieb.«

Es sollte sich anhören, als meinte er es wirklich ernst, aber er tat sich schwer damit, die Worte auszusprechen.

Nachdem er die Schlafzimmertür so leise zugemacht hatte, wie er nur konnte, ging er wieder nach unten und in die Küche, holte eine Flasche Craigellachie-Whisky aus dem Schrank und kippte einen großen Schluck direkt aus der Flasche, um sich zu beruhigen. Dann zog er sich Gummihandschuhe an, holte den Gegenstand behutsam aus der Tasche, legte ihn in das Spülbecken, auf ein trockenes Geschirrtuch, und fotografierte ihn mit seinem Handy.

Als Nächstes wischte er vorsichtig den Staub mit einem Tuch fort, weil er nicht riskieren wollte, eine Bürste zu benutzen, für den Fall, dass auf der Oberfläche etwas geschrieben oder gemalt war, das er beschädigen könnte. Der Gegenstand war tatsächlich aus Holz, vermutlich Eiche. Offenbar war er eine Art Behälter, aus zwei Hälften eines dünnen Baumstamms gearbeitet, der zerhauen und dann wieder zusammengesetzt worden war.

Der Behälter wirkte sehr alt, das Holz war dunkel. Wie etwas, das im Schaukasten eines Museums ausgestellt sein könnte. Er betrachtete es nachdenklich.

Ist es das, wonach Sie suchten, Dr. Cook? Ist es das, was Sie nach dem Willen Gottes finden sollten? Einer von drei Gegenständen, deren Koordinaten Sie von Ihm erhalten haben?

Das Licht wurde eine Spur dunkler, flackerte, wurde wieder heller. Er erschauerte, warf einen Blick auf die Einbaustrahler, hörte sein Herz klopfen. Er lauschte nach oben, ob Imogen aufgestanden war. Doch abgesehen von Monty, der sein Wasser schlabberte, blieb alles ruhig.

Sollte er die Finger von dem Objekt lassen, gar nicht erst versuchen, es zu öffnen und dabei womöglich zu beschädigen, sondern zu einem Fachmann bringen – vielleicht am British Museum?

Doch dann müsste er erklären, wie es in seinen Besitz gekommen war. Und wäre gezwungen, das Wissen um seinen Inhalt mit jemandem zu teilen. Zum gegenwärtigen Zeitpunkt wollte er die Information noch für sich behalten.

Er machte noch weitere Fotos. Dann zog er ein großes, schweres Messer aus dem Holzblock neben der Spüle und machte sich an dem Siegel zu schaffen. Doch es war mehr als steinhart, es war hart wie ein Diamant. Sosehr er sich auch bemühte, das Messer zwischen die beiden Hälften zu stecken, es gelang ihm nicht. Müde und frustriert trug er den Gegenstand in die Garage, legte ihn in den Schraubstock auf seiner Werkbank – er hatte sie in der noch immer unerfüllten Hoffnung angeschafft, seine handwerklichen Fähigkeiten zu verbessern –, spannte ihn behutsam, um ihn nur ja nicht zu beschädigen, zwischen die Backen und griff zu Hammer und Meißel.

Den Meißel an das Siegel haltend, klopfte er mit dem Hammer darauf. Nichts tat sich. Er klopfte stärker und stärker. Endlich brach es durch.

Fünfzehn Minuten später hatte er einen Großteil des Siegels weggeklopft. Er lockerte den Schraubstock, trieb den Meißel wieder hinein und drehte ihn herum.

Die obere Hälfte löste sich wie eine Muschelschale, mit einem lauten Knackgeräusch. In der unteren Hälfte lag ein Bündel aus dunkelbraunem Tuch, das um ein Objekt gewickelt und mit groben Bastfäden zusammengehalten war.

Er bettete beide Hälften behutsam auf ein Tuch, das er vorsorglich auf die Werkbank gelegt hatte, und hob den Gegenstand heraus. Er war leicht und fühlte sich hart an. Er ging daran, ihn aus dem Tuch zu wickeln. Der Stoff war alt und zerfiel teilweise zu Staub. Dann endlich, nachdem er mehrere Schichten aufgewickelt hatte, sah er den Gegenstand darin.

Und verspürte ein seltsames Prickeln auf der Kopfhaut. Als zöge ihn jemand an den Haaren.

Es sah aus wie ein handgeschnitztes hölzernes Trinkgefäß. Ein Kelch.

Er machte mehrere Fotos und nahm es in die Hände. Es war uneben, aber schön. Sehr zierlich, mit einer elliptisch geformten Schale und einem kleinen, flachen runden Fuß.

Auf dem Grund der Schale befand sich eine dunkle Kruste.

Er fragte sich, was er da in Händen hielt.

War es ein ausgeklügelter Streich? Oder etwas, wonach die Christenheit seit zweitausend Jahren gesucht hatte?

War es möglich?

Plötzlich erzitterte die Garagentür, als wollte jemand sie öffnen. Er erstarrte. Und beruhigte sich wieder. Es war nur der Wind. Er widmete sich erneut dem Gefäß. Konnte es sich um den Heiligen Gral handeln? Hatte er ihn tatsächlich gefunden?

Wer immer ihm zur Chalice Well gefolgt war, ihm dann ins Gesicht getreten hatte und mit einer Tasche voller Krempel weggelaufen war, schien es zu glauben.

Er starrte wieder auf das Gefäß. Die grob behauene Schale.

Der Kelch, aus dem Jesus getrunken hatte? In den der Legende nach sein Blut geflossen war, als er am Kreuz hing?

Den Josef von Arimathäa nach England gebracht und, um ihn zu schützen, unweit der Quelle in einer Höhle mit geheimen Zugängen versteckt hatte?

Wie lange mochte es dauern, fragte er sich, bis sein Angreifer erkannte, dass er ihn übers Ohr gehauen hatte? Und hierherkäme, um sich den echten Gral zu holen?

Dieselbe Person – oder waren es mehrere? –, die bereits Cook gefoltert und umgebracht hatte?

Er musste den Kelch verstecken.

Er blickte sich suchend in der Garage um. Wo würde man nicht nachsehen?

In einer Ecke lag noch immer, leer, seine alte Golftasche. Er schob den hölzernen Behälter in die Seitentasche und zog den Reißverschluss zu. Dann wickelte er den Kelch in seine wasserdichte Golfjacke, setzte erneut seine Stirnlampe auf, trug das Gefäß in den rückwärtigen Garten und holte einen Spaten aus dem Geräteschuppen am hinteren Ende.

Hinter dem Schuppen gab es einen Streifen Land, etwa einen Meter breit, auf dem sich sein Komposthaufen befand. Gleich daneben grub er ein tiefes Loch in die Erde, legte die Jacke mit dem Kelch hinein, füllte das Loch wieder auf und schaufelte Kompost darüber.

Nach getaner Arbeit ging er zurück ins Haus, zog die schmutzigen Schuhe aus und stieg, völlig ausgelaugt, hinauf ins Bad. Die gebrochene Nase verursachte ihm hämmernde Kopfschmerzen. Er nahm zwei Paracetamol-Tabletten aus dem Schränkchen und schluckte sie mit einem Glas Wasser. Dann putzte er sich flüchtig die Zähne, zog sich aus, sprang rasch in die Dusche und ging zu Bett.

Es war 2.49 Uhr.

Er war erschöpft. Gleichzeitig war er viel zu aufgedreht, um zu schlafen.

Also dachte er nach. Lauschte. Erschrak bei jedem Geräusch, das er hörte.

In welche Gefahr hatte er sich und Imogen gebracht?

Was sollte er jetzt tun?

Gleich morgen früh, plante er, würde er eine Alarmanlage und einen Notfallknopf installieren lassen.

Dann traten ihm wieder die Bilder von Harry Cooks gequältem Körper vor Augen. Er dachte an vorhin. Wer immer ihm den Tritt ins Gesicht verpasst, seine Tasche gestohlen und versucht hatte, ihn in den Brunnen zu sperren, würde nicht einfach verschwinden. Vor allem nicht, wenn er die Tasche öffnete.

Er musste grinsen bei der Vorstellung. Sehr flüchtig, bevor ihn wieder die Angst befiel.

38

Mittwoch, 1. März

Das Refektorium des Klosters Simonos Petras war ein weitläufiger, hoher, schmuckloser Raum, groß genug, um die dreihundert Mönche aufzunehmen, für die das Kloster ursprünglich konzipiert war.

Rechteckige Tische für zehn Personen, aus dem weißen Marmor gehauen, der auf der Halbinsel abgebaut wurde, säumten die langen Seiten. Die Mönche saßen an drei Tischen und aßen schweigend ihre Morgenmahlzeit, während der Abt in der Mitte des Saales an einem Pult stand und mit eintöniger Stimme aus der Heiligen Schrift las.

Bruder Pete saß, abseits von seinen Mitbrüdern, an einem Ecktisch – es war die »stille Treppe« des Klosters. Wo Mönche, die gegen die Regeln verstoßen hatten, als Buße allein aßen.

Er musste einen Monat lang auf den Wein verzichten, den die anderen tranken. Stattdessen musste er sich mit dem lauwarmen Fisch begnügen, dem Fetakäse, den Tomaten, dem Salat und dem Brot, allein mit seinen Gedanken und den wunden Knöcheln, die immer noch schmerzten nach dem Schlag, den er dem Journalisten verpasst hatte.

Ein paar Stunden später war er zum Zimmer des Abtes beordert und gerügt worden. Der Abt hatte ihm in aller Strenge gesagt, mit seinem Tun habe er das Kloster in Verruf gebracht.

»Ist dir bewusst, Bruder Pete, dass dieses Kloster – und alle Gemeinschaften auf dem Berg Athos – ohne die Unterstützung der EU nicht überleben könnte?«

»Ja, Vater.«

»Vielleicht bist du noch immer zu sehr von deinen amerikanischen gewalttätigen Umgangsformen durchdrungen, um dich hier einfügen zu können? Du hast mir gebeichtet, als du hierherkamst, dass du zwei Jahre im Gefängnis verbringen musstest, weil du in dem Hamburger-Restaurant, in dem du gearbeitet hast, einen Mann angegriffen hast, der unverschämt zu dir war. Vielleicht trägst du diese Gewalttätigkeit noch immer in dir?«

»Nein, dieses Leben hier liegt mir sehr am Herzen, Vater. Dieser Zeitungsreporter wollte uns verunglimpfen. Ich hatte Sorge, dass uns die Europäische Union seinetwegen die Mittel kürzen könnte, die wir so dringend brauchen. Ich hatte das Gefühl, ich müsste uns verteidigen.«

»Wir glauben nicht an Gewalt.«

»Es tut mir leid. Ich werde neuerdings von Visionen heimgesucht – ich habe das Gefühl, dass der Herr mit mir kommunizieren, mir mit Worten den Weg weisen möchte.«

»Tatsächlich?« Der Abt sah den Mönch aus halbgeschlossenen Augen unverwandt an. »Wie kommst du darauf?«

»Schwer zu sagen, aber ich fühle es tief in mir drin.«

»Was hat Er dir gesagt?«

»Dass unser Herr Jesus wieder auf die Welt gekommen ist und niemand ihn erkennt. Er ist gekommen, um die Welt zu retten. Aber er braucht unsere Hilfe.«

»Dies ist eine folgenschwere Behauptung, mein Sohn. Und wenn du dich irrst, könntest du ernsthafte Schwierigkeiten bekommen. Sag mir, warum sollte der Herr mit dir sprechen, da der Weg der Gewalt nicht der seine ist? Mit Gewalt kann man nicht helfen.«

Pete blickte betreten zu Boden. »Ich habe gesündigt, und es tut mir leid, aber das Gefühl ist trotzdem sehr stark.«

»Wir wissen alle, dass unser Herr Jesus zurückkommen wird. Seine Botschaft lautete immer Nächstenliebe und Vergebung. Wir müssen Seine Worte verbreiten. Was, glaubst du, ist gewonnen, wenn man einen einflussreichen Zeitungsreporter verprügelt?«

Pete hatte den Anstand zu erröten.

Doch jetzt, allein mit seinen Gedanken, während er sich halbherzig sein Frühstück in den Mund schaufelte, wünschte er sich sehnlichst, sein Cousin Angus wäre noch hier. Mit ihm konnte er reden wie mit keinem anderen Menschen.

Hatte sein Cousin ein ähnliches Gefühl, fragte er sich immer öfter.

Dass irgendetwas Großes passieren würde? Dass unser Herr Jesus vorhatte wiederzukehren, um uns zu erretten, und niemand es bemerkte?

39

Mittwoch, 1. März

Derek Belvoir – Antiquitäten und Restaurierungen, stand über dem Geschäft in The Lanes in Brighton. Im Hinterzimmer des kleinen, vollgestellten Ladens nahm Ross Hunter die Sonnenbrille ab, die seine schwarz geränderten Augen verbarg. »Also, was meinen Sie?«, fragte er Belvoir.

Ross hatte den alten Schurken vor fast zehn Jahren kennengelernt, als er einen Artikel über die Geschichte der berüchtigten *knocker boys* von Brighton geschrieben hatte – betrügerische Antiquitätenhändler, die alte Leute nach allen Regeln der Kunst um ihre wertvollste Habe brachten.

Damals hatte Derek Belvoir mit ihm gesprochen, offen und ohne Scheu. Vielleicht um zu prahlen, hatte er ihm in allen Einzelheiten erzählt, wie man beispielsweise eine Truhe oder einen Esstisch in vermeintlich georgianischem Stil herstellte. Oder wie man einen echt antiken Tisch auf dermaßen raffinierte Weise mit einem Satz passender Stühle ergänzte, dass sich der Betrug kaum nachweisen ließ.

Der Händler saß an seinem Schreibtisch, das silbergraue Haar schwungvoll aus der Stirn gekämmt, mit Tweed-Anzug und gelber

Krawatte bekleidet. Durch die Juwelierlupe, die er sich ins rechte Auge geklemmt hatte, betrachtete er zunächst die beiden Hälften des Holzbehälters, den Ross ihm gebracht hatte. Aus Respekt hatte Belvoir ein Paar weiße Baumwollhandschuhe übergestreift und ein schwarzes Samttuch auf den Tisch gebreitet.

Seine leise, näselnde Cockney-Stimme strafte seine sorgfältig konzipierte aristokratische Erscheinung Lügen – genau wie die billigen grauen Slipper und der einzelne goldene Ohrring. Was Ross an Belvoir jedoch schätzte, war seine Fachkenntnis. Er war so gut, dass er eine Zeitlang in der beliebten Fernsehsendung *Antiques Roadshow* aufgetreten war, bevor er drei Jahre im Gefängnis saß, weil er mit gefälschten Antiquitäten gehandelt hatte.

Als Ross ihn zuletzt gesehen hatte, belegte Belvoirs Warenhaus große, zweigeschossige Räumlichkeiten in bester Lage in den Lanes. Doch in den letzten Jahren war der Handel im In- und Ausland mit den sogenannten braunen Möbeln ziemlich eingebrochen. Die meisten respektablen Antiquitätenhändler in Brighton hatten auf antiken Schmuck oder orientalische Antiquitäten umgesattelt, die zwielichtigen eher auf Drogen.

»Großer Gott, Ross, wo haben Sie das denn aufgetrieben?« Er sah ihn fragend an.

»Was können Sie mir darüber sagen?«

»Es ist aus Eichenholz. Ich glaube nicht, dass ich es datieren könnte, aber der verwendete Dichtstoff könnte Aufschluss geben.«

»Dichtstoff?«

»Das Klebemittel zwischen den beiden Hälften der äußeren Hülle.«

Ross nickte.

»Ich hätte Mühe, das Ganze zu replizieren – auch wenn ich mittlerweile natürlich längst keine Fälschungen mehr herstelle, verstehen Sie? Ich tu das nicht mehr, ich bin jetzt ehrlich, absolut sauber.«

»Ich versteh schon, Derek, ich versuche nicht, Sie reinzulegen. Ich muss nur wissen, woher es stammt.«

Belvoir blickte Ross forschend an. »Nettes Veilchen!«, meinte er schließlich, ehe er sich dem Kelch widmete. »Sie haben wohl darum kämpfen müssen!«

»Sehr witzig.«

Belvoir, ganz auf seine Aufgabe konzentriert, sagte: »Ich hab so was noch nie gesehen.« Er hob den Kelch auf und hielt ihn vor sein Gesicht. Dann drehte er ihn, langsam und vorsichtig, mehrmals hin und her. »Äußerst saubere Arbeit, von einem Zimmermann, aber vor Erfindung der Drehbank, also sehr alt. Genau datieren kann ich es allerdings nicht. Am Boden ist eine verkrustete Substanz – vielleicht Rückstände dessen, was der Besitzer getrunken hat? Der versteinerte Klebstoff – der Dichtstoff – zwischen den beiden Hälften ist ebenfalls interessant. Ein Labor könnte Ihnen sicher mehr über den Kelch und sein Behältnis sagen. Der Kleber ist möglicherweise Pech oder, wahrscheinlicher, Baumharz.«

»Zu welcher Zeit hat man Baumharz verwendet, Derek?«

»Vor tausend Jahren vielleicht oder noch früher.«

Ross versuchte sich nichts anmerken zu lassen. »Tatsächlich?«

Belvoir legte den Behälter behutsam auf das Tuch zurück und nahm die Lupe heraus. Dann blickte er scharfäugig auf. »Darf ich fragen, woher das kommt?«

»Vom Flohmarkt.«

»Was haben Sie dafür bezahlt – ein paar Scheine?«

Ross hielt einen Finger in die Höhe.

»Ein Pfund?«

»Yep.«

»Dann haben Sie das Schnäppchen des Jahrhunderts gemacht! Bin mir nicht sicher, ob ich es einpreisen könnte, weil es so einzigartig ist. Die beiden Hälften der Schale sind offenbar eine Art Behälter. Ich könnte mir vorstellen, dass es auf einem Schiff zum Einsatz kam – Eichenholz ist sehr wasserabweisend, einige Unterarten zumindest. Die hier gehört dazu. Das Ding ist zweifellos sehr alt.«

»Wenn man Baumharz als Klebstoff vor mindestens tausend Jah-

186

ren verwendet hat, wären diese Objekte hier also über tausend Jahre alt, nicht?«

»Schwer zu sagen. Im Labor könnte man eine Radiokohlenstoffdatierung vornehmen. Wie genau man auf diese Weise das Alter eines Gegenstands bestimmen kann, hängt wohl von dem Ort ab, an dem er aufbewahrt wurde. Wollen Sie erfahren, wie viel das Ganze wert ist?«

»Nicht unbedingt, mich interessiert vor allem die Herkunft.«

»Ich geb Ihnen fünfhundert dafür – wenn Sie den Kelch dazugeben.«

»Mehr nicht?«

»Schade, dass Sie nicht mehr Informationen haben. Der Kelch könnte unbezahlbar sein. Vielleicht ist es ja sogar der Heilige Gral!« Er grinste.

»Ja, wer weiß?«

Belvoir sah ihn scharf an. »Ein einzigartiges Objekt, Ross, aber das ist auch das Problem – es lässt sich mit nichts vergleichen.« Er hielt inne. »Oder gibt es noch mehr davon?«

»Na klar, im Supermarkt um die Ecke sind die Regale voll davon.«

40

Donnerstag, 2. März

Nachdem er die Leute auf dem Bahnsteig in Augenschein genommen hatte, um zu sehen, ob ihm womöglich jemand gefolgt war, bestieg Ross den brechend vollen Frühzug nach London Victoria. Natürlich war ihm nur allzu klar, dass ein professionelles Überwachungsteam so gut wie unsichtbar wäre.

Nach einer Fahrt quer durch London in der U-Bahn bis nach

Euston Station setzte er sich in einen Intercity-Zug nach Birmingham. Imogen hatte sich den Vormittag freigenommen, um die Leute von der Sicherheitsfirma einzulassen, die Bewegungsmelder, Notfallknöpfe unten und im Schlafzimmer und Fensterschlösser installieren würden. Um seine Frau wegen der Kosten zu beruhigen, erzählte er ihr die Notlüge, die Zeitung habe ihm Bargeld für Spesen gegeben.

Er klappte den Laptop auf und sah sich in den sozialen Netzwerken um. Noch immer erhielt er Antworten auf seine Frage, wie die Existenz Gottes zu beweisen wäre, die er vor einigen Tagen gepostet hatte. Die meisten waren von gläubigen Christen, die Bibelstellen zitierten, und eine stammte von einem Muslim, der den Koran heranzog. Einmal hieß es, er solle an einem Sommerabend vor die Tür gehen und sich den Sonnenuntergang ansehen. Und einer prophezeite ihm, er werde auf ewig in der Hölle schmoren, weil er die Frage überhaupt gestellt hatte.

In Erinnerung an sein Gespräch mit Benedict Carmichael ging er daran, sich Notizen zu machen, worin ein endgültiger Gottesbeweis bestehen könnte und welche Konsequenzen so etwas hätte.

Was würde sich in einer größtenteils säkularen westlichen Welt ändern, wenn sich die Existenz Gottes endgültig beweisen ließe?, tippte er.

Als der Zug den Bahnhof verließ, strömten Leute an ihm vorbei, die im letzten Moment zugestiegen waren. Eine Frau blieb stehen und betrachtete den leeren Platz neben ihm, auf dem seine Laptop-Tasche lag. Sie warf ihm einen feindseligen Blick zu, aber er wollte nicht, dass jemand neben ihm seinen Text las, also hielt er ihrem Blick stand, bis ihm unwillkürlich die Gesichtszüge entgleisten. Zu seiner Erleichterung ging sie hastig weiter. Das war Gottes Werk! Er grinste bei dem Gedanken und konzentrierte sich wieder auf seine Arbeit.

Der Getränketrolley kam. Ross kaufte sich einen Becher Kaffee, eine Flasche Wasser und ein Eier-Sandwich, das er hungrig verschlang, ehe er sich wieder seiner Arbeit widmete.

Er blätterte durch die Notizen, die er sich während des Gesprächs mit Carmichael gemacht hatte, und schrieb: *Der Beweis ist der Feind des Glaubens?*

Durch das Fenster sah er eine Landschaft aus grimmigen Gebäuden und dicken, gedrungenen Schloten, die Rauch in den grauen Himmel stießen. Die Fahrt in den Norden ließ ihn an Ricky denken. Und an die Gewissensbisse, die damit verbunden waren.

Ricky war stets nett zu ihm gewesen und ein ums andere Mal abgeblitzt. Ricky hatte nie verstanden, warum. Er hatte sich immer wieder um Ross bemüht, weil er einfach nicht begreifen konnte, warum sein Bruder so kalt zu ihm war. Mittlerweile war Ricky schon über zehn Jahre tot. Und trotzdem stand Ross sein Todesmoment noch genauso lebhaft vor Augen wie eh und je. Genau wie seine Schuldgefühle.

Er schloss die Augen, ihm war schwer ums Herz. Er dachte daran, wie gemein er seinem Zwillingsbruder vorgekommen sein musste. Die Abneigung gegen seinen Bruder war mit den Jahren immer heftiger geworden, und irgendwann hatte er ihn dann komplett gemieden. In den Jahren vor seinem Tod hatte er ihn kaum noch gesehen.

War Rickys Sterbemoment sein letzter Versuch gewesen, Ross an sich zu ziehen, mit ihm Verbindung aufzunehmen? Um ihm eine Botschaft zu überbringen?

Sollte er, wie Harry Cook, zu einem Medium gehen und versuchen, mit ihm in Kontakt zu treten?

Die Vorstellung gefiel ihm nicht, und doch konnte er sie nicht ganz von sich weisen.

Er verfiel in einen unruhigen Schlaf und wurde kurze Zeit später von der lauten, heruntergeleierten Lautsprecheransage geweckt.

»Wir erreichen in Kürze Birmingham New Street. Dieser Zug endet hier. Bitte achten Sie beim Aussteigen darauf, alle Gepäckstücke mitzunehmen.«

41

Donnerstag, 2. März

Als Ross hinten im Taxi saß und sich auf den Zweck seines Besuches konzentrierte, dachte er über die turbulente letzte Woche nach. Harry Cook hatte vehement verneint, dass er in Chalice Well gegraben hatte. Wenn man ihm also, wie er behauptete, nach dem ersten Spatenstich Einhalt geboten hatte, musste irgendjemand nach ihm weitergegraben haben. Cook hatte ihm versichert, dass er die Koordinaten niemandem sonst gegeben hatte. Und doch hatte jemand an just dieser Stelle ein – wenn auch schmales – Loch gegraben.

Wer?

Und warum?

Derselbe, der ihn attackiert, die Tasche mitgenommen und ihn im Brunnenschacht eingeschlossen hatte?

Cook hatte sich mit den Treuhändern von Chalice Well angelegt. Sie waren kein Geheimbund, Ross hatte sie gegoogelt und ihre Fotos gesehen. Ihre Absichten waren auf der Webseite aufgelistet: Sie bestanden hauptsächlich darin, Chalice Well und die Gärten auf Dauer zu bewahren.

Hatten die Treuhänder eine Grabung durchgeführt, fragte sich Ross, nachdem der pensionierte Professor sie auf diese Spur gebracht hatte? Hatte Cook ihnen mehr Informationen gegeben, als er Ross glauben machte?

Hatten die Treuhänder daraufhin an der besagten Stelle gegraben, um sich zu vergewissern, dass Cook tatsächlich nur ein Spinner war?

Oder …?

Er spähte aus dem Taxifenster. Sie fuhren eine Durchgangsstraße entlang mit heruntergekommenen vierstöckigen Reihenhäusern aus rotem Backstein zu beiden Seiten. Vor einem blieb das Taxi stehen.

»Nummer dreiunddreißig?«, fragte der Fahrer.

»Genau.« Ross sah auf die Uhr. 11.50 Uhr. Perfektes Timing für seine Mittagsverabredung.

Er bezahlte den Fahrer, drückte ihm ein ordentliches Trinkgeld in die Hand und ging die Vordertreppe hinauf zum Eingang. Auf dem stumpfen Messingschild stand zu lesen: *Anholt-Sperry Brine, Anwälte.*

Er klingelte, und die Tür ließ sich öffnen. Er betrat einen Empfangsbereich, der genauso altmodisch und heruntergekommen wirkte wie die Fassade. Hinter einer hölzernen Theke saß eine Frau mit grauen Haaren, die zu einem strengen Knoten zusammengefasst waren. »Kann ich Ihnen helfen?«, fragte sie mit einer Stimme, in der Argwohn schwang.

»Ich bin mit Robert Anholt-Sperry verabredet.«

»Und Sie sind?«

Er nannte ihr seinen Namen und wurde aufgefordert, Platz zu nehmen.

Fünf Minuten später begleitete ihn eine weitaus angenehmere jüngere Frau über eine schmale Treppe in den dritten Stock, öffnete eine Tür und führte ihn in ein vollgestelltes Büro, auf dessen Schreibtisch und Fußboden sich Aktenordner stapelten. Ein Mann, etwa in Cooks Alter, rappelte sich auf, um ihn zu begrüßen. Er hatte Hängebacken, ausgeprägte Muttermale auf Kinn und Wangen und schütteres Haar, dessen Strähnen mehr schlecht als recht den kahlen Oberkopf überdeckten. Den ausgefransten Kragen seines karierten Hemds verhüllte die schlecht geknotete Krawatte der Harrow Alumni. Er wirkte weltverdrossen und bewegte sich träge, wie jemand, der wusste, dass ihm die Zeit ohnehin davonlief, warum also noch hetzen?

»Mr. Hunter?« Seine Stimme war tief und sonor und genauso vornehm wie sein Name. Er streckte ihm eine von Leberflecken übersäte Hand entgegen.

Ross drückte sie fest.

191

»Bitte setzen Sie sich.« Er zeigte auf den einsamen abgenutzten Ledersessel vor seinem Schreibtisch. »Kaffee oder Tee?«

»Kaffee, bitte.«

»Sandra, bitte bringen Sie uns zwei Tassen Kaffee.«

Die Wände waren kahl, abgesehen von ein paar Bücherregalen, auf denen sich ungeordnet Gesetzesbände stapelten, und einem alten gerahmten Zulassungszertifikat von der Anwaltskammer. Das schmutzige Fenster führte hinaus auf die belebte Straße.

Der Rechtsanwalt sah ihn forschend an. Die dunklen Ringe unter seinen Augen waren heute weniger bläulich, aber immer noch sichtbar.

»Sie waren wohl im Krieg, wie?«, fragte er.

»Bin gegen eine Tür gelaufen«, antwortete Ross.

»Natürlich – gefährliche Dinger, diese Türen.«

Beide lächelten, weil sie wussten, dass die Wahrheit anders aussah.

Nachdem er Platz genommen hatte, wechselte der Rechtsanwalt das Thema. »Schrecklich, was Harry zugestoßen ist«, sagte er. »Wie ich höre, waren Sie derjenige, der ihn gefunden hat?«

»Genau.«

»Sie kannten ihn noch nicht lange?«

»Erst ein paar Tage«, sagte Ross. »Waren Sie beide befreundet?«

»Über fünfzig Jahre. Ich war der Taufpate seines Sohnes – der traurigerweise in Afghanistan ums Leben kam. Harry hat es Ihnen erzählt, nicht?«

»Ja, *in freundlichem Feuer*, wie er es nannte.«

»Er war sehr beeindruckt von Ihrem Artikel in der *Sunday Times*, über die fehlende Ausrüstung für unsere Soldaten dort.«

»Das hat er mir gesagt.«

Anholt-Sperry lächelte wehmütig. »Sie müssen wissen, dass Harry ein grundanständiger Mensch war. Aufrichtig besorgt um die Welt.«

»Den Eindruck hatte ich auch.«

»Er hat über Sie gesprochen. Und er hatte Vertrauen zu Ihnen.«
Wieder lächelte er wehmütig. »War das klug von ihm, Mr. Hunter?«
»Ich wollte ihm eigentlich sagen, dass ich nicht der Richtige sei,
wenn Sie es genau wissen wollen. Doch als wir telefonierten, sagte
er etwas zu mir, das mich dazu bewog, der Sache noch eine Chance
zu geben. Aus diesem Grund bin ich zu ihm gefahren. Hat die Polizei schon einen Verdacht, wer ihn ermordet haben könnte?«

»Bis jetzt noch nicht. Ich weiß nur, dass er dem vorläufigen Befund der Gerichtsmedizin zufolge an Herzversagen starb – die Fol-
ter war vermutlich zu viel für ihn. Ich habe einen Kontaktmann bei
der Polizei. Er wird mich informieren, sobald sie mehr wissen. Im
Augenblick gehen sie von einem sadistischen Raubüberfall aus – die
Eindringlinge waren offensichtlich hinter etwas Bestimmtem her.
Anscheinend gab es in letzter Zeit mehr von diesen besonders nie-
derträchtigen Wohnungseinbrüchen, bei denen verletzliche ältere
Menschen in ländlicher Umgebung ins Visier genommen werden,
aber mehr weiß ich im Moment auch nicht. Was mein Freund bei
der Polizei mir allerdings sagen konnte, war, dass Sie immer noch
als verdächtig gelten.« Er sah Ross forschend an.

Dem wurde es unbehaglich zumute. Seine Fingerabdrücke waren
im Haus. Er hatte sich für die Polizei eine Geschichte ausgedacht.
Aber welches Motiv sollte er ihrer Ansicht nach haben? Er schüttelte den Kopf. »Sie können doch nicht ernsthaft glauben, dass ich
das war? Warum sollte ich? Ihr Freund hat sich aus heiterem Himmel an mich gewandt, wollte unbedingt, dass ich ihm helfe.«

»Was hat er denn am Telefon zu Ihnen gesagt, das Sie dazu bewogen hat, ihm eine zweite Chance zu geben und ihn aufzusuchen?«

»Er sagte, er hätte nach seinem Besuch bei mir etwas gefunden,
das mich auf jeden Fall umstimmen würde. Ich sollte ihn nicht als
harmlosen alten Spinner abtun – seine Worte – und ihm die Möglichkeit geben, mir zu erklären, was er entdeckt hatte. Ich fragte
ihn, was es sei, er aber meinte, es sei zu gefährlich, um es mir am
Telefon zu sagen.«

»Dann haben Sie es also nie herausgefunden?«

»Als ich zu seinem Haus kam, war es durchstöbert worden. Ich hätte wahrscheinlich nicht hineingehen dürfen – ich weiß das auch.«

»Warum haben Sie's trotzdem getan?«

»Das hat mich die Polizei auch gefragt – warum habe ich sie nicht sofort verständigt? Das Problem war, dass ich nicht wusste, ob er im Haus war oder nicht. Ich hatte die Sorge, er könnte irgendwo verletzt liegen. Ich weiß, dass die Polizei bei uns in Sussex auf manche Einbrüche überhaupt nicht reagiert – sie stehen als Verbrechen ganz unten auf ihrer Prioritätenliste. Also dachte ich, ich sehe lieber selber nach.«

Der Anwalt nickte. »Haben Sie etwas Interessantes entdeckt, bevor Sie Harry gefunden haben?«

»In der Tat, in einem Papierkorb. Das Zimmer, in dem er stand, war vermutlich sein Büro. Ich weiß nicht, ob es das war, wonach seine Angreifer suchten – aber möglich wär's.«

»Was war es denn?«

»Als Dr. Cook zu mir kam, gab er mir die Koordinaten für Chalice Well, die er erhalten hatte. Darunter standen noch mehrere Zahlen. Ich fragte ihn, was sie zu bedeuten hätten, und er meinte, er habe nicht die leiseste Ahnung.«

»Und wie lauteten die Zahlen?«

Ross holte sein iPhone heraus, öffnete seine Notizen und las die Ziffern vor.

Anholt-Sperry runzelte die Stirn. »Wie interessant«, sagte er nach kurzer Pause. »Wie überaus interessant.«

»Ich glaube, dass er den Code geknackt hatte – dass es das war, was er mir sagen wollte.«

»Und was haben Sie im Papierkorb gefunden?«

»Eine Skizze, grob hingekritzelt.« Ross zog das zerknüllte Blatt Papier aus seiner Brieftasche und legte es auf den Schreibtisch.

Der Anwalt sah es sich genau an. »Sieht aus wie ein Hockey-Schläger.«

»Stimmt.«

»Und haben Sie irgendeine Vorstellung, was es bedeuten könnte?«
Ross rief auf dem iPhone die Fotos des hölzernen Behälters und
des Gefäßes darin auf und hielt sie dem alten Mann hin.

Anholt-Sperry setzte sich eine Lesebrille auf und überflog die Bilder. »Und Sie haben diese Gegenstände an der Stelle gefunden, die
Harry Ihnen angegeben hatte?«

»Ganz so einfach war es nicht. Die Zahlen sind ein Code, der
den Buchstaben des Alphabets folgt: *Nine Metres South Turn Left.*
Die Quelle selbst befindet sich neun Meter südlich und links von
der Stelle, welche die Koordinaten angeben. Harry hatte an der falschen Stelle gesucht. Dasselbe gilt für denjenigen, der nach ihm
dort gegraben hat, wer immer das war«, sagte Ross. »Das Gefäß
befand sich in einer Mauernische an der Quelle, fest verschlossen in
einem Behälter aus Eichenholz. Ein Experte für Antiquitäten sagte
mir, dass es tausend Jahre und länger in diesem Behälter überdauert
haben könnte. Viel länger vielleicht.«

»Großer Gott! Ist Ihnen bewusst, was dieses Gefäß – sein
könnte?«

»Oh ja, ist es. Und nicht nur mir. Jemand hat bereits versucht,
mich umzubringen.«

»Indem er Ihnen die Tür ins Gesicht geknallt hat?«

»So könnte man es sagen.«

»Aber Sie sind ein raffinierter junger Mann.« Die Haltung des
Alten hatte sich total verändert. »Das ist nicht zu glauben. Einfach
nicht zu glauben. Begreifen Sie die Bedeutung Ihres Fundes? Für
die ganze Welt?«

»Oh ja.«

Einen Moment lang dachte er, Anholt-Sperry werde gleich um
den Schreibtisch herumkommen und ihn umarmen. Der Anwalt
schien von einem regelrechten Glückstaumel erfasst zu sein. »Sie
haben das Gefäß an einem sicheren Ort verwahrt?«

»Der Kelch und sein Behältnis befinden sich in einem Schließfach in Shoreham. Das Manuskript, das Dr. Cook mir anvertraut hat, verwahrt mein Anwalt in Brighton in seinem Tresor.«

»Er hatte recht, einem jungen Mann sein Vertrauen zu schenken. Ich bin schon zu alt, wissen Sie.« Er klopfte sich an die Brust. »Probleme mit dem Taktgeber, genau wie bei Harry. Noch geht's mir gut. Aber man weiß ja nie, stimmt's? Und für den Fall, dass Ihnen etwas zustoßen sollte?«

»Ich habe meinen Anwalt instruiert, meiner Frau den Code für das Schließfach zu geben und ihr mitzuteilen, wo sie den Schlüssel findet.«

Die Sekretärin brachte ein Tablett mit dem Kaffee herein. Ross nahm seine Tasse dankbar entgegen, pustete und trank.

»Eines verstehe ich nicht ganz, Mr. Hunter: Warum geben die Koordinaten nur den ungefähren Ort an, so dass zusätzlich die Entschlüsselung eines Zahlencodes erforderlich war, um die genaue Stelle zu finden? Haben Sie eine Erklärung dafür?«

»Ich habe viel darüber nachgedacht. Die beste Antwort, die mir einfällt, ist, dass Gott diesen Code vielleicht als eine zusätzliche Sicherheitsstufe eingefügt hat, falls die Information zum Versteck des Heiligen Grals wirklich von Ihm kam.« Er zuckte mit den Schultern.

Der Anwalt nickte beifällig. »Ich glaube, dass Harry Ihnen zu Recht vertraut hat, Mr. Hunter.«

»Danke.«

»Und sind Sie jetzt gewillt, noch mehr Zeit zu investieren?«

»Jemand hat mich bis zur Quelle verfolgt. Und dann überfallen. Dr. Cook wurde gefoltert und ermordet. Wenn beides etwas miteinander zu tun hat, ist das eine ziemlich beängstigende Situation. Meine Frau ist schwanger, und ich muss auch an sie und unser ungeborenes Kind denken.«

»Sie würden die beiden der Rettung der Welt vorziehen?«

Ross blickte den alten Mann forschend an. Er sah dieselbe Ehrlichkeit, denselben Eifer in seinen Augen wie in denen Harry Cooks bei ihrer ersten Begegnung.

Es ist sehr nett von Ihnen, mich zu empfangen, Mr. Hunter. Sie verstehen doch, dass Sie und ich die Welt retten müssen?

»Wenn ich das täte, wäre ich nicht hier«, entgegnete er.

Anholt-Sperry lächelte sein wehmütiges Winterlächeln. »Aus diesem Grund wurden Sie ausgewählt.« Er schob ihm einen kleinen Zettel zu, von ähnlicher Größe wie der mit den Koordinaten für Chalice Well, den Cook ihm gegeben hatte.

Ross blickte auf die Zahlen.

25°44'47.1264"N 32°36'19.1124"E

Den Koordinaten war ein Wort beigefügt. *Hatem.*

»Haben Sie herausgefunden, für welchen Ort diese Koordinaten stehen?«, fragte er.

»Das habe ich, Mr. Hunter. Das Tal der Könige in Ägypten. Der Tempel der Königin Hatschepsut.«

»Und dieses Wort, Hatem?«

»Sie sind der Entschlüssler, Mr. Hunter. Ich bin mir ganz sicher, dass er wichtig ist, aber wer oder was Hatem ist, weiß ich nicht.«

»Ich habe in der Schule ein wenig Schach gespielt, aber im Rätselraten war ich immer schlecht – besonders wenn es allzu kryptische waren«, entgegnete er. »Aber ich kenne jemanden, der uns helfen könnte.«

Robert Anholt-Sperry schenkte ihm das selige Lächeln eines wahren Gläubigen, eines Menschen mit der festen Überzeugung, dass sein Platz an der Tafel des Herrn, trotz irdischer Schwächen, schon für ihn reserviert war. »Sie sind eindeutig gesandt worden, um uns zu retten, Mr. Hunter. Was Sie mir vorhin auf Ihrem Handy gezeigt haben, ist das erste Zeichen. Glauben Sie nur fest an sich, denn unser Herr glaubt an Sie und hat Sie erwählt.«

Ross war bestürzt über die unerwartete Frömmigkeit des Mannes. Er beneidete ihn um seinen festen Glauben. Wie einfach es wäre, Gott einfach anzunehmen, dachte er. Die Verantwortung für all unser Tun an eine höhere Macht abzugeben. *Tut mir leid, dass ich den Nachbarskater angeschrien habe, aber er hat ständig in meinen*

197

Garten gekackt. Ich entschuldige mich, dass ich den Mann am Fahr-
kartenschalter einen Blödmann genannt habe. In Zukunft werde ich
Deine Botschaft der Liebe verbreiten.

»Ich weiß nicht, ob ich dafür der Richtige bin«, entgegnete er.
»Ich war lange Zeit ziemlich ungläubig.«

»Bis Ihr Bruder Ricky zu Ihnen gesprochen hat.«

»Hat Harry Cook Ihnen das erzählt?«

»Es ist nicht wichtig, von wem ich es weiß. Wichtig ist nur,
Mr. Hunter, dass *Sie* es wissen. Stimmt's? Tief in Ihrem Herzen. Sie
haben die Wahl. Sie können jetzt weggehen, in den Zug steigen,
nach Hause fahren und diesen verrückten Alten mit seinem Gefasel vergessen. Aber das werden Sie nicht, hab ich recht? Sie sind
schließlich Journalist. Im schlimmsten Fall könnten Sie irgendetwas zusammenschustern, das Ihnen eine oder sogar zwei Seiten in
einem Revolverblatt einbringt. Und im besten Fall?« Er ließ die
Worte wirken, ehe er fortfuhr. »Denken Sie darüber nach. Werden Sie mit dem Wissen leben können, dass Sie die Chance hatten, die Menschheit vor dem Abgrund zu bewahren, und sie vertan
haben?«

Ross zuckte die Schultern.

Der Anwalt öffnete eine Schublade in seinem Schreibtisch, zog
einen dicken Briefumschlag heraus und reichte ihn Ross. »Harry
bat mich, Ihnen das hier zu geben, falls ihm etwas zustoßen sollte.«

»Was ist das?«

»Spesen. Zehntausend Pfund in bar.«

»Was?«

»Nehmen Sie das Geld. Falls Sie beschließen, doch nicht weiterzumachen, geben Sie es mir zurück.«

»Das kann ich nicht annehmen.«

»Doch, das können Sie«, sagte Anholt-Sperry mit Nachdruck.
»Wenn Sie kneifen, bringen Sie es mir zurück, aber ich glaube
nicht, dass Sie kneifen. Kommen Sie wieder, wenn Sie gefunden
haben, was Sie am zweiten Koordinaten-Standort erwartet. Dann

haben Sie Gewissheit. Und wenn Sie sich bewährt haben, bin ich befugt, Ihnen auch den dritten Satz Koordinaten zu geben. Er wird Ihnen den Ort der Wiederkunft Christi offenbaren. Sie können mir entweder glauben oder einfach gehen. Die Entscheidung, Mr. Hunter, liegt bei Ihnen.«

42

Donnerstag, 2. März

Das Reihenhaus im Tudorstil am Ende eines privaten Anwesens in Walthamstow in East London wirkte vernachlässigt. Solange die Nachbarn denken konnten, verdunkelten dicke schwarze Vorhänge die Fenster, oben wie unten. Der braune Rauputz war an mehreren Stellen brüchig geworden, und die Fensterrahmen, die dringend gespachtelt und frisch gestrichen werden mussten, faulten vor sich hin. Der Vorgarten war wildes Gestrüpp.

Die einzigen Anzeichen dafür, dass das Haus bewohnt war, waren vereinzelte Lieferungen des Online-Lebensmittelversands Ocado, eine wöchentliche Lieferung arabischer Zeitungen von einem lokalen Zeitschriftenhändler und gelegentliche Besucher, die meisten davon in den traditionellen Gewändern muslimischer Geistlicher. Keiner der Nachbarn konnte sich erinnern, wann er den Bewohner zum letzten Mal hatte aus dem Haus kommen sehen.

In der Düsterkeit des Hinterzimmers im oberen Stockwerk saß ein blinder Mann von sechsundfünfzig Jahren, mit kahlrasiertem Kopf und einem langen, grau melierten Bart. Sein Name war Hussam Udin. Vor fünfzehn Jahren, fälschlicherweise als Anführer einer Al-Qaida-Zelle identifiziert, verurteilt und hinter Gitter gebracht, war er im Gefängnis Belmarsh bei einem Angriff geblendet und übel entstellt worden. Zuerst hatte man ihm Batteriesäure ins Gesicht gespritzt, dann einen Umschlag aus brühheißem nassem Zucker verpasst.

Das »Verbrechen«, für das er von muslimischen Mitgefangenen bestraft worden war, bestand darin, als Muslim öffentlich erklärt zu haben, dass ihm der Islam Sorgen bereite, zum einen wegen der Gewaltbereitschaft einiger Verbände, zum anderen weil nur wenige Imame bereit waren, sich öffentlich gegen die Gewalt auszusprechen.

Wörtlich bedeutete sein Name *Schwert des Glaubens*. Dessen ungeachtet und trotz seiner Qualen glaubte Udin an die Toleranz und hatte seit seiner Freilassung einen spirituellen Weg eingeschlagen, wobei er all die Kraft und Weisheit, die ihm gegeben war, dazu benutzte, Friedensbotschaften zu verbreiten.

Vor sieben Jahren, nachdem sein Fehlurteil aufgehoben worden war und er dank der unermüdlichen Arbeit eines Anwalts von Amnesty International freigekommen war, hatte er sich in sein Haus zurückgezogen, das er und seine Frau in eine Festung verwandelt hatten. Er lebte in ständiger Todesangst. Seine Tage verbrachte er damit, sich durch die Braille-Texte des Korans zu arbeiten, in dem Versuch, durch eine Reihe von Veröffentlichungen zu beweisen, dass, im Gegensatz zu den Behauptungen von Gruppen wie dem IS und ihren Auslegungen der heiligen Schrift, der Islam eine zutiefst falsch verstandene Religion war, die in Wahrheit Frieden und Toleranz propagierte. Die Toleranz, nötigenfalls auch Nicht-Gläubige zu akzeptieren.

Kurz nach seiner Entlassung aus dem Gefängnis hatte die *Sunday Times* Ross Hunter zu Hussam Udin geschickt, um ein Interview mit ihm zu führen. Ross hatte den weisen und geistreichen Mann sehr gemocht. Er bewunderte ihn, weil er keinen Groll hegte gegen seine Angreifer und fest entschlossen war, all seine Zeit – den Rest seines Lebens, falls nötig – darauf zu verwenden, die westlichen Mythen über den Glauben zu korrigieren, von dem er sich zwar abgewandt hatte, den er aber noch immer respektierte.

»Sie müssen wissen, Mr. Hunter«, hatte Udin bei ihrem ersten Gespräch gesagt, »dass Christen und Juden ohne weiteres Zweifel haben dürfen. Dass es eine Menge braucht, damit ein nicht gläubiger Mensch zum Glauben findet. In meiner Religion ist das anders, denn der Glaube wird uns von Geburt an eingetrichtert. Die Frage, die Sie einem Muslim stellen müssen, lautet daher nicht, was ihn – oder sie – dazu bewegen könnte, an Gott zu glauben, sondern, was ihn dazu bringen würde, *nicht* an Gott zu glauben.«

Nach dem Gespräch mit dem seltsamen, aber ehrlichen Anwalt in Birmingham hatte Ross beschlossen, noch einmal Hussam Udin aufzusuchen. Nachdem dieser ihn wie einen alten Freund begrüßt hatte, saß er nun in seinem Büro, umgeben von sich stapelnden Tonbändern, Kassetten und USB-Sticks, trank starken, süßen Kaffee und aß dankbar die Kekse, die ihm Udins Frau Amira angeboten hatte.

Udin, der ein braunes Gewand und eine dunkle Brille trug, rauchte eine Zigarette. Auf dem Kaffeetisch vor ihnen stand ein alter Cinzano-Aschenbecher, und Udin schien seinen Standort zu kennen. Nach mehreren Zügen beugte er sich vor und klopfte die Asche ab. Manchmal landete sie am richtigen Ort, dann wieder rieselte sie auf den Tisch. Ein Dutzend Stummel lagen ausgedrückt im Aschenbecher. Sie plauderten eine Weile, brachten sich gegenseitig auf den neuesten Stand und kamen schließlich zum Punkt.

»Sie waren sehr großzügig in Ihrem Zeitungsartikel, Mr. Hunter. Ich hatte immer das Gefühl, dass ich für das Porträt, das Sie von mir gezeichnet haben, in Ihrer Schuld stehe.«

»Das ist sehr nett von Ihnen, danke.«

»Nun, was verschafft mir die Ehre Ihres Besuchs?«

»Ich brauche Ihre Hilfe.«

»So? Inwiefern denn?«

»Sie sagten mir bei unserem letzten Treffen, dass Sie in Ägypten zur Welt gekommen und aufgewachsen seien. In Kairo, nicht?«

»Ja, das stimmt.«

»Haben Sie noch immer Kontakt zu Freunden oder Verwandten dort?«

»Mit einigen – nicht nur in Kairo, im ganzen Land.«

»Das hatte ich gehofft.«

»Ich habe das Gefühl, Sie brauchen etwas. Ist es wichtig?«

»Haben Sie Verbindungen nach Luxor?«

»Luxor?«

»Ja, ich brauche jemanden in Luxor, der ein Auto besitzt und dem ich vertrauen kann.«

Udin hob den Kopf, hielt seine dritte Zigarette seit Ross' Ankunft wie einen Dartpfeil und zog daran. Asche rieselte an ihm herab. Udin, der es nicht bemerkt hatte, sagte: »Ich habe dort einen Cousin, der Ihnen helfen könnte. Soll ich mit ihm sprechen – und für Sie bürgen, mein Freund?«

»Das würde mir sehr helfen.« Ross nahm noch einen Schluck Kaffee.

»Er wird Sie beschützen. Ich kann spüren, dass Sie einen Beschützer brauchen. Habe ich recht?«

»Sie sind sehr einfühlsam, Hussam.«

»Seit ich mein Augenlicht verloren habe, verschlinge ich geradezu Hörbücher. Ich liebe William Shakespeare. König Lear, der geblendet wurde, hat mich schon immer interessiert. Was für ein großartiges Stück! So viel Weisheit. ›Höhlten sie dir die Augen und holten dir den Beutel? Doch siehst du, wie die Welt geht!‹«

»Sie scheinen mit Ihrer Beeinträchtigung gut zurechtzukommen.«

»Habe ich denn eine Wahl? Ich kann mir bei Specsavers schließlich kein neues Paar Augen kaufen. Erstens haben sie keine vorrätig – zweitens könnte jemand versuchen, mich unterwegs zu ermorden. Keine Sorge, Sie haben nichts zu befürchten, niemand tötet einen Nicht-Muslim, der nicht gläubig ist. Sie sind nur hinter mir her. Ich kann damit leben, wissen Sie. Es geht mir gut. Ich sehe, wie es in der Welt zugeht, und das gibt mir Kraft. Wenn ich Ihnen in irgendeiner Weise behilflich sein kann, würde mich das glücklich machen. Ich rufe meinen Cousin an. Ich weiß nicht, warum Sie dorthin reisen, und ich will Sie auch nicht fragen. Ich spüre, dass es wichtig ist. Ich höre es in Ihrer Stimme, Ross. Sie sind auf einer Mission. Mein Cousin wird achtgeben auf Sie. Ich lasse ihn wissen, dass Sie ihn kontaktieren werden. Sagen Sie ihm nur, wann und wo Sie ihn treffen wollen, und er wird dort sein.«

Er gab Ross die Mailadresse des Mannes und seine Telefonnummer.

Dann fragte Ross: »Ich habe nur noch eine Frage – sagt Ihnen das Wort *Hatem* etwas?«

»Hatem?«

»Ja.« Er buchstabierte es für ihn.

»Nein, nichts. Aber der Name ist in Ägypten ziemlich gebräuchlich.«

43

Donnerstag, 2. März

Ross kam erst um neun Uhr abends wieder nach Hause. Er hatte den Briefumschlag mit dem Geld, den Robert Anholt-Sperry ihm gegeben hatte, hinter dem Rücksitz des Autos versteckt. Er wollte Imogen vorerst nichts davon sagen.

Er sperrte die Haustür auf und ging hinein. Monty kam aufgeregt bellend und schwanzwedelnd auf ihn zugetrottet, gefolgt von Imogen, die einen weiten Pulli trug, dazu Jeans und Pantoffeln, und kreideweiß war.

Ihr Anblick beunruhigte ihn.

»Alles in Ordnung?«

»Nein«, sagte sie. »Komm lieber mit und sieh dir das an.«

Er strich dem Hund über den Kopf und folgte ihr in die Küche.

Auf dem Tisch lag ihr Laptop, sie klappte ihn auf. Daneben stand ein Glas mit eingelegten Zwiebeln, aus dem der Stiel eines Löffels ragte – eines ihrer Gelüste. Sie drückte ein paar Tasten. Gleich darauf tauchte ein Bild auf. Ein fünfzackiger Stern. Er erkannte ihn als ein auf den Kopf gestelltes Pentagramm.

Darunter stand eine Botschaft.

IHR EHEMANN ARBEITET FÜR DEN SATAN. SIE MÜSSEN IHN AUFHALTEN. FÜR SIE BEIDE UND IHR UNGEBORENES KIND. WIR HABEN SIE GEWARNT.

Imogen starrte ihn an.

»Woher kommt das«, fragte er.

»Es kam heute Nachmittag – als ich im Büro war. Einer von den Jungs hat versucht, den Absender für mich aufzuspüren, aber die Mail ist anonym, ist wahrscheinlich absichtlich durch eine Reihe von Servern um die ganze Welt gejagt worden.«

Ross beugte sich über den Rechner und klickte den Absender an. Es handelte sich um eine Hotmail-Adresse, eine Zahlenreihe, die wiederholt 666 enthielt. Ein Schauder durchzuckte ihn. Er sah sich die Nachricht sorgfältig an und versuchte dann selbst, die Quelle aufzuspüren, allerdings ohne Erfolg. »Das ist nur irgendein Spinner – hat wahrscheinlich auf meinen Twitter-Post von letzter Woche reagiert.«

»Derselbe religiöse Spinner, der Harry Cook ermordet hat?«

»Harry Cook wurde nicht ermordet. Laut Gerichtsmedizin ist er an Herzversagen gestorben.«

»Wenn jemand stirbt, weil er gefoltert wird, gilt das also nicht als Mord? Hallo?«, entgegnete sie.

»Die Polizei meint, es hätte in der Gegend eine Reihe ähnlicher Raubüberfälle gegeben – alte Leute, die allein leben, werden ins Visier genommen und gefoltert.« Er klang überzeugter, als er sich fühlte, fiel ihm auf.

»Du hast Dutzende Geschichten am Start. Musst du gerade diese verfolgen? Die Religion züchtet Fanatiker, Ross, wir müssen wirklich vorsichtig sein. Lass die Finger davon. Dieser Cook war gestört – warum siehst du das nicht ein?«

»Was meinst du damit?«

»Du bist so besessen von dieser Geschichte, dass du bereit bist, sie über mich und unser Kind zu stellen. Aber so bist du nun mal, Ross. *Du* kommst zuerst. Immer. Ich wollte nicht, dass du nach Afghanistan gehst, ich hab voller Angst zu Hause gesessen und darauf gewartet, dass jemand an die Tür klopft, um mir zu sagen, du seist tot.«

»Und dabei hast du dir das Hirn herausgevögelt.«

Er bereute den Spruch sofort. Er war ihm einfach herausgerutscht. Es war, als hätten sich die Worte seit Jahren aufgestaut, wie eine Lawine, die auf die richtige Temperatur gewartet hatte.

»Tut mir leid«, sagte er sofort. »Ich hab's nicht so gemeint.«

»Oh doch, hast du.«

Es hatte unausgesprochen im Raum gestanden. Es war da, seit Ross aus Afghanistan zurückgekommen war. Sie hatten die Angelegenheit geklärt, und er hatte ihr verziehen. Aber es war trotzdem nicht verschwunden. Es würde immer da sein.

Er setzte sich ihr gegenüber und streckte die Hand aus. Sie aber zog die ihre zurück. »Imo, wenn ich das Gefühl hätte, dass wirklich ein Risiko besteht, würde ich sofort die Finger davon lassen, aber ...«

»Aber?«

»Es könnte die größte Story sein, die ich jemals hatte. Ich hab es im Gefühl.«

»Und was ist mit meinen Gefühlen?«

Er griff erneut nach ihrer Hand, aber sie zog sie wieder zurück.

»Komm schon, Imogen!«

»Ich krieg es mit der Angst, Ross, okay? Kannst du das nicht verstehen?«

»Ich versteh dich ja. Es gibt alle möglichen Fanatiker, die aus dem Unterholz kriechen, wenn man etwas schreibt, was mit Religion zu tun hat. Als ich vor ein paar Jahren diesen Artikel über die Charismatiker schrieb, hab ich nicht nur böse Kommentare auf Twitter bekommen, sondern auch Morddrohungen, weißt du nicht mehr? Aber bei dieser Sache hab ich ein gutes Gefühl, ehrlich. Sie hat Potenzial, egal, was daraus wird. Wie wär's, wenn wir unsere Eingangstür mit einer Sicherheitskette und einem Spion ausstatten – würde dich das beruhigen? Sag schon!«

»Ich wäre beruhigt, wenn du dich entschließen könntest, die Story fallenzulassen.«

»Graham Greene hat mal geschrieben, dass jeder Schriftsteller einen Eissplitter im Herzen tragen muss.«

»Und gilt das auch für dich? Ohne Rücksicht auf das Risiko für deine Familie? Du hast einen Eissplitter im Herzen? Bist du kaltherzig genug, um meine Gefühle zu ignorieren? Und das alles nur, weil irgendein Spinner mit einer irren Idee an dich herangetreten ist, wie du übrigens selbst sagtest?«

»Imo, hör zu. Ich liebe dich. Wenn ich auch nur einen Moment das Gefühl hätte, dass wir beide wegen einer Story, an der ich arbeite, in echter Gefahr wären, würde ich sie augenblicklich fallenlassen. Okay? Aber versteh bitte eines: Wenn du dasselbe erlebt hättest wie ich an dem Tag, als Ricky starb, würdest du auch an der Sache dranbleiben. Nur um herauszufinden, was dahintersteckt. Ich habe keine andere Wahl, ich *muss* es einfach tun. Das bedeutet nicht, dass ich dich nicht liebe. Aber ich muss es tun, bitte versteh das und halte zu mir – ich werd uns und unser Kind beschützen, das versprech ich dir.«

»Du hast doch eben selbst gesagt, dass religiöse Themen immer Fanatiker auf den Plan rufen.«

»Stimmt, aber letztlich sind sie harmlos – die meisten jedenfalls.«

Sie musterte ihn zweifelnd. »Vor zwei Jahren, als du diesem Ganoven auf der Spur warst, der einen Polizisten getötet hatte und dann in Spanien untergetaucht war, hast du Morddrohungen erhalten. Die Polizei hat dich gewarnt, dass es für dich riskant sein könnte, darüber zu schreiben. Aber das hat dich nicht davon abgehalten. Du hast den Artikel veröffentlicht. Dasselbe passierte, als du Putin beschuldigt hast, er würde hinter dem Mord in London an diesem Russen stecken, diesem Litwinenko.«

»Das ist nun mal mein Beruf – immer schon. Ich stelle Personen bloß, die etwas Schlechtes getan haben.«

»Dr. Cook hat nichts Schlechtes getan, Ross. Er glaubte, die Welt retten zu können. Vielleicht musste er sterben, weil er in das Hornissennest religiöser Überzeugungen gestochen hatte.«

»Wie gesagt, Imo, es gibt keinerlei Beweis, dass er von Fanatikern getötet wurde.«

Sie deutete auf das Pentagramm auf dem Bildschirm. »Da. Da hast du deinen Beweis! Die Botschaft ist ziemlich eindeutig.«

»Ich glaube, dass Satan weitaus zufriedener mit mir ist, wenn ich Cook als Spinner und seinen Gottesbeweis als Humbug entlarve.«

»Ist das dein Plan?«

»Ich hab unterwegs mit meiner Redakteurin von der *Sunday Times* gesprochen, ihr gefällt die Story. Ich hab auch schon angefangen. Sie ist bereit, meine Recherche zu unterstützen, und hat mir angeboten, den Flug nach Ägypten zu zahlen, damit ich den zweiten Satz Koordinaten überprüfen kann.«

»Wie bitte?«

»Ich hab sie heute von Cooks Anwalt in Birmingham bekommen – noch so ein Spinner.«

»Du fliegst nach Ägypten?«

»Hör zu, ich hab eine Idee. Warum kommst du nicht einfach mit? Wir könnten einen Kurzurlaub daraus machen, wir besuchen noch einmal Scharm El-Scheich und die Pyramiden, unsere Visa sind noch gültig. Was denkst du?«

»Weißt du, was ich denke? Du hast sie nicht mehr alle.«

44

Samstag, 4. März

Vor zwei Jahren, als Ross an einem Artikel über den Zauberkünstler Derren Brown geschrieben hatte, der hellseherische Fähigkeiten als Lug und Trug entlarvte, war er nach Southampton gefahren, um ein gefeiertes Medium zu interviewen, Christopher Lewis, seine ebenfalls medial veranlagte Frau Gill und ihren Schützling Dean Hartley. Er war von ihrer Aufrichtigkeit zutiefst beeindruckt gewesen. Und so war sein Artikel über sie, ursprünglich als Verriss geplant, am Ende sehr wohlwollend ausgefallen. Nachdem der Beitrag erschienen war, hatten sie sich in einem Brief bei ihm bedankt und ihm angeboten, er dürfe jederzeit kommen und sich kostenlos von Hartleys Fähigkeiten überzeugen.

Und nun hatte er beschlossen, das Angebot wahrzunehmen.

Also saß er in einem Zimmer im Erdgeschoss in Lewis' Haus, immer noch reichlich skeptisch. Dean Hartley, Mitte zwanzig, mit schulterlangen blonden Rasta-Locken und merkwürdigen Tattoos auf jedem sichtbaren Zoll seines schlanken Körpers, schaltete ein Aufnahmegerät ein, das auf einem Tisch stand, über den ein rosa und schwarz gemustertes Tuch gebreitet war.

In der einen Zimmerecke saß ein schwarzer Buddha auf dem Boden, in der anderen stand ein kleiner weißer Aktenschrank, und neben ihm an der Wand befand sich ein weißer Tisch mit verspiegelter Platte, auf dem ein Glas Wasser und eine Schachtel Taschentücher bereitstanden.

Das Medium, sanft und höflich, vergewisserte sich, dass Ross sich wohl fühlte, schloss dann die Augen und saß einige Augenblicke schweigend da.

»Ich höre den Namen *Pip*«, hob er an. »Eigentlich hieß er *Philip*, aber seine Freunde nannten ihn Pip. Sagt Ihnen das etwas?«

208

»Nein«, entgegnete Ross. »Na ja, irgendwie doch, weil das der Name meines Vaters ist, aber der war heute Morgen noch quicklebendig.«

Wieder saß das Medium eine Weile reglos vor ihm, mit geschlossenen Augen. »Ich höre Richard.«

»Richard?«

»Rick? Ricky?«

Ross starrte ihn an.

»Ricky will mir etwas sagen – dass Ihre Frau schwanger ist. Imogen, ist das ihr Name?«

Der Name wäre leicht herauszufinden gewesen. Allerdings nicht, dass sie schwanger war.

»Junge oder Mädchen?«, fragte Ross.

»Ricky sagt, sie erwartet einen Jungen.«

Eine Zeitlang entgegnete Ross nichts. Woher wusste Hartley das? Sie hatten nur sehr wenigen Menschen erzählt, dass Imogen schwanger war, weil sie das Gefühl hatten, es könnte Unglück bringen. Und dass es ein Junge war, wusste außer ihnen niemand. Andererseits konnte Hartley Ross' Ehering sehen und an seinem Alter ablesen, dass er vermutlich gerade mitten in der Familienplanung war. Und die Wahrscheinlichkeit, das richtige Geschlecht zu erraten, lag bei fünfzig Prozent.

»Was können Sie mir über meinen Sohn sagen?«

Das Medium schloss für einen Moment die Augen und runzelte dann die Stirn. »Ich werde abgelenkt«, sagte er. »Jemand will mit Ihnen kommunizieren. Er ist sehr aufgeregt. Ich erhalte einen Namen. *Cook.* Ein Mann namens Cook, der erst vor kurzem in die Geisterwelt eingegangen ist. Er kommt durch, und ich spüre Dringlichkeit. Er will, dass ich Ihnen eine Botschaft überbringe. Kennen Sie diese Person?« Dean Hartley hielt die Augen geschlossen.

»Ich kenne ihn«, erwiderte Ross, wobei er sich bemühte, nichts zu verraten.

»Er weiß, dass Sie ihn für verrückt halten. Er war noch nicht

209

bereit zu sterben und hatte dringende Angelegenheiten zu erledigen. Jetzt müssen Sie sie weiterführen; er verlässt sich auf Sie.« Wieder runzelte er die Stirn. »Er sagt mir etwas über das Tal der Könige in Luxor. Sie spielten mit dem Gedanken, dorthin zu reisen, sagt er und ermutigt Sie dazu, denn dort werde alles entschlüsselt. Er gibt mir einen Namen. Bolt. Kerry. Nein, so ähnlich. Anbolt? Skerrit?«

Ross wartete ab, antwortete nicht.

»Anholt-Skerry?«

Mist, dachte Ross, während es ihm vor Aufregung kalt den Rücken hinunterlief.

»Anholt-Sperry«, wiederholte Hartley. »Hat der Name etwas zu bedeuten?«

»Oh ja.«

»Sie sollen dem Mann vertrauen. Ergibt das einen Sinn?«

»Ja.«

Das Medium hielt die Augen weiter geschlossen und sagte: »Ich bekomme noch einen Namen. Ägyptisch. Ich glaube, er lautet Hatem. Bedeutet das etwas für Sie?«

»*Hatem?*«, erwiderte Ross erstaunt und buchstabierte ihn sicherheitshalber. Das Medium nickte.

Woher, fragte sich Ross, kannte Hartley diesen Namen? Er bekam Gänsehaut. »Ja, Hatem bedeutet mir etwas.«

»Hatem wird Sie dort erwarten.«

»Wo genau?«

Das Medium schloss erneut die Augen. »Ich erhalte Zahlen. Eine Liste aus Zahlen und Buchstaben. Wie Koordinaten.«

Als er sie aufsagte, schrieb Ross mit. Er versuchte, neutral zu bleiben, dem Medium weder zu glauben noch es total abzulehnen, doch er war zutiefst verwirrt. Spielte Dean Hartley ihm einen Streich? Hatte er das Geschlecht ihres Kindes einfach nur erraten? Dass sein Bruder Ricky hieß, konnte er ganz leicht herausgefunden haben. Aber Hatem? Anholt-Sperry? Das Tal der Könige? Steckten

Anholt-Sperry und Dean Hartley unter einer Decke, um ihn zu überzeugen? Lächerlich. Das war noch grotesker als …

Als was?

Als zu glauben, dass Hartley die Wahrheit sagte?

45

Montag, 6. März

Vom Flugzeugfenster aus sah Ross, wie das üppige Grün zu beiden Seiten des tiefblauen Nils einer Wüstenlandschaft aus Sand und einem Gebirge wich.

Immer wieder sah er die Notizen durch, die er sich während seines Gesprächs mit Robert Anholt-Sperry gemacht hatte. Und vor allem die Koordinaten, die der Rechtsanwalt ihm gegeben hatte.

25°44'47.1264"N 32°36'19.1124"E

Und er verglich sie mit den Zahlen und Buchstaben, die Dean Hartley ihm mitgeteilt hatte. Sie waren identisch.

25°44'47.1264"N 32°36'19.1124"E

Die Koordinaten für den Tempel der Königin Hatschepsut. Dazu der Name, *Hatem*.

Würde der mysteriöse Hatem auch dort sein? Was würde er dort finden?

Er hatte noch immer Gewissensbisse wegen der Reise. Imogen war nicht glücklich darüber und hoffte, sie möge sich als sinnloses Unterfangen erweisen, damit er endlich zur Vernunft käme, einen abfälligen Beitrag schreiben und die Sache fallenlassen würde.

Er hatte ihr noch immer nicht verraten, was er in Chalice Well entdeckt hatte. Auch von seinem Besuch bei Dean Hartley hatte er ihr nichts erzählt. Ihm war nicht wohl dabei, aber er hatte das Gefühl, dass es für ihren Seelenfrieden besser war, wenn sie es nicht wusste. Auch die zehntausend Pfund von Anholt-Sperry hatte er ihr verschwiegen.

Als das Flugzeug langsam ausrollte, schickte er Imogen eine SMS.

Gelandet. X

Sie schrieb zurück.

Wir vermissen Dich. Monty hat sich in was Ekligem gewälzt und stinkt. Musste ihn baden, er hat's gehasst. Hab Dich lieb. Pass auf Dich auf. XX

Dreißig Minuten später trat er, die Reisetasche über der Schulter, in die feuchte Hitze und das totale Chaos der Ankunftshalle. Auf Papierbögen, Papptafeln und iPhones fluteten ihm Namen entgegen. Auch der seine war darunter.

Er drängte sich durch die Menge, auf den lächelnden, schnauzbärtigen Ägypter zu, der ein Schild aus Pappe mit seinem Namen in die Höhe hielt. Der Mann, Anfang vierzig, klein, aber voller Energie, trug eine beige Dschellaba, Sandalen und eine traditionelle rot-weiße Kufiya, die von einem schwarzen Stirnband festgehalten wurde. Er streckte ihm die Hand entgegen.

»Ross Hunter? Ich bin Medhat El-Hadidy. Bitte nennen Sie mich Hadidy.«

»Ich freue mich, Sie kennenzulernen, Hadidy!«, antwortete er und schüttelte ihm fest die Hand. Er mochte den Mann auf den ersten Blick.

»Herzlich willkommen in meinem Land, ich werde Ihnen als Guide zur Verfügung stehen. Ich pass auf Sie auf, ja?«

Er bestand darauf, Ross die Tasche abzunehmen.

Sie gingen nach draußen auf den überdachten Parkplatz und zu einem schwarzen Toyota Land Cruiser. Hadidy öffnete ihm die hintere Tür.

Ross setzte sich in den klimatisierten, mit Ledersitzen ausgestatteten Wagen und war durch getöntes Glas von der Außenwelt abgeschirmt. Als der Fahrer den Motor startete, spielte im Autoradio, eine Spur zu laut, ägyptische Musik.

Hadidy steckte ein Ticket in die Parkschranke, die sich gleich darauf hob, und sah sich zu Ross um. »Sie sind mit meinem Cousin Hussam Udin befreundet, ja?«

»Er ist ein wunderbarer Mensch.«

»Ja, das ist er«, pflichtete er ihm bei. »Ein wunderbarer Mensch in einer verrückten Welt, ja?«

»Das kann man wohl sagen.«

»Ich pass auf Sie auf.«

»Ich danke Ihnen.«

»Nein, ich danke *Ihnen*, Mr. Ross. Es ist gut, mit Ihnen Geschäfte zu machen!«

»Sie müssen mir sagen, wie viel Sie verlangen – haben Sie Tagessätze?«

»Mr. Ross, Sie sind ein guter Freund meines Cousins. Es ist eine Ehre, Sie im Land zu haben. Sie brauchen kein einziges ägyptisches Pfund zu bezahlen, solange Sie hier sind. Bitte. Kein Wort mehr von Geld.«

»Das ist sehr freundlich von Ihnen. Aber ich bestehe darauf, Sie zu bezahlen. Ich kann sämtliche Ausgaben meiner Zeitung als Spesen in Rechnung stellen.«

»Ich freue mich, dass Sie hier sind! Sie bezahlen nichts! Keine Widerrede!«

Sie fuhren auf einer mehrspurigen Straße aus dem Flughafen. Bald erreichten sie eine Art Zentrum mit unterschiedlich großen, rechteckigen beigen und weißen Gebäuden. In dem schweren Fahrzeug fühlte Ross sich sicher wie in einem Kokon.

»Hussam Udin spricht mit vielen Menschen, und einige mögen nicht, was er ihnen erzählt«, sagte der Fahrer.

»Stimmt.«

213

»Hier in Ägypten kommen wir alle miteinander aus, wissen Sie. Sie wollen an den einen Gott glauben? An viele Götter? An keinen Gott? Mein Volk hat das immer alles akzeptiert. Jeder durfte glauben, was er wollte.« Er deutete nach oben. »Ihm ist es egal! Aber jetzt sterben viele Christen, werden ermordet. Warum?«

»In vielen anderen Ländern auch, Hadidy.«

Er fuhr einige Minuten schweigend, dann sagte er: »Jetzt bringe ich Sie zum Hotel. Morgen fahren wir zum Tal der Könige. Die Grabstätte der Pharaonen. Sie wollen zu Königin Hatschepsuts Tempel, stimmt's?«

»Stimmt.«

»Ich stehe Ihnen zur Verfügung. Solange Sie in meinem Land sind, sind Sie mein Gast. Heute Nacht ruhen Sie sich aus. Morgen fahren wir los. Gut?«

»Hervorragend.«

46

Dienstag, 7. März

Ross war im Hotel Steigenberger abgestiegen. Nach einer nahezu schlaflosen Nacht musste er, um aufzustehen, gegen seine innere Uhr ankämpfen, als um 6.30 Uhr der Wecker klingelte. Im Vereinigten Königreich war es immerhin erst 4.30 Uhr.

Als er die Jalousien aufzog, blickte er über das fast magisch blaue Wasser des Nils, auf das weit entfernte Ufer und die hügelige Wüste dahinter. Die Landschaft schien in einem anderen, viel intensiveren Licht zu baden als die englische. Es erinnerte ihn an die Farbschattierungen eines Hockney-Gemäldes. Er knipste ein Foto und schickte es an Imogen, weil er annahm, dass sie wieder einmal schlecht geschlafen hatte und daher schon wach war.

Mein Blick aus dem Hotelfenster! X

Er ließ sich das Frühstück ins Zimmer servieren, schlüpfte in eine leichte Sommerhose, ein weißes T-Shirt, ein Leinenjackett und Turnschuhe, steckte sich die Sonnenbrille in die Brusttasche, packte seine wenigen Sachen in die Reisetasche und traf unten wie vereinbart den wie immer lächelnden Hadidy.

Eine Antwort erreichte ihn von Imogen.

Hast Du ein Glück! Hier regnet es in Strömen. Pass auf Dich auf. X

Ross checkte aus und bezahlte die Rechnung. Er hatte spätnachmittags einen Rückflug nach London gebucht, obwohl er nicht wusste, was der Tag noch alles bringen würde.

Als sie losfuhren, umgeben von unentwegtem Gehupe, musste er gähnen. Schläfrig bemerkte er einen Mann im weißen Kaftan rittlings auf einem Esel, bepackt mit zwei Körben voller langstieligem grünem Gemüse. Er bewegte sich am Rand einer modernen Straße, auf der sich Autos, Busse, Motorräder, Mopeds – viele mit zwei Personen darauf – und Fahrräder tummelten. Sie passierten mehrere von Pferden gezogene Kaleschen mit schwarzen Verdecken, fuhren auf einer kurvenreichen Straße am Hafen vorbei und über einen hektischen Kreisverkehr mit einem Springbrunnen in der Mitte.

»Kennen Sie die Geschichte von Königin Hatschepsut?«, fragte Hadidy in den Musiklärm im Wagen.

»Nur ein bisschen.« Wieder musste er gähnen.

»Sie war der erste weibliche Pharao, betrat 1478 vor Christus den Thron – und regierte an der Seite von Thutmosis II. Sie war eine gute Herrscherin und ließ viele Gebäude errichten in Ägypten. Sie war der fünfte Regent der Achtzehnten Dynastie!«

»Soso.«

»Haben Sie einen besonderen Grund, warum Sie sich für sie interessieren, Mr. Ross?«

Sie hatten mittlerweile den Stadtrand erreicht. Der Verkehr ließ allmählich nach. Zu seiner Rechten sah Ross eine Reihe schäbiger Geschäfte, kaum mehr als überdachte Marktbuden. Zwei Männer in dunklen Gewändern saßen auf dem rissigen Gehsteig und tranken etwas, das wie Kaffee aussah. Ein Motorrad machte einen gefährlichen Schlenker um sie herum und scherte dann vor ihnen ein, so dass Hadidy scharf bremsen musste. Er rief dem Fahrer wütend etwas zu und warf beide Arme in die Höhe, eine Geste der Verzweiflung.

»Wie die Schwachsinnigen!«, schnaubte er.

»Solche haben wir in England auch.« Ross öffnete das Fenster und knipste Fotos von seiner Reise.

»Warum die Hast? Wir sind, wo wir sind! Genießen wir es!«

»Ganz meine Meinung«, sagte Ross, froh, dass Hadidy ein weitaus vernünftigerer Fahrer zu sein schien als die meisten anderen hier. Er konnte den Nil sehen. Er schloss das Fenster und lehnte sich zurück.

Schon nach kurzer Zeit machten ihn der bequeme Rücksitz und das Schaukeln des Wagens ungemein schläfrig.

Als er gerade eindösen wollte, weckte ihn sein Telefon, das eine Textnachricht meldete.

Wieder Imogen.

Grüße an Deine toten Pharaonen-Kumpel! XX

Er antwortete mit einem Smiley.

Sie waren auf einer Brücke über dem Nil.

Vor ihm lag schonungslos ausgedörrtes bergiges Gelände mit steilen Böschungen.

»Die Pharaonen«, sagte Hadidy und erteilte ihm spontan eine Lektion in Geschichte: »Sie wollten mit all ihrem Reichtum, all ihrem Schmuck, mit Lebensmitteln und Waffen begraben werden – für ihre Reise ins Jenseits. Doch weil sie Angst hatten vor Grabräubern, schufen sie dieses Tal, hier am Westufer des Nils, abseits von Theben – Luxor –, wo ihre Grabstätten bewacht werden konnten.«

»Sehr klug von ihnen. Ich wäre auch genervt, wenn mich jemand nach meinem Tod bestehlen wollte«, entgegnete Ross.

»Aus diesem Grund sind einige Gräber bis heute verborgen. Nach so vielen Jahrhunderten. Vielleicht sogar für immer.«

»Wir haben einen Spruch in meinem Land, Hadidy. Das letzte Hemd hat keine Taschen.«

Hadidy nahm die Hände vom Lenkrad. »Das kann schon sein. Aber wenn doch, könnte man eine tolle Party feiern!«

Ross lächelte, und weil er nicht wusste, woran sein Fahrer glaubte, sagte er lieber nichts, um ihn nicht vor den Kopf zu stoßen. Dann starrte er ehrfürchtig auf das hohe, mit Säulen versehene Gebäude, das vor ihnen auftauchte. Drei Etagen hoch, mit scharfen Kanten, großen, schmalen Fenstern mit einheitlich großen Abständen dazwischen und einer breiten Rampe, die zu einer Terrasse hinaufführte. Das Bauwerk sah aus wie der Entwurf eines der großen modernen Architekten, Frank Lloyd Wright, Frank Gehry oder Le Corbusier. Die Kulisse dahinter bestand aus dramatisch geformten roten Felsen.

»Was ist das, Hadidy?«, fragte er.

»Das«, sagte er, mit Stolz erfüllt, »das ist der Tempel von Königin Hatschepsut!«

Zu Füßen der Rampe tummelten sich Dutzende Touristen, die einen grüppchenweise, andere allein unterwegs, und fast alle knipsten wie wild.

Hadidy fuhr auf einen Parkplatz, vorbei an mehreren Touristenbussen, und stellte den Wagen in eine Parknische. »Von hier aus müssen wir zu Fuß gehen. Möchten Sie, dass ich mitkomme und einen guten Deal für einen Guide aushandle? Besser wäre es. Viele taugen nichts. Ich kenne die besten, sie sind meine Freunde.«

»Ich möchte gern, dass Sie mich begleiten, Hadidy. Ich muss jemanden treffen. Vielleicht können Sie dafür sorgen, dass mich niemand belästigt?«

»Sicher. In Ordnung. Aber Sie wollen doch eine Besichtigungstour, ja?«

»Vielleicht. Kommt drauf an.«

Sie stiegen aus. Er knipste noch ein Foto und setzte dann die Sonnenbrille auf. Als sie auf die Rampe zuhielten, wurden sie von Männern und Frauen belagert, einige traditionell gekleidet, einige in Anzügen, und alle hielten ihnen Touristentand vor die Nase. Plastikmodelle des Tempels und der Pyramiden oder Schmuck mit ägyptischen Symbolen darauf.

Ross war froh, dass Hadidy ihn begleitete, weil der Ägypter, indem er die Hausierer in seiner Muttersprache in Schach hielt, die einen höflich, viele andere jedoch in recht barschem Ton, erstklassige Arbeit leistete.

Eine japanische Reisegruppe hatte sich um einen Guide geschart, der ein Megaphon bei sich trug. Eine andere Gruppe lauschte aufmerksam einem Mann in einer Dschellaba, der auf einer Kiste stand. Schließlich erreichten sie die Rampe.

Ein traditionell gewandeter Händler, die Arme beladen mit Halstüchern, wollte seine Chance nutzen und eilte auf sie zu, doch Hadidy fegte ihn beiseite.

Ohne sich darum zu kümmern, was Hadidy von ihm denken mochte, blieb Ross stehen und blickte beklommen um sich.

Hadidy sah ihn merkwürdig an. »Gehen wir hinein?«

»Nein.«

Die japanischen Touristen, ihrem Guide folgend, gingen an ihm vorbei.

Er stand immer noch wie angewurzelt, weil er daran denken musste, dass 1997 genau an dieser Stelle achtundfünfzig Touristen und vier Einheimische von einer islamistischen Zelle ermordet worden waren.

218

Da löste sich ein drahtiger älterer Herr in weißem Kaftan und mit einer rot-weißen Kopfbedeckung aus der Menge und hielt auf ihn zu. Er hatte ein faltiges, dunkelhäutiges Gesicht und nur noch zwei schiefe Zähne im Mund, wie Grabsteine in einem vergessenen Friedhof. Er sprach gebrochenes Englisch und wirkte sehr nervös.

»Entschuldigen Sie. Sie Mr. Ross Hunter, ja?«

Ross sah ihn argwöhnisch an. »Ja – und wer sind Sie?«

»Hatem Rasul.« Seine nussbraunen Augen huschten unruhig nach allen Seiten. »Ich warte schon lange auf Sie.«

Hadidy trat auf ihn zu und wechselte ein paar Worte in seiner Muttersprache mit ihm, bevor er sich wieder Ross zuwandte.

»Er ist der Mann, den Sie hier treffen wollten, Mr. Hunter. Er sagt, er will uns zu seiner Schwester führen. Wir sollen ihm in die Berge folgen. Eine lange Fahrt. Zwei Stunden vielleicht. Ist das in Ordnung?«

Ross runzelte die Stirn. »Hat er gesagt, wer ihn gebeten hat, mich zu treffen, Hadidy?«

Er sagte, es sei Ihr Freund in England gewesen. Mr. Dr. Harry. Ja?«

»Dr. Cook?«

»Dr. Harry Cook, ja.«

47

Dienstag, 7. März

Wie benebelt folgte Ross den beiden Männern zurück auf den Parkplatz. Trotz seines fortgeschrittenen Alters schritt Hatem Rasul energisch und zielgerichtet aus.

Harry Cook.

Ross hatte ein mulmiges Gefühl im Bauch. War das alles real?

Wohin würde man sie bringen? Er blickte auf das ausgedörrte, sandige, bergige Gelände hinter ihnen.

Woher kannte dieser seltsame alte Mann Harry Cook?

Auf dem Parkplatz ging Rasul zu einem alten khakifarbenen Motorrad hinüber, schwang sich in den Sattel und startete mit einem Kick den Motor. Einen Augenblick erinnerte er Ross an den Film *Lawrence von Arabien*.

Hadidy öffnete die hintere Tür des Land Cruiser und ließ Ross einsteigen.

Ross hatte das Gefühl zu träumen.

Als sie dem Motorrad hinaus auf die Straße folgten, beugte Ross sich nach vorn und fragte: »Was hat er sonst noch gesagt, Hadidy?«

»Er ist in Ordnung«, antwortete der Ägypter beschwichtigend. »Wir können ihm vertrauen. Er ist von Ihrem Freund zu uns geschickt worden. Mr. Dr. Harry Cook.«

Nach kurzem Zögern fragte Ross: »Das hat er gesagt?«

»Er sagte, dass Gott uns auf unserer Reise beschützen wird.«

»Gut zu wissen.«

»Gott hat Seine Gründe, Mr. Ross.«

»Wir wollen es hoffen.«

»Es steht geschrieben.«

Bald nachdem sie den Parkplatz verlassen hatten, bog das Motorrad von der Hauptstraße auf einen Trampelpfad und zog eine Sandwolke hinter sich her. Sie folgten ihm eine kurvige und unbefestigte Bergstraße hinauf, die tiefer in die Hügel führte. Nach einer halben Stunde fuhren sie durch ein Dorf, vorbei an einer Reihe offener Läden, und wichen einem Mann aus, der mitten im Weg eine Ziege am Strick hinter sich herzog.

Sie kurvten weiter hinauf, wobei Ross unentwegt fotografierte. Er war gespannt, nervös und neugierig zugleich.

Dann fuhren sie eine gewundene Straße in ein Tal hinunter. Unten angekommen, ging es auch schon wieder bergauf. Sie fuhren an einem Schäfer vorbei, mit etwa sechzig Schafen, um dann schlagartig den Pfad zu verlassen und in die Wüste abzubiegen. Ross beobachtete, wie der wendige Alte sein Motorrad eine Düne hinauf- und auf der anderen Seite wieder hinunterjagte. Sie blieben ihm dicht auf den Fersen.

Dann fuhren sie zwischen zwei hohen Felsvorsprüngen eine Böschung hinauf, die fast unbezwingbar steil anmutete.

»Sind Sie allein nach Ägypten gekommen, Mr. Ross?«, fragte Hadidy beunruhigt und konzentrierte sich auf das Fahren, um den Wagen in der Spur zu halten und nicht im lockeren Sand stecken zu bleiben.

»Ja.«

»Irgendjemand verfolgt uns.«

Ross drehte sich um. Und bemerkte eine Sandwolke hinter ihnen.

Angst durchzuckte ihn.

»In ein paar Kilometern gibt es ein *Wadi*. Vielleicht werden nur Vorräte geliefert, und es ist nichts weiter.«

»Sie waren schon mal hier?«

»Nein, noch nie, aber man sieht es auf der Karte.«

Ross war erleichtert. »Okay, gut.« Er spähte erneut aus dem Rückfenster. Auf die Sandwolke des Fahrzeugs in einiger Entfernung hinter ihnen.

Sie fuhren erneut bergab, und nach etwa einer Meile auf der linken Seite sah er das *Wadi*: mehrere Zelte und etliche Kamele um ein Wasserloch. Sie fuhren wieder hinauf. Ross warf einen Blick auf die Navi-App seines iPhones. Sah, wie der kleine blaue Punkt sich durch eine Wildnis bewegte. Sie waren in nordöstlicher Richtung unterwegs. Die Landschaft, so schön und menschenleer sie war, wurde allmählich eintönig. Auf und ab. Auf und ab. Er hatte nicht die leiseste Ahnung, wo sie sich befanden. Und was sie am Zielort erwartete.

Erneut warf er einen Blick über die Schulter. Nichts. Keine Staubwolke mehr. Er war erleichtert.

Unter der Armstütze habe er mehrere Flaschen Mineralwasser deponiert, sagte Hadidy und forderte ihn auf, etwas zu trinken. Er leerte erst eine Flasche, dann eine zweite.

Fast genau zwei Stunden nachdem sie den Parkplatz vor dem Tempel verlassen hatten, fuhren sie an einem alten, ausgebleichten Coca-Cola-Schild vorbei. Weiter vorne saß ein älterer Araber im traditionellen Gewand am Straßenrand und unterhielt sich mit einem zweiten, der ein Kamel führte. Weiter hinten eine kleine Zeile windschiefer offener Läden. Ein Kind kam aufgeregt zu ihnen herausgerannt. Dann eine fast biblisch anmutende Szene mit einem Mann, der einen Esel führte, auf dem eine Frau saß und ein Kind in den Armen wiegte. Weiter vorne hielt Rasul vor einer schäbigen Behausung, stellte sein Motorrad ab und ging hinein.

Nach ein paar Minuten kam er in Begleitung einer älteren, schwarz gekleideten Frau wieder heraus. Sie hatte Sandalen an den Füßen und das Haar unter einem grauen Kopftuch verborgen. Mit einiger Mühe half Hatem Rasul ihr auf den Sozius, stieg selbst wieder auf, startete den Motor und fuhr weiter.

»Wer ist das, Hadidy? Seine Schwester?«

»Kann sein. Ich glaube, sie ist eine wichtige Dame.«

»Wichtig?«

Sie folgten dem Motorrad einen zunehmend steiler werdenden Pfad hinauf. Nach einigen Minuten, als die Steigung flacher wurde, blieb das Motorrad stehen, und das Paar stieg ab. Rasul klappte den Ständer aus, und Hadidy stellte den Land Cruiser neben dem Motorrad ab. Draußen schlug ihnen die sengende, trockene Mittagshitze entgegen, also schlüpfte Ross noch einmal zurück in den Wagen, holte eine Flasche Wasser aus dem Staufach – die letzte – und stopfte sie in seine Tasche.

»Mr. Hunter«, sagte Hatem Rasul, »das hier ist meine Schwester Sitra.«

Aus der Nähe bemerkte er, wie alt und weise sie aussah. Sie schenkte Ross ein zahnloses Lächeln und nickte. Die Hand, die er ihr hinstreckte, ignorierte sie. Stattdessen bedeutete sie ihm mit einem Zeichen ihres knotigen Zeigefingers, er möge ihr folgen. Unter einem wolkenlosen Himmel mühten sie sich einen steilen, schmalen Pfad hinauf. Die alte Frau wurde von einer Energie getrieben, die Ross fehlte, und je höher sie kletterten, desto seltener schaute er die steile Felswand hinunter. Ein falscher Tritt, und er wäre tot. Hoch oben bemerkte Ross mehrere Höhlen nebeneinander.

Er versuchte, sie auszublenden, und konzentrierte sich stattdessen auf den Weg vor seinen Füßen. Er schwitzte. Das Sakko hatte er sich über die Schulter geworfen und wünschte, er hätte es im Auto gelassen. Er war dankbar für sein Wasser, das er sich sorgfältig einteilte, in kleine Schlucke alle paar Minuten. Seine Lippen fühlten sich ausgetrocknet an, die Sonne verbrannte sein Gesicht. Hätte er doch bloß an Sonnencreme gedacht.

Je weiter sie aufstiegen, desto näher rückten die Höhlen.

Schließlich bog die alte Frau, gefolgt von Rasul und Hadidy, nach rechts, an den Höhleneingängen vorbei. Nachdem sie die ersten drei passiert hatte, gab sie Rasul eine Anweisung und verschwand in der vierten. Die drei Männer warteten draußen.

Einige Minuten später tauchte die Alte wieder auf, ein cremefarbenes Bündel in Händen, das sie Ross reichte und ihm dabei ermunternd zunickte.

Mit einem Lächeln zum Dank nahm er es entgegen.

Es wog fast nichts.

Rasul sagte etwas zu Hadidy, und dieser wandte sich an Ross.

»Sie dürfen es vorsichtig öffnen, Mr. Ross.«

Er entfaltete eine Tuchschicht nach der anderen, ehe er zum Inhalt vordrang, der in einem winzig kleinen Musselinbeutel lag.

Ein ockerfarbener, emailleähnlicher Gegenstand.

Sie starrten alle drei darauf.

»Ist das ein Zahn?«, fragte er. »Woher stammt er?«

Rasul sprach arabisch mit Hadidy, der sich dann an Ross wandte.

»Sitra sagt, es sei tatsächlich ein Zahn, Mr. Ross. Ein sehr spezieller Zahn. Als Jesus Christus, zusammen mit anderen Verurteilten, auf den Hügel Golgota geführt wurde, standen die Leute aus Jerusalem an der Straße, beschimpften ihn und bewarfen ihn mit harten Gegenständen, auch mit Steinen. Einer dieser Steine traf Jesus am Mund und schlug ihm einen Zahn aus. Diesen Zahn hier.«

Ross sah ihn an. »Woher wissen Sie das so sicher?«

Er fotografierte den durchsichtigen Beutel mit seiner Handykamera.

Hadidy fuhr fort. »Einer der Jünger trat vor, um ihn aufzuheben, sagt Hatem Rasul. Weil er aber wusste, dass es gefährlich war, ihn zu besitzen, brachte er ihn von Judäa und versteckte ihn. Er nahm ihn mit hierher, nach Ägypten, und bat eine Familie, zu der er Vertrauen gefasst hatte – sie lebte in einer entlegenen, ländlichen Gemeinschaft –, ihn zu verstecken. Seitdem liegt er in dieser Höhle, und diese Familie hütet ihn seit Generationen. Zweitausend Jahre warten sie nun schon, dass jemand auserwählt ist, ihn zu holen. Sitra meint, dass Sie dieser Auserwählte sind, ihr Bruder hätte es ihr gesagt.«

Ross betrachtete den Zahn, und ein Schauer überlief ihn. War es möglich? Konnte dieses kleine, fast gewichtslose Objekt wirklich ein Zahn Christi sein?

Und wenn es stimmte, was dann?

Er zitterte bei dem Gedanken und drehte sich zu den dreien um. Sie blickten ihn erwartungsvoll an.

Rasul wandte sich an Hadidy und sprach wieder auf Arabisch mit ihm.

Hadidy übersetzte für Ross, was er gesagt hatte. »Dr. Harry Cook hat eine Botschaft für Sie. Er sagt, der Zahn ist echt. Nehmen Sie ihn mit nach England, zu seinem Freund in Birmingham. Mr. – ein seltsamer Name – Mr. Ano-Spiry. Kennen Sie ihn?«

Ross starrte noch immer wie gebannt auf den Zahn. »Ja, ich kenne ihn«, sagte er, und seine Stimme klang fremd, als hätte ein anderer gesprochen.

224

»Mr. Hunter«, sagte Hadidy. »Hatem Rasul sagt, wenn Sie Mr. Ano-Spiry wiedersehen, erhalten Sie den endgültigen Beweis. Der absolute Beweis wartet auf Sie!«

Ein Geräusch am Himmel ließ sie alle nach oben schauen. Hoch über ihnen war als winziger Fleck ein Hubschrauber zu sehen. Er war zu hoch und zu weit weg, um ihn zu identifizieren. Er flog über sie hinweg, und Momente später war das Geräusch verklungen.

Ross drehte sich mit fragender Miene zu Hadidy um.

Der zuckte mit den Schultern. »Touristen.«

Ross sah wieder nach oben. Zuerst hatte sie ein Wagen verfolgt. Jetzt war dieser Hubschrauber aufgetaucht.

Allmählich beschlich ihn ein mulmiges Gefühl.

»Eine Besichtigungstour«, setzte Hadidy hinzu. »Man kann einen Rundflug über das Tal der Könige buchen.«

Ross nickte unbehaglich. Das Tal der Könige war weit weg. Selbst für einen Hubschrauber.

Sitra blieb in der Höhle, wollte sich später nach Hause aufmachen, während Ross mit seinen beiden Begleitern eilig zu der Stelle hinunterging, wo sie ihre Fahrzeuge geparkt hatten. Er spürte, dass auch die beiden Männer nervös waren.

48

Dienstag, 7. März

Wieder im Wagen, fuhren sie den abschüssigen Weg zurück, der auf einer Seite steil abfiel; abwärts war die Strecke sogar noch beängstigender. Ross versuchte, die Gefahr auszublenden. Während Hadidy mit dem Lenkrad kämpfte, konzentrierte sich Ross auf das kleine, emailleähnliche Objekt mit der winzigen braunen Wurzel.

Sollte es sich dabei tatsächlich um einen Zahn Jesu handeln?

Aus einer Höhle in Ägypten?

Er konnte es kaum glauben, und dennoch …

Sein Wissen über die Heilige Schrift und über Ägypten war dürftig. Er kannte das Buch Exodus aus dem Alten Testament. Wie die Juden aus Ägypten geflohen waren.

Konnte wirklich jemand mit einem Zahn hierhergekommen sein, den er dann in einer abgelegenen Höhle versteckt hatte? Mit Bauern aus der Gegend als Bewachern?

Während sich die kurvige Sandstraße in Serpentinen hügelabwärts wand, zeitweise so steil, dass Ross schwer im Gurt hing, fuhr Hatem Rasul vor ihnen her, lenkte sein betagtes Motorrad so gekonnt und wendig um die engen Kurven, als wäre er ein junger Motocross-Fahrer. Hin und wieder drohte die Maschine unter ihm wegzurutschen, dann konnte er sich nur im Sattel halten, indem er die Füße über den Boden schlittern ließ.

Plötzlich mischte sich in den Motorenlärm der beiden Fahrzeuge das Knattern eines Hubschraubers.

Hadidy stieß einen Fluch aus und schaute in den Rückspiegel.

Ross drehte sich um, warf einen ängstlichen Blick aus dem Fenster. Und sah die schwarze Unterseite eines Hubschraubers, so tief, dass er die Kufen erkennen konnte, auf sie zuhalten.

Sein erster Gedanke war, dass es sich um einen Polizei- oder Militärhubschrauber handeln könnte. Waren sie hier etwa in einer verbotenen Zone?

Hastig wickelte er den Zahn wieder ein und verwahrte ihn in der inneren Brusttasche seines Jacketts.

Ein Schatten glitt über sie hinweg. Im selben Augenblick vollführte Hatem Rasul eine Kehrtwende und brauste den Weg zurück, den sie eben gekommen waren.

Der Helikopter erschien nun in der vorderen Windschutzscheibe, mehrere hundert Meter vor ihnen. Die Tür stand offen, und ein Mann lehnte sich heraus. In der Hand hielt er, unverkennbar, ein Gewehr. Er zielte genau auf sie.

Hadidy schrie auf vor Angst.

Entsetzt öffnete Ross den Sicherheitsgurt und duckte sich in die Lücke zwischen den Sitzen. Hadidy stieg hart auf die Bremse. Die Räder blockierten, und der Wagen rutschte über den Sand, geriet heftig ins Schlingern. Wieder schrie Hadidy entsetzt auf.

Der Wagen tauchte steil nach vorne ab – so steil, dass Ross einen Moment lang befürchtete, er werde sich gleich überschlagen. Er spürte, wie der Land Cruiser immer mehr an Fahrt aufnahm.

»Hadidy!«, brüllte er.

Sie wurden schneller.

Und immer schneller.

Es fühlte sich an wie in der Senkrechten auf der Achterbahn.

»Hadidy!«, brüllte er erneut.

Keine Reaktion.

Er richtete sich vorsichtig auf. Die Fahrertür stand offen. Hadidy war ausgestiegen. Ross sah nach hinten und erhaschte noch einen flüchtigen Blick auf seinen Fahrer, der oben auf dem Hügelkamm die Beine in die Hand nahm.

Der Wagen schlitterte fast senkrecht nach unten. Wie durch ein Wunder zeigte die Schnauze noch immer nach vorn.

Er wurde in die Luft geschleudert, schlug wieder auf.

Ross beugte sich über den Vordersitz, vorbei an der Kopfstütze, und griff nach dem Lenkrad.

Er raste geradewegs auf einen Felsen zu.

Ross riss das Steuer nach rechts und verfehlte ihn um Haaresbreite. Jetzt dräute der Abgrund. Er riss das Steuer nach links und schlitterte eine sandige Böschung hinauf, wobei der Wagen fast zur Seite kippte. Er schleuderte wieder nach rechts, in Richtung Talsenke, und rutschte ab. Rutschte seitlich auf eine Felswand zu.

Irgendwie verfehlte er sie und schleuderte stattdessen eine steile Schlucht entlang.

Und noch eine. Im Zickzack durch einen Hindernisparcours aus Felsbrocken.

Ross hielt das Steuer fest umklammert, vollkommen von Angst übermannt.

Gleich darauf jagte er einen Abhang hinauf, auf eine Düne zu, und kam holprig zum Stehen, steckte fest im tiefen Sand.

Herrgott, nein.

Er kroch durch die hintere Tür ins Freie und blickte nach oben. Der Helikopter kam rasch näher. Ross warf sich auf den Fahrersitz, besah sich die Armaturen, aktivierte die Differentialsperre und stieg aufs Gas. Als der Schatten des Hubschraubers die Sonne verfinsterte, fuhr der Wagen zu seiner Erleichterung an, gewann allmählich an Boden. Den sandigen Hügel hinauf. Auf einen Abgrund zu.

Scheiße. Scheiße.

Er nahm den Fuß vom Gas. Da tauchte der Helikopter direkt vor ihm auf. Der Typ von vorhin hing in der Tür und zielte mit der Waffe auf ihn.

Während er in Deckung ging und das Gaspedal nach unten drückte, hörte er ein Geräusch, das er zuletzt in Afghanistan gehört hatte. Eine Gewehrsalve.

Der Wagen holperte weiter. Weiter.

Auf den Abgrund zu.

Blieb er stehen, war er tot.

Der ganze Schrecken von Afghanistan kam zurück.

Fuhr er weiter, war er wahrscheinlich auch tot.

Er entschied sich trotzdem dafür. Noch eine Gewehrsalve.

Dann machte der Wagen einen irren Satz nach vorn.

Und fiel.

Ross wurde nach oben geschleudert, gegen das Lenkrad, schlug mit dem Kopf schmerzhaft gegen das Dach. Sah Steine. Himmel. Steine. Himmel.

Er wurde im Wagen herumgeschleudert und schlug sich mehrmals den Kopf an. Dann, er konnte es kaum glauben, saß er wieder im Fahrersitz, und der Land Cruiser, wieder auf den Rädern, holperte einen steilen, aber nicht mehr senkrechten Abhang hinunter.

Er packte das vibrierende Lenkrad, fuhr rasend schnell. Vor ihm lagen Steine und Felsbrocken, denen er irgendwie ausweichen konnte. Der Motor kreischte. Irgendwie hatte er die Geistesgegenwart, die Differentialsperre zu lösen.

Augenblicklich änderte sich das Motorengeräusch.

Der Abhang wurde immer weniger steil, und das Tal war nun ganz nah.

Der Helikopter ebenfalls. Wieder tauchte Ross ab, als er das Mündungsfeuer sah und hörte, wie die Projektile vor dem Wagen einschlugen. Er setzte sich wieder auf und begriff, was vor sich ging. Der Mann versuchte, die Reifen zu treffen, um ihn aufzuhalten.

Ross erreichte die Talsohle. Jetzt gab es vor ihm nur noch einen schmalen Weg, durch eine Schlucht, zu beiden Seiten von senkrechten Felswänden begrenzt. Der Hubschrauber stieß nach unten und landete direkt vor ihm. Wieder tauchte Ross ab, als Funken aus der Gewehrmündung stoben und Projektile die umliegenden Felsen trafen.

Plötzlich hörte der Mann auf zu schießen, begann panisch an der Waffe herumzureißen. Entweder sie klemmte, oder er musste das Magazin austauschen. Er rief dem Piloten etwas zu.

Ross erkannte seine Chance. Er drückte das Gaspedal durch, der Wagen machte einen Satz nach vorn und nahm auf dem festen Untergrund an Fahrt auf. Der Hubschrauber rückte näher, immer näher.

Der Mann in Schwarz werkelte noch immer hektisch an seiner Waffe herum und brüllte auf den Piloten ein.

Als Ross auf den Hubschrauber zuraste, erhob sich eine Staubwolke ringsumher. Der Pilot versuchte abzuheben.

Nein, nein, das tust du nicht, du Dreckskerl!

Der Abstand wurde kleiner. Einhundert Meter. Fünfzig. Fünfundzwanzig.

Ross sah den Streifen Luft zwischen Kufen und Sand.

Er reichte nicht aus. Oh nein.

Den Vogel von der Seite zu rammen würde ihn wahrscheinlich in die Luft gehen lassen und sie alle umbringen. Im letzten Moment – er sah schon das Entsetzen im Gesicht des Schützen, riss er das Steuer rechts herum, hielt es fest und duckte sich gleichzeitig unter das Armaturenbrett.

Gleich darauf folgte der Aufprall, überall flogen Glassplitter herum, und heiße Luft schlug ihm entgegen.

Er setzte sich auf und sah durch die Reste der Windschutzscheibe die weite Wüstenlandschaft vor sich. Hinter ihm lag der Hubschrauber im Sand. Sein abgerissener Schwanz und der Rotor lagen einige Meter entfernt. Jemand kämpfte sich ins Freie.

Ross fuhr weiter quer durch die Dünen, bis der Vogel nur noch ein Fleck im Rückspiegel war. Schließlich hielt er auf einem Dünenkamm an, am ganzen Leib bebend.

Er hörte ein *Bing*.

Eine SMS. Mit zitternden Fingern zog er sein Handy aus der Hosentasche.

Imogen.

Na, wie läuft's bei Dir? XX

49

Dienstag, 7. März

Trotz des Schadens, den die Schüsse und Überschläge ihm zugefügt hatten, lief der Toyota noch. Ross konnte keinen klaren Gedanken fassen. Er wusste nur, dass er hier wegmusste und weg von Luxor.

Er starrte in die trockene Wüstenlandschaft mit dem Hügelkamm in der dunstigen Ferne. Etwas weiter vorn entdeckte er rechts etwas, das wie eine Fahrspur aussah. Er versuchte, das Navi zu entziffern,

230

das seinen Standort in arabischer Sprache angab, aber seine Hände zitterten so heftig, dass er immer wieder die Taste verfehlte, die ihn zur Funktion »Rückkehr zum Startort« bringen würde. Wenn er sie anklicken könnte, wäre vielleicht Luxor einprogrammiert. Vielleicht sogar der Flughafen.

Stattdessen fror der Bildschirm ein.

Dann erinnerte er sich an Google Maps und zog sein iPhone aus der Tasche. Erleichtert stellte er fest, dass er ein schwaches 3G-Signal empfing. Es sollte genügen. Doch mit seinen zitternden Händen brauchte er ein paar Minuten, um *Luxor Flughafen* einzugeben. Zu seiner Verwunderung fand ihn das Gerät. Ein rundes blaues Symbol mit dem weißen Umriss eines Flugzeugs erschien. Und ein pulsierendes blaues Symbol zeigte seinen Standort an. Zwei Stunden und fünfunddreißig Minuten Fahrzeit, informierte es ihn. Und die Strecke führte die Straße entlang, die er vor sich sah.

Er sah auf die Uhr. Es war kurz nach 15 Uhr. Seine Maschine flog um 17.55 Uhr ab. Keine Chance. Er sah sich nervös um. Nirgends regte sich etwas. Der Motor quälte sich ab, und heiße Wüstenluft blies ihm durch die kaputte Windschutzscheibe ins Gesicht. Er hatte Durst. Er hob die mittlere Konsole an und sah mehrere kleine Wasserflaschen in einer Art Einbaukühlschrank. Er nahm sich eine heraus, schraubte den Deckel ab, trank sie leer und kippte noch eine zweite hinterher.

Dann sprang er aus dem Wagen, ging um ihn herum, nahm jeden Reifen in Augenschein, weil er befürchtete, sie könnten zerschossen sein, doch sie schienen alle vier ausreichend Luft zu haben. Er prüfte, ob der Wagen Flüssigkeit verlor, doch alles sah trocken aus. Dann trat er zurück und betrachtete die Karosserie. Kein schöner Anblick. Der Kühler war beschädigt, wo er den Schwanz des Helikopters getroffen hatte, ein Teil der Motorhaube war gestaucht, und ein Scheinwerfer fehlte. Das Dach war eingedrückt, die gesamte Karosserie mit Dellen überzogen.

Hoffentlich ist Hadidy gut versichert, dachte er.

Zorn flackerte in ihm auf. Zorn darüber, dass sein Fahrer abgehauen war und ihn seinem Schicksal überlassen hatte. Aber durfte er es ihm verübeln?

Als er sich wieder aufrichtete, um noch einmal das Auto zu inspizieren, fing er wieder an zu zittern, noch heftiger als zuvor.

Afghanistan.

Er musste versuchen, diese Albtraumgedanken abzuschütteln, klar zu denken.

Wer steckte hinter diesem Angriff?

Dieselben Leute, die ihn nach Chalice Well verfolgt und ihm ins Gesicht getreten hatten?

Er schaute sich nach allen Seiten um, hatte entsetzliche Angst. Am liebsten hätte er zu Hause angerufen, um eine freundliche Stimme zu hören. Aber Imogen von diesem Erlebnis zu erzählen wäre nicht klug. Sie würde vermutlich komplett ausrasten und von ihm verlangen, dass er die Sache fallenließ, ein für alle Mal. Stattdessen schrieb er ihr zurück:

Heiß! X

Doch der Empfang taugte plötzlich nichts. Die SMS ging nicht durch.

Während er losfuhr, dachte er scharf nach, was er jetzt tun sollte. Die Polizei verständigen? Die britische Botschaft? Doch er würde bei der Wahrheit bleiben müssen, und vielleicht gab es ja irgendein Gesetz, das verhinderte, dass historische Gegenstände das Land verließen. Außerdem wollte er nicht riskieren, noch länger hier herumzuhängen. Wenn er im Land bliebe, müsste er sich vollkommen unauffällig verhalten. Besser, er flog noch heute ab. Heute Nachmittag. Sollte es keinen Flug mehr nach England geben, würde er irgendwohin fliegen und von dort aus weiterreisen. Hatten die Männer im Hubschrauber Komplizen in Luxor? Hatten sie diese bereits verständigt und auf ihn angesetzt? Wartete womöglich jemand am Flughafen auf ihn?

Angesichts des chaotischen Menschengetümmels wäre es nicht schwer, sich dort unbemerkt zu bewegen. Was wussten sie über ihn? Wenn sie seine Abflugzeiten kannten, würden sie das Gate im Auge behalten. Am besten, er flog in eine andere Stadt, beschloss er. Paris? Berlin? Madrid? Egal wohin. Vielleicht eine Stadt, die er schon kannte?

Er musste nur möglichst schnell von hier fort.

Um das Auto würde er sich später Gedanken machen. Im Augenblick hatte er noch immer eine Stinkwut auf Hadidy, weil er ihn auf dem Rücksitz eines fahrerlosen Wagens im Stich gelassen hatte. Sollte sich der Ägypter selbst darum kümmern.

Zum Teufel mit ihm!

50

Dienstag, 7. März

Soweit Ross wusste, war er nicht verfolgt worden. Und zu seiner Erleichterung wurde es allmählich dunkel, als er gegen Viertel vor sechs den Flughafen erreichte. In der Dämmerung würde der Schaden den Sicherheitsleuten dort weniger auffallen.

Er fuhr geradewegs auf den Kurzzeitparkplatz, dann ein paar Stockwerke nach oben, stellte den Land Cruiser in eine Parkbucht und ließ den Schlüssel stecken. Er klopfte sich den Staub von den Kleidern, wischte sich das Gesicht sauber und putzte seine Sonnenbrille. Um sich ein wenig zu tarnen, setzte er die Sonnenbrille wieder auf, schlüpfte in sein Sakko und tastete nach dem Zahn in der Innentasche. Dann schnappte er sich die Reisetasche vom Rücksitz und ging in die Eingangshalle.

In England war es zwei Stunden später als in Ägypten, in Frankreich und Deutschland nur eine Stunde. Egypt Air hatte um neun einen Direktflug nach Paris im Angebot, die Lufthansa flog kurz darauf nach Berlin, allerdings mit zwei Zwischenlandungen. Er wollte keinen Direktflug nach London buchen für den Fall, dass jemand genau das von ihm erwarten sollte.

Stattdessen erstand er ein Ticket nach Paris, von wo aus er ohne weiteres den Anschlussflug nach London buchen konnte. Er ging weiter zur Abflughalle, holte sich eine Ausreisekarte und füllte sie mit zitternder Hand aus. Abgesehen von der traumatischen Erfahrung hatte er seit dem Frühstück nichts mehr gegessen, fiel ihm ein.

Falls ihn in der Schlange vor der Sicherheitskontrolle jemand beobachtete, tat er das sehr diskret. Der ernste Beamte am Schalter sah sich seinen Reisepass und die Bordkarte an und musterte Ross argwöhnisch. »Sie waren nicht lange in Ägypten.«

»Leider. Ich wäre gern länger geblieben – in meinem Land ist es immer noch recht kalt.«

»Sie waren beruflich in Luxor?«

»Ich bin Schriftsteller. Ich habe mich mit einem befreundeten Autor getroffen, der hier arbeitet – wir möchten gemeinsam ein Buch über das Tal der Könige schreiben. Eine Art Reiseführer – für Touristen.«

Das war das Zauberwort. Der Beamte stempelte seinen Reisepass, klappte ihn zu und gab ihn Ross mit dem Anflug eines Lächelns zurück.

Nachdem er durch den Sicherheitsbereich gelangt war, suchte er sich eine Bar. Er schwang sich auf einen der Hocker, bestellte sich ein kaltes Bier, einen doppelten Scotch und deutete auf ein Sandwich, das müde in einer Vitrine lag. Dankbar nahm er den Whisky entgegen und kippte ihn hinunter. Ein Rachenputzer, stellte er zufrieden fest und bestellte sich noch einen.

Der Flieger hatte zwei Stunden Verspätung und würde demnach erst gegen Mitternacht in Paris landen. Ross würde in einem Flughafenhotel übernachten und am Morgen weiterreisen. Er schrieb Imogen eine SMS und sagte ihr, er sei noch in Luxor.

Bald nach dem Start fiel er in einen unruhigen Schlaf und wachte zwei Stunden später mit rasenden Kopfschmerzen wieder auf.

51

Dienstag, 7. März

Im Sitzungssaal des Aufsichtsrates in der obersten Etage des KK-Gebäudes stand Ainsley Bloor wie versteinert am Fenster und starrte hinunter auf die dunkle Themse, als die anderen Direktoren ins Zimmer traten. Er kochte vor Wut.

Endlich war auch der Letzte im Zimmer und schloss die schalldichte Tür hinter sich. Bloor gesellte sich zu den sechs Männern am Konferenztisch.

Wie es bei Kerr Kluge bei den nächtlichen Vorstandssitzungen hinter geschlossenen Türen üblich war, hatte man keine Assistentin eingeladen, das Protokoll zu führen. Es wurden auch keine Aufzeichnungen gemacht.

»Gentlemen, jemand hat gewaltigen Mist gebaut«, sagte Bloor. »Damit sind die zweieinhalb Millionen Pfund Bestechungsgeld noch nicht mit eingeschlossen, die wir der ägyptischen Polizei und ihrer Luftfahrtbehörde zahlen mussten, damit sie nichts unternehmen.« Er wandte sich an den leitenden Geschäftsführer Julius Helmsley. »Geld, das du irgendwie verschusseln musst, Julius, schließlich wollen wir bei der nächsten Jahreshauptversammlung keine dummen Fragen seitens unserer Aktionäre hören.«

»Wir kümmern uns darum, Ainsley«, antwortete er. Hoch aufgeschossen und schlaksig, mit schlechter Haltung, einer dünnen hellen Mähne und einem langen, schmalen Gesicht, trug der COO eine absurd modische Brille, die einem jungen Kunststudenten besser zu Gesicht gestanden hätte als einem fünfundfünfzigjährigen Erbsenzähler im grauen Anzug. Der Buchhalter war daran gewöhnt, größere Summen in bar verschwinden zu lassen. Einer der größten Kostenfaktoren des Unternehmens waren Bestechungsgelder an die Regierungschefs verarmter Dritte-Welt-Länder.

»Besser wäre es«, sagte Bloor kalt. »Na schön, einige von euch wissen bereits, was passiert ist, für alle anderen: Wir sind wieder mal übertölpelt worden, diesmal im ganz großen Stil. Wie es aussieht, haben unsere Sicherheitsleute nicht das Geringste ausrichten können. Zuerst verfolgen sie Ross Hunter nach Chalice Well und kommen mit absolutem Dreck zurück. Jetzt war Hunter in Luxor und bringt vermutlich das, was er dort gesucht hat, gerade nach England.«

»Wissen wir, was es ist?«, fragte ein anderes Vorstandsmitglied.

»Nein, aber das werden wir schnell herausfinden. Es könnte irgendein Gegenstand sein, der die DNA von Jesus Christus enthält«, erwiderte Bloor. »Ich weiß nicht genau, was es ist, dieser verrückte Alte, dieser Dr. Cook, wollte es partout nicht verraten, trotz der Qualen, denen er ausgesetzt war. Wenn diese Idioten mehr Geduld gehabt hätten, wüssten wir jetzt sicher mehr. Cook gab lediglich zu, bevor er starb, dass es sich dabei um etwas Bedeutendes handelte mit einem Bezug zu Christus persönlich. Und dass niemand es finden würde, der nicht dazu ausersehen war.«

»Dieser Journalist hat also gewusst, wo es war?«, sagte Alan Gittings, Chef der Abteilung Forschung und Entwicklung. »Wissen wir bestimmt, dass er etwas gefunden hat?«

Bloor nickte Ron Mason zu, einem stämmigen, knallharten Australier, der als sein Stellvertreter sein vollstes Vertrauen genoss.

»Was unser Mann im Helikopter gesehen hat«, sagte Mason, »war eine alte Frau, die mit einem Päckchen aus einer Höhle kam, das sie Hunter übergab.«

»Was war das für ein Päckchen?«, fragte Gittings.

»Sie waren zu weit entfernt, um es deutlich zu sehen. Ich habe das Video.«

Mason öffnete seinen Laptop, und die Übrigen scharten sich um ihn. Er spielte eine verrauschte Aufnahme ab, davon, wie eine alte Frau aus einer Höhle trat und Hunter ein Päckchen aushändigte. Der Reporter wickelte es auf, während die Frau und die anderen beiden Männer dabeistanden und zusahen.

Als Hunter den Inhalt ausgepackt hatte, konnte der gesamte Vorstand – trotz der schlechten Bildqualität – an seiner Körpersprache ablesen, wie aufgeregt er war.

Ron Mason drückte die Pausentaste.

»Er hat definitiv etwas bekommen«, sagte Bloor. »Keine Frage. Und wir wollen es möglichst schnell haben. Wir wissen, dass sich noch jemand ernsthaft für Hunters Vorhaben interessiert und ihm ebenfalls nach Glastonbury gefolgt ist. Diese Leute haben jetzt vielleicht sogar den Kelch in ihrem Besitz – unsere Spitzel haben beobachtet, wie sie eine Tasche an sich nahmen, die offenbar Hunters Brunnenfund enthielt.«

»Weiß man, was es ist, Ainsley?«, fragte Helmsley.

»Nein, aber wenigstens wissen wir, mit wem wir es zu tun haben – jedenfalls im Augenblick. Unsere Beschatter sind ihnen bis zu einem streng bewachten Anwesen in Surrey gefolgt, nicht weit von Guildford. Hier hat die religiöse Vereinigung Wesley Wenceslas Ministries ihren Sitz.«

»Dieser Typ ist ein absoluter Ganove«, sagte Ron Mason mit seinem australischen Akzent. »Wesley Wenceslas. Mein Neffe, der auf Gott abfährt, war bei einem seiner Gottesdienste, oder wie sie das nennen, und sagte mir, dass man für ein Gebet zahlen muss! Der Typ ist ein Scharlatan!«

»Und sehr erfolgreich dabei«, sagte Gittings. »Er hat Millionen Anhänger.«

»Er kriegt noch mehr, wenn er mit dem Heiligen Gral herumfuchteln kann«, sagte Helmsley.

237

»Wir bringen Chalice Well dazu, seine Rückgabe zu fordern –
Diebesgut«, sagte Bloor. »Sicher hat Julius als Treuhänder einen Zu-
griff darauf.« Er sah ihn an. Helmsley nickte unbehaglich.

»Jetzt mach mal halblang, Ainsley«, sagte Gittings. »Erst einmal
wissen wir nicht, was Hunter aus dem Brunnen geholt hat und
ob die von Wenceslas Ministries es ihm abgenommen haben. Wir
glauben, dass er jetzt etwas in seinem Besitz hat – möglicherweise
irgendeinen Körperteil –, das in einer Höhle in Ägypten gefunden wurde. Es gibt aber keinerlei Gewissheit, dass es von Christus
stammt.«

»Es ist tatsächlich keineswegs sicher, Alan, dass es sich bei dem
Gegenstand, den Hunter aus dem Brunnen in Chalice Well gezogen hat, um den Heiligen Gral handelt«, entgegnete Bloor. »Aber
wir glauben, dass es so ist. Falls die DNA zwischen den beiden Objekten übereinstimmt, was dann?«

»Dann wäre das ein absolut stichhaltiger Beweis für ihre Herkunft«, sagte Helmsley.

Seine Kollegen nickten.

»Wir hätten dann also die DNA eines mythologischen Heilers,
der vielleicht vor zweitausend Jahren gelebt hat und in der Lage war,
Wunder zu wirken?«, sagte ein anderes Vorstandsmitglied, Grant
Rowlands, mit seinem rauen Yorkshire-Akzent. »Meiner Meinung
nach lenkt uns das nur ab. Wir sollten dankbar sein, dass wir zweimal davongekommen sind und man uns nichts nachweisen kann,
das erste Mal mit Dr. Cook und das zweite Mal mit dem Fiasko
heute in Ägypten. Was ist mit den beiden Schlägern, die in Cooks
Haus waren?«

»Die sind wieder im Westen Irlands«, antwortete Bloor. »Ich bin
überhaupt nicht dankbar. Wir sind nicht davongekommen, wir
haben zweimal total versagt. Und in Chalice Well ist uns jemand
zuvorgekommen.«

»Ich bin dafür, die Sache fallenzulassen«, fuhr Rowlands fort.
»Wir riskieren den guten Ruf unserer Firma und unser persönli-

ches Kapital als Aktionäre – wofür? Das DNA-Profil eines Scharlatans? Komm schon, Ainsley, du bist doch der größte Atheist von uns allen hier. Darum geht's doch in deinem Affenexperiment, oder nicht? Um den Beweis, dass es keinen Gott gibt?«

»Grant«, sagte Bloor beißend und fixierte ihn kalt. »Wir alle haben diese Entscheidung gemeinsam getroffen. Ungeachtet unserer persönlichen Überzeugungen kamen wir überein, dass potenziell über zwei Milliarden Christen rund um den Globus jede Summe zahlen würden, deren sie habhaft werden könnten – und damit meine ich wirklich jede Summe –, für ein Heilmittel, das Inhaltsstoffe enthält, die aus Christi DNA stammen. Und noch etwas: Wie viel würden künftige Eltern rund um den Globus zahlen, damit ihr Kind ein kleines – oder auch größeres – Stück von Christi DNA in sich trüge?«

Stille herrschte im Raum. Mehrere Direktoren lächelten.

»Wenn du damit ein Problem hast, Grant, solltest du es lieber sagen.«

Wohl wissend, wie Bloor mit Problemen umzugehen pflegte, und eingedenk seiner erheblichen Kapitalbeteiligung und seines Zwei-Millionen-Bonus im Jahr schüttelte Grant Rowlands den Kopf. »Ich habe kein Problem, Ainsley. Ich tue nur – na ja – meine Pflicht als Direktor. Gegenseitige Kontrolle, du weißt schon.«

Bloor warf ihm einen vernichtenden Blick zu. »Gut zu hören, ich hab es gern, dass mein Team fleißig ist.«

»Absolut.«

»Noch etwas, Grant?«

»Nein, alles bestens.«

»Noch eine kurze Frage, Ainsley«, sagte Julius Helmsley.

»Ja?«

»Wie geht's deinen Affen?«

Ehe er antwortete, wandte sich Bloor an Kurt Iann, den Sicherheitschef.

»Um einiges besser als euch. Wenn du mich so fragst.«

Iann, den Bloors ungnädiger Blick kränkte, sagte: »Was immer Hunter in seinem Besitz hat, wir kriegen es, Ainsley.«

»Ach ja?«, versetzte Bloor sarkastisch. »Willst du mal ausnahmsweise etwas richtig machen?«

52

Mittwoch, 8. März

Ross entschied sich für ein Ibis-Hotel am Flughafen Charles de Gaulle. Es war anonym und unpersönlich, alle Gäste wie er selbst Ausländer, auf der Durchreise. Seit Luxor war ihm niemand aufgefallen, der aussah, als würde er ihn verfolgen, weder auf dem Flughafengelände noch im Flieger.

Trotzdem traf er Vorkehrungen, sperrte die Zimmertür zweimal ab und legte die Sicherheitskette vor.

Trotz seiner Erschöpfung fiel er nur kurz in einen unruhigen Schlaf und erwachte dann aus einem Albtraum, in dem er wieder in Afghanistan war und um sein Leben lief, während Taliban-Kämpfer auf ihn feuerten. Er rannte in ein großes Gebäude und dann tief, tief, tief hinunter in den dunklen Keller.

Damals hatte er überlebt, indem er sich so lange versteckt hatte, bis die Luft rein war. Dasselbe musste er jetzt wieder tun, dachte er, während er einen Schluck Wasser trank und in die Dunkelheit starrte. Die Typen, die hinter ihm her waren, würden ganz sicher jemanden vor seinem Haus postieren, der auf seine Rückkehr wartete.

Er fluchte innerlich, dass er nicht schon früher darüber nachgedacht hatte, über die Frage nämlich, wie der Helikopter ihn in der Wüste hatte aufspüren können. Er knipste die Nachttischlampe an, griff sich sein iPhone und ging seine Einstellungen durch. Die Ortungsdienste waren eingeschaltet, fiel ihm auf. Was bedeutete, dass sein Handy die ganze Zeit mit allem kommunizierte, was um ihn herum und über ihm war. Jemand mit der richtigen Software konnte seine Bewegungen in Echtzeit mitverfolgen, Minute für Minute. Bis in die Wüste.

Oder hierher.

Er deaktivierte die Funktion.

Dann stand er auf, zog sich an, packte seine Sachen zusammen, ging zur Tür und spähte durch den Spion. Der Flur draußen war leer. Vorsichtig löste er die Sicherheitskette und schlich aus der Tür. Nur für den Fall, dass jemand in der Lobby auf ihn lauerte, nahm er die Treppe. Unten angekommen, stieß er die Tür auf und spähte hinaus. Die Lobby war leer, bis auf den Nachtportier. Sein Zimmer war bereits bezahlt, und er hatte sich für den Express-Check-out entschieden. Er ging zum Portier und bat ihn, ihm ein Taxi ins Zentrum von Paris zu rufen.

Zwei Jahre zuvor, an ihrem Hochzeitstag, war er mit Imogen in einem kleinen Boutique-Hotel abgestiegen, dem Montalembert in Saint Germain. Als das Taxi kam, machte er es sich auf dem Rücksitz bequem und bat den Fahrer, ihn dorthin zu bringen.

Das Hotel war zwar klein, hatte aber dennoch fünf Sterne, mit 24-Stunden-Service und freundlicher Belegschaft. Zu dieser Jahreszeit hätten sie dort hoffentlich noch ein Zimmer frei. Wenn nicht, würde man ihm trotz der späten Stunde irgendwo ein anderes besorgen.

Als das Taxi losfuhr, blickte er sich nach allen Seiten um und vergewisserte sich nochmals, dass die Ortungsdienste seines Handys auch wirklich deaktiviert waren. Dann schmiegte er sich in den Sitz und döste, bis das Taxi in der schmalen Gasse vor dem Hotel anhielt. Er hatte Glück, sie hatten ein Zimmer frei und hießen ihn freundlich willkommen.

Er schlief ganz passabel, bis eine Textnachricht von Imogen ihn kurz nach 7.30 Uhr weckte.

Hoffentlich hast Du gut geschlafen. Monty und ich wurden heute Nacht dreimal von unserer wunderbaren neuen Alarmanlage geweckt. Um 5 ist dann der Ingenieur gekommen. Fehler im Gehäuse oder so. Seitdem wach. X

Er überlegte sorgfältig, ehe er zurückschrieb. Vielleicht waren ihre Telefone verwanzt und wurden abgehört oder ausgelesen.

Du Ärmste. Hoffentlich ist der Schaden schnell behoben. Musste noch hierbleiben. Ruf Dich später an. X

Dann döste er noch eine Stunde weiter und erwachte mit knurrendem Magen. Er bestellte sich ein Frühstück aufs Zimmer.

53

Mittwoch, 8. März

Nach einem Omelette, zwei Tassen starken Kaffees und einer Dusche fühlte Ross sich erfrischt und konnte wieder klar denken.

Hoffentlich wusste niemand, wo er war. Doch wer immer in Ägypten hinter ihm her gewesen war, würde nicht einfach aufgeben und mit leeren Händen abziehen.

Er versuchte, sich in die Leute hineinzuversetzen. Was erwarteten sie von ihm? Dass er so schnell wie möglich nach England zurückkehrte?

Es gab hässlichere Orte als Paris, um sich die Zeit zu vertreiben. Spontan beschloss er, sich einen Tag freizunehmen. Sollten sie sich doch ärgern und hoffentlich Panik bekommen. Wer in Panik geriet, beging Fehler.

Er telefonierte vom Zimmer aus mit diversen Airlines. Mehrere Flüge nach Heathrow, wo sein Wagen geparkt war, hatten am nächsten Tag noch Plätze frei. Er buchte einen Flug bei British Airways.

Nachdem er aufgelegt hatte, wickelte er den Zahn aus seinem Stück Stoff. War er es, den jemand so dringend gewollt hatte? Jemand, der über genügend Geld und Kontakte verfügte, um sich einen Helikopter mit einem Scharfschützen zu mieten?

So viel Ärger um ein so winziges Objekt.

Nichts von Bedeutung?

Oder die kostbarste Reliquie, die jemals gefunden wurde?

Wenn sich jemand die Mühe gemacht hatte, den Versuch zu unternehmen, ihn draußen in der Wüste zu entführen – vielleicht wegen des Zahns –, würde dieser Jemand es immer wieder probieren. Sollte er an die Öffentlichkeit gehen? Er konnte die Story seiner Redakteurin geben, ihr den Zahn und den Kelch zeigen in der Hoffnung, damit den Fluch loszuwerden.

Es war noch zu früh. Zuerst musste er noch mehr herausfinden. Musste wissen, ob diese Gegenstände authentisch waren.

Doch was sollte er Imogen sagen – schließlich stand mittlerweile noch mehr auf dem Spiel. War es fair, auch sie und das Baby in Lebensgefahr zu bringen?

War irgendeine Story – selbst diese Story – das wert?

Doch er konnte nicht mehr zurück.

Er fasste einen Plan.

Er klappte den Laptop auf, loggte sich im Hotel-WLAN ein, checkte rasch seine E-Mails und gab dann bei Google den Namen »ATGC Forensics« ein.

Er war in den letzten Jahren mehrere Male auf das Unternehmen gestoßen. Es war eines der sicheren, unabhängigen Labore, in denen die Polizei im Vereinigten Königreich Beweismittel auf DNA-Spuren testen ließ.

Er landete sofort einen Treffer.

ATGC Forensic Science – ATGC Group
www.ATGCgroup.com/sectors/forensic-science
ATGC ist weltweit führend in forensischer Wissenschaft
und einer der wichtigsten Forensik-Dienstleister im
Vereinigten Königreich. Wir arbeiten mit Polizeikräften in
Großbritannien und auf der ganzen Welt zusammen ...
und sind rund um die Uhr für Sie da.

Er ging auf die Kontaktseite der Firma, fand die Nummer und rief
sie vom Hoteltelefon aus an, weil er wusste, wie einfach es war, ein
Gespräch auf dem Handy abzuhören.

Eine piepsige Frauenstimme meldete sich.

»Hi, vielleicht können Sie mir weiterhelfen. Führen Sie ihre
DNA-Tests auch für Privatkunden durch?«

»Nun, normalerweise arbeiten wir nur mit registrierten Organisationen, aber wir haben tatsächlich eine Einrichtung für Privatkunden. Soll ich Sie verbinden?«

»Danke.«

Er wurde kurz in der Warteschleife gehalten und hörte dann eine
männliche Stimme. »Hier spricht Peter Mackie, wie kann ich Ihnen
helfen?«

Ross hatte vor Jahren gelernt, dass man weitaus mehr aus Menschen herausbekam, wenn man sie mit ihrem Namen ansprach.
Ein Psychologe hatte ihm in einem Interview verraten, dass der
eigene Name für den Menschen das wichtigste Klangbild überhaupt war.

»Danke, Peter«, antwortete er. »Meine Name ist Ross Hunter.
Ich bin Reporter und arbeite an einem Artikel, und ich habe zwei
Gegenstände – einen hölzernen Becher und einen Zahn. Ich müsste
DNA-Profile von beiden bekommen.«

»Nach den Datenschutzbestimmungen dürfte ich Ihnen nicht sagen, ob es eine Übereinstimmung gibt mit der britischen DNA-Datenbank.«

»Das geht in Ordnung, mich würde lediglich interessieren, ob es zwischen diesen beiden Gegenständen eine Übereinstimmung gibt.«

»Zwischen einem hölzernen Becher und einem Zahn?«

»Ja.«

»Wissen Sie ungefähr, wie alt beides ist?«

»Nein. Ziemlich alt – Jahrhunderte, glaube ich.«

»Der Becher lässt sich ohne weiteres testen, ein Zahn ist schwieriger. Wir müssten ihn zu Staub zermahlen.«

»Den ganzen Zahn?«, rief er aus.

»Ja, leider.«

Mist, dachte Ross. Dieser Zahn könnte das einzige noch existierende Relikt von Jesus Christus sein. Was würde ein Archäologe von seiner Zerstörung halten?

»Gibt es denn keine Möglichkeit, wenigstens ein winziges Stück davon zu erhalten?«, fragte er.

»Tja«, sagte Mackie zweifelnd. »Kommt ganz auf die Größe und das Alter an. Aber unwahrscheinlich.«

Ross überlegte angestrengt. Konnte er das tun? Konnte er die Verantwortung tragen – und das Risiko eingehen? »Würden Sie den Auftrag für mich als Privatkunden übernehmen?«, fragte er schließlich.

»Ja.«

»Und was würde mich das kosten?«

Ross hielt den Atem an, befürchtete schon, dass der Mann ihm einen Betrag nannte, der weit jenseits seiner Möglichkeiten lag.

»Tja, genau kann ich es Ihnen nicht sagen, weil es davon abhängt, wie viel Arbeit wir damit haben. Aber grob geschätzt müssten Sie für jeden Gegenstand mit dreihundert bis fünfhundert Pfund rechnen.«

Ross atmete auf. »Wie schnell könnten Sie die Sache erledigen?«

»Wir arbeiten im Prinzip rund um die Uhr. Wenn Sie heute vorbeikommen, könnten wir Ihnen die Ergebnisse wahrscheinlich morgen im Laufe des Tages zukommen lassen, ganz sicher aber innerhalb von achtundvierzig Stunden.«

»Im Augenblick bin ich noch auf dem Kontinent, fliege erst morgen wieder zurück. Sie sitzen in Kingston?«

»Genau.«

Ross überlegte kurz. Die Sicherheitsfirma, bei der er den Kelch in einem Safe verwahrte, schloss um 18 Uhr. Sofern sein Flug planmäßig ankam, wäre er gegen 14 Uhr Ortszeit wieder in England. Bis er seinen Wagen abgeholt und sich auf den Weg gemacht hätte, wäre es 14.30 Uhr, dann könnte er es, je nach Verkehr, gerade noch rechtzeitig schaffen. Allerdings würde er vermutlich ein paar Stunden brauchen, um sich durch den Abendverkehr von South London nach Kingston durchzukämpfen.

»Ich könnte morgen am frühen Abend bei Ihnen sein«, sagte er.

»Ich sage meiner Kollegin Jolene Thomas Bescheid, dass Sie kommen, Mr. Hunter.«

Ross bedankte sich.

54

Donnerstag, 9. März

Ross' Rückflug nach London hatte über eine Stunde Verspätung, und dann steckte er wegen eines Unfalls auf der M25 im Stau. Als er endlich in seinem angemieteten Lagerhaus unweit Shoreham Harbour ankam, war der miesepetrig dreinblickende Angestellte gerade dabei abzuschließen und begrüßte sein Erscheinen um zehn Minuten vor sechs mit versteinerter Miene.

Er entschuldigte sich, unterzeichnete das Formular und schrieb das Datum und seine Ankunftszeit dazu. Dann trat er vor das stählerne Rolltor und tippte auf dem Feld daneben seinen Sicherheitscode ein. Als es ratternd aufging, duckte er sich darunter hindurch und betrat das kühle, höhlenartige Innere des Lagerhauses, mit links und rechts je einer Reihe verriegelter Stahltüren, alle mit Vorhängeschlössern versehen.

Er eilte auf die Tür mit der Nummer 478 zu, die er mit zwei robusten Schlössern gesichert hatte. Das eine hatte eine sechsstellige Kombination, die er öffnete, für das andere war ein Schlüssel erforderlich. Er steckte ihn hinein, drehte ihn herum und spürte, wie die Nocken des gut geölten Schlosses sich sanft bewegten.

Er zog die schwere Metalltür auf und holte das Stoffbündel heraus, das den Kelch enthielt. Die beiden Hälften des Eichenholzbehälters ließ er liegen. Er sperrte sein Abteil wieder ab, versteckte das Bündel in seiner Bomberjacke, trug sich aus und eilte zu seinem Audi auf dem leeren Kundenparkplatz zurück.

Er schrieb Imogen in einer SMS, dass er wieder in England war und schon bald zu Hause wäre, gegen 21 Uhr.

Als er durch das Tor auf die Straße zurückfuhr, warteten zwei unauffällige Limousinen auf ihn, die in einiger Entfernung am Straßenrand geparkt hatten, die eine in Fahrtrichtung Ost, auf seiner Fahrbahnseite, die andere gegenüber, in Fahrtrichtung West. Sie gehörten zu dem aus acht Fahrzeugen bestehenden Überwachungsteam, das ihn vom Flughafen hierher verfolgt hatte.

Ein kleiner Lieferwagen bremste ab und blinkte auf, um ihn einfädeln zu lassen. Ross fuhr auf die Straße, winkte ihm ein Dankeschön zu und bog nach links, auf die A27 zu und von dort auf die A23. Dreißig Minuten später kroch er auf der A23 im Stop-and-go gen Norden.

Die folgenden eineinhalb Stunden im stockenden Verkehr vertrieb er sich abwechselnd mit Nachrichten, dem jüngsten Album von George Ezra und intensivem Grübeln. Dabei behielt er ständig den Rückspiegel im Blick, weil er befürchtete, dass ihm jemand gefolgt sein könnte. Ein Paar Scheinwerfer, die ihm ständig an den Fersen klebten. Doch zu seiner Erleichterung wechselten die Scheinwerfer hinter ihm häufig.

Seine Gedanken kehrten immer wieder zu der Nachricht zurück, die auf Imogens Laptop aufgetaucht war. Zum Angriff auf ihn in Ägypten. War es das wert? Sollte er nicht lieber aufgeben? Durfte er Imogen und ihr gemeinsames Baby in Gefahr bringen?

Er dachte wieder an sein Gespräch mit dem Bischof von Monmouth. Benedict Carmichael hatte auf sanfte Weise versucht, ihn von seinem Vorhaben abzubringen.

Dann dachte er an seinen Großvater. Als Kind war er ihm nicht sehr nah gewesen, doch in seinen letzten Wochen hatte er ihn jeden Tag im Martlets-Hospiz in Brighton besucht. Bill Hunter war ein zutiefst unglücklicher Mann gewesen, mit vielen unerfüllten Träumen. Seine Frau hatte ihn vor langer Zeit verlassen und war dann mit ihrem Geliebten bei einem Autounfall ums Leben gekommen. Das letzte Gespräch, das Ross mit seinem Großvater geführt hatte, begleitete ihn durchs Leben.

Dein Vater und du, Ross, ihr seid alles, was mir auf der Welt geblieben ist – alles, was ich zurücklassen muss. Ich hatte Angst, meine Träume zu verwirklichen, ging stattdessen auf Nummer sicher. Zumindest dachte ich das. Ich habe zu spät gelernt, dass die Sicherheit eine Illusion ist, ein Traum, dem wir hinterherjagen. Nichts ist von Bedeutung, oder? Nichts, bis auf das eine: dass wir unsere Träume nicht in uns begraben. Lass nicht zu, dass irgendjemand oder irgendetwas dich davon abhält, das zu tun, woran du glaubst. Es ist das Einzige, was zählt. Ich hätte ein ganz anderes Leben geführt, wenn ich den Mut dazu gehabt hätte. Nun werde ich mit der Gewissheit sterben, dass ich ein Versager bin, dass ich nie von Bedeutung war. Versprich mir, dass du von Bedeutung sein wirst, egal, was in deinem Leben passiert. Dass du die Welt wenigstens ein klein wenig verändern wirst.

Endlich, um kurz vor acht, sagte ihm sein Navi, dass er nur noch zwei Minuten von seinem Bestimmungsort entfernt war. Vor ihm, zu seiner Linken, dräute ein Schild. ATGC FORENSICS.

Er setzte den Blinker und warf einen Blick in den Rückspiegel. Zu seiner Erleichterung blinkte das Fahrzeug etwas weiter hinten rechts.

55

Donnerstag, 9. März

Ross fuhr auf etwas zu, das aussah wie ein stattliches Anwesen, und hielt vor einer Sicherheitsschranke. Ein Wachmann kam, und er nannte seinen Namen.

Die Schranke ging nach oben. Er fuhr hindurch und folgte der kurvigen Straße, so wie es ihm der Mann erklärt hatte. Vor ihm tauchte eine lange Reihe moderner dreistöckiger roter Backsteingebäude auf, alle miteinander verbunden. Dann wies ihn ein Schild auf den Besucherparkplatz vor einem gläsernen Atrium zwischen zwei der Bauten hin, das unverkennbar der Haupteingang war.

Er stellte sich in eine Parkbucht, blieb ruhig sitzen und dachte nach. Der Zahn müsste zu Staub zermahlen werden. Er hatte zahlreiche Nahaufnahmen davon geknipst. Und wenn es sich tatsächlich um Jesu Zahn handelte? Der einzige erhaltene Teil seines irdischen Körpers und die einzigartige historische Bedeutung – und er würde seiner Zerstörung zustimmen. Doch wenn er es nicht tat, würde er nie erfahren, woher er stammte. Vielleicht könnten sie zumindest einen Bruchteil davon erhalten. Schließlich stieg Ross aus dem Wagen und ging, die Tasche über der Schulter, auf den Eingang zu. Auf einem Schild las er ATGC – BRITISH PHARMACOPEIA COMMISSION LABORATORY. MEDICINES AND HEALTHCARE PRODUCTS REGULATORY PRODUCTS.

Er näherte sich der Tür, die aufglitt, und betrat einen großen Empfangsbereich mit Sitzgelegenheiten auf jeder Seite und einer stacheligen schwarzen Skulptur, die rechts auf einem Sockel saß. Vor ihm war eine breite, gebogene Empfangstheke, deren Front ein Schild mit den Worten *Willkommen bei ATGC* schmückte.

Er ging auf die Empfangsdame zu.

»Hi, ich bin Ross Hunter. Jolene Thomas aus dem DNA-Labor erwartet mich.«

Er wurde in einen Warteraum mit Teppichboden geführt, umgeben von nackten Ziegelwänden. Mehrere runde Tische standen darin, jeweils mit drei türkisfarbenen Polstersesseln bestückt. An der hinteren Wand waren mehrere Bildschirme angebracht. Sie zeigten Fotos von Laboranten, die in weißen Schutzanzügen und mit Handschuhen, einige auch mit Mundschutz und Schutzbrillen ausgestattet, diverse Aufgaben erledigten.

Er stellte die Tasche auf den Tisch und warf einen Blick auf sein Handy. Keine Nachricht von Imogen. Er hatte ein schlechtes Gewissen, weil er wusste, wie sehr sie sich ängstigte. Vielleicht würde das Labor nicht das Geringste herausfinden, und das Ganze wäre zu Ende. Ein kurzer Bericht in der *Sunday Times* über seine Begegnung mit einem religiösen Spinner, der offenbar eine Menge Leute überzeugt hatte – genug, um ihm nach Ägypten zu folgen?

»Mr. Hunter?«

Aus seinen Gedanken gerissen, blickte er auf und sah eine attraktive junge Frau um die dreißig in einem hellgrünen Kleid, schwarzen Leggings und mit seidigem schwarzem Haar, das ihr bis zur Taille reichte.

»Ja.« Er erhob sich und schüttelte ihr die Hand.

»Jolene Thomas«, sagte sie, während sie ihm gegenüber Platz nahm.

»Nett von Ihnen, dass Sie sich so spät noch Zeit für mich nehmen.«

»Nein, ist schon in Ordnung. Wir arbeiten vor allem für Polizeieinheiten und sind deshalb rund um die Uhr erreichbar. Aber Sie kommen privat?«

»Ja, stimmt. Darf ich fragen, wie vertraulich und sicher Ihre Arbeit ist?«

Sie lächelte. »Der Großteil unserer Arbeit besteht aus DNA-

Analysen von Tatorten – hier ist die Beweiskette von essenzieller Bedeutung. Alles in unserer Firma ist durch Sicherheitscodes geschützt. Alle Beweismittel, die wir erhalten, werden sofort mit einem Barcode versehen, anonymisiert. Wir sind uns bewusst, dass wir für Kriminelle, die ihre DNA-Spur nur allzu gern vernichten würden, ein interessantes Ziel darstellen. Doch selbst für den unwahrscheinlichen Fall, dass sie hier einbrechen würden, wäre es ihnen unmöglich, ihre Proben zu identifizieren. Sogar unsere einzelnen Labore hier sind verschlüsselt.«

»Gut.«

»Also, was haben Sie für mich?«

»Können wir uns irgendwo unter vier Augen unterhalten?«, fragte Ross.

Jolene führte ihn in ein kleines Zimmer, gleich hinter dem Empfangsbereich. Ross öffnete den Reißverschluss seiner Tasche, holte zuerst den Kelch heraus, dann den Zahn, und legte beide Gegenstände auf einen kleinen Tisch.

»Ich glaube, dass beide Objekte sehr alt sind«, sagte er. »Mehrere Jahrhunderte, vielleicht sogar noch älter – womöglich zweitausend Jahre. Können Sie auch Datierungen vornehmen?«

»Nein, leider nicht. Wir können allenfalls ein DNA-Profil für jedes Objekt erstellen, und wir können anhand der Abnutzung eine vage Schätzung durchführen, aber Datierungen sind nicht unser Bereich. Wir können vielleicht die ethnische Zugehörigkeit bestimmen, je nachdem, was wir vorfinden. Und wir bieten drei Arten von DNA-Profilen – Standard, mitochondrial und Y-STR.«

»Und was habe ich darunter zu verstehen?«, fragte Ross.

»Tja, mit dem Standard-Profil hätten Sie das aktuelle Profil der Person. Die Polizei fordert normalerweise ein Standardprofil an – um herauszufinden, ob die DNA der Probe mit der des mutmaßlichen Täters übereinstimmt. Die mitochondriale Analyse, die schwieriger ist und anders gehandhabt wird, betrifft die DNA, die über das weibliche X-Chromosom weitergegeben wird. Sie ermöglicht uns, die historische Blutlinie zu bestimmen, weil sie sich nicht verändert.«

»Sie verändert sich nicht?«

»Nein.«

»Bedeutet das, dass jemand, der vor zweitausend Jahren geboren wurde und eine Linie von direkten Nachkommen hat, heute anhand seines X-Chromosoms identifiziert werden könnte?«

»In der Tat, ja – abgesehen von Genmutationen, die möglicherweise vorkommen. Und die dritte, modernere Y-STR-Analyse erzielt ein ähnliches Ergebnis, aber über die männliche Linie, obwohl sie nicht so stabil ist wie die mitochondriale, und es gibt derzeit auch weniger Datenbanken. Die kurze Tandemwiederholung auf dem Y-Chromosom.«

»Und was sagt sie aus?«

»Nun, wie schon gesagt, sie ist das männliche Pendant zur mitochondrialen DNA. Sie wird über die männliche Blutlinie weitergegeben, unverändert, über das Y-Chromosom.«

»Ausgezeichnet, dann möchte ich, dass Sie auch Letztere durchführen, bitte. Können Sie mir sagen, welche Kosten auf mich zukommen für alle drei?«

»Zuerst muss ich Sie fragen, ob diese Gegenstände von jemandem angefasst wurden, und wenn ja, mit bloßen Händen oder mit Handschuhen.«

»Ich habe sie nie mit bloßen Händen angefasst, immer mit Handschuhen oder einem Tuch, aber ich weiß nicht, wer sie vor mir in Händen hatte.«

»Gut, keine Sorge, wir bestimmen auch Ihr DNA-Profil. Der Preis wird dadurch ein wenig höher, aber auf diese Weise können wir Sie ausschließen. Wenn Sie einverstanden sind?«

»Ja, absolut.«

»Mit den drei Analysen der beiden Objekte sind wir ungefähr bei zweitausend Pfund. Sie auszuschließen, Mr. Hunter, kostet zusätzlich etwa zweihundert Pfund.«

»Es ist ein wenig mehr, als ich erwartet hatte, nach meinem Telefongespräch heute Vormittag, aber ich verstehe, warum«, sagte Ross. »Ich bin einverstanden.«

Sie warf einen Blick auf die beiden Gegenstände auf dem Tisch. »Für das Holzgefäß sehe ich keine Schwierigkeiten, der Zahn dagegen ist komplizierter. Ich glaube, man hat Ihnen bereits gesagt, dass wir ihn, um ein Ergebnis zu erhalten, zu Staub zermahlen und dann einer Folge von chemischen Prozessen unterwerfen müssen?«

»Müssen Sie ihn denn komplett zerstören?«

»Ich fürchte, ja. Bei einem so kleinen Objekt haben wir keine andere Wahl.«

»Wäre danach noch etwas übrig, das Sie mir geben könnten?«

»Ja, wenn Sie möchten, geben wir Ihnen eine Lösung in einem Fläschchen. Und wir könnten das Verfahren fotografisch dokumentieren, wenn Ihnen das helfen würde?«

Ross betrachtete den Zahn. Wenn es sich dabei wirklich um einen Zahn Jesu handelte, war er möglicherweise das bedeutsamste Objekt in der Geschichte der Christenheit. Um seine Herkunft festzustellen, musste Ross seiner Dekonstruktion zustimmen. Konnte er das tun?

Tat er es nicht, würde die Welt es niemals erfahren.

Er stand vor einem Dilemma – Pest oder Cholera. Durfte er es tun? Wer war er, um solch eine Entscheidung zu treffen? Gab es keinen anderen Weg?

»Jolene, wenn Sie den Zahn zermahlen, können Sie dann die normale DNA, die mitochondriale und die Y-STR-DNA bestimmen?«

»Ja, alle drei«, sagte sie.

»Und es gibt absolut keine andere Möglichkeit? Keine neue Technologie in der Entwicklung, mit deren Hilfe sich die DNA ablesen ließe, ohne dass der Zahn zerstört werden muss?«

»Nicht dass ich wüsste.«

Er spürte einen Kloß im Hals. Seine Hände waren feucht. Er schwitzte. Was sollte er bloß tun? Was sollte er tun?

»Also gut«, sagte er endlich. »Machen Sie's, und bitte dokumentieren Sie das Verfahren durch Fotos.«

»Wann brauchen Sie die Ergebnisse?«

»So schnell es geht.«

»Erste Ergebnisse müssten wir in etwa achtundvierzig Stunden haben – ist das okay?«

»Perfekt.«

Sie reichte ihm mehrere Formulare, die er auszufüllen begann.

56

Donnerstag, 9. März

Die weiße Boeing 737 mit dem Logo der Wesley Wenceslas Ministries kam aus Denver und setzte zur Landung auf dem Miami International Airport an. An Bord war die gesamte Entourage des Pastors.

In seinem Privatjet ein nicht minder nervöser Fluggast als in seinem Helikopter, hätte der Pastor seine Stoßgebete normalerweise mit Alkohol untermauert, doch im Augenblick war er viel zu wütend, um Angst zu haben, und hatte keinen Tropfen angerührt. Stattdessen kippte er mehrere doppelte Espressi in Folge hinunter, wofür Grinsky ihn wiederholt maßregelte. Das viele Koffein putsche ihn nur unnötig auf, schalt ihn sein geschäftsführender Direktor, und in diesem Zustand verliere er leicht die Beherrschung, was wiederum schlecht für seinen ohnehin zu hohen Blutdruck sei.

Ihm gegenüber in der luxuriösen Büro-Suite des Jets trank Lancelot Pope, adrett gekleidet wie immer, selbstzufrieden und tugendsam aus einer Flasche Mineralwasser. Er stellte sie auf dem Tisch vor sich ab, zückte seinen Montegrappa-Füller und notierte sich etwas in seinem eleganten Smythson-Block.

»Was soll das blöde Grinsen? Falls du's noch nicht weißt, das da in der Flasche ist kein Weihwasser«, sagte Wenceslas.

»Du musst dich beruhigen, Boss«, sagte sein treuer MD. »Du kennst die Anweisungen deines Arztes.«

»Ach ja, oh weiser Ratgeber? Nun, um den Austausch zwischen dem Richter und Oscar Fingal O'Flahertie Wills Wilde zu zitieren, der, als der Richter zu ihm sagte: *Halten Sie sich nie an die Anweisungen Ihres Arztes, Mr. Wilde,* entgegnete: *Das tue ich verflucht noch eins nie.*«

»Na, na!«, schalt Pope. »Solch eine Sprache von einem Mann Gottes. Dem geistlichen Führer von Millionen. Wenn das auf Twitter publik würde!«

»Das wäre meine geringste Sorge.«

»Du bist aber wirklich schlecht gelaunt heute!«

»Weshalb auch nicht? Hätte ich Grund für gute Laune?«

Aus der Kabine der Entourage weiter vorne im Flugzeug drang Mädchenlachen. Kreischen folgte ihm, dann wieder Lachen.

»Sei dankbar«, sagte Grinsky.

»Wofür denn, ich sehe absolut keinen Grund.« Er streckte ihm die leeren Hände hin. »Siehst du vielleicht irgendeinen Grund?«

»Ich sehe nur, dass du schon wieder an den Nägeln kaust. Unartiger Junge!«

Wenceslas betrachtete seine Finger mit verwunderter Miene. »In der Tat.«

»Und spar dir gefälligst den Blödsinn, von wegen der liebe Gott möchte, dass du daran knabberst, als Zeichen deiner Demut. Ich besorg dir eine Maniküre, sobald wir angekommen sind. Es macht wirklich keinen guten Eindruck, wenn ein führender christlicher Geistlicher abgekaute Fingernägel hat.«

»Weißt du, was du bist? Eine Nervensäge.«

»Aus diesem Grund hat Gott mich zu dir gesandt. Wenn du

einen Jasager willst, bitte schön, nur zu. Bis dahin musst du mit mir vorliebnehmen.« Er legte den Füller beiseite und hob beide Hände. »Siehst du? Makellose Nägel. Sie sagen eine Menge über einen Menschen aus.«

Wenceslas sah ihn zweifelnd an. »Ich habe Wichtigeres im Kopf als meine Fingernägel. *Wir* haben Wichtigeres im Kopf. Gerade jetzt haben wir ein Riesenproblem, meinst du nicht? Wahrscheinlich das größte Problem, vor dem die Welt je gestanden hat?«

Das Flugzeug sackte durch mehrere Luftlöcher, und der Pastor wurde blass.

»Ich glaub's einfach nicht, dass dieser windige Zeitungsreporter etwas damit zu tun hat«, sagte Wenceslas. »Dass er das Werk eines gefährlichen, leichtgläubigen alten Mannes fortführt, dieses Harry F. Cook. Bist du bibelfest?«

»Ein wenig«, erwiderte Pope ausweichend. In Wahrheit war er sich seiner Unkenntnis der Heiligen Schrift sehr wohl bewusst, und das meiste von dem, was er wusste, hatte er bei der Arbeit für seinen Boss aufgeschnappt.

»Wir haben Cooks Telefon angezapft, deshalb wissen wir, dass er zu einem Medium ging und glaubte, Gott habe zu ihm gesprochen. Im zweiten Brief an die Thessalonicher, Kapitel 2, Vers 9, heißt es: ›Der Gesetzwidrige aber wird, wenn er kommt, die Kraft des Satans haben. Er wird mit großer Macht auftreten und trügerische Zeichen und Wunder tun.‹ Im zweiten Brief an die Korinther, Kapitel 11, Vers 13 bis 15, steht geschrieben: ›Denn diese Leute sind Lügenapostel, unehrliche Arbeiter; sie tarnen sich freilich als Apostel Christi. Kein Wunder, denn auch der Satan tarnt sich als Engel des Lichts. Es ist also nicht erstaunlich, wenn sich auch seine Handlanger als Diener der Gerechtigkeit tarnen. Ihr Ende wird ihren Taten entsprechen.‹«

»Und was genau soll das heißen?«, fragte Pope.

»Im ersten Brief des Johannes, Kapitel 4, Vers 1 bis 3, heißt es: ›Liebe Brüder, traut nicht jedem Geist, sondern prüft die Geister, ob sie aus Gott sind; denn viele falsche Propheten sind in die Welt hinausgezogen. Daran erkennt ihr den Geist Gottes: Jeder Geist, der bekennt, Jesus Christus sei im Fleisch gekommen, ist aus Gott. Und jeder Geist, der Jesus nicht bekennt, ist nicht aus Gott. Das ist der Geist des Antichrists, über den ihr gehört habt, dass er kommt. Jetzt ist er schon in der Welt.‹ Und in Kapitel 2, Vers 18, liest man: ›Ihr habt gehört, dass der Antichrist kommt, und jetzt sind viele Antichriste gekommen.‹«

»Und wo ist er?«

»Er ist schlau und gerissen, ein Meister der Tarnung. Vielleicht kommen wir schon zu spät.«

»Keine negativen Gedanken, Boss. Das sagst du doch immer, hab ich recht? Aber genau das tust du jetzt, du denkst viel zu negativ. Sei positiv. Ross Hunter, dieser Mistkerl, ist auf einem Kreuzzug, großartig, soll er ruhig für uns die Drecksarbeit erledigen. Mal sehen, wie weit er kommt. Angenommen, er findet heraus, dass er tatsächlich die DNA Christi hat, ausgezeichnet, dann soll er uns zu diesem Antichrist führen.«

»Wie denn?«

»Wir sind doch schon dran. Indem wir ihn rund um die Uhr überwachen.«

»Das tut noch jemand, oder? Die Firma Kerr Kluge. Im Unterschied zu uns wollen diese Leute die Macht allerdings nicht zerstören, sondern für ihre Zwecke nutzen.«

»Ich hab einen der Besten der Branche angeheuert, Ex-Scotland Yard. Er weiß wirklich alles über das Beschatten. Wir haben zweiundzwanzig erfahrene verdeckte Ermittler auf Hunter angesetzt. Willst du wissen, wo er jetzt ist?«

»Ja, sicher.«

»Er ist drei Meilen von seinem Haus in Brighton entfernt, auf dem Rückweg von ATGC Forensics. Dort hat er das Ding abgeliefert, das er aus Ägypten mitgebracht hat, und ...«

»... und was immer er in Chalice Well gefunden hat«, fiel Wen-

ceslas ihm ins Wort. »Dein vertrotteltes Team hat's vermasselt und
sich von ihm die alte Keksdose und die Taufschale andrehen lassen.«

»Na ja, okay, er hat uns zum Narren gehalten. Zum Glück haben
sich unsere Kerr-Kluge-Freunde in Ägypten auch nicht gerade mit
Ruhm bekleckert. Und sie haben nur ein paar Leute auf ihn angesetzt.«

»Weißt du was, Grinsky, du machst es dir zu leicht. Du begreifst
doch hoffentlich, um was es hier geht, oder? Ich hab da nämlich
meine Zweifel.«

»Ich versteh voll und ganz, Boss. Und wenn es doch nicht der
Antichrist ist, der kommt, sondern wirklich unser Herr Jesus?«

»Wenn dieser Klugscheißer von Journalist wirklich das hat, von
dem wir glauben, dass er es hat, und es publik wird – was sich nicht
vermeiden lässt –, sind wir nicht die Einzigen im Rennen.«

Pope nickte. Sie hatten es oft genug durchgesprochen in den
vergangenen Tagen. Die DNA Jesu Christi. Wie viele christliche
Kirchen wären da wohl hinterher – angefangen beim Vatikan? Wie
viele der alten Feinde der Christenheit? Wenn Wenceslas mit dem
Heiligen Gral und dem DNA-Beweis für die Existenz des Herrn
und seiner Botschaft herumreisen könnte, würden sie jedes Fuß-
ballstadion auf dem Planeten füllen. Die Einnahmen, die er damit
erzielen würde, wären unermesslich hoch. Vorausgesetzt, es wäre
nicht der Antichrist, sondern tatsächlich der Heiland.

»Wir würden reicher werden als die gottverdammten Angeber
der katholischen Kirche in Rom! Gepriesen sei Gott!«, sagte Wenceslas und antwortete damit auf seine Gedanken.

»Gepriesen sei Gott«, sagte auch Grinsky.

»Würde der Vatikan dieser Dinge habhaft werden, dann würde
er sie, streng bewacht, an irgendeinem Ort ausstellen, wo die Menschen endlose Schlangen bilden, um sie gegen eine milde Gabe im
Schaukasten anbeten zu dürfen. Noch wahrscheinlicher wäre, dass
sie verschwinden würden. Für immer begraben in irgendeiner tiefen
Gruft.«

»Warum sagst du das, Boss?«

Wesley Wenceslas blickte auf den Mann, den er mit den geschäftlichen Angelegenheiten seines wachsenden Imperiums betraut hatte. »Auf welchem Planeten lebst du eigentlich? In unserem Geschäft geht es um den *Glauben*, nicht um den *Beweis*. Wäre Seine Existenz bewiesen, würde uns doch niemand mehr brauchen, oder? Jeder würde sich direkt an Ihn wenden. Es hätte dieselben Auswirkungen auf die Vermittler des Glaubens wie Amazon auf den Einzelhandel. Wir wären über Nacht arbeitslos. Begreifst du das nicht? Und wenn sich das Ganze als der Antichrist aus der Prophezeiung erweist? Und er bereits hier ist?«

»Der Antichrist ist bereits hier? Glaubst du das im Ernst? Oder ist das nur so eine Werbebotschaft von dir, großmächtiger Meister?« Er täuschte eine untertänige Verbeugung vor.

»Lass das!«

»Wie wär's mit einem Realitätscheck?«, sagte Pope. »Was beunruhigt dich eigentlich an diesem Ross Hunter? Glaubst du wirklich, dass der Teufel seine Hand im Spiel hat, nur weil Hunter die Anweisungen eines Mediums befolgt? Oder hast du eine Nebelkerze gezündet?«

»Nebelkerze?«

»Spiel nicht den Unschuldigen, Pastor! Ich kenne dich. Du befürchtest doch, dass etwas an der Sache dran sein könnte, oder? Dass es sich um die tatsächliche Wiederkunft Jesu handelt und der liebe Gott dich als den Schwindler entlarven wird, der du bist. Das ist dein eigentliches Problem, hab ich recht?«

Ohne Vorwarnung sackte das Flugzeug sekundenlang nach unten.

Wesley Wenceslas schickte ein stilles Stoßgebet gen Himmel.

Das Flugzeug fing sich wieder.

Eine Minute später wurde die Landung eingeleitet.

»Gelobt sei Gott«, sagte Wenceslas erleichtert.

»Gelobt sei der Pilot, würde ich sagen«, versetzte Pope.

57

Donnerstag, 9. März

Es war schon spät, als Ross nach Hause kam. Er bog in die Auffahrt, sah sich dabei nach allen Seiten um, entdeckte aber kein verdächtiges Fahrzeug auf der Straße. Trotzdem wartete er eine Weile, ehe er aus dem Wagen stieg, und blickte forschend auf all die Schatten. Dann holte er seine Tasche aus dem Kofferraum und ging zur Haustür.

Eine verweinte Imogen kam ihm entgegen, dicht gefolgt von Monty.

Er schloss sie in die Arme und drückte sie fest an sich. »Hey, was ist denn los?«

Sie schmiegte ihre feuchte Wange an sein Gesicht. »Gott sei Dank bist du zu Hause. Ich hätte heute Nacht nicht allein hierbleiben können. Ich hätte die Hodges angerufen und sie gefragt, ob ich bei ihnen übernachten darf, wenn du nicht gekommen wärst.«

»Was ist denn? Was ist passiert?«

»Komm und schau dir an, was heute gekommen ist, als ich in der Arbeit war.«

Er ging in die Knie, umarmte und streichelte den Hund, während sie die Türkette einhängte, und folgte ihr dann in die Küche. Ihr Laptop lag aufgeklappt auf dem Tisch. Sie tippte auf die Tastatur, und er sah die Nachricht auf dem Bildschirm:

DIES IST DIE ZWEITE WARNUNG. EINE DRITTE GIBT ES NICHT.

»Kannst du mir das erklären?«, wollte sie von ihm wissen.

Er sah sich die Adresse des Absenders an. Es war dieselbe Hotmail-Adresse, die sich nicht zurückverfolgen ließ. Er erkannte sie an der Zahlenfolge 666.

»Ich meine, wir sollten uns an die Polizei wenden«, sagte er.

»Und was sollen wir denen sagen? Dass du Satan gegen dich aufgebracht hast?«

Er lächelte grimmig und dachte scharf nach. »Weißt du was? Ich ruf jetzt Jason Tingley an.«

Tingley war ein junger Detective Constable gewesen, als sie beide ihn während ihrer gemeinsamen Zeit beim *Argus* kennengelernt hatten. Inzwischen war er Superintendent.

»Ich hab Angst, Ross.«

»Ich ruf ihn sofort an.«

Er suchte in seinen Kontakten, fand den Namen Jason Tingley und rief den Detective Superintendent an. Er erreichte Tingleys Voicemail und hinterließ eine Nachricht.

»Hi, Jason, hier ist Ross Hunter, könnten Sie mich zurückrufen, ich brauche Ihre Hilfe.« Er hinterließ seine Nummer und legte auf.

»Jetzt sag schon, wie war die Reise, was hast du herausgefunden?«

»Ich erzähl es dir gleich, aber zuerst brauch ich was zu trinken. Und essen muss ich auch was.«

»Ich hab eine Moussaka für dich aufgetaut, und im Kühlschrank ist noch Salat.«

»Danke.« Er ging zum Schrank, holte eine Flasche seines Lieblingswhiskys heraus, goss sich eine großzügige Portion in ein Glas, gab ein paar Eiswürfel dazu, füllte das Ganze mit etwas Wasser auf und setzte sich an den Tisch. Er wollte sich gerade die Mail noch einmal ansehen, als sein Handy klingelte. Es war Jason.

Er stellte das Telefon laut, Imogen zuliebe, tauschte kurz Neuigkeiten mit dem Superintendent aus und gratulierte ihm zu seiner Beförderung. Dann fasste er kurz zusammen, was seit dem ersten Anruf von Harry F. Cook geschehen war, verschwieg aber, Imogen zuliebe, den Anschlag auf ihn in Ägypten. Tingley versprach ihm zum einen, die Nachbarschaftswache zu verständigen, zum anderen, eine Observierung seines Hauses zu beantragen. Er fragte ihn nach den Kennzeichen ihrer beiden Autos. Dann setzte er hinzu, dass er jemanden aus dem Team der digitalen Forensik bitten würde, ihn zu kontaktieren und sich die E-Mails anzusehen, die Imogen erhalten hatte. Ross solle ihn über alle Entwicklungen auf dem Laufenden halten. Ross bedankte sich, und sie verabredeten vage, sich bald auf einen Kaffee zu treffen.

Als er aufgelegt hatte, sagte Imogen: »Sieht so das Leben aus, das wir in Zukunft führen müssen? Als Gefangene im eigenen Heim? Unentwegt in Angst? Abhängig von Polizeischutz?«

Er erwiderte ihren Blick und trank einen Schluck Whisky. »Ich kenne es nicht anders, Imogen. Ich habe immer Risiken auf mich genommen, wenn ich auf Ungerechtigkeiten hinweisen wollte.«

»Diesmal ist es anders. Ich habe jetzt wirklich Angst um deine, nein, unsere Sicherheit, weil ich den Eindruck habe, dass du dieser Sache nicht gewachsen bist. Es geht nicht nur um dich, denk an unser Kind – es braucht doch einen Vater. Du hast jetzt Verantwortung.«

»Imo, ich will, dass unser Sohn stolz auf mich ist. Wenn er erwachsen ist, soll er für das einstehen, woran er glaubt.«

»Und weißt du, was ich will?«, entgegnete sie. »Beziehungsweise nicht will? Ich will nicht, dass unser Sohn ein Waisenkind wird.«

58

Donnerstag, 9. März

Im Licht der Scheinwerfer im Rumpf des Helikopters sah Ainsley Bloor, wie sich auf dem Boden die Grashalme im Abwind der Rotorblätter bogen. Gleich darauf setzte der Hubschrauber auf.

Nachdem er sich bei seinem Piloten bedankt und ihm eine gute Nacht gewünscht hatte, löste er den Sicherheitsgurt, nahm die Kopfhörer ab und hängte sie hinter sich an einen Haken, schob dann seine Tür auf und kletterte hinaus. Er zog den Kopf ein, obwohl er sich ohne weiteres zu seiner vollen Größe von eins achtzig hätte aufrichten können, bis er außer Reichweite der immer noch kreisenden Rotorblätter war.

Ein paar hundert Meter vor ihm ragte der Schatten seiner Villa auf. Mehrere Fenster waren hell erleuchtet. Doch er wandte sich ab, schulterte seine Tasche, die den Laptop und Papierkram enthielt, den er bis morgen noch durchackern musste, und eilte quer über den Rasen auf die Orangerie zu und die sechs Käfige mit seinen Affen, gespannt, ob sie Fortschritte gemacht hatten.

Er schaltete die Lichter an und ging hinein. Die Nase rümpfend wegen des säuerlichen Gestanks, inspizierte er jeden Käfig und hielt nach ausgedruckten Seiten Ausschau, die bedeutet hätten, dass die Affen auf die Tasten gedrückt hatten. In den ersten fünf Käfigen war nichts ausgedruckt. Nur Affenkot und Erdnussschalen auf den Tastaturen und Druckern, dazu Pisslachen auf dem Boden.

Dann spähte er durch die Gitterstäbe des sechsten Käfigs, in dem Boris saß. Und entdeckte, dass mehrere Seiten ausgedruckt waren.

Dem Affen Banalitäten zumurmelnd, betrat er den Käfig, eilte aufgeregt zum Drucker hinüber und riss die Seiten heraus. Boris beobachtete ihn von höherer Stelle aus und rieb sich das Kinn wie ein weiser alter Mann.

Bloor überflog sechs Seiten mit sinnlos aneinandergereihten Buchstaben, Symbolen und Zahlen. Als er zur siebten Seite kam, erstarrte er.

Und riss Mund und Augen auf.

Drei Buchstaben starrten ihn an, wie ein glänzender Goldbrocken in einem Sack voller Kohlen.

Er hätte dem Affen am liebsten High Five gegeben!

»Ja, ja, ja, du bist ein braver Junge! Boris! Braver Junge, ja!!!!«

Und im Nu war der Albtraum der vergangenen Tage vergessen.

»Wow! Guter Junge! Wow!«

Eine Erdnuss schälend, sah der Kapuzineraffe ihn verträumt an.

»Du hast es geschafft! Du hast es verdammt noch mal geschafft!«
Er lief mit dem Ausdruck zum Haus hinüber und rief nach seiner
Frau, bevor er die Tür erreicht hatte. »Cilla! Cilla!«

Sie war im Wohnzimmer und sah sich ein Konzert im Fernsehen
an.

»Schau her!«, rief er. »Schau, was ich habe!«

»Wie wär's mit ›Hallo, Schatz, wie geht es dir, wie war dein
Tag?‹«, entgegnete sie in scharfem Ton.

»Schau doch!« Er griff sich die Fernbedienung und drückte
den Pausenknopf. Dann hielt er ihr den Ausdruck unter die Nase.
»Schau! Schau!«

»Worauf denn eigentlich?«

»Auf den Ansatz des Beweises! Des endgültigen Beweises, dass es
keinen Schöpfer gibt. Dass die Welt durch puren Zufall entstanden
ist. Dies ist grandios! Merke dir dieses Datum! Es wird in die Geschichte eingehen!«

»Die Nacht, in der ein Affe das Wort ›der‹ getippt hat?«

»Du verstehst nicht, was das bedeutet, oder?«

»Nein, um ehrlich zu sein. Und da ist noch etwas, das ich nicht
verstehe.«

»Was denn?«

»Du bist Atheist. Ein überzeugter Atheist. Du führst dieses be-
kloppte Experiment durch, weil du die abartige Vorstellung hast,
du könntest durch diese Affen endgültig beweisen, dass es keinen
Gott gibt, oder?«

»Stimmt.«

»Warum bist du dann so scharf auf die DNA Christi? Oder hab
ich was verpasst?«

»Nein, du hast nichts verpasst. So was nennt man *Business*,
Schatz.«

»Ich hab ein anderes Wort dafür: *Heuchelei*.«

59

Donnerstag, 9. März

Kurz nach 23 Uhr saß Ross aufgewühlt in seinem Arbeitszimmer. Da bemerkte er, wie sich Scheinwerfer sehr langsam die Straße entlangtasteten und vor dem Haus anhielten. Er zuckte kurz zusammen, entspannte sich aber, als er sah, dass es eine Polizeistreife war. Detective Superintendent Tingley hatte Wort gehalten.

Der Wagen fuhr weiter.

Gleich darauf klingelte sein Telefon. Die Nummer des Anrufers war unterdrückt.

Nach kurzem Zögern meldete er sich: »Ross Hunter.«

Die Männerstimme am anderen Ende war so leise, dass er Mühe hatte, sie zu hören.

»Ross? Hier ist Hussam Udin.«

»Hussam!«, sagte er zu dem blinden Geistlichen. »Hi.«

»Können Sie sprechen?«

»Aber ja, sicher.«

»Ross, ich hab es eben von meinem Cousin erfahren. Medhat El-Hadidy.«

»Gott sei Dank, er lebt. Es tut mir leid, Hussam. Es tut mir entsetzlich leid, dass ich Ihren Cousin in die Sache hineingezogen habe. Ich hoffe wirklich, es geht ihm gut. Ich weiß nicht, was da los war und wer dahintersteckt. Hat er gesagt, wie es ihm geht?«

»Er ist in Ordnung, sein Wagen weniger. Ross, ich muss es Ihnen sagen – ich weiß sehr wohl, was los ist. Ich muss Sie dringend sprechen. Sie sind in größerer Gefahr, als Sie glauben.«

»Was für eine Gefahr ist das, Hussam?«

»Nicht am Telefon. Wann können wir uns treffen?«

»Morgen Vormittag?«

»Das wäre klug.«

»Ich könnte um elf bei Ihnen sein – würde das passen?«

»Ich bin immer hier.«

»Dann bis morgen.«

Kaum hatte er den Anruf beendet, spürte er jemanden hinter sich und fuhr herum.

Es war Imogen.

»Wer war das, Ross? Willst du's mir nicht sagen? Was ist das für eine Gefahr? Hast du mir nicht alles erzählt?«

Er holte tief Luft und zeigte ihr die Fotos, die er in Ägypten geknipst hatte. Dann sagte er es ihr. Alles. Von Anfang an.

Als er zu Ende gesprochen hatte, fragte sie: »Wie geht's jetzt weiter, Ross?«

»Ich warte auf die Ergebnisse des DNA-Tests.«

»Und dann?«

»Wahrscheinlich kommt nichts dabei raus. Dann wär's das.«

»Und wenn es eine Übereinstimmung gibt zwischen dem Zahn und dem Kelch, was dann?«

»Warten wir's ab.«

»In Ägypten hat jemand versucht, dich aufzuhalten. Hier bedroht man uns. Und wenn das alles authentisch ist? Wenn es wirklich eine Übereinstimmung gibt? Was dann, Ross? All die Leute, die behaupten, Reliquien zu besitzen wie das Turiner Grabtuch, die heilige Tunika Christi, den Speer des Schicksals – ich hab im Internet recherchiert.« Sie zeigte ihm die Liste auf ihrem iPhone. »Die Dornenkrone, die Eiserne Krone der Lombardei, das Schweißtuch der Veronika, das Abgar-Bild und alles andere. Dabei geht es um gewaltige kommerzielle Interessen, Ross. Ihre Eigentümer werden nicht wollen, dass diese DNA, die du hast, beweist, dass sie falschliegen. Du bist nur ein Zeitungsreporter, diese Sache ist eine Nummer zu groß für dich. Du steckst knietief in der Scheiße und merkst es nicht! Du hast in ein Hornissennest gestochen und setzt für diese Geschichte unser Leben aufs Spiel. Ist es das wert? Und warum bist ausgerechnet *du* der Auserwählte?«

Sie schaute zum Fenster und in die Dunkelheit der Nacht, als bemerkte sie sie erst jetzt, stand auf und zog die Jalousien zu. »Hast du schon mal darüber nachgedacht?«

»Ich weiß es nicht, Imogen. Vielleicht weil man dachte, ich könnte sicherstellen, dass die Geschichte ernst genommen wird. Aber eines sollst du wissen: Mir ist nichts wichtiger als unser Baby. Okay?«

»Dir ist also nichts wichtiger als unser Baby?«

»Absolut.«

»Und was ist mit mir?«

»Du selbstverständlich auch!«

»Dann beweis es mir!«

»Wie kann ich das tun?«

»Sag allen, dass du die Sache seinlässt. Poste es bei Twitter und Facebook. Sag, dass du die Geschichte nicht weiterverfolgst. Stell sämtliche Koordinaten ins Netz. Gib sie der Welt.«

»Das geht nicht – noch nicht.«

»Warum nicht?«, wollte Imogen wissen.

»Weil ich die letzte noch nicht habe – die wichtigste von allen.«

»Dann hol sie dir und poste sie, so schnell es geht.«

»Ich bin nicht sicher, ob ich das kann.«

Sie schüttelte den Kopf. »Immer dasselbe mit dir. Erst kommst *du*, dein Sohn ist dir egal, ich bin dir egal.«

»Nein, Imo, ich komm nicht zuerst. Die Menschheit kommt zuerst.«

»Wenn du das glaubst, bist du ein noch größerer Egoist und ein noch größerer Phantast, als ich dachte.«

Sie ging aus dem Zimmer.

60

Freitag, 10. März

Am folgenden Morgen um 11.30 Uhr saß Ross bei geschlossenen Vorhängen in Hussam Udins Büro und trank dankbar den starken, süßen Kaffee. Sein Kopf schmerzte ein wenig von dem Whisky, den er vergangene Nacht gekippt hatte. Er wusste, dass er zu viel trank, viel mehr als normalerweise, aber nichts war mehr normal.

Der muslimische Gelehrte saß hoheitsvoll vor ihm, wie immer in einem braunen Gewand, eine dunkle Brille über den blinden Augen. Die brennende Zigarette in seiner Hand verharrte über dem Cinzano-Aschenbecher voller ausgedrückter Stummel. »Sie haben Schreckliches erlebt, Ross, aber Sie sind entkommen.«

»Irgendwie. Ihrem Cousin verdanke ich es nicht gerade.« Allmählich gewöhnten sich seine Augen an die Dunkelheit, und er sah ein wenig mehr.

»Vielleicht war es der Wille Allahs?«

Ross lächelte. Zum ersten Mal seit Tagen, fiel ihm auf. »So könnte man es auch sagen.«

Ross sah, dass der Mann nicht lächelte, sondern besorgt wirkte.

»Jemand ist Ihnen hierher gefolgt, Ross.«

»Nein«, entgegnete er mit Nachdruck. »Ich hab aufgepasst.«

»Wenn ich es Ihnen doch sage, Ross, jemand ist Ihnen gefolgt.«

»Wie kommen Sie darauf?«

»Sie klingen müde, Ihr Urteilsvermögen ist heute vielleicht beeinträchtigt. Sie haben es mit überaus gerissenen Leuten zu tun. Die werden Sie überallhin verfolgen, und Sie sehen sie nicht. Sie haben bestimmt auch ihr Telefon angezapft.«

»Ich hab heute Morgen unter dem Wagen nach einem Peilsender gesucht, aber da war keiner.«

»Ich sag es ja, Sie bemerken es nicht.« Udins Brille fixierte ihn mit verblüffender Genauigkeit, wie schon so oft. »Ross, als Sie neulich zu mir kamen, sagten Sie, dass Sie in Luxor einen Mann mit einem Auto benötigten, der Sie beschützen könnte. Jetzt ist alles anders. Mein Cousin hat ein demoliertes Auto, für das seine Versicherung womöglich nicht aufkommt, aber er hat Sie nicht beschützt, also bin ich ganz und gar nicht zufrieden mit ihm. Und was noch wichtiger ist, Sie stecken in Schwierigkeiten, hab ich recht?«

»So einfach ist es nicht. Ich will versuchen, Hadidy den Schaden zu erstatten, wenn ich kann. Aber hören Sie zu, als investigativer Journalist dachte ich, ich hätte eine Geschichte zu schreiben, die auf dem Gefasel eines alten, verblendeten Witwers basierte, der glaubte, er hätte den Beweis für die Existenz Gottes gefunden. Doch jetzt scheint sie weitaus größer und realer zu sein, als ich es mir je vorstellen konnte.«

»Und gefährlicher?«

»Oh ja.«

»Es geht dabei also um den unumstößlichen Beweis für die Existenz Gottes?«

»Genau.«

Udin legte die Hand auf seine Brust. »Manchmal beneide ich die Menschen, die unvoreingenommen glauben. Für sie, sofern sie ihr Leben nach dem Willen Allahs geführt haben, stellt der Tod keinen Schrecken dar. Das gilt auch für alle anderen Religionen. Für alle auf Erden, die an den einen Gott glauben. Muslime, Christen, Juden, Sikhs. Sie deuten ihn nur unterschiedlich. Vielleicht vor allem die Sikhs. Ihr Ziel ist es, die göttliche Ordnung in allen Dingen zu erkennen und damit das Wesen Gottes zu begreifen. Vielleicht stehen sie meinen Überzeugungen am nächsten – dass es einen intelligenten Plan gibt. Aber egal. Was mich im Augenblick beunruhigt, ist die Tatsache, dass einer meiner Freunde in großer Gefahr ist. Dieser Freund sind Sie, Ross. Ich habe es erfahren.«

»Was wissen Sie, Udin?«

»Ich habe viele Freunde in meiner Heimat Ägypten. Sie sagten mir, der Gegenstand, den Sie nach England gebracht hätten, sei von größter Wichtigkeit. Aus diesem Grund bringe er Sie in große Gefahr.«

»Warum sagen Sie das?«

»Sie haben etwas mitgebracht, das einer völlig anderen Religion angehört – einer, die früher dem Islam und anderen Glaubensrichtungen feindlich gegenüberstand. Wenn dieser Gegenstand echt ist – und das nehmen Sie an –, ist es gefährlich für Sie, ihn zu besitzen. Viele Menschen sind hinter ihm her. Einige davon hätten Sie seinetwegen fast getötet. Sie geben nicht auf, bis sie ihn haben, ihre Ressourcen sind grenzenlos.«

»Sie wissen, wer sie sind?«

Udin steckte sich eine frische Zigarette in den Mund und versuchte, sie am glimmenden Stummel der vorhergehenden anzuzünden. Ross sah zu, wie die beiden Enden einander verfehlten, und fragte sich, ob er eingreifen sollte. Da trafen sie sich. Udin, den Rauch inhalierend, ignorierte die Frage. »Sie haben einen Zahn mitgebracht. Er mag Ihrem Propheten Jesus Christus gehört haben oder auch nicht. Vielleicht bringt ein DNA-Test ja Licht ins Dunkel.«

Ross, der in Udins Sonnenbrille starrte, nickte. Woher wusste er das, fragte er sich?

»Einmal angenommen, Sie erhalten die DNA von diesem Zahn, und es stellt sich heraus, dass die Herkunft stimmt. Mit Hilfe der Kohlenstoffdatierung finden Sie außerdem heraus, dass er tatsächlich zweitausend Jahre alt ist. Sie haben noch einen zweiten Gegenstand, möglicherweise den Kelch, aus dem Jesus Christus während des Letzten Abendmahls getrunken hat und mit dem später, als er am Kreuz hing, ein Teil seines Blutes aufgefangen wurde. Man stelle sich vor, dass die DNA darin mit der des Zahns übereinstimmt!«

»Woher wissen Sie das alles, Hussam?«

»Ich sagte es Ihnen, mein Freund. Ich mag in diesem Haus begraben sein, und ich werde so gut wie sicher auch hier sterben, aber ich habe überall in der Welt Menschen, die mir Dinge erzählen. Sie lauschen, sind vernetzt, wissen. Was Sie in Ihrem Besitz haben, mag sich als völlig belanglos erweisen oder als authentisch. Falls Letzteres zutrifft, werden viele Leute es haben wollen und bereit sein, es zu stehlen, und Sie werden das Bauernopfer sein.«

»Sie sagen, Sie wissen, wer versucht hat, mich zu entführen, Hassam. Wer sind die? Ich muss es wissen, sagen Sie es mir.«

»Sie wissen doch, wer die sind. Sie sind sich dessen vielleicht nicht bewusst, aber Sie wissen es trotzdem. Wir alle wissen es. Wir schlucken deren Vitamine und Tabletten, wir putzen uns die Zähne mit ihrer Zahnpasta, nehmen ihren Hustensaft ein, schlucken ihre Abführmittel, wenn wir Verstopfung haben, benutzen ihre Nasensprays, wenn wir verschnupft sind, manche von uns benutzen ihre Nikotinpflaster. In afrikanischen und anderen armen Ländern tötet dieser Konzern jedes Jahr Millionen von Menschen, indem er ihnen nicht erprobte oder abgelaufene Medikamente verkauft oder Milchpulver, das nicht die für Säuglinge so wichtigen Antikörper enthält. Glauben Sie wirklich, das Leben eines englischen Zeitungsreporters ist denen auch nur einen Pfifferling wert?«

Ross starrte ihn an. »Das klingt nach jedem beliebigen Pharmaunternehmen. Welches ist es, Udin?«

»Kerr Kluge.«

»Kerr Kluge?«, wiederholte Ross.

»Ja.«

»Sie tun ja gerade so, als wären diese Leute der Antichrist persönlich.«

»Sie kennen nur *eine* Religion, Ross, und zwar das Geld. Nur was unter dem Strich für sie herauskommt, zählt.«

»Machen die sich Sorgen um die Wiederkunft Jesu? Dass er sie aus dem Geschäft drängen könnte, weil er die Kranken ohne Medikamente heilen kann?«

Udin schüttelte den Kopf, zog an seiner Zigarette und blies den

Rauch aus. »Nein, Ross, das ist ganz und gar nicht ihr Problem. Sie sehen nur den immensen Wert der einzigen Gegenstände auf der Welt, die Jesu DNA enthalten. Ihr Marktwert ist unermesslich für sie.«

Mit einem Grinsen sagte Ross: »Vielleicht sollte ich ihnen einen Handel vorschlagen?«

»Der Teufel handelt nicht, mein Freund.«

61

Freitag, 10. März

Auf der Fahrt zurück nach Brighton warf Ross immer wieder einen Blick in den Rückspiegel. Mehrere Male fuhr er aufs Geratewohl an die Seite. Während der Verkehr an ihm vorbeirauschte, hielt er nach einem Wagen Ausschau, der ihm eventuell gefolgt war, konnte aber nichts Verdächtiges entdecken. Dennoch nahm er Hussam Udins Warnung ernst.

Nur, woher wusste Udin das alles? Woher wussten seine Leute das alles? Die Männer, die ihm in Ägypten nach dem Leben trachteten, waren Udin zufolge aus der Pharmabranche. Hatte der Blinde damit recht?

Woher wussten diese Leute, wer immer sie waren, was er in seinem Besitz hatte?

Woher …?

Ein Schauer durchrieselte ihn, weil ihm etwas eingefallen war.

Mist.

Ein paar hundert Meter weiter war ein Parkplatz. Eine Bushaltestelle. Zitternd bog er ab.

Sein Gespräch mit Sally Hughes.

Mein Onkel ist ein Mitglied der Stiftung von Chalice Well …

Julius Helmsley. Er leitet ein pharmazeutisches Unternehmen …
Ross holte sein Smartphone heraus und gab den Namen Kerr Kluge bei Google ein.

Tatsächlich, Julius Helmsley war als einer der Direktoren gelistet. COO, leitender Geschäftsführer.

Er überlegte kurz. Steckte diese Firma hinter dem Angriff in Ägypten? War es einer ihrer Schläger gewesen, der ihm ins Gesicht getreten hatte, als er aus dem Brunnenschacht aufgetaucht war? Hatte *er* die Tasche mitgenommen, die er zu diesem Zweck bereitgestellt hatte und die lediglich die Keksdose und die Taufschale vom Trödelmarkt in Lewes enthielt?

Während er weiterfuhr, bildete sich ein Plan in seinem Kopf heraus. Nach einigen Meilen tauchte rechts vor ihm ein Einkaufszentrum auf. Er fuhr von der Straße ab und hielt darauf zu. Auf einem großen Schild davor waren die einzelnen Händler des Zentrums aufgelistet. Einer von ihnen war, wie er es gehofft hatte, *Carphone Warehouse*. Er parkte, verriegelte den Audi und betrat das Einkaufszentrum.

Fünfzehn Minuten später kam er mit einer Plastiktüte zum Wagen zurück. Sie enthielt eine Rolle kleiner Aufkleber, die er in einem Schreibwarenladen gekauft hatte, und zwei voll aufgeladene Prepaid- oder Wegwerf-Handys, wie Kriminelle dazu sagten, weil sie normalerweise nur einen Anruf damit tätigten und sie sofort entsorgten, um nicht geortet zu werden.

Er setzte sich und beklebte beide Telefone, kennzeichnete sie mit 1 und 2. Dann holte er die Visitenkarte aus seiner Brieftasche, die Sally ihm gegeben hatte, und wählte mit Handy 1 ihre Nummer.

Nach fünfmaligem Klingeln schaltete sich die Voicemail ein.

»Hi, hier ist Sally. Bitte hinterlassen Sie eine Nachricht, und ich rufe Sie zurück.«

»Hi, Sally, Ross Hunter hier. Könnten Sie mich unter dieser Nummer zurückrufen – sie müsste auf Ihrem Handy zu sehen sein.«

Er fuhr aus dem Parkplatz und wieder auf die A23, wobei er sich erneut nach einem verdächtigen Wagen umsah, der ihm eventuell gefolgt war, aber keinen bemerkte.

Wieder verfiel er ins Grübeln. Was sollte er tun, falls beim DNA-Test tatsächlich eine Übereinstimmung zwischen dem Zahn und dem Kelch herauskäme? Es gab doch sicher einen Weg, wie er diese Geschichte zu Papier bringen konnte, ohne sich und Imogen in Gefahr zu bringen? Und wenn er mit alldem ganz einfach an die Öffentlichkeit ginge? Vielleicht nachdem er sich den letzten Satz Koordinaten von diesem seltsamen alten Rechtsanwalt in Birmingham geholt hatte, diesem Robert Anholt-Sperry. Er würde sie online stellen und dann die Finger davon lassen.

Sein iPhone klingelte.

»Ross Hunter«, meldete er sich.

»Mr. Hunter, hier ist DCI Martin Starr von der Kriminalpolizei in Birmingham. Wir haben uns kurz im Präsidium gesehen, als Sie Ihre Aussage zu Dr. Cook gemacht haben.«

»Ja, hi.«

»Können Sie sprechen?«

»Ich sitze am Steuer, habe aber die Freisprechanlage aktiviert.«

»Würden Sie lieber vom Festnetz aus telefonieren?«

»Nein, ich fahr links ran. Nur eine Sekunde, weiter vorn ist eine Abzweigung.«

Ross fuhr von der Hauptstraße ab und hielt an. »Okay«, sagte er dann.

»Können Sie mir sagen, Mr. Hunter, warum Sie Dr. Cooks Haus in Newhurst Village betreten haben, anstatt die Polizei zu rufen?«

Er dachte sorgfältig nach, ehe er antwortete. »Ja – ich kannte Dr. Harry F. Cook. Er hatte mich ein paar Tage zuvor angerufen, weil er die Nachricht erhalten hatte, dass ich als Journalist ihm dabei helfen könnte – das mag Ihnen jetzt seltsam erscheinen –, die Existenz Gottes zu beweisen.«

»Soso.« Starr klang emotionslos. Und eine Spur zynisch. »Von wem hatte er diese Nachricht, Sir?«

Ross zögerte. »Von einem Vertreter Gottes.«

»Einem Vertreter Gottes?«

»Ich hielt Dr. Cook zu diesem Zeitpunkt für einen Spinner, aber die Sache interessierte mich – also wollte ich ihn treffen und mir seine Geschichte anhören.«

»Und das haben Sie getan?«

»Er kam zu mir nach Sussex und erzählte mir mehr.«

»Über den Beweis der Existenz Gottes?« Die Stimme des Ermittlers klang immer skeptischer.

»Ja.«

»Soso. Und was ist passiert?«

»Nachdem ich ihn getroffen hatte, kam er mir – nun ja – durchaus seriös vor, wenn auch ein wenig …«

»Nun?«

»Na ja, ein wenig – ein wenig verblendet.«

»Trotzdem haben Sie anschließend entschieden, den ganzen Weg bis nach Worcestershire zu fahren, um ihn zu treffen?«

»Na ja, ich hab ihn Donnerstagabend angerufen, um ihm zu sagen, dass ich ihm wohl nicht helfen könne. Doch er flehte mich an, zu ihm zu kommen. Er habe Informationen, sagte er, die mich umstimmen würden. Ich bin Journalist, also wollte ich ihn wenigstens anhören.«

»Dann sind Sie zu seinem Haus gefahren und haben den Toten gefunden?«

»Genau.«

»Und Sie haben sofort die Polizei verständigt?«

»Stimmt.«

»Hat Dr. Cook davon gesprochen, dass er Feinde hatte, Mr. Hunter? Irgendwelche Fanatiker, die seine Ansichten nicht teilten?«

»Nein, hat er nicht.«

»Wer könnte sich von ihm angegriffen gefühlt haben? Fällt Ihnen jemand ein?«

»Nein, niemand.«

»Ich weiß, dass Sie meinen Kollegen bereits alles gesagt haben. Wären Sie trotzdem bereit, noch einmal mit uns zu sprechen, falls ich noch Fragen habe? Wir könnten zu Ihnen kommen, falls Ihnen das lieber ist?«

»Ja, absolut.«

»Danke, Mr. Hunter. Das ist vorerst alles. Ich melde mich wieder.«

Als er aufgelegt hatte und gerade losfahren wollte, hörte er einen unvertrauten Klingelton. Es war eines seiner neuen Handys. Dasjenige, mit dem er Sally angerufen hatte. Er meldete sich.

»Hallo, Ross!« Ihre Stimme klang noch wärmer und freundlicher, als er sie in Erinnerung hatte.

»Hi, Sally, wie geht's?«

»Gut, und Ihnen?«

»Ganz okay, glaube ich.«

»Tut gut, eine freundliche Stimme zu hören. Ich hatte eben ein Interview mit einem unserer großen Theater-Haudegen. Was für ein aufgeblasener Laffe – als wäre es unter seiner Würde, für einen Provinzsender interviewt zu werden. Er hat mir auf jede Frage eine ausweichende Antwort gegeben. *Freuen Sie sich schon auf Ihren Auftritt im Bristol Hippodrome, Sir William? – Sollte ich, meine Liebe? – Wie ich höre, wollten Sie Ihr Leben lang Archie Rice spielen, stimmt das? – Aber nicht doch, meine Liebe. – Haben Sie noch irgendein ehrgeiziges Ziel, Sir William? Gibt es eine Rolle, die Sie reizen würde? – Ich habe sie bereits alle gespielt, meine Liebe.«*

»Hoffentlich haben Sie's ihm tüchtig gegeben.«

»Schön wär's. Was man hätte sagen können, fällt einem doch immer erst hinterher ein.«

»Dazu gibt es ein großartiges Zitat von Oscar Wilde«, sagte Ross. »Er war mit dem Maler Whistler auf einer Party – und dieser Whistler machte eine sehr geistreiche Bemerkung. *Ich wünschte, ich hätte das gesagt,* versetzte Oscar Wilde. Worauf Whistler erwiderte: *Das wirst du noch, Oscar, das wirst du noch.«*

276

Sie lachte. »Das Interview mit Ihnen hab ich sehr genossen – es tut gut, mit jemandem zu sprechen, der klug und witzig ist und gleichzeitig überhaupt nicht aufgeblasen.«

»Dann hab ich Sie wohl enttäuscht.«

»Überhaupt nicht. Sie waren viel interessanter als die meisten Leute, die ich in der Show habe.«

»Wie nett von Ihnen! Also, der Grund, warum ich anrufe, ist folgender: Ich würde mich gern noch einmal mit Ihnen unterhalten – vertraulich, es ist sehr wichtig.«

»Sicher – am Telefon, oder möchten Sie, dass wir uns treffen?«

»Ich fände es besser, wenn wir uns treffen.«

»Am Wochenende bin ich zu Hause, dann fahre ich ein paar Tage zum Skilaufen.«

Er überlegte schnell. Bristol war ungefähr drei Autostunden von Brighton entfernt. Morgen Abend waren sie zu einer Party bei den Hodges eingeladen – Helen hatte Geburtstag, und er würde sich bei Imogen sehr unbeliebt machen, wenn er sich davor drückte. »Wie wär's, wenn wir uns am Sonntag treffen, gegen Mittag? Vielleicht könnten wir in einem Pub einen kleinen Happen essen?«

»Einen kleinen Happen?« Sie klang enttäuscht. »Ein großer wär mir lieber.«

Er spürte dieselbe Spannung wie beim ersten Mal – dieses erregende Prickeln zwischen ihnen. Er wusste, dass es falsch war. Trotzdem wollte er nicht, dass es aufhörte. Gleichzeitig fragte er sich, was für Motive sie wirklich hatte. Spielte sie womöglich ein falsches Spiel?

»Ein ausgedehnter Lunch, von mir aus gern«, sagte er.

62

Sonntag, 12. März

Wie Ross erwartet hatte, war Imogen alles andere als begeistert darüber, dass er am Sonntag nach Bristol fahren wollte. Ihre Schwester Virginia, ihr Schwager Ben und die drei Kinder hatten sich zum Lunch und zu einem Spaziergang angekündigt, und insgeheim war er heilfroh, sie zu verpassen. Ihre Schwester war die Tugendhaftigkeit in Person, runzelte die Stirn, wenn es Alkohol gab, und war dann immer diejenige, die angeblich fahren musste. Der Gesprächsstoff mit ihrem versoffenen Gatten war ihm schon vor Jahren ausgegangen. Ben hatte einfach nichts zu sagen und neigte dazu, sich ständig zu wiederholen, wenn er betrunken war.

Sally, in engen Jeans, Wildlederstiefeln und einer weißen Bluse, sah hinreißend aus. Sie saß bereits an einem der hölzernen Tische in dem modernen, gut besuchten Pub. Vor ihr stand eine Flasche Rioja.

»Tut mir leid, dass ich zu spät komme«, sagte er.

»Kein Problem. Ein Glas Wein?«

Ohne die Antwort abzuwarten, schenkte sie ihm ein und schob ihm die Speisekarte hinüber. »Sie haben Spezialitäten auf der Tageskarte. Ich nehme die französische Zwiebelsuppe und das Roastbeef – die machen hier tolle Sonntagsbraten.«

»Klingt lecker, ich nehm das Gleiche.«

»Nun, Mr. Ross Hunter, Sie berühmter Journalist, was ist so wichtig, dass Sie Ihren Sonntag opfern, um mit einer Provinztussi vom Radio zu Mittag zu essen?«

Er hatte Mühe, die Form zu wahren. »Bei unserem letzten Gespräch hatten Sie doch Ihren Onkel Julius erwähnt, nicht?«

»Julius Helmsley?«

»Genau. Sie sagten, er sei im Vorstand eines Pharmaunternehmens, stimmt's?«

»Ja, ein ziemlich großes Tier.«

»Für welche Firma arbeitet er gleich wieder?«, fragte er, um sich zu vergewissern.

»Kerr Kluge.«

»Ach für *die* kleine Klitsche.«

»Tja.« Sie lächelte. »Weltweit sind sie, glaube ich, die Nummer drei.«

»Könnten Sie mir ein wenig über Ihren Onkel erzählen?«

»Sicher, was möchten Sie denn wissen?«

Er trank einen Schluck und nickte beifällig. »Der ist richtig gut.«

»Averys – Bristols Wirtschaft gründet zum Teil auf dem Weinhandel.«

»Natürlich.«

Er versuchte, ihrem Blick auszuweichen, schaffte es aber nicht so ganz. »Wie ist Ihr Onkel so, als Mensch, meine ich?«

»Wir stehen uns nicht sonderlich nah. Er ist der Schwager meiner Mutter. Sie ist letztes Jahr gestorben.«

»Das tut mir leid.«

»Sie hatte Brustkrebs, eine richtig bösartige Variante.« Sally schenkte sich Wein nach. Um sie daran zu hindern, auch sein Glas zu füllen, hielt er die Hand darüber.

»Nur das eine«, sagte er. »Ich hab noch eine lange Fahrt vor mir.«

»Haben Sie je einen Menschen verloren, der Ihnen nahestand?«, fragte sie.

»Ja, hab ich.«

»Als wir uns neulich, nach dem Interview, unterhalten haben, sagten Sie, ein bestimmtes Erlebnis hätte dazu geführt, aus dem skeptischen Agnostiker, der Sie einmal waren, einen Menschen zu machen, der zwar nicht tief gläubig sei, aber immerhin offen für Glaubensfragen. Es sei zu persönlich, um darüber zu sprechen, sagten Sie. Sind Sie heute bereit, darüber zu reden?«

»Wie wär's mit einem Deal?«

»Einem Deal?«

279

»Wenn ich Ihnen sage, warum ich mich verändert habe, erzählen Sie mir etwas über Ihren Onkel, okay?«

Sie lächelte. »Okay.«

Er erzählte ihr von dem Morgen, an dem Ricky starb, und was im Fitnessstudio in Brighton mit ihm passiert war, und sie hörte ihm aufmerksam, fast gebannt zu. Als er zu Ende gesprochen hatte, sagte sie: »Ross, das ist unglaublich. Ich hab mal einen Arzt interviewt, der sich mit Nahtoderfahrungen beschäftigt und ein Buch darüber geschrieben hatte. Ein paar der Geschichten, die er mir erzählt hat, ähnelten der Ihren.«

Er nickte. »Ja, ich hab damals eine Menge darüber gelesen. Es gibt alle möglichen Theorien dazu, über Telepathie, über die Abschaltprozesse im Gehirn.«

»Und über das Leben nach dem Tod?«, fragte sie.

Er lächelte. »Wir werden es herausfinden – oder auch nicht.«

»Ich würde wirklich gern irgendwann mehr darüber hören«, sagte sie. »Das Thema fasziniert mich, ich glaube, dass da etwas dran ist.«

»Na schön, ich erzähl gern mehr darüber.«

»Ich finde, Sie sollten ein Buch darüber schreiben. Dann könnte ich Sie in meine Show einladen, und Sie sprechen darüber.«

»Vielleicht tue ich das wirklich einmal. Na schön, jetzt sind Sie dran!«

»Okay. Also Folgendes, Onkel Julius war immer ein wenig seltsam, als ich klein war. Er führte mir gern chemische Experimente vor – zum Beispiel, wie man Stinkbomben baut oder Magnesiumblitze. Wie ein Zauberer. Doch später habe ich jede Verbindung zu ihm verloren. Ich hab versucht, ihn in meine Show zu holen, aber er hatte kein Interesse. Seine Firma ist sehr verschwiegen – wie die meisten Pharmaunternehmen. Sie schützen ihre Patente – und alles, was sie gerade entwickeln. Warum interessieren Sie sich für ihn?«

»Ich bin nur neugierig.«

Sie neigte den Kopf zur Seite. »Ach ja? Sie sind also drei Stunden hierhergefahren, um mit mir über meinen Onkel zu sprechen – aus reiner Neugier?«

Sein Handy vibrierte in seiner Tasche. Er entschuldigte sich bei Sally und ging dran. »Hallo?«

»Mr. Hunter?«

»Am Telefon.«

»Hier ist Jolene Thomas von ATGC Forensics.«

»Ach ja, hi!«, sagte er und bedachte die Moderatorin mit einem weiteren entschuldigenden Lächeln.

»Ich dachte, Sie möchten es vielleicht wissen. Ich hab eben erfahren, dass wir die ersten Testergebnisse vorliegen haben. Tut mir leid, dass es doch ein bisschen länger gedauert hat, der Zahn war etwas zeitaufwendiger. Könnten Sie morgen vorbeikommen? Wir gehen die Ergebnisse durch, und ich erklär Ihnen, was sie bedeuten.«

»Gibt es eine Übereinstimmung?«

»Das darf ich Ihnen aus Sicherheitsgründen am Telefon leider nicht verraten.«

Er bedankte sich und legte auf.

»Gute Nachrichten?«, fragte Sally.

63

Montag, 13. März

Auf seiner Fahrt zum Labor nahm Ross den Umweg über Lewes. Er bog auf den Needlemakers-Parkplatz, zog sich ein Ticket, das eine Stunde gültig war, und klebte es an die Windschutzscheibe. Dann eilte er zu dem Antiquitätenhandel um die Ecke, den er am Wochenende gelegentlich mit Imogen besuchte.

Vierzig Minuten später saß er wieder im Wagen und fuhr nach Kingston, südwestlich von London. Mittlerweile hatte er sich angewöhnt – vielleicht aus Paranoia –, zunächst einen vorsichtigen Blick in den Rückspiegel zu werfen, um sich zu vergewissern, dass ihm auch wirklich niemand folgte. Er änderte häufig das Tempo, um etwaige Verfolger aus der Reserve zu locken, beschleunigte immer wieder jäh auf 95 Meilen pro Stunde, um das Tempo dann wieder auf 50 zu drosseln.

Er parkte und ging geradewegs zum Haupteingang. Dort wandte er sich an die Empfangsdame und sagte, Jolene Thomas erwarte ihn. Die Empfangsdame schrieb seinen Namen, die Autonummer sowie die Ankunftszeit in ein Formular und faltete es in eine Klarsichthülle an einem Halsband. Er hängte es sich um.

Einige Minuten später erschien die junge Forensikerin in einem eleganten grünen Kleid, fuhr mit ihm im Lift in die zweite Etage und führte ihn durch ein Labyrinth aus cremefarbenen Fluren und mehreren Flügeltüren, ehe sie vor einer weiteren Flügeltür stehen blieb, die nach rechts führte. Neben ihr an der Wand war ein schwarzes Schild, auf dem in weißen Lettern *TATORT* stand.

Darunter waren die einzelnen Labore aufgelistet: 1/15, 1/18, 1/20, 1/21, 1/22.

Er las weiter: Lab. 1/1, 1/5, 1/6, 1/7, 1/8.

Und darunter: ABTEILUNG FÜR DNA-FORENSIK

Lab. 1/10, 1/12, 1/13

FNDAS

Lab. 1/14

Als sie seinen verdutzten Gesichtsausdruck sah, musste sie grinsen. »Wir wollen es Fremden absichtlich ein wenig erschweren, sich hier zurechtzufinden. Es ist Teil unserer Sicherheitsstrategie, weil wir hier in dieser Abteilung größtenteils DNA-Proben der Polizei untersuchen.«

»Gut zu wissen«, sagte er und dachte an Hassam Udins Warnung und seine jüngsten Erfahrungen. »Ist bei Ihnen schon mal eingebrochen worden?«

»Nein, zum Glück nicht. Wir sind uns bewusst, dass viele Kriminelle großes Interesse daran hätten, unsere Analyse-Ergebnisse in die Finger zu kriegen – um sie zu vernichten. Doch alles, was hier hereinkommt, wird mit einem Code versehen und ist der Belegschaft nur unter diesem Code bekannt. Selbst für den unwahrscheinlichen Fall, dass sich jemand in unser Computersystem einhacken würde, wüsste er nicht, wo er suchen soll.«

»Verstehe«, sagte Ross, während er ihr durch ein weiteres Labyrinth folgte und einen Blick auf die Schilder warf.

KNOCHENEXTRAHIERUNG LABOR 1/22 ÖFFNEN SIE DIESE TÜR NICHT OHNE SCHUTZHANDSCHUHE UND ATEMSCHUTZMASKE. WARNUNG! RAUM NICHT BETRETEN, WENN DAS ALARMSIGNAL ÜBER DER TÜR ORANGE LEUCHTET.

Vor einer Tür mit einer kleinen vergitterten Schalttafel blieb Jolene schließlich stehen. Sie hielt ihr Namenschild dagegen, tippte einen Code ein und ging hinein, wobei sie ihm die Tür aufhielt.

Er betrat einen langgezogenen Raum, in dem sich etwa zwanzig Personen über ihre Arbeitsplätze beugten, alle sichtlich konzentriert. Sie ging geradewegs auf einen leeren Schreibtisch am Ende des Raums zu, zog einen Stuhl für ihn heran und setzte sich dann neben ihn. Sie gab ein Passwort ein. Eine Schachtel Papiertaschentücher, ein Stapel Dokumente und ein Kaffeebecher aus Pappe mit Plastikdeckel standen auf dem Schreibtisch.

Der Bildschirm erwachte. Auf der linken Seite erschien eine Art Index, Ziffernreihen, die für ihn keinen Sinn ergaben. Im Zentrum des Bildschirms waren mehrere Spalten mit spindeldürren, unterschiedlich hohen Zacken, jede mit einer kleinen nummerierten Scheibe versehen. Sie wandte sich an Ross. »Haben Sie sich schon mal DNA angesehen?«

»Nein.«

»Na schön, die hier entstammt dem Kelch, den Sie uns gegeben haben – wir haben das geronnene Blut darin untersucht.«

»Blut?«

»Ja, definitiv, das Testergebnis ist eindeutig.«

»Blut?«, wiederholte er. *War es das Blut Christi? Als er am Kreuz hing?*

»Die DNA darin ist leider ziemlich degradiert. Die Zahnprobe ist besser. Jedes Paar Zacken, das Sie hier sehen, stellt männliche und weibliche Basenpaare dar. Wir haben Ihren Wünschen gemäß bei beiden Proben die Standard-, die mitochondriale und die Y-STR-Methode angewandt. Ich zeige Ihnen jetzt die beiden letztgenannten.«

»Können Sie die DNA aus dem Kelch datieren?«

»Nein, dazu müsste man die Kohlenstoffdatierung anwenden. Aber eines kann ich Ihnen sagen, meiner Meinung nach sind die Proben sehr, sehr alt.«

»Wie alt ungefähr?«

Sie schüttelte den Kopf. »Das würde stark davon abhängen, wie und wo sie gelagert wurden. Ein paar hundert Jahre dürften es mindestens sein, möglicherweise auch mehr. Aber das ist nur eine Vermutung.«

Sie tippte wieder etwas ein.

Auf dem Monitor erschien ein neues Bild. Diesmal waren es viel mehr Spitzen, einige so nah beieinander, dass sie aussahen wie ein schmiedeeiserner Zaun. Dann legte sich ein zweites Diagramm darüber, gefüllt mit Blöcken aus den Buchstaben ACGT, in unzähligen Varianten.

»Dies hier ist die mitochondriale DNA aus dem Inhalt des Bechers«, sagte sie. »Und jetzt wird's interessant.«

Wieder schlug sie eine Taste an, und es erschien ein neues Diagramm mit weiteren Spitzen.

»Das hier ist der Zahn. Sehen Sie's?«

Er schaute sehr genau, ohne wirklich zu wissen, was er vor sich sah. »Ich glaub schon.«

Sie tippte erneut, mehrere Zahlenreihen erschienen, genauso bedeutungslos für ihn wie die vorhergehenden. Er riss die Augen auf.

»Was genau gibt's hier zu sehen, Jolene?«

Sie deutete auf verschiedene Zahlenpaare in den Reihen. »Dies sind die Standard-DNA-Übereinstimmungen zwischen Zahn und Becher. Bei der mitochondrialen DNA ist es dasselbe – noch besser sogar. Und es gibt, was mich sehr überrascht hat, weil sie am instabilsten ist, eine sehr deutliche Y-STR-Übereinstimmung zwischen den beiden Objekten.«

»Wie groß ist diese Übereinstimmung?«

Sie schien sehr zufrieden mit sich. »Nun ja, wenn ich dies vor Gericht durch die Anklagevertretung vorlegen ließe, würde ich sagen, die Übereinstimmung zwischen den beiden ist nach mathematischer Wahrscheinlichkeit zweifellos vorhanden. Eins zu vielen Milliarden. Es gibt sieben spezifische Mutationen in der mitochondrialen DNA – sehr seltene Mutationen im Vergleich zu unserer Datenbank, und sieben weitere im Y-Chromosom, ebenfalls sehr selten. Exakt dieselben Mutationen sind in der DNA beider Objekte nachweisbar.«

Ein Schauder durchzuckte ihn wie ein kleiner Stromstoß. »Und das gilt wirklich für alle drei Testmethoden?«

»Ja.«

»Wenn ich richtig verstanden habe, was Sie mir beim letzten Mal über die mitochondriale DNA erzählt haben – dann wird sie unverändert über die weibliche Linie weitergegeben?«

»Ganz genau.«

»Und die Y-STR-DNA, über die männliche Linie, bleibt ebenfalls unverändert?«

»Genau.«

»Wie viele Generationen könnten beide durchlaufen, Jolene?«

»Solange der Fortpflanzungsprozess bestehen bleibt. Alle Mädchen und Jungen, die geboren werden, geben die mitochondriale beziehungsweise die Y-STR-DNA an ihre Nachkommen weiter, unbegrenzt.«

»Unverändert?«, fragte er, um sicherzugehen.

»Unverändert.«

Er befürchtete, zu viel preiszugeben, hatte aber das Gefühl, dieser Frau vertrauen zu können. »Na gut, angenommen, diese DNA ist zweitausend Jahre alt. Wenn ich Sie richtig verstehe, könnten Sie jemanden, der heute lebt, anhand der Standard-DNA und der mitochondrialen DNA als direkten Nachfahren identifizieren?«

»Bei einer Frau wäre das möglich, Mr. Hunter.«

»Und anhand der Y-STR-DNA …«

»Eine männliche Person, ganz genau.«

Er war Feuer und Flamme. »Ist von dem Zahn noch etwas übrig? Ein klitzekleines Stück?«

»Ja, Mr. Hunter«, sagte sie. »Es ist in einem Glasfläschchen, in einer Flüssigmischung.«

Ihm fiel ein Stein vom Herzen. »Das ist großartig, phantastisch!«

»Sie müssten mir eine Empfangsbestätigung unterschreiben, dann erhalten Sie die Ergebnisse. Möchten Sie auch den Becher wiederhaben?«

»Ja, bitte.«

64

Montag, 13. März

Vierzig Minuten später fuhr Ross von der M25 auf die M23, nach Süden in Richtung Brighton. Er fuhr langsamer als sonst auf der ruhigen Autobahn, weil er seinen Gedanken nachhing, hielt den Wagen konstant auf 70 Meilen pro Stunde auf der Innenspur. Es war wenig los, und die Sonne war noch einmal hervorgekommen, hing tief über den Hügeln der South Downs und schien ihm geradewegs in die Augen, so dass er geblendet war. Er klappte den Sonnenschutz herunter, und ein alter Parkschein flatterte ihm entgegen. Kurz abgelenkt, griff er danach und legte ihn auf den Beifahrersitz.

Da bemerkte er den Sattelschlepper, der rechts von ihm, auf der mittleren Spur, angebraust kam. Er hatte zum Überholen angesetzt, war jetzt neben ihm, machte aber keine Anstalten, an ihm vorbeizufahren. Er blieb auf gleicher Höhe. Die Straße vor ihm war frei, warum also fuhr er nicht einfach weiter?

Dann tauchte im Rückspiegel der Kühlergrill eines SUV auf. Das Fahrzeug war nur wenige Zentimeter hinter ihm, war gefährlich dicht aufgefahren.

Irgendetwas war hier faul, das spürte er. Er stieg aufs Gas, die Automatik schaltete in einen niedrigeren Gang, und der Wagen vollführte einen Satz nach vorn – um ein Haar in einen weißen Transporter, der den Laster überholt hatte und sich dann knapp vor ihn gesetzt hatte.

Er hupte ärgerlich.

Die Bremslichter des Transporters leuchteten auf. Er wurde langsamer, der Laster ebenfalls, rückte ihm nicht von der Seite.

Er brauchte einen Moment, um zu kapieren, was da gerade passierte. Es war ein klassisches Ausbremsmanöver, genannt TPAC, *Tactical Pursuit and Containment*, mit dem die Polizei flüchtende Fahrzeuge zu stoppen pflegte: Drei, zuweilen auch vier Wagen nahmen das Zielfahrzeug in die Zange, bremsten es langsam aus und nötigten es zum Anhalten.

Da, eine Ausfahrt! Als er sie nehmen wollte, wechselte der SUV hinter ihm plötzlich die Spur und setzte sich neben ihn, hinderte ihn am Abbiegen. Ross stieg auf die Bremse, der SUV ebenso.

Dann war er an der Ausfahrt vorbei, und der SUV setzte sich wieder direkt hinter ihn.

Er warf einen Blick über die Schulter. Sollte er nach links schwenken und den Transporter vor ihm links überholen?

Als hätte er seine Gedanken erraten, rückte der Transporter ein wenig weiter nach links, und der Laster drängte sich von rechts an ihn heran. Ross würde entweder mit ihm kollidieren oder halb auf die Standspur ausweichen müssen.

Verfluchte Scheiße.

Er lenkte den Wagen weiter nach links, und der Laster rückte nach, drängte ihn immer weiter auf die Standspur.

Die Bremslichter des Transporters leuchteten auf, er wurde langsamer und zwang ihn, konstant mit der Geschwindigkeit herunterzugehen. Sechzig Meilen pro Stunden … fünfundfünfzig … fünfzig. Er musste etwas tun. Unbedingt.

Da erinnerte er sich, dass die Bremslichter nur mit dem Bremspedal in Verbindung standen, nicht aber mit der Handbremse.

Er warf einen Blick in den Rückspiegel, nahm allen Mut zusammen und riss die Handbremse nach oben.

Die Hinterreifen blockierten.

Der Wagen geriet in einen Zickzackkurs, das Lenkrad drohte ihm zu entgleiten. Er hörte, wie die Reifen des SUV hinter ihm kreischten, und sah im Rückspiegel, wie er an ihm vorbeischleuderte, das Heck seines Wagens nur um Zentimeter verfehlte. Ein Funkenregen, als der SUV gegen die Leitplanke krachte, davon abprallte, quer über die Standspur schoss und dem Laster eine Breitseite verpasste.

Ross stellte die Automatik des Audi auf rückwärts, reckte den Hals nach hinten und setzte, so schnell er konnte, zurück, wobei sein Wagen auf der Standspur wilde Schlangenlinien vollführte. Ihm schwirrte der Kopf. Die Ausfahrt war nur ein paar hundert Meter hinter ihm. Was er da tat, verstieß gegen die Verkehrsregeln und war brandgefährlich. Wenn die Polizei kam, na schön, dann würde er den Beamten erklären, was passiert war. Falls nicht, würde er die Ausfahrt nehmen.

Ein schneller Blick nach vorn zeigte ihm, dass der SUV kopfüber auf der Standspur lag, die Motorhaube im Laster verkeilt wie ein Raubtier, das sich über seine Beute hermacht. Der weiße Transporter war verschwunden.

Er erreichte die Ausfahrt, wartete eine Lücke im leichten Verkehr ab, der ohnehin langsamer wurde, und vollführte dann das gefährliche Manöver: rückwärts über die Beschleunigungsspur, dann hart aufs Gas und nichts wie weg.

Sein Kopf hämmerte, seine Hände zitterten. Eines wusste er: Was gerade passiert war, machte es für ihn nur noch zwingender, schnellstmöglich zum Ziel zu gelangen.

Eine knappe Stunde später, noch immer gezeichnet von dem Zwischenfall auf der Autobahn, lenkte Ross den Wagen auf den Parkplatz des U-Store-Depots in Shoreham. Er saß eine Weile still da und fragte sich, ob er der Polizei hätte melden sollen, dass er in einen Unfall verwickelt gewesen war. Hatte er sich nicht gerade der Fahrerflucht schuldig gemacht, eines strafbaren Vergehens? Gab es dort Überwachungskameras, die alles aufgezeichnet hatten? Auch, wie er auf einer Autobahn rückwärts gefahren war? Er würde sich später mit dem Problem befassen.

Obwohl, war er tatsächlich in einen Unfall verwickelt gewesen? Immerhin war sein Wagen unversehrt geblieben?

Ross sprang aus seinem Audi und eilte nach hinten, zum Kofferraum. Nachdem er sich vorsichtig umgeschaut hatte, griff er sich die Reisetasche und trug sie in den Pförtner-Container.

Dort saß vor mehreren Überwachungsmonitoren noch immer der schwer übergewichtige, gelangweilt dreinsehende Typ am Schalter, etwa Mitte dreißig, mit dem fettigen, ungekämmten Haar und dem einzelnen goldenen Ohrring, den Ross vom letzten Mal wiedererkannte. Die Bildschirme zeigten statische Ansichten von der Außenseite des Depots und dem Inneren des Lagerhauses. Der Fiesling las einen Roman von Terry Pratchett und aß dabei ein Jumbosandwich, von dem die Sauce tropfte. Es roch nach Curry. Ein Namensschild, das an das Revers seiner knittrigen, schlecht sitzenden Uniform geheftet war, wies ihn als Ron Spokes aus.

»Hi, Ron!«, sagte Ross fröhlich.

Der miesepetrig aussehende Wachmann blickte auf, schien ihn aber nicht wiederzuerkennen. »Ja?«

»Sie mögen Pratchett?«

»Geht so.«

»Ich mag ihn auch«, sagte Ross.

Seine Reaktion war ein leerer Blick.

Ross trug sich ein.

Ron Spokes deutete auf die Hintertür, drückte einen Knopf, und mit einem Klick öffnete sich das Schloss. Er biss in sein Riesensandwich und wandte sich wieder seinem Buch zu. Dass ihm Sauce vom Kinn tropfte, schien ihn nicht weiter zu stören. Ross trug seine Tasche durch die Tür und auf den Hof. Etwas weiter vorne befand sich das Metallrollo zum Lagerhaus.

Er tippte den Code in die Zugangstastatur und wartete, bis das Rollo nach oben schepperte. Er war froh, dass er wie sonst auch der einzige Besucher war. Er wartete, bis sich das Rolltor wieder gesenkt hatte, und durchschritt dann die weitläufige Halle zu seinem Container. Er stellte die Reisetasche ab, gab die Kombination in das erste Vorhängeschloss ein, steckte den Schlüssel in das zweite, drehte ihn herum, und die Tür sprang auf.

Nachdem er die Tasche deponiert hatte, verriegelte er die Tür wieder, prüfte wie besessen mehrmals beide Schlösser, bevor er am Pförtner vorbei zum Parkplatz zurückkehrte und wieder in den Audi stieg.

Er checkte seine E-Mails auf dem Handy, fand aber nichts von Belang. Er tippte die Adresse seiner nächsten Anlaufstation in sein Navi, fuhr aus dem Depot und wartete auf eine Lücke im Verkehr auf der vielbefahrenen Hauptstraße vorbei an Shoreham Harbour. Etwas weiter vorn, auf der rechten Seite, stand vor einem Bürogebäude ein weißer Transporter mit dem Emblem einer Satellitenschüssel und dem Namen KEITH HAWKINS ANTENNEN auf der Seite.

Als er links abbog, um nach Hause zu fahren, beobachtete ihn ein Mann mit einem Fernglas durch die getönte Heckscheibe des weißen Transporters. Ein Wagen, Teil der Überwachungsstaffel, deren Fahrzeuge ihm abwechselnd auf den Fersen waren, seit er am Morgen von zu Hause losgefahren war, hängte sich erneut an ihn ran, blieb aber vorsichtshalber mehrere Fahrzeuge hinter ihm.

65

Montag, 13. März

Zu Hause angekommen und halb verhungert, öffnete Ross den Kofferraum des Audi und holte drei riesige Tragetaschen heraus, auf denen der Ladenname aufgedruckt war: SAFE HOUSE SECURITY SYSTEMS. Er trug sie in die Garage und stellte sie sanft auf den Boden. Sie enthielten fünf Überwachungskameras und ein Kontrollgerät, mit dessen Hilfe er die aufgenommenen Bilder über sein Handy oder seinen Laptop sehen konnte, wo auch immer auf der Welt er sich gerade befand. Es sollte die Alarmanlage ergänzen, die bereits installiert war und auch funktionierte, und Imogen ein größeres Gefühl von Sicherheit geben – und ihm selbst auch.

Er war noch nie ein guter Heimwerker gewesen, aber der Mann im Laden hatte ihm versichert, dass die Kameras sehr einfach zu installieren waren; da das gesamte System drahtlos und mittels Batterien funktionierte, brauchte er nichts weiter zu tun, als jede Kamera mit ein paar Schrauben anzubringen und dann der einfachen Anleitung zu folgen. Trotzdem hatte er seine Zweifel. Wann immer jemand behauptete, dass irgendeine Sache total easy war, hieß das erfahrungsgemäß, dass man sie nur mit Ingenieursdiplom bewältigen konnte.

Jedes Mal wenn Imogen ihn mit einem Hammer, einer Säge oder einem Schraubenzieher hantieren sah, wurde ihr Blick ängstlich. Er beschloss daher, rasch einen Happen zu essen, ein paar dringende Telefonate zu tätigen und die Sache dann möglichst schnell durchzuziehen. Sie würde überrascht sein, wenn sie heute Abend nach Hause kam.

Er machte sich ein Sandwich mit Cheddarkäse und Branston Pickle zurecht und steckte auch Monty ein paar Brocken zu.

»Du sollst dein Essen genießen, Monty, verstehst du? Nicht einfach nur in dich hineinschlingen – es könnte Gott weiß was sein!«

Der Hund bellte ihn an.

»Noch mehr?«

Monty bellte erneut.

»Nicht betteln!«, sagte Ross pflichtgemäß, weil er wusste, dass Imogen ein solches Verhalten missbilligte.

Monty saß da und starrte ihn mit heraushängender Zunge erwartungsvoll an.

»Jetzt hast du wieder deinen unwiderstehlichen Hundeblick aufgesetzt, wie?«

Monty legte den Kopf schief und sah bekümmert drein.

Ross schnitt ihm ein großes Stück Käse ab und gab es ihm. Zwei Bissen, und es war verschwunden.

»Sag ja nichts deiner Mami, okay? Alles klar?«

Monty bellte wieder.

»Nein! Schluss jetzt, okay? Das war's! Es gibt nichts mehr! Wir gehen später raus – ich hab noch was zu erledigen.«

Ross setzte sich an den Küchentisch. Während er sein Sandwich aß, blätterte er die Zeitungen durch. In der *Times* fiel ihm eine Schlagzeile ins Auge.

PASTOR WARNT VOR DEM GROSSEN BETRÜGER

Darunter stand zu lesen:

Pastor Wesley Wenceslas, der beliebteste britische Prediger aller Zeiten, behauptet, das politische Klima derzeit in der Welt – dieser Niedergang der etablierten Ordnung, die Wut und das Aufkommen aggressiver Politiker – sei in der Bibel prophezeit worden und ein Vorbote für das Kommen des Antichrist.

Er äußerte gestern während eines gut besuchten Gottesdienstes in seiner Kirche in Kensington folgende Warnung: »In der Bibel heißt es, die alte Schlange, der Teufel, der Eva im Garten Eden verführte, werde als Gott oder Gottes Sohn verkleidet erscheinen. Der Teufel wird nacheinander in allen Großstädten der Erde erscheinen. Wenn er erscheint, wird die Welt in einer verzweifelten Lage sein, und überall hört man die Schreie der Leidenden. Der Vater der Lügen und des Elends, der Feind aller Menschen, wird Mitleid vortäuschen für all das entsetzliche Leid. Um seine Täuschung glaubhaft erscheinen zu lassen, wird er große Wunder wirken, die Kranken heilen und die Hungrigen speisen. Viele Menschen werden den Teufel für Gott den Allmächtigen halten. Mein Weg ist der richtige, hütet euch vor dem Großen Betrüger.«

Pastor Wesley Wenceslas hat vier Kirchen in England und weitere drei in den USA. Sein YouTube-Kanal, Wesley Wenceslas Ministries Faith TV, hat über fünf Millionen Abonnenten rund um den Globus. Im vorigen Jahr erschien er auf der Liste der reichsten Menschen der Welt in der »Sunday Times« an 830. Stelle, mit einem persönlichen Vermögen von 172 Millionen Pfund.

Während unseres Exklusivgesprächs gab Wenceslas zurückhaltende Antworten auf Fragen, die von seinem Pressesprecher, der die ganze Zeit anwesend war, im Vorfeld geprüft worden waren. Auf die Frage, warum er eine private Boeing 737 brauche – sein derzeitiger Spendenaufruf an seine Anhänger lautet: »Ein Gebet für eine Flugmeile« – und sie demnächst durch ein noch größeres Flugzeug ersetzen wolle, antwortete der Pressesprecher, der Pastor fühle sich in der Luft Gott am nächsten und müsse daher noch mehr Zeit dort oben verbringen, fernab von irdischen Beeinträchtigungen.

Ross riss die Seite aus der Zeitung und faltete sie zusammen. Es hatte sich nicht viel geändert seit seinem Artikel über den Pastor vor einigen Jahren. Der alte Gauner lockte immer noch mehr Trottel an – und hatte auch noch den Nerv, vor Betrügern zu warnen.

293

Als er sich einen Kaffee kochte, fragte er sich, ob Wenceslas möglicherweise Wind bekommen hatte von Harry Cooks Geschichte. Er trug seine Tasse nach oben, mitsamt dem Artikel, setzte sich an den Schreibtisch und checkte nachdenklich seine E-Mails. Es gab eine Anfrage seiner Redakteurin bei der *Sunday Times*; er solle nach Straßburg fliegen und Abgeordneter aller Fraktionen im EU-Parlament zu ihren Ansichten über die jüngsten Brexit-Verhandlungen des Vereinigten Königreichs befragen.

Es war ein lukrativer Job, aber er wäre mehrere Tage von zu Hause fort und müsste seine derzeitige Arbeit unterbrechen. Also schrieb er ihr zurück:

> Natalie, ich bin da gerade an einer Geschichte, die Dich umhauen wird. Ich kann sie nicht einfach sausenlassen – Du wirst es verstehen, wenn ich sie Dir schicke. Ich lehne den Job ungern ab, aber kannst Du ihn vielleicht einem anderen geben? Herzlich, Ross

Sie antwortete umgehend.

> Ich brauche eine tolle Story für den nächsten Sonntag – wann kann ich sie sehen? Kriegst Du sie bis Donnerstag hin? Gruß

Ross starrte über seinen Bildschirm hinweg nach draußen, auf seinen staubigen Audi in der Zufahrt vor dem Haus und die Straße dahinter. Donnerstag? Seine Redakteurin hatte keine Ahnung, wie groß diese Sache womöglich war.

Und er ebenso wenig, dachte er kleinlaut.

Die Übereinstimmung der DNA eines Zahns, der vielleicht Jesus Christus gehört hatte, mit einer Trinkschale, die vielleicht Christi Blut aufgefangen hatte.

Wie groß war die Chance, dass ein Zahn aus einer Höhle in einer Gebirgsregion in Ägypten dieselbe DNA aufwies wie eine kleine

hölzerne Schale, die er aus einem Brunnen im englischen Glastonbury herausgeholt hatte?

Er wollte gerade antworten, als eine weitere E-Mail ankam. Sie
war von Imogen.

Wie war's im Labor?

Er antwortete:

Interessant! Erzähl's Dir später.

Dann schrieb er an seine Redakteurin:

Vielleicht Donnerstag in einer Woche – sofern ich dann
noch lebe.

Die Antwort kam Sekunden später.

Ich hoffe doch, Du machst nur Spaß.

Er schrieb zurück:

Schön wär's.

Er suchte in seinem Adressbuch die Telefonnummer des Anwalts in
Birmingham heraus, tippte sie ein und erkannte am anderen Ende
die Stimme der Schreckschraube. Er nannte seinen Namen und
fragte, ob er mit Robert Anholt-Sperry sprechen könne.

»Er ist leider gerade im Gespräch mit einem Mandanten – darf er
Sie später zurückrufen? Weiß er, worum es geht?«

»Ja«, sagte Ross. »Das weiß er.«

Als Nächstes versuchte er einen Mann zu erreichen, mit dem er
seit seiner Rückkehr aus Afghanistan nicht mehr gesprochen hatte.

Er wusste nicht einmal genau, ob er überhaupt noch lebte. Er googelte die Webseite des Klosters, in dem sein Onkel Angus lebte, und fand eine Telefonnummer. Er wählte sie.

»Ist es möglich, mit dem Abt zu sprechen?«, fragte er den ruhigen, überraschend umgänglich klingenden Mann, der sich gemeldet hatte.

»Sie sprechen mit ihm.«

Ross erklärte, wer er war und was er wollte.

»Mr. Hunter, ist Ihnen bewusst, dass unsere Brüder hier Eremiten sind, die in Klausur leben? Sie haben sich für das stille Leben des Gebets und der Kontemplation entschieden, sicher vor den Zerstreuungen – und Anfechtungen – der Welt. Ich kann nichts weiter tun, als Bruder Angus zu fragen – ich lege ihm eine Nachricht neben sein Abendessen. Aber ich kann Ihnen keine Antwort versprechen.«

Als Ross den Anruf beendete, kam ihm ein Gedanke, und er gab die Worte »Reagenzgläser« bei Google ein.

Nachdem er drei Webseiten durchsucht hatte, fand er genau, was er brauchte.

66

Montag, 13. März

Erst nach zweihundert Seiten des Pratchett-Romans dämmerte es Ron Spokes, dass er ihn schon einmal gelesen hatte. So etwas passierte ihm neuerdings andauernd. Und den heftigen Gurgelgeräuschen nach zu schließen, stand sein Magen kurz vor der Explosion. Irgendetwas in diesem Curry-Sandwich hatte komisch geschmeckt, er hätte es ausspucken sollen. Hatte er sich zu allem Überfluss noch eine Lebensmittelvergiftung eingefangen?

Das einzig Gute war, dass es schon 17.55 Uhr war. Nur noch fünf Minuten. Dann konnte er nach Hause düsen, mit Zwischenstopp im Kebab-Haus – oder lieber nicht, so wie sein Magen sich anfühlte. Aber vielleicht brauchte er auch nur Nachschub. Er konnte es versuchen – und am Abend wie geplant Lammspieße und Pekannuss-Eis in sich hineinstopfen und dabei den Science-Fiction-Film *Matrix* angucken, von dem ihm sein Kumpel Mick im Darts-Club erzählt hatte.

18 Uhr.

Feierabend!

Er hievte sich vom Hocker – seine Knie wollten ihn fast nicht tragen nach dem langen Sitzen – und schlurfte zur Alarmanlage hinüber, um sie für die Nacht zu aktivieren. Als er hinaus in die feuchte, neblige Dunkelheit des Parkplatzes ging, bekam er jäh Magenkrämpfe. Er spürte, wie sich Winde in ihm aufbauten, als die Krämpfe sich einen Augenblick lang so sehr steigerten, dass er sich vornüberbeugen musste und ihm vor Schmerz Tränen in die Augen schossen, bis die Krämpfe allmählich wieder abebbten.

Er ging zu seiner beschissenen Rostlaube von einem Auto. Ein zwanzig Jahre alter Honda Accord, den er seit über einem Jahr nicht mehr beim Kundendienst gehabt hatte. In vier Tagen wäre der TÜV fällig, den würde er auf gar keinen Fall bestehen. Drei abgefahrene Reifen und ein kaputter Auspuff. Ohne den Wagen käme er nicht zur Arbeit. Und er hatte eine neue Freundin am Start, Madeleine. Würde er den Bus nehmen müssen, um sie auszuführen? Sie wäre sicher mächtig beeindruckt.

Er steckte den Schlüssel ins Schloss. Wozu hatte er das Auto eigentlich abgesperrt – wer käme schon auf die Idee, es zu klauen, dachte er, höchstens ein noch erbärmlicherer Loser als er. Er zwängte sich auf den Fahrersitz, schlug die Tür zu und versuchte im Dunkeln, den Schlüssel ins Zündschloss zu fummeln. Dann entließ er einen gewaltigen Furz.

»Charmant«, sagte eine männliche Stimme hinter ihm.

Als er erschrocken zusammenzuckte, spürte Spoke etwas Kaltes, Hartes im Nacken.

»Es ist genau das, wofür Sie es halten«, sagte die Stimme. Und einen Augenblick später: »Herrgott, was haben Sie da bloß gefressen?«

»Was wollen Sie?«

»Ich bin hier, um Sie vor die Wahl zu stellen. Ich kann entweder Ihr Henker sein oder Ihre gute Fee.«

»Sehr komisch.«

»Ich scherze nicht.«

Der kalte Gewehrlauf drückte sich noch fester in den Nacken des Wachmanns.

»Sie haben einen Haufen Schulden und ich genügend Cash, um sie zu tilgen – 10 000 Pfund – also, kommen wir ins Geschäft?«

»Was für ein Geschäft?«

»Sie lassen mich rein, schalten die Videoüberwachung ab und führen mich zum Schließfach eines Ihrer Kunden, Mr. Ross Hunter.«

»Das geht nicht.«

»Und ob das geht! Sie tun gefälligst, was ich sage, klar?«

»Wissen Sie, wie viel Ärger ich kriege?«

»Wären Sie lieber tot?«

67

Montag, 13. März

»Ross, was tust du denn da, um Himmels willen?«, fragte Imogen und stieg aus dem Wagen.

Er stand weit oben auf der Leiter, die wackelig gegen die Fassade des Hauses gelehnt war, und bemühte sich, direkt unterhalb der Traufe die Überwachungskamera zu befestigen.

»Ich hab's gleich!«

»Was denn? Willst du dich umbringen?«

Der Schraubenzieher, dazu die beiden Dübel, die er im Mund stecken hatte, fielen zu Boden. Der Bohrer rutschte von der obersten Sprosse und landete neben ihnen. »Scheiße, verfluchte!«

»Komm runter!«, rief sie wütend und packte die Leiter.

Kleinlaut stieg er wieder nach unten, die Kamera in der Linken. »Ich hab sie heute Nachmittag gekauft – ich dachte, wir würden uns damit sicherer fühlen.«

»Ich komm nach Hause und seh dich oben auf der Leiter stehen und soll mich sicherer fühlen? Wohl kaum. Du bist nun mal kein Heimwerker. Dein Talent ist das Schreiben – du bist doch kein Elektriker.«

»Diese Dinger zu befestigen ist doch kinderleicht.«

»Das sehe ich.«

Er zuckte die Schultern. »Na ja, vielleicht ist es ein klein wenig schwieriger, als ich dachte.«

»Warum rufen wir nicht den Elektriker an und bitten ihn, sich morgen darum zu kümmern?«

»Guter Plan.« Er lächelte. »Wie war dein Tag?«

»Bis gegen Mittag war alles ganz okay, doch dann hatte ich plötzlich wahnsinnig Lust auf Kartoffelchips mit Salz und Essig.« Sie sah ihn schuldbewusst an. »Ich hab drei Tüten davon vertilgt. Große Tüten. Jetzt bin ich am Verdursten.«

Sie gingen hinein. Ross schloss die Haustür und legte die Sicherheitskette vor.

Imogen bückte sich, um Monty zu streicheln, und fragte: »Was haben die im Labor rausgefunden?«

»Na ja«, sagte er. »Die DNA stimmt überein. Ist das nicht irre?«

»Zwischen dem Zahn und der Trinkschale?«

»Ja.«

Sie wurde blass. »Speichelspuren an der Schale?«

»Nein – es sind Blutspuren, schon ziemlich degradiert.«

Sie starrte ihn schweigend an. »Ich brauch was zu trinken«, sagte sie dann. »Ein kleines Glas Weißwein – das ist doch in Ordnung, nicht?«

»An dem Abend, an dem du herausfindest, dass dein Mann wahrscheinlich im Besitz der DNA Jesu Christi ist, ist ein Gläschen Weißwein erlaubt.«

»Mach keine Witze.«

Er öffnete den Kühlschrank, nahm eine Flasche Albarino heraus und ging daran, sie zu entkorken. »Ich mach keine Witze.«

»Mir gefällt das nicht. Wie gesagt, Ross, die Sache ist eine Nummer zu groß für dich.«

Er reichte ihr ein Glas und setzte sich.

»Dr. Cook wurde deswegen umgebracht«, sagte sie. »Du bist in Ägypten fast getötet worden. Und mir hat man gedroht. Welche verfluchte Geschichte ist es wert, sein Leben aufs Spiel zu setzen? Die Sache ist verrückt. Religiöser Fanatismus.«

»Jetzt komm mal wieder runter!«

»Nein, Ross, komm du runter. Sei mal realistisch.«

»Was ist realistischer als eine DNA-Übereinstimmung zwischen einem Zahn aus einer Höhle in Ägypten und einer Trinkschale, die in Chalice Well in einem alten Behälter eingeschlossen war? Nehmen wir einmal an, Cook hat wirklich eine Nachricht von Gott erhalten, und ich bin dazu ausersehen, sie der Welt zu verkünden, tue es aber nicht. Ich glaube nicht, dass ich damit leben könnte.«

»Tot nützt du der Welt herzlich wenig«, sagte sie.

»Ich muss die Sache durchziehen. Ich *muss*, okay?«

»Warum? Weil du es Dr. Cook schuldig bist? Du hast doch selbst gesagt, er sei ein Spinner.«

Er trank einen Schluck Wein. »Er kommt mir gar nicht mehr wie ein Spinner vor.«

»Ach nein?«

Ross ging nach oben und holte die Ausdrucke herunter, die Jolene Thomas ihm gegeben hatte. Er breitete sie auf dem Tisch aus und erklärte sie Imogen.

300

»Was soll ich jetzt sagen?«, fragte sie, als er fertig war. »Dass ich beeindruckt bin?«

»Sag mir, ob ich was falsch verstehe, Imo. Das hier ist Sprengstoff. Es ist wahrscheinlich die größte Story aller Zeiten. Kannst du dir die Schlagzeilen vorstellen?«

»Oh ja, und genau das macht mir Angst. Erinnere dich, was dein Freund, der Bischof, dir erzählt hat. Über all die religiösen Fraktionen da draußen – und die nichtreligiösen.«

»Ich kann der Welt vielleicht beweisen, dass Gott existiert. Soll ich das etwa ignorieren?«

»Ich würd's tun«, sagte sie. »Falls Gott wirklich so viel daran liegt, die Welt zu retten, findet er auch einen anderen, da bin ich ganz sicher.«

»Du bist doch gläubig, Imogen. Viel mehr als ich. Du gehst regelmäßig in die Kirche.«

»Das ist wahr. Aber ich glaube nicht an diesen Wahnsinn, in den du da geraten bist.«

Er blickte sie an und sah die Angst in ihrem Gesicht. Er war sich der Gefahr bewusst, in der sie schwebten. Er war noch immer erschüttert von dem, was ihm auf der Schnellstraße passiert war. Und trotzdem. Die Sache war größer als nur eine Zeitungsstory, viel größer. Es gab nur noch ein Puzzleteil, das ihm fehlte – und mit etwas Glück würde er es am nächsten Tag bekommen.

»Ich fahre morgen nach Birmingham, um mich noch einmal mit Cooks Anwalt zu treffen. Komm doch mit, überzeuge dich selbst.«

»Ich kann nicht, Ross, das weißt du genau, ich muss ins Büro.«

»Na schön. Er hat das letzte Puzzleteil und will es mir geben. Dann wird sich zeigen, ob die Geschichte Hand und Fuß hat oder ob sie nur das Hirngespinst eines verrückten alten Mannes ist. Danach treffe ich die Entscheidung.«

»Und wenn tatsächlich was dran ist, Ross, was dann?«

Er starrte einige Augenblicke auf den Tisch, bevor er ihr wieder in die Augen sah. Er wusste keine Antwort darauf.

68

Dienstag, 14. März

Lancelot Pope wusste auch keine Antwort. Es war zehn Uhr vormittags. Er saß verdattert Wesley Wenceslas gegenüber, in dem mit weißen Teppichen ausgelegten Sitzungssaal im Erdgeschoss von Gethsemane Park, dessen Fenster einen Blick über perfekte Rasenflächen boten, die in Terrassen hinunter zum See führten. Dort befand sich eine künstliche Insel in Form eines Kreuzes, in deren Mitte eine sieben Meter hohe weiße Marmorstatue des Pastors stand und mit weit ausgebreiteten Armen gen Himmel wies.

An den Wänden hingen die Ikonen der Wenceslas-Sammlung, erworben im Laufe der vergangenen zehn Jahre bei Auktionen in aller Welt. Auf dem Tisch für zwanzig Personen befanden sich ein kleiner Zahn und eine hölzerne Schale. Die Stille wurde kurz unterbrochen, als Popes Handy vibrierte. Er stellte es auf stumm und berichtete Wenceslas von den Ergebnissen des Überwachungsteams vom Vortag, auch, dass ihre Gegner Hunter um ein Haar von der Straße gedrängt hatten.

»Und?«, sagte Wenceslas wütend. »Ist dir das Grinsen vergangen?«

Pope starrte erneut benommen auf die beiden Objekte.

»Ich warte auf eine Erklärung, Lancelot. Meine Geduld ist allmählich aufgebraucht.«

Pope griff sich die hölzerne Schale und betrachtete sie zum dritten Mal von allen Seiten. Er sah belämmert drein. »Wir haben das Zeug in – in Ross Hunters Lagerhaus-Schließfach gefunden.«

»Und zehntausend Pfund dafür bezahlt.«

»Du hast mich dazu autorisiert, Boss.«

»Ich habe dich autorisiert, zehntausend Pfund für den Heiligen Gral und den Zahn Christi auszugeben, damit wir beides im Namen des Herrn schützen und bewahren können.« Er langte über den Tisch und riss seinem Geschäftsführer die Schale aus der Hand. Er drehte sie um und hielt Pope die Unterseite vor die Nase. »Ich glaube kaum, dass der Kelch unseres Herrn, der Heilige Gral, ein *Made in China* am Boden kleben hätte. Du etwa? Hältst du es für wahrscheinlich, dass China vor zweitausend Jahren hölzerne Trinkschalen ins Heilige Land exportiert hat?«

Pope zögerte. »Eher nicht.«

»Nein, eher nicht!«, platzte Wenceslas heraus und knallte die Schale auf den Tisch.

»Wir haben es hier mit einem überaus schlauen Individuum zu tun, Boss. Es könnte doch gut sein, dass Hunter dieses Etikett von irgendeinem Gegenstand abgezogen und dann auf den Kelch geklebt hat, um alle zum Narren zu halten.«

»Ach ja?« Er nahm den Zahn in die Hand. »Dann glaubst du wohl auch, dass unser Herr Jesus Christus ein Vampir war, oder?«

»Ein Vampir?«

»Ich weiß ja nicht, wie Zahnärzte vor zweitausend Jahren gearbeitet haben, aber ich bezweifle sehr, dass sie Zähne zu Fangzähnen zurechtgeschliffen haben. Oder habe ich etwas übersehen?«

Pope unterdrückte ein nervöses Lachen. »Nein, hast du nicht, du könntest schon richtigliegen, Boss.«

»Das hier ist kein Menschenzahn, er gehört einem Tier, einem Raubtier. Ich kenne mich mit Zähnen zwar nicht aus, aber ich erkenne doch einen Tierzahn, wenn ich einen sehe. Wir haben gerade für ein bescheuertes Holzschalen-Souvenir und den Zahn eines toten Hundes zehntausend Pfund hingeblättert, mit denen wir den Armen hätten helfen können. Man hat uns reingelegt.«

»Vielleicht ist Hunter ja auch reingelegt worden«, entgegnete Pope lahm. »Das hier war in seinem Schließfach.«

»Dann sind der Heilige Gral und der echte Zahn unseres Herrn Jesus Christus anderswo. Nicht in Mr. Hunters Schließfach. Finde sie, und finde sie schnell!«

»Du kannst dich auf mich verlassen, Boss.«

Wenceslas starrte ihn an. »Wir haben nicht viel Zeit. Es wird sich herumsprechen, was dieser Typ, dieser Hunter, in seinem Besitz hat. Wird er immer noch verfolgt und beobachtet?«

»Rund um die Uhr.«

»Wo ist er dann genau jetzt, in dieser Minute?«

Pope konsultierte eine App auf seinem Handy. Nach ein paar Augenblicken warf er Wenceslas einen zaghaften Blick zu. »Er hat vor zwanzig Minuten Brighton verlassen und ist durch das Dorf Henfield gefahren, etwa zehn Meilen nördlich. Das Team hat ihn vorübergehend aus den Augen verloren.«

Wenceslas schlug wiederholt mit beiden Fäusten auf den Tisch. »Was? Was? Was?«

»Ist schon okay, sie sind nicht weit hinter ihm, sie finden ihn wieder.«

»Sicher tun sie das. Sie haben ja auch den Heiligen Gral gefunden. Ich werd dir sagen, wo sie zuerst suchen sollten – wie wär's mit einer Souvenirbude in den Straßen von Schanghai?«

69

Dienstag, 14. März

Ross war schon unzählige Male an dem Schild vorbeigefahren und hatte es kaum wahrgenommen. Und auch jetzt hätte er es fast verfehlt.

ST HUGH'S CHARTERHOUSE

Eine kleine weiße Tafel im Gras vor einer wuchernden Hecke, die diskret die Einfahrt zur Kartause markierte.

Er stieg in die Eisen, streckte die Hand aus, um die Tasche davor zu bewahren, vom Beifahrersitz in den Fußraum geschleudert zu werden, und bog scharf nach links auf eine gepflasterte Zufahrt. Er fuhr an einem kleinen Bauernhaus vorbei, das unbewohnt zu sein schien, dann um eine Kurve, ehe die Straße geradewegs auf einen Torbogen zulief. Dahinter erhob sich ein imposantes Gebäude, das ihn an eines der großartigen Bauwerke der Universität Cambridge erinnerte. Das Haupthaus, mit drei Türmen versehen, wurde zu beiden Seiten von verglasten Flügeln flankiert und besaß eine prächtige Eichentür.

Er stellte den Wagen ab, stieg aus, hievte die Tragetasche vom Beifahrersitz und holte seinen Rucksack aus dem Kofferraum.

Die Tür ging auf, und ein pausbäckiger Mann in den Sechzigern mit weißer Kutte, einem weißen Käppchen und Birkenstock-Sandalen erschien. Er kam mit freundlichem Lächeln auf ihn zu und verstrahlte eher die Aura eines Lebenskünstlers als die eines asketischen Mönchs.

»Mr. Hunter?«

»Ja.«

Er streckte ihm die Hand entgegen. »Ich bin Pater Raphael, der Abt – wir haben gestern miteinander gesprochen. Willkommen in unserer bescheidenen Behausung.«

Ross entgegnete lächelnd: »So bescheiden sieht sie gar nicht aus!«

»Nun, wir sind gesegnet. Unter anderem haben wir von allen Klöstern im Vereinigten Königreich den längsten Kreuzgang.«

»Ach ja?«

»In der Tat. Wie der Schauspieler Michael Caine sagen würde: *Das wissen nicht viele!*«

Ross grinste, überrascht, dass der Abt so weltzugewandt war.

»Aber Sie sind bestimmt nicht hierhergekommen, um sich von der Länge unseres Kreuzgangs zu überzeugen, hab ich recht? Ich bringe Sie zu Ihrem Onkel Angus. Zu meiner Überraschung hat er sich sehr gefreut, von Ihnen zu hören, aber das ist gut so. Ich glaube, dass der Kontakt mit der Außenwelt nicht immer schlecht sein muss. Selbst für jene, die in klösterlicher Abgeschiedenheit leben. Bruder Angus erfreut sich nicht gerade bester Gesundheit, deshalb hoffe ich, dass Ihr Besuch ihn aufmuntern wird.«

Ross folgte ihm durch einen gepflasterten Korridor mit hoher Decke, massiven, kahlen Steinwänden und zahlreichen Säulen. Sie gingen an einer hölzernen Anschlagtafel vorüber mit einer Liste von Namen. Er erhaschte ein paar von ihnen: Bruder William; Dom Pachomius; Bruder Alban; Dom Ignatius; Dom Henry; Dom Stephen Mary. Dann ein kleines, cremefarbenes Schild: HAAR-SCHNITT 9.30 Uhr – 10.00 Uhr.

Sie bogen um die Ecke und betraten einen langen, schmalen Fußweg. Er hatte einen grauen Fliesenboden und weiße Wände, die von cremefarbenen Gewölbebögen durchkreuzt wurden, die sich scheinbar bis zum fernen Horizont erstreckten. Im Abstand von etwa zwanzig Metern befanden sich geschlossene, verzierte Holztüren mit lateinischen Inschriften im oberen Bereich des Türblatts.

Nach wenigen Schritten blieb der Abt vor einer dieser Türen stehen. Ross las den lateinischen Spruch, hatte aber keine Ahnung, was er bedeutete.

Mihi enim vivere CHRISTUS est et mori lucrum.

Der Abt klopfte an die Tür.

Ross versuchte sich an das letzte Gespräch zu erinnern, das er mit seinem Onkel geführt hatte. Angus hatte bei seinen Eltern schon immer als das schwarze Schaf der Familie gegolten. Auf Fotos hatte er schulterlanges Haar, trug eine getönte Nickelbrille, ein schwarzes T-Shirt, enge Jeans und Stiefel mit Blockabsätzen. Ross hatte es immer ziemlich cool gefunden, einen Rockstar zum Onkel zu haben.

Jetzt hatte er keine Ahnung, was ihn erwartete. Doch als die Tür zaghaft geöffnet wurde, wie von einer alten Frau, die Angst vor Einbrechern hatte, erschrak er angesichts der ausgemergelten Gestalt, die erschien. Mit der fahlen Haut, dem kahlgeschorenen Kopf und der Kutte mit der spitzen Kapuze sah sein Onkel aus wie ein Geist.

306

Die früher einmal so schalkhaft funkelnden nussbraunen Augen waren jetzt wie ausgebrannte Sterne in einem kollabierenden Universum, und von dem selbstsicheren Grinsen, an das Ross sich erinnerte, war nur noch ein dünnes, trauriges Lächeln übrig.

»Ross? Ross? Du bist es doch, oder? Oh, Ross!«, sagte er mit einer Stimme, die noch immer eine Spur der alten überschäumenden Energie bewahrt hatte. Er hielt ihm eine fragile, knochige Hand entgegen, und Ross drückte sie sanft. Sein Onkel sah ihn prüfend an. »Komm doch bitte herein – allerdings ist es nicht die Präsidentensuite im Vier Jahreszeiten.«

Ross wandte sich zu dem Abt um, der glückselig strahlte.

»Ich lasse euch beide allein.«

Als sein Onkel die Tür schloss, fand sich Ross in einem schmalen, gefliesten Flur wieder, an dessen Ende, in zehn Metern Entfernung, eine bemalte Statue der Jungfrau Maria auf einem Baumstumpf stand. An der hinteren Wand hing eine gerahmte Ikone, auf die durch ein Fenster Licht fiel.

»Ich habe noch nicht in vielen anderen Klöstern gelebt, Ross, aber wie es aussieht, habe ich großes Glück«, sagte sein Onkel. »Dieses Gebäude war für zweihundert Mönche errichtet worden, und wir sind hier nur dreiundzwanzig. Ich habe zwei Stockwerke, eine hübsche Werkstatt und einen Garten ganz für mich allein. Es ist, als hätte ich mein eigenes kleines Haus – aber ohne lärmende Nachbarn! Komm doch herein.«

Es war nur eine kurze Steintreppe, doch sein Onkel hatte sichtlich Mühe, sie hinaufzusteigen, und musste zwischendurch immer wieder Atem schöpfen. Daran konnte Ross ermessen, wie krank er war.

Oben befand sich ein spartanisches Zimmer mit nackten Holzdielen. Die einzigen Möbelstücke waren ein Stuhl und ein Schreibtisch, auf dem eine Leselampe stand, einige Bücher inklusive der Bibel und ein Kalender. Es gab einen Holzofen und eine Gebetsnische mit einem Kruzifix an der Wand. Durch einen offenen Durchgang sah Ross eine türkise Wärmflasche an einem Haken hängen und eine schmale Bettkoje.

»Ich habe ein Geschenk für dich, Onkel Angus«, sagte er und reichte ihm die Tragetasche.

»Ein Geschenk?« Der Mönch nahm die Tasche mit entrücktem Lächeln entgegen. Als hätte sie eine ferne Erinnerung ausgelöst. Er setzte sie auf dem Boden ab, als wäre sie zu schwer für ihn, und schien den Tränen nah. »Ich erinnere mich nicht, wann ich das letzte Mal ein Geschenk bekommen habe. Das ist nett. Sehr nett.«

Ross war so gerührt von seiner ehrlichen Begeisterung, dass ihm selbst Tränen in die Augen stiegen. »Ich dachte – ich wusste ja nicht, ob es dir gestattet ist …?«

Der Mönch nahm die vier Flaschen Claret aus der Tasche, eine nach der anderen, hielt sie ins Licht und inspizierte sie mit einem Ausdruck glückseligen Staunens, der Jahre aus seinem Gesicht löschte. »Rotwein? Französisch? Es ist lange her – *Jahre* –, seit ich zum letzten Mal etwas anderes getrunken habe als Messwein!« Er langte tiefer in die Tasche, holte einen Gegenstand heraus und hielt ihn in die Höhe. »Ein Korkenzieher! Dass du daran gedacht hast, Gott segne dich!«

Ross stand unbeholfen da und wusste nicht recht, wie er auf die reine Freude des alten Mannes reagieren sollte. Er wünschte jetzt, er hätte mehr Flaschen mitgebracht.

Dann öffnete er seinen Rucksack und holte die sorgfältig eingewickelte Holzschale heraus, wieder in ihrem schützenden Behältnis, und einen kleinen Glasflakon, der ein paar Tropfen einer opaken Flüssigkeit enthielt und mit einer weißen Plastikkappe verschlossen war. Er legte beides auf den Schreibtisch seines Onkels.

Angus betrachtete die Gegenstände neugierig und sagte: »Bitte setz dich, Ross. Ich fürchte, mehr Möbel habe ich nicht – wir empfangen nicht viel Besuch in unseren Zellen!« Er lächelte. »Du bist, ehrlich gesagt, der einzige Gast, den ich je hatte.«

Ross grinste. »Ich stehe gern.«

»Du weißt, dass ich dich immer gemocht habe, Ross. Ich war sicher, dass du es weit bringen würdest im Leben. Wir haben so viele Jahre aufzuholen! Wir sollten was trinken, meine ich.«

»Nein, bitte, behalte sie für dich – genieße sie.«

»Nun, ich weiß nicht, ob meine Medizin – oder meine Gelübde – das zulassen. Aber vielleicht vergibt Gott einem alten, kranken Mann den kleinen Luxus.« Er sah wieder zu den Flaschen hin. »Was für eine Versuchung! Du bist sehr freundlich.« Er machte den hölzernen Behälter auf und warf einen Blick hinein. »Und ein Weinglas hast du auch mitgebracht.«

»Um ehrlich zu sein, Onkel Angus«, sagte Ross, jetzt mit ernstem Ton, »das ist kein Trinkglas. Und der Flakon enthält auch keine Droge.«

»Du weißt es noch! Ja, das waren Zeiten, als ich noch meine Band hatte. Satan's Creed. Wir haben als Vorband für Black Sabbath getourt.«

»Na klar, mein Vater hat mir alles darüber erzählt. Ich war sehr stolz auf dich – du warst mein cooler Onkel!«

Der alte Mann lächelte glücklich. »Jetzt sag mir, warum hat Gott dich zu mir geführt, einem alten Mann, der seiner Familie immer peinlich war und der nicht mehr lange zu leben hat?«

Ross deutete auf die zwei Gegenstände auf dem Schreibtisch. »Onkel Angus, ich hätte gern, dass du diese Dinge sicher für mich verwahrst. Du musst sie an einem Ort verstecken, wo sie absolut sicher sind.«

»So wichtig sind sie für dich?«

»Nicht nur für mich, für die ganze Welt. Die Menschheit. Ich will nicht, dass sie in die falschen Hände geraten. Es gibt eine Menge Leute, die sie unbedingt haben möchten.«

Bruder Angus runzelte die Stirn. »Was kannst du mir darüber erzählen?«

»Vielleicht sollte ich das Erzählen lieber Gott überlassen.«

Sein Onkel führte ihn an das Fenster neben dem Schreibtisch und deutete hinaus. Unterhalb befand sich ein ummauerter Garten. Dahinter war ein langer, rechteckiger Friedhof zu sehen, mit mehreren Reihen schlichter Holzkreuze in einem gepflegten Rasen, umschlossen vom Kreuzgang.

»Ich werde bald auch so ein Kreuz bekommen, Ross. Ich weiß nicht, wie lange der Herr mich noch verschont. Ich habe Krebs, der leider sehr abenteuerlustig ist, wie der Arzt mir sagte. Er hat so ziemlich jeden Bereich meines Körpers bereist, weshalb ich ihn Marco Polo getauft habe.«

Ross lächelte. »Lässt du dich behandeln?«

»Nein, dafür ist es zu spät. Aber das ist schon okay, ich hatte ein schönes Leben. Ich habe noch eine Mission zu erfüllen, und ich glaube, dass unser Herr mir dies gestatten wird.«

»Das tut mir leid, Onkel Angus.«

»Aber nein. Was ich damit sagen wollte, ist, dass ich wahrscheinlich der Falsche bin, um etwas Wichtiges für dich aufzubewahren.«

»Nein, du bist der Richtige. Wenn du mir diesen einen Gefallen tun könntest – weil auch ich nicht weiß, wie lange ich noch zu leben habe. Ich bin sicher, du weißt ein sicheres Versteck für diese Objekte.«

»Bist du krank, Ross? Du siehst gar nicht krank aus.«

»Nicht krank – aber in Gefahr. In sehr großer Gefahr.«

»Ach ja? Erklärst du es mir?«

Ross deutete auf das Gefäß und den Flakon. »Ich will dich nicht auch noch in Gefahr bringen. Du machst schon genug durch.«

»Was kann einem Sterbenden schon schaden?« Der alte Mönch schwieg eine Weile. Dann stellte er eine der Flaschen auf den Tisch, legte den Korkenzieher dazu, ging aus dem Zimmer und kam mit zwei unterschiedlichen Gläsern zurück. »Es ist schon sehr lange her – *Jahre* –, seit ich das letzte Mal mit jemandem ein Glas getrunken habe. Jetzt ist der Moment gekommen. Gott wird uns beiden vergeben.«

»Aber leider muss ich noch fahren, nach Birmingham.« Bruder Angus erwiderte: »Wie war doch gleich der Spruch, den wir hatten, vor vielen Jahren – *noch ein Glas auf den Weg*?« Gleich darauf stießen sie an. »Gott segne dich«, sagte sein Onkel. Bevor er ging, erzählte Ross Bruder Angus die ganze Geschichte. Der musste schließlich wissen, was er sicher verwahren sollte. Und sein Onkel sagte ihm, er hätte eine Idee.

70

Dienstag, 14. März

Zwei Stunden später bog Ross in eine Tankstelle. Sein Navi sagte ihm, er sei noch eine Stunde und zwanzig Minuten von seinem Zielort entfernt. Die Wirkung des Rotweins war längst verflogen, er musste dringend pinkeln, brauchte einen Koffeinschuss und etwas zu essen. Er fuhr von den Zapfsäulen in eine Parkbucht und betrat das grellbunte, vollgestopfte Innere der Tankstelle.

Seit er das Kloster verlassen hatte, hatte er seltsam gemischte Gefühle, was seinen Onkel anbelangte. Es war schwierig gewesen, den fragilen, einsamen Mann in seiner nüchternen, überraschend geräumigen Unterkunft mit dem wilden Rocker von früher in Einklang zu bringen. Doch der klare Glaube seines Onkels berührte ihn tief. Genau wie sein freudestrahlendes Gesicht, als er die Weinflaschen gesehen hatte.

Wie konnte ein Hedonist wie Onkel Angus der Welt den Rücken kehren und ein Leben in Einsamkeit wählen, das nur aus fortwährendem Beten bestand und den Verzicht auf jedwedes Vergnügen beinhaltete? War so etwas möglich, wenn der eigene Glaube einen stützte? Sofern er stark genug war?

Sein Onkel war nicht dumm. Er war wie zahllose intelligente

Menschen in aller Welt, die an Gott glaubten – ein Glaube, der unerschütterlich blieb, trotz aller Schicksalsschläge. Auf gewisse Weise waren sie zu beneiden.

Er dachte wieder an Harry Cook zurück. Seine Koordinaten hatten Ross zum Gefäß in einem Brunnen in Glastonbury geführt und zu einem Zahn in einer ägyptischen Höhle. Jemand trachtete ihm nach dem Leben, drohte seiner Frau.

Die Warnung Benedict Carmichaels.

Die Botschaft seines toten Bruders.

Dieser Planet, auf dem er dank der Schwerkraft festklebte. Einer von vielleicht hundert Milliarden Billionen im Universum – Tendenz steigend. Dieser wunderschöne Planet. Dieser herrliche, verdreckte, wunderbare Ort, tagtäglich zerrissen von Hass, der unterschiedlichen religiösen Überzeugungen entsprang, sogar unterschiedlichen Fraktionen desselben Glaubens.

Diese minimalen Unterschiede zwischen den Religionen; manchmal nur eine Frage der Auslegung.

Sunniten. Schiiten. Katholiken. Anglikaner. Freie Kirchen. Charismatische und konservative Evangelikale. Heilsarmee. Exklusive Brüder. Quäker. Juden. Hindus. Sikhs. Die Liste war endlos. Würden sie bis zum Ende der Zeit getrennt sein? Bis alle verschiedenen Glaubensrichtungen auf diesem erstaunlichen Planeten von nuklearem Staub hinweggefegt waren?

Oder hatte Harry F. Cook tatsächlich etwas gefunden, das unsere Welt verändern könnte, wie er angedeutet hatte?

Ross dachte an die Worte des Astronauten Frank Borman auf der Apollo-8-Mission: »Wenn ihr erst mal auf dem Mond gelandet seid und auf die Erde zurückblickt, werden all die Unterschiede und nationalen Identitäten verschwimmen, und ihr werdet eine Vorstellung davon haben, dass dies wirklich *eine* Welt ist. Warum zum Teufel können wir nicht lernen, miteinander zu leben wie anständige Menschen?«

Dies alles ging Ross durch den Kopf, als er die verschiedenen

Schilder in der Tankstelle sah. Burger King. WHSmith. Costa. Und all die anderen Reisenden, die ein und aus gingen, viele von ihnen müde von der langen Fahrt. Jemand rempelte ihn an und hastete weiter, ohne sich zu entschuldigen. Ein Pärchen schob einen Kinderwagen an ihm vorbei. Wie Imogen und er in ein paar Monaten. In welche Welt würde ihr Sohn hineingeboren werden?, fragte er sich, als er den Restaurantbereich betrat und die Nase rümpfte angesichts des abgestandenen Geruchs nach Frittiertem.

Eine Welt, die nicht von Dauer wäre, es sei denn, etwas veränderte sich dramatisch. Eine Veränderung, die er selbst, so unwahrscheinlich dies auch sein mochte, möglicherweise auslösen würde. Er schuldete es seinem ungeborenen Sohn, dass er diese seltsame Mission zu Ende brachte. Sonst könnte er ihm später, wenn er einmal groß wäre, nicht in die Augen sehen.

Ross nahm sich ein Tablett und ging an der Theke entlang, vorbei an den Salaten und den übrigen gesunden Angeboten. Er brauchte jetzt etwas Warmes, Sättigendes, etwas, das ihm Energie verlieh. Er verlangte daher eine Portion Fish and Chips, dazu einen großen Becher Kaffee und eine Flasche Mineralwasser.

Er zahlte, ging zu einer anderen Theke, nahm sich Messer und Gabel, goss etwas Milch in seinen Kaffee, nahm sich mehrere Päckchen Ketchup, Essig, Salz und Pfeffer und trug sein Essen an einen Fenstertisch. Draußen standen zwei Frauen im Nieselregen und rauchten. Er stellte alles auf den Tisch, schob das Tablett in ein Regal in der Nähe, setzte sich und griff sich ein Päckchen Ketchup.

Als er es gerade aufreißen wollte, kam ein schlanker Mann in den Vierzigern, mit ordentlich frisiertem dunklen Haar, einem Trenchcoat über dem Anzug und einem Pappbecher mit Deckel in der Hand, zielbewusst an seinen Tisch und setzte sich auf den leeren Stuhl neben ihm.

Irritiert angesichts dieser Verletzung seiner Privatsphäre, wo doch genügend Tische im Raum frei waren, sah er den Mann böse an. Doch der lächelte, als wäre er ein alter Bekannter. Er hatte ein ausdrucksstarkes Gesicht mit ernster Miene, und Ross bemerkte, dass er an seinem Ringfinger einen Siegelring trug.

Nicht interessiert an einem Gespräch mit einem gelangweilten Reisenden, wollte Ross eben aufstehen und auf einen leeren Nebentisch ausweichen, als der Mann ihn mit seidenweicher, selbstsicherer Stimme anredete.

»Ross Hunter?«

»Ja?«

Der Fremde sah sich rasch um, ehe er mit leiser Stimme sagte: »Stuart Ivens, Verteidigungsministerium.« Er klappte diskret seine Brieftasche auf und zeigte ihm eine Ausweiskarte in einem Plastikfach. »Es tut mir leid, Sie beim Essen zu stören«, sagte er höflich. »Könnten wir uns kurz unterhalten?«

»Worüber?« Ross starrte auf den Ausweis, las deutlich die Bezeichnung »MI5« für den britischen Inlandsgeheimdienst.

Vor einigen Jahren hatte er einen Artikel geschrieben über den mysteriösen Tod eines Mannes, der im Verdacht stand, für den MI5 zu arbeiten, und tot in einer Londoner Wohnung aufgefunden worden war. Man hatte ihn in einer Reisetasche verstaut, von Kopf bis Fuß in Latex gekleidet, eine Sadomaso-Maske vor dem Gesicht. Ross' Versuche, die Fakten zu ergründen, waren vom MI5 abgeblockt worden. Er hatte nie herausgefunden, ob der Mann infolge aus dem Ruder gelaufener Fesselspiele gestorben war oder ob man ihn ermordet hatte. Doch die Sache lag schon viel zu lange zurück. Er hatte eine ziemlich genaue Vorstellung von dem, was der Mann von ihm wollte, und er hatte recht.

»Sie waren mit dem verstorbenen Dr. Harry Cook bekannt, nicht wahr?«, sagte Stuart Ivens freundlich.

»Was wissen Sie über ihn?«, fragte Ross argwöhnisch zurück.

»Wahrscheinlich nicht so viel wie Sie, Mr. Hunter«, sagte er, zog den Deckel von seinem Becher und legte dampfend heißen Kaffee frei. »Aber es genügt uns, um sehr besorgt um die nationale Sicherheit zu sein – und um Ihre Sicherheit.«

Ross starrte ihn an.

»Also, kommen wir gleich zur Sache. Seit Ihrem Treffen mit Dr. Cook haben Sie einige Gegenstände in Ihren Besitz gebracht, die als Beweis für die Existenz Gottes dienen könnten. Korrekt?«

»Woher wissen Sie, was ich in meinem Besitz habe?«

»In diesen gefährlichen Zeiten ist es unsere Pflicht, so etwas zu wissen – nennen Sie es nationale Sicherheit, ein wachsames Auge«, entgegnete er ruhig, seinen höflichen Ton beibehaltend. »Sie glauben, Sie hätten eine Zeitungsstory in der Tasche, aber deren weitreichende Konsequenzen sind Ihnen vielleicht nicht bewusst. Außerdem stellt sie eine sehr reale Gefahr für Ihr Leben dar.«

»Das weiß ich.«

»Ach ja?« Stuart Ivens sah ihn zweifelnd an. »Wenn das, was Sie in Ihrem Besitz haben, wirklich echt ist, begreifen Sie dann die Auswirkungen? Auch wenn es nicht authentisch ist, Sie aber eine plausible Geschichte zustande bringen, sind die potenziellen Folgen ein Albtraumszenario von Revolte und Aufruhr in unserem Land – und darüber hinaus.«

»Was soll ich denn Ihrer Meinung nach in meinem Besitz haben?«

»Einige Objekte, die die Existenz Gottes beweisen könnten, Mr. Hunter.«

Ross wurde zutiefst unbehaglich zumute. »Ich habe keinen Beweis, noch nicht, bin noch meilenweit davon entfernt – falls die Sache überhaupt stimmt. Und selbst wenn ich den Beweis erbringen könnte, würde die Welt mir glauben? Ich jage vielleicht einem Phantom hinterher. Wollen Sie mich festnehmen oder so was? Mich einsperren und foltern?«

Ivens lächelte dünn. »Nicht doch. Ich will Ihnen auch nicht im mindesten drohen. Sie sind ein angesehener Journalist und wissen sehr gut, was für ein heikles Thema die Religion heute in unserem Land ist – und in vielen Teilen der Welt.«

»Wollen Sie, dass ich die Sache vergesse?«

»Deswegen bin ich nicht hier. Ich möchte Sie nur bitten, sich Ihrer Verantwortung bewusst zu werden. Die Konsequenzen zu bedenken, wenn Sie mit diesem Thema an die Öffentlichkeit gehen. Wären Sie bereit, uns Ihre Geschichte lesen zu lassen, bevor Sie sie veröffentlichen?«

Ross sah den Mann forschend an. Die ganze Sache kam ihm spanisch vor. »Ich müsste darüber nachdenken und mit meiner Redaktion sprechen. Ich kann Ihnen nichts versprechen.«

Ivens blies ruhig in seinen Kaffee und nahm dann einen Schluck.

War das hier real? Saß er tatsächlich gerade in einem Rasthof und redete mit einem Geheimagenten?

»Sie sind ein sehr intelligenter Mann, Mr. Hunter. Sie wissen doch, wie viele Orte es gibt, an denen die Menschen an Gott glauben? Und wo dieser Glaube die Gesellschaft bereits seit Jahren, Jahrzehnten spaltet? Belfast, Jemen, Syrien, Iran, Irak, Nigeria? Wie weit müssen Sie in der Geschichte zurückgehen?« Ivens nahm noch einen Schluck Kaffee. »Hat Dr. Cook Ihnen auch gesagt, um welchen Gott es sich handelt?«

Nach einigen Momenten erwiderte Ross: »Nein.« Er spürte, dass sich in ihm gerade ein unangenehmer Realitäts-Check anbahnte.

»Genau. Jede Glaubensrichtung hat ihre eigene Wahrheit.« Ivens zog eine Visitenkarte heraus und steckte sie Ross zu. »Sie sind ein einflussreicher Journalist, und die britische Presse wird vieles von dem veröffentlichen, was Sie schreiben. Sie haben in Ihrer beruflichen Laufbahn schon viele wichtige Themen behandelt und unsere Regierung in Verlegenheit gebracht wegen fehlender Ausrüstung für das Militär in Afghanistan.«

»Was sie voll und ganz verdient hat.«

»Dazu möchte ich mich nicht äußern.« Ivens bedachte ihn mit einem seltsamen Lächeln.

»Wirklich? Soll ich das als Bestätigung werten?«

Wieder lächelte Ivens. »Sagen wir es so: Ich habe Respekt vor Ihrem Mut. Doch das hier ist etwas völlig anderes. Bedenken Sie:

Vielleicht – und ich möchte keineswegs Ihre Integrität oder Intelligenz in Zweifel ziehen –, vielleicht ist Ihnen nicht so ganz klar, wie sehr Sie sich mit dieser Sache übernehmen. Die Welt religiöser Überzeugungen funktioniert nun mal nicht rational. Es gibt tiefe Glaubensgräben in diesem Land und auf der ganzen Welt. Und es dürfte Ihnen nicht entgangen sein, dass unsere nationale Sicherheit durch diese Gräben ernsthaft bedroht ist. Sie mögen den Eindruck haben, dass ein Beweis der Existenz Gottes das Gleichgewicht in der Welt wiederherstellen würde. Und wenn nun das Gegenteil der Fall wäre? Überlegen Sie mal. Mehr will ich nicht sagen. Wenn Sie irgendetwas mit mir besprechen wollen, haben Sie meine Kontaktdaten auf dieser Karte. Sie erreichen mich rund um die Uhr.«

Ivens stand auf, nahm seinen Becher und wandte sich mit säuerlichem Lächeln noch einmal an Ross. »Tut mir leid, Sie beim Essen gestört zu haben.« Er machte Anstalten, hinauszugehen, blieb dann aber stehen und kam noch einmal zurück. »Ach ja, eines noch. Es ist nie gut, Rucksäcke in Cafés herumliegen zu lassen. Heutzutage schon gar nicht.«

71

Dienstag, 14. März

Nachdem sein Neffe sich verabschiedet hatte, war Bruder Angus eine Weile traurig, weil er wusste, dass er wahrscheinlich nicht mehr lange genug leben würde, um ihn wiederzusehen. Er verspürte auch eine enorme Verantwortung, wenn er die hölzerne Schale und das Fläschchen mit den wenigen Tropfen Flüssigkeit betrachtete, die es enthielt.

Er trug beides in seine Gebetsnische, schloss die Augen und

kniete nieder. Er bat Gott um die nötige Kraft, sie zu beschützen, und betete auch für Ross.

Er dachte an die Worte seines Neffen.

Vielleicht würde Gott ihm erklären, was er tun sollte.

Doch nach einer Stunde sagte Gott immer noch nichts zu ihm.

Er hatte so ein vages Gefühl, dass Ross' Besuch bei ihm und auch die Gegenstände, die er ihm anvertraut hatte, mit seinen Glaubenszweifeln in Verbindung standen – und mit seiner Sorge um die Welt.

Er verspürte seinem Neffen gegenüber ein überwältigendes Pflichtgefühl, was den Schutz dieser beiden Objekte anbelangte. Gewiss, er konnte verlangen, dass man sie ihm mit ins Grab legte. Doch gleichzeitig war er sich der prekären Finanzlage seines Klosters bewusst. Nur dreiundzwanzig Mönche in einem Kloster, das für weitaus mehr Brüder angelegt war. In einigen Jahren würde es vielleicht verkauft und in ein Landhotel mit Golfplatz verwandelt werden. Er wusste, wie es in der Welt zuging. Ein Immobilienentwickler würde sich um die Gräber nicht scheren. Bruder Angus musste etwas unternehmen, um dem Wunsch seines Neffen zu entsprechen. Um die sichere Verwahrung der beiden Gegenstände zu gewährleisten, und zwar für immer.

Vielleicht kam die Idee von Gott. Oder war es sein eigener gesunder Menschenverstand?

Jedenfalls nahm der Gedanke, den er vor einer Weile gehabt hatte, konkrete Züge an: Er kannte jemanden, dem er bedingungslos vertrauen konnte. Und dieser Jemand befand sich an einem absolut sicheren Ort. Als er die Gegenstände in den Schrank neben seinem Bett legte, gefiel ihm die Idee immer besser.

Er würde den Abt fragen. Wenn er nein sagte, würde er es akzeptieren.

Aber Gott würde den Abt sicherlich dazu bringen, seine Zustimmung zu geben.

318

72

Dienstag, 14. März

Die grüne Linie auf der Karte von Ross' Navi-Display dirigierte ihn um das Labyrinth Spaghetti Junction herum. War dies nicht der Welt hässlichste und komplizierteste Straßenkreuzung, die je gebaut worden war? Derjenige, der sie entworfen hatte, musste tief im Herzen doch ein grundlegendes Gespür für Anstand und Gemeinsinn gehabt haben – auch wenn das Endergebnis doch sehr zu wünschen übrig ließ.

Die Karte verschwand und wurde von einer dicken weißen Linie ersetzt, die eine Schleife beschrieb und in die Gegenrichtung zeigte. Damit einhergehend wies ihn die überlaute weibliche Navi-Stimme an, möglichst umzukehren.

Na toll. »Ich bin auf einer verfluchten Autobahn!«, entgegnete er, schon etwas erschöpft von der langen Fahrt – und der Unterhaltung mit dem smarten Stuart Ivens vom MI5, der ihm ins Essen gequatscht hatte. Der strömende Regen trug auch nicht dazu bei, dass seine Laune sich besserte.

Sein Handy klingelte.

»Ross?« Es war Imogen, mit besorgter Stimme.

»Hi! Wie geht's dir?«

»Wo bist du?«

»Irgendwo vor Birmingham und kurz davor, eine Kehrtwendung zu machen. Was gibt's?«

Die Karte erschien wieder, und der Navi-Pfeil verwies auf die Abbiegung vor ihm; gleichzeitig befahl ihm die Frauenstimme, die nächste Abbiegung links zu nehmen. Er gehorchte ihr und sah sofort, dass er jetzt den Weg nahm, den er auf keinen Fall hatte nehmen wollen. Die M6 in südlicher Richtung. Aus der er gerade gekommen war. Verdammt.

»Im Büro ist heute ein Typ aufgekreuzt«, sagte Imogen.

Hatte sie auch Besuch von dem MI5-Mann Stuart Ivens gehabt?

»Wer war er – was wollte er?« Ross hielt nach einem Schild Ausschau, das die nächste Ausfahrt ankündigte.

»Ein Monsignore Giuseppe Silvestri oder so ähnlich. Er kam in einem Wagen mit Chauffeur und behauptete, ein Abgesandter des Vatikans zu sein. Er wollte unter vier Augen mit mir sprechen, also nahm ich ihn in ein Konferenzzimmer mit.«

»Und?«

»Er sagte mir, dass sie die Objekte kaufen würden, falls du ihre Echtheit beweisen könntest. Wie ich es verstanden habe, zahlen sie jeden Preis.«

»Der Vatikan?«

»Ross, warum tust du's nicht? Frag, was sie bieten – dann können wir uns von der Sache distanzieren.«

»Ich soll meinen Preis nennen?«

»Aber ja! Ich hab das Gefühl, dass sie richtig viel Geld zahlen würden – richtig viel Geld.«

»Imo, sieh mal, ich habe nicht …«

»Ross«, flehte sie ihn an. »Bitte hör zu. Diese Sache, in die du – nein, in die wir da hineingeraten sind, macht mir eine Heidenangst. Du bist klug und ein großartiger Reporter, aber was auch immer an der Geschichte dran ist, der du auf der Spur bist, sie ist zu gefährlich. Sprich morgen wenigstens mit ihm und hör zu, was er zu sagen hat.«

»Lass mich dieses Gespräch in Birmingham führen, dann sehen wir weiter, okay?«

Gleich kam die Ausfahrt.

»Ich weiß nicht, ob ich das noch länger durchstehen will, Ross.«

»Hör zu, ich rufe dich an, sobald ich Anholt-Sperry gesprochen habe, okay? Ich muss mich auf die Straße konzentrieren.«

»Na schön«, sagte sie tonlos. »Ruf mich zurück, sobald du kannst. Wann bist du wieder zu Haus?«

»So gegen sieben.«

»Also vor mir. Geh mit Monty Gassi, wenn du kannst. Ich schaff's nicht vor zehn – ich geh mit einer alten Schulfreundin was essen, die wegen einer Konferenz in der Stadt ist.«

»Mit wem denn?«

»Jennie Elkington – hab sie seit der Oberstufe nicht mehr gesehen.«

»Na gut, dann viel Spaß«, sagte er. Er hatte den Namen noch nie gehört. Da war er wieder, der nagende Zweifel. Sosehr er sich auch bemühte, er wurde ihn nicht mehr los. Er fragte sich, wen sie wohl wirklich treffen mochte.

Etwas in ihrem Verhalten neuerdings – seit ein paar Monaten – erinnerte ihn an die Zeit, in der sie die Affäre gehabt hatte. Sie hatte später zugegeben, dass sie seit Monaten fremdgegangen war, und wenn er jetzt daran dachte, wie so oft seither, wurde ihm bewusst, dass er die Zeichen schon erkannt hatte, bevor er nach Afghanistan aufgebrochen war, sie jedoch ignoriert hatte. Dieselben Zeichen, die er auch jetzt wieder sah, obwohl sie schwanger war.

Oder sah er Gespenster?

73

Dienstag, 14. März

Fünfundzwanzig Minuten später fuhr Ross die Straße entlang, in der sich die Kanzlei Anholt-Sperry Brine befand, und parkte den Wagen schräg gegenüber. Er stieg aus und eilte den Gehsteig entlang, den Kopf eingezogen wegen des Regens. Nachdem er an einer abgestellten Ducati mit zwei Gepäcktaschen vorbeigelaufen war, hastete er die Treppe zum Eingang hinauf und drückte auf die Klingel.

Fast sofort ließ sich die schwere schwarze Tür mit einem vernehmlichen Klicken öffnen. Ein Typ, der aussah wie ein Kurier, in schwarzen Lederklamotten und mit einem Motorradhelm, dessen Visier heruntergeklappt war, einen kleinen Aktenkoffer in der Hand, drängte sich ohne Entschuldigung an ihm vorbei. Dabei spürte sich Ross von unsichtbarer Hand zu dem Mann hingezogen, nur für einen kurzen Augenblick, und das Medaillon mit dem heiligen Christophorus, das Imogen ihm vor Jahren geschenkt hatte, fühlte sich an, als zupfte es an seinem Hemd. Bildete er sich das alles nur ein?

Der Empfangsbereich war brechend voll, jeder Stuhl besetzt, und erinnerte ihn an das Wartezimmer eines Arztes. Mehrere Mitglieder einer asiatischen Familie steckten die Köpfe zusammen und führten ein ernstes Gespräch. Ein finster dreinblickendes Pärchen saß da, hielt Händchen und starrte ins Leere. Ein ängstlich wirkender Mann in den Fünfzigern hielt verstohlen eine E-Zigarette zwischen den Fingern und paffte. Auf einem anderen Stuhl saß eine Frau in einer Burka, ein schreiendes Kind auf dem Schoß.

Hinter der hohen hölzernen Empfangstheke thronte die Xanthippe, die er von seinem vorhergehenden Besuch kannte, und bedachte Ross mit einem frostigen Blick, als er auf sie zuging.

»Ja?«

»Ich habe einen Termin bei Mr. Anholt-Sperry.«

Sie blätterte durch einen Terminkalender. »Fünfzehn Uhr?«

»Ja.«

»Es ist das reinste Chaos heute, und seine Sekretärin ist nicht aufgekreuzt. Ich hab eben seinen letzten Mandanten hinausgehen sehen.« Sie drückte auf den Knopf einer Gegensprechanlage. Dann schüttelte sie den Kopf, und ihre Miene taute ein wenig auf. »Er hat keine Ahnung, wie das Ding funktioniert. Sie gehen besser zu ihm hinauf – den Weg kennen Sie ja.«

»Gut.«

Er stieg die schmale, klapprige Treppe hinauf und klopfte an die Tür rechts, als er oben ankam.

Keine Antwort.

Er klopfte erneut, lauter, und wartete. Immer noch regte sich nichts. Er schob die Tür auf, langsam, und fand das Büro ebenso unaufgeräumt vor wie bei seinem ersten Besuch. Auf dem Boden türmten sich Aktenordner, und auf dem Schreibtisch Papierstapel. Robert Anholt-Sperry selbst saß sehr aufrecht dahinter, mit seinen Hängebacken, Muttermalen und dem schütteren Seitenscheitel. Seine Hände ruhten auf der Lederauflage seines Schreibtisches. Wieder trug er ein ausgefranstes kariertes Hemd und eine schlecht geknotete College-Krawatte und starrte, blicklos, vor sich hin, mit verwirrter Miene.

»Oh – tut mir leid, dass ich einfach so hereinplatze – die Dame vom Empfang unten hat mich heraufgeschickt.«

Der Anwalt antwortete nicht, saß völlig reglos da. Ohne auch nur zu zwinkern.

»Mr. Anholt-Sperry?«

Er trat näher an den Mann heran. Und jetzt sah er, dass er nicht atmete.

Ross hatte das Gefühl, als wäre er in eine Tiefkühlkammer getreten und jemand hätte die Tür hinter ihm zugeschlossen. Er rannte hinunter zum Empfang.

74

Dienstag, 14. März

Als Bruder Angus das prächtige Büro des Abtes betrat – er hatte in all den Jahren, seit er im Kloster war, noch nie seinen Fuß hier hineingesetzt –, blickte er ehrfürchtig um sich. Er betrachtete die vollen Bücherregale, die behaglichen Ledersessel, den Computer, den Drucker und den Flachbildfernseher an der Wand.

Es hätte genauso das Büro des Geschäftsführers eines multinationalen Unternehmens sein können und erinnerte Bruder Angus an alles, was er hinter sich gelassen hatte, als er ins Kloster eingetreten war, und nicht im mindesten vermisste.

Die Schlichtheit seines kontemplativen Lebens – seines *zweiten* Lebens, um genau zu sein, nach seiner wilden Jugend – hatte ihm einen inneren Frieden und eine Zufriedenheit geschenkt, die er in all den Jahren voller Drogenexzesse, Bühnenauftritte, williger Frauen und lachhaft großer Geldsummen niemals gefunden hatte. Damals hatte ihn der Gedanke an den Tod entsetzt. Doch als er in die Klostergemeinschaft auf dem Berg Athos eingetreten war und seinen Glauben entdeckt hatte, war alles anders geworden. Seit dem Tod seiner Mutter war er nun hier in der Kartause, und sein Glaube war noch tiefer geworden.

Keine Ängste. Keine Sorgen. Und abgesehen von seinen täglichen Gebeten für die Welt auch keine Verantwortung. Bald würde sein Körper ebenso begraben werden wie der seiner Mutter. Eine leere Hülle. Seine Seele wäre zu einem höheren Zweck berufen.

»Deine stille Kontemplation ist heute schon unterbrochen worden, Bruder Angus«, sagte der Abt mit seiner einnehmenden Stimme. »Bitte setze dich zu mir. Tätige deinen Anruf. Irgendetwas geschieht in deinem Leben, nicht?«

»Ja, ehrwürdiger Abt.«

Angus setzte sich, dankbar, seine Kraft sparen zu können.

»Ich spüre es auch, Bruder Angus. Der Herr hat mir heute beim Morgengebet erzählt, dass du mit einer Aufgabe betraut wurdest, die für uns alle enorm wichtig ist. Stimmt das?«

»Ich glaube ja, ehrwürdiger Vater.«

Die beiden Männer schwiegen einige Augenblicke. Der Abt kannte die Regeln und versuchte nicht, in ihn zu dringen.

»Bruder Angus, meine Tür ist immer offen. Ich lasse dich jetzt in Ruhe telefonieren. Wenn du den Wunsch hast, mit mir zu reden, dann komm zu mir. Warte nicht zu lange. Versprichst du mir das?«

»Ich verspreche es, ehrwürdiger Vater.«

Der Abt verließ den Raum und schloss die Tür.

Bruder Angus starrte auf den modernen Hörer, der in seiner Ablage steckte. Es war lange her, seit er zum letzten Mal telefoniert hatte. Er faltete das Blatt Papier auf, das er in der Hand gehabt hatte, strich es glatt, griff sich zitternd den Hörer und wählte die ausländische Nummer.

Lange tat sich nichts. Vielleicht war sie nicht mehr vergeben, dachte er.

Dann hörte er ein Klingeln. Und ein zweites. Und drittes.

Schließlich hörte er ein Klicken, gefolgt von einer barschen, argwöhnischen Stimme, die sich auf Griechisch meldete. Während seiner Jahre im Kloster Simonos Petras auf dem Berg Athos hatte er Griechisch lernen müssen, um mit den anderen Mönchen dort kommunizieren zu können.

Er antwortete daher, auf Griechisch: »Hallo, mein Name ist Bruder Angus, ich habe vor einigen Jahren bei euch gelebt. Ich muss sehr dringend mit meinem Cousin sprechen, Bruder Pete, dem Amerikaner. Ist er noch bei euch?«

Die Stimme am anderen Ende blieb barsch und argwöhnisch, als wäre er ein lästiger Eindringling. Sie informierte Bruder Angus, dass Bruder Pete tatsächlich noch immer bei ihnen sei, noch immer als Gastpater des Klosters.

»Es ist sehr wichtig«, sagte Bruder Angus. »Ich spreche im Auftrag Gottes.«

Nach langem Schweigen sagte der Mönch am anderen Ende: »Du kannst heute Abend noch einmal anrufen, um zehn vor sieben, nach dem Abendessen. Ich werde Bruder Pete sagen, dass er die Erlaubnis hat, mit dir zu sprechen – wenn er es wünscht.«

Bruder Angus dankte ihm überschwänglich.

75

Dienstag, 14. März

Pastor Wesley Wenceslas saß in seiner Suite in seinem Hotel in Leeds, zusammen mit Lancelot Pope, und sah die letzte Überarbeitung seiner allwöchentlichen YouTube-Sendung auf Wesley Wenceslas Ministries Faith TV. Der Pastor trank Krug-Champagner, die Flasche in einem Eiskübel auf dem Tisch, und Pope schlürfte einen Single Malt Whisky. Die Überreste ihres Hamburger-Abendessens lagen auf dem Esstisch.

Das Video, mit Soulmusik unterlegt, zeigte Wenceslas, das vorzeitig ergrauende Haar gut frisiert, elegant gekleidet in einem schwarzen Anzug von Armani im Mandarin-Stil, mit einem schwarzen Hemd und dem weißen Kragen des Geistlichen. Er hielt ein Mikrophon in der Hand und schritt vor seiner 1700 Seelen starken Gemeinde, die sich in der Kirche von Leeds drängte, auf und ab. Immer wieder wurden sorgfältig ausgewählte Nahaufnahmen von Gläubigen eingeblendet, die auf riesigen Bildschirmen hinter ihm zu sehen waren. Gesichter von Menschen aller Rassen, jeden Alters und Geschlechts, die entweder geistliche Lieder sangen, beteten oder entrückt lauschten.

»Und der Herr spricht, du sollst den Namen des Herrn, deines Gottes, nicht vergebens aussprechen. Und der Herr spricht, liebet das Geld, ja wirklich! Denn im ersten Brief an Timotheus, Kapitel 6, Vers 10, steht zwar geschrieben, dass die Liebe zum Geld die Wurzel allen Übels sei, aber – hört gut zu! Wenn das Geld des Herrn in den Dienst des Herrn, unseres Gottes, zurückfließt, hat unser Herr, der niemandes Schuldiger ist, uns im heiligen Evangelium des Markus, Kapitel 10, Vers 30, versprochen, uns hundertmal mehr zu geben als die Summe, die wir in den Opferteller gelegt haben!«

Der Pastor schritt weiter auf und ab, schweigend, ließ seinen

Gläubigen Zeit, diese wichtige Tatsache zu begreifen. Dann fuhr er fort: »Die Ehe ist von Gott bestimmt, und sie erlaubt die geschlechtliche Vereinigung nur zwischen dem Mann und seiner Frau. Jede andere sexuelle Vereinigung, sagt Gott, ist schändlich.« Wieder schritt er schweigend hin und her, wandte sich ab und dann wieder der Gemeinde zu, um jeden im Raum herausfordernd und mahnend anzusehen.

»Gebt euch die Hände!«, sagte er. »Wollt ihr sie? Nehmt sie in Jesu Namen! Die Herrlichkeit Gottes wird heute in Wellen auf uns herabströmen. Nehmt sie, nehmt sie.« Er fing an zu singen: »Halleluja! Halleluja!«

Die Menge stimmte ein.

»Wer will heute Abend gesalbt werden?«, fragte er.

Ein Mann mittleren Alters in einem blauen Anzug trat vor. Zwei von Wenceslas' Aufpassern bewegten sich ebenfalls diskret nach vorn. Einer stellte sich hinter den Mann.

»Wie heißt du?«, fragte der Pastor.

»Brian.«

»Bist du bereit, heute Abend Jesus zu umarmen, Brian?«

Der Mann nickte flehend.

Die Hände um Brians gesenktes Haupt bewegend, sagte Wenceslas: »Brian, was Gott gleich mit dir tun wird, wird dich für den Rest deines Lebens begleiten. Herr Jesus, bereite in uns deinen Tempel!« Er berührte beide Schultern des Mannes und beugte sich noch weiter vor. »Was der Herr jetzt zu mir sagt, ist kostbar, Brian, absolut kostbar! Glaube an den Heiligen Geist, Er ist heute Abend mit uns.«

Wenceslas wandte sich dem Altar zu, der mit großen Blumenarrangements und Kristall bedeckt und in Blau- und Grünschattierungen erleuchtet war. Auf einer Seite saß ein fünfzehnköpfiges Orchester. Er schnippte mit den Fingern. »Allmächtiger Jesus, errichte deinen Tempel in uns!«

Er wandte sich wieder dem Mann zu und berührte erneut seine

Schultern. »Bist du bereit, ihn zu empfangen, Brian? Was der Herr zu mir sagt, ist so kostbar.« Er unterdrückte ein Schluchzen. »So kostbar. So überaus kostbar!«

Die Hände gefaltet, sank der Mann zu Boden und lag reglos auf der Seite.

»Was Gott jetzt mit ihm tut, ist so ungemein kostbar!«, fuhr Wenceslas fort, und seine Stimme überschlug sich vor Rührung. Er schritt umher, wischte sich mit dem Handrücken die Tränen fort und schniefte. Er zog sein Taschentuch hervor und wischte sich über die Augen, schniefte erneut und wandte sich an die Gemeinde. »Jetzt hebt die Hände und betet! Bitte, los! Manchmal machen wir Pläne, aber Gott verändert sie. Hebt alle die Hände und betet zum Heiligen Geist, Gott ist noch nicht fertig. Gott hat Brian gerettet, aber kann Er auch euch retten? Nur diejenigen unter euch, die auch gerettet werden wollen. Im Namen des Vaters, des Sohnes und des Heiligen Geistes bitte ich euch, vorzutreten, aber zuerst hört mich an. Hört, was geschieht. Das Tier, der Antichrist ist womöglich schon unter uns, in der Maske unseres Heilands, wie es in der Bibel heißt. Ich muss ihn bekämpfen, für Brian, für euch alle, für die ganze Menschheit. Wer von euch wird mir helfen, ihn zu entlarven?«

Er deutete auf beliebige Mitglieder der Gemeinde, während verzückte Schreie laut wurden: »Ich! Ich! Ich!«

»Bei Matthäus, Kapitel 24, Vers 24, heißt es: ›Denn es wird mancher falsche Messias und mancher falsche Prophet auftreten, und sie werden große Zeichen und Wunder tun, um, wenn möglich, auch die Auserwählten irrezuführen.‹« Er breitete die Arme aus. »Ihr alle seid auserwählt. Ich weiß, dass ich euch vertrauen kann, weil ihr Gottes Soldaten seid! Wenn ihr heute Abend nach Hause geht, schickt mir einen Scheck über 25 Pfund und ein Taschentuch, und ich werde darüber beten und es euch zurückschicken, und ihr behaltet es immer bei euch, es soll euer Schild sein. Und vergesst nicht meinen besonderen ›Kauf dir ein Gebet‹-Dienst. Jeder Penny, den wir sammeln, hält diese Kirche am Leben. Denkt stets daran: Indem ihr Körner in der Kirche aussät, erntet ihr Gottes Segen.«

Auf einem breiten Bildschirm hinter ihm blitzte die Botschaft auf, mit einer Telefonnummer: *Kauf dir ein Gebet. Akzeptiert werden alle gängigen Kreditkarten.*

»Und jetzt wollen wir zu unserem Herrn und Beschützer beten!«

Als das Video zu Ende war, sah Pope seinen Boss an. »Guter Auftritt – findest du nicht?«

»Geht so«, sagte Wenceslas, immer noch verärgert, weil er ihm am Morgen diese lächerliche Schale und den Zahn präsentiert hatte. »Weißt du, was ich wirklich glaube?«

»Ich bin ganz Ohr, Großer Meister.«

»Ich glaube, ich habe es verdient, mich heute Abend mit einer hübschen Begleitung zu entspannen.«

»Nun, das nenne ich Göttliche Vorsehung! Ich habe zwei liebreizende junge Damen, die zwei Etagen über uns warten.«

Zum ersten Mal heute lächelte Pastor Wesley Wenceslas. Dann sagte er mit argwöhnischem Stirnrunzeln: »Und du bist auch ganz sicher, dass sie nicht wissen, wer ich bin?«

»Aber selbstverständlich wissen die, wer du bist: Dein Name ist Maurice Winters, du bist ein überaus erfolgreicher Londoner Immobilienentwickler und aus beruflichen Gründen hier oben in Leeds.«

»Gelobt sei der Herr! Ich glaube, allmählich wäschst du dich wieder rein, Grinsky.«

»Du bist ein unartiger Junge«, entgegnete Pope und packte eines der wenigen Bibelzitate aus, die er auswendig kannte und zuweilen benutzte, um seinen Boss zu necken. »Offenbarung. ›Dann kam einer der sieben Engel und sagte zu mir: Komm, ich zeige dir das Strafgericht über die große Hure, die an den vielen Gewässern sitzt. Denn mit ihr haben die Könige der Erde Unzucht getrieben, und vom Wein ihrer Hurerei wurden die Bewohner der Erde betrunken.‹«

»Fick dich.«

»Dazu werde ich heute Nacht Unterstützung anfordern.« Pope lächelte und rollte verträumt die Augen. »Jedem das Seine.«

76

Dienstag, 14. März

Der Ducati-Motor gurgelte im Leerlauf, als der erschöpfte Fahrer sich zu dem großen weißen Tor des Hauses auf Richmond Hill im Südwesten Londons hinüberbeugte und auf den Klingelknopf drückte. Er war sich der Kamera bewusst, die auf ihn gerichtet war, und behielt sein Visier unten.

»Hallo?«, sagte eine weibliche Stimme.

»Lieferservice«, sagte er, wobei er den amerikanischen Akzent unterdrückte, so gut er konnte. Der Helm half ihm dabei, die Stimme zu dämpfen.

Das Tor schwang auf. Kies. Big Tony hasste Kies. Der Anblick steigerte noch seine miese Laune. Dank eines Blödmanns, der einen Wohnwagen überholen musste, hatte er zwei Stunden auf der M40 festgesteckt, weil die Polizei eine Totalsperrung veranlasst hatte. Er fuhr langsam die Zufahrt hinauf, die Beine weit nach außen gestreckt, bereit, die Hacken in den Boden zu rammen, falls ihm die Maschine entglitt. Als er sich der großen, modernen Backsteinvilla näherte, schaltete sich Flutlicht ein.

Vor dem Eingang stieg er ab, schaltete den Motor aus, klappte den Ständer aus und bockte das Motorrad behutsam auf. Bevor er wegging, vergewisserte er sich, dass es auch wirklich sicher stand. Er achtete auf seine Motorräder. Nachdem er sich mit einem Kontrollblick versichert hatte, dass das falsche englische Nummernschild das echte aus Monaco auch wirklich ganz überdeckte, stieg er die imposante Treppe zum Eingangsportal hinauf und klingelte an der Tür.

Wieder fiel ein Lichtstrahl auf ihn.

Im Haus hörte er wütendes Gebell. Dann öffnete eine etwa vierzigjährige Rothaarige in Jogginganzug und Turnschuhen die Tür und spähte zu ihm heraus. »Sie haben eine Lieferung?«, fragte sie ihn mit ihrer piekfeinen Aussprache. Der Hund irgendwo hinter ihr bellte weiter.

»Für Mr. Brown. Ich muss aber zuerst was abholen«, erwiderte Big Tony.

»Mein Mann hat Sie früher erwartet, kann das sein?«

»Ach ja? Vielleicht hätte er den Verkehr für mich regeln sollen.«

»Er ist gerade bei einer Telefonkonferenz – kann ich die Lieferung entgegennehmen? Und was sollen Sie abholen?«

»Ich muss Ihren Mann sehen, aber ich warte nicht auf Leute, die am Telefon rumhängen, Lady«, sagte er. Dabei entglitt ihm sein amerikanischer Akzent. »Vermutlich ist das, was ich für ihn habe, nicht wichtig genug.«

Er ging die Treppe wieder hinunter. Auf der untersten Stufe drehte er sich zu ihr um und rief: »Sagen Sie Mr. Brown, dass Big Tony vorbeigeschaut hat – er weiß, wie er mich erreicht.«

»Warten Sie!«, rief sie ihm nach. »Er kommt gerade – Mr. Brown, sagten Sie? Ich glaube, Sie haben die falsche …«

Big Tony sah den großen, schlaksigen Mann, den er als Mr. Brown kannte, in Anzughose, roten Hosenträgern über einem Businesshemd mit offenem Kragen, roter Drahtgestellbrille und Pantoffeln mit Monogramm aus der Tür eilen.

»Tony, hi! Tut mir leid, dass Sie warten mussten! Sie haben im Stau gesteckt?«

Tony kehrte ihm den Rücken zu und schwang ein Bein über den Sattel. Der Mann rannte auf ihn zu. »Haben Sie ihn – den Memorystick?«

»Ja, klar, hab mir ziemliche Umstände gemacht für Sie, aber ganz so dringend brauchen Sie ihn offenbar gar nicht. Vielleicht nehme ich ihn wieder mit, Sie zahlen mir was für die Lagerung und lassen mich wissen, wann Sie ihn abholen wollen.«

»Nein, bitte, wir brauchen ihn dringend.«

»Dann sollte ich den Preis höher ansetzen, was meinen Sie?«

»Ich hab das Geld hier. Ich hab's aus dem Safe geholt, es ist in meinem Büro. Wenn Sie nur eine Minute warten würden?«

»Ich hab's der Lady schon gesagt, ich warte niemals, für keinen. Ich geb Ihnen exakt eine Minute.« Er schob den Ärmel zurück und sah auf die Uhr.

Der Mann rannte die Treppe hinauf und schlug der Länge nach hin. Big Tony grinste. Der Mann hatte seine extravagante Brille verloren. Als er sich hochrappelte und sie wieder aufsetzte, lief ihm Blut über die Wange. Der Motorradfahrer konnte Mr. Brown nicht leiden, ihn nicht ausstehen. Er hatte im Laufe seines Lebens schon eine Menge schlechter Menschen getroffen – richtig üble Kerle, wie er selbst einer war. Aber dieser Typ, der jetzt durch die Diele seines Hauses humpelte, schien in Schlechtigkeit regelrecht gebadet zu haben, denn sie war ihm gleichsam in jede einzelne Pore gesickert.

Big Tony sah auf die Uhr. Fünfundfünfzig Sekunden waren vergangen. Achtundfünfzig. Sechzig.

Er warf den Motor an, ließ die Maschine nach vorne rollen, vom Ständer, legte den ersten Gang ein und fuhr mit Vollgas, dass die Kieselsteine spritzten, auf das offen stehende Tor zu.

77

Dienstag, 14. März

Ross war müde, hungrig und äußerst mitgenommen, als er im Dunkeln und bei strömendem Regen auf der M40 in südlicher Richtung fuhr. Dabei verlangsamte ein neues Hindernis sein Vorankommen noch mehr als der Verkehr – immer dichter werdender Nebel. Er spielte einige seiner Lieblingsstücke von Glen Campbell, um sich aufzuheitern. Im Augenblick war es »Rhinestone Cowboy«. »*Now I really don't mind the rain / And a smile can hide all the pain ...*« Sorry, Glen, dachte er. Mir macht der Regen sehr wohl etwas aus, und ich lächle auch nicht.

Und seine Frau rief nicht zurück. Er hatte ihr zwei Nachrichten auf dem Anrufbeantworter hinterlassen und zudem eine SMS geschickt.

Er überholte einen Lkw, dessen Spritzwasser ihm vorübergehend die Sicht nahm, dann war er vorbei und die Windschutzscheibe wieder trocken genug, dass er die Rücklichter in einiger Entfernung vor sich sah.

Während er den Sicherheitsabstand zum Wagen vor ihm einzuhalten bemüht war, dachte er unentwegt über die Ereignisse der vergangenen Stunden nach.

Aufgrund der seltsamen, verdächtigen Art und Weise, wie der Mandant vor ihm nach draußen gerannt war, hatte die Empfangsdame nicht nur den Rettungsdienst, sondern auch die Polizei gerufen. Ross hatte gewartet und dann sie und die beiden Sanitäter nach oben begleitet. Er hatte von der Tür aus zugesehen, wie sie versuchten, den Mann wiederzubeleben, während die Frau völlig aufgelöst dabeigestanden und sich die Seele aus dem Leib geheult hatte.

Als alle abgelenkt waren, hatte Ross die Gelegenheit ergriffen, um unbemerkt hinter den Schreibtisch zu treten und die Namen auf den Akten zu lesen, die sich darauf stapelten. Fast sofort entdeckte er auf einem grünen Ordner seinen eigenen Namen. Nachdem er sich überzeugt hatte, dass niemand zu ihm hinsah, schlug er ihn auf. Er war leer.

Nach etwa zehn Minuten gaben die Sanitäter ihre Wiederbelebungsversuche auf und erklärten den Anwalt endgültig für tot. Da die Leiche des Mannes keine sichtbaren Spuren von Gewalteinwirkung aufwies, lautete ihr anfänglicher Befund, dass er einen schweren Herzinfarkt oder Schlaganfall erlitten hatte.

Trotz der scheinbar natürlichen Todesursache kam der vorhergehende Mandant der Polizei verdächtig vor – genau wie Ross, obwohl er nichts gesagt hatte. War der Anwalt gestorben, während der Motorradfahrer in Lederkluft ihn konsultiert hatte? Wenn ja, warum war dieser dann nicht sofort nach unten geeilt, um die Empfangsdame zu informieren? Außerdem war die Identität des Mannes ungeklärt.

Er hatte seinen Termin bei dem Anwalt unter dem Namen Terence Dunn gebucht und angegeben, wegen eines Erbstreits Rechtsberatung zu benötigen. Eine rasche Überprüfung durch die Polizei hatte ergeben, dass die Nummer zu einem Prepaid-Handy gehörte. Als sie anriefen, regte sich nichts.

Ross, der den Verdächtigen gesehen und dann den Anwalt tot aufgefunden hatte, hatte die beiden Polizisten bereitwillig zum Revier begleitet, um eine Aussage zu machen.

Er war nicht sicher gewesen, wie viel er ihnen sagen sollte, doch als er dann im Wartebereich saß, war ein elegant gekleideter Mann Ende dreißig auf ihn zugekommen. »Nett, Sie wiederzusehen, Mr. Hunter. DCI Martin Starr, Kriminalpolizei Birmingham. Schon wieder ein Toter, das wird ja langsam zur Gewohnheit bei Ihnen.«

Der Detective Chief Inspector gab sich große Mühe, ihm zu versichern, dass er weder verhaftet war noch unter Verdacht stand.

Ross sollte ihm einfach nur alles erzählen, woran er sich erinnern konnte. Bald darauf kam Detective Constable Maria Stevens hinzu, die anderer Ansicht zu sein schien, da sie ihn nicht wie einen Zeugen, sondern wie einen Verdächtigen behandelte.

Die erste Frage, die Starr ihm stellte, war, ob er tatsächlich jemanden aus Robert Anholt-Sperrys Büro habe kommen sehen. Das nicht, antwortete Ross, aber bei seiner Ankunft im Gebäude habe ihn ein Motorradfahrer, den er für einen Kurier gehalten habe, rüde beiseitegedrängt. Der Beschreibung der Empfangsdame nach war es der vorhergehende Mandant des Anwalts gewesen. Ross konnte die Person nicht beschreiben, weil das dunkle Visier am Motorradhelm nach unten geklappt war, erinnerte sich aber, dass er – oder auch sie – einen kleinen Aktenkoffer in der Hand hielt und dass vor dem Gebäude eine Ducati stand. Er habe sich immer ein Motorrad dieser Marke gewünscht, sagte er den beiden Detectives, deshalb sei sie ihm aufgefallen.

Das Verhör wurde unangenehm, als Starr ihn fragte, was er über die Verbindung zwischen dem toten Anwalt und Cook wusste.

Von seiner Journalistenausbildung wusste Ross, dass Anwälte einer strengen Schweigepflicht unterworfen waren, und beschloss, sich nötigenfalls darauf zu berufen.

»Es gab also keinen Zusammenhang zwischen Dr. Cooks Behauptung, er habe einen Beweis für die Existenz Gottes, und Ihrem Besuch bei Mr. Anholt-Sperry?«, fragte Maria Stevens.

»Ich hatte beschlossen, Mr. Anholt-Sperry aufzusuchen, um mehr über seinen verstorbenen Mandanten zu erfahren. Ich arbeite gerade an einer Geschichte für die *Sunday Times*«, erwiderte Ross ausweichend.

Er hatte eine kurze Stellungnahme unterschrieben und sich bereit erklärt, nötigenfalls eine ausführlichere Aussage zu machen. Kurz vor 20 Uhr hatte er sich schließlich auf die lange Rückfahrt nach Brighton begeben.

Stand der Tod des Anwalts mit all dem, was in letzter Zeit passiert war, im Zusammenhang? Oder war es Zufall? Anholt-Sperry war schon älter gewesen und übergewichtig, mit einer Herzschwäche; und er hatte nicht sonderlich gesund ausgesehen, als Ross ihn das letzte Mal aufgesucht hatte. Vielleicht hatte es am Stress gelegen, dass er gestorben war.

Oder nicht?

Er hatte vor einigen Jahren einen Artikel über einen Rechtsanwalt geschrieben, der von einem verärgerten Mandanten getötet worden war. Vielleicht hatte Robert Anholt-Sperry ja in der Vergangenheit auch jemanden verärgert.

Doch er bezweifelte es, war sicher, dass es einen Zusammenhang gab zwischen Cooks Tod und dem von Anholt-Sperry. Und doch wies der Anwalt keinerlei Verletzungen auf, zumindest keine sichtbaren.

Er dachte an den leeren Ordner auf dem Schreibtisch, auf dem sein Name stand. Hatte der Motorradfahrer den Inhalt herausgenommen? Oder hatte der Rechtsanwalt erst noch etwas darin abheften wollen?

Den wesentlichen dritten Koordinatensatz?

Er erinnerte sich, dass Imogen erst später nach Hause kommen wollte – weil sie sich mit einer Freundin traf –, und versuchte sie jetzt, vom Auto aus, erneut anzurufen. Zu seiner Erleichterung meldete sie sich fast sofort.

»Hi!«, sagte er. »Ich hab mir Sorgen gemacht – ich hab dich angerufen und dir eine SMS geschickt. Alles okay?«

»Nein, Ross«, sagte sie, und es hörte sich an, als wäre sie bis ins Mark erschüttert. »Ich bin eben zurückgekommen, und ich bin GANZ UND GAR NICHT OKAY!«, schrie sie hysterisch.

78

Dienstag, 14. März

Boris schien den Dreh rauszuhaben, dachte Ainsley Bloor, als er dem Affen dabei zusah, wie er auf die Tastatur einhämmerte. Mit wachsender Regelmäßigkeit schlug er auf die Tasten a und i und griff dann gierig nach der Erdnuss, Traube oder Banane, die als Belohnung aus der Futterrutsche kam. Und von den vielen Seiten, die der Drucker ausspuckte, schien Boris abzuleiten, dass ihm das Wort »der« eine Sonderbelohnung einbrachte – einen ganzen Apfel, eine Orange oder Banane.

Keiner der anderen fünf Affen hatte bis jetzt irgendetwas begriffen. Und bis zum kompletten Werk Shakespeares war es noch ein verflucht langer Weg.

Bloor hatte einen neuen Algorithmus erdacht, um Boris zu belohnen, sobald er ein längeres Wort tippte, aber bis jetzt hatte das dumme Geschöpf noch nicht darauf reagiert. Er tippte einfach weiter seine as und is und ein gelegentliches »der«.

Doch im Augenblick, während er in der feuchten Kälte fröstelte, war das Experiment Bloors geringstes Problem. Er gähnte, müde nach einem langen, frustrierenden Tag, freute sich darauf, hineinzugehen und sich einen steifen Drink einzugießen. Sein Pilot hatte ihn informiert, dass der Rückflug angesichts des dichten Nebels zu riskant sei, also war er im Auto gereist, wobei sein Chauffeur bei der schlechten Sicht lächerlich langsam gefahren war. Es war schon nach 20.30 Uhr, und morgen früh hatte er auf Radio 4 ein Interview mit *Today* zu bestreiten über die Arbeit seiner Firma im Bereich der Gentherapien, worauf er sich vorbereiten musste.

Die Tatsache, dass der Telefonanruf, den er erwartet hatte, nicht erfolgt war, ärgerte ihn noch zusätzlich. War denn jeder in seiner Organisation so unfähig wie seine blöden Affen?

»Na los, Boris, du kannst es doch!«, rief er.

Der Affe drehte sich kurz in seine Richtung und tippte dann artig, als gehorche er seinem Herrn, wieder auf die Tastatur. Eine Traube kam die Schütte heruntergerollt.

Wieder ein i.

»Du Idiot!«, brüllte sein Herr ihn an. »Du weißt doch überhaupt nicht, wie gut du es hier hast, du blöder Affe!«

Als er sich wütend abwandte und über das nasse Gras wieder auf das Haus zuschritt, das in einiger Entfernung jenseits der Nebelwand stand, klingelte sein Handy. Auf dem Display war der Name des Anrufers zu lesen.

»Ja, Julius?«, meldete er sich. »Hast du's gekriegt?«

»Houston, wir haben ein Problem«, sagte Helmsley.

79

Dienstag, 14. März

Es war 23.15 Uhr, als Ross, der kaum noch die Augen offen halten konnte, in der Auffahrt vor ihrem Haus neben Imogens Wagen parkte. Trotz seiner Erschöpfung war es ihm mittlerweile zur zweiten Natur geworden, sich erst vorsichtig nach allen Seiten hin umzusehen, bevor er aus dem Audi stieg. Die Straße lag verlassen da. Er hatte die ganze Fahrt über niemanden gesehen, der ihn verfolgt hätte.

Im Haus brannte noch Licht. Überall. In jedem Raum, was eigenartig war, dachte er argwöhnisch, als er per Knopfdruck die Autotüren verriegelte. Er blickte hinauf zu den drei Überwachungskameras unterhalb der Traufe, die der Elektriker dort angebracht hatte. Und hatte plötzlich ein mulmiges Gefühl in der Magengrube.

Sämtliche Linsen waren zertrümmert.

Die Haustür ging auf, bevor er sie erreichte, und Imogen – in Latzhose und weißem T-Shirt – stand dort, die Frisur zerzaust, kreideweiß im Gesicht und tränenüberströmt.

»Hi!«, sagte er und breitete die Arme aus, aber sie wich vor ihm zurück.

»Sieh dir lieber an, was mit deinem Zuhause passiert ist, Ross. Mit unserem Zuhause. Es *war* einmal unser Zuhause.« Sie zitterte.

Er trat ein, und blieb wie angewurzelt stehen. An die Dielenwand hatte jemand mit schwarzer Farbe zwei umgekehrte Kruzifixe gesprüht. Quer über dem einen war blutrot ROSS HUNTER, FREUND DES ANTICHRIST gekritzelt und über dem anderen IMOGEN HUNTER, KÜMFTIGE MUTTER DES ANTI-CHRIST.

Sein Blut stockte.

Sämtliche Schubladen am Tisch in der Diele waren herausgerissen worden und lagen auf dem Boden, ihr Inhalt überall verstreut.

»Nicht nur hier unten, Ross, es ist überall. So hab ich die Wohnung vorgefunden, als ich kam.«

Er eilte in die Küche. Monty, der normalerweise auf ihn zustürmen würde, saß verängstigt in seinem Korb.

HANDLANGER DES TEUFELS war in Großbuchstaben quer über die Wand geschmiert. Jemand hatte sämtliche Schubladen und Regale durchwühlt und den Inhalt herausgerissen.

Er ging wieder in die Diele, blickte die Treppe hinauf und sah noch mehr Gekritzel.

UND AN DIESEM HORN WAREN AUGEN WIE MENSCHENAUGEN UND EIN MAUL, DAS ANMASSEND REDETE.

Er öffnete die innere Tür zur Garage und schaltete das Licht ein. Sein Werkzeug und die Golfschläger lagen verstreut auf dem Boden, und sein Rennrad lag kaputt daneben, mit zerhacktem Rahmen.

Er rannte wieder ins Haus und hinauf in den ersten Stock. Auch dort waren religiöse Schmierereien an den Wänden. Und in ihrem

Schlafzimmer stand an der Wand links vom Bett in großen schwarzen Lettern:

WER VERSTAND HAT, BERECHNE DEN ZAHLENWERT DES TIERES …

Er ging in sein Büro. Auch dort waren alle Wände beschmiert. Sämtliche Schubladen im Ablageschrank waren offen, die Papiere wild verstreut. Und seine externe Festplatte war verschwunden.

Wenn es einen kleinen Lichtblick, eine kleine Erleichterung bei all dem Entsetzen gab, dann die Tatsache, dass er seinen Laptop bei sich gehabt hatte. Anderenfalls wäre der jetzt auch weg, da war er sicher.

Er wandte sich Imogen zu, die hinter ihm in der Tür stand.

»Genug gesehen?«, fragte sie.

»Wie sind sie hereingekommen – haben sie ein Fenster eingeschlagen?«

»Ist das wichtig?«

»Ob das wichtig ist?«, wiederholte er. »Ja, ich will, dass das Haus sicher ist, für den Fall, dass sie sich entschließen zurückzukommen. Hast du die Polizei gerufen?«

»Natürlich hab ich die Polizei gerufen. Sie waren binnen Minuten hier und haben mich darauf hingewiesen, dass unsere tollen Überwachungskameras alle kaputt sind, vermutlich mit einem Luftgewehr zerschossen, meinte einer der Detectives. Sie schicken die Leute von der Spurensicherung vorbei, damit sie nach Fingerabdrücken suchen. Vielleicht kommt noch heute Nacht jemand, spätestens aber morgen früh.«

»Kleines.« Er versuchte sie zu umarmen, aber sie wich ihm aus.

»Ich hab Virginia angerufen«, sagte sie. »Ich bleib heute bei ihr und Ben. Du kannst auch mitkommen, wenn du willst.«

Ihre Schwester und ihr Schwager lebten mit ihren drei Kindern in einem kleinen Dorf etwa fünfzehn Meilen nördlich von Patcham.

»Und was ist mit Monty? Ben ist doch allergisch gegen Hunde, oder?«

»Der Hund ist mir egal. Im Augenblick kümmert mich nur un-

340

ser Baby. Wenn ich umziehen muss, dann tue ich das. Ich bleibe nicht noch eine Nacht hier, bis ...«

»Bis?«

»Bis du diese Sache endlich seinlässt. Ich kann nicht glauben, dass du den Job in Straßburg abgelehnt hast, der dir dreitausend Pfund eingebracht hätte. Wir brauchen das Geld – warum müssen wir durch diese Hölle gehen? Lass uns die Sachen an den Vatikan verkaufen, wenn die's ernst meinen. Vielleicht kriegen wir genügend Geld, um die Hypothek aufs Haus abzubezahlen.«

»Das kann ich nicht tun. Nicht nach ...«

»Was denn, Ross? Sollen wir erst beide tot sein? Ist es diese verrückte Geschichte wert, dass du alles riskierst, was du – was wir haben?«

»Verrückte Geschichte? Du bist doch gläubig. Du bist Christin. Was ist an dieser Geschichte verrückt?«

Sie deutete auf die Schmierereien im Zimmer. »Ist das hier nicht verrückt? Ich brauche keinen Beweis, ich brauche keinen endgültigen Beweis, ich bin gläubig, ja, aber das genügt mir. Die Welt ist auch so schon in einem fragilen Zustand, ohne dass du einen religiösen Sturm anzettelst – dank dem Gefasel eines alten Irren.«

Ross stand da und starrte sie an. »Wenn Cook so ein *Irrer* war, wie kommt's dann, dass der Vatikan – wie hieß doch gleich der Typ, der zu dir kam – Spinoni ...?«

»Silvestri. Monsignore Giuseppe Silvestri.«

»Wie kommt's, dass er bereit war, uns Geld anzubieten?«

»Nur wenn an der Sache was dran ist, Ross.«

»Na schön, das will ich doch gerade herausfinden.«

Sie deutete wieder auf die Wände. »Ist das nicht Beweis genug? Waren die Botschaften auf meinem Computerbildschirm nicht Beweis genug? Jemand zeigt uns überdeutlich, dass ihm das, was du tust, nicht gefällt, Ross.«

Wieder sah er Robert Anholt-Sperry an seinem Schreibtisch sitzen, und die Erinnerung ging ihm durch Mark und Bein.

341

Dann kamen ihm Harry Cooks tränende, flehende Augen in den Sinn.

Sie und ich müssen die Welt retten.

Er sah seine Frau an. Die kleine Wölbung ihres Bauches. Ihr gemeinsames Kind.

Konnte er ihr widersprechen?

Er starrte auf die wahnsinnigen Schmierereien an den Wänden ihres Hauses, und Zorn stieg in ihm auf. Er dachte an den Helikopter in Ägypten. An Harry Cooks gepeinigten Körper. Den toten Rechtsanwalt.

An die Welt, die auf sein ungeborenes Kind wartete.

An seinen toten Bruder.

An die Mistkerle, die ihm ins Gesicht getreten hatten, als er aus dem Brunnen steigen wollte.

Wem konnte er trauen? Stuart Ivens vom MI5?

Oder dem Mann, von dem Imogen ihm erzählt hatte, diesem Monsignore Giuseppe Silvestri aus dem Vatikan?

Sollte er diese Geschichte ganz einfach fallenlassen, wieder zur Tagesordnung übergehen und über Politik, den Krieg und den Klimawandel schreiben? Zählte das alles innerhalb des größeren Ganzen, das ihm da möglicherweise zugefallen war?

Wahrscheinlich die größte Geschichte der Welt?

So groß, dass jemand versuchte, ihn zu töten, dass jemand Dr. Cook und vielleicht auch den Rechtsanwalt ermordet hatte? Hatte der Mann im Motorrad-Outfit das letzte Puzzleteil geklaut? Das Anholt-Sperry ihm hatte aushändigen wollen?

Er konnte Imogen nicht in die Augen sehen. Er musste es ihr sagen. Er wusste, es klang absurd. Nur stand der Beweis, dass es möglicherweise doch nicht so absurd war, überdeutlich an den Wänden ihres Zuhauses, ihrer Zuflucht.

Jemand war hier eingedrungen.

Nur wer?

Religiöse Fanatiker? Sollte er vor ihnen kuschen? Vielleicht war das ja der Sinn dieser Aktion. Dass er kuschte, die Sache seinließ. Aber das würde er nicht tun, er konnte es nicht, auf keinen Fall.

Er wandte sich an seine Frau. »Imo, ich versteh ja, wie du dich fühlst.«

»Ach so? Super. Dann lass uns fahren. Ich hab schon gepackt. Na los, pack ein paar Sachen ein, ich wart auf dich.«

»Sollen wir Virginia und ihre Familie auch in Gefahr bringen? Und was wird aus Monty?«

»Bring ihn ins Tierheim.«

»Sieh mal, Kleines ...«

»Was soll ich denn *sehen*?«

»Ich brauche dich.«

»Ach so? Ich hab das Gefühl, ich kenne dich nicht mehr, Ross. Du hast eine Mission zu erfüllen. Und ich will nicht mehr Teil dieser Mission sein. Ab jetzt bist du auf dich allein gestellt.«

80

Mittwoch, 15. März

Ross war müde, als er am Morgen erwachte, sein Kopf benommen und voll von Angst. Er blieb einen Moment reglos liegen, bevor er die Augen aufschlug und zu Imogen hinüberlangte, aber seine Hand ertastete nur ein kaltes Kissen.

Sie war wirklich gegangen.

Er fühlte sich leer.

Es war ein schöner, sonniger Morgen. Licht strömte durch die Vorhänge ins Zimmer. Von gegenüber hörte er die Stimmen von Handwerkern.

Es war also kein böser Traum gewesen. Die Kritzeleien waren auf der Wand neben dem Bett.

WER VERSTAND HAT, BERECHNE DEN ZAHLEN-WERT DES TIERES …

Wer hatte das getan? Derselbe Dreckstyp, der die E-Mails geschickt hatte?

Aber hier war nicht nur einer am Werk gewesen. Die Kritzeleien waren in mindestens zwei, möglicherweise auch drei unterschiedlichen Handschriften aufgesprüht worden. Wie waren sie hereingekommen, ohne den Alarm auszulösen oder von den Kameras erfasst zu werden? Hatten sie in aller Ruhe die Kameras kaputt geschossen, bevor sie den Alarm deaktiviert hatten?

Wer wusste über seine Aktionen Bescheid?

Wie viele Leute hatte Cook kontaktiert, bevor er ihn angesprochen hatte? Offenbar Leute der Stiftung Chalice Well – und über sie hatte Kerr Kluge davon Wind bekommen. Jetzt wussten auch der MI5 und der Vatikan Bescheid. Steckte Kerr Kluge hinter dem Einbruch von vergangener Nacht? Um ihm Angst einzujagen? Oder ein milliardenschwerer Evangelikaler wie Wesley Wenceslas? Irgendeine andere fanatische Sekte?

Er bezweifelte, dass es dieselben waren, die in Ägypten versucht hatten, ihn umzubringen. Die ihm bis zur Höhle gefolgt waren und dann versucht hatten, ihm den Zahn abzujagen. Sie hatten wahrscheinlich auch Cook auf dem Gewissen. Die Verwüstung hier war ein völlig anderer Stil. Imogen und er sollten aus irgendeinem Grund eingeschüchtert werden.

Damit er seine Informationen verkaufte?

An jemanden wie Monsignore Giuseppe Silvestri?

Er drehte sich auf die Seite und sah zu seinem Schrecken, dass es schon 7.20 Uhr war.

Normalerweise weckte ihn Radio 4 pünktlich um 6.30 Uhr.

Mist.

Das Radio lief, offenbar seit fast einer Stunde. Er hatte einfach weitergeschlafen. Ein Radio-4-Moderator interviewte einen überheblich klingenden Wissenschaftler.

»Wir haben die Gene identifiziert, die für empathisches Verhalten verantwortlich sind«, sagte der Wissenschaftler. »Wir glauben, dass Eltern schon bald – vermutlich noch zu unseren Lebzeiten – in der Lage sein werden, die Empathiefähigkeit ihres Kindes zu bestimmen. Möchten Sie einen lieben, sanften kleinen Jungen? Aber er könnte später ins Hintertreffen geraten. Möchten Sie dann lieber einen starken, toughen kleinen Racker? Aber am Ende entwickelt er sich zum Rüpel, der seine Schulkameraden schikaniert – vielleicht sogar zu einem Soziopathen.«

»Und was ist mit Gott?«, fragte der Moderator.

»Tja, das kommt ganz darauf an, auf welcher Seite des Glaubens Sie stehen«, fuhr der Wissenschaftler selbstgefällig fort. »Intelligent Design oder Natürliche Auslese.«

»Auf welcher Seite stehen Sie denn?«

»Stellen Sie mir die Frage in ein paar Monaten, dann habe ich vielleicht eine Antwort für Sie.«

»Wirklich? Können Sie uns das erläutern?«

»Nicht jetzt.« Die Überheblichkeit und Arroganz in seiner Stimme war geradezu greifbar.

»Nun, jetzt haben Sie mich neugierig gemacht – und viele unserer Hörerinnen und Hörer ebenso. Ihre Firma wird heute einen maßgeblichen Durchbruch in der Gentherapie verkünden. Können Sie uns erklären, was das bedeutet?«

»Sicher. Der Durchbruch in gentherapeutischen Behandlungsmethoden, den Kerr Kluge ankündigt, ist eine Neudefinition der Medizin.«

Ross richtete sich jäh auf und drehte lauter. *Kerr Kluge.* Er traute seinen Ohren kaum.

»Es wird zweierlei bedeuten, John«, fuhr der Mann ruhig und zuversichtlich fort. »Erstens dürften wir binnen zehn Jahren imstande sein, viele der größten Killer-Krankheiten der Welt zu heilen. Ich spreche nicht davon, die Lebenserwartung zum Beispiel von Krebspatienten mit Pharmazeutika auszudehnen. Wir beab-

345

sichtigen, eine vollkommene Heilung über Veränderungen in der DNA-Struktur der Personen zu erzielen.«

»Zynisch gesprochen, leiten Sie doch eine Firma, die vom weltweiten Verkauf von Pharmazeutika abhängig ist, Dr. Bloor. Und für ein Unternehmen wie das Ihre am gewinnträchtigsten sind doch wohl die chronischen Leiden, bei denen die Menschen jahre- oder gar jahrzehntelang von Medikamenten abhängig sind. Würden Sie sich nicht ins eigene Fleisch schneiden, indem Sie eine sofortige und vollständige Heilung anbieten?«

»Ganz im Gegenteil, John. Und zweitens schaffen wir einen massiven Paradigmenwechsel in der Art und Weise, wie wir die menschliche Existenz betrachten. Zum ersten Mal in der Geschichte der Menschheit werden sich dank der Arbeit von Kerr Kluge Menschen von aller Tyrannei befreien, die unsere menschliche Existenz schon immer beherrscht hat. Indem wir die Alterungsgene identifizieren und umpolen, müssen wir nicht länger die Würdelosigkeit des Alterns oder schwere Krankheiten erdulden. Wir befreien jedermann von der Tyrannei von Mutter Natur. Wir glauben, dass Kerr Kluge der Vorreiter einer neuen Menschheitsära sein wird.«

»Aber nur für Leute, die genügend Geld haben, nicht?«

»Nein, für jedermann«, antwortete Bloor schlagfertig.

»Sofern er bezahlen kann. Schaffen Sie damit nicht ein Zweiklassensystem – zwischen den Besitzenden und den Nicht-Besitzenden? Birgt dies nicht die Gefahr der Entstehung einer genetischen Unterschicht? Leider haben wir nicht mehr viel Zeit, darum möchte ich Sie um eine möglichst kurze Antwort bitten.«

»Ganz im Gegenteil, John, wir bieten eine Art der Gleichberechtigung, wie sie die Welt noch nie gesehen hat.«

»Unsere Zeit ist leider um. Ainsley Bloor, Geschäftsführer der Firma Kerr Kluge, ich bedanke mich für das Gespräch.«

»Danke, John.«

»Und jetzt gebe ich an Rick Anderson weiter, der die neuesten Sportnachrichten und Renntipps für Sie hat.«

Ross drehte leiser.

Ainsley Bloor. Der CEO. Der Mann, der das Unternehmen leitete, das vielleicht hinter dem Anschlag in Ägypten steckte. Aus welchem Grund hatte man versucht, ihn zu töten?

Jetzt ergab es mehr Sinn. Er erkannte jetzt klarer, welchen Wert die Gegenstände in seinem Besitz für Bloor und seine Firma haben könnten. Wie viel wusste Sally Hughes' Onkel, Julius Helmsley, von alledem?

Er konnte sich die zynische Vermarktungsstrategie sehr gut vorstellen.

Für euch, von den Hütern der DNA Jesu Christi!

Er starrte auf die Schmierereien an den Schlafzimmerwänden. Sie waren offenbar ein Versuch, ihn abzuschrecken. Bei Imogen war dies sicher auch gelungen.

War es dumm von ihm, sich nicht abschrecken zu lassen?

In Wahrheit war er besorgt. Gleichzeitig war er wütend und fest entschlossen, nicht zu kuschen. Er war schon oft bedroht worden bei seiner investigativen Arbeit. Vor einigen Jahren hatte er den Eigentümer eines betrügerischen spanischen Timesharing-Systems in dessen Villa in Essex aufgesucht. Der Mann hatte ihm ein blaues Auge verpasst und zwei Rottweiler auf ihn gehetzt. Einer von beiden hatte ihm heftig ins Bein gebissen. Die blutende Wunde musste genäht werden, und er hatte eine Tetanusspritze gebraucht. Ein anderes Mal hatte er einen kriminellen Clan auffliegen lassen, der rumänische Straßenkinder in einem Nachtclub in Bedford als Prostituierte arbeiten ließ. Dabei war er mit einer Waffe bedroht, von zwei Schlägern verprügelt und durch die Hintertür nach draußen katapultiert worden. Er hatte zwei gebrochene Rippen davongetragen und tausendfünfhundert Pfund für den Zahnarzt abdrücken müssen.

Doch vielleicht hatte ihn sein kurzer Afghanistan-Aufenthalt abgehärtet gegen die Angst.

Denn anstatt ihn abzuschrecken, stärkten solche Reaktionen nur seine Entschlossenheit.

Und in diesem Augenblick war er entschlossener denn je. Koste es, was es wolle.

Auf seiner Apple Watch war eine neue SMS. Von Imogen.

> Vermisse Dich. Sei vernünftig und komm zu mir. Hab Dich lieb. XX

Er griff sich sein Handy, auf dem es sich besser schreiben ließ, und schickte ihr eine Antwort.

> Hab Dich auch lieb, muss die Sache aber zu Ende bringen. X

Er ging nach unten. Die arrogante Überheblichkeit in der Stimme ihres Geschäftsführers eben hatte seine Wut auf die Firma KK noch verstärkt. Als er in die Küche trat, kletterte Monty aus seinem Körbchen und kam langsam, fast zögernd und mit hängendem Schwanz auf ihn zu. Das Verhalten des Hundes war seltsam, absolut untypisch. Normalerweise pflegte Monty am Morgen mit wedelndem Schwanz und einem breiten, feuchten Grinsen auf ihn zuzustürmen.

Er ging in die Knie und legte ihm die Arme um den Hals. »Was ist denn passiert, Junge? Wen hast du gestern Nacht gesehen? Wer war hier drin? Wie sind sie reingekommen? Du hast sie nicht reingelassen, stimmt's? Du hast ihnen die Tür nicht aufgemacht?«

Wo war die Polizeistreife, die Tingley organisiert hatte, fragte er sich.

Der Hund zitterte am ganzen Leib.

»Keine Sorge, ich bring dich nicht ins Tierheim. Ich pass auf dich auf, wir stehen das gemeinsam durch, ja?« Er zog Montys Kopf an sich und spürte seine feuchte Schnauze an seiner Wange.

Was hatten diese Schweine Monty angetan, dass er noch immer so verstört war? Hatten sie ihm Drogen oder Gift verpasst? Es wäre nicht nötig gewesen, der Hund war ein absolutes Weichei und hätte jeden Eindringling wie einen liebgewonnenen Freund willkommen geheißen.

»Ich hab dich lieb, Monty.« Wieder schmiegte er seine Wange an die des Hundes. »Ich lieb dich wirklich.« Er roch das warme Fell des Hundes. »Beruhige dich, alles ist gut. Alles ist gut.«

Er wünschte, er könnte es selbst glauben.

81

Mittwoch, 15. März

Ross stand in der Dusche und drehte die Temperatur so heiß, wie er sie gerade noch ertragen konnte. Trotz seiner Erschöpfung konnte er allmählich klarer denken.

Er hatte überall nach Hinweisen gesucht, um herauszufinden, wo die Eindringlinge ins Haus gekommen waren, aber nichts gefunden. Keine zerbrochenen Fensterscheiben, keine beschädigten Türrahmen. Er hatte auch unter einem Blumentopf im Geräteschuppen nachgesehen, wo der Ersatzschlüssel versteckt war, doch der lag noch an seinem Platz. Dann war er noch einmal herumgegangen und hatte jede beschmierte Wand fotografiert.

Eine Meute irrer Fanatiker wäre wahrscheinlich gewaltsam eingedrungen. Die Tatsache, dass jemand so viel Sorgfalt aufgewendet hatte, wies umso mehr darauf hin, dass hier Profis am Werk gewesen waren. Profis mit mächtiger Rückendeckung.

Die gesamte Wohnung musste neu tapeziert, jedes Zimmer neu eingerichtet werden, was mehrere tausend Pfund kosten würde. Dazu kämen noch all die Dinge, die abgesehen von seiner externen Festplatte gestohlen worden waren. Hoffentlich würde ihre Versicherung dafür aufkommen.

Er stieg aus der Dusche und war im Begriff, sich abzutrocknen, als es an der Tür klingelte. Monty fing an zu bellen.

Das Handtuch um die Hüfte geschlungen, lief er die Treppe hinunter und den Flur entlang zur Haustür. Er spähte durch den Spion und sah einen Mann dort stehen, hinter dem ein Lieferwagen geparkt war. Nachdem er sich vergewissert hatte, dass die Sicherheitskette eingehängt war, öffnete er die Tür ein paar Zentimeter.

»Eine Lieferung«, sagte der Mann mit osteuropäischem Akzent und hielt ein Päckchen in die Höhe, auf dem groß und breit AMAZON stand. Offenbar ein Buch – er hatte sich mehrere religiöse Werke bestellt, die er lesen wollte.

Er löste den Haken, nahm das Päckchen in Empfang, unterschrieb und schloss die Tür wieder. Während er mit einer Hand den Hund tätschelte, beobachtete er durch den Spion, wie der Mann zu seinem Wagen zurückging und davonfuhr. Dann brachte er das Päckchen in die Küche und legte es auf den Tisch. Es fühlte sich ganz leicht an, fast zu leicht für ein Buch. Er schüttelte es, und etwas darin klapperte. Als er sich das Päckchen genauer ansah, erkannte er, dass es sich nicht um die normale, ordentliche Amazon-Verpackung handelte. Es war mit schwarzem Gewebeband umwickelt, das aussah, als sei es schon einmal benutzt worden.

Er zögerte, starrte es unbehaglich an. Konnte es eine Bombe sein?

Er drehte es herum, untersuchte es sorgfältig nach möglichen Hinweisen auf den Absender. Doch da war nichts. Sollte er die Finger davon lassen, lieber die Polizei rufen, damit die es unter die Lupe nahmen?

Vielleicht war er schon paranoid.

Er nahm ein Messer aus einer Schublade und durchschnitt vorsichtig das schwarze Klebeband. Dann bog er sehr langsam die beiden Papphälften auseinander. Er wusste, dass es dumm war, er sollte besser die Polizei verständigen, damit die sich der Sache annähme. Doch mittlerweile war ihm schon alles egal. Er riss das Päckchen auf und starrte auf den Gegenstand, den es enthielt.

Ein kleines Plastikkruzifix. Mit einem Brief, der mit einem abgebrochenen Cocktail-Stab, gleich einem Dolch, an Jesu Herz befestigt war.

Er fotografierte das Ganze mit seinem Handy, zog dann den Stab heraus und öffnete den Umschlag. Darin befand sich eine getippte Nachricht: *Denn der Zorn Gottes wird vom Himmel herab offenbart wider alle Gottlosigkeit und Ungerechtigkeit der Menschen, die die Wahrheit und Gerechtigkeit niederhalten. Brief an die Römer 1,18* Auf der Rückseite las er die Zeilen: *Ihr Tweet hat mir nicht gefallen. Sie bewegen sich in gefährlichen, blasphemischen Gewässern, mein Freund. Kehren Sie besser zum Alltagsgeschäft zurück.*

Ross war längst immun gegen bösartige Tweets und war schon mehrmals wegen kontroverser Artikel, die er geschrieben hatte, angefeindet worden. Doch diese Nachricht beunruhigte ihn, und er war froh, dass Imogen sie nicht sehen konnte. Er legte alles in das Päckchen zurück, trug es hinauf in sein Arbeitszimmer und legte es in eine Schreibtischschublade. Vielleicht konnte er es der Polizei zeigen oder es einfach als Beweis behalten, für alle Fälle …

Im Badezimmer befeuchtete er sein Gesicht, seifte sich die Wangen ein und begann sich zu rasieren. Dabei überlegte er, was er als Nächstes tun sollte. Er musste annehmen, dass die Koordinaten, die Robert Anholt-Sperry ihm hatte aushändigen wollen, jetzt jemand anders an sich genommen hatte.

Und er konnte sich auch denken, wer das war. Kerr Kluge.

Der maßgebliche dritte Koordinatensatz, von dem Cook gesprochen hatte, stand im Zusammenhang mit der Wiederkunft Christi.

Doch war er ohne die DNA-Ergebnisse wirklich von Wert für die Firma? Vielleicht waren sie zu Verhandlungen bereit? Konnte er womöglich den MI5, den Vertreter des Vatikans, diesen Giuseppe Silvestri, und Kerr Kluge gegeneinander ausspielen?

Wie gefährlich wäre das? Der Vatikan stand im Ruf, keine Gefangenen zu machen. Reformfreudige Päpste waren kurzlebig. Roberto Calvi, bekannt als der Bankier Gottes, hing 1982 von der Blackfriars

Bridge in London. Sein Tod ersparte der Vatikanbank auf elegante Weise die Aussicht auf einen unangenehmen Skandal.

Hatte Imogen recht, wenn sie sagte, die Sache übersteige bei weitem seine Gewichtsklasse? Gab es noch irgendeinen anderen Ausweg, als vorwärtszustürmen?

Er zog sich an, ging hinauf in sein Büro und griff sich die schwarze Lederbrieftasche, die Imogen ihm vorletztes Jahr zu Weihnachten geschenkt hatte. Er strich über das dunkelbraune Futter und spürte zu seiner Erleichterung das versiegelte Reagenzgläschen und das Stück Papier, die er darunter versteckt hatte.

Letzteres war kaum größer als eine Briefmarke und enthielt Details zur Standard-DNA, zur mitochondrialen und zur Y-STR-DNA, die Jolene Thomas von ATGC Forensics aus der Schale und dem Zahn gewonnen hatte, das Reagenzglas, als Rückversicherung, eine kleine Menge von der Flüssigkeit des zermahlenen Zahns, die er Onkel Angus zur Aufbewahrung anvertraut hatte.

Die DNA Christi?

Würde er es je erfahren ohne den dritten Koordinatensatz?

Würde er lange genug am Leben bleiben?

Er rief den Elektriker auf seinem Handy an, und der meldete sich fast sofort. Ross schilderte ihm kurz den Einbruch und die Vandalismusspuren und fragte ihn, ob er heute oder in den kommenden Tagen Zeit erübrigen könnte, die Kameralinsen oder die Kameras auszuwechseln. Der Elektriker versprach, sich den Schaden im Laufe des Tages anzusehen und ihn morgen früh zu beheben.

Er ging nach unten, fütterte Monty, machte sich selbst einen starken Kaffee und schob dann ein Schälchen Porridge in die Mikrowelle. Während es heiß wurde, schnitt er sich einen Apfel auf und warf eine Berocca in ein Glas Wasser – Imogen hatte ihn neulich überredet, täglich eine Brausetablette zur Energiesteigerung zu nehmen. Es war ein schöner, sonniger Tag. Er nahm seine Getränke mit hinaus auf die Terrasse und ging dann zur Haustür, um den Packen Zeitungen zu holen, der auf der Fußmatte lag.

MUTTER ERMORDET BABY, lautete eine Schlagzeile.

Sein Telefon klingelte. Auf dem Display sah er eine Nummer, die er nicht kannte.

»Ross Hunter«, meldete er sich vorsichtig.

»Mr. Hunter, mein Name ist Quentin Grieg, bitte entschuldigen Sie, wenn ich Sie störe. Ich rufe im Auftrag des Erzbischofs von Canterbury an. Es geht um eine Geschichte, an der Sie gerade arbeiten.« Der Mann klang äußerst höflich und zuvorkommend.

»Würden Sie mir Ihre Nummer geben? Ich rufe Sie umgehend zurück.«

Nach kurzem Zögern nannte Grieg sie ihm. Ross notierte sie und rief ihn von seinem Prepaid-Handy aus zurück. »Um welche Geschichte geht es?«, fragte Ross. »Ich arbeite an mehreren Artikeln.«

»Diese eine ist religiöser Natur, nicht wahr?«

»Ja«, erwiderte Ross. »Ja, in der Tat.«

»Der Erzbischof interessiert sich dafür. Wir haben nur rudimentäre Informationen darüber, aber er lässt fragen, ob Sie eventuell etwas Zeit erübrigen könnten, um mit ihm darüber zu sprechen?«

Ross, erstaunt über den Anruf, überlegte schnell. Das war die Gelegenheit. Der Erzbischof von Canterbury, das Oberhaupt der Anglikanischen Kirche Großbritanniens, wollte sich mit ihm treffen. Was auch immer aus dieser Story wurde, ein Zitat des Erzbischofs würde ihre Glaubwürdigkeit enorm erhöhen.

»Ja natürlich, sehr gern.«

»Ich sage Ihnen, wann er in Lambeth Palace in London sein wird. Falls die Termine nicht passen, wäre der Erzbischof auch bereit, anderweitige Verpflichtungen zu streichen.«

Ross fühlte sich seltsam geschmeichelt. Der Erzbischof von Canterbury war bereit, Verabredungen abzusagen, nur um sich mit ihm treffen zu können? Er traute seinen Ohren kaum. War das irgendein übler Scherz? Oder lief da etwas im Hintergrund ab? Hatte Benedict Carmichael den Erzbischof gewarnt?

»Er könnte Sie zum Beispiel heute Nachmittag um 15.30 Uhr empfangen oder morgen um 11 Uhr.«

»Heute Nachmittag passt gut«, sagte Ross.

Grieg erklärte ihm den Weg und sagte ihm, ein Parkplatz wäre für ihn reserviert, falls er einen benötigte.

Ross beendete den Anruf und hörte die Mikrowelle klingeln.

Er ging in die Küche, holte das Schälchen Porridge heraus und trug es nach draußen. Dort setzte er sich und blätterte den *Argus* durch.

Und hielt inne, weil eine Schlagzeile ihn neugierig gemacht hatte.

SCHEIDUNG WEGEN ZU VIEL DRUCK

Er las den Artikel. Es ging darin um einen Buchhalter, der seit zwanzig Jahren verheiratet gewesen war, als seine Frau plötzlich den Verdacht hatte, er würde sie betrügen. Eine ganze Weile konnte sie ihm nichts nachweisen. Dann hatte sie Abdrücke auf einem Notizblock entdeckt, bei dem das Deckblatt fehlte.

Unfähig, sie zu entziffern, erinnerte sie sich an eine Fernsehsendung, in der von einem Gerät namens ESDA die Rede war, das ein forensisches Labor benutzte, um selbst aus den sanftesten Abdrücken auf einem Notizblock die Handschrift sichtbar zu machen.

Der Name des Labors lautete ATGC Forensics.

Da ging ihm ein Licht auf, und er erinnerte sich an Dr. Cooks Besuch bei ihm.

Er dachte an das Manuskript, das er ihm überlassen hatte.

Ich habe die Koordinaten natürlich geschwärzt, Mr. Hunter, für den Fall, dass das Manuskript hier in die falschen Hände fallen sollte.

Er griff nach seinem Handy.

Monty kam mit der Leine im Maul auf ihn zugetrottet.

Ross legte das Handy beiseite und streichelte ihn. »Tut mir leid, Junge, ich hab jetzt keine Zeit, um mit dir rauszugehen. Sobald ich zurück bin, mach ich es wieder gut, versprochen. Wir gehen heute Abend raus, okay?«

Der Hund warf ihm einen Blick zu, der besagte, dass er es ganz und gar nicht okay fand.

Dann klingelte es an der Tür. Er eilte in den Flur, spähte vorsichtig durch den Spion und sah einen jungen Mann, der eine Tasche in der Hand hielt. Er war von der Spurensicherung und stellte sich als Alex Call vor.

Eine Stunde lang suchte Call im ganzen Haus nach Fingerabdrücken. Ross ließ ihn seine Arbeit tun. Als er fertig war, sagte ihm der Ermittler, dass die Fingerabdrücke, die er gefunden hatte, offensichtlich nicht aktenkundig waren.

Nachdem Call gegangen war, schnappte Ross sich die Autoschlüssel, ging nach draußen, fuhr den Audi in die Garage und schloss das Garagentor. Er wollte etwas im Kofferraum verstauen und nicht von der Straße aus dabei beobachtet werden.

82

Mittwoch, 15. März

Ein paar Minuten vor 10 Uhr humpelte Julius Helmsley ins Büro seines CEO. In der einen Hand hatte er einen Beutel Croissants, in der anderen einen steifen braunen Briefumschlag. »Gutes Radiointerview, Ainsley. Sehr gut«, sagte er.

»Nicht wahr?«

Bevor er sich an den Konferenztisch setzte, sagte Helmsley: »Sie zeichnen nichts auf?«

»Ich bin doch nicht verrückt, Julius. Nein. Kaffee?«

Helmsley nickte, und Bloor goss ihm ein. »Was haben Sie mit Ihrem Gesicht angestellt?«

Helmsley betastete verlegen das Pflaster auf seiner linken Wange. »Bin gestolpert.«

355

»Ach ja? Worüber denn? Muss ja 'ne tolle Party gewesen sein!«

»Sehr komisch.«

Unter ihnen fuhr, mit einem blau-gelben Aufbau und dem Wort POLICE auf dem Rumpf, eine Barkasse die Themse entlang.

Bloor schob die Tasse und einen Krug Milch zu Helmsley hinüber. »Also, was ist passiert?«

»Wir haben Mist gebaut. Das Raubtier, das wir angeheuert haben, hat uns jetzt in der Hand.«

»Nicht *wir*, Julius. *Sie*. Dieser Mann aus Monaco?«

Er nickte.

»Der seinen Preis verdoppelt hat, als Sie ihn aufgesucht haben?«

»Ja.«

»Sie haben ihn uns empfohlen.«

»Er wurde mir empfohlen. Erstklassige Referenzen. Ziemlich beeindruckende Erfolgsbilanz.«

»Tja, ich bin ja auch beeindruckt. Er hat acht Millionen von uns kassiert, und jetzt will er uns um noch mehr erpressen.«

»Ich fliege nach Monaco und regle das mit ihm.«

»Monaco hat keinen Flughafen«, entgegnete Bloor gereizt.

»Dann fliege ich nach Nizza und nehm mir einen Helikopter.«

»Nein, Sie nehmen sich keinen Helikopter und fliegen auch nicht in der ersten Klasse. Sie haben die Sache vermasselt, also fliegen Sie gefälligst mit EasyJet und nehmen dann den verfluchten Bus.«

Helmsley grinste, bis er sah, dass Bloor es ernst meinte.

»Hat er ihn überhaupt?«

»Er hat ihn, da bin ich ganz sicher. Den dritten Satz Koordinaten. Dieser Anwalt Robert Anholt-Sperry aus Birmingham – der *verstorbene* Anwalt, um genau zu sein – wollte ihn gestern Nachmittag an Ross Hunter aushändigen«, sagte Helmsley.

»Ross Hunter.« Bloor spie den Namen geradezu aus. »Dabei muss ich an die Worte Heinrichs II. denken: ›Will denn niemand mich von diesem umtriebigen Priester befreien?‹«

»Ich glaube, er nannte ihn *lästig*«, sagte Helmsley. »*Umtriebig* ist falsch zitiert.«

Bloor starrte ihn streitsüchtig an. »Ich glaube nicht, dass dies hier der Augenblick für semantische Spitzfindigkeiten ist.«

»Tut mir leid, Boss.« Er goss ein wenig Milch in seinen Kaffee. »Aber Hunter zu diesem Zeitpunkt zu töten wäre nicht klug. Ich bin mir ziemlich sicher, dass er den Schlüssel hat.«

»Ob er mit uns ins Geschäft kommt?«

»Hunter?«

»Er hat finanzielle Schwierigkeiten, und das schon seit einigen Jahren. Journalisten verdienen immer schlechter. Wir wissen, dass er eine große Hypothek abbezahlen muss. Seine Kreditkarten sind nah am Limit, und er wird bald Vater.«

Helmsley sah ihn merkwürdig an. »Weil wir uns gerade in Zitaten ergehen: ›Wer mit dem Teufel zu Tische sitzt, braucht einen langen Löffel!‹ Hunter ist gerissen und gefährlich – das wissen wir mittlerweile. Er verfügt über mächtige Pressekontakte, und unsere Recherchen über ihn zeigen uns, dass es nicht Geld ist, das ihn motiviert. Mehrere Leute und Organisationen, die versucht haben, ihn zu kaufen, hat er mit Eiern beworfen. Was wir sicher wissen, ist, dass er irgendwo einen Teil der mutmaßlichen DNA Christi versteckt, und die brauchen wir.«

»Was ist mit dem Manuskript, das er angeblich in seinem Besitz hat – bei Cook haben wir es nicht gefunden?« Bloor holte sich ein Croissant aus dem Beutel. »Die erinnern mich immer an Krebse«, sagte er, indem er sich eine Ecke abriss und sie in die Höhe hielt. »Wie eine Schere, finden Sie nicht?«

»Ist mir noch nicht aufgefallen.«

»Kann es sein, dass Ihnen vieles nicht auffällt, Julius?«

»Wie meinen Sie das?«

»Manchmal habe ich das Gefühl, dass für Sie alles nur ein Spiel ist. Das hier ist aber kein Spiel. Ihnen ist doch hoffentlich klar, was diese Angelegenheit für unser Unternehmen bedeutet, oder? Wie wichtig Christi DNA für unsere Produkte ist? Sie haben sich einen hübschen Aktienanteil gesichert. Der hat Sie schon ziemlich reich gemacht – theoretisch. Aber das jetzt könnte uns auf eine völlig neue Ebene führen – Sie könnten Milliardär werden, klar? Also wachen Sie auf.«

»Wie geht's den Affen?«, erwiderte Helmsley wie ein quengeliges Kind. Und dachte einen Moment, sein CEO stehe kurz vor einem Herzinfarkt.

Bloor sprang auf und schlug mit beiden Fäusten auf den Tisch. »Was haben meine blöden Affen damit zu schaffen?«

Helmsley hob beschwichtigend die Hände. »Ich hab mir nur vorgestellt, wie Sie den Sinn Ihres Experiments damit untergraben.«

»Womit untergraben?«

Während er ihn durch seine rot geränderten Brillengläser anblickte, sagte Julius Helmsley: »Das Experiment, das Sie mit den Affen durchführen, soll doch beweisen – oder zumindest suggerieren –, dass die Welt rein zufällig entstanden ist. Und trotzdem wollen Sie das künftige Wachstum unserer Firma mit der DNA von Gottes Sohn bewerkstelligen. Ist das nicht ein kleiner Widerspruch?«

»Ich nenne es *Business*, Julius. Es gibt 2,2 Milliarden Christen auf der Welt. Wenn Sie Christ wären …«

»Ich *bin* Christ«, fiel Helmsley ihm ins Wort.

»Gut. Dann stellen Sie sich Folgendes vor: Sie sind von einer unheilbaren Krankheit befallen. Wollen Sie sich einer Gentherapie unterziehen, und zwar mit den Medikamenten der Firma, die Jesu DNA besitzt, oder greifen Sie lieber zu einem x-beliebigen Produkt?«

»Keine Frage, Ainsley.«

»Sag ich doch. Also wachen Sie auf. Dieser dritte Koordinatensatz muss in dem verfluchten Manuskript von Dr. Cook zu finden sein und auf dem Memorystick.«

»Könnte dieser Journalist über eine Kopie der Koordinaten verfügen? Im Manuskript?«

»Das glaube ich kaum, Julius. Deswegen ist er gestern nach Birmingham gefahren. Hätte er die Koordinaten im Manuskript gefunden, hätte er nicht hinzufahren brauchen.«

»Na schön, er hat sie also nicht. Nehmen wir an, sie sind in der Gepäcktasche eines Motorrads irgendwo zwischen hier und Monaco – in den Händen eines kranken Killers, der nicht mal kapiert, was ihm da zugefallen ist. Ross Hunter war bei ATGC Forensics – die müssen doch sämtliche Informationen in diesem Zusammenhang gespeichert haben.«

»Könnten wir versuchen, sie zu hacken oder bei ihnen einzubrechen, Julius?«

Er schüttelte den Kopf. »Ich hab mir das Gebäude angesehen. Es ist eine Festung, eines der wichtigsten Institute für viele Polizeikräfte des Vereinigten Königreichs. Es gibt eine Menge Schurken, die am liebsten dort einbrechen würden – und nie ist etwas dergleichen passiert. Wir haben sie auf die Probe gestellt, ihr Sicherheitssystem ist ausgezeichnet – alles ist verschlüsselt, und nicht mal ihre Laboranten kennen die Identität ihrer Kunden, nur einen Zahlencode.«

»Irgendjemand, der dort arbeitet und Zugang hat zu Hunters Datei, muss doch erpressbar sein – oder entführbar?«, sagte Bloor.

»Keine gute Idee. Wir sollten lieber ruhig Blut bewahren. Wir holen uns, was unser Freund in Monaco von ihm hat, lassen Hunter rund um die Uhr beschatten und warten ab, wohin er uns führt. Ich hab alles arrangiert.«

»Und wohin wird er uns führen?«

Julius Helmsley lächelte. »Ins Gelobte Land.«

83

Mittwoch, 15. März

Kurz nach 10 Uhr saß Ross in einem kleinen Konferenzraum im ersten Stock, in der modernen Kanzlei seines Rechtsanwalts in Brighton. Er starrte aus dem Fenster auf die Jubilee Library gegenüber, ein Gebäude, das er sehr mochte, und während er auf seine Schriftstücke wartete, trank er eine Tasse Tee, die die Dame vom Empfang ihm gebracht hatte. Da meldete sein Handy ihm eine SMS.

Sie war von Imogen.

> Muss mir auf dem Rückweg vom Büro ein paar Sachen holen. Wann bist Du zu Hause? Will nicht allein hin. X

Er schrieb zurück.

> Keine Ahnung – hab heute Nachmittag Besprechung in London. Wahrscheinlich gegen 18.30 Uhr. Kann Dich anrufen, wenn ich losfahre, ja? X

Die Tür ging auf, und die Assistentin seines Anwalts kam mit einem großen Aktenordner herein, den sie Ross zeigte. »Meinten Sie den hier?«

ROSS HUNTER – PRIVAT, las er.

Er schlug den Deckel auf und spähte hinein. Dann wandte er sich zu ihr um. »Ja, das ist er, danke.«

»Dann lasse ich Sie jetzt allein.« Sie deutete auf das Telefon am Ende des Tisches und sagte: »Wählen Sie einfach die 21, wenn Sie fertig sind und gehen möchten – oder etwas brauchen –, dann komme ich.«

»Eventuell brauche ich eine Fotokopie.«

»Überhaupt kein Problem, rufen Sie mich einfach.«

Als sie gegangen war, holte er das Manuskript aus dem Aktenordner und legte es auf die glänzende Tischplatte. Als er das erste der beiden Gummibänder entfernen wollte, zerriss es; das Gummi war abgenutzt. Er entfernte das zweite behutsamer und ging dann an die mühsame Aufgabe, die Seiten eine nach der anderen durchzusehen. Dabei dachte er an Cooks Worte.

Ich habe die Koordinaten natürlich geschwärzt, Mr. Hunter, für den Fall, dass das Manuskript hier in die falschen Hände fallen sollte.

Er brauchte nicht einmal eine Stunde, um die Stelle zu finden, auf Seite 565. Beim ersten Mal Durchlesen hatte er sie übersehen, weil die geschwärzten Abschnitte so klein waren.

Auf einer Zeile war nach dem Namen *Chalice Well* ein eineinhalb Zoll langer Abschnitt mit Filzstift geschwärzt worden. Zwei Zeilen darunter folgte auf die Worte *Ägypten, Tal der Könige* eine ähnliche Streichung. Und weitere zwei Zeilen darunter fand er die Wörter, nach denen er gesucht hatte.

Wiederkunft Christi.

Und dahinter wieder eineinhalb Zoll geschwärzt.

Er legte die betreffende Seite vorsichtig beiseite, nahm die nächste auf, Seite 566, und hob sie ans Licht. Der Abdruck war schwach, aber eindeutig erkennbar. Der Abdruck der Schrift auf der vorausgehenden Seite.

Die Koordinaten?

84

Mittwoch, 15. März

Julius Helmsley, den der Zorn seines Chefs noch immer wurmte, war sich der Tatsache bewusst, dass er einen kapitalen Bock geschossen hatte. Er saß in seinem Büro und starrte übellaunig auf den Computerbildschirm. Darauf war eine Straßenkarte zu sehen, die einen Abschnitt der M25 zeigte, Londons Ringstraße. Ein kleiner roter Punkt bewegte sich gleichmäßig durch den leichten Spätvormittagsverkehr. Er sah ihn auf die M3 abbiegen, in Richtung London.

Ross Hunters Audi.

Der Journalist, der sich für so schlau hielt, würde den Peilsender nicht einmal dann finden, wenn er den Wagen in seine Einzelteile zerlegte. Er war am Heck in einem der Bremslichter versteckt.

Dreißig Meilen entfernt, in seinem Büro im Westflügel von Gethsemane Park, nippte Lancelot Pope an seinem Kräutertee. Auf seinem i-Phone sah er den Punkt die M3 in nördlicher Richtung entlanggleiten. Die Daten wurden von dem aus acht Fahrzeugen bestehenden Observationsteam, das aktuell im Einsatz war, an ihn weitergeleitet.

Er war immer noch wütend auf die Idioten, die vergeblich versucht hatten, Hunter auf der Autobahn zu stoppen, als er mit der heißen Ware im Wagen von ATGC zurückkam. Doch Hunters Manöver rang Pope einmal mehr Respekt ab vor seiner Gerissenheit. Wie der verfluchte Fuchs, dem es gelungen war, in den umzäunten Garten seines Wochenendsitzes in Dorset einzudringen und sämtliche Tafelenten und Pfeifgänse auf seinem Teich zu töten.

Er sah zu, wie der Punkt sich auf Kingston zubewegte.

Fuhr Hunter nach dem Besuch in der Anwaltskanzlei in Brighton etwa erneut zu ATGC Forensics?

Was ging hier vor?

Gestern hatte Ross Hunter zum zweiten Mal eine Anwaltskanzlei in Birmingham aufgesucht. Dann war in den Lokalnachrichten, am Rande, der plötzliche, ungeklärte Tod des Namenspartners Robert Anholt-Sperry gemeldet worden. Die Todesursache: vermutlich Herzinfarkt oder Schlaganfall.

Dr. Harry Cooks Rechtsanwalt.

Dreißig Minuten später erwies sich Popes Annahme als richtig. Ross Hunter fuhr auf den Parkplatz von ATGC Forensics. Als er das tat, klingelte Popes Telefon.

»Ja?«

»Nur damit Sie Bescheid wissen, Boss, die Zielperson befindet sich auf dem Parkplatz von ATGC Forensics.«

»Das sehe ich auch. Was will er da?«

»Er ist ausgestiegen. Geht mit einem Umschlag unter dem Arm hinein.«

»Geh ihm nach! Finde heraus, was zum Teufel drin ist.«

85

Mittwoch, 15. März

Nach seinem kurzen Gespräch mit Jolene Thomas an der Empfangstheke von ATGC Forensics kehrte Ross zu seinem Wagen zurück. Sie würde die Seite 566 aus Cooks Manuskript dem ESDA-Team vorlegen. Sie hatte die Seite nur gegen das Oberlicht im Empfangsbereich zu halten brauchen, um die Schriftabdrücke darauf zu erkennen, und war daher zuversichtlich, dass die Analyse seitens ESDA ein positives Ergebnis zeitigen würde.

Er ließ den Motor an und tippte die Adresse des Zielorts Lambeth Palace in sein Navi ein, SE1 7JU.

Die Fahrt würde siebenundvierzig Minuten dauern.

Es war 13.15 Uhr, und sein Treffen wäre erst um 15.30 Uhr. Er hätte also genügend Zeit, um unterwegs eine Kleinigkeit zu essen und trotzdem seinen Terminplan einzuhalten.

Der Verkehr war dichter im Außenbezirk von London. Da sein Navi ihm deshalb als Ankunftszeit 14.21 Uhr nannte, fuhr er in westlicher Richtung, überquerte bei Twickenham ein erstes Mal die mäandernde Themse, dann erneut bei Richmond und noch einmal bei Kew. Seine Ankunftszeit sprang von 14.48 Uhr auf 14.37 Uhr.

Dreißig Minuten später, auf dem Chelsea Embankment, wies das Gerät ihn an, rechts abzubiegen auf die Vauxhall Bridge.

Als er die Themse erneut überquert hatte, fuhr er links ran und ließ das Navi nach Parkmöglichkeiten suchen. Die erste fand sich schon etwas weiter vorne, jenseits des vielbefahrenen Kreisverkehrs von Elephant and Castle. Bei der ersten Runde verpasste er die Ausfahrt, wechselte dann aber auf die richtige Spur und schaffte es schon beim zweiten Versuch, zum Parkhaus auszuscheren. Er fuhr hinauf in die vierte Etage, gerade als auf der Anzeigetafel freie Plätze bestätigt wurden.

Er stieß rückwärts in eine Parkbucht und achtete darauf, noch genügend Platz hinter dem Wagen zu lassen. Dann stellte er den Motor ab, stieg aus, ging zum Kofferraum und hob sein schweres Brompton-Faltrad heraus. Er schlug den Kofferraum zu und schloss den Wagen ab. Dann trug er das Fahrrad zu einer leeren Parkbucht, klappte es auf, brachte Rahmen, Räder und Sattel in Position und drehte das linke Pedal nach unten. Er schlüpfte in die gelbe Fahrradweste, setzte Sportbrille und Helm auf, steckte das Handy auf die Gabel vor dem Lenker und sauste die Rampe hinunter.

Jetzt war ihm niemand mehr auf den Fersen!

Auf den Verkehr achtend, radelte er hinaus auf die Straße. Es war schon einige Monate her, seit er zum letzten Mal in London mit dem Fahrrad unterwegs gewesen war, aber seit dem Ausbau der Fahrradwege und seit die Autofahrer – abgesehen von wenigen Idioten – mehr Rücksicht auf die Radfahrer nahmen, fand er zunehmend Spaß daran. Besonders heute, unter dem wolkenlosen blauen Himmel.

Bei dem Gedanken, was er vermutlich hinter sich gelassen hatte, überkam ihn eine gewisse Schadenfreude.

Er fuhr auf dem Albert Embankment an der Themse und sah gegenüber die herrschaftlichen Houses of Parliament. Nachdem mehrere moderne Bauten ihm die Aussicht versperrt hatten, tauchten schließlich die imposanten Türme von Lambeth Palace vor ihm auf.

Ein Blick auf die Uhr sagte ihm, dass ihm nur noch eine knappe Stunde bis zu seiner Besprechung blieb. Er radelte weiter, bis er auf der gegenüberliegenden Straßenseite ein Café entdeckte. Er stieg ab, wartete auf eine Lücke im Verkehr, schob dann rasch sein Fahrrad über die Straße, faltete es wieder zusammen und trug es hinein. Er suchte sich einen Platz mit Blick auf die Tür und die Straße.

Die Speisekarte an der Wand bot den ganzen Tag Frühstück an, gefolgt von einer Liste gesünderer Optionen. Wäre er mit Imogen hier, hätte er sich für ein veganes oder zumindest vegetarisches Gericht entschieden. Aber weil er allein hier war und außerdem das Gefühl hatte, dringend ein paar Kohlenhydrate zu brauchen, bestellte er Eier mit Schinken und dazu Pommes.

Während er auf seine Bestellung wartete, dabei Straße und Verkehr im Auge behielt, warf er einen Blick aufs Handy, fand aber keine neuen Nachrichten vor. Seine Hände zitterten, fiel ihm auf. Er spürte den Druck der vergangenen Tage und fragte sich, was wohl als Nächstes passieren mochte. Was wäre der Showdown? Konnte es noch schlimmer kommen? Vielleicht hatte Imogen ja doch recht. Aber er konnte jetzt nicht einfach aufgeben.

Er war unsagbar neugierig darauf, zu erfahren, warum der Erzbischof so sehr an einer persönlichen Unterredung mit ihm interessiert war. Und er wusste, was immer der Grund war, dass dieses Gespräch seiner Geschichte Nachdruck verleihen würde. Und ebenso wichtig: Die Tatsache, dass das Oberhaupt der Anglikanischen Kirche mit an Bord war, würde ihm etwas mehr Schutz gewähren. Aber konnte er der Kirche von England mehr vertrauen als beispielsweise dem Vatikan?

Gerade als sein Essen kam, klingelte sein Handy. Eine unterdrückte Nummer, wie er dem Display entnahm.

»Hallo?«, meldete er sich zugeknöpft.

Eine angenehme, freundliche Stimme mit einem leichten italienischen Akzent fragte: »Spreche ich mit Mr. Ross Hunter?«

»Wer ist am Telefon?«

»Mein Name ist Giuseppe Silvestri. Ihre Frau hat mir Ihre Nummer gegeben. Störe ich?«

Der Mann aus dem Vatikan. Ross erkannte den Namen sofort.

»Um ehrlich zu sein, habe ich gerade zu tun.«

»Die Sache ist äußerst wichtig, Mr. Hunter. Darf ich Sie vielleicht ein wenig später anrufen?«

»Irgendwann heute Abend.«

»Ich kann nicht genug betonen, wie wichtig es ist.«

Die Stimme des Mannes nervte ihn. Er klemmte sich das Handy mit der Schulter ans Ohr, griff sich eine Tube Senf und drückte sich eine Portion auf den Teller. »Wenn es so wichtig ist, werden Sie mich gewiss noch einmal anrufen, Mr. Silverstone.«

Damit beendete er das Gespräch.

86

Mittwoch, 15. März

Eine Dreiviertelstunde später führte ein höflicher, adrett gekleideter Mann Ross in ein schönes, von Büchern umsäumtes Büro mit einem feinen antiken Teppich. Ölbilder hingen an den Wänden, und ein Fenster bot einen Ausblick über die Themse auf die Parlamentsgebäude und Big Ben.

Ein gutaussehender, dynamisch wirkender Mann von sechzig Jahren, dessen Gesicht ihm aus den zahlreichen Medienauftritten vertraut war, erhob sich von einem mächtigen Schreibtisch. Sein graues Haar war schütter geworden, und er trug eine runde Nickelbrille, ein purpurrotes Hemd mit einem weißen Priesterkragen unter einem grauen Sakko und ein großes goldenes Kreuz an einer schweren Kette.

Er kam um den Schreibtisch herum, an der ausgestreckten Hand einen goldenen Bischofsring mit einem purpurnen Stein und im Gesicht ein einladendes Lächeln. Seine Stimme klang kräftig, sein Akzent nach englischer Privatschule. »Mr. Hunter! Wie nett, dass Sie Zeit für mich haben!«

»Ganz im Gegenteil, Sir, ich fühle mich geehrt, hier zu sein.«

Und das tat er wirklich. Es war ein seltsames, fast überwältigendes Gefühl, Seiner hochwürdigsten Eminenz Tristram Tenby gegenüberzustehen, dem mächtigsten Kirchenmann im Vereinigten Königreich. Und er war augenblicklich angetan von dem Gebaren des Mannes.

Dennoch blieb er auf der Hut.

Der Erzbischof wies ihm einen bequemen Sessel gegenüber dem Fenster, an einem niedrigen Konferenztisch, und Ross fragte sich, ob er ihn absichtlich so platziert hatte, dass er die herrliche Aussicht genießen konnte.

Augenblicke später trug ein Sekretär ein Silbertablett herein, mit einer Kanne Tee, Porzellantassen und einer Schale Kekse.

»Oder hätten Sie lieber Kaffee?«, fragte der Erzbischof.

»Nein, Tee ist ausgezeichnet.«

Ein paar Minuten später, als sie beide Platz genommen hatten und der Assistent gegangen war, lächelte Tenby ihm warmherzig zu. »Sie ahnen, warum ich ein wenig mit Ihnen plaudern wollte, Mr. Hunter? Oder darf ich Sie Ross nennen?«

»Ross ist in Ordnung, Sir – Herr Erzbischof.«

»Dann nennen Sie mich Tristram«, erwiderte er und zwinkerte ihm fast verschwörerisch zu.

»Danke. Nun, ich kann mir tatsächlich denken, warum ich hier bin.«

»Sie sind mit dem Bischof von Monmouth befreundet, nicht wahr?«

»Seit langem, Sir – Tristram –, ja. Benedict und ich kennen uns, seit er Vikar in Brighton war. Ich mag ihn sehr.«

»Nun, ich mag ihn auch – und ich vertraue auf seine Fähigkeiten. Er hat mir von dem Gespräch erzählt, das er mit Ihnen führte. Was Sie ihm sagten, löste sowohl Neugier als auch Sorge in ihm aus.«

»Sorge? Inwiefern?«

»Nun ja, zunächst einmal wegen der Art und Weise, wie Sie an diese Informationen gekommen sind, nämlich über einen gewissen Dr. Harry Cook, der ein spiritistisches Medium konsultiert hatte.« Der Erzbischof nahm sich seine Tasse und Untertasse und platzierte beides auf seinem Schoß. »Sicher wissen Sie, was die Bibel über solche Menschen sagt und was wir Geistliche von ihnen halten?«

Ross stellte ihn auf die Probe, indem er entgegnete: »Weil sie Ihre Verbindung zum Jenseits herausfordern? Könnte es sein, dass die Kirche glaubt, das alleinige Recht auf eine Kommunikation mit der geistigen Welt zu haben, und sämtliche dramatische Warnungen in der Bibel benutzt, um medial Veranlagte abzutun?«

Tenby lächelte. »Darüber möchte ich nicht mit Ihnen streiten, sonst sitzen wir noch tagelang hier. Sprechen wir lieber über die Frage nach einem Gottesbeweis. Gewiss sind Sie vertraut mit dem alten Ausspruch, dass die Wissenschaft nach dem *Wie*, die Religion dagegen nach dem *Warum* fragt?«

Ross nickte.

»Bei wissenschaftlichen Experimenten geht es um *Beweise*, bei Glaubenstests um den Versuch, einen *Sinn* zu finden. In unserer modernen Welt sehe ich es als die Pflicht der Kirche an, beides zu-sammenzuführen. Es sind gänzlich unterschiedliche Diskurse. *Sinn* und *Werte*. Die jüngsten Kontroversen in den USA und in Europa zeigen, dass die Menschen sich einen grundlegenden Wandel wün-schen, eine Abkehr von dem Vorbild, dem wir bis jetzt gefolgt sind, und eine Hinwendung zu den Werten, nach denen wir ihrer Mei-nung nach jetzt leben sollten. Verbundenheit, Freiheit, Gleichheit. Eine menschliche Gemeinschaft. Die Weltordnung, die wir lange gekannt haben, bricht zusammen, und eine neue Ordnung tritt ans Licht. Wird sie besser oder schlechter sein?«

Ross sah ihn an. »Kann das jetzt schon jemand wissen?«

»Ich würde sagen, das letzte Wort ist noch nicht gesprochen. Wenn ich recht informiert bin, behauptete Dr. Cook, über drei Koordinatensätze zu verfügen, mit denen sich die Existenz Gottes beweisen ließe. Doch Benedict sagte Ihnen, dass es für einen Beweis dieser Art weit mehr bedürfe.«

»Das ist wahr. Aber wir haben nicht darüber gesprochen, wohin diese Koordinatensätze uns führen könnten.«

»Natürlich.« Der Erzbischof trank einen Schluck Tee und schwieg dann eine Weile. »Sie sollten wissen, dass viele monotheis-tische Religionen an das Kommen eines Heilands glauben, der die Welt retten würde. Auch Muslime glauben, dass Jesus wiederkeh-ren wird, wenn auch als ein Prophet, nicht als *der* Prophet – *der* Prophet wird immer Mohammed für sie sein. Juden glauben an das Kommen des Messias, wir Christen an die Wiederkunft Jesu Christi. Allerdings waren wir immer auf der Hut vor Blendern, die sich als Messias ausgeben. Und wenn die Nachricht, dass Gott sich um den Zustand der Welt Sorgen macht, über ein spiritistisches Medium kommt, klingeln bei uns leider sämtliche Alarmglocken, Ross.«

Tenby stellte Tasse und Untertasse wieder auf den Tisch. »Da-mit will ich nicht gleich abtun, was Dr. Cook Ihnen erzählt hat. Es könnte eine aufrichtige, heilsame Erinnerung an die Wichtigkeit

Gottes sein in einer Zeit, in der die Welt sich so grundlegend verändert. Vielleicht ein Aufruf zu mehr Respekt vor anderen Menschen und Gemeinschaften. Was denken Sie, Ross, sagen Sie's mir? Ich habe viele Ihrer Artikel gelesen. Sie sind ein außerordentlich kluger und scharfsinniger Mann, sagen Sie mir, was Sie tatsächlich von der Sache halten.«

»Ich halte Dr. Cook für einen anständigen Menschen. Vielleicht war er ein wenig zu verbissen, um ernst genommen zu werden. Vielleicht hat ihn auch der Tod seiner Frau ein wenig aus dem Gleichgewicht gebracht. Aber seit ich den Staffelstab von ihm übernommen habe, habe ich offen gesagt Angst.«

»Angst? Aus welchem Grund?«

»Um ehrlich zu sein, war ich zunächst skeptisch – und bereit, Cook als Spinner abzutun. Aber aufgrund gewisser Ereignisse habe ich meine Meinung geändert. Mittlerweile sind zwei Menschen gestorben, mit denen ich zu tun hatte, der eine Dr. Cook, der andere sein Rechtsanwalt. Ich wurde in Glastonbury angegriffen, in Ägypten von Leuten in einem Helikopter gejagt und beschossen. Jemand hat mein Haus verwüstet und sämtliche Wände mit Bibelzitaten beschmiert. Außerdem wurde meine Frau bedroht.«

Tenby schien aufrichtig schockiert. »Möchten Sie mir die Einzelheiten erzählen?«

Ross fühlte sich so wohl in Gegenwart dieses Mannes, dass er ihm die ganze Geschichte anvertraute, vom ersten Anruf Cooks bis hin zu seinen Erfahrungen in Ägypten und Chalice Well. Er sagte ihm auch, warum er den letzten Teil der Fahrt hierher mit dem Fahrrad zurückgelegt hatte.

Nachdem er ihm geduldig zugehört hatte, entschuldigte sich der Erzbischof, stand auf, ging an seinen Schreibtisch, griff zum Telefon und bat seinen Sekretär, den nächsten Besucher zu informieren, dass es eventuell etwas später werden könnte. Dann setzte er sich wieder.

»Ross, was mir an Ihren Artikeln immer auffiel, ist Ihre Menschlichkeit. In allen Religionen geht es letztendlich um den Glauben an den einen Gott. Im Kern geht es ihnen um ein gutes Leben, um Gleichheit, Freiheit, das Gemeinwohl. Einige brauchen länger als andere, um zu diesem Punkt zu kommen, und ich wäre der Erste, der zugibt, dass das Christentum eine sehr finstere Vergangenheit hat. Dreht man die Uhr tausend Jahre zurück, landet man bei den Gräueln, die während der Kreuzzüge begangen wurden. Jahrhundertelang wurden Ketzer gefoltert oder auf dem Scheiterhaufen verbrannt. Seitdem haben wir uns – größtenteils – zu etwas völlig anderem entwickelt, zu einer toleranten und positiven Gemeinschaft. Ein Reich der Gerechtigkeit und der Wahrheit. Wir geben der Welt Hoffnung. Es ist ein ruhmreiches, positives Image. Letztendlich versuchen wir, den Menschen einen Sinn anzubieten. Im Glauben geht es um Sinn. Wie ich schon sagte, die Wissenschaft fragt nach dem *Wie*, wir aber suchen die Antwort auf das *Warum*.«

»Haben Sie diese Antwort für sich selbst schon gefunden, Tristram?«

»Nein, keineswegs. Ich habe meinen Glauben und suche weiter.«

»Macht es Ihnen dann etwas aus, wenn ich auch weitersuche?«

Der Erzbischof sah ihn sehr ernst an. »Ich würde lügen, wenn ich behauptete, dass ich nicht um Ihre Sicherheit besorgt bin, Ross. Schon viele Menschen vor Ihnen haben nach der DNA unseres Herrn geforscht. Vielleicht haben Sie sie tatsächlich gefunden. Allerdings mache ich mir Sorgen, weil ein Medium mit im Spiel war – trotz Ihrer Meinung dazu. Es gibt zweifellos zahlreiche Menschen, mit enorm viel Macht und Geld, die sie gern an sich brächten. Und genauso hätten diese Menschen sehr eigennützige Gründe, um Sie daran zu hindern, an die Öffentlichkeit zu gehen.«

»Gefahren sind für mich nichts Neues. Man hat mich schon oft in meiner Laufbahn bedroht.«

»Dies hier geht allerdings weit über das bekannte Maß hinaus. Sie rühren an die fundamentalste Frage der Menschheit. Und es gibt eine Menge Menschen auf dieser Welt, die ihren Glauben als Vorwand benutzen, um Gewalt zu legitimieren – Menschen, die nicht nur bereit sind, für ihre Überzeugungen zu sterben, sondern sogar morden würden, um sie zu bewahren.« Er hielt inne, und sein Gesichtsausdruck war wieder sanft und voller Wärme. »Ich spüre, dass Sie ein anständiger Mensch sind, Ross, der in einer finsteren, unruhigen Welt nach dem Licht sucht. Sagen Sie es mir, wenn Sie es finden. Bis dahin will ich für Sie beten. Ich bin hier, falls Sie mich brauchen. Möge Gott Ihnen beistehen. Sollen wir gemeinsam ein Gebet sprechen?« Er faltete die Hände und schloss die Augen.

Um ihn nicht zu kränken, tat Ross es ihm gleich, obwohl er sich ein wenig seltsam dabei vorkam.

87

Mittwoch, 15. März

Als er im stockenden Verkehr in der Rushhour wieder nach Hause fuhr, musste Ross unentwegt an sein Gespräch mit dem Erzbischof denken. Tenby hatte ihm viel Zeit und Weisheit geschenkt, aber hatte er ihn auch wirklich ernst genommen?, fragte er sich.

War er sehr behutsam und auf sehr intellektuelle Weise beiseitegefegt worden? War Tenbys Warnung vor Cooks Informationsquelle, einem Medium, nur ein wenig PR zugunsten der Church of England gewesen, um ihn an seinen Quellen zweifeln zu lassen?

Sein Telefon klingelte. Er warf einen Blick auf das Display der Freisprechanlage. Es war eine Nummer aus Birmingham.

»Ross Hunter«, meldete er sich.

Er hörte eine weibliche Stimme mit schwachem Birmingham-Einschlag, die er wiedererkannte. Es war Anholt-Sperrys ältliche Empfangsdame, die seit dem Tod des Rechtsanwalts erheblich freundlicher geworden war. Er hatte ihr seine Nummer gegeben, und sie hatten mehrere SMS gewechselt.

»Mr. Hunter, Irene Smither hier.«

»Hallo, Irene«, sagte er freundlich. »Wie geht es Ihnen?«

»Nun ja, ich halte durch. Wir stehen hier alle noch unter Schock, wie Sie sich denken können.«

»Oh ja.«

»Ich dachte, ich sollte Sie über den neuesten Stand informieren.«

»Ja, danke, was haben Sie erfahren?«

»Gerade war Detective Chief Inspector Starr hier. Er hat das vorläufige Ergebnis von Mr. Anholt-Sperrys Obduktion erhalten – wie es aussieht, hat wohl sein Schrittmacher den Geist aufgegeben.«

»Schrittmacher? Ich wusste nicht, dass er einen hatte.«

Dann fiel ihm wieder ein, dass Anholt-Sperry sein »Taktgeber«-Problem erwähnt hatte.

»Doch, den hatte er schon seit mehreren Jahren; es war sogar schon der zweite, er bekam ihn vor achtzehn Monaten. Jetzt wird er zur Untersuchung eingeschickt, um festzustellen, ob …« Ihre Stimme versagte, und er hörte sie Atem holen, als müsste sie ihre Fassung wiedererlangen. Dann fuhr sie fort: »Ob er irgendeine Fehlfunktion hatte.«

Ross überlief ein kalter Schauer, als ihm etwas einfiel. Der Motorradfahrer, der ihn am Eingang zur Kanzlei angerempelt hatte. Er musste an das merkwürdige Gefühl denken, das ihn in diesem Moment befallen hatte, als zupfte ihn sein Christophorus-Medaillon am Hemd.

Er erinnerte sich an einen Artikel, den er vor kurzem im Internet gelesen hatte, über Mordmethoden, die unentdeckt blieben. Einige moderne Herzschrittmacher konnten gehackt und ihr elektrischer Puls geändert oder angehalten werden.

Auch starke Magneten konnten sie beeinflussen.

Hatte der Motorradfahrer, möglicherweise Robert Anholt-Sperrys vorhergehender Mandant, solch einen Magneten bei sich gehabt?

Schwach, wie ein fernes Echo, hörte er die Stimme der Frau.

»Hallo? Hallo? Mr. Hunter, sind Sie noch dran?«

»Ja – ja, tut mir leid, schlechter Empfang – ich sitze im Auto.«

»Oh, vielleicht sollte ich Sie später anrufen?«

»Ist schon okay. Hat der Detective sonst noch etwas gesagt?«

»Ja, er sagte, sie hätten noch immer keine Spur von dem Mandanten vor Ihnen gefunden, diesem Mr. Dunn – Terence Dunn.«

»Hält er es denn für möglich, dass er etwas mit Mr. Anholt-Sperrys Tod zu tun hat?«

»Er sagte, dass man in dieser Phase noch nichts ausschließen könne. Ich – es ist einfach entsetzlich.«

»Robert war ein netter Mensch«, sagte Ross lahm.

»Sobald ich mehr weiß, rufe ich Sie wieder an.«

»Das ist sehr nett.«

Kaum hatte er das Gespräch beendet, klingelte sein Handy erneut. Imogen war dran.

»Wo bist du, Ross?«

Er sah auf das Armaturenbrett. 18 Uhr. »An der Kreuzung von M25 und M23. Der Verkehr ist schrecklich.«

»Wie lange, meinst du, brauchst du noch?«

»Zwischen vierzig Minuten und eine Stunde.«

»Dann warte ich.«

»Ich hab Gordon, den Elektriker, für morgen früh bestellt, damit er sich die Überwachungskameras ansieht.«

»Typisch Ross«, sagte sie bitter. »Den Brunnen zudecken, wenn das Kind schon hineingefallen ist.«

»Na hör mal, Imo, das ist nicht …«

Sie hatte aufgelegt.

88

Mittwoch, 15. März

Im Hauptsitzungssaal von Gethsemane Park am Tisch sitzend, allein mit Lancelot Pope, starrte Pastor Wesley Wenceslas hinaus in die hereinbrechende Dunkelheit. Er war unzufrieden.

Seine Frau Marina rief ihn auf der Gegensprechanlage an. »Liest du den Kindern noch eine Gutenachtgeschichte vor?«

»Nein, Liebling, ich hab hier ein kleines Problem, um das ich mich kümmern muss. Sag du für mich gute Nacht.«

»Wann möchtest du zu Abend essen?«

»Ich weiß es nicht, ich ruf dich an, in Ordnung, Liebling?«

»Lass es nicht so spät werden.«

Als Wenceslas aufgelegt hatte, grinste Pope ihn an. »Es geht doch nichts über häusliches Glück, was?«

Ohne auf die Bemerkung zu achten, ging Wenceslas auf ihn los. »Jetzt hör mal, Grinsky, Ross Hunter hat heute Nachmittag doch wohl nicht zweieinhalb Stunden in einem Parkhaus in Elephant and Castle mit dem Finger im Arsch im Wagen gesessen. Also wo war er?«

»Ich weiß es nicht. Er ist uns durch die Lappen gegangen. Aber jetzt sind wir ihm wieder auf den Fersen.« Pope wies mit dem Kopf auf den Computerbildschirm. Der blaue Punkt bewegte sich gleichmäßig auf der M23 in Richtung Brighton. Im Augenblick fuhr er an der Ausfahrt zum Flughafen Gatwick vorbei.

»Das sehe ich.« Wenceslas zeigte mit zwei Fingern auf seine Augen. »Ich hab da diese zwei Dinger im Kopf – der Herr hat sie mir geschenkt, als er deinen Schädel mit Sägespänen befüllt hat. Was ich nicht sehe, ist, was Hunter in diesen zweieinhalb Stunden gemacht hat.«

»Frag doch den lieben Gott, vielleicht sagt Er es dir?«

Wesley Wenceslas sah seinen MD finster an. »Wie lange willst du dich eigentlich noch von diesem Reporter vorführen lassen? Zuweilen kommt es mir so vor, als wäre das Ganze für dich ein einziger Witz. Soll ich dich feuern – wäre das auch komisch?«

Grinsky sah ihn an und lächelte selbstzufrieden. Beide Männer wussten, dass Wenceslas Lancelot Pope nie und nimmer feuern konnte. Es sei denn, er wollte sein gesamtes Imperium gegen die Wand fahren. Pope brauchte nur an die Presse zu gehen und über Wenceslas' Leichen im Keller zu plaudern. »Reg dich ab, Boss, es schadet deinem Blutdruck.«

»*Du* schadest meinem Blutdruck.«

»Freu dich doch! Wir kennen jeden seiner Schritte – seine Gespräche, seine Bewegungen, wir wissen rund um die Uhr, wo er ist. Und wir beschatten seine Beschatter. Wir wissen, dass er etwas zu ATGC gebracht hat, und wenn er es abholt, nehmen wir es ihm ab, noch bevor er aus dem Parkplatz fährt.«

»Wehe dir, wenn du das auch wieder vergeigst, dann rollen Köpfe.«

Pope grinste. »Nein, der meine rollt ganz gewiss nicht. Also droh mir nicht, das mag ich nicht. Ich sollte dir wirklich ein Buch besorgen zum Thema Aggressionsbewältigung.«

»Lancelot, weißt du eigentlich, wer die Quelle für meine Aggressionen ist? Immer nur du.«

»Aber, aber, Herr Pastor, du wirst deinen Frust doch nicht etwa an mir auslassen? So etwas nennt man *Sündenbockkultur*. Und es gehört zu den Missständen, gegen die du immer predigst.«

»Ich könnte dich tatsächlich erwürgen.«

»Du sollst nicht töten – das fünfte Gebot.«

Wenceslas blickte wieder auf den Bildschirm. »Dir ist der Ernst der Lage immer noch nicht bewusst, oder?«, fragte er.

Pope wandte sich ihm zu. »In deinem Ärger vergisst du etwas, okay? Ich hab dich damals, als ich gerade ein persönliches Tief hatte, in einer rostigen Baracke in Tooting vor fünfzig Leuten predigen hören. Ich war gerade gefeuert worden, und als ich nach Hause kam, war mein Partner mit irgendeinem Kerl nach Ibiza abgehauen. Ich irrte durch die Straßen, wusste nicht, was zum Teufel ich jetzt anfangen sollte, als ich deine Stimme durch die offene Tür hörte.«

»Der Herr hat dich zu mir geführt.«

»Nein, dafür hasst er mich zu wenig.«

Wenceslas hatte die Güte zu lächeln.

»Ich hörte dich predigen und fand, du hattest Potenzial. Ich hab die verzückten Gesichter deines Publikums gesehen.«

»Gemeinde«, korrigierte ihn Wenceslas.

»Wie auch immer. Ich witterte eine Chance, okay? So einfach war das. Deine Fähigkeiten als Prediger, und meine Geschäftstüchtigkeit. Und jetzt nach all den Jahren geht's uns doch ziemlich gut, oder?«

»Und jetzt bewegen wir uns am Rande des Abgrunds. Ross Hunter wird den Großen Betrüger bald der Welt offenbaren. Ist dir bewusst, was das bedeutet? Er wird Satan auf uns loslassen!«

»Jetzt mal halblang«, sagte Pope. »Ich bin kein Trottel. Wir wissen beide, dass du nicht an diesen Unsinn glaubst. Du hast eine viel größere Sorge, nicht wahr, du alter Schwindler?«

»Wer von uns ist der größere Schwindler?«, versetzte Wenceslas. »Der gescheiterte Buchhalter, der den Weg zu einem Vermögen darin sah, einen bescheidenen Priester zu manipulieren? Hm?«

»Oder«, gab Pope zurück, »der heuchlerische Geistliche, der aus der Frömmigkeit ein globales Imperium schuf? Und der jetzt eine Riesenangst davor hat, dass der wahre Gott zurückkommen könnte oder vielleicht schon unter uns weilt, und ihn ausfindig macht? Du führst dich auf wie ein verwöhntes Kind, Pastor. Dies ist nicht der richtige Zeitpunkt, um die Spielsachen aus dem Kinderwagen zu werfen. Wir müssen ernst bleiben, realistisch.«

Nach einigen Momenten nickte Wenceslas und beruhigte sich. »Du hast recht.«

»Ich hab immer recht.«

89

Mittwoch, 15. März

In dreißig Meilen Entfernung, in der 44. Etage des KK-Gebäudes, starrten Ainsley Bloor und Julius Helmsley auf den roten Punkt auf dem großen Bildschirm, der sich gleichmäßig auf der A23 bewegte, auf Brighton zu.

»Es kann doch nicht sein, dass Hunter zweieinhalb Stunden in einem Parkhaus in Vauxhall zugebracht hat«, sagte Bloor ärgerlich. »Was haben Sie bloß für Arschlöcher angeheuert! Wie konnte er denen so lange entwischen – und was noch wichtiger ist, wo ist Hunter wirklich gewesen? Was gibt es in der Gegend?«

»Die South Bank?«, sagte Helmsley.

»Ja, sicher, und was hat er die ganze Zeit in diesem Viertel getrieben – war er im Theater und hat sich ein Stück angesehen?«

»Wohl kaum.«

»Die Houses of Parliament? Oder Lambeth Palace – vielleicht war er beim Erzbischof von Canterbury zu Besuch! Warum nicht gleich bei Seiner Heiligkeit dem Papst?«, schnaubte Bloor.

»Ich würde es nicht ausschließen«, entgegnete Helmsley.

»Haha. Warum war er dann noch einmal bei ATGC Forensics? Was hat er dort gewollt?«

»Ich werd's rauskriegen.«

»Mit derselben rücksichtslosen Effizienz, mit der Sie herausgefunden haben, was dieser Anwalt in Birmingham an Hunter übergeben wollte?«

»Ich fliege morgen früh nach Monaco, um es mir zu holen, Ainsley.«

»Ja, und jetzt ist es mindestens 'ne Million teurer.«

»Peanuts, wenn man bedenkt, welchen Wert es für uns hat.«

»Unser Freund in Monaco weiß das.«

»Er ist nicht blöd. Er weiß nämlich auch, dass es für ihn nicht den geringsten Wert hat – er muss es verkaufen. Überlassen Sie alles mir.«

Bloor starrte auf den Bildschirm. »Wo war Hunter in diesen fehlenden zweieinhalb Stunden?«

»Sehen Sie's positiv. Er hat eine Mission. Was immer er tut, kommt letztendlich uns zugute. Wir müssen nur einen kühlen Kopf bewahren. Und wenn der Moment gekommen ist, sind wir ihm einen Schritt voraus.«

»Jetzt allerdings, Julius, jetzt hinken wir zwei Schritte hinter ihm her.«

Helmsley lächelte seinem CEO zu. »Vergessen Sie den alten Spruch nicht: ›Die zweite Maus kriegt den Käse.‹«

»Dieser Mistbischof?«

»Alle Bischöfe sind Mist.«

90

Mittwoch, 15. März

Als Ross zurückkam, parkte Imogens Wagen vor dem Haus. Sie stand rückwärts in der Auffahrt, vermutlich, um jeden, der ankam, im Blick zu haben.

Er stellte sich neben sie und stieg aus.

Sie öffnete ihre Wagentür, schwang die Beine heraus und stand auf. Sie sah schrecklich aus, mit dunklen Augenschatten, zerzaustem Haar, einem weiten Pulli und knittrigen Jeans. Sie blickte ihn seltsam an.

»Hi«, sagte sie.

Anstatt sie zu umarmen oder zu küssen, nickte er ihr nur zu und ging zur Haustür. Er sperrte sie auf, öffnete sie, und augenblicklich kam Monty angelaufen, eine quiekende Spielzeugente im Maul. Ohne ihn zu beachten, sprang er auf Imogen zu.

Während sie in die Knie ging und den Hund umarmte, hob Ross die Post vom Boden auf und legte sie auf den Tisch, ohne einen Blick darauf zu werfen.

»Braver Junge, hast mir ein Geschenk gebracht!«, sagte sie. »Braver Junge!«

Jetzt kam Monty auf Ross zugesprungen und präsentierte ihm stolz die Quietschente, wobei er wild mit dem Schwanz wedelte. Aus dem Augenwinkel sah er Imogen die Post durchblättern. Sie griff sich einen Umschlag, machte ihn auf, fischte den Brief heraus und knüllte ihn in der Faust zusammen.

»Da kauft man ein blödes Kleid, und fünf Jahre später nerven die einen immer noch mit Sonderangeboten.«

»Du hättest ihnen nicht deine Adresse geben sollen«, sagte Ross.

»Man ist schließlich nicht dazu verpflichtet.«

»Wir tun doch alle eine Menge Zeug, wozu wir nicht verpflichtet sind«, entgegnete sie kühl, trat vor die innere Garagentür, öffnete sie und ging hinaus. Sie kam mit einem Koffer zurück und zog die Tür hinter sich zu. »Du bist nicht verpflichtet, mir bei Ben und Virginia Gesellschaft zu leisten, aber es wäre doch nett, wenn du's tätest.«

»Unser Zuhause ist hier.«

Sie blickte um sich, auf die verschmierten Wände. »Es fühlt sich aber nicht mehr so an, Ross. Es war unsere Zuflucht. Jetzt ist jemand hier eingedrungen, ein schreckliches Gefühl. Ich fühle mich nicht mehr sicher hier. Ich werd mich erst wieder sicher fühlen, wenn du diese Harry-Cook-Sache vergisst.«

»Hast du diesem Widerling aus dem Vatikan, diesem Silvestri, deshalb meine Nummer gegeben? In der Hoffnung, ich würde ihm mir nichts, dir nichts alles überlassen, was ich habe?«

»Ross, wir müssen aus dieser Gefahr heraus. Soll der Vatikan weitermachen, der ist mächtig genug – du bist es nicht.«

»Du sagtest, Silvestri hätte dir angeboten, die Gegenstände zu

380

kaufen, sofern ich den Beweis erbringen könnte, dass sie auch wirklich authentisch sind. Er stellt also durchaus eine Bedingung, wie es sich anhört.«

»Hast du wenigstens mit ihm gesprochen, Ross?«

»Als er angerufen hat, war ich gerade beim Essen. Ich sagte ihm, er soll später noch mal anrufen.«

»Telefonieren während des Essens macht dir doch sonst nichts aus.«

»Tja, mag sein, aber Silvestri hat mich gestört.«

Sie schüttelte den Kopf. »Herrjesus, ich glaub es einfach nicht! Wir sind in Lebensgefahr, da kommt wie aus dem Nichts ein Lösungsangebot – und du lehnst es ab.«

»Ich lehne gar nichts ab, Imo.«

»Wie steht's denn mit dem Beweis?«

»Ich komm der Sache näher – ich weiß nicht – ein letztes Puzzleteilchen fehlt mir noch.«

»Du kommst der Sache also näher«, sagte sie und nickte dabei auf diese für Ross sehr irritierende Art und Weise, wie sie es immer tat, wenn er etwas sagte, das sie nicht glauben wollte. »Wenn sie dich lange genug am Leben lassen.«

»Wenn wer mich lange genug am Leben lässt?«

»Du weißt schon, wen ich meine, Ross. Du weißt es genau. Es wäre schön, wenn du lange genug leben würdest, um die Geburt unseres Sohnes zu erleben – und mir dabei zu helfen, ihn großzuziehen.«

»Imo«, sagte er und ging einen Schritt auf sie zu. »Sieh mal, ich weiß, wie das alles hier auf dich wirken muss, und ich mache dir keine Vorwürfe, dass du Zuflucht bei deiner Schwester nimmst, bis alles vorbei ist, aber ich glaube nun mal, dass du überreagierst. Du bist gestresst, weil du schwanger bist.«

»Was?« Sie schrie ihn regelrecht an, und ihre Augen funkelten. »Wag es ja nicht, mir so billig zu kommen. Schließlich bin ich hier der realistische Part.«

»Ich bin auch realistisch, Imo. Wir haben eine riesige Hypothek auf dem Haus, und du wirst monatelang keinen Penny verdienen.«

»Dann könnte doch ein Geschäft mit Silvestri auf einen Schlag all unsere Probleme lösen.«

»Na toll, warum geh ich nicht zu Kerr Kluge und sage denen, wir veranstalten eine Auktion. Sie und der Vatikan und wer sonst noch Interesse hat. Wir verscherbeln die DNA Christi an den Höchstbietenden. Willst du das?«

»Ich will mich einfach nur sicher fühlen«, antwortete sie. »Ich will einfach nur, dass alles wieder so wird, wie es war, bevor dieser blöde Kerl dich angerufen hat.«

»Das geht nicht.«

»Nein, natürlich nicht«, sagte sie und griff sich den Koffer. »Du musst ja jetzt die Welt retten gehen.«

91

Mittwoch, 15. März

Nachdem Imogen weggefahren war, fühlte Ross sich sehr einsam. Und erschöpft.

Und leer.

Er setzte sich an den Küchentisch und versuchte, die Schmiereien an den Wänden zu ignorieren. Als hätte er seine Stimmung gespürt, kam Monty herüber und ließ sich mit einem Seufzer neben ihm nieder.

Ross beugte sich hinunter und streichelte ihn. »Hör mal, Monty, du weißt es vielleicht nicht, aber du hast es ziemlich bequem hier. Du kriegst dein Futter, jeder hat dich gern, und du musst dir nur um eines Gedanken machen, nämlich, wann jemand mit dir spazieren geht, ist es nicht so?«

Der Hund seufzte erneut und blickte leise winselnd zu ihm auf. »Du willst jetzt gleich raus? Willst du mir das sagen? Du warst den ganzen Tag hier allein, hast gepennt und auf deinem Knochen rumgekaut. Und jetzt ist dir langweilig, stimmt's? Okay! Ich glaube, wir könnten beide ein wenig frische Luft gebrauchen.« Ross sprang auf, und Monty bellte aufgeregt.

Er holte die Leine, zog die gammelige Gassi-geh-Jacke über, setzte ein Baseballcap auf und stopfte sich mehrere Plastikbeutel in die Tasche. Dann griff er sich eine Taschenlampe und brauchte mehrere Versuche, um die Leine an Montys Halsband zu klemmen, weil der Hund so aufgeregt war.

Sie traten hinaus in die feuchte Dunkelheit, und Ross sah sich vorsichtig um, bevor er die Tür hinter sich schloss. Er wandte sich nach links, dann den Hügel hinauf, wobei er immer wieder warten musste, während Monty den einen oder anderen Laternenpfahl beschnüffelte, um ihn dann rasch zu markieren. Imogen hatte einmal lachend gemeint, es sei wohl die Hundeversion einer E-Mail, die Duftspur anderer Hunde zu erfassen und seine eigene zu hinterlassen.

Auf dem Hügel befand sich ein kleiner Park, lang und schmal und von Bäumen gesäumt. Er bückte sich und ließ den Hund von der Leine. Sofort stürmte Monty aufgeregt los. Im selben Moment sprach jemand Ross mit ausländischem Akzent von hinten an.

»Mr. Hunter?«

Erschrocken drehte er sich um, holte die Taschenlampe heraus, schaltete sie ein und richtete sie auf den Fremden, der nur wenige Meter von ihm entfernt stand, beide Hände in den Manteltaschen vergraben. Er war zu nah, näher, als die Höflichkeit es gebot, und Ross wich ein paar Schritte zurück. Der Mann rührte sich nicht von der Stelle.

Er war in den Vierzigern, trug einen teuren Trenchcoat mit Schulterklappen, sah gut aus und wirkte sehr selbstsicher.

»Ja – und wer sind Sie?«, fragte Ross.

383

»Verzeihen Sie, dass ich Sie bei Ihrem Abendspaziergang störe, Mr. Hunter. Ich heiße Giuseppe Silvestri. Wir haben miteinander telefoniert, Sie erinnern sich?«

Ross erkannte den gebildeten italienischen Akzent. »Ich dachte, Sie wollten mich anrufen?«

»Ich bitte vielmals um Entschuldigung«, sagte er mit so viel Charme und Aufrichtigkeit, dass Ross fast glaubte, er meinte es ernst.

Silvestri zog eine behandschuhte Hand aus der Tasche und streckte sie ihm entgegen. Ross starrte sie kurz an und schüttelte sie dann widerstrebend, während er sich nach Monty umsah. Zu seiner Erleichterung entdeckte er in einiger Entfernung einen hundeförmigen Schatten, der am Boden schnüffelte, irgendeine Spur aufnahm.

Als Nächstes hielt ihm der Italiener seine Visitenkarte hin. Ross leuchtete mit der Taschenlampe darauf. Sie wies ein Wappen auf – zwei Schlüssel, die sich kreuzten, und eine lateinische Inschrift –, dazu den Namen Monsignore Giuseppe Silvestri, Sonderbeauftragter des Vatikans.

»Ist dies ein geeigneter Moment für ein Gespräch, Mr. Hunter?«

»Worüber denn?«

»Vielleicht möchten Sie lieber, dass wir in Ihr Haus gehen – oder in meinen Wagen –, wo wir ungestört sind?«

»Hier ist es gut.«

»Natürlich.« Er setzte die Charmeoffensive fort. »Sie wissen vielleicht schon, warum ich hierhergekommen bin, um mit Ihnen zu sprechen?«

»Meine Frau hat mir nur wenig erzählt. Macht es Ihnen etwas aus, mir die Sache von Anfang an zu erklären?«

Monty fing an zu bellen. Eine Frau, die Ross nicht aus der Umgebung kannte, war mit einem Zwergschnauzer in den Park gekommen. Sie ging direkt an ihnen vorbei. Beide Männer schwiegen einen Moment.

»Guten Abend«, sagte sie.

»Guten Abend«, erwiderte Ross.

Als sie außer Hörweite war, sagte Silvestri: »Es wird viel geredet über die Mission, auf der Sie sich befinden, Mr. Hunter. Über Ihre Entdeckungen. Die Gegenstände, die möglicherweise von größter historischer Bedeutung sind. Die aber Sie und Ihre Frau in sehr große Gefahr bringen könnten.«

»Sagen Sie mir das, um mir zu drohen?«

»Sie dürfen mich nicht falsch verstehen. Aber wenn das, was Sie haben, wirklich authentisch ist, sind die Konsequenzen enorm – und äußerst gefährlich. Nicht nur für Sie und Ihre Familie, Mr. Hunter. Es ist unabdingbar, dass Sie das verstehen.«

»Wer hat es Ihnen erzählt – und *was* hat man Ihnen erzählt?«

Der Italiener lächelte. »Bitte, Mr. Hunter. Wenn etwas so Wichtiges geschieht, dann weiß ich Bescheid, glauben Sie mir. Viele Menschen wissen davon.«

»Aber woher? Woher wissen die es?«

Ausgedehntes Schweigen. Silvestri sah ihn an, immer noch lächelnd. »Mr. Hunter, Entdeckungen wie diese lassen sich nicht verschweigen.«

Ross war kurz von einem Wagen abgelenkt, der langsam die Straße entlangfuhr. Es war ein Polizeiwagen.

»Wooky! Wooky!«, rief die Frau.

Er drehte sich um und sah, wie Monty und der kleinere Hund miteinander rauften.

»Wooky, hierher!«, rief sie in herrischem Ton.

»Wollen Sie mir etwa weismachen, dass der liebe Gott persönlich es Ihnen erzählt hat?«, sagte Ross.

»Wenn ich recht informiert bin, haben Sie eine Hypothek auf dem Haus, die Sie abbezahlen müssen«, sagte der Italiener. »Und jemand ist in Ihr Haus eingedrungen und hat hässliche Dinge an die Wände gekritzelt.«

»Was hat Ihnen meine Frau noch alles erzählt?«

»Sie hat mir gar nichts erzählt, Mr. Hunter. Jemand, der großen Einfluss hat, schickt mich zu Ihnen.«

»Sicher, der Papst persönlich?«

»Wooky!« Die Frau kam auf sie zu, während die Hunde weiter miteinander rangen. »Entschuldigen Sie, könnten Sie Ihren Hund zu sich rufen?«

»Monty! Monty!«, rief er. »Monty!«

Schließlich kam der Hund aus der Deckung hervor und rannte zu ihm.

Ross bückte sich und nahm ihn wieder an die Leine.

»Sollten wir die Unterhaltung vielleicht an einem ungestörteren Ort fortführen?«, schlug Silvestri vor.

Ross wandte sich von ihm ab und ging, Monty sanft hinter sich herziehend, den Hügel wieder hinunter. Der Italiener schritt beharrlich an seiner Seite.

»Bitte verstehen Sie mich, ich will Ihnen nichts Böses. Ich möchte Ihnen helfen, weiter nichts.«

»Ich komm allein zurecht.«

»Nein, das glaube ich kaum, Mr. Hunter. Wenn es sich bei den Gegenständen, die Sie in Ihrem Besitz haben, tatsächlich um einen Zahn unseres Herrn Jesus Christus und um das Gefäß handeln sollte, aus dem Er das Letzte Abendmahl zu sich nahm – und in dem Sein Blut aufgefangen wurde, als Er am Kreuz hing –, dann bin ich befugt, Ihnen eine große Geldsumme anzubieten. Damit könnten Sie nicht nur Ihre Hypothek abbezahlen, Sie wären mit einem Schlag ein reicher Mann. Alles natürlich ganz diskret. Die Zahlung könnte auf ein Schweizer Konto erfolgen. Niemand würde je davon erfahren.«

»Ach, wirklich? Wenn Gott Sie darüber informiert hat, was ich habe, warum müssen Sie dann die Echtheit in Frage stellen? Das tun Sie nämlich, und da stellt sich mir die Frage, warum ich Ihnen glauben soll.«

»Ich würde gern ein wenig mehr erfahren. Ich brauche ein paar

Informationen. Und ich möchte die Gegenstände natürlich sehen. Sie untersuchen lassen.«

»Ihre Kirche ist die reichste auf der ganzen Welt«, entgegnete Ross. »Die römisch-katholische Kirche verfügt über ein Vermögen, das größer ist als der Besitz aller russischen Oligarchen zusammen. Haben Sie Angst, dass ein Gottesbeweis darauf Einfluss hätte? Dass die Gläubigen Ihre Kirche nicht länger als exklusive Pforte zu Gott ansehen würden?«

Silvestri lächelte. »Nicht doch. Ein Beweis für die Existenz Gottes wäre wunderbar. Aber wer Gott zu kennen meint, der *kennt* Ihn nicht.«

»Man muss also Katholik sein und nicht Anglikaner oder Muslim, Jude oder Sikh, um Gott zu *kennen*?«

»Die menschliche Erfahrung von Liebe, Wahrheit und Schönheit – mehr ist nicht nötig, um Gott zu kennen«, entgegnete Silvestri ruhig. »Die Wiederkunft Christi wird der Moment sein, da niemand mehr die Existenz Gottes leugnen kann. Er wird nicht zu übersehen sein, der endgültige Beweis dafür, dass Jesus wirklich der war, für den er sich ausgab. Wenn es einen endgültigen Beweis gäbe, würden wir uns wünschen, dass alle Welt frohlocken würde.«

»Sofern die katholische Kirche die Frohe Botschaft in ihrem Besitz hätte, um sie zu verbreiten?«

»Nein, Mr. Hunter, das ist ganz und gar nicht, was ich damit sagen will.«

»Warum bieten Sie dann meiner Frau und mir gewaltige Geldsummen an?«

Ein paar hundert Meter weiter sah Ross, dass der Polizeiwagen neben einer großen Mercedes-Limousine mit Diplomatenkennzeichen angehalten hatte, die vor seinem Haus geparkt war. Eine Polizistin stand auf dem Gehweg und unterhielt sich mit dem Fahrer.

»Ihr Wagen?«, fragte Ross.

»Ja.«

Ross ging auf die Beamtin zu und sagte: »Guten Abend, ich bin Ross Hunter.«

»Ist alles in Ordnung?«, fragte sie.

»Eigentlich nicht«, sagte er und wies auf den Italiener. »Der Herr belästigt mich.«

»Ist das Ihr Wagen, Sir?«, fragte sie Silvestri.

»In der Tat.«

»Sie haben den Herrn gehört«, sagte sie mit Nachdruck.

Der Italiener öffnete die hintere Wagentür und stieg ein. Mit einem Blick zu Ross sagte er, im selben charmanten Ton: »Mr. Hunter, Sie haben meine Karte. Ich glaube, wir sollten unser Gespräch fortführen.«

Als der Wagen wegfuhr, wandte Ross sich an die Beamtin. »Vielen Dank.«

»Wir sind heute bis 23.30 Uhr auf Streife«, sagte sie. »Falls Sie Schwierigkeiten haben, rufen Sie bitte unverzüglich 999. Ich gebe auch der nächsten Schicht Bescheid.«

Ross bedankte sich noch einmal und ging dann ins Haus. Er ließ Monty von der Leine, der in die Küche flitzte und mit Getöse durch die Hundeklappe hinaus in den Garten. Ross besah sich die Schmierereien mit der fehlerhaften Rechtschreibung.

ROSS HUNTER, FREUND DES ANTICHRIST

IMOGEN HUNTER, KÜMFTIGE MUTTER DES ANTICHRIST

Er ging weiter in die Küche, machte sich einen Espresso, rief Imogen an und setzte sich an den Tisch.

Sie meldete sich fast sofort. »Hi, alles okay bei dir?«

»Eigentlich nicht. Sag mal, dieser widerliche Italiener, Giuseppe Silvestri, der gestern bei dir war.«

»Er war kein Widerling, ich fand ihn ausgesprochen charmant.«

»Ja sicher. Man könnte sich ein Ei braten mit all dem Öl, das er sich in die Haare geschmiert hat. Was hast du ihm erzählt? Über unsere Finanzlage? Dass das Haus verwüstet wurde?«

388

»Das hab ich ihm nicht erzählt, Ross, ehrlich nicht. Er schien über unsere Finanzen Bescheid zu wissen – dass es nicht gerade zum Besten damit steht. Hat er davon gesprochen, dass jemand bei uns eingebrochen ist und die Wände beschmiert hat?«

»Ja.«

»Ross, wie hätte ich ihm das erzählen können, ich wusste doch noch gar nichts davon. Ich war doch nicht zu Hause.«

Hatte jemand das Haus verwanzt?, fragte sich Ross plötzlich. Eine halbe Stunde lang durchsuchte er alle Räume, fand aber nichts und ging zurück in die Küche.

92

Mittwoch, 15. März

Eine Weile saß er reglos da, tief erschüttert. Als ihm dämmerte, was vor sich ging, rief er Imogen an.

»Vielleicht hat die Polizei es ihm erzählt – vielleicht hat er Kontaktleute dort, und die haben es ihm erzählt?«, meinte sie.

Ross antwortete nicht. Er dachte nach. War Silvestri für das Geschmiere verantwortlich? War es Teil seiner Einschüchterungstaktik?

»Hör mal, Ross, warum kommst du nicht zu uns rüber? Es kann doch nicht schön sein, zwischen all den Schmierereien zu sitzen? Es gibt da dieses tolle Pub, das Cat. Wenn wir uns beeilen würden, könnten wir dort noch einen Happen essen.«

»Ich hab noch zu tun«, sagte er und wusste, dass er sich distanziert anhörte.

Weil er sich distanziert fühlte.

»Ben ist geschäftlich unterwegs, du könntest in seinem Büro arbeiten.«

»Ich hab hier eine Menge zu tun, außerdem kommen morgen die Maler, um mir ein Angebot zu machen.«

»Wird die Versicherung alles abdecken?«

»Keine Ahnung, ich hoffe es.«

»Du hast noch nicht mit ihnen gesprochen?«

»Nein«, sagte er, irritiert über ihren Ton. »Das mache ich morgen. Und wie gesagt, ich hab den Elektriker bestellt, damit er sich die Überwachungskameras ansieht.«

Er verabschiedete sich.

Silvestri.

Jemand ist in Ihr Haus eingedrungen und hat hässliche Dinge an die Wände gekritzelt.

Silvestris Leute?

Er nahm einen Schluck Kaffee, holte eine Fischpastete aus dem Gefrierfach und stellte sie in die Mikrowelle. Dann bemerkte er das blinkende Licht ihres Anrufbeantworters. Eine neue Nachricht. Er hörte sie ab.

»Hallo, hier spricht Detective Constable Harris, CID Brighton. Ich rufe wegen des Vandalismus an, den Sie zur Anzeige gebracht haben. Bitte rufen Sie mich zurück, damit wir einen Termin vereinbaren können. Falls ich nicht im Haus sein sollte, sprechen Sie bitte mit einem meiner Kollegen und nennen Sie ihm das folgende Aktenzeichen.«

Ross notierte sich die Telefonnummer und das Aktenzeichen und ging dann hinauf in sein Arbeitszimmer.

Jolene von der Firma ATGC hatte ihm eine E-Mail geschrieben.

Hi, Mr. Hunter, wir haben das ESDA-Ergebnis vorliegen. Bin morgen den ganzen Tag hier.

Er überlegte kurz und hatte dann eine Idee. Er schrieb ihr zurück und bat sie, das Ergebnis mitsamt der Manuskriptseite seinem Anwalt in Brighton zu schicken.

Dann fiel sein Blick auf die zusammengefaltete Zeitungsseite, die er aus der *Times* gerissen hatte.

PASTOR WARNT VOR DEM GROSSEN BETRÜGER

Er gab den Link zu Wesley Wenceslas' YouTube-Kanal bei Google ein und wartete.

Eine weiße Boeing erschien, die das Logo eines fliegenden Fisches zierte, der sich um ein Kreuz wand. Darüber standen die Worte:

EIN GEBET FÜR EINE FLUGMEILE. HILF UNSEREM PASTOR WESLEY WENCESLAS DABEI, FÜR DICH MIT GOTT IN VERBINDUNG ZU TRETEN – UND DAS EVANGELIUM NOCH WEITER UM DIE WELT ZU TRAGEN. AKZEPTIERT WERDEN ALLE GÄNGIGEN KREDITKARTEN.

Dann erschien der Pastor persönlich. Über ihm die Worte:

BETE FÜR PASTOR WESLEY WENCESLAS. HILF IHM, FÜR DICH ZU BETEN!

Das Flugzeug verschwand und wurde überblendet mit Pastor Wesley Wenceslas in geistlicher Kleidung, ein Mikro in der Hand, der vor einer riesigen Gemeinde hin und her schritt. Hinter ihm befanden sich ein mehrere Meter hohes illuminiertes Kreuz, ein Orchester und eine gleißende Lichtershow.

Er sprach ruhig, aufrichtig. Seine Herde hörte ihm andächtig zu. Die Kamera erfasste einzelne Gesichter. Alle nickten immer wieder, als spräche der Pastor mit jedem persönlich.

»Wie wichtig ist euch eure Seele? Habt ihr je darüber nachgedacht?«

Er hielt inne, um seine Worte sacken zu lassen, und fuhr dann fort. »Ich will heute mit euch über den Mann sprechen, der zu euch kam, um euch zu retten. Sein Name ist Jesus. Jesus Christus, gekreuzigt, gestorben und begraben. Und der am dritten Tage auferstand. Er ist auferstanden und nun bereit, wiederzukehren und euch zu retten. Und kommt er zurück? Wird er euch retten? Wohin wird er kommen? In eine der großen christlichen Städte? Oder an einen Ort, der seiner Rettung dringender bedarf? Ihr seid alle hier, weil ihr an Jesus glaubt.«

»Halleluja!«, tönte es einhellig aus dem Saal.

Er nickte, einen demütigen, frommen Ausdruck im Gesicht. »Lest das Buch des Herrn, Matthäus 24. Er erzählt uns, was wir zu erwarten haben, ehe der Herr wiederkehrt.« Er senkte die Stimme, ließ den Blick eindringlich über die Gemeinde schweifen. »Er sagte, uns stünde Ärger ins Haus. Großes Leid. Jesus ist ehrlich, er hat uns die Wahrheit über die Zukunft gesagt, er hat nichts verschwiegen.«

Dann faltete Wenceslas die Hände und blickte nach oben. »Wir danken dir, Jesus, weil du so ehrlich bist.«

Er verstummte, da wieder Halleluja-Rufe ertönten.

Lächelnd ging er ein paar Schritte über die Bühne, trat näher an seine Gemeinde heran. »Seht, ich bin mit euch auf Augenhöhe. Wir blicken alle großen Schwierigkeiten entgegen, bis Jesus wiederkehrt. Nichts ist ohne Leid, keine Krone ohne das Kreuz. Wir müssen mit Schwierigkeiten rechnen. Matthäus 24 gab uns ein klares Bild davon. Als die Jünger Jesus fragten, welche Zeichen Seiner Wiederkehr vorausgehen würden, nannte er ihnen vier deutliche Zeichen – und warnte sie vor einer Täuschung. Erinnert ihr euch an das erste Zeichen? Ihr werdet Katastrophen in der Welt erleben. Erdbeben, Kriege, Hungersnöte.« Wieder hielt er inne und breitete erneut die Arme aus. »Seid nicht betrübt«, sagte er sanft. »Es sind nicht die Schmerzen des Todes, sondern die der Geburt! Wenn Nicht-Christen sagen, sie wüssten nicht, was aus der Welt werden soll, sagen Christen: Wir schon!«

Ross sah ärgerlich zu, wie der Mann seine Gemeinde manipulierte, und wartete darauf, dass der nächste Spendenaufruf kam.

»So manch falscher Messias wird kommen und behaupten, der Retter zu sein. Daniel schrieb über den unheilvollen Gräuel. Er beschreibt einen Mann, der glaubt, er sei Gott. Er ist gesetzlos, verspricht Frieden und Sicherheit. In Wirklichkeit ist er das Tier. Eine

392

sehr gefährliche Figur. Ein politischer Diktator. Zum Glück wird seine Herrschaft von kurzer Dauer sein.«

Wieder hielt er inne, zu lauter werdenden Halleluja-Rufen.

»In der Offenbarung des Johannes werdet ihr von den Vier Reitern der Apokalypse lesen. Der erste ist weiß und steht für militärische Aggression. Der zweite ist rot, für das vergossene Blut, der dritte ist schwarz und steht für die Hungersnot, der vierte, für die Pestilenz, ist fahl. Statt den Vater, den Sohn und den Heiligen Geist bietet man euch den Satan, den Antichrist und den Falschen Propheten. Alles wurde in der Bibel vorhergesagt. Jede einzelne Prophezeiung in der Bibel ist eingetreten. Aber als wahre Christen könnt ihr gerettet werden!«

Er wandte sich dem Altar zu, kniete nieder und erhob flehend die Hände zu Gott. Dann stand er auf und sagte in die Menge:

»Schon bald werdet ihr in den Himmel blicken und sehen, dass Sonne, Mond und Sterne erloschen sind. Der Tag wird der Mitternacht gleichen. Gott wird alle Lichter löschen. Aber dann! Dann erscheint ein strahlendes Licht. Vorhang auf. Ihr werdet Jesus sehen und eine hell leuchtende Engelschar!«

Hunderte Menschen riefen wie aus einer Kehle: »Halleluja!«

Er rannte von der Bühne, wie gezogen von einer unsichtbaren Kraft. Auf dem breiten Bildschirm erschienen die Worte:

WER GERETTET WERDEN WILL, MÖGE JETZT SPENDEN. SAMMELKÖRBE SIND UNTERWEGS. FÜR DIE WUNDERPREISLISTE BESUCHT MEINE WEBSEITE. AKZEPTIERT WERDEN ALLE GÄNGIGEN KREDITKARTEN.

Dann erschien erneut das Video der Boeing 737.

EIN GEBET FÜR EINE FLUGMEILE!

Fuchsteufelswild verließ Ross die Seite. Merkte denn niemand, dass dieser Mensch ein Hochstapler war? Wie blöd konnte man sein. Er hatte schon früher versucht, Wenceslas bloßzustellen, aber der Erfolg war ziemlich überschaubar gewesen.

Er widmete sich wieder dem Artikel über Pastor Wesley Wenceslas in der *Times* und wunderte sich, wie leicht die Menschen sich täuschen ließen.

Wie er sich von Cook hatte täuschen lassen?, ging ihm plötzlich durch den Sinn.

Er fuhr zusammen, als ein *Bing* den Eingang einer SMS meldete. Sie war von Sally Hughes.

> Hi, Ross, wie geht's? XX

Seit er und Imogen ein Paar geworden waren, konnte er von sich behaupten, dass er weder fremdgegangen war noch, wie seine Freunde es derb nannten, einen Schaufensterbummel unternommen hatte. Doch diese Radiomoderatorin hatte etwas an sich, das er zunehmend anziehend fand, wie er sich eingestehen musste. Davon abgesehen interessierte ihn, was sie im Schilde führte.

Er antwortete verhalten.

> Ich fühle mich ein wenig wie dieser alte chinesische Fluch. »Mögest du in interessanten Zeiten leben.« X

Einige Augenblicke später schrieb sie zurück.

> Tatsächlich? Erzählen Sie's mir. XX

Er antwortete:

> Das würde den Rahmen einer SMS sprengen. Treffen wir uns demnächst auf einen Kaffee oder ein Glas Wein? X

Sie antwortete:

Muss morgen nach Brighton. Schreibe über die vielen
Schriftsteller, die dort leben. Vielleicht haben Sie Zeit?
Koffein oder Alkohol? Alkohol gewinnt! XX

Er runzelte die Stirn. Hatte sie ihm nicht erzählt, sie sei in dieser
Woche beim Skilaufen? Gab es einen tiefer liegenden Grund für
diesen Besuch? Hatte er etwas mit Harry Cook und ihrem Onkel
zu tun?

Das gefällt mir. Rufen Sie mich an, wenn Sie in der Stadt
sind. X

93

Donnerstag, 16. März

Es war noch dunkel, als Ainsley Bloor im Trainingsanzug in die
trockene, milde Morgenluft hinaustrat. Er machte ein paar Dehn-
übungen, knipste die Stirnlampe an und fing an zu laufen. Er trabte
die Aschenbahn entlang, die er vor ein paar Jahren hatte anlegen
lassen und die sich an der Grenze seines Anwesens entlangschlän-
gelte.

Grenzen sprengen war das Motto, unter das er seinen Morgenlauf
stellte. Rote und pinkfarbene Streifen bohrten sich in den Himmel.
Kein Nebel oder Dunst. Gut, sein Helikopter würde ihn zu seinem
Büro bringen und auf dem Dach des KK-Gebäudes landen können.
Damit wäre er mindestens vierzig Minuten früher dort als im Auto.

Während er durch das Hirschgehege lief, dachte er über Ross
Hunter nach. Wie zum Teufel sollte er mit ihm verfahren? Wie bekamen sie am ehesten, was sie von ihm wollten? Er rannte um den
großen See herum und sprintete die letzte Viertelmeile, so schnell

er konnte. Vor der Orangerie, in der die ganze Nacht über Licht brannte, hielt er keuchend und schwitzend inne. In seinem Kopf nahm eine Idee Gestalt an.

Er ging hinein, schlenderte an den sechs Affenkäfigen vorbei und warf in jeden einen Blick. Wie erwartet, hatten die fünf ersten Kapuzineräffchen noch immer nichts zuwege gebracht, doch in Boris' Ausgabefach lagen mehrere ausgedruckte Seiten.

Sein Star, hoch oben auf einem Ast thronend, beobachtete misstrauisch, wie Bloor den Käfig betrat, zum Drucker ging und den Deckel der Ausgabe öffnete. »Bist du genial gewesen, Boris?«, fragte er. »Mal sehen, hm?«

Der Affe machte keinen Mucks, als Bloor sich die Ausdrucke ansah.

Auch Bloor machte keinen Mucks. Jede Seite enthielt in vielfacher Wiederholung das Wort »der« – *der der der der der der der der der der der der der der der der der …*

Alle acht Seiten.

»Aber, aber, Boris!«, sagte er. »Das kannst du doch besser!«

Wie zum Hohn sprang der Affe kreischend von seinem Ast auf das Trapez.

Bloor faltete die Seiten zusammen und trug sie ärgerlich und zutiefst enttäuscht ins Haus. Dann ging er nach unten in sein Hallenbad, zog sich aus und setzte die Schwimmbrille auf, um wie jeden Tag zwanzig Minuten zu schwimmen. Während er in schnellem Tempo seine Bahnen zog, ging ihm allerhand durch den Kopf. Er schob Ross Hunter vorübergehend beiseite und konzentrierte sich auf Boris.

der der der der der der der der der der der der der der der …

Aus Angst, sich lächerlich zu machen, hatte er dieses Experiment vollkommen geheim gehalten. Nur wenige seiner Mitarbeiter wussten davon, und nur ein Mitglied seiner Belegschaft hier zu Hause war eingeweiht, nämlich sein Chefgärtner, zu dem er vollstes Vertrauen hatte. Der Mann säuberte jeden Tag die Käfige und sorgte dafür, dass die Affen immer genügend zu fressen hatten. Bloors Ehefrau Cilla hielt das Experiment für absoluten Quatsch.

Vielleicht hatte sie ja recht.

Aber sie hatte auch nie Richard Dawkins gelesen, allenfalls *Der Gotteswahn*. Bloors Inspiration zu diesem Experiment war *Der blinde Uhrmacher* gewesen. Dawkins hatte wie kein anderer vor ihm gezeigt, dass die Evolution sich über Millionen – Milliarden – von Jahren erstreckte. Dass sich das menschliche Auge im Zuge der Evolution aus einer einzigen Zelle entwickelt hatte.

Der Philosoph Antony Flew, einst der bekannteste Atheist der Welt, war – Bloors Informationen zufolge – die letzte Person des öffentlichen Lebens gewesen, die sich ernsthaft für das Affen- und Schreibmaschinenexperiment interessiert hatte. Es war desaströs gescheitert und hatte dazu beigetragen, dass Flew sich zum Glauben an eine intelligente Schöpfung bekehrt hatte.

Jetzt drohte auch sein eigenes Experiment, obwohl erst sechs Monate alt, zu scheitern.

der der der der der der der der der der der der der der der der der …

Lag es am Belohnungssystem?, überlegte er. War es purer Zufall, weil die Tasten für die Buchstaben d, e und r nahe beieinanderlagen und Boris das Muster mochte? Oder ging im Hirn des Affen noch etwas anderes vor?

Und wie konnte er die Denkweise des Tieres verändern? Größere Belohnungen für andere Wörter? Das würde aber doch nicht als Zufall gelten.

Er ließ es sein, weil er just in diesem Moment ein größeres Problem zu bewältigen hatte. Und größere Belohnungen. Das Affenexperiment war sein privates Interesse. Bei Ross Hunter ging es um die Zukunft seines Unternehmens.

Bloor konzentrierte sich nun auf die Vorstandssitzung, die in ein paar Stunden stattfinden würde. Es galt, eine wichtige Entscheidung zu treffen.

94

Donnerstag, 16. März

Weil er nicht sonderlich gut geschlafen hatte, stand Ross kurz vor 6.30 Uhr auf und ging mit Monty Gassi. Im Morgengrauen überquerte er die Fußgängerbrücke über die doppelspurige Schnellstraße A27, vergewisserte sich, dass keine Schafe herumstanden, und ließ den Hund von der Leine, damit er frei über die Wiesen flitzen konnte.

Die Hände in den Taschen seiner zerschlissenen alten Barbourjacke, schlenderte er gemächlich dahin und versuchte dabei, alles im Blick zu haben. Es gab so vieles abzuwägen, doch er wartete noch auf das Ergebnis des ATGC-Labors. Erst wenn er es hätte, würde er eine Entscheidung treffen.

Wieder zu Hause, sah er sich die Acht-Uhr-Nachrichten im Frühstücksfernsehen an, stieg in die Dusche und machte für sich und Monty Frühstück. Weil er keine SMS von Imogen erhalten hatte, schickte er ihr eine.

Hoffe, es geht Dir gut. X

Während Monty sein Fressen in sich hineinschlang, wobei die Hundemarke gegen seine Schüssel klapperte, blätterte Ross die Zeitungen durch.

Kaum hatte er sein Müsli gegessen, eilte Ross nach oben. Er wählte die Nummer, die Detective Constable Harris ihm gestern hinterlassen hatte, und vereinbarte ein Treffen mit ihm um 10.30 Uhr. Als Nächstes warf er einen kurzen Blick in seinen Twitter-Account. Nichts Neues. Er hatte noch immer genauso viele Follower wie beim letzten Mal: 7865. Er ging über sein Handy auf Instagram und sah, dass er dort seit über einem Monat nichts mehr gepostet hatte. Das Foto von ihm, wie er über Montys Kopf hinweg versuchte, die Sonntagszeitung zu lesen, mit der Bildunterschrift *Schlagzeilenspürhund?* stand noch immer an erster Stelle. Es hatte siebenundvierzig Likes.

Es klingelte an der Tür. Der Elektriker, der die beschädigten Überwachungskameras austauschen wollte. Ross goss ihm einen Becher Tee auf, brühte sich einen Espresso und ging nach oben.

Eben war eine E-Mail von Jolene gekommen. Ein Kurier wäre kein Problem, sagte sie. Könne er sie anrufen, um die Zahlung zu arrangieren?

Weil er Sorge hatte, dass sein Festnetz und sein persönliches Handy angezapft werden könnten, schrieb er ihr von einem seiner Prepaid-Handys eine Textnachricht und nannte ihr die Adresse seines Rechtsanwalts. Außerdem bat er sie, die Kreditkartennummer zu benutzen, die sie von ihm gespeichert hatte.

Als Nächstes schickte er eine SMS an seinen Rechtsanwalt, bereitete ihn auf die Lieferung vor, die er erhalten würde, und bat ihn, eine Kopie anzufertigen, sie im selben Schließfach zu deponieren wie das Manuskript und das Original umgehend per Kurier an seine Privatadresse zu schicken.

Nachdem er seine E-Mails überflogen hatte, beförderte er mehrere Scam-Mails in die Tonne und entdeckte dann eine Nachricht von Natalie, seiner Redakteurin bei der *Sunday Times.*

> Hallo, Fremder. Wie stehen die Chancen, diese Riesenstory, an der Du arbeitest, noch in diesem Jahrhundert zu kriegen?

Er stand auf und checkte die Straße vor dem Haus. Der Lieferwagen eines Maurers parkte gegenüber, mit einem Tieflader dahinter, von dem einige Männer Gerüststangen luden. Ansonsten sah er keine unbekannten Fahrzeuge. Er setzte sich wieder hin.

Die Riesenstory.

Wie weit war er tatsächlich? Was würde der heutige Tag bringen?

Sobald das Päckchen von seinem Anwalt ankäme, wüsste er um einiges mehr.

Er dachte an einige seiner Gespräche in den letzten Tagen: mit dem Mann vom MI5, Stuart Ivens, im Rasthof, mit dem Erzbischof von Canterbury, mit dem Italiener von letzter Nacht, Giuseppe Silvestri.

Letzterer bereitete ihm Kopfzerbrechen. Unter seinem Charme verbarg sich etwas zutiefst Beunruhigendes.

Sondergesandter des Vatikans.

Was sollte das eigentlich bedeuten? Auftragskiller für den Papst?

Als er am College in London mit knapp zwanzig Journalistik studierte, hatten viele seiner Kommilitonen von der *Riesenstory* geträumt. Einer seiner Dozenten dort, Jim Coheny, den er wirklich gemocht hatte, war ein lässiger Typ gewesen mit einer eindrucksvollen Erfolgsbilanz. Einmal hatte Coheny ihm im Pub erzählt – sie waren beide schon ziemlich angetrunken gewesen –, dass es jeden Tag Millionen von Geschichten gebe, über die man schreiben könne. Eine richtig große Story dagegen käme nur einmal in zehn Jahren oder vielleicht auch nur einmal im Leben. Sie wäre nicht immer sofort zu erkennen. Intuition, Hartnäckigkeit, Beharrlichkeit, der Glaube an sich selbst, die Bereitschaft, alles aufs Spiel zu setzen, und das alles zu gleichen Teilen, wären nötig, um eine zu bekommen, hatte Coheny gesagt. Er hatte den Traum eines jeden Reporters erwähnt, den Knüller von Woodward und Bernstein von 1972, als sie den Watergate-Skandal an die Öffentlichkeit geholt und damit Präsident Richard Nixon zu Fall gebracht hatten.

Dann hatte Coheny ihm in die Augen gesehen. »Sollte sich dir jemals diese Gelegenheit bieten, Ross, dann ergreife sie, koste es, was es wolle. Sie ist deine Chance auf einen Platz an der Sonne. Du wirst sie sofort erkennen. Sie könnte entscheiden, ob du eines Tages deine eigene Kolumne in der *Times* oder im *Guardian* haben wirst oder für irgendeine Provinzklamotte über Dorffeste und vermisste Hunde schreibst. Du hast es in dir, Junge. Du hast die Eier. Ich spüre das. Enttäusch mich nicht.« Er hatte sein Glas abgestellt und die Hände an die Ohren gelegt. »Lausche.« Dann hatte er auf seine Augen gedeutet. »Schau.« Schließlich hatte er die Arme gehoben, seine Finger zu Krallen geformt und gezischt: »Greif zu!«

Ross hätte gern mit Coheny gesprochen, um sich von ihm einen Rat zu holen, was er tun sollte, aber der Reporter war vor fünf Jahren in Syrien ums Leben gekommen, als er an einem Artikel über den sogenannten Islamischen Staat gearbeitet hatte. Seine *Riesenstory?*, fragte sich Ross.

Der Gedanke an Coheny erinnerte ihn an die Worte seines Großvaters kurz vor seinem Tod: Er solle nie Angst haben, die richtige Entscheidung zu treffen.

Aber er war zutiefst deprimiert. Und an einem unwirtlichen Ort. Allein.

Imogen war geflüchtet, ihr Heim verwüstet. Um ihre Finanzen stand es schlecht. Seine Redakteurin bei der *Sunday Times* verlor offenbar die Geduld. Die Ereignisse der letzten Wochen waren traumatisch gewesen, und er sah ein, dass er selbst Angst haben sollte. Aber er hatte keine. Vielleicht war er zu müde, um klar zu denken, und hatte auf Autopilot geschaltet?

Sollte er Silvestri anrufen und verhandeln?

Und dann? Vielleicht finanziell abgesichert das Feld räumen?

Könnte er damit leben?

Mit der Erinnerung an Harry Cooks wehmütigen Blick? Und dem Wissen, dass er etwas wirklich Wertvolles für die Menschheit hätte tun können, aber stattdessen das Geld genommen hatte und weggerannt war? Und wie weit kam man in einer Welt, die zerbrach?

Wieder dachte er an Cohenys Worte.

Intuition, Hartnäckigkeit, Beharrlichkeit, der Glaube an sich selbst, die Bereitschaft, alles aufs Spiel zu setzen, und das alles zu gleichen Teilen. Das brauchte er jetzt.

Die Story. Imogen kannte seinen Traum und hatte ihn immer unterstützt – bis zu diesem Hauseinbruch.

Sein Handy klingelte.

»Ross Hunter«, meldete er sich.

»Wie sieht's aus bei Ihnen?«, sagte eine lebhafte weibliche Stimme, die er sofort erkannte.

»Sie sind schon hier, Sally?«

»Im Zug.«

»Schon Lunch-Pläne?«

»Lässt sich alles verschieben für den Mann, der die Existenz Gottes beweisen kann.«

Er lächelte, sofort besserer Laune. »Irgendwelche Vorlieben?«

»Wiedergeborene Christen. Vorzugsweise gegrillt.«

»Fischige?«

»Fisch ist gut. Sehr christlich.«

Er vereinbarte mit ihr ein Treffen um 13 Uhr im Restaurant English. Nachdem er das Gespräch mit Sally beendet hatte, reservierte er einen Tisch.

95

Donnerstag, 16. März

Die Vorstände der Firma Kerr Kluge hatten sich in der obersten Etage im Konferenzraum versammelt. Jeder von ihnen hatte eine Kopie des Dokuments von dem Memorystick vor sich, den Julius Helmsley letztendlich von seinem Kontaktmann in Monaco erhalten hatte.

Ainsley Bloor las die Koordinaten darauf vor.

34°4'56.42"N 118°22'56.52"W

Der Computerbildschirm an der Wand über ihnen zeigte eine Straßenkarte von West Hollywood, Los Angeles.

»Gut gemacht, Julius«, sagte Bloor, und in seiner Stimme

schwang Verbitterung. »Ist Ihnen klar, wie groß dieses Gebiet ist? Möchten Sie noch etwas hinzufügen?«

»Es sind die Informationen, die dieser Anwalt aus Birmingham, Anholt-Sperry, in seiner Akte hatte, wahrscheinlich um sie dem Journalisten Ross Hunter zu geben«, entgegnete Helmsley. »Können Sie die Suche verfeinern? Wonach suchen wir eigentlich genau?«

»Wir wissen nur eines, Ainsley«, sagte Helmsley. »Indem wir uns diese Koordinaten beschafft haben, haben wir Hunter einen Strich durch die Rechnung gemacht.«

Bloor starrte ihn an. »Bis jetzt haben wir es nicht geschafft, an den Gegenstand heranzukommen, den Hunter in Chalice Well entdeckt hat. Auch das Objekt aus Ägypten haben wir nicht an uns gebracht. Jetzt haben wir etwas, hinter dem er her war, wissen aber nicht, was es ist, stimmt's? Eine Karte ohne die Legende.«

»Vielleicht hat Mr. Hunter ja die Legende ohne die Karte?«, schlug Alan Gittings vor, der Leiter der Abteilung Forschung und Entwicklung.

»Ist Ihnen schon mal in den Sinn gekommen, dass wir die Sache vielleicht falsch angehen?«, fragte Ron Mason, dem Bloor von allen Vorständen am meisten vertraute.

»Wie meinen Sie das, Ron?«, fragte Julius Helmsley.

Mason legte ihm ein Schriftstück vor. »Dies hier ist Ross Hunters aktuelle finanzielle Lage. Lesen Sie.«

Helmsley beugte sich über das Dokument und überflog es. »Eine Hypothek von vierhundertfünfzigtausend Pfund, außerdem hat er seine Bank um eine Rückzahlungspause gebeten. Er hat sein Überziehungslimit von zehntausend Pfund fast erreicht. Auf seiner AmEx-Karte hat er noch achthundert Pfund Kredit, auf seiner Visa noch fünfzehnhundert.«

»Und was sagt uns das?«, drängte Mason.

»Wir wissen längst, dass er Geld braucht. Dringend«, erwiderte Helmsley.

Bloor lächelte. »Wie lautet das Motto unserer Firma, Julius?«

»Das Unternehmen, das für Sie sorgt.«

»Dann reden Sie mit ihm. Bieten Sie ihm an, seine Hypothek zu bezahlen, die Kreditkartenschulden zu begleichen und noch eine hübsche Summe oben draufzulegen; weitaus mehr, als die Zeitung ihm jemals bezahlen würde.« Bloor lächelte, entblößte die makellosen weißen Zähne. »Zeigen Sie ihm, dass wir für ihn sorgen.«

96

Donnerstag, 16. März

Detective Constable Mike Harris war schockiert und empfand Mitleid, als er die beschmierten Wohnungswände inspizierte. Er hatte von CSI Alex Call erfahren, dass keine neuen Erkenntnisse vorlagen, und fragte Ross, was seiner Ansicht nach der Auslöser dafür gewesen sein mochte.

Weil er Wanzen befürchtete, ging Ross mit Harris nach draußen und erzählte ihm die Wahrheit über Harry Cooks Anruf und Besuch bei ihm und was er in Cooks Haus gefunden hatte – und nannte ihm den Namen des Birminghamer DCI, Martin Starr. Er verriet ihm auch, was er über den Tod von Robert Anholt-Sperry wusste. Harris sagte, er werde sich mit DCI Starr in Verbindung setzen.

Kaum war der Detective gegangen, kam das Päckchen von seinem Rechtsanwalt.

Er öffnete es in der Küche und holte das Dokument heraus, das ATGC auf ein schlichtes Blatt Papier übertragen hatte. Er las handgeschriebene Koordinaten:

34°4'56.42"N 118°22'56.52"W

Er ging hinauf in sein Büro, öffnete Google Earth und gab die

Koordinaten in die Suchfunktion ein. Nach wenigen Sekunden hatte er einen Ausschnitt von West Hollywood vor Augen. Es war die Kreuzung von Fairfax und Melrose. Waren die Koordinaten absichtlich vage, fragte er sich? Gaben sie wie schon bei Chalice Well zwar die ungefähre Gegend an, nicht aber die präzise Stelle? Er zoomte sich in die Straßenansicht und navigierte durch die Gegend. Er sah ein kleines Einkaufszentrum; den Fairfax Farmers Market; ein Dentallabor; eine Tankstelle; dann einen großen Gebäudekomplex und ein offenes Gelände, die Fairfax High School; Cafés, Kneipen, Geschäfte, ein schäbiges blaues Gebäude wie eine Baracke mit einer gelben Plakatwand, auf der CENTERFOLD NEWS STAND zu lesen war.

Wonach sollte er suchen? Diese Gegend sah nicht gerade danach aus, als würde hier ein umwälzendes Ereignis stattfinden. Aber das galt vermutlich auch für einen Stall in Bethlehem.

Er musste an die Worte Anholt-Sperrys denken:

Kommen Sie wieder, wenn Sie gefunden haben, was Sie am zweiten Koordinaten-Standort erwartet. Dann haben Sie Gewissheit. Der dritte Satz wird Ihnen den Ort der Wiederkunft Christi offenbaren.

Plötzlich kam ihm eine Idee. Das konnte klappen.

Er suchte Jolene Thomas' Nummer heraus, ging nach draußen und tippte sie in eines seiner Prepaid-Handys. Sie meldete sich schon nach zweimaligem Klingeln.

Er nannte seinen Namen.

»Hallo, Mr. Hunter!«, sagte sie fröhlich. »Sind die Dokumente sicher bei Ihnen angekommen?«

»Ja, vielen Dank«, sagte er. »Ich hätte noch eine Bitte, vielleicht können Sie mir helfen.«

»Ich tue mein Bestes!«

»DNA-Datenbanken. Gibt es spezielle nationale und internationale Datenbanken für die Standard-DNA, die mitochondriale DNA und die Y-STR-DNA?«

»Aber ja, absolut. Die bei weitem umfassendsten Datenbanken

sind die für Standard-DNA. Es gibt dazu mittlerweile fast eine weltweite Abdeckung bei den Strafverfolgungsbehörden – unter Berücksichtigung der Datenschutzbestimmungen in bestimmten Ländern und einigen Bundesstaaten der USA. Mitochondriale Datenbanken sind weniger umfassend. Und die Y-STR-DNA ist sozusagen der Neue im Viertel – zu ihr gibt es gegenwärtig nur wenige Datenbanken. Das ändert sich, aber es wird wohl noch mehrere Jahre dauern, bis auch in diesem Feld das Erfassungsniveau der Standard-DNA erreicht ist.«

»Die Standard-DNA ist für jeden Menschen einzigartig, hab ich das richtig verstanden?«

»Genau – nur nicht bei eineiigen Zwillingen und in seltenen Fällen bei eineiigen Drillingen.«

»Die mitochondriale ist die weibliche DNA, nicht? Sie wird unverändert über die weibliche Linie weitergegeben.«

»Richtig.«

»Über Generationen, stimmt's?«

»Ja, genau, den gesamten Stammbaum hindurch. Von der Mutter an die Tochter, die Enkelin und so weiter, und das völlig unverändert.«

»Dasselbe gilt für die Y-STR-DNA, allerdings für die männliche Linie, nicht?«

»Solange die männliche Linie weiterbesteht. Sie ist maßgeblich, um die Vaterschaft zu prüfen – und für die Ahnenforschung. Aber man muss wissen, dass es manchmal zu Mutationen kommen kann – und je länger die Linie, desto größer die Wahrscheinlichkeit.«

»Wie groß ist diese Wahrscheinlichkeit?«

»Ziemlich gering.«

»Gering genug, um unwahrscheinlich zu sein?«

»Ja, absolut. Aber man muss sich der Möglichkeit trotzdem bewusst sein.«

Ross machte sich Notizen. »Sie sagten, es gebe derzeit nicht viele Datenbanken für Y-STR-DNA.«

»Richtig.«

»Wo gibt es die größten Datenbanken?«

»Für Y-STR?«

»Ja.«

»Mittlerweile gibt es einige in Großbritannien, und sie werden größer. Einige in Europa – Tschechien ist aus unerfindlichen Gründen sehr fortschrittlich auf diesem Gebiet.«

»Wie sieht's in Amerika aus?«, fragte er.

»Ja, da gibt es einige. Im Staat New York, in Illinois und in Florida. Die größte befindet sich in Südkalifornien.«

»Südkalifornien?«

»Ja.«

»Wissen Sie zufällig, ob es dort eine ebenso große Datenbank zur mitochondrialen DNA gibt?«

»Ja, die gibt es – und noch ist sie um ein Vielfaches größer als die Y-STR-Datenbank.«

»Hat jeder Zugang zu diesen Datenbanken? Ich zum Beispiel?«, fragte er.

»Nein, sie sind allesamt streng geschützt. Hier in Großbritannien unterstehen sie dem Data Protection Act – ich dürfte Ihnen nicht mal Ihre eigene DNA geben, wäre sie auf einer Datenbank erfasst. Die in Übersee unterstehen den Gesetzen der einzelnen Staaten. Mancherorts haben Strafverfolgungsbehörden freien Zugang, anderswo brauchen sie einen Gerichtsbeschluss.«

Nachdem Ross sich bei Jolene bedankt und das Gespräch beendet hatte, bebte er vor Aufregung.

Südkalifornien.

Los Angeles lag in Südkalifornien.

97

Donnerstag, 16. März

Ross überflog noch einmal die Notizen, die er sich bei seiner Unterhaltung mit der DNA-Expertin gemacht hatte. *Allesamt streng geschützt.*

Er sah auf die Uhr. 11.55 Uhr. Spätestens in einer Viertelstunde musste er los, wenn er zu seinem Treffen mit Sally in der Stadt nicht zu spät kommen wollte. Er musste sich Zugang zu den Datenbanken verschaffen. Irgendwie.

Aber wie?

Dann fiel ihm jemand ein, der ihm vielleicht helfen konnte.

Es war zwar kurz vor Mittag, aber für den nachtaktiven Hacker immer noch zu früh. Der Exzentriker mochte es nicht, wenn man ihn vor dem späten Nachmittag störte. Zu dumm. Er suchte Zack Boxx' Nummer heraus, ging hinaus in den Garten und rief ihn von einem Prepaid-Handy aus an.

Nach mehrmaligem Klingeln meldete sich eine verschlafene Stimme.

»Hmmm?«

»Zack, ich bin's, Ross Hunter.«

Langes Schweigen folgte. Ross wartete geduldig, hörte aber keinen Mucks.

»Zack?«

»Weißt du eigentlich, wie spät es ist?«

»Mittag.«

»Nicht in San Francisco. Herrgott noch mal, Ross, es ist vier Uhr früh!«

»Du bist in San Francisco?«

»Nein, bin ich nicht, ich bin in Brighton und versuch, ein bisschen Schlaf zu kriegen. Was willst du?«

»Ich brauch deine Hilfe.«

»Ich hab dir schon geholfen. Scheiße. Willst du was umsonst?«

»Ich bezahl dich auch.«

»Das wär schon mal ein Anfang.«

»Ich mein's ernst. Kann ich zu dir rüberkommen? Ich trau dem Telefon nicht. Bist du noch am selben Ort?«

»Meinst du mental? Physisch? Geographisch? Astronomisch? Astrologisch?«

»Wohnungstechnisch.«

»Um ehrlich zu sein, lebe ich in einer hübschen Wohnanlage auf dem Mars, wenn du schon fragst. Scheint ziemlich angesagt zu sein dieser Tage. Mein Erdenwohnort ist immer noch Elm Grove in Brighton, aber hoffentlich nicht mehr lange.«

»Lange genug, damit ich noch rüberkommen und dich sprechen kann? Es ist dringend!«

»Wenn es bis nach vier Uhr nachmittags Zeit hat?«

»Das wär gut.«

»Na schön. Bis dahin, jetzt verpiss dich und lass mich schlafen.«

98

Donnerstag, 16. März

Vor ihnen auf einem hohen Metallständer lag ein großer, runder Servierteller mit Austern aus West Mersea, dazu Zitronen, Schüsselchen mit Vinaigrette, gehackten Zwiebeln und gebuttertem Graubrot.

Sally sah toll aus. Ross hob sein Weinglas. »Cheers!«, sagte er.

Sie stießen an.

»Ich freue mich sehr, dich wiederzusehen«, sagte er und ging zum Du über.

»Komisch, dass du das sagst, ich hab gerade dasselbe gedacht.«
Sie lächelte ihm schelmisch zu.

»Du bist also hier, um Schriftsteller zu interviewen«, bohrte er
nach. »Mit wem hast du denn schon gesprochen?«

»Mit William Shaw und Elly Griffiths – sehr nett, alle beide.
Und ein herrlich versponnener gastronomischer Autor namens
Andrew Kay. Kennst du sie?«

Ross nickte. »Yep, Andrew Kay macht viel für die Lokalpresse,
und er schreibt auch interessante Romane. Shaw und Griffiths habe
ich gelesen – sehr gute Schriftsteller.«

»Also, wie geht es dem Herrgott?«, fragte sie. »Oder ist Gott
weiblich?«

»Gute Frage.«

»Was ist mit deinem Artikel? Hast du ihn schon fertig?« Sie
nahm sich eine Auster, beträufelte sie mit Zitrone, löffelte ein wenig Vinaigrette darauf, kippte sich den Schaleninhalt in den Mund,
kaute kurz und schluckte.

»Wow!«, sagte sie. »Sensationell!« Sie führte ihr Glas an den
Mund und nahm noch einen Schluck. »Okay, du hast von *interessanten Zeiten* gesprochen. Was ist damit?«

Ross brachte die Radiomoderatorin auf den neuesten Stand,
erzählte ihr aber nur das, was er mit ihr zu teilen bereit war. Die
LA-Koordinaten behielt er lieber für sich.

Als er fertig war, sah sie ihn schweigend an. Dann fragte sie:
»Und wie geht's jetzt weiter?«

»Ehrlich?«

Sie nickte.

»Meine Frau lässt mich wissen, dass ich verkaufen sollte, wenn
ich unsere Beziehung retten will.«

»An den schleimigen Mr. Silvestri?«

»Für die Silberlinge des Vatikans.«

»Und, tust du's?«

»Ich geb nicht so leicht auf, Sally. Im Augenblick ist alles völlig surreal. Aber ich kann jetzt nicht aufgeben – ich stecke schon viel zu tief in der Sache drin.« Er sah sie forschend an, lächelte und nahm dann einen Schluck Wein. »Sag mal, hast du noch mal mit deinem Onkel gesprochen?«

»Mit dem gruseligen Julius Helmsley?«

»Warum nennst du ihn gruselig?«, wollte er wissen.

»Hast du je ein Foto von ihm gesehen?«

»Ja, ich hab ihn bei Google eingegeben.«

»Er ist einer von denen, die in einem das dringende Bedürfnis wecken, sich die Hände zu waschen – oder zu baden –, nachdem man in seiner Gesellschaft war. Er ist pervers.«

»Ach ja?«

»Er hat mich nie angefasst, aber ich konnte es spüren – immer schon. Allein sein Aussehen – diese lächerliche rote Brille, dazu die blöde Frisur. Und wenn er mit einem spricht, vermeidet er jeden Augenkontakt, starrt gleichsam an einem vorbei. Pfui Teufel! Er benimmt sich absolut überheblich und herablassend. Als ich klein war und er zu uns nach Hause kam, tat er total blasiert, hat schrecklich angegeben mit seiner großartigen Londoner Villa und seinem Haus auf dem Lande und so.«

»Und wie ist seine Frau?«

»Kalt wie Hundeschnauze. Meine Mum hat sich als Künstlerin gesehen, war ein bisschen chaotisch – unkonventionell eben. Tante Antonia dagegen war eisig und hartherzig – sehr auf der wissenschaftlichen Seite. Meine Mutter tolerierte Antonia, weil sie ihre Schwester war, aber ich glaube nicht, dass sie sonderlich gut miteinander auskamen.« Sally zögerte und errötete. »Um ehrlich zu sein – es klingt vielleicht pathetisch, aber Onkel Julius hat mir Weihnachten versaut, als ich sechs Jahre alt war.«

»Ich liebe Weihnachten – das klingt überhaupt nicht pathetisch. Was ist passiert, was hat er getan?«

»Er und meine Tante waren gekommen, um Weihnachten mit uns zu feiern. Wir hatten einen Christbaum, alle Geschenke lagen darunter, du weißt schon, alles, was dazugehört. Er nahm mich beiseite, setzte sich mit mir in ein ruhiges Zimmer und erklärte mir eine halbe Stunde lang, warum Santa Claus nicht existieren konnte. Er ging sehr wissenschaftlich vor, erklärte mir, dass Rentiere nun mal keine Flügel hätten, also unmöglich fliegen könnten. Und er hatte mathematische Berechnungen angestellt, die er mir in ausgeklügelten, leicht verständlichen Diagrammen zeigte: Allein in England gebe es etwa 25 Millionen Familien, erklärte er mir. Wenn Santa Claus also nur zwei Minuten für jede aufbringen müsste, würde er 34 000 Tage brauchen, also 95 Jahre. Ich kann mich noch genau an seinen Gesichtsausdruck erinnern – er war richtig grausam, als machte es ihm einen Höllenspaß, mir die Freude zu verderben.«

»Was für ein Mistkerl. Ich hasse es, wenn die Leute den Kindern ihre Träume wegnehmen.«

Sie nickte. »Absolut. Gilt das auch für hartgesottene Atheisten wie Dawkins?«

»Selbst in meiner agnostischen Phase, in der ich mit atheistischen Tendenzen liebäugelte, hat mich irgendetwas an den reduktionistischen Theorien gestört. Für Wissenschaftler gibt es ein wirklich großes Paradoxon.« Er trank noch einen Schluck Wein.

»Und das wäre?«

»Also, es gibt Wissenschaftler, die kategorisch behaupten, sie wüssten, wie die Welt ihren Anfang nahm, die Theorie vom Urknall, okay?«

»Ja, mein Onkel ist ganz ihrer Ansicht.«

»Nun, das Paradoxe an der Sache ist Folgendes: Ein Grundsatz der Wissenschaft lautet, dass jedes Experiment unter Laborbedingungen wiederholbar sein muss. Es ist eines ihrer größten Argumente gegen Geister, medial veranlagte Menschen, Telepathie und alles Paranormale. Sagt dir der Begriff ›methodologischer Naturalismus‹ etwas?«

Sie runzelte die Stirn. »Nein.«

»Dein Onkel und viele andere Wissenschaftler sind eifrige Verfechter dieser Theorie: Es ist der Begriff für eine wissenschaftliche Erforschung der Welt, die mögliche übernatürliche Ursachen völlig ausschließt. Mit der Prämisse, dass Gott keinerlei Anteil an wissenschaftlichen Phänomenen haben sollte.«

»Und worin besteht der Widerspruch?«

»Verfechter des methodologischen Naturalismus fordern, dass Wissenschaftler Erklärungen in der Welt um uns herum suchen, die rein auf dem basieren, was wir beobachten, prüfen und replizieren können. Sie könnten versuchen, den Urknall in einem Teilchenbeschleuniger nachzustellen, aber …«, er breitete die Arme aus, »können sie dieses Universum replizieren? Dieses Restaurant? Dich und mich, wie wir hier sitzen? Diese Flasche Pouilly-Fuissé?«

»Das Paradoxon besteht also darin, dass Kosmologen nicht die Kriterien der Wissenschaft erfüllen? Glaubst du nicht, dass einige ziemlich verärgert wären, wenn man ihnen sagte, dass ihre Arbeit nicht wissenschaftlich ist?«

»Ich meine, es ist an der Zeit, die Arroganz einiger militanter Atheisten aufs Korn zu nehmen. Wenn sie die Welt replizieren können, und zwar exakt so, wie sie ist, mit allem, was in diesem Augenblick in ihr ist, dann akzeptiere ich sie bedingungslos. Bis dahin müssen sie anderen möglichen Erklärungen – einschließlich Gott – ein wenig Spielraum lassen.«

»Vorausgesetzt, sie können auch diese Austern replizieren?«

»Natürlich!«

»Und wie steht's mit dem Higgs-Boson?«, fragte sie.

»Das Gottesteilchen, das sie bei CERN entdeckt haben? Beweist es denn etwas? Bleibt doch immer noch die Frage, wer es geschaffen hat.«

Sally nahm sich noch eine Auster.

Ross tat es ihr gleich.

Während sie ihn mit funkelnden Augen ansah, sagte sie: »Weißt du eigentlich, dass sie angeblich aphrodisierend wirken?«

Er lächelte zurück. »Klar. Sie waren auch mal Essen für Arme. Und die Hauptnahrung für Mönche, weil sie preisgünstige Proteine lieferten.«

»Versuchst du absichtlich, einen romantischen Augenblick zu zerstören?«, fragte sie.

»Ich bin verheiratet.«

»Und ich würde niemals versuchen, dich vom rechten Weg abzubringen.«

»Das glaube ich dir.«

Einen Moment lang herrschte behagliches Schweigen zwischen ihnen.

Sie stießen noch einmal an.

»Noch eine Flasche, Sir?«

Verwundert blickte er die Bedienung an. Hatten sie wirklich eine ganze Flasche geleert? Vielleicht würde Sally, wenn sie noch ein bisschen nachlegte, etwas preisgeben?

»Ich meine schon«, sagte er. »Wir möchten schließlich nicht unhöflich sein.«

Sally Hughes gab ihm recht.

Ross stand auf und entschuldigte sich. »Ich geh nur mal pinkeln, bin gleich wieder da.«

Als er den Raum verlassen hatte, hörte Sally ein *Bing* von seinem Handy. Eine SMS.

Sie sah, dass Ross gerade die Treppe runter verschwand, und drehte das Handy aus purer Neugier rasch in ihre Richtung. Die Nachricht kam von Travel Counsellors, einem Reisebüro, das seinen Flug nach Los Angeles bestätigte. Sally rückte das Telefon wieder zurecht und wartete auf Ross' Rückkehr.

Sie sagte nichts, als er sich wieder hinsetzte.

99

Donnerstag, 16. März

Imogen bog um kurz nach 15 Uhr in die Einfahrt. Sie wusste nicht, ob sie froh war oder enttäuscht, dass Ross' Wagen nicht vor dem Haus stand. Als sie hineinging, stürmte Monty aufgeregt auf sie zu, und sie beugte sich hinunter, um ihn zu streicheln.

»Ich hab dich vermisst, mein Süßer!«

Nachdem sie dem Hund ausgiebig gehuldigt hatte, ging sie nach oben ins Schlafzimmer, um noch einige Kleidungsstücke zu holen, die sie brauchte. Da klingelte es an der Haustür. Sie eilte wieder nach unten, den Flur entlang und öffnete die Tür.

Ein großer Mann mit Pferdegesicht und im Business-Anzug stand vor ihr. Er trug eine ziemlich exzentrische Brille mit rotem Rand, eine modische Frisur, die zwanzig Jahre zu jung für ihn war, und hatte ein Pflaster auf der Backe.

»Oh, guten Tag«, sagte er. »Ist Mr. Ross Hunter im Haus – zufällig?«

»Nein, aber ich bin – zufällig – Mrs. Hunter.«

Er lächelte unbeholfen.

»Wie kann ich Ihnen helfen?«

»Äh …« Er zögerte. »Vielleicht sollte ich ein andermal wiederkommen?«

»Kann ich meinem Mann etwas ausrichten?«

»Äh, ja.« Er gab ihr eine Visitenkarte. »Mein Name ist Julius Helmsley, ich bin Chief Operating Officer eines Unternehmens namens Kerr Kluge.«

Sie neigte den Kopf zur Seite. »*Ein Unternehmen namens Kerr Kluge.* Glauben Sie denn, ich hätte noch nichts von Ihrer Firma gehört?«

»Nun ja – ich – ich denke, unser Name ist doch recht geläufig.«

415

»Das kann man wohl sagen.« Sie lächelte. »Sind Sie gekommen, um mir Zahnpasta zu verkaufen? Seife? Schlaftabletten?« Sie besah sich die Visitenkarte.

»Nein – es handelt sich – ehrlich gesagt – um eine Geldangelegenheit.«

»Ist Kerr Kluge eine sehr sexistische Firma, Mr. Hamley?«

»*Helmsley*«, korrigierte er sie. »Keineswegs – beileibe nicht. Im Gegenteil, wir gehören zu den Pionieren in Sachen Gleichberechtigung am Arbeitsplatz, Mrs. Hunter. Unsere Mitarbeiterinnen verdienen grundsätzlich dasselbe wie ihre männlichen Kollegen.«

»Gut. In diesem Fall können Sie mir alles sagen, was Sie meinem Mann sagen wollten. Möchten Sie hereinkommen? Auf eine Tasse Tee?«

»Nun, wenn es keine Umstände macht.«

»Nicht im mindesten.«

100

Donnerstag, 16. März

Sally konnte eine Menge vertragen – und bei sich behalten –, und Ross gefiel das ebenso gut wie ihre Lust auf gutes Essen. Sie schien einfach Freude am Leben zu haben, und die war ansteckend.

Imogen war früher genauso gewesen, dachte er voller Bedauern.

Nachdem sie die zweite Flasche Wein geleert hatten, hatte er sich, um das Gespräch noch nicht zu beenden, noch einen Cognac bestellt, und sie hatte sich für einen Cointreau auf Eis entschieden. Als sie kurz nach 15.30 Uhr in ihren Mänteln das Lokal verließen, an den Tischen im Freien vorbei, fühlte er sich ein wenig unsicher auf den Beinen. Und er war noch immer nicht schlau aus ihr geworden.

Sie blieben stehen und blickten einander in die Augen. Sally lächelte ihm ermunternd zu.

»Das hat Spaß gemacht!«, sagte er.

»Wir sollten es wiederholen.«

»Ja, sollten wir.«

Beide schwiegen verlegen.

»Ich denke …«, sagte er und verstummte wieder.

»Du denkst?«

Ross sah sie fragend an. »Ja, manchmal denke ich!«

Sie beugte sich zu ihm vor und drückte ihm spontan einen Kuss auf die Wange. Dann wandte sie sich ab, winkte ihm noch einmal zu, rief »Bis bald!« und ging davon. Dabei schmiegte sich ihr elegant geschnittener weißer Mantel um ihre Beine. Die enge Jeans hatte sie in ihre hochhackigen Lederstiefel gesteckt.

Während er dastand und ihr hinterherblickte, drehte sich ihm ganz leicht der Kopf.

Er hatte viel zu viel getrunken, um noch fahren zu können. Er würde sich von einem Taxi zu Zack Boxx bringen lassen und seinen Wagen morgen vom Parkplatz vor dem Waterfront Hotel abholen.

Auf dem Weg zum Taxistand an der East Street versuchte er sich darauf zu konzentrieren, was er Boxx fragen wollte. Doch Sallys Parfum und der Duft ihres Haares lenkten ihn noch immer ein wenig ab.

In seinem Kopf schellten die Alarmglocken.

Da meldete das Handy in seiner Tasche den Eingang einer SMS.

Er zog es heraus und sah auf das Display.

Sie war von Sally.

Das nenn ich mal ein Lunch! Das nächste geht auf mich. X

Sein Instinkt sagte ihm, erst zurückzuschreiben, wenn er wieder nüchtern war. Doch kaum saß er im Taxi und hatte dem Fahrer Zacks Adresse genannt, schrieb er zurück.

Hoffentlich bis bald.:-)

101

Donnerstag, 16. März

Zack Boxx hatte sich nicht verändert. Er lebte noch immer in derselben dunklen, chaotischen Bude wie zehn Jahre zuvor als Student und teilte sie mit derselben feindseligen Siamkatze. Die Wohnung befand sich im Keller eines viktorianischen Reihenhauses, in der Nähe von Brightons Rennbahn, und die Jalousien waren immer zugezogen. Sie roch abgestanden, leicht muffig und schrie geradezu nach Tageslicht und frischer Luft. Außerdem lag ein schwacher Duft nach Gras in der Luft.

Boxx trug ein ausgebleichtes Gandalf-T-Shirt, unmodische Jeans und ein Paar Slipper, die er von seinem Opa geerbt haben könnte. Sein strähniges Haar war unfrisiert wie immer, wurde aber langsam dünner und grau, wie Ross bemerkte. Der Flaum auf seinem Gesicht von vor zehn Jahren war zu einer schlechten Ausgabe eines Dreitagebartes gereift, der sich merkwürdig ausnahm auf seinem leicht pummeligen Kindergesicht. Er war weiß wie ein Gespenst.

Als Ross durch ein Labyrinth von Computerbildschirmen, Tastaturen und Servern stieg, die fast den gesamten Wohnzimmerboden belegten, neben leeren Bechern und Essenskartons, wies Boxx auf ein durchgesessenes Sofa an der hinteren Wand. Die einzigen offenbar neuen Einrichtungsgegenstände, die Ross bemerkte, waren zwei riesige Fernsehbildschirme, einer davon ausgeschaltet, der andere, auf dem ein Video von der Galaxie lief, fast die gesamte Breite der Wand einnehmend.

»Dann war das mit dem Mars also kein Witz, Zack?«

»Es ist eine Direktübertragung aus dem britischen Observatorium auf Mauna Kea in Hawaii. Und um deine Frage zu beantworten, es ist dort immer noch Nacht«, fügte er sarkastisch hinzu und streichelte die Katze, die den Rücken krumm machte und sich ihm entzog. »Ich suche nach einer neuen Bleibe, bevor es zu spät ist. Ich muss nur ein paar technische Probleme lösen, wie zum Beispiel einen Ort für Lebensformen zu finden, die auf Kohlenstoff basieren – und eine Möglichkeit, dorthin zu gelangen.«

Der Computerfreak, der fließend sieben Sprachen beherrschte, hatte noch immer dieselbe feindselige Einstellung; genau wie seine Katze. Und denselben deutlichen Mangel an gesellschaftlichen Umgangsformen. Als wäre die ganze Welt gegen ihn.

Ross erreichte das Sofa und ließ sich darauf nieder, eine gesprungene Feder unter dem Hintern. Boxx ignorierte ihn etliche Minuten total, während er auf dem Boden kniete, sich erst bei einem, dann einem zweiten Computer einloggte und auf Zahlenreihen starrte, die für Ross absolut bedeutungslos waren, wobei er ein ums andere Mal murmelte: »Idioten … ich glaub's einfach nicht … was habt ihr da bloß gemacht? Volltrottel! Echt jetzt! … Was – was ist das?«

Nach einer Weile wandte er sich seinem Gast zu. »Bin gleich bei dir. Muss GCHQ aus der Patsche helfen, und die CIA hat ein Problem mit dem Irak.«

»Ist schon okay, nur zu, geh die Welt retten.«

»Manchmal kommt man echt ins Grübeln, weißt du – diese Typen – wenn sie …« Er verstummte, tippte auf seine Tastatur ein und starrte dabei auf den Bildschirm. »Ich meine, wie wenn – weißt du, was ich meine? Lächerlich.«

Ross fühlte sich immer noch ein wenig betrunken. »Wie wär's mit Kaffee?«

»In der Küche. Bedien dich. Da steht ein Kessel oder eine Nespresso-Maschine. Und übrigens, du riechst wie ein Pub.«

Ross ging in die Küche, die aussah, als wäre sie vor kurzem von einem Tornado heimgesucht worden, durchstöberte die Schränke und förderte die einzige saubere Tasse zutage, außerdem fand er einen kleinen Stapel Kaffeekapseln neben der Kaffeemaschine.

Er machte sich einen dreifachen Espresso und nahm ihn mit ins Wohnzimmer. Als er sich wieder hinsetzte, wandte sich Boxx ihm zu.

»Also?«

»Wie geht's so?«, fragte Ross.

»Irgendwie scheiße. Arbeite an meinem Fluchtplan. Wir müssen alle weg von hier, und zwar schnell.«

»Da würde ich dir nicht widersprechen.«

»Ich sag nur eins: Das Jüngste Gericht. Such dir einen Planeten, echt jetzt. Du bist nicht zum Spaß hier, stimmt's?«

»Nein, ich hab mich gefragt, ob du mir vielleicht helfen könntest. Ich muss eine Datenbank hacken.«

»Ah ja?«

Ohne ihm alle Details zu nennen, erzählte ihm Ross, was er von ihm brauchte.

Während er redete, machte sich Zack Boxx Notizen auf seinem Computer. Als er fertig war, sagte Zack: »Okay. Gut. Standard-DNA, mitochondriale DNA und Y-STR, Los Angeles – oder besser Südkalifornien. Ich soll mich auf ihren Datenbanken umsehen?«

»Ja.«

»Gegen das Gesetz verstoßen?«

»Was immer dazu nötig ist. Ich vermute mal, du weißt, wie man Spuren verwischt.«

»Ich mach das hier nicht mehr zum Spaß, Ross, oder weil ich es kann. Ich leb davon, Mann. Weißt du, was ich damit sagen will?«

»Hab schon verstanden.«

»Ich will wirklich von hier weg. Ich bin am Sparen.«

»Weg aus dieser Wohnung?«

Boxx sah ihn an, als hätte er nicht mehr alle beisammen. »Von diesem beschissenen Planeten. Wenn du gescheit bist, kommst du mit.«

»Ich versuche, ihn zu retten.«

»Dann viel Glück.« Er tippte noch ein paar Befehle ein, und sein Bildschirm veränderte sich. »Okay, ich versuch jetzt mal, in jede dieser drei Datenbanken reinzukommen und etwas zu hinterlassen, das nach einer Übereinstimmung sucht oder mich verständigt, sobald irgendwann in der Zukunft eine auftauchen sollte.«

»Wann in der Zukunft?«

»Solange du willst.«

»Wie schnell kannst du ein Ergebnis bekommen?«

»Das kommt ganz darauf an, was dort gespeichert ist. Außerdem hab ich noch was zu erledigen für meine Auftraggeber – muss ein ziemlich großes Programm für sie schreiben. Vielleicht irgendwann heute Nacht oder morgen.«

»Okay.«

»Und bevor ich anfange – nichts für ungut, aber ich brauch eine Vorauszahlung.«

»Wie viel willst du?«

Boxx lächelte zum ersten Mal. »Ich mach dir einen Freundschaftspreis. Zweitausend für die Suche und eintausend Bonus für jeden Treffer – bis zu maximal dreitausend. Okay?«

»Nimmst du Kreditkarten?«

»Haha.«

102

Donnerstag, 16. März

Der Abt saß an seinem Schreibtisch, ein fragiler Mann mit dicker Brille und einem zotteligen, sichelförmigen weißen Bart. Ein schmales Fenster hinter ihm war von den Elementen gezeichnet. Seine Kanten waren uneben, von einem Steinmetz etwa um 1366 nach Christus in die Mauer gehauen, als dieses Kloster auf dem Fels errichtet wurde, damals als Simon-Fels bekannt, der hoch über der Ägäis thronte. Bruder Pete stand vor ihm, die Hände hinter dem Rücken. Beide Männer waren identisch gekleidet in ihren schweren schwarzen Kutten und den Kopfbedeckungen der orthodoxen Mönche – dem Kamilavkion, einem runden schwarzen Hut mit einem Schleier, der zu beiden Seiten des Gesichts auf die Schultern fiel. Das Einzige, was den Abt unterschied, war das altehrwürdige goldene Kreuz, das er an einer Kette um den Hals trug und das ihm fast bis zur Taille reichte.

Es war dasselbe Kreuz, das schon der längst verstorbene Abt auf der gerahmten Schwarzweiß-Fotografie an der Wand gegenüber dem Fenster getragen hatte. Das Bild zeigte drei Reihen von Mönchen im Innenhof des Klosters, die hinteren beiden Reihen stehend, die vordere sitzend. Sie trugen ausnahmslos dichte Bärte, so dass nur die obere Gesichtshälfte erkennbar war. Einige von ihnen trugen Brillen. Alle Altersstufen waren vertreten, von Anfang zwanzig bis Mitte neunzig, und alle machten einen feierlichen, pflichtbewussten Eindruck.

Bruder Pete hatte das Foto schon oft gesehen; es war vor über fünfzig Jahren entstanden. Die heutigen Mönche sahen ganz genauso aus, ebenso der Innenhof. Wäre das Bild vor fünfhundert Jahren entstanden, es wäre das gleiche Bild gewesen. Und auch in fünfhundert Jahren wäre es unverändert, sofern …

Sofern alles blieb, wie es war.

Sofern die Spenden weiterhin eintrafen, mit Gottes Hilfe.

Sofern die Welt …

Der Abt nickte ihm zu, als könnte er seine Gedanken lesen und wäre ganz seiner Meinung. Nach langem Schweigen sagte er: »Bruder Pete, wenn ich dir die Erlaubnis erteile zu gehen, wie kann ich wissen, dass du auch zurückkehren wirst?«

»Warum sollte ich nicht zurückkehren, ehrwürdiger Vater? Ich wüsste nicht, wo ich lieber wäre. Dies hier ist mein Zuhause, und mit dem Segen der Jungfrau Maria wird es mein Zuhause bleiben, bis der Herr mich einmal zu sich nimmt.«

Der Abt sah nachdenklich drein. »Nun, dann erkläre mir, warum du diese Reise unternehmen willst.«

»Mein Cousin Angus liegt im Sterben. Sie erinnern sich doch an Bruder Angus, er war der Grund, warum ich hierherkam.«

»Ich erinnere mich gut an ihn. Ich gab ihm die Erlaubnis, zu gehen und seine kranke Mutter zu besuchen. Er kam nie mehr zurück.« Er lächelte matt. »Er brauchte sie nicht zu besuchen; seine Reise war unnötig. Seine Gebete von hier aus wären gewiss ebenso wirkungsvoll gewesen. Warum willst du die beschwerliche Reise auf dich nehmen – warum betest du nicht einfach für deinen Cousin?«

»Weil es wahrscheinlich das letzte Mal ist, dass ich ihn sehe, ehrwürdiger Vater. Er hat nicht mehr lang zu leben.«

»Das letzte Mal, dass du ihn siehst?«, wiederholte der Alte mit einem Augenzwinkern und einem angedeuteten Lächeln. »Sicher nicht. Sicher doch nur das letzte Mal hier auf Erden, nicht wahr, Bruder Pete? Bis zu dem Tag, da ihr beide in der Herrlichkeit von Gottes Angesicht vereint seid?«

»Mein Cousin hat etwas, das ich für ihn aufbewahren soll. Der Anruf, den ich vor zwei Tagen von ihm erhielt und den ich mit Ihrer Erlaubnis entgegennehmen durfte. Es ist sein letzter Wunsch. Man hat ihm zwei Gegenstände anvertraut, die von allergrößter Bedeutung für den christlichen Glauben sind. Er macht sich Sorgen, was nach seinem Tod aus ihnen wird.«

»Weißt du denn, worum es sich handelt? Sind sie echt?«

»Er ist davon überzeugt.«

»Du musst vorsichtig sein, Bruder Pete. Die Geschichte unseres Glaubens ist voll von falschen Reliquien, Fälschungen aller Art und Täuschungen. Einige sind das Werk des Widersachers, andere nur das Werk von Opportunisten und Glücksrittern – Leuten, die aus der Leichtgläubigkeit anderer Profit schlagen wollen.«

»Bruder Angus glaubt, dass wir den Beweis für die Echtheit der Gegenstände schon sehr bald erhalten werden.«

»Sollten wir auf diesen Beweis warten, bevor du gehst? Sollen wir ihn auf die Probe stellen?«

»Ich habe die Befürchtung, ehrwürdiger Vater, dass diese Gegenstände für immer verloren sind, falls er stirbt.«

Der Abt nickte nachdenklich. »Glaubst du nicht, dass sie, sofern sie wirklich von Gott sind, ihren rechtmäßigen Platz auch ohne unser Zutun finden?«

»Vielleicht, ehrwürdiger Vater, ist es unsere Bestimmung, dass dieses Kloster der rechtmäßige Ort dafür ist?«

Der alte Mann schenkte ihm ein trauriges Lächeln. »Bitte erkläre mir, um welche Gegenstände es sich handelt, dann werde ich meine Entscheidung treffen.«

Widerstrebend sagte Bruder Pete es ihm.

103

Donnerstag, 16. März

Als Ross nach seinem Besuch bei Zack Boxx auf dem Rücksitz des schaukeligen, unbequemen Minivans saß, fuhr der Taxifahrer rücksichtslos schnell, während er sich – Handy am Ohr – mit jemandem zankte.

Eine SMS kam, von Imogen.

Hallo, Fremder! Wie geht's? Sehen wir uns heute Abend?
Komm doch rüber zu uns. XX

Er starrte darauf, hatte Schuldgefühle wegen Sally. Weil er sich von ihr vor dem Lokal hatte küssen lassen. Während seine Frau ihr gemeinsames Kind erwartete.

»Die Seagulls machen ihre Sache gut, nicht?«, rief der ausländische Fahrer ihm unerwartet zu, während er noch immer sein Handy am Ohr hatte.

»Oh ja, großartig!«

Er starrte auf die SMS.

Sekunden später folgte ihr eine von Sally.

Ich war wohl ein bisschen beschickert nach dem
Essen und hab mich gar nicht richtig bedankt. Deine
Verabredung ist hoffentlich gut gelaufen?:-)

Stirnrunzelnd versuchte er sich an die Details ihres Gesprächs zu erinnern, und was er ihr von Zack Boxx erzählt hatte. Hoffentlich hatte er nicht zu viel verraten. Nun, so abfällig, wie sie sich über Julius Helmsley geäußert hatte, würde sie wohl kaum zu ihm laufen und ihm alles erzählen. Aber er konnte nicht sicher sein.

Er schrieb eine SMS an Imogen.

Danke, aber kann hier nicht weg. Habe mit den
Tapezierern gesprochen, sie kommen und machen
mir ein Angebot − und lassen mich wissen, wann
sie anfangen können. X

Dann antwortete er Sally Hughes.

Bin wach geblieben, obwohl ich nicht sicher weiß, ob
ich mich klar ausgedrückt habe. Das Essen war toll! Wir
müssen das definitiv bald wiederholen! XXXX

Imogen schrieb erneut:

Das ist ja interessant. Wer hat sich denn die vier X
verdient?

Ihm wurde ganz heiß vor Sorge. Mist, verfluchter.
Wie konnte ihm das bloß passieren?
Er sah sich seinen Verlauf an. Er hatte die Antwort versehentlich
an Imogen geschickt.
Eine Antwort von Sally:

Hä? Tapezierer?

Er verfluchte seine Blödheit und dachte fieberhaft nach. Sehr vorsichtig schrieb er eine Antwort an Imogen.

Meine Redakteurin! XX

Sekunden später kam eine Antwort von ihr.

Ach so. Wusste nicht, dass Du sie vögeln musstest, um
Deine Aufträge zu kriegen.

426

104

Donnerstag, 16. März

»Und?«, fragte Wesley Wenceslas.

»Und?«, wiederholte Pope.

»Na, sag schon, ich will eine Antwort«, sagte der Pastor in das Mikro an seinem Headset und sah dabei verdrießlich in den Regen, der über das Hubschrauberfenster lief, und die Dunkelheit dahinter.

»Es käme auf die Frage an«, sagte Pope. »Wenn du wissen willst, wie die Hauptstadt von Peru heißt, sage ich Lima. Oder der Sinn des Lebens nach Douglas Adams? Dann würde die Antwort 42 lauten.« Er blickte wieder auf seinen Spickzettel für die Predigt des Pastors heute Abend vor seinen Gläubigen in Leicester.

»Ich bin jetzt nicht zum Scherzen aufgelegt«, sagte Wenceslas.

Der Helikopter, von Turbulenzen geschüttelt, flog den Flughafen der East Midlands an. Der Pastor schlug die Hände vors Gesicht.

»Ach so? Du hast wohl nie Kurt Vonnegut gelesen?«, sagte Pope.

»Wen?«

»Aber, aber.«

»Kurt wer?«

»Ein großartiger amerikanischer Schriftsteller. Er hat's begriffen. Er hat einen der klügsten Sätze rausgehauen, die jemals geschrieben wurden: ›Hör zu, wir sind hier auf Erden, um rumzufurzen, lass dir nichts anderes einreden.‹«

Wenceslas sah ihn an. »Ist dir noch nie der Gedanke gekommen, dass du eines Tages zu weit gehen könntest mit deiner Respektlosigkeit?« Er schüttelte den Kopf. »Was hab ich bloß falsch gemacht, dass Gott mich mit dir geschlagen hat?«

»Gott hat mich zu dir geschickt, schon vergessen? Er hat Humor.«

Direkt unter ihnen tauchten Lichter auf. Der Helikopter schwebte wenige Meter über den Landeplatzmarkierungen, und Wenceslas entspannte sich wieder. Er warf Pope einen vernichtenden Blick zu. »Ich kann nur eines sagen: Wenn Gott dich zu mir geschickt hat, hatte Er einen verdammt miesen Tag.«

Als der Hubschrauber aufsetzte, nahmen beide Männer ihre Headsets ab. »Jetzt mal Tacheles, Grinsky, was machen wir mit diesem Ross Hunter? Der Typ nervt, ich …«

Ein *Bing-Bing* meldete eine SMS. Pope warf einen Blick auf sein Handy und las die Nachricht. »Von unserem Elektriker.«

»Elektriker?«

»Er hat den Handwerker geschmiert, der die Überwachungskameras an Ross Hunters Haus angebracht hat. Hat ihm eine Summe gezahlt, für die er normalerweise fünf Jahre hätte arbeiten müssen. Vermutlich hätte er ihn auch für weniger bekommen, aber was soll's, wir sind schließlich keine Billigheimer, oder, Herr Pastor?«

»Du hast leicht reden, schließlich ist es *mein* Geld, mit dem du um dich wirfst.«

»*Unser* Geld.«

»Du bist und bleibst ein Gauner.«

»Ach so, ich bitte um Verzeihung. Wann hast du eigentlich das letzte Mal über einem Taschentuch gebetet, das du dann für 25 Öcken verscherbelt hast?«

»Ein symbolischer Akt.«

»Ja, schon klar! Ob Gott dir das glaubt am Tag des Jüngsten Gerichts? Vorausgesetzt, Er ist zu Hause, wenn du vor der Himmelspforte auftauchst.«

»Er wird wissen, dass ich wahrhaft ein Mann des Volkes war, der Ihm Millionen Menschen näherbrachte, indem ich sie mit dem Heiligen Geist erfüllte.«

Pope sah ihn an. »Das ist dein Problem, hab ich recht? Dass du den Inhalt deiner Presseverlautbarung tatsächlich selber glaubst.«

»Und dein Problem besteht darin, dass dieser kleine widerliche

Journalist uns einen dicken Strich durch deinen Pensionsplan machen wird, wenn du weiterhin so leichtsinnig bist.«

»Und durch den deinen.«

»Dann hast du also Hunters Elektriker geschmiert?«

»Damit er sich von *unserem* Elektriker helfen lässt. Wir haben jetzt die Kontrolle über seine Außenkameras und sein Festnetz angezapft. Sobald er heute Abend nach Hause kommt, von einem Lunch in Brighton Mitte und einem Treffen unweit der Rennbahn, sollten wir in der Lage sein, auch seine Handykommunikation zu überwachen. Sofern er dumm genug ist, sein Bluetooth nicht abzuschalten.«

»Und wenn nicht?«

Mit einem breiten Grinsen machte Pope seinem Spitznamen alle Ehre. »Dann schalten wir es für ihn ein.«

Wesley Wenceslas drohte mit dem Zeigefinger. »Du bist ein unartiger Schnüffler!«

»Tut dein Gott das nicht auch?«, hielt Pope dagegen. »Unter uns herumschnüffeln?«

Der Pastor sah ihn an. »Sei vorsichtig mit dem, was du sagst. Es ist fast schon gotteslästerlich. Hast du eigentlich nie Angst, in die Hölle zu fahren?«

»Sollte ich mir Sorgen machen deswegen? Du versicherst jedem, dass das Leben im Jenseits viel besser wird als das irdische. Und ich denke, das gilt auch für die Hölle. Dann lassen wir's drauf ankommen!«

»Grinsky, manchmal ist es zum Verzweifeln mit dir – ich bete für deine Seele.«

»Was mich einzigartig macht.«

»Einzigartig? Inwiefern?«

»Ich kriege deine Gebete gratis!«

105

Donnerstag, 16. März

Die Wohnung war dunkel, als Ross nach Hause kam. Er zahlte das Taxi, ließ sich eine Quittung geben und ging zur Vordertür, wobei er sich wie immer sorgfältig umsah. Aus dem Inneren war halbherziges Bellen zu hören.

Als er eintrat und Monty an ihm hochsprang, klingelte sein Handy. Eine unterdrückte Nummer, sah er auf dem Display.

»Ross Hunter«, meldete er sich.

»Guten Abend, Mr. Hunter, entschuldigen Sie die Störung. Ich wollte nur nachfragen, ob Sie über unser kleines Gespräch gestern nachgedacht haben.«

Giuseppe Silvestri.

»Nicht im mindesten«, entgegnete er.

»Ich würde mich gern noch einmal mit Ihnen treffen und Ihnen einen Vorschlag unterbreiten. Ich bin autorisiert, Ihnen ein exklusives Angebot zu machen.«

Ross klemmte sich das Handy mit der Schulter ans Ohr und streichelte den Hund. »Wofür eigentlich?«

»Für den Kelch und den Zahn, Objekte, die Sie in Ihrem Besitz haben, wie wir glauben.«

»Ein exklusives Angebot – an welche Summe haben Sie denn gedacht?«, fragte er.

»Wie wäre es, wenn wir drei Millionen Euro auf ein Bankkonto Ihrer Wahl einzahlen würden?«

Ross verschlug es für ein paar Momente die Sprache. Drei Millionen Euro, ein Betrag, der aktuell fast drei Millionen Pfund gleichkam. Eine Menge Geld. Mehr als er jemals für seinen Artikel bezahlt bekäme, auch nicht mit mehreren Ablegern. Selbst wenn sie das Geld versteuerten, würde es für die Hypothek reichen und für ein dickes Sparpolster obendrein. Und die Bedrohung wäre auch aus der Welt. Und trotzdem …

Er versuchte, einen klaren Gedanken zu fassen. Dann sagte er: »Mr. Silvestri, gestern haben Sie die Echtheit der Objekte, die ich – hypothetisch gesprochen – in meinem Besitz habe, in Frage gestellt. Jetzt nicht mehr?«

»Können wir uns treffen, Mr. Hunter? Ich könnte jetzt sofort zu Ihnen kommen, wenn Sie nichts dagegen haben?«

»Verstehen Sie mich nicht falsch, es geht mir nicht um Geld. Ich weiß die Summe zu schätzen, die Sie mir bieten. Ich werde sie auch nicht sofort ablehnen, aber ich brauche Bedenkzeit.«

»Mr. Hunter, diese Entscheidung ist zu wichtig, um noch länger aufgeschoben zu werden, und die Gefahr, dass diese Gegenstände den Falschen in die Hände fallen, wächst ständig.«

Die Stimme des Mannes klang fast schon angriffslustig.

»Wirklich? Ich lasse mich aber von niemandem unter Druck setzen, das sollten Sie wissen. Man hat mich angegriffen, bedroht und mein Heim verwüstet. Ich will Ihnen Folgendes sagen, ich steh nicht auf Drohungen. Ist das klar?«

»Jetzt muss ich Ihnen etwas verdeutlichen, Mr. Hunter. Ich bin von Seiner Heiligkeit, dem Papst, dem Stellvertreter Christi, dem Bischof von Rom, dem Heiligen Stuhl beauftragt, mit Ihnen zu sprechen. Unser Papst ist der symbolische Nachfahre des Apostels Petrus. Das Oberhaupt der katholischen Kirche.«

»Ich weiß Ihre Referenzen zu schätzen, Mr. Silvestri. Aber Sie sprechen über die katholische Kirche, die nur eine von vielen ist – wie die anglikanische Kirche –, und was ist mit den Zeugen Jehovas? Oder den Presbyterianern? Was ist mit den orthodoxen Kirchen im Osten? Den Baptisten? Lutheranern? Quäkern? Der Brüderbewegung? Den Methodisten? Der Pfingstbewegung?«

»Mr. Hunter«, sagte Silvestri, wieder ruhig und höflich. »Das ist doch Haarspalterei. Wenn Sie wirklich den Heiligen Gral und einen Zahn unseres Herrn Jesus Christus besitzen, dann gehören diese

Objekte von Rechts wegen nach Rom, in den Sitz der Christenheit.«

»Das ist Ihre Meinung.«

»Nein, Mr. Hunter, das ist eine Tatsache.«

»Ich versichere Ihnen, Mr. Silvestri, dass die Gegenstände in sicherer Obhut sind. Ich habe große Achtung davor und die nötigen Schritte unternommen, sie zu bewahren. Falls ich beschließen sollte, dass Sie der richtige Hüter wären, werden Sie es erfahren. Ich werde über Ihr Angebot nachdenken. In Ordnung?«

»Sie glauben vielleicht, diese Gegenstände sicher aufbewahren zu können, aber vielleicht ist Ihnen nicht klar, dass es Menschen gibt, die – mit Verlaub – weniger hohe Moralvorstellungen haben als Seine Heiligkeit. Diese Leute sind fest entschlossen, sie an sich zu bringen, koste es, was es wolle – und wenn es Ihr Leben kostet, Mr. Hunter. Sie haben viele Feinde hier draußen. Wir werden versuchen, Sie zu beschützen, solange die Gegenstände in Ihrer Hand sind. Sobald Sie sie an uns ausgehändigt haben, sind Sie in Sicherheit, das verstehen Sie doch.«

»Sie drohen mir schon wieder, Mr. Silvestri?«

»Sie verstehen mich falsch.«

»Wie soll ich Sie denn verstehen?«

»Betrachten Sie mich als einen Freund.«

»Na schön, mein Freund. Ich lege jetzt auf und rufe *Sie* an, sobald ich bereit bin für ein weiteres Gespräch.«

Ross beendete das Telefonat und blickte auf die krassen Botschaften an den Wänden. Dann ging er mit Monty nach draußen in die Dunkelheit. Er dachte nach, mittlerweile wieder komplett nüchtern.

Als er den Park erreicht und den Hund von der Leine gelassen hatte, sah er sich noch einmal Imogens Textnachricht an.

Ach so. Wusste nicht, dass Du sie vögeln musstest, um Deine Aufträge zu kriegen.

Er schrieb eine Antwort.

> Wie charmant. So funktioniert es aber nicht, wenn du's
> genau wissen willst. X

Dann schrieb er der Radiomoderatorin.

> Das Treffen war nicht so erfreulich wie unser Lunch.
> X

Sallys Antwort kam stante pede.

> Hab beschlossen, heute in Brighton zu bleiben. Bin
> gerade beim Essen. Wenn Du später noch Lust auf
> einen Drink hast, lass es mich wissen. XX
> PS: Tapezieren ist mein Fachgebiet.

Er grinste. Und antwortete schließlich:

> Wünschte, ich könnte Dir Gesellschaft leisten. Viel Spaß!
> X

Er war nicht hungrig, wusste aber, dass er etwas essen musste. Er durchstöberte also den Gefrierschrank, als er nach Hause kam, fand ein Pilzrisotto und stellte es heraus. Er würde es später in die Mikrowelle schieben. Dann ging er nach oben und loggte sich in seinen sozialen Netzwerken ein. Er fand einen Instagram-Post von Imogen und Virginia, die mit den Kindern auf der Couch saßen, eine glückliche Familie.

Er ging wieder hinunter in die Küche und kochte sich Kaffee. Dann öffnete er das Fenster, nahm sich ein Päckchen Silk Cut und ein Feuerzeug aus einer Schublade und zündete sich eine an. Während er rauchte, dachte er über Sally nach. Dann über die drei Millionen Pfund. Er klopfte die Asche in den Aschenbecher, der auf der Fensterbank vor sich hin vegetierte.

Im vorigen Jahr hatte er einen Artikel über die russischen Oligarchen geschrieben. Einer von ihnen, Boris Beresowski, war der Meinung gewesen, mit eineinhalb Milliarden Pfund nicht über die Runden zu kommen, und hatte einer Theorie zufolge Selbstmord begangen.

Drei Millionen waren ein Klacks dagegen.

Drei Millionen für den größten Knüller aller Zeiten.

Obwohl: die Summe würde sie von ihrer Hypothek befreien. Und für die Zukunft hätten sie ein hübsches Polster.

Sollte er sie annehmen?

Sollte er den Schwarzen Peter an Silvestri weiterreichen, das Geld kassieren und davonlaufen? Den Preis noch ein bisschen in die Höhe treiben?

Oder Gefahr laufen, wie Benedict Carmichael ihn gewarnt hatte, getötet zu werden?

Er starrte in den klaren Nachthimmel. Auf die Sterne, das Firmament.

Und dies alles aus zwei Staubteilchen, die kollidierten und den Urknall auslösten?

Falls es wirklich so gewesen war, falls es die Ursache für alles Leben war, wozu dann das Ganze? War alles menschliche Leben nur ein zufälliges, unbedeutendes Ereignis?

Eines Tages würde der Zellhaufen in Imogens Bauch ein gehendes, sprechendes menschliches Wesen sein. Ihr gemeinsames Kind. Dieses Kind würde auf seinem Schoß sitzen und in seine Augen sehen und ihm Fragen stellen. Dieselben Fragen, die er seinen Eltern zu stellen pflegte.

Woher bin ich gekommen?

Was war vor meiner Geburt?

Was wird nach meinem Tod sein?

Warum existiere ich?

Wäre er imstande, seinem Sohn in die Augen zu schauen und ihm zu sagen: »Ich hätte dir vielleicht eine Antwort geben können, aber stattdessen hab ich das Geld genommen?«

106

Donnerstag, 16. März

»Heute Abend war ich mies, stimmt's?«, sagte Wenceslas über die Videoaufnahme seines Gottesdienstes in seiner Kirche heute in Leicester und drückte den Pausenknopf. Er lehnte sich im Sofa in der weitläufigen Hotelsuite zurück und starrte über den Beistelltisch auf Lancelot Pope.

»Sie haben dich geliebt! Sie lieben dich immer, Pastor. Selbst wenn es bei deinem Auftritt – wie soll ich sagen – vielleicht mehr um *Profit* geht als um biblische *Propheten?*«

»Geh mir nicht auf die Nerven, Grinsky.«

»Das überlasse ich Gott.«

Nach einigen Momenten sagte Wenceslas: »Und der korrekte Begriff dafür ist nicht *Profit*, sondern *Kollekte.*«

»Verzeihung.« Pope konzentrierte sich wieder auf seinen Laptop. »Gute Kommentare auf Twitter – ausschließlich. Hör dir das an:

> Ich bete zu Gott, die Leute könnten die Kraft des #Heiligen Geistes verstehen, wow! Tolle Predigt, @PastorWenceslas. Amen.

Und das:

> Wow. So intensiv. Danke @PastorWenceslas

Und das da gefällt mir auch:

> Sir, ich genieße in vollen Zügen den Einfluss des Heiligen Geistes, der durch Sie auf mich einwirkt. #GottesSegen

Wie rührend«, sagte Pope und rollte mit den Augen. »Du solltest dich freuen.«

»Und wie sieht's bei Facebook aus?«

»Ich hab eben nachgesehen, ähnliche Kommentare. Sie lieben dich, beten dich an!«

»Ich bin doch nur ein bescheidenes Werkzeug, Grinsky. Sie lieben mich, weil der Geist Gottes durch mich in ihre Herzen fließt.«

»Möge Gott dir lange nachgießen.«

Wenceslas warf ihm einen heiter strafenden Blick zu.

»Nur eine kurze Frage, Boss. Ich habe dein Frühstück für 6 Uhr bestellt – die Wetteraussichten sind nicht sonderlich gut zum Fliegen, also habe ich dafür gesorgt, dass der Wagen bereitsteht – weil wir um 9 Uhr eine Vorstandssitzung in Gethsemane haben. Bist du einverstanden?«

»Hab ich denn eine Wahl?«

Es klingelte. Lancelot Pope klappte seinen Laptop zu, sprang vom Sofa und ging an die Tür.

Ein nervös wirkender Ober schob einen scheppernden Servierwagen herein, dem Pommes-Duft entströmte. Zwei runde Metallhauben befanden sich auf dem weißen Leinentischtuch, dazu ein Brotkorb, eine Flasche Mineralwasser und zwei Gläser.

»Gentlemen, soll ich nebenan im Speisezimmer decken?«

»Nein, wir bleiben lieber hier«, sagte Wenceslas.

Der Ober klappte beide Enden des Wagens nach unten und verwandelte ihn in einen Tisch. Er hob eine Metallhaube an, unter der das Steak und die Pommes zum Vorschein kamen, die Wenceslas bestellt hatte, und den anderen, unter dem sich Popes Quinoa-Salat verbarg.

Wenceslas stand auf, schloss die Augen, erhob die Hände zum Himmel und betete mit der Stimme, die für gewöhnlich seinen Predigten vorbehalten war. »Danke, lieber Gott, für diese Speise und auch für deinen Segen heute Nacht, der mir, deinem allerbescheidensten und treuen Diener bestätigt, dass es Dein Wille ist, mich über andere Menschen zu erheben. Amen.«

Dieses Amen wirkte wie ein Weckruf für Pope. Er sprang auf und fragte: »Wo ist der Champagner?«

»Champagner?« Der Ober sah verdutzt drein.

»Ich habe ihn mit dem Essen bestellt.«

»Es tut mir leid, ich werde sofort nachsehen, was mit der Bestellung passiert ist!« Er wandte sich an Wenceslas. »Sir, ich wollte heute Abend mit Ihnen beten, aber mein Boss hat mir nicht freigegeben.«

»Wie heißen Sie?«, fragte ihn der Pastor.

»Melvin«, antwortete er.

»Melvin, würden Sie vor mir in die Knie gehen?«

Der Ober gehorchte.

Wenceslas stellte sich vor ihn hin und legte ihm die Hände aufs Haupt. »Mein Sohn, bist du bereit, den Herrn hier und jetzt zu empfangen? Bist du bereit für Jesus?«

»Das bin ich, Sir.«

»Spürst du Seinen Geist? Spürst du, wie Seine Macht und Wärme in deinen Körper einfließen? Dein Herz und deine Seele durchdringen?«

»Das tue ich, das tue ich.«

»Gepriesen sei der Herr!«

Wenceslas versetzte seinem Kopf einen sanften, aber nachdrücklichen Stoß. Der Ober brach zusammen und blieb reglos liegen.

Der Pastor kniete sich neben ihn. »Oh Gott, segne diesen Mann! Vergib ihm seine Sünden! Erfülle ihn mit Deinem Geist! Mit Deiner grenzenlosen Güte hilf ihm, auch weiterhin ein großartiger

Ober zu sein. Ein Mann, der eines Tages im Himmel zu Deiner Rechten steht, um Dir zu dienen!«

Langsam erwachte der Ober aus seiner Trance und blickte benommen um sich.

»Melvin, sei dankbar! Nun bist du nicht nur ein Kind des Allmächtigen, sondern auch einer meiner Söhne!«, sagte Wenceslas.

Der junge Mann rappelte sich mühsam auf und sah den Pastor an.

»Ich danke Ihnen«, sagte er. »Ich danke Ihnen, Herr Pastor.« Damit begab er sich auf wackeligen Beinen zur Tür. »Bitte – bitte rufen Sie an – die Nummer des Zimmerservice –, wenn ich den Servierwagen wieder abholen soll.«

»Der Herr wird es dich wissen lassen, mein Sohn. Denke du nur daran, auf unserer Webseite eine Spende abzugeben, dann bist du wahrhaft gesegnet heute Abend. Gib, so viel du kannst.«

Der Kellner senkte den Kopf, wie überwältigt. »Oh ja, das tue ich.« Damit schlüpfte er aus dem Zimmer.

Pope stellte die Speisen und Getränke auf den Beistelltisch und goss zwei Gläser Wasser ein. »Ich muss dich bewundern, Boss. Die meisten Menschen stecken den Jungs vom Zimmerservice ein Trinkgeld zu. Du bringst sie dazu, dich zu bezahlen.«

»Unserem Herrn und Gott Respekt zu zollen«, korrigierte Wenceslas.

Pope nahm wieder ihm gegenüber Platz. »Gewiss. Und der Herr, unser Gott, gibt die Kohle dann an dich weiter. Und erweist dir damit Seine Gnade, oder wie?«

Wenceslas ignorierte ihn und fragte: »Sagtest du nicht, du hättest Neuigkeiten?«

»Doch. Wie es aussieht, haben wir einen Rivalen bekommen – und zwar den Papst höchstpersönlich.«

»Was?«

»Ich weiß es durch unsere Abhörwanzen in Hunters Haus. Ein Mann namens Giuseppe Silvestri, Sondergesandter des Vatikans.

Offenbar will er Hunter zwei Gegenstände abkaufen, den Heiligen Gral und einen Zahn von Jesus Christus. Er hat drei Millionen Euro dafür geboten.«

»Dann geh hin und biete ihm mehr.«

»Offenbar ist er nicht an Geld interessiert.«

»Jeder ist käuflich. Es kommt auf den Preis an.« Wenceslas hielt sein Wasserglas und starrte es an.

»Wartest du, dass Jesus daherkommt und es in Wein verwandelt?«, stichelte sein MD.

»Grinsky, du bringst mich noch zur Verzweiflung. Scheiße, wo bleibt der Champagner? Ich brauch was Ordentliches zu trinken.« Er drückte Ketchup auf sein Steak und über seine Pommes. Mit einem Blick auf Popes Salat fügte er hinzu: »Und warum isst du dieses Hasenfutter?«

»Quinoa – hat Gott dir nichts darüber erzählt? Das neue Superfood.«

»Hat Er dir nichts über das gemästete Kalb erzählt? Was ich jetzt verspeise. Die Heimkehr des Verlorenen Sohnes. Mein Problem ist, dass der Verlorene Sohn mich nie verlassen hat und jetzt vor mir sitzt, Hasenfutter frisst und mir Moralpredigten hält.«

»Gab's denn Pommes zum Letzten Abendmahl?«

Wenceslas legte den Kopf schräg und sah ihn an. »Nein, aber zum Vorletzten Abendmahl – bevor der Fritteuse die Sicherung durchbrannte und sie den Speiseplan verhunzte.«

»Also kein Judas mit Pommes?«

»Ich sag dir was, Grinsky. Eines Tages wird dich jemand totschlagen. Jetzt mal zur Sache. Ross Hunter.«

»Ein Mann, den wir am liebsten tot sehen würden, stimmt's?«

Langes Schweigen. Dann sagte Wenceslas: »Wenn es sein muss. Wenn wir nur auf diese Weise an die Gegenstände herankommen.«

»Aber, aber. Das fünfte Gebot?«

»Der Große Betrüger, Grinsky. Muss ich dich daran erinnern? Was Ross Hunter tut, ruft den Großen Betrüger auf den Plan.

Er behauptet, die Wiederkunft Christi stehe bevor. Er findet den Großen Betrüger, beatmet ihn mit dem Sauerstoff der öffentlichen Aufmerksamkeit, und die Weltpresse und die Medien werden ihn legitimieren. Weißt du, was geschieht, wenn Sauerstoff auf Flammen trifft? Sie lodern noch heftiger. Hunter muss Einhalt geboten werden. Verstehst du, was ich dir sage? Ross Hunter phantasiert davon, der Welt die Wiederkunft Christi verkünden zu müssen. Dabei füttert dieser verblendete Mensch in Wahrheit den Antichrist mit Sauerstoff. Das gefährlichste Wesen auf Erden. Ein absoluter Betrüger. Hörst du, was ich sage? Ein Betrüger.«

»Ein Esel schilt den anderen Langohr«, versetzte Pope.

Wenceslas funkelte ihn böse an. »Was ist bloß los mit dir heute?«

Pope schenkte ihm ein entwaffnendes Lächeln. »Du und ich, wir kennen den wahren Grund, warum diesem Ross Hunter Einhalt geboten werden muss. Ich sagte es schon. Abgesehen von dem Hetzartikel, den er über dich geschrieben hat, hast du ganz einfach Angst, dass uns wirklich die Wiederkunft des Herrn bevorsteht. Dass nicht der Große Betrüger, sondern tatsächlich Jesus Christus wiederkehren könnte. Und so wie er sich beim letzten Mal gegen die Geldverleiher im Tempel auflehnte, könnte Christus sich dieses Mal gegen all die falschen charismatischen evangelikalen Prediger wenden, die schon so lange mit Gott ihre Geschäfte machen. Und du weißt sehr wohl, dass du auf dieser Liste fast an erster Stelle stehst, lieber Pastor.«

»Und das amüsiert dich? Wenn ich falle, fällst du auch. Alles, was wir haben, geht dann den Swanee hinunter.«

Pope sah ihn mit jäher, finsterer Kälte an. »Es amüsiert mich ganz und gar nicht, Pastor. Ich bin ganz bei dir – und schon einen Schritt voraus. Ich glaube nämlich, der einzige Weg, Hunter zu stoppen, ist, ihn abzumurksen.« Mit theatralischer Geste deutete er einen Schnitt durch die Kehle an. »Und zwar rasch.«

Wenceslas erwiderte seinen Blick, ebenso ernst. »Hast du schon etwas im Sinn?«

»In der Tat. Jemand, der mir wärmstens empfohlen wurde. Sehr diskret, lebt in Monte Carlo. Ich hab ihn bereits kontaktiert und ihm das Geld auf sein Schweizer Konto gezahlt. Er ist schon an dem Fall dran.«

»Keine Spuren, die zu uns führen?«

Pope sah ihm in die Augen. »Nö. Der Typ ist der Beste.«

»Teuer?«

Pope grinste. »Beruhigend teuer.«

»Aug um Auge?«

»Zahn um Zahn dürfte angemessener sein in diesem Fall.«

Wieder klingelte es.

Pope ging an die Tür und öffnete sie.

Ein weiterer Kellner trat mit einem Tablett ins Zimmer. Darauf standen ein Eiskübel, aus dem ein Flaschenhals ragte, und zwei Champagnerflöten. Der Mann hatte eine weiße Serviette über dem Arm. Dieser Kellner war älter und unterwürfiger als der, den der Pastor vorhin gerettet hatte, mit gegeltem Haar und einem osteuropäischen Akzent.

»Krug, meine Herren? Verzeihen Sie die Verspätung. Darf ich Ihnen die Flasche öffnen und eingießen?« Er machte eine servile Verbeugung.

»Danke«, sagte Pope und wies auf den Beistelltisch.

Der Mann stellte den Kübel darauf ab. Dann bedeckte er mit überschwänglicher Geste mit seiner Serviette die Flasche und hob sie aus dem Kübel. Wasser tropfte auf den Boden. Er drehte sie in Wenceslas' Richtung.

Es folgte ein gedämpftes Plopp.

Wesley Wenceslas zuckte zurück.

Eine Schrecksekunde lang dachte Lancelot Pope, der Pastor sei vom Korken im Gesicht getroffen worden. Dann erstarrte er und blickte mit benommener Ungläubigkeit auf das kleine runde Loch in der Mitte seiner Stirn. Auf das Blut, das heraussickerte.

»Herrjeeee«, schrie Pope.

Die Hand des Kellners unter der Serviette wies auf ihn.

Es folgte ein zweites Plopp.

107

Freitag, 17. März

Ross hatte eine unruhige Nacht, gespickt mit Albträumen. Als sich um halb sieben der Radiowecker einschaltete, mit den Nachrichten, drückte er sofort die Schlummertaste, weil er noch nicht ausgeschlafen war, sich noch nicht bereit fühlte für den Tag, der vor ihm lag.

Nur Sekunden später, wie ihm schien, sprang das Radio erneut an. Wieder drückte er die Schlummertaste. Als das Radio sich ein drittes Mal einschaltete, war es 6.50 Uhr.

Er setzte sich auf, trank einen Schluck Wasser und griff nach seinem Handy. Sally hatte ihm kurz vor 23 Uhr noch eine SMS geschickt.

Ich hoffe, Du hast einen netten Abend. Schlaf gut. XX

Nichts von Imogen.

Hatte er Imogen nicht geschrieben kurz vor dem Zubettgehen? Er sah nach.

Schlaft gut, Du und Caligula. Grüße von Monty. X

Keine Antwort.

Na toll.

Vielleicht war sie früh zu Bett gegangen.

Vielleicht war sie auch noch böse auf ihn wegen der Nachricht, die er ihr versehentlich geschickt hatte.

Komm schon, Imo. Ich geh andauernd mit Leuten zum Essen, es gehört zu meinem Job, Leute zu treffen und ihnen auf den Zahn zu fühlen. Das heißt noch lange nicht, dass ich mit ihnen in die Kiste steige.

Nicht mal, wenn ich sie gut finde. Du solltest nicht von dir auf andere schließen.

Es klingelte an der Tür. Monty bellte.

7 Uhr morgens. Ihn beschlich ein leises Unbehagen.

Er griff sich den Morgenmantel, schlüpfte hinein, hastete über den Flur ins Gästezimmer, auf der Vorderseite des Hauses, und spähte hinunter auf die Straße. Dort standen die beiden Maler Dave und Rob, die das Haus für sie hergerichtet hatten, als sie eingezogen waren. Und da fiel es ihm wieder ein, dass sie gesagt hatten, sie könnten früh am Morgen, auf dem Weg zur Arbeit, bei ihm vorbeischauen. Er ging hinunter, tätschelte den Hund, um ihn zu beruhigen, löste die Sicherheitskette und öffnete die Tür.

Als die beiden Maler in die Diele traten, schauten sie sich ungläubig die Wände an.

»Mein lieber Schwan«, sagte Rob.

»Blöde Trottel, können nicht mal richtig buchstabieren!«, fügte Dave hinzu und deutete auf den Fehler.

»Buchstabieren?«, sagte Ross.

ROSS HUNTER, FREUND DES ANTICHRIST, IMO-GEN HUNTER, KÜMFTIGE MUTTER DES ANTICHRIST

»Ich bin vielleicht nur ein einfacher Maler, aber Rechtschreibung kann ich. *Kümftig?*«

»Er kennt sich aus mit künftigen Müttern«, sagte Rob. »Er hat fünf Kinder.«

»Es heißt ›künftig‹, nicht ›kümftig‹«, sagte Dave.

»Danke für den Tipp«, bemerkte Ross.

»Sie kennen mich, Mr. Hunter, und wissen, dass ich gern behilflich bin.«

»Ich auch«, setzte Rob hinzu.

»Wenn ich herausfinde, wer's getan hat, kann ich ihn vielleicht dazu bringen, den Fehler zu korrigieren«, sagte Ross trocken.

Er führte sie in jeden Raum.

»Ich wusste nicht, dass Zeitungsreporter einen Fanclub haben«, sagte Rob.

»Haha«, versetzte Ross.

»Das ist 'ne Menge Arbeit«, sagte Dave. »Man kann das Geschmiere nicht einfach nur übermalen, wären zu viele Schichten nötig. Wir müssen die Raufasertapete abziehen. Zahlt das Ihre Versicherung?«

»Das will ich verdammt noch mal hoffen.«

»Wir machen den Kostenvoranschlag und bringen ihn heute Nachmittag oder morgen bei Ihnen vorbei. Er ist für die Versicherung, wir könnten Ihnen zwei Angebote machen. Verstehen wir uns?« Er zwinkerte.

Ross grinste und dankte den beiden. Nachdem er sie verabschiedet hatte, zog er sich Trainingsanzug und Turnschuhe an und ging mit Monty laufen, um den Kopf frei zu bekommen und nachzudenken.

Kurz nach 8.15 Uhr kam er zurück, schaltete den Fernseher ein, und während er die Nachrichten hörte, pürierte er einen abscheulich stinkenden Kloß aus rohem Hundefutter – ein angeblich gesundes Fressen, das Imogen neuerdings für Monty kaufte.

Blitzende Lichter auf dem Bildschirm zogen seinen Blick auf sich, und er sah den Eingang eines großen Tagungshotels, der mit Polizeiband abgesperrt war. Davor standen etliche Polizeifahrzeuge und ein Heer von Reportern und Fotografen. Ein Nachrichtenticker lief quer über den unteren Bildschirmrand und kündigte eine *Eilmeldung* an.

Es wurde ins Studio geschaltet, und die adrett gekleidete Nachrichtensprecherin Charlie Stayt blickte ernst in die Kamera. »Wir haben soeben die Eilmeldung erhalten, dass heute Morgen in einer Hotelsuite zwei Männer tot aufgefunden wurden. Die Suite lief auf den Namen des beliebten evangelikalen Predigers Wesley Wenceslas. Wir schalten jetzt live zum Tatort, dem Hinckley Point Hotel in der Nähe von Leicester, wo die Polizei eine Stellungnahme abgeben wird.«

Vor der Absperrung stand ein stämmiger, selbstbewusst dreinblickender Mann Mitte vierzig mit schwarzen Haaren, in einem dunklen Anzug mit Krawatte. Im Hintergrund war das Hotel zu sehen. Seine Krawatte flatterte in der steifen Brise, inmitten eines unentwegten Blitzlichtgewitters.

Auf dem Bildschirm wurde der Name des Beamten eingeblendet: *Detective Inspector Paul Garradin, Polizei von Leicestershire.*

»Ich kann bestätigen, dass in einer Suite dieses Hotels zwei Männer tot aufgefunden wurden, vermutlich erschossen«, sagte er. »Wir gehen von einem Doppelmord aus. Wir werden im Laufe des Tages eine Pressekonferenz geben, sobald die Identität der Opfer feststeht. Ich habe zu diesem Zeitpunkt keine weiteren Informationen. Vielen Dank.«

Die Fragen, die nun auf ihn einprasselten, ignorierte er.

Ross starrte auf den Bildschirm. *Pastor Wesley Wenceslas.* Er erinnerte sich, wie er ihn vor seiner Londoner Kirche abfangen wollte, als er an der Geschichte über Evangelikale gearbeitet hatte, und einer der Leibwächter des Pastors ihn so heftig wegstieß, dass er stürzte. Und er erinnerte sich an Wenceslas' Versuche, die *Sunday Times* und ihn selbst zu verklagen, nachdem die Riesenstory erschienen war.

Pastor Wesley Wenceslas war ein totales Arschloch, ein äußerst gerissener charismatischer Betrüger. Hatte er endlich die Quittung bekommen? Es würde sich alles aufklären in den nächsten Stunden.

Doch irgendetwas an diesem Bericht bereitete Ross tiefes Unbehagen. Er dachte an sein Gespräch mit Giuseppe Silvestri letzte Nacht.

Sie glauben vielleicht, diese Gegenstände sicher aufbewahren zu können, aber vielleicht ist Ihnen nicht klar, dass es Menschen gibt, die – mit Verlaub – weniger hohe Moralvorstellungen haben als Seine Heiligkeit. Diese Leute sind fest entschlossen, sie an sich zu bringen, koste es, was es wolle – und wenn es Ihr Leben kostet, Mr. Hunter. Sie haben viele Feinde hier draußen. Wir werden versuchen, Sie zu beschützen, solange die Gegenstände in Ihrer Hand sind. Sobald Sie sie an uns ausgehändigt haben, sind Sie in Sicherheit, das verstehen Sie doch.

Er hatte sich schon des Öfteren gefragt, ob vielleicht Pastor Wenceslas einer dieser Feinde war.

Bezog sich der Italiener auf ihn?

Wilde Spekulationen, das wusste er, aber gab es irgendeine Verbindung zwischen diesen Schüssen und ihm selbst? Eine Silvestri-Verbindung?

Monty winselte.

»Tut mir leid, Junge!« Er machte ihm sein Futter zurecht, wobei er wegen des Gestanks ganz flach atmete, und stellte die Schüssel dann auf den Boden.

Statt wild darüber herzufallen, ging der Hund zu seinem Körbchen und rollte sich darin ein.

»He, was ist los? Ich dachte, du hast Hunger? Was ist denn? Vermisst du dein Frauchen?«

Ross ging an die Haustür, hob die Zeitungen auf, die eben gekommen waren, und machte sich ein Müsli. Er schnitt einen Apfel klein, fügte ein paar Blaubeeren, Trauben und griechischen Joghurt hinzu, rührte kräftig um und setzte sich.

Er sah auf den Fernseher. Wartete auf weitere Informationen zu den Morden. Aber da kam nichts mehr. EU-Proteste gegen die Haltung der US-Regierung zum Klimawandel. Ein Mitglied des Parlaments, das einen Misstrauensantrag gegen den Sprecher des britischen Unterhauses auf die Tagesordnung setzte. Probleme im

National Health Service und ein trotziger Gesundheitsminister, der hitzig seine jüngsten Entscheidungen verteidigte.

Plötzlich vibrierte seine Apple Watch am Handgelenk.

Es war eine E-Mail von Zack Boxx, die in der Nacht angekommen war.

Hi, Ross, ich sagte doch, ich würde 2 Riesen für die Suche von Dir bekommen. Und einen 1000-Pfund-Bonus obendrauf für jedes Ergebnis, nicht? So, ich habe gute Neuigkeiten – vielleicht sind es auch schlechte – für Dich. Du schuldest mir 5 Riesen!

Obwohl er wusste, dass Zack um diese Zeit noch schlief, schrieb Ross trotzdem zurück.

Was hast Du entdeckt????

Er wartete ein paar Minuten, aber es kam keine Antwort. Ungeduldig griff er sich sein Prepaid-Handy, suchte Zacks Nummer und tippte sie ein.

Nach viermaligem Klingeln sprang der Anrufbeantworter an.

»Hi, hier ist Zack Boxx. Wenn Sie vernünftig mit mir reden wollen, rufen Sie mich nach 16 Uhr an. Schlafen Sie gut! Und wenn Sie wirklich verzweifelt sind, hinterlassen Sie eine Nachricht.«

Er hinterließ eine kurze Nachricht.

Dann saß er da und überlegte. Ohne rechten Appetit verspeiste er sein Müsli. Was hatte Boxx herausgefunden?

In den 9-Uhr-Nachrichten lief dieselbe Geschichte über den Doppelmord wie schon um halb neun.

Er beschloss, sich auf Twitter umzusehen, und fand rasch weitaus mehr Informationen – offenbar von einem Mitglied der Hotelbelegschaft – in einem Tweet, der sich bereits wie ein Lauffeuer verbreitet hatte. Ein Zimmerkellner, der dem Pastor das Frühstück servieren wollte, hatte beide Männer tot aufgefunden, jeder mit einem Einschussloch im Kopf.

Er erschauerte.

Sein iPhone klingelte. Auf dem Display las er, dass es Imogen war.

»Hi«, meldete er sich.

»Hast du die Nachrichten gesehen?«, fragte sie.

»Pastor Wesley Wenceslas?«

»Ja.« Sie hörte sich grimmig an. »Ein Mitglied seiner Belegschaft hat bereits einen Nachruf auf Facebook gepostet – und er bekommt Hunderte Posts.«

»Was hat der Tod dieses Hochstaplers mit uns zu tun?«

»Du kapierst es nicht, stimmt's, Ross? Noch zwei Morde. Ich habe wirklich Angst, dass wir die Nächsten sind.«

»Aber Imogen, sie haben nichts mit mir zu tun, diese beiden – außer, dass ich sie vor Jahren interviewen wollte.«

»Komm schon, Ross, denk nach! Das kann doch kein Zufall sein. Es gibt Fanatiker dort draußen; Religion ist ein blutiges Minenfeld. Komm hierher, bis wir wieder sicher sind.«

»Imogen, ich glaub nicht, dass ich wirklich in Gefahr bin. Ich habe, was die wollen, und solange ich es habe, bin ich in Sicherheit. Und du bist viel sicherer, solange wir getrennt sind – und ich bringe Monty nicht ins Tierheim wegen Bens Allergie. Wir reden später noch mal, ja?«

»Tut mir leid, ich wollte dich nicht stören in deinem Liebesnest.«

»Hey – was soll das heißen?«

Keine Antwort. Sie hatte aufgelegt.

Er wählte ihre Nummer. Und erreichte nur den Anrufbeantworter. »Imogen, ich bin allein hier. Okay?«

Nach einer schnellen Dusche rasierte er sich, zog sich an und checkte sein Handy. Imogen hatte ihn noch immer nicht zurückgerufen. Er versuchte es erneut bei ihr und erreichte wieder nur ihren Anrufbeantworter.

Er legte auf – wütend auf sie, wütend auf sich selbst.

An seinem Schreibtisch arbeitete er weiter an seiner Geschichte.

Punkt vier Uhr rief er Zack Boxx an. Der meldete sich mit verschlafener Stimme.

»Ja?«

»Ich bin's, Ross.«

»Ah ja.«

»Du hast ein Ergebnis für mich?«

»Ganz genau, ja.«

Lange sagte Zack kein Wort, und Ross fragte sich schon, ob er wieder eingeschlafen war.

»Bist du noch da, Zack?«

»Ja, klar. Du kommst besser her, ich glaube, es ist einfacher, wenn ich es dir zeige.«

»Jetzt gleich?«

»Ja, warum nicht«, sagte er und klang nicht gerade begeistert.

Dann fiel Ross ein, dass sein Audi noch immer im Parkhaus unter dem Waterfront Hotel stand. »Ich bin in einer Stunde bei dir.«

»Ich werde dann bedauerlicherweise immer noch hier sein. Auf diesem Planeten gefangen.«

108

Freitag, 17. März

Kurz nach fünf ließ Ross Hunter sich umständlich neben Zack Boxx auf dem schmutzigen beigen Teppich nieder. Am hinteren Ende des Raums strich unruhig die Katze herum. Ross hatte Boxx noch nie so aufgedreht erlebt.

Auf dem Bildschirm vor ihnen waren Reihen aus Zahlen und Buchstaben, die für ihn nicht den geringsten Sinn ergaben. Boxx zeigte aufgeregt auf einige von ihnen, ließ den Finger die Reihe entlangwandern. »Siehst du diese Übereinstimmung in der DNA?«

»Nicht wirklich«, antwortete Ross.

Boxx wechselte zu einer neuen Zahlenreihe, ebenso bedeutungslos für Ross. »Und die hier?«

»Nö.«

Wieder wechselte er das Bild. »Und was ist damit?«

»Sagt mir nichts.«

Boxx strich sich die Haare aus dem Gesicht und sah Ross an, als wäre er ein Einfaltspinsel. »Na schön, gehen wir zum ersten Bild zurück.«

Er tippte auf die Tastatur, und binnen Sekunden füllte sich der Bildschirm mit Zeichenreihen. »Du hast Glück, Ross. Ich glaube, wir hatten wirklich großes, großes Glück! Mit der Standard-DNA, der mitochondrialen und der Y-STR-DNA.«

»In welcher Beziehung?«

»In jeder Beziehung! Okay, als Erstes war ich in der mitochondrialen DNA-Datenbank des Los Angeles Police Department. Und ich habe eine Übereinstimmung mit der mitochondrialen DNA gefunden, die du mir gegeben hast. Die sieben Mutationen sind in beiden Profilen vorhanden.«

»Ach ja? Und wessen DNA ist das?«

»Eine Dame namens Arlene Katzenberg.«

»Arlene Katzenberg?«

»Ja. Kommt dir der Name bekannt vor?«

»Im Moment nicht. Was hat sie getan, wenn ihre DNA aktenkundig ist?«

»Das wird sich alles klären.«

Ross starrte stumm auf den Bildschirm. Mitochondrial. DNA, die über die weibliche Linie weitergegeben wurde, unverändert. Falls die DNA aus dem Kelch und von dem Zahn wirklich von Jesus Christus stammte, bedeutete dies, dass Arlene Katzenberg, wer immer sie war, eine direkte Nachfahrin der Blutlinie Jesu Christi war.

»Tolle Arbeit, Zack.«

»Na schön, jetzt sieh dir das hier an. Was die Y-STR-DNA anbelangt – die Bestimmung der sogenannten *Short Tandem Repeats* –, die wie die mitochondriale DNA unverändert weitergegeben wird, aber über die männliche Blutlinie, so habe ich auch hier eine Übereinstimmung gefunden, wieder mit den sieben Mutationen: ein Arzt namens Myron Mizrahi, geboren im kalifornischen La Jolla. Auch aktenkundig bei der Polizei in L. A.«

»Aus welchem Grund?«

»Alles klärt sich auf.« Boxx blickte ihn selbstgefällig an. »Du wirst sehen, dass ich mir mein Geld verdient habe.«

»Ganz sicher hast du das.«

Ross dachte fieberhaft nach. Dr. Myron Mizrahi. Ein direkter Nachfahre, über die männliche Blutlinie, von Jesus Christus. So viele Möglichkeiten kamen ihm in den Sinn.

»Wie denkst du über die Religion, Zack? Glaubst du an etwas?«

»Die Quantenphysik ist sozusagen meine Religion.«

»Kein Thema, das ich in meinen Kopf kriege.«

Boxx nickte aufgeregt. »Du solltest es mal versuchen. Lies dich ein. Es ist wie – wahrscheinlich der Schlüssel zu allem.«

»Wenn man es nur verstehen könnte!«

»Da ist eine ganze Menge in der Quantenphysik, was man nicht begreifen kann, weißt du? Verbindungen um die ganze Welt, die nicht zu erklären sind. Dinge, die über die Zufälligkeit hinausgehen. Übernatürlich? Könnte es das Werk eines Intelligenten Schöpfers sein?«

»Glaubst du das?«

»Kennst du die Theorie des Multiversums?«

»Ich hab den Begriff schon mal gehört, weiß aber nicht, was er bedeutet.«

»Damit auf unserem Planeten Leben existieren kann, ist eine unglaublich komplexe Kombination von Bedingungen erforderlich. Das einfachste Beispiel ist dies: Wären wir nur ein kleines Stück näher an der Sonne, würden wir gebraten – das Leben auf diesem Planeten könnte nicht existieren. Etwas weiter weg, und es wäre zu kalt, um Leben zu ermöglichen. Und es gibt noch unendlich viele mehr. Die mathematischen, physikalischen und chemischen Voraussetzungen, die notwendig sind, damit Leben, wie wir es kennen, existieren kann, sind einfach nur – schwindelerregend. Die Theorie vom Multiversum besteht nun darin, dass der Urknall Hunderte, vielleicht auch Millionen oder Milliarden von Universen wie das unsere hier schuf. Die Theorie besagt, dass nur in einem, aus purem Zufall, Leben wie das unsere hier möglich ist. Und das ist unser Planet, die Erde.«

»Bist du auch dieser Meinung?«

»Nö, ich glaube, das ist Blödsinn. Hier liegt ein Kategorienfehler vor. Weitaus interessanter für mich ist in der Quantenphysik der Effekt des Beobachters: Blickt man auf einen Gegenstand, verändert ihn allein die Tatsache, dass man ihn ansieht.«

»Wenn Gott uns ansieht, verändern wir uns?«

»Wer weiß? Entweder das, oder das menschliche Leben ist das Ergebnis eines ziemlich gewaltigen Zufalls.«

»Was ist ein Kategorienfehler?«

»Ach ja, okay. Es ist wie mit Paleys Uhr …«

»Paleys Uhr? Du sprichst schon wieder in Rätseln.«

»Na schön, mal angenommen, ein Ford fiele irgendwo an einem entlegenen Ort auf der Welt vom Himmel, wo ein Mensch, der noch nie zuvor ein Auto gesehen hat und nichts von moderner Ingenieurskunst weiß, ihn betrachtet. Er könnte denken, es stecke ein Gott darin – Mr. Ford –, der es zum Laufen bringt. Er könnte außerdem denken, dass der Motor, wenn er wie geschmiert läuft, dies nur deshalb tut, weil Mr. Ford im Motor ihn liebt, und wenn er nicht anspringen will, es daran liegt, dass Mr. Ford ihn nicht mehr liebt und ihm wegen irgendetwas gram ist, okay?«

Ross runzelte die Stirn, fragte sich, worauf Zack hinauswollte.

»Würde er dann ein Ingenieurstudium ergreifen und den Motor zerlegen, würde er herausfinden, dass sich kein Mr. Ford darin befindet«, fuhr Zack fort. »Er würde auch erfahren, dass der Motor durch Verbrennung angetrieben wird. Wenn er dann aber einen Schritt weitergehen und beschließen würde, dass er keinerlei Grund hatte, an die Existenz von Mr. Ford zu glauben, weil er jetzt ja weiß, wie der Motor funktioniert, würde er einen *Kategorienfehler* begehen. Denn gäbe es keinen Mr. Ford, der die Mechanismen entworfen hat, gäbe es nichts.«

Ross ließ Zacks Worte sacken. Dann fragte er: »Woran glaubst du wirklich, Zack?«

»Ich hab's noch nicht entschieden. Zufall ist irgendwie interessant, fasziniert mich. Albert Schweitzer bezeichnete den Zufall als Gottes Pseudonym. Ich werd dir einen Zufall nennen, der unglaublich nah an das Pseudonym Gottes herankommt. Bereit?«

Ross lächelte. »Ja, ich glaub schon.«

»Na schön. Arlene Katzenberg und Myron Mizrahi sind sich begegnet!«

»Was?«

»Sie kennen sich.« Er lächelte.

»Wann? Woher weißt du das?«

»1946. Arlene Katzenberg und Myron Mizrahi haben geheiratet.«

Ross sah ihn an, absolut verblüfft. »Geheiratet?«

Er nickte. »Genau. Und sie hatten einen Sohn, der 1947 zur Welt kam.«

109

Freitag, 17. März

Ross stand auf, völlig aus dem Häuschen. Eine Frau, deren DNA mit derjenigen Jesu Christi übereinstimmte, war mit einem Mann verheiratet, dessen DNA ebenfalls auf Jesus zurückging?

Und sie hatten einen Sohn?

»Zack«, fragte er, seine Stimme eindringlich. »Der Sohn – weißt du, ob er noch am Leben ist?«

»Vor drei Jahren war er es jedenfalls.«

»Woher weißt du das?«

»Alles zu seiner Zeit!«

Wie groß waren die Chancen, dass die beiden sich begegneten, fragte sich Ross. Beide hatten einen Vorfahren, der vor über zweitausend Jahren gelebt hatte, Tausende Meilen entfernt. Wie hoch war die Wahrscheinlichkeit? Eine Milliarde zu eins? Eine Billiarde zu eins?

Unermesslich.

»Woher hast du diese Informationen, Zack?«

»Möchtest du mir vielleicht etwas sagen, Ross?« Er richtete einen vielsagenden Blick auf ihn.

»Erzähl mir von den Eltern, sind sie noch am Leben?«

Boxx schüttelte den Kopf. »Auf diese Weise konnte ich mir die Informationen aus der Polizeiakte holen – sie wurden ermordet, kurz nachdem sie 1957 nach Los Angeles gezogen sind, und der Täter wurde nie gefunden. Eine Art Ritualmord – zumindest sah es danach aus. Glücklicherweise – na ja, für dich – hat die Polizei in Los Angeles den Fall vor kurzem wieder aufgerollt, als Teil ihrer Untersuchung ungeklärter Mordfälle in der Vergangenheit – sogenannte Cold Cases –, und erhielt frische DNA aus ihren konservierten Blutproben.«

»Ein Ritualmord? Was ist passiert – wie sind die beiden gestorben?«

»Sieht ganz danach aus, als wären die beiden religiöse Spinner
gewesen, klar.« Sie waren nackt, beide mit dem Gesicht nach oben
an den Boden ihrer Wohnung genagelt, Seite an Seite, mit ausgestreckten Armen, ein Nagel durch jede Hand und einen durch
beide Füße. Als hätte man sie gekreuzigt.«

Ross sah Boxx entsetzt an. Eine Weile sagte er nichts. »Das stand
in den Dateien, die du gehackt hast?«

»Alles da.«

»Und was ist aus dem Sohn geworden – wie heißt er eigentlich?«

»Michael. In der Polizeiakte heißt es, er sei zehn Jahre alt gewesen, als seine Eltern getötet wurden. Er kam in ein Waisenhaus,
aber danach gibt es keine Informationen mehr über ihn.«

»Aber du sagst doch, er sei noch am Leben – oder war es zumindest 2014 noch?«

Zack Boxx nickte grinsend. »Und was jetzt kommt, wird dir gefallen – glaub mir, ich bin mein Geld wert!«

Ross sah ihn voller Erwartung an.

»Im März 2014 wurde in West Hollywood ein siebenundsechzig-
jähriger Mann mit Namen Michael Henry Delaney wegen Alko-
hols am Steuer verhaftet. Die Polizei hat ihm Blut abgenommen,
seitdem ist seine DNA in den Akten.« Boxx blickte, fast ein wenig
schadenfroh, zu Ross auf. »Michael Delaneys DNA, mit den sieben
einzigartigen Mutationen in der mitochondrialen DNA und im
Y-Chromosom, ist eine hundertprozentige Übereinstimmung mit
den Profilen, die du mir gegeben hast.«

Ross starrte ihn an. »Der verlorene Sohn?«

Er verstummte, dachte nach, was dies alles zu bedeuten hatte.
Dabei klopfte ihm das Herz bis zum Hals.

»Spuck's schon aus!«

»Was meinst du, Zack?«

»Willst du mir nicht erklären, was das Ganze soll?«

»Irgendwann mal, vielleicht, Zack. Aber jetzt nicht. Besser für
dich, wenn du's nicht weißt.«

110

Freitag, 17. März

Völlig benommen fuhr Ross wieder nach Hause. Zack hatte nicht lockergelassen und unbedingt wissen wollen, warum er so interessiert war an dieser DNA. Er hatte ihm also erzählt, dass er historische genetische Verbindungen in Bezug auf die jüdischen Auswanderer in die Vereinigten Staaten untersuche.

Ihm schwirrte der Kopf.

Michael Delaney.

Michael Henry Delaney.

Wenn die Gegenstände in seinem Besitz, Kelch und Zahn, echt waren, würde es bedeuten, dass Michael Delaneys DNA mit derjenigen Jesu Christi übereinstimmte – wie ein einzigartiger genetischer Fingerabdruck. Jedermann wusste, dass Jesus nicht verheiratet gewesen war, aber er hätte dasselbe Y-Chromosom wie seine Brüder, und diese hatten Ehefrauen.

Sein Smartphone meldete den Eingang einer SMS, aber er ignorierte es, weil er seinen Gedankengang nicht unterbrechen wollte. Delaneys Eltern, direkte Nachfahren Christi, sowohl über die weibliche als auch über die männliche Linie. Sie hatten einander gefunden und ein Kind bekommen.

Er versuchte die Konsequenzen durchzudenken.

Arlene Katzenberg und Myron Mizrahi.

Beide hatten sich nicht gekannt. Beide trugen jüdische Namen.

Sie lernten einander kennen und heirateten.

Zehn Jahre später wurden sie ermordet. Ein Ritualmord.

Hieß das etwa, dass damals jemand über sie Bescheid wusste? Aber warum hatte dieser Jemand dann die Eltern getötet und nicht den Sohn?

Hatte jemand, der den Stammbaum des Jungen kannte, ihn mitgenommen und versteckt? Leute mit dem Namen Delaney? Hatten sie ihm statt des jüdischen einen irischen Nachnamen gegeben? In der Bibel war von König Herodes die Rede und dem Massaker an Unschuldigen. In dem Versuch, den kleinen Jesus zu töten, hatte er jedes männliche Kind unter zwei Jahren töten lassen.

Seine Bibelkenntnisse ließen leider zu wünschen übrig.

Was für ein Zufall, dass die beiden sich trafen!, dachte er. Na schön, sie lebten also beide in Südkalifornien. Aber mit dieser DNA, diesen Genen? Und dann zeugten sie einen Jungen mit exakt derselben DNA, die er im ATGC-Labor hatte bestimmen lassen? Wie war das möglich? Jeder Elternteil hatte Gene aus männlicher und weiblicher Blutlinie. Sie würden in der DNA eines befruchteten Eis aufs Geratewohl durcheinandergemischt. Und doch besaß dieser Michael Delaney exakt dieselbe DNA wie Jesus Christus – der einzigartige genetische Fingerabdruck. Wie konnte das geschehen? Schicksal?

Sollte Delaney noch am Leben sein, wäre er jetzt Anfang siebzig.

Die Wiederkunft des Herrn?

Aber warum hatte dann noch niemand davon erfahren?

Oder wusste jemand davon?

Delaneys Eltern waren sozusagen gekreuzigt worden, der verängstigte Junge möglicherweise versteckt. Angenommen, er war noch am Leben, hatte er noch immer Angst? War er untergetaucht, weil er ein Geheimnis bewahrte, das er aus Furcht niemandem verraten wollte?

Aber wenn er es gar nicht wusste?, dachte Ross plötzlich.

Eine andere, vielleicht einfachere Erklärung wäre, dass der Kelch und der Zahn schlicht nicht authentisch waren.

Oder war Jesus Christus doch nicht der verheißene Heiland, an den einige Religionen glaubten? Nur ein Zauberkünstler und Illusionist, über den diverse Personen geschrieben hatten, einschließlich einiger Apostel, die glaubten, sie könnten eine Religion gründen, indem sie einen Mythos um ihn herum kreierten?

Falls dies der Fall war, musste er ihnen gratulieren. Ihre PR war ziemlich gut gewesen, wenn sie zwei Jahrtausende Bestand hatte.

Falls aber Michael Delaney der wahre Messias war, welche Konsequenzen hatte dies – für die Welt?

Er dachte darüber nach, welche Geschichte er über ihn schreiben könnte, wenn er ihn fand.

Den größten Knüller aller Zeiten?

111

Freitag, 17. März

Kurz vor 18 Uhr kam Ross wieder nach Hause und bückte sich, um Monty zu streicheln. »Wir gehen später noch raus, okay? Ich versprech's dir!«

Er eilte nach oben, setzte sich an den Schreibtisch und fuhr den Computer hoch. Kaum sprang der Bildschirm an, gab er den Namen »Michael Delaney« bei Google ein.

Hunderte Treffer erschienen.

Er grenzte die Suche ein, indem er »Michael Henry Delaney Wiki« eintippte.

Der Wikipedia-Eintrag erschien, und er schöpfte neue Hoffnung:

Michael Henry Delaney (geboren am 18. April 1947) ist ein amerikanischer Zauberkünstler. Unter dem Bühnennamen Mickey der Magier hatte er von 1994 bis 1997 seine eigene Primetime-Show auf ABC. Früher vertreten von der Creative Artists Agency. Nachdem seine Eltern Myron Mizrahi und Arlene Mizrahi, geborene Katzenberg, einem (ungeklärten) Mord zum Opfer gefallen waren, wuchs Delaney bei Pflegeeltern auf und nahm ihren Nachnamen an.

Er klickte auf »Bilder«. Es erschien jedoch nur eine Reihe Fotos. Sie zeigten einen extravaganten Mann Ende vierzig, mit welligem braunen Haar. Auf jedem Bild trug er einen schicken weißen Anzug. Einige der Fotos zeigten ihn bei der Ausübung von Zaubertricks, sein Kopf von einem Strahlenkranz umgeben, der aussah wie ein Heiligenschein.

Es gab keine anderen Fotos von Michael Delaney und auch keinen Hinweis, dass er gestorben war.

Wo also war er jetzt? Und wieso gab es Informationen über ihn bei Wikipedia? Hatte er etwa keine Angst mehr?

War er wirklich ein direkter Nachfahre von Jesus Christus, der irgendwo in Los Angeles lebte, wie es die Koordinaten andeuteten? Wusste er, wer er in Wahrheit war?

Und war Jesus, auf seine Art, nicht auch ein Zauberer gewesen, als die Welt noch weitaus weniger skeptisch war?

Ross befasste sich mit ein paar E-Mails, die schnell beantwortet werden mussten. Auf seinem iPhone war eine SMS von Imogen, die ihm vorschlug, sich morgen zum Mittagessen zu treffen, sofern er nicht gerade mit »Redaktionellem« beschäftigt war. Auch Sally Hughes hatte ihm eine Nachricht geschickt – auf einem seiner Prepaid-Handys – und ihn gefragt, wie sein Tag gewesen war.

Er beantwortete keine von beiden. Stattdessen lief er nach unten, nahm Montys Leine vom Haken und ging mit ihm hinaus in die Dunkelheit.

Er musste nachdenken, einen Plan fassen.

Eine Stunde später, wieder zurück, ging er hinauf in sein Arbeitszimmer und schrieb eine E-Mail an die Redakteurin.

Hi, Natalie, die Geschichte wird der Knaller. Vertrau mir einfach. Ich habe Ausgaben, brauche eine Vorauszahlung. Muss möglichst bald nach L. A. fliegen. Hab einen günstigen Flug entdeckt. Kannst Du mich anrufen, wenn Du das hier liest?

Zu seiner Überraschung rief sie ihn fünf Minuten später auf dem Prepaid-Handy zurück, dessen Nummer er ihr gegeben hatte.

»Eine Sekunde«, sagte er und eilte nach draußen. »Okay!«, sagte er.

»Ross, ich geb dir noch eine letzte Chance. Du lehnst jede Geschichte ab, die ich dir vorschlage – ich hör die ganze Zeit nichts von dir. Ich will, dass du über den Mord an Wesley Wenceslas schreibst, dieses Wochenende, okay?«

»Geht nicht, ich muss nach L. A.«

»Hoffentlich hast du gute Gründe. Erzählst du's mir?«

»Na ja, ich bin mir nicht sicher, ob du mir glauben würdest.«

»Versuch's.«

Und Ross versuchte es.

112

Freitag, 17. März

Big Tony fläzte im geschwungenen Fensterplatz seiner Wohnung in Monaco in der zwölften Etage. Er trank seinen bevorzugten Single-Grain-Scotch, während er über sein Headset Ross Hunter belauschte, der in seinem verwanzten Heim in Brighton, Sussex, gerade telefonierte.

Die Farben hier drin waren hell und sonnig, die Vorhänge und Kissen gelb, Teppiche und Mobiliar weiß. Nach seinen Jahren in der Dunkelheit seiner Zelle im Hochsicherheitsgefängnis liebte er die Helligkeit. Er hatte es gern, wenn die Sonne hereinschien. Über zwei Jahrzehnte lang hatte er die Sonne nicht gesehen.

Draußen startete gerade ein blau-weißer Shuttle-Hubschrauber von Héli Air Monaco, um zu dem sieben Minuten entfernten Aéroport Nice Côte d'Azur zu fliegen. Er beobachtete die blinkenden

Lichter des Vogels, der in den allmählich dunkler werdenden Himmel über dem Meer entschwand, und paffte dabei seine Cohiba Robusto.

Er mochte Cohibas, die einzige Zigarre, die Fidel Castro zu rauchen pflegte. Der kubanische Diktator hatte in seiner Anfangszeit eine paranoide Angst davor gehabt, vergiftet zu werden, also hatte er handverlesene Zigarrenroller angestellt, die ausschließlich für ihn arbeiteten.

Big Tony stellte sich vor, dass der Herrscher der führenden Zigarrennation der Welt zweifellos eine Spitzenauswahl gehabt hatte. Wenn die Zigarren gut genug für Castro waren, waren sie auch gut genug für Tony. Er wusste gern über alles Bescheid. Er wusste auch über diesen Whisky Bescheid. Die Destillerie Haig war 1824 gegründet worden und die erste, die mittels Brennsäulen Grain-Whisky herstellte. Es war wichtig, über jeden, mit dem er irgendwie in Kontakt stand, möglichst alles zu wissen, fand er. Und er hatte in den vergangenen Tagen eine Menge erfahren über sein Headset.

Die Unterhaltung war interessant. Ross Hunter sprach mit einer Frau – vermutlich seine Redakteurin –, die er um Geld bat für eine Reise nach Los Angeles. Wie es sich anhörte, wollte er unbedingt dorthin. Doch seine Stimme war sehr schwach, als wäre er nach draußen gegangen, und Tony konnte nur einen Teil des Gesprächs mithören. Es genügte ihm jedoch, um zu wissen, was er als Nächstes zu tun hatte.

Schon seltsam, wie sich alles entwickelt hatte, überlegte er. Nachdem er mit Mitte zwanzig für fünfundzwanzig Jahre in den Bau gewandert war, hatte er die Hölle erlebt. Aber danach lief alles bestens. Und jetzt hatte er eine regelrechte Glückssträhne, fast so, als führte ihn eine Hand von oben.

Allerdings eine etwas verdrehte Hand. Als Erstes hatte man ihn angeheuert, den Mann zu töten, den er am Telefon belauschte. Ross Hunter, irgendein Journalistenarsch. Alles war geregelt, die Kohle sicher auf der Bank, vollständige Zahlung. Dann sollte er die zwei Männer an der Spitze des Unternehmens Wesley Wenceslas Ministries beseitigen, die ihn beauftragt hatten, Hunter zu töten. Seine Auftraggeber hatten natürlich versucht, ihre Identität vor ihm geheim zu halten, aber es gelang nicht vielen Kunden, ihm auf Dauer etwas zu verheimlichen.

Seine Berufsehre hatte ihn daran gehindert, Wenceslas und Pope persönlich hinzurichten. Weil er sich das Geschäft aber nicht entgehen lassen wollte, hatte er ausnahmsweise, entgegen seiner Regel, grundsätzlich niemandem zu vertrauen, einen Partner beauftragt.

Ein verlässlicher Kontakt in Bukarest. Für weniger als zehn Prozent der fünf Millionen Dollar, die er selbst gefordert hatte, hatte sein Mittelsmann aus Bukarest jemanden nach England geschickt, der den Mord ausgeführt hatte und schon am folgenden Morgen wieder außer Landes war. Von seinem Anteil konnte der Killer im eigenen Land die nächsten zehn Jahre leben wie ein König. Und es würden zehn Jahre vergehen, bis der Mittelsmann ihn wieder nach England schicken würde.

Fast konnte man glauben, dass es einen Gott gab!

Das doppelte Spiel mit Wesley Wenceslas Ministries hatte in ihm die Frage aufgeworfen, ob seine professionellen Dienste überhaupt noch erforderlich waren. Wenn aber nicht, würde er das Geld zurückzahlen müssen. Also beschloss er, weiterzumachen wie vereinbart.

Er ließ die Eiswürfel in seinem Glas klirren und nahm noch einen Schluck. Schade, dass er mit dem widerwärtigen Julius Helmsley alias »Mr. Brown« nicht ebenfalls kurzen Prozess machen konnte. Aber na ja, was nicht war, konnte noch werden, nicht? Im Augenblick hatte er Wichtigeres zu tun. Ross Hunter.

Hunter versuchte, ein Budget für seinen Flug nach L.A. auszuhandeln. Die Frau am anderen Ende der Leitung schien einverstanden, wenn auch etwas widerstrebend. Die Reise war gebongt. Big Tony war froh darüber. L.A. waren vertraute Jagdgründe.

Außerdem gefiel ihm die Vorstellung, wieder einmal nach Amerika zu kommen. Auch wenn er in einer Art Exil lebte, war er doch nach wie vor mit Leib und Seele Amerikaner. Aber sein Zuhause war jetzt Monte Carlo. Er fühlte sich wohl hier. Und er war reicher, als er es sich als Kind je hätte träumen lassen.

Er hatte nur ein Problem: Es gab nichts, was er wirklich brauchte oder wofür er gern sein Geld ausgegeben hätte.

Leute zu jagen und zu erlegen. Das mochte er am liebsten, auch wenn er es sich nicht eingestehen wollte.

Es war der Kick. Jeder Auftrag war eine frische Herausforderung, ein frischer Adrenalinstoß. Auf der Jagd fühlte er sich lebendig.

Der Laptop auf dem Tisch vor ihm zeigte Dutzende Schnappschüsse von Ross Hunter. In der *Sunday Times*-Kolumne des Journalisten fand sich ein besonders hübscher: hageres, lächelndes Gesicht. Kurzes Haar. Durchdringender Blick.

Er hatte sich Hunters Gesicht gut eingeprägt. Mit und ohne Sonnenbrille, mit und ohne Basecap, mit und ohne Bartstoppeln, mit Vollbart, Oberlippenbart, glatt rasiert.

L. A. wäre nett.

Könnte spaßig sein, gemeinsam hinzufliegen, im selben Flieger. Doch wie sich das Gespräch angehört hatte, war Hunter vermutlich in die Touristenklasse verbannt. Hey, vielleicht würde er die Stewardess in der Ersten Klasse bitten, dem Typen ein Glas Schampus ins Ghetto zu bringen.

Vielleicht auch nicht.

Er griff zum Telefon und wählte die Nummer eines Kontaktes in Syracuse, New York, der ihm noch einen Gefallen schuldete. Der Typ leitete eine Detektei, die Flugbuchungen überwachte. Er wusste genau, welchen Flug jemand gebucht hatte, ob dieser Jemand an Bord war und wann er landen würde. Big Tony bat ihn, Bescheid zu geben, sobald Hunter einen Flug von England nach Los Angeles gebucht hatte.

113

Freitag, 17. März

»Ziehen Sie eine Karte! Irgendeine, zeigen Sie sie mir nicht, nehmen sie sie einfach!«

Freitagnacht am St Patrick's Day in der halbvollen Fairfax Lounge. Es war ein müder Raum, altmodisch, aber nicht von der schicken Sorte – nicht retro, sondern einfach nur alt. Der Geruch nach abgestandenem Bier hing im Gebälk. An einer Seite verlief eine lange, glänzende Theke, eine Reihe geschwungener Sitzbänke an der anderen. Grüne Lampenschirme hingen tief, vermittelten das Flair einer Flüsterkneipe aus der Prohibitionszeit der dreißiger Jahre. Ein Fernseher an der Wand hinter der Bar zeigte ein Baseballspiel, das eine Handvoll Kerle und ein paar Frauen, auf Barstühlen hockend, verfolgten. Am hinteren Ende des Raums befand sich eine kleine Bühne, auf der sich Mikrophonständer, diverse Musikinstrumente, ein Gewirr aus Kabeln und zwei kühlschrankgroße Lautsprecher befanden. Die grün-weißen Wimpel, die den Saal schmückten, jedes Jahr herausgekramt, waren schlaff und verstaubt.

Die Musiker machten gerade Pause: der Gitarrist, Schlagzeuger und Saxophonist und die abgestandene platinblonde Sängerin, die sich das Gesicht so oft hatte straffen lassen, dass es aussah, als sei der Chirurg mittlerweile auf dem nackten Knochen angelangt.

»Eine beliebige Karte, Sir! Genau, irgendeine Karte!«

Mike Delaney, ein ausgemergelter Mann mit rot geädertem Säufergesicht, stand dort in dem einen Anzug, den er besaß, hellgrau, mit zerrissenen Nähten und ausgefransten Ellenbogen, einem abgefahrenen schwarzen Hemd und hoffnungslos abgenutzten Desert Boots auf der Bühne. Eine Locke seiner allzu langen, schütteren grauen Haare hing ihm in die Stirn und verdeckte teilweise sein rechtes Auge.

Mit zittrigen Händen breitete er das vollständige Kartendeck wie einen Fächer aus. Vier Gäste saßen vor ihm auf einer der Bänke, der eine hatte ein Budweiser vor sich stehen, der andere ein Glas Whiskey, die Damen jeweils einen Martini-Cocktail. Einer der Männer, mit kahlrasiertem Schädel, trug ein Trikothemd und blickte streitsüchtig zu ihm auf. Der Hausmagier schien ihn mit seinem Auftritt zu stören. Trotzdem streckte er den tätowierten Arm aus, den eine große Breitling-Uhr schmückte, und zog eine Karte heraus.

»Wie heißen Sie, Sir?«

»Billy.«

Delaneys Stimme klang schrill und eindringlich. »Sehen Sie sie an, Billy, aber zeigen Sie sie mir nicht. Zeigen Sie sie den anderen, nicht mir!«

Der Mann gehorchte. Es war die Herz Acht.

Delaney reichte ihm einen Edding. »Würden Sie bitte Ihren Namen auf die Rückseite schreiben, Billy?«

Billy kritzelte seinen Namen in schwarzer Tinte auf die Karte und gab den Stift zurück, den der alte Magier einsteckte.

»Und jetzt stecken Sie die Karte zurück zu den anderen – wo immer Sie möchten!«

Mit skeptischem Schulterzucken steckte der Mann sie zurück.

Delaney faltete das Deck zusammen. Dann, als er die Karten wieder auffächerte, ließ er das gesamte Deck zu Boden fallen, dass sämtliche Karten offen dalagen.

»Scheiße, Mann, Sie sind doch ein verdammter Schwindler!«, sagte Billy laut.

Beide Paare beugten sich über den Tisch und blickten auf den Boden. Alle Karten waren identisch. Jede war eine Herz Acht.

Hastig kniete Mile Delaney nieder und raffte unbeholfen die Karten zusammen. »Welche Karte haben Sie sich ausgesucht, Billy?«

»Verdammt noch mal, das wissen Sie doch, Arschloch.«

Delaney reichte ihm das Deck. »Zeigen Sie sie mir, Sir.«

»Was soll der Blödsinn?«

»Bitte zeigen Sie mir die Karte, Billy.«

Der Mann drehte das Deck herum. Zu seiner Überraschung war die unterste Karte die Kreuz Dame und keine Herz Acht. Stirnrunzelnd legte er die Karte auf den niedrigen Tisch vor ihm. Die nächste Karte im Deck war eine Pik Zwei. Wieder runzelte er die Stirn und blätterte weiter durch das Deck. Jede Karte war anders. Mittlerweile sahen seine drei Freunde mit Interesse zu.

»Sehen Sie Ihre Karte, Billy?«

»Verdammt.« Schweigend arbeitete sich der Mann durch das gesamte Kartendeck. Als alle Karten aufgedeckt vor ihm lagen, sagte er: »Sie is' nich' dabei.«

Delaney schien überrascht. »Na ja, okay, dann versuchen wir es anders. Wie wäre es, wenn Sie mir sagten, welche Karte Sie ausgesucht haben?«

»Meinetwegen.«

Delaney fischte einen kleinen Löffel aus der Luft. »Würden Sie mir bitte Ihr Glas reichen, Billy? Sollte ich etwas verschütten, lasse ich Ihnen ein neues bringen, abgemacht?«

Der Typ reichte ihm widerstrebend sein Glas.

Delaney löffelte einen Eiswürfel heraus und legte ihn auf den Tisch. Dann förderte er, erneut wie aus dem Nichts, einen kleinen silbernen Hammer zutage. Er hielt den Eiswürfel mit einer Hand fest und zerschlug ihn mit dem Hammer. Im Inneren lag eine zusammengefaltete Spielkarte. »Ist das vielleicht die Karte, die Sie gezogen haben, Billy?«

Der Mann beugte sich vor, nahm die Karte und faltete sie auf. Verblüfft zeigte er sie seinen Freunden.

»Ist es Ihre Karte?«

»Na ja, es ist die Herz Acht.«

»Drehen Sie sie um.«

Er tat es. Auf der Rückseite stand in seiner Handschrift schwarz der Name »Billy«.

466

»Meine Fresse!«, stieß er aus. »Wie zum Teufel haben Sie das gemacht?«

Seine Freunde sahen verblüfft drein.

Delaney lächelte. »Ich werd mal lieber gehen, es wird langsam
spät, feiert noch schön.« Dann zögerte er. »Ach ja, Billy, könnten
Sie mir sagen, wie spät es ist?«

»Sicher«, sagte Billy und sah auf die Uhr. Beziehungsweise dorthin, wo seine Uhr gewesen war. Er starrte auf sein leeres Handgelenk.

Delaney langte in seine innere Brusttasche und zog Billys Breitling-Uhr heraus. Er hielt sie in die Höhe. »Suchen Sie die hier, Billy?«

114

Samstag, 18. März

Ross und Imogen saßen im Terre à Terre, ihrem vegetarischen Lieb-
lingslokal. Zu Hause trank keiner von ihnen zu Mittag Alkohol,
aber Imogen sagte, sie hätte gerne ein Glas Wein, und er konnte
auch nicht widerstehen.

Schließlich bestellte er eine Flasche Albarino.

»Cheers!«, sagte er, nachdem sie in verlegenem Schweigen darauf
gewartet hatten, dass der Kellner den Wein servierte. Es war ein
komisches Gefühl für ihn, hier mit ihr zu sitzen.

Imogen hob ihr Glas. »Cheers«, antwortete sie unfroh. Sie trank
einen Schluck. »Sehr mineralisch«, stellte sie tonlos fest.

»Normalerweise magst du ihn doch *mineralisch*.«

»Was ist derzeit noch *normal*, Ross?«

»Hör zu, ich weiß ja, dass das alles nicht leicht für dich ist. Was
würdest du sagen, wenn ich dir erzählen würde, dass Jesus Christus
wieder auf Erden ist und ich ihn vielleicht gefunden habe?«

»Dass du ein Fall für die Klapse bist?«

»Ich mein's ernst, Imo. Ich weiß, du hast höllisch viel durchgemacht – für mich ist es auch kein Zuckerschlecken, glaub mir. Aber was ich herausgefunden habe, ist der reinste Sprengstoff. Ich hab da eine Story am Laufen, die uns alle umhauen wird. Du musst nur ein wenig Geduld mit mir haben und meinem Bauchgefühl vertrauen, okay? Diese Geschichte wird uns reich machen – reicher, als wir es uns je erträumt hatten. Wir sind all unsere Schulden los und haben noch eine Menge auf der hohen Kante.«

Sie neigte den Kopf zur Seite und trank noch ein wenig Wein. »Erzählst du's mir?«

»Na klar!« Er hob sein Glas und stieß mit ihr an. Dann erzählte er ihr alles, was in den vergangenen zwei Tagen passiert war.

»Du fliegst also morgen nach Los Angeles?«

»Ja.«

»Und wo willst du anfangen zu suchen? L. A. ist eine riesige Stadt, und du hast nur Koordinaten für einen Teil davon, weiter nichts.«

»Ich hab ein paar Kontakte drüben – ein alter Freund von mir ist jetzt bei der *Los Angeles Times*, außerdem kenne ich einen Typen im LAPD, der mir sehr geholfen hat bei dieser Geschichte, die ich vor ein paar Jahren über das Phänomen der Celebrity-Stalker geschrieben habe. Ich hab beiden eine E-Mail geschickt.«

Sie nickte. »Um welche Uhrzeit geht dein Flieger?«

»Mittag.«

»Was ist mit Monty?«

»Ich hab ihn vorübergehend in einem Tierheim untergebracht, das ich ganz gut finde – wir kommen immer daran vorbei, wenn wir nach Lewes fahren.«

»Du fliegst also nach L. A., um Jesus Christus zu begegnen?«

»Ich hoffe es.«

»Und wenn er nicht zu Hause ist?«

Er lächelte. »Na komm, sei nicht so zynisch.«

»Tut mir leid, Ross, du solltest das alles in ein Diktiergerät sprechen und es dir selber vorspielen. Dann würdest du merken, wie lächerlich es klingt.«

»Ist Jesus damals nicht auch am Kreuz gestorben, weil eine Menge Leute nicht an ihn glaubten – oder Angst vor ihm hatten? Du bist doch ein gläubiger Mensch, Imo. Deine Religion basiert auf dem Glauben an die Auferstehung, wo also liegt dein Problem?«

»Wo mein Problem liegt, Ross? Das will ich dir sagen. In der Bibel steht, dass wir es laut und deutlich hören werden, wenn Jesus Christus wiederkehrt. Du willst einem Spinner Medienaufmerksamkeit geben – damit könntest du dem christlichen Glauben empfindlich schaden.«

»Ich kann nicht glauben, dass du mich jetzt nicht unterstützt. Du bist meine Frau, wir sollten zusammenstehen. Untrennbar zusammenstehen. *Was Gott verbunden hat, das darf der Mensch nicht trennen.*« Er sah sie eindringlich und wissend an, und sie hatte den Anstand, rot zu werden.

»Es tut mir leid«, sagte er. »Ich wollte nicht …«

»Die Vergangenheit aufwühlen? Die Glut schüren, die für dich nie ganz erloschen ist, hab ich recht?«

»Imo, ich bin möglicherweise auf die größte Story meines Lebens gestoßen.«

»Ich kann dich nicht mehr länger unterstützen, Ross, weil dir deine Geschichte mehr bedeutet als ich und unser Baby. Ich habe mich in einen Mann verliebt, von dem ich glaubte, ich käme bei ihm immer an erster Stelle. Aber ich habe mich getäuscht. Ich habe schon sehr bald verstanden, dass deine Arbeit – deine Storys – immer an erster Stelle stehen. Vor allem anderen. Ist dir außerdem gar nichts wichtig?«

Er sah sie wütend an. »Weißt du was? Ich sage dir jetzt, was mir wichtiger ist als alles andere, nämlich dass unser Kind eine Zukunft hat, und so, wie es im Augenblick um die Welt steht, bin ich mir nicht sicher, ob dem so ist. Das hier ist nicht nur irgendeine blöde

Geschichte, Imo, ich kann möglicherweise die Welt verändern und retten.«

»Glaubst du das wirklich? Dieses Gefasel eines verrückten alten Mannes? Hast du schon mal ein Buch von E. M. Forster gelesen?«

»*Zimmer mit Aussicht? Auf der Suche nach Indien?*«

»Ja. ›Hätte ich die Wahl zwischen einem Verrat an meinem Land und dem Verrat an meinem Freund, hätte ich hoffentlich den Mut, mein Land zu verraten.‹«

»Ich soll also lieber die Welt verraten, damit du dich ein wenig besser fühlst?« Er griff nach seinem Glas. »Was sagt das über deinen Glauben aus?«

»Meinen Glauben?«

»Du sagst also, ich sollte die Chance, der Welt die Existenz Gottes zu beweisen, verstreichen lassen, um meine Familie nicht zu verärgern?«

»Darum geht es doch gar nicht. Du sollst dich sorgen, ob das Baby und ich tot oder lebendig sind. Ich will, dass du uns über deine Geschichte stellst.

»Und wie wär's mit ein wenig Loyalität für deinen Mann, Imo?«

»Dann sind wir uns einig, dass wir uns nicht einig sind.«

Er schüttelte den Kopf. Langsam stieg Wut in ihm auf. »Nein, Imo, wir sind uns in keinem Punkt mehr einig.«

115

Samstag, 18. März

Kaum kam Ross nach seinem Mittagessen mit Imogen nach Hause, eilte er hinauf ins Schlafzimmer, um zu packen. Monty folgte ihm und stand mit hängendem Schwanz neben ihm, wie immer, wenn er Koffer sah.

»Ist schon gut, Junge, du gehst ins Tierheim, aber nur für ein paar Tage, versprochen.«

Es war seltsam, dachte er, aber es war ihm wirklich egal, dass Imogen aufgebracht war. Es sollte ihm nicht egal sein, aber es war so. Stattdessen konzentrierte er sich auf das Kofferpacken. Er fragte sich, ob er lieber alles in eine Reisetasche stopfen sollte statt in den Koffer, um sich schneller und einfacher bewegen zu können.

Während er noch darüber nachdachte, klingelte sein Telefon. Er meldete sich und hörte eine ihm unbekannte Stimme mit breitem Midlands-Akzent.

»Mr. Hunter? Entschuldigen Sie die Störung, Sir. Ich bin Detective Inspector Simon Cludes von der Leicestershire Police, Abteilung Kapitalverbrechen.«

»Ja?«

»Sir, Sie haben vielleicht von dem Doppelmord an Pastor Wesley Wenceslas und Mr. Lancelot Pope gehört.«

»Ja, die Nachricht war kaum zu übersehen – sie war auf allen Kanälen.«

»Darf ich Sie fragen, ob Sie mit einem der Männer bekannt waren, Sir?«

»Nein, absolut nicht. Nun ja, ich habe einmal versucht, mit Wenceslas zu sprechen, kam aber nicht an seinen Leibwächtern vorbei. Später dann – vor etwa fünf Jahren – habe ich mich in einem Artikel über die reichsten evangelikalen Prediger der Welt recht kritisch über ihn geäußert.«

»Haben Sie den Pastor und seinen Geschäftsführer möglicherweise gegen sich aufgebracht, Mr. Hunter?«

»Ja, sie haben damit gedroht, mich und die Zeitung zu verklagen. Dann haben sie es sich offenbar anders überlegt.«

»Kann es sein, dass die Wut der beiden groß genug war, um Sie töten zu wollen?«

»Ich bringe in meinem Beruf leider sehr viele Menschen gegen mich auf«, entgegnete er. »Aber die Sache liegt immerhin fünf, vielleicht auch sechs Jahre zurück. Wenn sie mich wirklich hätten töten wollen, hätten sie es doch längst getan, meinen Sie nicht?«

»Wir haben leider andere Informationen, Mr. Hunter. Unser IT-Forensiker hat ihre Computer untersucht. Nach seinen Erkenntnissen halten wir es für möglich, dass Ihre Sicherheit bedroht sein könnte.«

»Welche Informationen haben Sie denn?«

»Das ist derzeit alles, Sir. Hatten Sie vor kurzem Kontakt mit dem Pastor oder seiner Firma? Vielleicht haben Sie erneut Hass auf sich gezogen?«

»Nein, überhaupt nicht. Ist die Bedrohung jetzt vorbei, da Wenceslas tot ist?«

»Wir wollen es hoffen, Sir, aber wir wissen es nicht. Wir möchten, dass Sie eine Aussage machen, ich schicke Ihnen zwei Beamte der Sussex Police.«

»Ja – ich – ich könnte mit ihnen sprechen, aber ich fliege morgen nach Amerika.«

»Ich gebe Ihnen meine Nummer, Mr. Hunter. Vielleicht rufen Sie mich zurück, wenn Sie wieder in England sind.«

»Sicher. Können Sie mir sagen, ob man mir einen Killer auf den Hals gehetzt hat? Was wissen Sie darüber?«

»Nur, was ich Ihnen gesagt habe, Sir. Es gibt entsprechende Hinweise, aber die Forensiker haben noch keine Details entdeckt. Ich möchte Sie nicht unnötig beunruhigen, aber ich hielte es für einen Fehler, Sie nicht zu warnen. Ich schlage vor, Sie sind besonders wachsam, bis wir herausgefunden haben, ob an der Sache etwas dran ist. Ich werde Sie natürlich sofort verständigen, wenn wir weitere Informationen haben. Sind Sie in Amerika unter dieser Nummer erreichbar, Sir?«

»Rund um die Uhr.«

Ross legte auf. Pastor Wesley Wenceslas hatte einen Killer auf ihn angesetzt? Fünf Jahre nach seinem Artikel über heuchlerische, habgierige Evangelikale? Rache genoss man am besten kalt, schon klar, aber fünf Jahre? Das war eindeutig zu lang. Die Sache musste etwas mit seiner aktuellen Geschichte zu tun haben.

Er besah sich die Facebook-Seite des Pastors. Sie war voller Beileidsbekundungen. Sämtliche Posts drückten Schock, Ungläubigkeit und Trauer aus. Dann ging er auf Wenceslas' Webseite. Ein Link führte ihn auf den YouTube-Kanal des Pastors. In seiner Londoner Kirche fand ein Gottesdienst statt, abgehalten von einem seiner Lakaien, und die Kamera schwenkte über ein Meer aus weinenden Gesichtern.

Er starrte hinunter auf die Straße. Alles war überraschend still für einen Samstagnachmittag, wahrscheinlich weil die Mannschaft Brighton and Hove Albion nicht im Amex-Stadion, sondern auswärts spielte.

Warum sollte Wenceslas oder seine Firma seinen Tod wollen?

Hatte der Pastor sich Sorgen darüber gemacht, welche Konsequenzen seine Entdeckungen für sein Imperium hatten?

Er öffnete die Datei mit seinen Recherchen, und die nächsten zwei Stunden saß er da und tippte. Er fuhr fort mit dem Ablauf der Ereignisse, den er vor einer gefühlten Ewigkeit im Zug nach Birmingham begonnen hatte. Das Ergebnis schickte er, mit einer Begleit-Mail, an seine Redakteurin.

> Hi, Natalie, dies ist nicht zur Veröffentlichung gedacht, nur sicherheitshalber. Man hat mir gerade glaubhaft versichert, dass mein Leben auf dem Spiel steht. Ich hoffe, schon bald mehr schicken zu können. Behalte das hier fürs Erste, und sollte mir etwas zustoßen, hast Du schon mal ganz gutes Material!

Er verschickte die E-Mail und den Anhang.

Dann ging er nach unten, zog die Stiefel an, nahm Monty an die Leine, griff sich die Taschenlampe und ging hinaus in die hereinbrechende Dunkelheit.

Er führte den Hund über die Fußgängerbrücke und ließ ihn dann am anderen Ende frei durch die Wiesen laufen, während er im stürmischen Wind hinter ihm herschlenderte.

Wir halten es für möglich, dass Ihre Sicherheit bedroht ist.

Er dachte wieder an sein Gespräch mit Benedict Carmichael, dem Bischof von Monmouth. Und an seine Warnung.

Wenn jemand den endgültigen Beweis für die Existenz Gottes erbringen könnte, wäre er, wie ich glaube, seines Lebens nicht mehr sicher.

Jetzt war Wenceslas tot. Ermordet. Wer hatte ihn getötet, und warum?

Während er die ländlichen Gerüche einatmete und in der Ferne die Lichter eines Bauernhofs betrachtete, fühlte er sich sehr allein. Er dachte wieder an sein Mittagessen mit Imogen. Mit der zornigen Fremden, die seine Frau war. Der zornigen Fremden, die sein Kind erwartete.

Sollte er Silvestris Geld nehmen? Sämtliche finanziellen Probleme wären mit einem Schlag gelöst, und sie könnten noch einmal von vorn anfangen. Sie könnten ihr Haus verkaufen und hinaus aufs Land ziehen. Davon hatten sie schon lange geträumt. Aber er kam immer wieder zum selben Ergebnis. Könnte er es ertragen, sich den Rest seines Lebens Vorwürfe zu machen, weil er seine Seele für dreißig Silberlinge verkauft hatte?

116

Samstag, 18. März

Eine Stunde später stapfte Ross im Licht seiner Taschenlampe über die Felder zurück. Am Zaun vor der Hauptstraße angelangt, rief er Monty zu sich und nahm ihn wieder an die Leine. Sie überquerten auf der Fußgängerbrücke die breite Durchgangsstraße und gingen durch Patchams Straßen zurück nach Hause. Als er die Eingangstür erreichte, leuchteten hinter ihm helle Scheinwerfer auf.

Er drehte sich um.

Eine Limousine fuhr heran. Es war derselbe Mercedes wie drei Nächte zuvor, mit dem Diplomaten-Nummernschild. Die hintere Tür ging auf, und Giuseppe Silvestri stieg aus.

»Ah, Mr. Hunter!«

»Guten Abend, Mr. Silvestri.«

»Haben Sie kurz Zeit, um mit mir zu plaudern?«

»Nein, eigentlich nicht.«

»Nur ein paar Minuten?«

»Es tut mir leid, kein guter Zeitpunkt.«

»Mr. Hunter, ich weiß, was Sie vorhaben.«

»Ach ja?«

»Ist Ihnen denn nicht klar, welchen Schaden Sie verursachen? Bitte hören Sie mir zu.«

»Ich hör Ihnen ja zu. Schaden für wen?«

Silvestri blickte unbehaglich um sich. »Dies ist kein günstiger Ort für ein Gespräch. Ich möchte unsere Unterhaltung von neulich fortsetzen.«

»Welchen Schaden meinen Sie denn? Schaden für wen genau?«, wiederholte er.

»Für sämtliche Religionen, sämtliche Glaubenssysteme dieser Welt.«

»Wirklich? Für die Sikhs auch? Ich glaube nicht, dass sie durch einen Gottesbeweis Schaden nehmen würden. Ihr Gott ist in allem. Sie *wissen*, dass es Ihn gibt.«

»Die katholische Kirche ist keine Organisation, die Sie verärgern sollten, Mr. Hunter.«

»Haben Sie etwa Sorge, dass Sie Ihr Monopol verlieren könnten, Mr. Silvestri? Sie hören sich eher an wie ein Mittelsmann der Mafia, der mir ein Angebot machen will, das ich nicht ablehnen kann, als ein Mann Gottes. Ich dachte, die Tage der Inquisition seien längst vorbei.«

»Mr. Hunter, die Welt durchläuft finstere Zeiten. Wir hören Dinge, wir wissen Dinge, wir haben unsere Ohren überall. Wir sind der direkte Kanal zu Gott.«

»Was wollen Sie denn von mir? Den Kelch und die Überreste des Zahns, die vielleicht die DNA Christi enthalten? Warum sind Sie so erpicht darauf?«

»Jesus Christus ist für das Christentum, für unsere Existenz, von fundamentaler Bedeutung.«

»Und wenn er zurückgekehrt ist?«

»Auf die Erde?« Silvestri sah ihn zweifelnd an. »Jesus Christus hier auf Erden? Ich glaube, Mr. Hunter, dass wir dies als Erste erfahren würden.«

»Dann haben Sie ja nichts zu befürchten.« Ross schenkte ihm ein höfliches Lächeln, öffnete die Haustür, ließ Monty hinein und folgte ihm. Dann schloss er die Tür hinter sich und legte die Sicherheitskette ein.

Er ließ den Hund von der Leine, lief hinauf in sein Büro, trat ein, ohne Licht zu machen, und spähte hinunter auf die Straße. Er sah, wie Silvestri noch ein paar Sekunden zögernd dastand, ehe er langsam zu seinem Wagen zurückging und einstieg.

Der Wagen fuhr weg.

Er schaltete seine Schreibtischlampe an, setzte sich und loggte sich ein.

Detective Investigator Jeff Carter, sein Kontakt beim LAPD, hatte ihm eine E-Mail geschickt.

Ross, ruf mich an, sobald Du ankommst. Ich glaube, ich hab den Typen gefunden, den Du suchst.

117

Sonntag, 19. März

Weil er nicht wusste, wie lange er in Los Angeles sein würde, hatte Ross sich schließlich doch für den großen Koffer entschieden, den er allerdings einchecken musste. Da er anschließend noch über eine Stunde Zeit hatte bis zum Start, ging er in den WHSmith-Zeitschriftenladen und kaufte sich mehrere Sonntagszeitungen, nahm sie mit in ein Café und bestellte sich eine Tasse Kaffee und ein Croissant.

Er setzte sich an einen Tisch, überflog zunächst die Titelseite des *Observer* und blätterte dann durch die Zeitung.

Und stockte.

Eine ganze Seite über Pastor Wesley Wenceslas. Bilder von trauernden Anhängern beiderlei Geschlechts, die einen Gottesdienst in seiner Londoner Kirche besuchten. Und darunter der dazugehörige Artikel, der mehrere Zitate von Detective Inspector Simon Cludes beinhaltete.

Noch haben wir keinerlei Hinweise darauf, wer dieses schreckliche Verbrechen gegen solch einen beliebten Geistlichen und seine loyale rechte Hand begangen haben könnte. Ich appelliere daher an jeden, der Informationen hat, sich zu melden oder, wenn er lieber anonym bleiben möchte, die Nummer der Crimestoppers zu wählen, die unten angegeben ist.

Ross war von Natur aus skeptisch, er konnte nichts dagegen tun. *Solch ein beliebter Geistlicher.* Ach ja?

Wie wäre es stattdessen mit *solch ein geldgieriger alter Heuchler, der euch 25 Pfund berechnet, um über einem Stück Stoff zu beten?*

Ein paar Minuten später riss ihn eine vertraute Stimme aus seinen Gedanken.

»Heute mal keine Austern?«

Er fuhr herum.

Es war Sally Hughes.

»Hey!«, sagte er. »Was tust du denn hier?«

»Wahrscheinlich dasselbe wie du – auf den Flug warten.«

»Ich hol dir was zu trinken. Hast du Zeit? Tee, Kaffee?«

»Nein, ist schon gut, danke«, sagte sie und ließ sich auf dem leeren Stuhl neben ihm nieder. Sie trug eine Wildlederjacke, Jeans und Stiefel und hatte sich eine große, schicke Handtasche über die Schulter geschlungen.

»Das ist ja mal ein Zufall! Wo willst du denn hin?«, fragte er.

»L. A. Und du?«

»Du fliegst nach Los Angeles?«, fragte er erstaunt zurück.

»Ja, beruflich. Ich soll dort Leute interviewen, was sie vom aktuellen politischen Klima halten.«

»In L. A. haben die Demokraten das Sagen. Ich glaube nicht, dass du dort viele glückliche Trump-Anhänger finden wirst.«

»Und wohin bist du unterwegs?«, fragte sie.

»Ob du's glaubst oder nicht, auch nach L. A.!«

»Das gibt's nicht! Welcher Flieger?«

»BA 201«, antwortete er.

»Im Ernst?«

»Yep!«

»Ich auch. Du bist wahrscheinlich in der ersten Klasse oder der Businessclass, oder?«, sagte sie.

»Du machst mir Spaß! Ich sitze in der Touristenklasse, Economy oder wie immer man es nennt. Ganz hinten im Bus. Und du?«

»Ich sitz auch im Ghetto.«

Er grinste. »Und auf welchem Platz?«

Sie zückte ihre Bordkarte. »43B.«

Er holte die seine heraus, warf einen Blick darauf und zeigte sie ihr.

»Ich bin direkt vor dir!«, sagte sie.

Er saß auf Platz 44B.

Langsam wird's merkwürdig, dachte er. Das konnte doch kein Zufall mehr sein – sie führte irgendetwas im Schilde.

118

Sonntag, 19. März

»Was ist?«, sagte Bloor herablassend, als die Stewardess in der Gulfstream ihm ein Tablett mit Sandwiches reichte.

»Ihr Lunch, Sir«, entgegnete sie höflich. »Räucherlachs, Hühnchensalat, Eiermajonnaise und Hummus mit Tomate.«

»So etwas würde ich in der Touristenklasse eines Verkehrsflugzeugs erwarten, Herrgott, aber doch nicht in einem Privatjet!«

Julius Helmsley, der ihm gegenübersaß, entfernte die Frischhaltefolie über seinem Tablett. »Es ist nur ein kleiner Flieger, das ist ein Unterschied, Boss.«

»Ach ja?«, entgegnete Bloor wütend. »Wir zahlen einen Haufen Kohle für einen Privatjet, um beschissene Sandwiches vorgesetzt zu kriegen?«

»Ich hatte nicht die Zeit, uns ein Fünf-Gänge-Menü zu organisieren.«

»Da hätten wir in der ersten Klasse von British Airways noch besser gegessen, zu einem Viertel des Preises!«

»Sie wollten aber vor Hunter in L. A. ankommen, Ainsley. Und deshalb sind wir jetzt hier drin. Entspannen Sie sich. Das nächste Mal chartern wir uns ein größeres Flugzeug.«

»Führt Hunter uns wieder an der Nase herum?«

»Diesmal drehen wir den Spieß um«, sagte Helmsley. »Diesmal geht's ihm an den Kragen. Aber noch ist es nicht so weit. Wir haben uns bestens vorbereitet. Wir wissen, wo er übernachtet und was er geplant hat.«

»So in etwa«, erinnerte ihn Bloor.

»Nun ja, wir haben unsere Informantin, und sie wird gut entlohnt.« Helmsley lächelte.

»Sehr gute Arbeit, Julius.«

»Wir sind in einer ausgezeichneten Position, um ihn im Auge zu behalten, und mit etwas Glück, sofern es in den nächsten Tagen nötig sein sollte, sind wir ihm sogar um einen wesentlichen Schritt voraus.«

»Und dann?«

Wieder lächelte Helmsley. »Wir wissen, dass er glaubt, Jesus Christus sei zurückgekehrt und halte sich in L. A. auf. Ein Typ vom LAPD hilft ihm dabei, ihn aufzuspüren. Sollte Christus selbst oder ein ernstzunehmender Betrüger wirklich in L. A. sein, wird Hunter uns geradewegs zu ihm führen.«

Bloor nickte. »Und was haben wir dann vor?«

»Bye bye, Hunter.«

»Und dann bitten wir diesen Jesus Christus, das öffentliche Gesicht von Kerr Kluge zu werden?«

»Wir werden sehen, wie vernünftig er ist.« Helmsley biss in ein Sandwich, und ein Stück Ei fiel heraus und auf seine Serviette. »Wie deutlich die DNA-Übereinstimmung ist.«

»Ich kann kaum glauben, was wir da tun, Julius. Sollte dies die größte Zeitungsente aller Zeiten sein? Fliegen wir wirklich um die halbe Welt, um jemanden zu finden, dessen DNA eventuell Spuren von Christi DNA aufweist?«

»Das verstehen Sie falsch, Ainsley. Wir alle haben DNA-Spuren von unseren fernen Vorfahren. In diesem Fall aber handelt es sich um eine einzigartige genetische Signatur in Delaneys mitochondrischer DNA und dem Y-Chromosom, die mit der DNA Christi übereinstimmt. Ein gewaltiger Unterschied.«

»Ja, und ist die Wahrscheinlichkeit, dass so etwas vorkommt, nicht eins zu zehn Milliarden oder so?«

»Sogar noch geringer. Aber ja, ich stimme Ihnen zu, es könnte sich auch um einen unvorstellbaren, irren Zufall handeln. Doch realistisch gesehen, stehen die Chancen eher schlecht, dass die mütterlichen und die väterlichen Linien nach mehr als zweitausend Jahren in ein und demselben Individuum zusammentreffen.«

»Eines leuchtet mir nicht ganz ein«, sagte Bloor. »Falls dies wirklich der Sohn Gottes ist und er schon auf die siebzig zugeht, wie kommt es dann, dass er nicht schon früher in Erscheinung getreten ist? Dieses lächerliche Märchenbuch, das die Christen lesen, besagt doch, dass Jesu Wiederkunft von allen möglichen Zeichen angekündigt wird. Omen. Kriege. Katastrophen. Der bevorstehende Weltuntergang. Was auch immer.«

Helmsley sah ihn mit ernster Miene an. »Finden Sie nicht, dass es in der Welt mittlerweile genauso zugeht?«

»Sie war noch nie anders.«

»Da bin ich anderer Meinung. Die ganze Weltordnung ist am Bröckeln. Es ist wieder wie in den dreißiger Jahren. Unzufriedenheit, Wut, Leute, die sich entrechtet fühlen, immer mehr Despoten an der Macht, religiöser Fanatismus. Allgemeiner Aufruhr. Vielleicht hat Er auf den richtigen Moment gewartet – und jetzt ist es so weit.«

»Julius, wenn ich mich recht erinnere, steht in einem dieser Märchen, dass Jesus als König in Macht und Herrlichkeit auf die Erde wiederkehrt und tausend Jahre herrschen wird. Wenn er schon knapp siebzig ist, sollte er allmählich in die Puschen kommen.«

»Er macht es immerhin besser als beim letzten Mal. Damals schaffte er nur dreiunddreißig Jahre.«

»Stimmt schon, tja, in den nächsten Tagen finden wir heraus, wie echt er ist«, antwortete Bloor.

»So ist es.«

»Und wenn er echt ist, Julius?«

»Dann haben Sie als Atheist ein kleines Problem, nicht wahr?«

119

Sonntag, 19. März

Big Tony fühlte sich äußerst entspannt nach seinem dritten Glas Roederer. Auf dem Weg zu seinem Flieger hatte er Ross Hunter in der langen Economy-Schlange stehen sehen.

Einen schönen Flug, Kumpel. Genieße deine letzten Stunden auf dieser Welt!

Er holte eine Garnele aus dem Salat und steckte sie in den Mund. Sie war etwas zu kalt für seinen Geschmack, aber mit dem teuren Schampus ließ sie sich ganz ordentlich hinunterspülen.

Er war schon versucht, durch den Flieger zu schlendern und nachzusehen, wie es seiner Zielperson ging. Doch dann siegte die Vorsicht. Es hatte keinen Sinn, unnötige Risiken einzugehen. Ross Hunter lief ihm nicht davon. Er hatte alle Zeit der Welt.

Also schnippte er mit den Fingern nach einer Stewardess. Ein weiteres Glas Roederer kam.

Magie!

»Magie!«, sagte Ross zu Sally, der es gelungen war, ihren Platz mit jemandem zu tauschen, und hob den Plastikbecher mit dem Sekt, den sie ihm spendiert hatte. »Wie genau ist das passiert?«

»Ich weiß es nicht, aber es ist sehr nett«, sagte sie grinsend. Sie sah ihn schelmisch an. »Vielleicht hat uns das Schicksal zusammengeführt? Mir gefällt's jedenfalls.« Sie legte ihre elegant manikürte Hand auf die Armlehne zwischen ihnen.

Er spielte mit und drückte sie. »Mir auch, nur bin ich leider verheiratet. Hey, ich finde, wir wären ein gutes Team.«

Sie grinste. »Ich verstehe und respektiere deine moralischen Vorbehalte. Lass es mich wissen, wenn du deine Meinung ändern solltest.«

»Abgemacht!« Er grinste zurück. »Sag niemals nie …«

Ihre Essenstabletts kamen an.

Bald nach dem Essen schlief Ross ein. Als er zwei Stunden später wieder aufwachte, saß Sally mit Kopfhörern da und sah sich einen Film an, den er nicht kannte.

Er holte seinen Laptop aus der Tasche und klappte ihn auf, soweit der etwas nach hinten gekippte Sitz vor ihm es erlaubte. Unbeholfen und mit steifen Beinen las er durch, was er bis jetzt geschrieben hatte, und ergänzte die weiteren Vorfälle, angefangen mit der E-Mail, die er von dem Detective in L.A. erhalten hatte, der Michael Delaney angeblich gefunden hatte.

Dass er Sally Hughes im Flieger begegnet war, erwähnte er nicht.

Dann ging er auf die Karte von West Hollywood, die er von Google Earth heruntergeladen hatte, und betrachtete das riesige Geflecht aus Straßen. Er dachte nach.

Los Angeles?

Falls Jesus Christus wirklich zurückgekehrt war, warum hatte er sich dann für L.A. entschieden und nicht für den Ölberg im Heiligen Land, wie es in der Bibel prophezeit war?

Das Heilige Land. Der heilige Wald? *Hollywood?* Hatte das etwas zu bedeuten?

Dann bemerkte er, dass Sally auf seinen Bildschirm spähte.

Sie nahm die Kopfhörer ab. »Wonach suchst du? Du machst ja ein großes Geheimnis daraus, warum du nach L.A. fliegst. Darf ich raten?«

»Nur zu.«

»Der dritte Satz Koordinaten von deinem Freund Dr. Cook?«

»Kann schon sein.« Er lächelte ausweichend.

»Der Ort der Wiederkunft Christi?«

»Glaubst du allen Ernstes, er würde ausgerechnet nach Los Angeles kommen?«

»Ja schon, um ehrlich zu sein«, antwortete sie.

»Warum sagst du das?«

»Wenn ich Jesus wäre und möglichst großen Eindruck machen

483

wollte, wäre Amerika eine gute Wahl. Meine Optionen hätten sich in den vergangenen zwei Jahrtausenden sehr eingeschränkt. Ich glaube, ich würde mir die Nation aussuchen, die sich eine der stärksten christlichen Traditionen bewahrt hat und sehr viel Einfluss hat auf die Welt. Wenn ich Gott wäre und wollte, dass mein Sohn möglichst viele Menschen erreicht, würde ich ihn vermutlich in eine der Medienhauptstädte der Welt schicken. L. A. ist da goldrichtig.«

»Und wenn ich Satan wäre und den Großen Betrüger an einen Ort schicken wollte, auf den die ganze Welt blickt, würde ich ebenfalls L. A. aussuchen«, entgegnete er.

»Denkst du das wirklich, Ross? Ist das der Grund, warum du nach L. A. fliegst? Um einen Scharlatan zu entlarven? Satan, der sich für Jesus ausgibt?«

»Ich bin Zeitungsreporter, Sally, kein Orakel. Ich folge Hinweisen und Geschichten. Ich weiß nicht, was ich finden werde. Falls ich überhaupt etwas finde.«

»Wenn du tatsächlich den Mann findest, nach dem du suchst, woher weißt du dann, was die Wahrheit ist?«

»Es gibt eine alte mesopotamische Redewendung, die lautet, dass zwischen der Wahrheit und einer Lüge vier Finger liegen. Misst man nach, ist es der Abstand zwischen Augen und Ohren.«

Sie sah ihn an. »Zwischen dem, was man hört, und dem, was man sieht?«

»Genau. Ich habe mich meine gesamte Karriere über an dieses Prinzip gehalten. Die Gerüchte, die man hört, und die Wahrheit, die man tatsächlich sieht.«

»Wirst du mir sagen, ob du die Wahrheit gefunden hast?«

Er erwiderte ihren Blick. Im selben Moment legte der Mann vor ihm seinen Sitz noch weiter zurück, und der Bildschirm klappte zu. »Ich sage es dir und der ganzen Welt.«

Sie hob beschwichtigend die Hand. »Versprichst du mir was?«

»Was?«

»Nur für den Fall, dass diese Wahrheit ungenießbar ist. Ich will nicht, dass sich eine Fatwa gegen dich richtet – wie gegen diesen Schriftsteller, Salman Rushdie. Bitte sag sie zuerst mir, okay?«

»Okay.«

»Ich mein's ernst.«

»Ich auch.«

»Versprochen?«

Er hob die rechte Hand. »Großes Indianerehrenwort!«

120

Sonntag, 19. März

Bruder Pete Stellos stieg am späten Nachmittag aus der Maschine am Flughafen Heathrow. Er trug dieselbe kleine Ledertasche, die er bei sich gehabt hatte, als er auf den Berg Athos kam. Sie war leichter als damals, weil sie jetzt wenig mehr enthielt als seine Bibel, seine Zahnbürste und Zahncreme. Was er an Kleidung besaß, hatte er am Leib: seine schwarze Kutte, sein Kamilavkion und schwarze Schuhe. Das war alles.

Während er zur Passkontrolle ging, war er verunsichert. Die vielen Menschen um ihn herum. Die Zeichen, die abgesperrten Gänge. Es war seltsam, wieder in einer Welt voller Farben und Lärm zu sein. Wieder Frauen zu sehen. Bis er heute Morgen am Flughafen in Thessaloniki angekommen war, hatte er zehn Jahre lang keine Frau zu Gesicht bekommen. Auch kein Kind. Oder rennende Leute. Oder einen Hund.

Er blieb stehen. Wie angewurzelt. Wagte sich nicht mehr weiter. Er empfand das Gewimmel und Getümmel der Menschenmenge um ihn herum wie ein gewaltiges, erstickendes Gewicht. In einem Anflug von Panik rang er nach Luft.

Instinktiv wollte er auf dem Absatz kehrtmachen und zum Flugzeug zurückrennen, aus dem er eben gekommen war, die Crew anflehen, ihn wieder nach Hause zu fliegen.

Aber er hatte seinem Cousin, Bruder Angus, ein Versprechen gegeben.

Es gab, wie er glaubte, keine größere Sünde, als ein Versprechen nicht zu halten.

Ein Versprechen vor Gott.

»Kann ich Ihnen helfen?«, fragte eine uniformierte Frau.

Er breitete die Arme aus. »Ich – nun ja – ich – bin ein wenig verwirrt.«

»Leben Sie in der EU, Sir?«

»Ja, ja schon, aber ich habe einen amerikanischen Pass – einen neuen –, ausgestellt vom Pilgerbüro in Thessaloniki.«

Sie deutete nach unten. »Gehen Sie dort hinunter und stellen Sie sich an.«

Er bedankte sich und reihte sich in die Schlange ein. Zwanzig Minuten später trat er vor den Schalter des Grenzbeamten und reichte ihm seinen Pass.

Der Mann prüfte ihn sorgfältig. Dann sagte er: »Peter Stellos?«

»Ja.«

»Okay. Erklären Sie mir Ihre Kleidung.«

»Ich bin Mönch, Sir. In der griechisch-orthodoxen Klostergemeinschaft auf dem Berg Athos in Griechenland.«

»Und was führt Sie nach England?«

»Mein Cousin hat mich darum gebeten. Er ist ebenfalls Mönch und liegt im Sterben.«

»Das tut mir leid.«

Der Beamte gab ihm seinen Pass zurück und winkte ihn weiter.

Er ging durch den »Nichts zu verzollen«-Gang und betrat den Duty-free-Bereich, wo ein Mann ihn anredete, der Fahrkarten für den Heathrow-Express in die Londoner Innenstadt verkaufte. Er kaufte sich eine.

Als er in die Ankunftshalle hinaustrat, blieb er einige Sekunden verwirrt stehen. Passagiere eilten an ihm vorbei, die alle dringend irgendwohin unterwegs waren, viele in ihre kleinen Telefone sprechend, einige mit besorgten Mienen, andere fröhlich. Er starrte auf ein Meer von Zetteln und Pappen, die von Männern in Businessanzügen hochgehalten wurden. Arme schlangen sich um geliebte Menschen. Geschäftsreisende gingen zu ihren Fahrern. In der Luft lagen freudige Erwartung, Wiedervereinigung und Eile.

Er selbst hatte es nicht eilig.

Für ihn stand die Zeit still.

Zehn Jahre, die still an ihm vorbeigezogen waren.

Zehn Jahre, in denen die Welt sich grundlegend verändert hatte. Und er war derselbe geblieben. Zehn Jahre, in denen er Gott gedient und für die Welt gebetet hatte.

Er blickte umher und spürte plötzlich einen jähen, irrationalen Anflug seines alten Zorns. Wussten diese Menschen eigentlich, dass er für sie betete? Jeden Tag. Vierzehn Stunden. Wussten sie es zu schätzen?

Er blickte zu den Anzeigetafeln auf, suchte nach einem Zeichen für die Züge. Im selben Moment rempelte ein großer Mann ihn an, der einen Koffer hinter sich herzog, und ging ohne Entschuldigung weiter, obwohl er ihn fast umgerannt hatte.

Eine Sekunde lang hätte er ihn am liebsten angebrüllt, doch dann erinnerte er sich an etwas, das der Abt ihm vor einer Weile erzählt hatte, nachdem er dem Journalisten eine verpasst hatte. Ein buddhistisches Sprichwort: »Jeder, dem du begegnest, hat einen Kampf zu bestreiten, von dem du nichts weißt. Sei daher zu jedermann freundlich.«

Pete beruhigte sich wieder. Dann durchzog ihn eine jähe Kälte. Als wäre etwas sehr Schlimmes passiert.

Sein Cousin?

Als sie vor ein paar Tagen miteinander telefoniert hatten, klang Angus wie verwandelt im Vergleich zu früher. Seine Stimme war schwach, ohne Energie, ohne Freude.

Pete schloss kurz die Augen und betete. Betete, dass sein Cousin Angus noch am Leben war.

Heute Nacht schlief er in einem Hotel, in dem das Pilgerbüro in Thessaloniki freundlicherweise ein Zimmer für ihn gebucht hatte, unweit der Victoria Station, von wo aus er am Morgen einen Zug nach Sussex nehmen konnte. Er hoffe morgen Nachmittag zurückfliegen zu können, hatte Pete seinem Abt gesagt.

Obwohl er andere Pläne hatte.

121

Sonntag, 19. März

Ross fühlte sich bleiern müde, als er ausstieg und den langen Weg durch den Einreisebereich antrat.

Normalerweise meldete sein Handy, sobald er es nach der Landung wieder einschaltete, den Eingang einer SMS von Imogen, diesmal aber nicht. Und normalerweise hätte er sie sofort wissen lassen, dass er sicher gelandet war, und mehrere Küsse dazugesetzt. Aber diesmal war er dazu nicht in der Stimmung. Woran es lag – ob er nach dem gestrigen Mittagessen immer noch wütend auf sie war oder einfach nur zu viel Spaß mit Sally hatte –, wusste er nicht so genau.

Als sie gemeinsam vor dem Gepäckförderband standen und darauf warteten, dass es sich in Bewegung setzte, errechnete er im Geist den Zeitunterschied. Ein elfstündiger Flug, 16 Uhr in Los Angeles. Später Abend in Großbritannien. Zu spät für eine Textnachricht, rechtfertigte er sich.

Ein kleiner Mann in Tweedsakko, Polohemd und Chinohose stand unaufdringlich direkt hinter ihm und starrte in sein Handy. Er hatte sein Bluetooth eingeschaltet, und es suchte nach anderen

Geräten. In der Liste der über zwanzig Geräte, die auf dem Display erschien, stand auch *Ross' iPhone*.

Big Tony lächelte und tippte etwas ein.

»Hast du schon Dinner-Pläne?«, fragte Sally.

Er schüttelte den Kopf und unterdrückte ein Gähnen. »Mein Körper sagt mir, es geht auf Mitternacht zu, und will nichts essen. Aber gegen einen Cocktail hätte er nichts einzuwenden.«

»Für meinen letzten Job, bei CNN, musste ich regelmäßig über den Teich und zurück. Dabei hab ich herausgefunden, dass man, um den Jetlag zu besiegen, am besten so lange wie möglich wach bleibt, dann früh aufsteht und erst mal ausgiebig draußen spazieren geht. Wenn du jetzt ins Bett gehst, bist du um drei Uhr morgens hellwach und fühlst dich später beschissen. Jetzt fahr erst mal ins Hotel, check ein, und wir treffen uns in der Lobby-Bar – du übernachtest im Beverly Hilton, stimmt's?«

»Genau.«

»Ein paar Cocktails, und du schläfst wie ein Murmeltier, versprochen.«

»Ach ja?«

»Vertrau mir, ich bin Radiomoderatorin.«

»Und internationale Jetlagbeauftragte?«

»Das auch.«

Ross hatte einen Mietwagen ab Flughafen gebucht und bot Sally an, sie mitzunehmen. Während er sich, dem Navi folgend, an das fremde Auto und den Rechtsverkehr zu gewöhnen suchte, betrachtete er die Landschaft, die sich so sehr von der in England unterschied. Er war schon einmal hier gewesen, vor fünf Jahren, und hatte sich sofort heimisch gefühlt. Bilder aus unzähligen Kinofilmen und Fernsehserien, die hier spielten, tauchten vor seinem inneren Auge auf.

Am Strand von Santa Monica setzte er Sally vor einem sehr vornehmen Hotel namens Shutters ab. Bevor er wieder losfuhr, wählte er die Nummer seines Kontaktmanns bei der Polizei von L. A.

Nach zweimaligem Klingeln meldete er sich – knapp, aber freundlich. »Jeff Carter.«

»Hi, Ross Hunter hier.«

»Schon angekommen, Kumpel?«

»Gerade eben gelandet.«

»Willkommen in L. A.! Heute Abend schon was vor?«

»Nein – nichts, was sich nicht verschieben ließe.«

»Gut zu hören. Wo wohnst du?«

»Im Beverly Hilton.«

»Treffen wir uns um sieben dort auf ein Bier?«

»Super, danke.«

»Dann bis später, Kumpel.«

Ross legte auf und schickte Sally eine SMS.

Tut mir leid, heute Abend geht's nicht, mein Kontaktmann hat Neuigkeiten und will mich treffen – wie wär's morgen Abend?

Schon Augenblicke später antwortete sie.

Klingt gut. Ruf mich an, bin gespannt, was er sagt. Vielleicht später noch auf einen Absacker? Pass auf Dich auf. XX

Nachdem er im Hotel eingecheckt hatte, schickte er Imogen eine Nachricht.

Bin gut angekommen. X

Er war überrascht, als sie ihn fast umgehend anrief.

»Hi«, sagte sie, um einiges freundlicher als beim Mittagessen.

»Du bist ja noch auf.«

»Ich mach mir Sorgen um dich, Ross. Also, wie sieht's aus – hast du schon was gehört von deinem Cop?«

»Er kommt später hierher.«

»Super, rufst du mich danach noch an?«

»Um drei oder vier Uhr morgens?«

»Da ist was dran. Dann schick mir eine E-Mail, ja? Ich will alles wissen.«

»Sicher.«

Er packte den Koffer aus, ging ins Bad und nahm eine kurze Dusche. Sechs Etagen über ihm, in einem größeren, eleganteren Zimmer, stand auch Big Tony unter der Dusche. Bei dem unberechenbaren Verkehr in dieser Stadt hielt er es für angebracht, die Zielperson im Auge zu behalten, obwohl diesen Job jetzt Ross' Smartphone für ihn erledigte. Big Tony konnte jedes Gespräch mithören und auf seiner Karte sehen, wo Ross Hunter sich aufhielt. Bis auf drei Meter genau. Er konnte nur hoffen, dass er das Gerät nicht irgendwo verlor oder die Toilette hinunterspülte. Das war ihm schon mal passiert.

Kurz vor sieben ging Ross, frisch gemacht und umgezogen, nach unten und in die Bar. Er setzte sich in einen Ledersessel an einem Ecktisch, studierte kurz die Cocktailkarte und bestellte sich dann ein Bier.

Gleich darauf kam ein hagerer Mann Anfang fünfzig mit einem Bürstenhaarschnitt, einer Bomberjacke über einem schwarzen T-Shirt, in Jeans und Turnschuhen, die aussahen wie frisch aus dem Laden, hereingeschlendert und sah sich um. Sein Blick richtete sich auf Ross, und er kam geradewegs auf ihn zu.

»Ross?«

Ross stand auf. »Jeff?«

Obwohl er schon mehrmals mit dem Detective telefoniert hatte, als er für seinen Artikel über Promi-Stalker Material gesammelt hatte, waren sie sich noch nie persönlich begegnet.

Er bestellte ein Bier für Carter, und sie setzten sich einander gegenüber hin. Bis der Detective sein Bier bekam, plauderten sie unverbindlich, über den Flug hierher, über das Wetter in England. Ross versuchte, ihm auf den Zahn zu fühlen, was er von neuen Waffengesetzen hielt, aber der Polizist wich ihm aus. Als Carter schließlich ein Glas in der Hand hatte, sagte er:»Michael Delaney, stimmt's?«

»Genau.«

»Warum interessierst du dich für ihn, Kumpel?«

»Oh, ich schreib da an einer Geschichte, für die *Sunday Times*.« Er zögerte.»Über falsche evangelikale Prediger, die mit Zaubertricks arbeiten.«

»Na ja, ich hab den Namen Delaney überprüft, es gibt keinen evangelikalen Priester mit diesem Namen. Die Übereinstimmung, die wir haben – und sie ist ziemlich signifikant –, trifft auf einen ehemaligen Taschenspieler und Laienprediger zu, Mike Delaney, geboren 1947. Er hatte früher zur besten Sendezeit eine eigene Fernsehshow unter seinem Künstlernamen, Mickey der Magier, bis sie ihn vor etwa zwanzig Jahren gefeuert haben.«

»Weißt du, warum?«, fragte Ross.

»Inoffiziell, Alkoholproblem. Hab ich zumindest gehört. Hing an der Flasche. Konnte nur auftreten, wenn er voll war. Aber das bleibt unter uns, okay?«

Ross bewegte die Finger quer über seinen Mund, als würde er einen imaginären Reißverschluss schließen.

»März 2014 wurde er in West Hollywood nach einem Autounfall verhaftet und wegen Trunkenheit am Steuer angeklagt – er hatte eine rote Ampel übersehen und war in einen Mülllaster gefahren.«

»Keine gute Wahl.«

Carter grinste.»Wenn du von der Seite gerammt wirst, bist du in einem Müllwagen vermutlich am besten aufgehoben. Der Fahrer hatte Glück. Niemand kam zu Schaden, abgesehen von Delaney und seinem Führerschein.«

»Du schreibst, du hättest ihn gefunden – weißt du, wo er ist?«

»Aus den Unterlagen seiner Sozialversicherung«, sagte der Polizist,»ist abzulesen, dass er für eine Wohlfahrtseinrichtung arbeitet, in der Nähe des Farmers Market drüben Ecke Fairfax und West Third.«

»Eine Wohlfahrtseinrichtung?«

»Es ist ein Rehabilitationszentrum für Drogenabhängige, von Nonnen geführt, den Brea Detox Sisters.«

Ross notierte sich die Information. »Interessant, danke. Das ist großartig, phantastisch.«

Der Detective sah Ross forschend an. »Bin nicht sicher, ob du viel aus ihm rausbekommst für deine Zeitung.«

»Klingt nicht danach.« Ross lächelte, aber Carter erwiderte sein Lächeln nicht. »Du hast mir sehr geholfen, Jeff.«

»Wirklich? Wenn du dich für falsche evangelikale Prediger interessierst, wir haben ganze zehn auf dem Radar.«

»Ich komm vielleicht darauf zurück.«

Carter sah ihn prüfend an. »Gibt's noch einen anderen Grund, warum du dich für diesen Delaney interessierst, Ross?«

»Nein, es ist wegen meiner Redakteurin, sie hat es sich in den Kopf gesetzt, dass ich mit ihm spreche. So sind Redakteure nun mal – sie haben eine Idee, und das war's.«

Der Detective nickte. »Also, kann ich sonst noch was für dich tun, während du hier bist, in der Stadt der Engel?«

»Hast du Delaneys Wohnadresse, Jeff?«

»Ich hab mit der Nonne gesprochen, die das Rehabilitationszentrum leitet. Sie sagte, er hätte sich irgendwo in der Gegend ein Zimmer gemietet. Wo genau, wusste sie auch nicht.«

»Danke noch mal, ich weiß wirklich zu schätzen, dass du dir an einem Sonntagabend Zeit nimmst und hierherkommst.«

»Kein Problem.« Carter trank sein Glas leer.

»Noch eins?«, bot Ross ihm an.

»Danke, aber ich muss los. Mein Junge ist vor kurzem eingeschult worden und nicht gerade glücklich heute – Sonntagabend eben. Hab ihm versprochen, rechtzeitig daheim zu sein und ihm eine Geschichte vorzulesen. Hast du Kinder?«

493

»Eins ist gerade unterwegs.«

»Dann wirst du bald wissen, was ich meine.«

Sie schüttelten sich die Hände, und der Detective ging. Ross bestellte sich noch ein Bier und ging dann hinaus in die laue Abendluft, um eine Zigarette zu rauchen. Er betrachtete den Verkehr auf dem Wilshire Boulevard und den steten Strom von Wagen und Taxis, die vor dem Hotel hielten.

Als er zu Ende geraucht hatte, rief er Sally an, um sie auf den neuesten Stand zu bringen und ihre Reaktion zu prüfen.

»Bist du sicher, dass du keine Lust auf einen Absacker hast?«, fragte sie.

Er zögerte. Die Versuchung war groß. Andererseits war er hundemüde. »Ich möchte schon, aber ich bin jetzt wirklich geschafft. Ich würde wahrscheinlich mittendrin einschlafen.«

»Keine Sorge, so weit würde ich es nicht kommen lassen!«, sagte sie neckisch.

Er grinste. Sie brachte ihn zum Lachen, das gefiel ihm. »Bleibt's dabei, morgen zum Abendessen?«, sagte er.

»Ich hab schon einen Tisch bestellt – das Lokal hat mir der Hotelportier empfohlen«, antwortete sie.

»Ich freu mich.«

»Ich mich auch.«

Er ging wieder hinein, und während er sein Bier zu Ende trank, dachte er über die Information nach, die ihm der Detective gegeben hatte. Dann ging er hinauf in sein Zimmer und schickte Imogen eine E-Mail mit sämtlichen Informationen. Vollkommen erschöpft, schälte er sich anschließend aus den Klamotten, putzte sich die Zähne, stellte den Wecker und schlief sofort ein.

Big Tony lauschte ein paar Minuten seinen Atemzügen, bis er sicher war, dass Ross tief und fest schlief. Er schaltete sein Gerät aus, holte sich einen Miniatur-Whiskey aus der Minibar und tätigte mehrere Anrufe.

122

Montag, 20. März

Kurz vor Mittag wurde das Taxi, das Bruder Pete sich am Bahnhof von Horsham genommen hatte, allmählich langsamer. Sie fuhren auf einer zweispurigen Landstraße, die auf beiden Seiten von Hecken gesäumt war.

Weiter vorn steckte in einem ungepflegten Grünstreifen ein weißes Schild.

Über der Schrift, die auf ST HUGH'S CHARTERHOUSE verwies, war das schlichte Wappen des Kartäuserordens zu sehen, ein Kreuz auf der Weltkugel. Bruder Pete erinnerte sich an das Motto, das es ausdrücken sollte:

Stat crux dum volvitur orbis.

Das Kreuz steht fest, während die Welt sich dreht.

Das Taxi bog nach rechts auf eine Zufahrt. Nach einer kurzen Strecke passierte es den Torbogen eines reichverzierten Pförtnerhauses. Einige hundert Meter weiter vorn erhob sich ein herrschaftliches Gebäude. Der mittlere Teil war ein Turm mit drei Spitzen. Links und rechts davon erstreckte sich jeweils ein mehrere hundert Meter langer Gebäudeflügel.

Sie hielten vor der Eichenpforte.

Bruder Pete bezahlte den Fahrer, ging zur Eingangstür und zog an der großen Glocke daneben.

Er hörte ein fernes Gebimmel. Und noch eines. Ein rundlicher Mann in den Sechzigern in einer weißen Kutte öffnete die Tür. Er lächelte.»Hallo, ich bin Vater Raphael, der Abt, kann ich Ihnen helfen?«, fragte er.

»Ich bin Bruder Pete – Pete Stellos – vom Kloster Simonos Petras aus der Klostergemeinschaft auf dem Berg Athos. Ich bin gekommen, um meinen Cousin zu besuchen, Bruder Angus.«

»Wir haben dich schon erwartet.« Seine Miene wurde ernst. »Bitte komm herein.«

Bruder Pete folgte ihm einen langen, kahlen Gang entlang und in ein großes, behaglich aussehendes, von Bücherregalen gesäumtes Büro. Der Abt wies dem Mönch einen Stuhl.

»Du kommst von weit her, Bruder Pete.«

»Das ist wahr, ehrwürdiger Abt.«

»Du musst hungrig und durstig sein. Darf ich dir etwas anbieten? Kaffee, Tee? Etwas zu essen?«

»Eine Tasse Kaffee wäre schön, bitte. Ohne Milch.«

Der Abt ging aus dem Zimmer und kam einige Minuten später mit einem Tablett zurück, auf dem zwei Tassen Kaffee standen, ein Teller mit Keksen und noch ein Teller mit einem Stück Cheddar-Käse, mehreren Scheiben Brot und einem Messer. Er stellte das Tablett auf den Tisch. »Bitte, greif zu.«

Pete nahm sich einen Schokoladenkeks. Als er gerade ein Stück abbeißen wollte, sagte der Abt: »Ich fürchte, ich habe schlechte Nachrichten für dich.«

Pete hielt mitten in der Bewegung inne, die Augen auf den Abt gerichtet.

»Dein Cousin, unser lieber Bruder Angus, ist letzte Nacht verstorben, nach einem langen Kampf gegen den Krebs.«

»Ich komme zu spät. Ich …«

Der Abt sah ihn traurig und erwartungsvoll an.

»Ich hatte so ein Gefühl«, gab Pete zu.

»Du musst wissen, dass er wirklich ein Mann Gottes war.«

Bruder Pete nickte. »Das weiß ich. Er hat mich auf diesen Weg geführt.«

»Er hat dich hergebeten, weil er dir einige sehr wichtige Gegenstände zur Aufbewahrung anvertrauen wollte.«

»Deshalb bin ich hier.«

»Ich habe sie an mich genommen. Er war sehr glücklich, dass du dich auf den Weg gemacht hast. Und erleichtert. Er wollte durchhalten, bis du kommst, aber unser Herr hat anders entschieden.« Der Abt hielt eine kleine Sackleinentasche in die Höhe. »Sie sind hier drin. Ich weiß nicht, was sie enthält, ich habe auch nicht gefragt, weil wir hier alle unsere Privatsphäre haben. Aber bitte nimm sie an dich und bewahre sie gut auf, wie er es wollte.«

Bruder Pete steckte die Tasche in seine eigene.

»Ich möchte dir mein tief empfundenes Beileid ausdrücken. Auch uns wird er fehlen. Er war ein wahrer Visionär.«

»Darf ich ihn sehen?«

»Natürlich. Ich führe dich zu ihm. Bleibst du bis zu seiner Beerdigung morgen hier? Ich kann dir eine Zelle anbieten.«

»Danke, sehr freundlich.«

»Also sag mir, Bruder Pete, wie geht es so auf dem Berg Athos?«

»Ja nun, gut, sehr gut«, erwiderte er. »Zum ersten Mal seit vielen Jahren steigt die Anzahl der Mönche wieder. Vor dreißig Jahren, als der frühere Abt verstorben war, gab es nicht einmal genügend Mönche, um seinen Sarg zu tragen. Die einzige Möglichkeit, wie wir neue Mönche bekommen, ist durch Mundpropaganda. Auch bei mir war es so. Wie es derzeit um die Welt bestellt ist, bieten wir all jenen eine sichere Zukunft, die die Gegenwart fürchten.«

»Unser verstorbener Bruder Angus hat mir von dir erzählt. Von deinem früheren Leben als Fernfahrer und Bedienung bei McDonald's, in der Nachtschicht. Was hast du in den Jahren als Mönch eines geschlossenen Ordens gelernt?«

»Ehrlich?« Bruder Pete sah ihn eindringlich an.

»Eine andere Antwort hätte keinen Sinn.«

»Ich höre immer wieder, dass ein Mönch absolut und bedingungslos glauben müsse. Wer Zweifel habe, der sei am falschen Ort. Hatten Sie jemals Zweifel, ehrwürdiger Vater?«

»Wir haben alle von Geburt an nur eine einzige Gewissheit, Bruder Pete. Dass wir eines Tages sterben werden.«

Pete nickte. »Und die Frage, die uns alle beschäftigt, ist, was wohl nach unserem Tod geschehen wird.«

»Werden wir zur Rechten Gottes sitzen?«

»Oder in jenem Friedhof verrotten, den ich durch Ihr Fenster sehen kann.«

Der Abt lächelte. Bruder Pete sah, wie er die Augen gen Himmel richtete.

»Ich bete tagtäglich vierzehn Stunden, ehrwürdiger Vater. Manchmal spüre ich eine Verbindung mit einer höheren Macht, dann wieder fühle ich mich wie – tut mir leid, wenn ich das sage –, wie ein Idiot. Ich habe das Gefühl, dass ich einfach nur alt werde, ohne je gelebt zu haben. Dass ich eines Tages aufwachen und achtzig Jahre alt sein werde – wenn ich es bis dahin schaffe – und mich fragen werde, was ich eigentlich im Leben zustande gebracht habe. Haben Sie auch solche Gedanken?«

Der Abt schüttelte den Kopf. »Ich fand zum Glauben, nachdem ich meinen Körper jahrelang für mein Vergnügen missbraucht hatte. Das Leben ist kein Geschenk, es ist Verantwortung. Etwas, das intelligenten Menschen abverlangt wird. Es gibt nur eines, das Gott als Gegenleistung für sein Geschenk des Lebens von uns erwartet. Nämlich, dass wir die Welt in einem besseren Zustand verlassen, als wir sie bei unserer Ankunft vorgefunden haben. Kannst du das von dir behaupten, Bruder Pete?«

»Ich arbeite daran.«

»Ich auch. Dasselbe galt für Bruder Angus, Gott hab ihn selig.«

123

Montag, 20. März

Der Raum im La Brea Detox Sisters Rehab Center hatte einen roten Fliesenboden. An drei Wänden reihten sich Arbeitstische aus Edelstahl. Darauf lagen auf Papierservietten, wie Gedecke in einem Restaurant, ordentlich Löffel und Spritzen bereit.

Es roch abgestanden, eine Mischung aus Desinfektionsmittel und ungewaschener Kleidung. Ross starrte auf einen Mann in einem schmuddeligen Trainingsanzug, mit fettigem, ergrauendem Haar, dessen Schnitt einer Tonsur glich; er war wahrscheinlich vierzig, sah aber aus wie sechzig. Er saß auf einem Hocker, beugte sich in fiebriger Konzentration über den Tisch, umgeben von Zigarettenpapier, und hielt ein Feuerzeug unter eine prasselnde Flüssigkeit in seinem Löffel.

Eine Etage höher, im Beobachtungszimmer, sagte Schwester Marie Delacroix mit sanfter Stimme zu Ross: »Wir erlauben es ihnen. Wir haben rund um die Uhr ehrenamtliche Ärzte hier. Wir geben ihnen saubere Spritzen, und sollten sie sich eine Überdosis verabreichen, können wir ihnen helfen. Wenn sie schon Drogen nehmen müssen, sollen sie dies wenigstens in einer sauberen, sicheren Umgebung tun, in der medizinische Hilfe verfügbar ist.«

Ross unterdrückte ein Gähnen. Er war schon um vier Uhr morgens aufgewacht, hatte sich im Bett von einer Seite auf die andere gewälzt, bis es ihm zu dumm geworden war und er in der Morgendämmerung einen Spaziergang gemacht hatte. Jetzt war es kurz nach zehn.

»Und die Polizei hat nichts dagegen?«, fragte er.

»Die Beamten verstehen unsere Arbeit und drücken daher ein Auge zu. Ich habe Kliniken wie diese in Deutschland und Holland gesehen. Sie retten viele Leben.«

»Ich sollte was darüber schreiben – über Ihre Arbeit und die Kliniken in Europa.«

»Das sollten Sie tatsächlich. Wir brauchen viel gute Presse. Nun, was kann ich für Sie tun, Mr. Hunter?«

»Wie ich höre, haben Sie hier einen ehrenamtlichen Mitarbeiter namens Michael Delaney.«

Ihre Reaktion überraschte ihn. Sie geriet geradezu in Verzückung.

»Mike Delaney!«, sagte sie mit tiefer Ehrfurcht. »Dieser Mann ist – wie soll ich sagen – ein Heiliger!«

»Wirklich?«

»Wirklich, Mr. Hunter.« Sie senkte verschwörerisch die Stimme. »Wollen Sie wissen, wie meine Mitarbeiter hier ihn nennen? *Mr. Wunderwirker*!«

»*Mr. Wunderwirker?*«

»Wirklich! Dieser Mann ist ganz erstaunlich, als hätte er magische Kräfte. Er heilt jeden, mit dem er spricht. Binnen Wochen sind sie clean, egal, wie lange sie schon süchtig gewesen waren. Er hat eine Erfolgsquote von hundert Prozent. Vor ein paar Jahren kam er einfach zur Tür hereinspaziert und fragte uns, ob er irgendwie helfen könne. Er ist erstaunlich. Wenn Sie an Wunder glauben, dann ist er ihr Mann, er wirkt Wunder.«

»Und wie macht er das?«, fragte Ross, ohne sich seine Aufregung anmerken zu lassen.

»Er legt ihnen einfach die Hände auf, Darling. Das ist alles. Er legt ihnen die Hände auf.«

»Wann erwarten Sie ihn denn zurück?«, fragte Ross.

Sie zuckte mit den Schultern. »Das ist das Problem. Er kreuzt auf, wann immer es ihm gefällt.« Wieder senkte sie die Stimme. »Wann immer er am Vorabend nicht zu tief ins Glas geschaut hat.«

»Dann kommt er heute vielleicht gar nicht her?«, wollte Ross wissen.

»Nein, Darling, er ist ein bisschen launisch.«

»Wissen Sie, wo er wohnt?«

Ihr Benehmen veränderte sich, und sie sah ein wenig unbehaglich drein. »Er zieht herum, von einem Wohnheim zum nächsten. Aber seine aktuelle Adresse will ich nicht herausgeben, nicht ohne seine Zustimmung.«

»Natürlich.«

»Wenn er heute nicht hier aufkreuzt, könnten Sie's in der Fairfax Lounge versuchen.«

»Die Fairfax Lounge?«

»Eine Bar nur ein paar Häuserblocks von hier. Mr. Delaney war mal ein ziemlich berühmter Zauberkünstler, bis ihn der Dämon Alkohol zu fassen bekam.« Sie bewegte ihre Hand in einer Wackelgeste. »Die Bar zahlt ihm eine Pauschale, damit er von Tisch zu Tisch geht und die Leute mit seinen Zaubertricks unterhält. Das und die Trinkgelder, die er bekommt, sichern ihm den Alkoholnachschub. Wir zahlen ihm auch eine Kleinigkeit. Ich versuche immer, ihm zu Mittag einen Happen zu essen zu bringen, ein Sandwich, so was in der Art.«

»Ist er jede Nacht in der Fairfax Lounge?«

»Die meisten Nächte, sagt er. Obwohl ich glaube, dass er an manchen Abenden so viel getankt hat, dass er nicht mehr weiß, welcher Wochentag ist. Viel Glück mit ihm!«

»Das kann ich brauchen.«

»Und ob, Darling. Er redet nicht viel. Ich glaube, er ist ein ziemlich trauriger Bursche. Keine Familie, glaube ich. Er wirkt auf mich wie eine verlorene Seele. Und trotzdem …« Sie zögerte.

Ross wartete geduldig.

»Manchmal, wenn ich ihn ansehe«, sagte sie, »hab ich das Gefühl, in einen endlos tiefen Brunnen zu blicken. Er hat verborgene Abgründe, die vielleicht nur Gott sehen kann.«

»Mag sein«, pflichtete Ross ihr bei.

124

Montag, 20. März

Ross war froh, als er die bedrückende Atmosphäre des Rehabilitationszentrums verließ und in den warmen Sonnenschein hinaustrat. Ihm schwirrte der Kopf.

Wunderwirker!

Er legt ihnen einfach die Hände auf, Darling.
Er blickte um sich, prüfte, ob ihn jemand beobachtete oder ihm folgte. Er befand sich in einer belebten, breiten Straße voller Hinweisschilder. Eine riesige Reklametafel auf einem Gerüst bewarb einen Kinofilm. Rechts blinkte das Wort MARKET, allerdings fehlten mehrere Glühbirnen. Quer über einem markierten Straßenabschnitt hing ein kleines Schild, PED XING, Fußgänger kreuzen.

Er suchte sich einen Schattenplatz, gab »Fairfax Lounge« bei Google Maps ein, das Sekunden später auftauchte, mit der Option, die Route berechnen zu lassen. Er klickte auf die Taste, und die Route erschien. Vierzehn Minuten zu Fuß.

Den Anweisungen auf seinem Smartphone folgend, bog er auf einen palmengesäumten Boulevard mit hohen Häuserblocks zu beiden Seiten. Bei der nächsten Kreuzung bog er nach links in eine belebte, vierspurige Straße, in der Autos parkten. Er passierte einen koscheren Supermarkt, eine Bäckerei, ein Starbucks-Café, eine Burgerbude, eine Apotheke und einen Laden, der gruselig aussehende Puppen verkaufte. Ein paar Minuten später war er auf der Fairfax mit der Anweisung, links abzubiegen.

Er ging vorbei am Farmers Market und erreichte kurz darauf die Kreuzung mit der Melrose. Gegenüber dem Gebäudekomplex der Fairfax High School überquerte er die Straße, ging an der Schule und der blauen Baracke vorbei, die er bei Google Earth gesehen hatte. Gegenüber befanden sich ein Gebrauchtwarenladen, ein Lagerhaus und eine Arztpraxis. Dann sah er es, direkt gegenüber, auf der anderen Straßenseite, am Ende eines Fußgängerüberwegs, zwischen einer Bäckerei und einem Lampengeschäft mit einem Räumungsverkaufsschild in der Auslage: ein großes altmodisches Neonschild an der Wand, auf dem FAIRFAX LOUNGE zu lesen war. Darunter, viel kleiner und nicht beleuchtet, standen die Worte: *Jeden Abend Zaubertricks!*

Er wartete, bis sich eine Lücke im Verkehr auftat, und ging hinüber. Die Außenfassade wirkte, als hätte sie seit Jahrzehnten keine frische Farbe mehr gesehen, und die Fenster waren verschmiert. Das Interieur würde genauso schäbig sein, vermutete Ross. Er öffnete die Tür, und abgestandener Biergeruch schlug ihm entgegen. Es dauerte ein paar Momente, bis sich seine Augen an das Dämmerlicht gewöhnt hatten. Zur Linken befand sich eine lange Theke, hinter der ein alter, elend aussehender Typ in Hemdsärmeln eine Reihe Cocktailgläser polierte. Runde Sitznischen rechts, bei denen das Leder an manchen Stellen abblätterte. Am hinteren Ende eine Bühne mit einem Mikrophonständer und ein paar Lautsprechern. Ein Sinatra-Song dröhnte aus einem schlechten Soundsystem. Der Teppich fühlte sich klebrig an unter den Sohlen.

Neben einem großen Rauchverbotsschild an der Wand hing ein kleines, ausgebleichtes Poster in einem billigen Rahmen. Im Zentrum war ein Gesicht, das er aus seiner Internet-Recherche kannte. Der extravagante, langhaarige Mann Ende vierzig, dessen Kopf im Licht der Bühnenscheinwerfer eine Art Strahlenkranz aufwies. Darunter stand zu lesen:

Mickey der Magier – Mysteriös!
Eine neue ABC-Familienshow
Sommerpremiere. 16. Juni.
Freitags 21 Uhr / 20 Uhr Central Time

Ross lehnte sich an den Bartresen und knipste ein Foto mit der Handykamera. Dann wandte er sich an den Barmann. »Hi«, sagte er. »Wissen Sie, ob Mike Delaney heute hier ist?«

»Sehe ich so aus?«, versetzte der, ohne aufzublicken.

»Sie sehen aus, als wären Sie die einzige Person hier im Raum«, schoss Ross zurück.

»Vielleicht ja, vielleicht nein. Falls er aufkreuzt, dann zur Cocktailzeit – Happy Hour.«

»Wie lange gilt die hier?«

Er deutete mit dem Daumen hinter sich, und Ross entdeckte das Schild an der Wand. Happy Hour von 17.30 Uhr bis 19.30 Uhr.

Er bedankte sich, erhielt als Antwort ein hingegrunztes »Mhm«

und ging wieder hinaus auf die Straße. Er brauchte unbedingt einen Koffeinschub, und Hunger hatte er auch. Es war noch früh für ein Mittagessen, aber sein Frühstück um halb acht lag lange zurück. Er sah sich nach etwas Ansprechendem um, entdeckte aber nichts. Er erinnerte sich, wie sehr Imogen Melrose Avenue und die vielen coolen Cafés und Delis dort gemocht hatte, als sie gemeinsam hier gewesen waren. Weil er eine Menge Zeit übrig hatte, machte er sich auf den Weg in diese Straße.

Er holte sein Handy aus der Tasche, rief Sally an und hinterließ ihr eine Nachricht auf dem Anrufbeantworter. Gedankenversunken ging er weiter und genoss dabei den warmen Sonnenschein. Melrose Avenue. Die Straße hatte das elegante, flippige, kiezige Flair, das ihn an gewisse Viertel in Brighton erinnerte. Er passierte das grelle Schild eines schicken Klamottenladens, HOT PINK. Der Laden daneben hieß SHOWTIME. Er ging weiter, an einer großen weißen CVS-Apotheke und einer schwarzen Ladenfassade mit dem Schild TATTOO vorbei.

Er versuchte sich zu erinnern, wo sie damals ihren Sonntagsbrunch eingenommen hatten, mit einer der besten Eierspeisen, die er je gegessen hatte. Auf der anderen Straßenseite entdeckte er ein cooles Café mit einer Markise und ging hinüber. Nachdem er ein HAPPY-HOUR-Schild passiert hatte, das draußen auf dem Gehsteig stand, blieb er vor dem Eingang stehen, sah sich vorsichtig um und ging hinein.

Es war ein großer Raum mit einem ungezwungenen Flair und fast komplett leer. Er setzte sich an einen Fenstertisch, von dem aus er die Straße im Blick hatte – und jeden, der ihm eventuell gefolgt war –, und bestellte einen doppelten Espresso, eine Cola light, dazu einen Cheeseburger und Fritten. Dann beobachtete er den Verkehr draußen und versuchte, seine Gedanken zu bündeln. Zu planen, was er heute Abend zu Mike Delaney sagen würde – falls er aufkreuzte.

Was sagte man zum – Sohn Gottes?

Ihm schwirrte der Kopf bei der gewaltigen Vorstellung, und er fing an zu zittern.

Und gleichzeitig sagte ihm eine Stimme in seinem Kopf, dass dies alles nicht real war. Nicht real sein konnte.

Er sah hinüber zur Glass Hookah Lounge, zu dem Laden daneben, Nail Nation, auf die Manic Panic Style Station und das Café La Crème.

Sein vibrierendes Telefon riss ihn aus seinen Gedanken. Sally.

»Hey!«, sagte er.

»Na, was gibt es Neues?«

Ross erzählte es ihr.

»Soll ich kommen und dir Gesellschaft leisten? Vielleicht gelingt es uns zu zweit besser, das Eis zu brechen?«

»Danke, nett von dir, aber ich muss es allein durchziehen.«

»Rufst du mich hinterher an? Oh Gott, das ist unfassbar, Ross.«

»Oder eine unfassbare Pleite?«

»Das glaub ich nicht.«

Als er auflegte, kamen seine Getränke und kurz darauf auch sein Essen. Er griff sich das Salz und wollte gerade etwas davon auf seine Fritten streuen, als auf der anderen Straßenseite eine Frau vorüberging, die Imogen unglaublich ähnlich sah.

Er hielt in der Bewegung inne.

Sie war eine perfekte Doppelgängerin von Imogen.

Bildete er sich das nur ein? Spielte ihm sein müdes, angestrengtes Hirn etwa einen Streich?

Und wenn nicht?

Er stellte das Salz auf den Tisch, griff sich sein Telefon und wählte Imogens Nummer. Sekunden später blieb die Frau abrupt stehen, holte ihr Handy aus der Handtasche und schaute auf das Display. Er sah zu, wie sie eine Taste drückte und es wieder in die Tasche steckte.

Sie hatte den Anruf direkt auf den Anrufbeantworter umgeleitet.

125

Montag, 20. März

Ross sprang auf, wollte zur Tür laufen, hinter Imogen her, und setzte sich wieder hin, ratlos.

Seine Nummer wäre doch sicher auf ihrem Display angezeigt worden. Dann hätte sie sie ja gesehen und ihn weggedrückt, aber warum? Weil sie nicht in der ländlichen Ruhe von Sussex, bei ihrer Schwester, sondern in einer belebten Straße in Los Angeles unterwegs war.

Ihr Hiersein erklärte, warum sie ihn gestern Nacht angerufen hatte – um ein Uhr morgens, wie er dachte. Warum war sie hier? Was hatte sie vor? Was hatte sie geplant?

Er war völlig verwirrt.

Allein schon dass er sie in dieser riesigen Stadt gesehen hatte, war ein unfassbarer Zufall. Andererseits war diese Straße einer ihrer Lieblingsorte gewesen, als sie gemeinsam hier gewesen waren, und so war es vielleicht gar nicht so verwunderlich, dass es sie hierhergezogen hatte.

Aber die Zufälle schienen sich allmählich zu häufen: dass er am Tag, nachdem er Harry Cook kennengelernt hatte, zufällig Sally Hughes begegnet war, der Nichte eines der Treuhänder von Chalice Well. Dann der Zufall – wenn es denn einer war –, mit ihr im selben Flieger zu sitzen, nur eine Reihe von ihr entfernt. Und jetzt der Zufall, Imogen vorbeigehen zu sehen. Nur fünf Minuten später, und er hätte sie wahrscheinlich nicht bemerkt.

Oder wäre auf der Straße mit ihr zusammengestoßen.

Wieder kam ihm Schweitzers Begriff für den Zufall in den Sinn.

Gottes Pseudonym.

Er aß seinen Lunch, nahm aber den Geschmack des Essens kaum zur Kenntnis. Er war ganz in seine Gedanken vertieft.

Was ging hier vor? Was in aller Welt hatte Imogen in dieser Stadt zu suchen? Spionierte sie ihm nach? Verdächtigte sie ihn etwa, gelogen zu haben, was die Gründe anging, warum er hier war? Das letzte Gespräch, das sie geführt hatten, handelte nur von Gefahren. Was hatte sich verändert? Was führte sie im Schilde? Und warum hatte sie ihm nichts davon gesagt?

Noch immer ratlos, verließ er das Diner und sah sich vorsichtig nach Imogen um, bevor er hinausging. Eine merkwürdige Situation, sich vor seiner Frau zu verstecken. Doch dann dachte er, *ach, was soll's*. Falls sie einander über den Weg laufen sollten, wäre er neugierig auf ihre Erklärung – zumal sie ständig davon geredet hatte, wie knapp sie doch bei Kasse waren. Aber für ein Flugticket nach Los Angeles schien das Geld offenbar zu reichen.

Da er noch einige Stunden totschlagen musste, bevor es Sinn machte, in die Fairfax Lounge zurückzukehren, spazierte er über den Farmers Market. Dort erlag er der Versuchung durch einen riesigen Doughnut – und bereute es sofort. Er verließ den Markt und ging hinauf zu den Hollywood Hills, nahm die zunehmende Steigung schnellen Schrittes, um des verfluchten Doughnuts Herr zu werden. Aber eineinhalb Stunden später hatte er immer noch ein flaues Gefühl im Magen, als hätte er eine Kanonenkugel verschluckt.

Als er zum Auto zurückging, das er hinter dem Rehabilitationszentrum geparkt hatte, kam eine SMS von Sally:

Sei vorsichtig, dass er Dich nicht als Jünger rekrutiert.
Obwohl Du mit Bart und Sandalen sicher toll aussiehst.
LOL:-) XX

Er grinste und schrieb zurück:

Haha! XX

126

Montag, 20. März

Ross stieg in den Wagen und schloss die Tür. Es war 15.50 Uhr.
Die Happy Hour in der düsteren Fairfax Lounge begann um
17.30 Uhr. Würde Mike Delaney heute dort aufkreuzen?
Müdigkeit überkam ihn. Er hätte nichts gegen ein kurzes Nicker-
chen, aber ihm schwirrte der Kopf.
Imogen war nach Los Angeles geflogen – obwohl sie knapp bei
Kasse waren –, ohne es ihm zu sagen. Wollte sie ihn überraschen?
Tja, das war ihr gelungen.
Er zückte sein Handy und checkte die Liste der getätigten An-
rufe. Ganz oben stand *Imogen Mob*. Er überlegte, ob er sie noch
einmal anrufen sollte.
Es war fast Mitternacht in England. Würde sie sich melden und
dabei so tun, als hätte sie geschlafen? Oder würde sie ihn ignorie-
ren? Und was würde er sagen, falls sie sich meldete?
Er hatte sich noch nicht entschieden, als er die Taste drückte.
Es klingelte viermal, bevor ihr Anrufbeantworter ansprang.
»Hi, Imogen hier, hinterlassen Sie eine Nachricht.«
»Ich bin's«, sagte er kurz angebunden. Dann, sarkastisch: »Tut
mir leid, dass es so *spät* ist. Ruf mich an.«
Zehn Minuten lang checkte er seine E-Mails; da war eine von
seiner Redakteurin, die ihn fragte, ob er gut angekommen und ob
alles in Ordnung sei. Er loggte sich bei Twitter und Facebook ein
und dann bei Sky News. In London drohte ein U-Bahn-Streik und
ein weiterer Streik der Southern Railway, der die Züge nach Brighton betreffen würde. Hitlers Telefon sollte versteigert werden. Na
toll – wer wollte eine so abscheuliche Trophäe, fragte er sich. Die
wöchentliche Besucherzahl der Church of England war zum ersten
Mal unter eine Million gefallen.

Kein Wunder, dass Gott besorgt war, dachte Ross. Es erinnerte ihn an etwas, das der Quantenphysiker und Nobelpreisträger Max Planck einmal gesagt hatte:»Die Wissenschaft schreitet mit einer Beerdigung nach der anderen voran.« Nahm die Wissenschaft klammheimlich den Platz der Kirche ein? Zumindest auf lange Sicht?

Wieder überkam ihn Müdigkeit, trotz seiner nervösen Energie, und er musste gähnen. Er stellte den Wecker auf seiner Armbanduhr, legte den Sitz zurück und schloss die Augen.

Doch er konnte an nichts anderes denken als an Imogen, die die Melrose Avenue entlanggegangen war.

Warum war sie hier?

Hatte sie eine Affäre? Das Traurige war, dass es ihn nicht wirklich interessierte – was nicht wenig über den Zustand ihrer Beziehung aussagte.

Aber selbst wenn sie eine Affäre hätte, wäre sie doch kaum so dumm, in dieselbe Stadt zu fliegen wie er, oder doch? Oder spionierte sie ihm nach?

Sie wusste, in welchem Hotel er abgestiegen war, und hatte ihn nicht kontaktiert. Seine beiden Anrufe hatte sie nicht entgegengenommen. Und zurückgerufen hatte sie auch nicht.

Als der Wecker klingelte, stieg er aus dem Wagen, noch immer völlig ratlos, und ging zurück zur Fairfax Lounge.

127

Montag, 20. März

In der vergangenen Stunde hatte sich der Himmel bezogen, und es war Wind aufgekommen, der an Ross' Sakko zerrte, als er die Straße zur Bar überquerte. Ohne die Sonne sah das Lokal noch düsterer, noch weniger einladend aus als vorher.

Er schob die schwere Tür auf und trat ein. Die meisten Lampen waren jetzt eingeschaltet, aber die schwachen Glühbirnen in den verstaubten Schirmen gaben nur ein schummriges Licht ab. Im Fernsehen lief ein Baseballspiel, das augenscheinlich keinen interessierte, und durch das knisternde Soundsystem tönte die Stimme von Dolly Parton. Der grummelige alte Barmann hatte sich herausgeputzt und trug jetzt einen blutroten Frack mit Fliege. Er stand da, die Hände auf die Theke gestützt, und hatte offenbar nichts weiter zu tun, als finster in die Welt zu blicken. Ein zweiter Barkeeper ähnlichen Baujahrs, klein, schmal, identisch gekleidet, rührte mit einem langen Löffel in einem silbernen Cocktail-Shaker herum.

Zwei Geschäftsleute saßen, jeder mit dem Handy am Ohr, auf einer Couch. Beide hatten ein Martiniglas vor sich stehen. Die einzigen anderen Gäste waren ein Mann mittleren Alters, ebenfalls im Anzug, und eine aufreizend gekleidete Rothaarige. Sie saßen an der Bar, ineinander versunken. Der Mann trug einen Ehering, wie Ross bemerkte, die Frau mehrere Klunker, aber nicht am linken Ringfinger. Er fragte sich, welche Geschichte sie zu erzählen hatten.

Ein weiterer Barmann servierte der Frau einen leuchtend grünen Cocktail und dem Mann ein Bier, und kam dann zu ihm.

»Guten Abend, Sir, was darf es sein?«

Ross hätte einen starken Drink gebrauchen können, aber er hatte keine Ahnung, wie lange er würde warten müssen, und wollte nicht riskieren, noch müder zu werden. »Ein Wasser, bitte.«

Der Barmann runzelte missbilligend die Stirn. »Aus der Leitung?«

»Nein, Mineralwasser.«

»Mit oder ohne Sprudel?«

»Haben Sie Evian?«

Damit hatte er mysteriöserweise das Eis gebrochen, denn der Alte war schlagartig besser gelaunt. »Evian. Natürlich, Sir. Mit einer Zitronenscheibe?«

»Perfekt, danke.«

»Sofort, Sir.«

»Wissen Sie zufällig, ob Mike Delaney heute Abend hier sein wird?«, fragte Ross.

»Das wissen nur zwei, Sir. Mr. Delaney selbst und der liebe Gott.« Dann beugte er sich zu ihm vor, blickte verschwörerisch über die Schulter auf seine Kollegen, als wollte er sich vergewissern, dass sie nicht lauschten, und raunte ihm zu: »Sir, wenn Sie eine Zaubershow sehen wollen, dann gehen Sie lieber ins Black Rabbit Rose am North Hudson. Ich fürchte nämlich, dass unser Mr. Delaney – na ja, gemessen an den Ansprüchen heutzutage ist er vermutlich ein bisschen lahm.« Dann legte er den Finger auf die Lippen. »Aber ich hab nichts gesagt, Sir. Okay, Sir, ein Glas Evian mit einer Scheibe Zitrone, kommt sofort!«

Im Laufe der nächsten Stunde tröpfelte noch eine Handvoll Gäste herein. Ross mampfte die Erdnüsse, die der Barmann zusammen mit dem Wasser gebracht hatte, bestellte noch ein Evian und ging dann auf die Toilette. Zurück auf seinem Platz, hatte er große Mühe, sich wach zu halten.

Seine Gedanken wanderten zu seinem Dinner mit Sally. Wenn das so weiterging, wäre er kein guter Gesellschafter, dachte er. Er musste munter werden!

Wo mochte Imogen heute zu Abend essen, fragte er sich. Und mit wem? Wie groß war die Wahrscheinlichkeit, dass sie beide im selben Restaurant landeten?

Nun ja, das gäbe garantiert einen interessanten Gesprächsstoff.

Er nippte an seinem Wasser, und als er das Glas abstellte, bemerkte er einen großen, älteren Mann, der ein wenig gebeugt an der Bar vorbeiging. Er trug einen abgewetzten grauen Anzug, abgestoßene Stiefel und ein schwarzes Hemd mit Strassknöpfen, hatte ein langes Gesicht unter einer dünnen grauen Mähne, eine große Nase und rot geäderte Wangen.

Er näherte sich den beiden Geschäftsleuten, die offenbar eine

Diskussion führten, ihre Smartphones auf dem Tisch vor ihnen. Mittlerweile waren sie beim zweiten, vielleicht auch schon beim dritten Glas Martini angelangt.

Als er sie erreicht hatte, fächerte er in der Rechten einen Satz Karten auf. »Nehmen Sie eine Karte, Sir«, sagte er zu einem von ihnen. »Irgendeine.« Er hatte eine höfliche, einnehmende Stimme mit einem kalifornischen Akzent.

Einer der Männer wies den Zauberkünstler mit einer wegwerfenden Geste ab. Der alte Mann hob entschuldigend den Arm und kam zu Ross herüber, mit einer Wendigkeit, die über sein Alter hinwegtäuschte.

128

Montag, 20. März

Ross fing an, unkontrollierbar zu zittern. Er holte mehrere Male tief Luft, als die Erkenntnis ihn traf, dass dies der Moment seines Lebens sein könnte.

Ich habe vor kurzem den endgültigen Beweis für die Existenz Gottes erhalten – und man hat mir gesagt, es gebe einen Autor, einen renommierten Journalisten namens Ross Hunter, der mir dabei helfen könnte, ernst genommen zu werden.

Er war selten um Worte verlegen, aber jetzt war er es. Er erinnerte sich gerade noch rechtzeitig an seinen Plan, legte diskret seine Hand auf sein Smartphone und tippte auf die Voice-Memos-App, um den Rekorder zu aktivieren.

Trotz seiner heruntergekommenen Erscheinung besaß der Zauberkünstler eine merkwürdig mächtige Präsenz. Ross' Haut fing an zu kribbeln, als er näher kam. Die haselnussbraunen Augen des Mannes wirkten weitaus jünger als der Rest von ihm, und sie glänzten voller Eifer und Anziehungskraft hinter der Brille mit dem krummen Rahmen.

Aus der Nähe sah Ross die Ähnlichkeit mit dem viel jüngeren Mike auf dem Poster an der hinteren Wand. Er war deutlich zu erkennen in der Hülle dieses alten Mannes. Als trage er ein Kostüm, unter dem sich ein anderer verbarg.

Ross spürte eine seltsam mächtige Aura, als würde er in eine Luftschleuse gesogen. Er hatte das Bedürfnis, vor ihm niederzuknien.

»Mike Delaney?«, fragte er, und seine Stimme klang hohl.

»Der bin ich, Sir«, antwortete der Mann und fächerte mit zittriger Hand seine Spielkarten auf. Sein Atem roch nach Alkohol. »Sir«, fragte er Ross, »darf ich Ihnen einen Trick zeigen?«

Ross sah die jungen Augen durch die Maske funkeln. Humorvoll und schelmisch. Und in der Gewissheit eines geteilten Geheimnisses.

Er spürte, wie sich seine Nackenhaare sträubten. Ein Schauder überlief ihn, voller Ehrfurcht und Aufregung, gleichzeitig hatte er das Gefühl zu träumen. Dies war nicht real, konnte nicht real sein.

Aber er war hier. Delaney stand vor ihm.

Der Mann mit der DNA Jesu Christi.

Delaney lächelte immer noch, und seine Augen bohrten sich in ihn, als könnte er seine Gedanken lesen. Als wollte er ihn ermutigen. Und fast ohne es zu merken, wurde Ross plötzlich von einer immensen Ruhe erfasst. Von Wohlgefühl und Kraft.

»Darf ich Ihnen einen Trick zeigen, Sir?«, wiederholte der Mann.

Das tust du doch bereits, hätte Ross am liebsten gesagt. *Du zeigst mir etwas Unglaubliches.* Stattdessen erwiderte er das Lächeln des Mannes und deutete auf sein Glas Evian. »Könnten Sie das Wasser hier in Wein verwandeln?«

Ihre Blicke kreuzten sich. Ross hatte das merkwürdige Gefühl, in die Augen des anderen hineingezogen zu werden, tief hinein durch die Brillengläser, die Pupillen, bis tief in die Seele des Mannes. Er sah das zitternde Lächeln. Trotz seiner fragilen, schäbigen Erscheinung hatte er etwas sehr Majestätisches und Gebieterisches an sich.

Verborgen unter der Hülle, hinter der Maske.

»Pinot Noir oder Merlot, Sir? Oder ein netter Chablis vielleicht?«

»Hatten die Leute das letzte Mal auch die Wahl?«, entgegnete Ross.

Delaney runzelte flüchtig die Stirn und lächelte dann wieder, noch wärmer als zuvor. Ross fühlte sich so wohl wie nie zuvor. Seine Müdigkeit war wie weggeblasen, und er war so hellwach, wie man nur sein konnte. Plötzlich brach ihm der kalte Schweiß aus, und ihm wurde schwindelig, als fange der Raum um ihn herum an, sich zu drehen.

»Sehr gut«, sagte Delaney beifällig. »Aber ich nehme an, Sie sind nicht eigens aus England angereist, um gratis ein Glas Wein zu bekommen, nicht, Mr. Hunter?«

Es überraschte ihn, dass Delaney seinen Namen wusste. Lächelnd schüttelte er den Kopf. »Ich hatte mir ein wenig mehr erhofft als das.«

»Ich habe Sie schon erwartet. Der Alte hat Sie aufgesucht, nicht?«

Ross nickte. Alles um ihn herum schien sich zu drehen. »Dr. Cook.«

»Dr. Harry F. Cook.«

In dem jungen Mann, der die Hülle des Alten bewohnte, schien ein noch jüngerer Mann zu stecken. Und in diesem ein noch jüngerer, und immer so weiter. Als blickte Ross in die Seelen unzähliger Menschen, die ineinandersteckten wie russische Matrjoschkas. Sie zogen ihn zu sich hinein. Umschlossen ihn. Beschützten ihn in dieser Luftschleuse.

»Warum er?«, fragte Ross. Er spürte einen Frosch im Hals. »Warum haben Sie ihn ausgewählt?«

»Warum nicht?«, entgegnete Delaney schlicht.

Einen Augenblick herrschte Schweigen zwischen den beiden Männern, während sie einander anblickten. Ross fühlte sich seltsam wohl, und es war in diesem Moment, als würde außer ihnen niemand existieren.

»Leisten Sie mir Gesellschaft, Mr. Delaney, bei einem Drink?«, schlug Ross vor.

Delaney ließ sich neben Ross auf der geschwungenen Couch nieder. »Ich kann aber nicht lang bleiben, sie mögen das nicht, wissen Sie, sie wollen, dass ich von Tisch zu Tisch gehe. Aber im Augenblick ist nicht viel los, also können wir ein Weilchen plaudern.«

Ross bestellte einen Jim Beam für ihn und für sich ein Bier. Als der Kellner gegangen war, wandte er sich wieder Delaney zu. Trotz seiner schäbigen Erscheinung roch er sauber, frisch geduscht.

»Ich habe das Gefühl, als würde ich träumen«, sagte Ross. »Ich – ich – ich möchte Sie nur fragen …« Er verstummte, wusste nicht, wie er sagen sollte, was er auf dem Herzen hatte. Er wollte ihn so vieles fragen. Über die Vergangenheit, die Zukunft.

»Ich weiß, wer ich bin«, sagte Delaney, »wenn es das war, was Sie mich fragen wollten. Das war es doch, oder nicht?«

Ross blickte wie gebannt in seine Augen. »Warum Harry Cook?«, fragte er wieder. »Warum haben Sie einen bescheidenen, zurückhaltenden alten Kerl wie ihn ausgewählt, und nicht …« Wieder verstummte er, um Worte verlegen.

»Obwohl wir auch auf andere Weise hätten kommunizieren können? Einen gewiefteren Burschen hätten finden können? Medientauglicher? Wem hätte man denn geglaubt? Nicht dem Papst, nicht dem Erzbischof von Canterbury, keinem Imam, keinem Sikh, keinem Brahmanen oder Rabbiner. Sie alle haben ihren Glauben, ihre Gewissheit. Sie brauchen ihren Glauben nicht zu finden. Sie werden die Menschheit nicht davor bewahren, in den Abgrund zu stürzen.«

Die warnenden Worte kamen Ross in den Sinn, vor dem *Großen Betrüger*. Saß er etwa mit einem alten Schwindler hier, Mr. Zehn-Milliarden-zu-eins, der zufällig dieselbe DNA hatte wie Christus?

Oder war er es wirklich?

Er tat sich schwer damit, zu glauben, dass Delaney real war, nicht nur das Produkt seiner überhitzten Phantasie. Doch als er den

Mann ansah, spürte er seine Anziehungskraft. Als blickte er in die Unendlichkeit. Als blickte er in die Seelen aller Menschen, die je auf diesem Planeten gelebt hatten.

Woher weiß er eigentlich von Harry Cook? Woher kennt er meinen Namen?

»Wer ist dann imstande, die Menschheit vor dem Sturz in den Abgrund zu bewahren, Mr. Delaney?« Ohne seine Antwort abzuwarten, fuhr Ross fort: »Dr. Cook sagte mir, wir müssten zum Glauben an Gott zurückfinden, nur so kämen wir wieder auf den richtigen Kurs. Aber im Mittelalter war doch fast jeder tief gläubig. Und trotzdem gab es entsetzliche Kriege, später dann den Holocaust, die Atombomben auf Hiroshima und Nagasaki. Warum sollte es jetzt anders sein?«

Delaney lächelte wehmütig, verwandelte sich kurz wieder in eine einzige Person, einen alten Mann mit Falten um die Augen. »Vielleicht weil zu viele Menschen auf eine Handvoll arroganter, einflussreicher Leute hören. Auf schlaue Wissenschaftler und sogenannte Experten, die in ihrer Verblendung glauben, es könne nichts Wichtigeres im Universum geben als sie selbst. Sie glauben, alles zu wissen, und können doch nicht erklären, wie die Welt ihren Anfang nahm. Sie sprechen überzeugend vom Urknall. Aber sie können nicht *erklären*, wie es tatsächlich dazu kam. Zwei Staubteilchen, die kollidierten und ihn auslösten? Und wer hat diese zwei Staubteilchen dort hingesetzt? Diesem Thema weichen sie aus. Genauso der Frage nach dem Warum. Warum hat jemand diese zwei Staubpartikel dort platziert? Niemand kann es beantworten, Mr. Hunter, weil die einzige mögliche Antwort ist, dass es jemand tat, der größer ist als der Mensch.«

»Jemand oder etwas?«, fragte Ross.

Delaney hielt ihn in seinem Blick gefangen. Auch die Person in Delaney und die Person in dieser. »Eine höhere Intelligenz, Mr. Hunter. Vielleicht ist es wahr, vielleicht auch ein Großstadtmythos, aber 1899 empfahl der Kommissar des US-amerikanischen

Patentamtes dem Kongress, die Behörde zu schließen, weil nun alles erfunden und keine neue Entdeckung mehr möglich sei. Denken Sie darüber nach. Das war noch vor dem ersten Flugzeug, vor den Computern, dem Internet, vor fast allem, was es an Modernem auf der Welt gibt.«

»Ein Visionär, zweifellos«, stellte Ross grinsend fest. »Aber Sie müssen zugeben, dass die Kirche nicht gerade dafür bekannt ist, der Wissenschaft zu helfen. 1633 wurde Galileo Galilei von der Inquisition der Ketzerei für schuldig befunden, weil er behauptet hatte, dass die Erde sich um die Sonne drehe. Ist die Religion vielleicht allzu protektionistisch und wissenschaftsfeindlich?«

»Mag sein.« Delaney nahm einen Schluck Whiskey. »Vielleicht hat sich das Christentum zu lange an alte Überzeugungen geklammert und die Wissenschaft, anstatt sie zu begrüßen, zurückgewiesen. Und ironischerweise stellt die Wissenschaft Fragen, die nur die Religion beantworten kann. Aber diese Antworten zu akzeptieren würde für die Wissenschaftler bedeuten, eine Niederlage einzugestehen.«

»Welche Fragen haben Sie denn vor allem im Sinn?«, fragte Ross.

»Wissen Sie etwas über Quantenverschränkung?«

»Nein.«

»Vereinfacht ausgedrückt: Zerteilt man ein subatomares Teilchen in zwei Hälften, stellt die eine Hälfte in ein Labor in London und die andere in ein Labor auf der anderen Seite der Erde – sagen wir Sydney – und dreht das Londoner Teilchen um, dreht sich gleichzeitig auch das in Sydney. Einstein war fasziniert und fand dafür einen eigenen Namen: *spukhafte Fernwirkung.*«

Wieder lächelte Ross und trank einen Schluck Bier. Er konnte immer noch nicht glauben, dass dieses Gespräch tatsächlich stattfand, und versank tiefer und tiefer in den Myriaden von Augen in Augen.

»Noch etwas, das niemand zu erklären vermag, Mr. Hunter, ist der Magnetismus. Niemand kann Ihnen wirklich sagen, was ihn verursacht. Wissenschaftler kennen seine Wirkung, aber das ist auch schon alles. Wollen Sie den Magnetismus oder auch die Quantenverschränkung mit nichts anderem erklären als der Evolution aus der Ursuppe? Ich denke, nicht. Natürlich gibt es die Evolution. Aber sie ist Teil des Lebens. Sie ist eine *Konsequenz* des Lebens, nicht seine Hauptursache.«

Delaney nippte an seinem Whiskeyglas und sah Ross ruhig an. »Sie zweifeln an mir, nicht?«

»Darf ich ehrlich sein? Wenn Sie wirklich der sind, für den ich Sie halte, dann begreife ich nicht, warum Sie Ihr Hiersein nicht schon früher bekannt gemacht haben. Warum haben Sie über zweitausend Jahre gewartet?«

Delaney schwieg einige Augenblicke. Dann sagte er leise, so leise, dass Ross ihn über der Musik und der Geräuschkulisse kaum hören konnte: »Für wen halten Sie mich denn?«

»Ihre DNA stimmt mit derjenigen aus einem Zahn überein, der angeblich Jesus Christus gehörte, und mit der DNA, die wir an einem Gefäß fanden, das wir für den Heiligen Gral halten.«

»Kann das Zufall sein, Ross?«

Er lächelte, weil der Mann seinen Vornamen benutzte, als fasste er allmählich Vertrauen zu ihm. »Nein.«

Delaney erwiderte sein Lächeln, und wieder verfingen sich ihre Blicke. Ross spürte die Elektrizität zwischen ihnen. Eine Übereinkunft. Eine Verbindung.

»Ich bin nicht Gottes Sohn«, sagte Delaney, immer noch leise. »Ich habe dieselbe DNA, das stimmt. Ich bin der Vorbote, hierhergesandt, um mich umzuhören und zu berichten. Ob die Menschheit bereit ist für die Wiederkunft.«

»Das Nizäische Glaubensbekenntnis«, erwiderte Ross. »Jesus Christus, aufgefahren in den Himmel. Er sitzt zur Rechten des Vaters und wird wiederkommen in Herrlichkeit, zu richten die Lebenden und die Toten; seiner Herrschaft wird kein Ende sein.«

»Textsicher!«

»Und?«

»Sie sind noch nicht bereit.«

»Wer sind *sie*?«, fragte Ross.

»Jeder mit Eigennutz. In zweitausend Jahren hat sich nichts verändert. Eitelkeit, Gier und Furcht sind überall auf der Welt die Triebkräfte. Immer schon. Jesus wurde aus all diesen Gründen getötet. Die Menschen hatten Angst, was sie seinetwegen verlieren könnten. Die jüdischen Religionsführer hatten das Gefühl, er wäre eine Gefahr für ihre Autorität, falls er wirklich der Messias war. Die Römer klagten ihn an, weil er behauptete, ein König zu sein, und damit ihren Kaiser herausforderte. Pontius Pilatus glaubte wirklich, er könne der Sohn Gottes sein, aber er war ein eigennütziger Politiker und ein schwacher Beschwichtiger. Und so wusch er seine Hände in Unschuld und ließ die Menge entscheiden – anstatt Jesus zu retten.«

Ross starrte ihn an und fragte sich erneut, ob er das alles nicht vielleicht doch träumte.

Als könnte er seine Gedanken lesen, sagte Delaney: »Sie zweifeln immer noch, nicht? Sie fragen sich, ob dieser schäbige alte Kerl tatsächlich echt sein könnte. Ich habe versucht, ein normales Leben zu führen – nun ja, so normal es eben ging. Ich weiß ja, dass ich anders bin, aber ich weiß auch, worin meine Rolle besteht.«

Ross spürte seine Haut kribbeln, als wäre sie statisch aufgeladen. Es war seltsam, nicht unangenehm, und gab ihm Energie, als stünde er unter einer heißen Dusche. Delaney grinste wissend.

Das Kribbeln hörte genauso plötzlich auf, wie es begonnen hatte.

»Vielleicht braucht die Welt vor der Wiederkunft einen Weckruf«, sagte Delaney. »Ein Ereignis, das niemand missverstehen kann. Das kein Wissenschaftler erklären kann. Etwas, das den Gesetzen der Physik trotzt.«

Ross runzelte die Stirn, weil er sich erinnerte, dass er dieselben Worte schon einmal gehört hatte. Aus dem Mund des Bischofs von Monmouth, Benedict Carmichael. Er hatte das Gleiche gesagt.

»Sie meinen ein Wunder? Wie das Teilen des Roten Meeres?«, sagte Ross.

»Ein Wunder, das die ganze Welt sieht und nicht leugnen kann.« Ross bemerkte eiserne Entschlossenheit in Delaneys Augen. Eine Kraft. Einen gewaltigen Druckkessel hinter der Dunkelheit seiner Pupillen in Pupillen in Pupillen. Es beeindruckte und ängstigte ihn zugleich. »Was – was haben Sie im Sinn?«

»Sie werden es erfahren, wenn es so weit ist. Die ganze Welt wird es erfahren. Es ist in der Bibel angekündigt, im Buche Genesis, Kapitel 9, als Gott sprach: ›Das ist das Zeichen des Bundes, den ich stifte zwischen mir und euch und den lebendigen Wesen bei euch.‹«

»Aber wie wollen Sie seine Bedeutung einer weitgehend skeptischen und feindlichen Welt auseinandersetzen?«

Delaney hob die Hände. »Nun ja, hier kommen Sie ins Spiel, deshalb wurden Sie auserwählt.« Er wies auf Ross' Telefon auf dem Tisch. »Die Aufnahme, die Sie mit Ihrem Telefondings machen – das Ding, von dem der Leiter des US-amerikanischen Patentamtes dachte, es werde niemals erfunden werden –, Sie werden sie bald brauchen. An diesem Tag können Sie sie jedem Ungläubigen Thomas dieser Welt vorspielen.«

Ross wurde verlegen, weil er Delaney nicht um Erlaubnis gefragt hatte, eine Aufnahme zu machen. Woher wusste er, dass er aufgenommen wurde? Hatte er gesehen, dass er es eingeschaltet hatte, als er näher kam?

Delaney sprach weiter. »Es steht auch bei Matthäus 24: ›Sofort nach den Tagen der großen Not wird sich die Sonne verfinstern, und der Mond wird nicht mehr scheinen; die Sterne werden vom Himmel fallen, und die Kräfte des Himmels werden erschüttert werden. Danach wird das Zeichen des Menschensohnes am Himmel erscheinen …‹«

Delaney verstummte und saß eine Weile nickend da, ehe er erneut das Wort ergriff, mit einem entrückten Ausdruck in den Augen. »Es wird geschehen, nachdem ich abberufen wurde. Sie haben das Ohr der Medien. Sie haben diese Aufnahme, Mr. Hunter. Sie erhalten den endgültigen Beweis.« Er kippte seinen Whiskey hinunter und stand auf. »Ich muss wieder an die Arbeit. Und geben Sie auf sich acht, solange es nötig ist.«

Ross starrte ihn an. Er hatte noch immer Mühe, seine Eindrücke zu verarbeiten. »Wo – wo wird dieses Zeichen erscheinen?« Er hatte noch eine Million Fragen, die er ihm stellen wollte.

»Überall, genau zur selben Zeit, in jedem Land, jeder Zeitzone. Es gibt nicht *eine* Menschenseele in der Welt, nicht ein einziges Lebewesen, das es nicht sehen wird.«

Ross griff nach seinem Handy. »Darf ich Sie fotografieren?«

Delaney zögerte. »Okay.«

Er posierte für mehrere Fotos.

Dann fragte Ross: »Wie kann ich Sie kontaktieren? Haben Sie eine Visitenkarte? E-Mail-Adresse?«

»Tut mir leid, ich habe keine Karte. Auch keine E-Mail-Adresse, nicht mehr. Ich bin fast jeden Abend hier, nur nicht am Sonntag. Sie können mich hier erreichen, solange ich in der Gegend bin. Aber das wird nicht mehr lange sein.«

Als Delaney sich abwandte, zog Ross sein Taschentuch heraus, wickelte es um das Whiskeyglas und steckte es in die Tasche. Sobald er wieder in England wäre, könnte das Labor Delaneys DNA untersuchen, dachte er. Dann schaltete er den Rekorder ab und prüfte die Aufnahme.

»Nehmen Sie eine Karte, Sir, irgendeine«, sagte Delaney am Nebentisch. »Genau, aber zeigen Sie sie mir nicht. Und jetzt schreiben Sie mit diesem Stift Ihren Namen auf die Rückseite.«

Ross saß noch eine Weile da, zutiefst erschüttert, und trank sein Bier aus, das er während des Gesprächs kaum angerührt hatte. Er dachte nach, versuchte zu ergründen, was gerade passiert war. War Delaney wie Harry Cook; waren sie ein verrücktes Duo?

Am Nachbartisch lachte jemand. Delaney hatte ein Hämmerchen in der Hand und schlug damit auf einen Eiswürfel ein.

Der Vorbote der Wiederkunft Christi?

Er sah Delaney eine zusammengefaltete Spielkarte aus den Resten des Eiswürfels ziehen. Er faltete die Karte auf und hielt sie hoch. Ross sah die Schrift auf der Rückseite.

»Ist das Ihre Karte, Sir? Ist das hier Ihre Schrift?«

Ross hörte einen Ausruf des Erstaunens.

129

Montag, 20. März

Einige Minuten später bezahlte Ross, hinterließ ein Trinkgeld und ging wie im Nebel auf die Tür zu. Als er sie mühsam öffnete, blies ihm ein kalter Windstoß ins Gesicht. Draußen war ein Sturm aufgezogen, während er in der Bar gesessen hatte.

Inzwischen war es dunkel geworden, der Gehweg von Regentropfen gesprenkelt, und auf der Straße herrschte reger Verkehr. Er brauchte einen Moment, um sich zu orientieren. Direkt gegenüber sah er einen Minimarkt, gleich daneben ein Café. Er musste die vierspurige Straße überqueren, dann nach links, dann nach rechts, zwei Blocks nördlich der Melrose Avenue, die ihn zu der Stelle führen würde, wo sein Wagen geparkt war. Während er darauf wartete, dass die Ampel auf Grün schaltete, holte er sein Handy aus der Tasche. Er brannte darauf, Sally zu erzählen, was gerade passiert war. Er schrieb ihr eine SMS, um ihr zu sagen, er sei schon auf dem Weg, und trat auf die Straße.

Als er die Mitte erreicht hatte, den Blick auf dem Display, hörte er einen Motor aufheulen und sah einen massigen SUV, der mit gleißend hellem Aufblendlicht und vollem Tempo daherkam.

Direkt auf ihn zu.

Er würde nicht an der Kreuzung halten.

Ross erstarrte.

Die Scheinwerfer wurden größer und größer.

Die Zeit schien sich jäh zu verlangsamen.

Was sollte er tun? Auf die andere Seite rennen? Oder wieder zurück? Er schaute sich um. Und sah Mike Delaney vor der Fairfax Lounge stehen.

Einen Sekundenbruchteil später kam Delaney auf ihn zugerannt. Er streckte die Arme nach ihm aus, seine Füße schienen kaum den Boden zu berühren.

Der Motorenlärm des SUV war ohrenbetäubend. Die Scheinwerfer blendeten ihn.

Er hörte den Schrei einer Frau.

Bevor Delaneys Hände ihn berührten, spürte er aus dem Nichts eine massive Kraft, die ihn zur Seite stieß und über die Straße katapultierte, als säße er auf einem Luftkissen. Er landete dermaßen unsanft an der Mauer des Minimarkts, dass er das Gefühl hatte, sich sämtliche Knochen im Leib gebrochen zu haben.

Dabei sah er den SUV, wie in Zeitlupe, frontal auf Delaney prallen. Der alte Mann wurde durch die Luft geschleudert und landete zwanzig Meter weiter vorn auf der Straße.

Der Wagen raste weiter, immer noch schneller, und binnen Sekunden sah man nur noch seine Rücklichter.

Schreie wurden laut.

Menschen rannten auf den alten Mann zu. Wie im Traum stolperte auch Ross in seine Richtung. Eine dunkle Blutlache bildete sich auf der Straße unter seinem Kopf. Er lag reglos da.

»Haben Sie das gesehen?«, sagte ein Mann.

»Er hat nicht mal angehalten!«, sagte ein anderer.

»Schnell, einen Krankenwagen!«, schrie ein Dritter.

Ross stand einfach nur da. Wie benommen vor Entsetzen.

130

Montag, 20. März

»Was soll dieser lächerliche Verkehr?« Ainsley Bloor linste ärgerlich durch das abgedunkelte Rückfenster der Limousine. Sie hatten sich seit etlichen Minuten nicht mehr vorwärtsbewegt. Er sah eine Mobil-Tankstelle gegenüber, umgeben von grellen Reklamewänden. Die Limousine kroch weiter. Er starrte auf die hellen Plakate. PLANET HOLLYWOOD. AMOEBA RECORDS. STARBUCKS. WHISKEY A GO GO.

»Kommen wir nicht runter von dieser blöden Straße?«, fragte er den Fahrer.

Der Mann am Steuer, der keinen Hals besaß und aussah wie aus einem Block Granit gehauen, hielt ihm sein Handgelenk hin. Das Ziffernblatt seiner goldenen Uhr glänzte im Neonlicht eines Reklameschildes. »Montag, acht Uhr abends. Ich weiß auch nicht, was da los ist, aber wir sind in L. A., da lässt sich der Verkehr nicht vorhersagen. Der Sunset ist um diese Zeit normalerweise gut zu befahren.«

»Na ja, jetzt aber nicht, oder? Wie weit ist es noch?«

»Ohne den Verkehr ungefähr zehn Minuten.«

»Können wir nicht runter von der Straße?«

»Ich dachte, Sie wollen vielleicht die Sehenswürdigkeiten sehen.«

»Was?« Bloor wandte sich Julius Helmsley zu, der neben ihm auf der Rückbank saß, in seine E-Mails auf dem Smartphone vertieft. »Hast *du* ihm erzählt, dass wir uns für die Sehenswürdigkeiten interessieren, Julius?«

Helmsley schüttelte den Kopf.

Bloor wandte sich wieder an den Fahrer. »Hören Sie zu, wir sind nicht wegen der blöden Sehenswürdigkeiten hier, okay? Wir wollen auf dem schnellsten Weg zur Fairfax Lounge.«

»Das war nicht die Info, die ich erhalten habe«, sagte der Fahrer.

»Mein Büro hat mir gesagt, ich soll euch ein bisschen durch die Gegend kutschieren.«

»Aber das wollen wir nicht.« Bloor sah auf die Uhr. »Es ist vierzig Minuten her, seit wir das Hotel verlassen haben – fünfundvierzig, um genau zu sein. Bringen Sie uns einfach auf dem schnellsten Weg zum Ziel.«

»Das ist doch ein Loch, die Fairfax Lounge. Wollen Sie wirklich dorthin?«

»Ja.«

»Vertraut mir, Jungs, ihr seid fein angezogen, wohnt in einem schicken Hotel, da wollt ihr doch nicht in ein solches Rattenloch. Es gibt doch bessere Bars in L. A. Ich kann euch …«

»Fahren Sie uns einfach zu der gottverdammten Fairfax Lounge, und zwar dalli!«, sagte Bloor, und seine Stimme überschlug sich.

Sekunden später bog die Limousine scharf nach rechts in eine Nebenstraße. Der Fahrer stieg aufs Gas, dass die Reifen quietschten und Bloor gegen die Tür geworfen wurde. Helmsley flutschte das Telefon aus der Hand, und er musste auf dem Boden herumtasten, um es wiederzufinden. Im nächsten Augenblick flog auch er gegen die Tür, weil der Wagen in eine enge Linkskurve bretterte.

»Haben Sie in Ihrem früheren Leben einen Fluchtwagen gefahren oder so was?«, fragte Bloor in einem Versuch, humorvoll zu klingen.

»So ist es«, kam es todernst zurück.

Minuten später führte eine gemächlichere Rechtskurve auf eine vierspurige Straße mit Geschäften, billigen Restaurants und Takeaways zu beiden Seiten. Fluchend stieg der Fahrer auf die Bremse, als der Verkehr vor ihnen vor einer weiteren Kreuzung ins Stocken geriet. »Nicht gerade unser Glückstag heute.«

Bloor und Helmsley blickten auf das Meer aus blinkendem Rot- und Blaulicht. Ein Polizeiwagen parkte mit blinkenden Lichtern in der Zufahrt zum nächsten Straßenabschnitt. Dahinter flatterte gelb-schwarzes Absperrband im Wind. Davor zwei Polizisten als

525

Tatortwachen. Nicht weit von ihnen entfernt stand ein großer, kastiger Krankenwagen, ebenfalls mit blinkendem Signallicht, neben weiteren Einsatzfahrzeugen. Ein Martinshorn kam näher.

»Wo ist die Fairfax Lounge?«, wollte Bloor wissen.

»Einen halben Block vor uns auf der linken Seite«, sagte der Fahrer.

»Was ist da los?«

»Wir kommen nicht näher ran.«

»Ich seh mal nach.« Bloor öffnete die Tür und eilte, in gebeugter Haltung wegen des Windes, auf einen der Polizisten zu.

»Officer«, sagte er. »Ich muss zur Fairfax Lounge.«

»Wohin?«

Bloor sah die Lichtreklame, nur etwa fünfzig Meter weiter. Fast vor dem Eingang zur Bar parkte eine weiße Limousine, auf deren Tür CORONER zu lesen stand, und neben dem Wagen ein weißer Van mit blinkenden Lichtern auf dem Dach. Auf der Vordertür stand LOS ANGELES COUNTY CORONER und darunter der Schriftzug *RECHT UND WISSENSCHAFT IM DIENST DER GEMEINSCHAFT.*

Augenblicklich bekam er ein äußerst mulmiges Gefühl, das er sich nicht erklären konnte. »Die Fairfax Lounge, Officer – Sir –, ist gleich dort drüben«, sagte er. »Kann ich vorbei?«

Der Polizist sah ihn an und schüttelte nur den Kopf.

»Wie – wie lange – wie lange wird's wohl dauern, bis ich durchkann?«

»Sir, es hat einen tödlichen Unfall gegeben. Mehr weiß ich auch nicht. Ich weiß nicht, wie lange es dauern wird.«

In diesem Moment trat ein zweiter Polizist, untersetzt und muskulös, aus der Tür der Fairfax Lounge und marschierte breitbeinig, als gehörte ihm der Gehweg, auf sie zu. Er und die Tatortwache waren offensichtlich Kumpel.

»Ich werd wohl noch 'ne Weile hier sein«, sagte er leise zu ihm.

»Wie sieht's aus?«, fragte die Tatortwache.

»Fahrerflucht. Ein fürchterliches Durcheinander, das Übliche eben. Arschlöcher, die mit ihren Handys fotografieren. Einige brauchbare Zeugen sagen, der Alte hätte versucht, einem Jüngeren das Leben zu retten. Hat ihn aus der Gefahrenzone gestoßen. Wie's aussieht, war der Fahrer des SUV besoffen oder auf Droge. Er kam aus dem Nichts angebrettert, hat nicht angehalten, ist einfach weitergerast. Wenn wir Glück haben, kriegen wir sein Nummernschild von einer der Überwachungskameras in der Straße.«

»Habt ihr das Opfer schon identifiziert?«

»Er heißt offenbar Mike Delaney – einer der Barkeeper in der Fairfax Lounge kam heraus und hat ihn sich angesehen. Er war wohl in der Bar angestellt, als eine Art Zauberkünstler.«

»Schade, dass ihm seine Magie heute nichts geholfen hat«, bemerkte die Tatortwache.

»Entschuldigung, sagten Sie Mike Delaney?«, unterbrach ihn Bloor.

»Mhm«, antwortete der Polizist, der die Neuigkeit weitergegeben hatte.

Bloor hatte das Gefühl, als stürzten seine Eingeweide einen Luftschacht hinunter.

»Mike Delaney?«, sagte er noch einmal.

Keiner der Polizisten antwortete.

»Ich – ich wollte – wollte zu ihm. Ich – ich – muss ihn sehen.«

»Er ist nicht sehr gesprächig, Sir«, sagte der Polizist, der die Neuigkeit überbracht hatte.

»Nein – Sie verstehen nicht – ich – ich muss ihn sehen – ich – könnten Sie mich durchlassen, nur für ein paar Minuten?«, fragte er verzweifelt.

»Ich glaube, Sie haben mich nicht richtig verstanden, Sir. Er ist tot. Sie kommen zu spät.«

»Wo – wo bringen sie ihn hin?«

»Sind Sie mit dem Toten verwandt, Sir?«, fragte die Tatortwache.

»Ja – nun ja – er – er war mein Cousin«, log er spontan. »Ich komme eigens aus Großbritannien, um ihn zu sehen. Familientreffen. Mein verschollener Cousin – wir haben erst seit kurzem wieder Kontakt. Es war eine lange, emotionale Reise für mich. Wohin bringen sie seine Leiche?«

»Downtown, Gerichtsmedizin. Leichenschauhaus. Kein toller Ort für ein Familientreffen.«

Bloor verzog das Gesicht. »Gibt es nur das eine Leichenschauhaus?«

Sehr sarkastisch sagte die Tatortwache: »Sehen Sie, Kumpel, das ist schließlich kein Hotel, klar? Wenn man tot ist, kann man sich seine Bleibe nicht aussuchen. Okay?«

»Sie verstehen mich nicht – es geht doch um die Frage – wer er ist – sein könnte.«

»Ich versteh sehr gut«, sagte der andere Polizist. »Ich denke, Sie sollten jetzt besser gehen, Sir, wir müssen diese Straße frei halten.«

»Nein – nein – bitte, ich brauche Gewissheit!«

»Niemand weiß es, bis er offiziell identifiziert ist, Sir.«

»Wo wird das stattfinden? In der Gerichtsmedizin? Im Leichenschauhaus dort, nicht?«

Beide Polizisten sahen ihn an. Die Tatortwache nickte.

»Haben Sie die Adresse?«

»Die finden Sie im Hotelführer«, sagte die Tatortwache.

Sein Kollege grinste.

Bloor starrte sie an. Sie hatten nichts begriffen. Gar nichts. Sie hatten keine Ahnung, wer da tot und mit zerschmetterten Knochen auf der Straße lag, nur wenige Meter hinter ihren selbstzufriedenen Gesichtern.

Doch als er zu der wartenden Limousine zurückging, dämmerte ihm, dass dies womöglich gar nicht so katastrophal war. Vielleicht war es sogar eine einzigartige Gelegenheit.

Ein Plan nahm in seinem Kopf Gestalt an.

Als er zurück in die Limousine stieg, sagte er zu dem Fahrer: »Ortswechsel. Können Sie uns ins Stadtzentrum fahren, zum Gebäude der Gerichtsmedizin?«

»North Mission Road.«

»Ist das die Adresse?«

»Mhm.«

»Könnten wir dorthin fahren, bitte?«

»Gute Wahl. Ich würde es der Fairfax Lounge jederzeit vorziehen.«

131

Montag, 20. März

Kurz nach 22 Uhr saßen Ross und Sally im Barbereich eines coolen asiatischen Restaurants mit Fusionsküche, das man ihr empfohlen hatte. Sie trank eine Margarita, Ross hatte bereits einen doppelten Scotch hinuntergekippt und hielt jetzt ein großes Bier vom Fass in der zittrigen Hand. Im Hintergrund spielte Musik. Billy Joels *Piano Man*.

Vor ihnen lag eine Auswahl von Dimsum-Gerichten, doch Ross hatte keinen Appetit. Er fühlte sich wie zerschlagen, und einige Rippen schmerzten, aber er nahm es kaum zur Kenntnis. Ein Teil von ihm wollte Sally alles erzählen, ihr die Aufnahme vorspielen, Wort für Wort. Aber er wusste nicht, wo er anfangen sollte, und war immer noch auf der Hut.

»Hallo!«, sagte sie und wedelte mit ihrer Hand vor seinem Gesicht herum. »Hallo, jemand zu Hause?«

Er sah sie erschrocken an. »Tut mir leid«, sagte er. »Ich bin ...«

Anderswo, wusste er. Weggetreten. Er versuchte, das alles zu begreifen. Zu begreifen, dass Imogen hier in L.A. war. Dass jemand gerade versucht hatte, ihn umzubringen. Und er überlegte, wem er eigentlich vertrauen konnte.

»Erzähl mir, was heute Abend passiert ist, Ross, aber schön der Reihe nach«, sagte sie. »Ernsthaft, du siehst aus, als hättest du einen Geist gesehen.«

529

»Vielleicht hab ich das ja auch.«

»Den Heiligen Geist?«

Er lächelte dünn. »Ach, ich weiß auch nicht – ich versuche mich an die Reihenfolge zu erinnern. Von dem, was passiert ist. Es war unglaublich, Sally. Ich – es war – ich kann es nicht beschreiben. Es war – überirdisch. Ich weiß, dass alles, was ich dir gleich erzählen werde, verrückt klingen wird.«

»Versuch es doch.«

Sie griff sich mit den Stäbchen einen Kloß und hob ihn auf, doch er entglitt ihr und fiel wieder in den Korb zurück.

»Die Chinesen zerquetschen sie und stopfen sie dann in den Mund«, sagte er, um ihr zu helfen.

»Wie elegant«, sagte sie. »So etwa?« Sie nahm den Kloß in die Finger, ließ ihn auf ihren Teller fallen und zerdrückte ihn. »Entschuldige, ich bin halb verhungert, aber ich will unbedingt wissen, was passiert ist, nachdem du die Fairfax Lounge verlassen hast, also leg los!«

»Ich wollte über die Straße und hab dir dabei eine SMS geschrieben, damit wir uns treffen.«

»Nicht gut«, sagte sie mit einem vorwurfsvollen Lächeln. »Über die Straße gehen und dabei simsen – willst du dich umbringen?«

»Die Ampel war grün.«

»Tja, es wär mir lieber, du kommst ein paar Minuten später hier an als zu früh ins Jenseits!«

Er grinste. »Treffend bemerkt.«

»Ja, das kann ich.«

»Wie auch immer, ich war schon halb drüben, als dieser SUV aus dem Nichts auftauchte und wie ein Geschoss auf mich zugerast kam. Ich hörte den Motor aufjaulen, sah die Scheinwerfer. Es war, als hätte es jemand auf mich abgesehen. Ich stand da wie erstarrt, wie festgenagelt. Ehrlich, ich dachte schon, ich wär geliefert, konnte mich nicht bewegen. Dann ist etwas – etwas *Mystisches* passiert, anders kann ich es nicht sagen.«

»Inwiefern?«

»Delaney. Ich sah ihn vor dem Fairfax stehen. Er muss mir gefolgt sein. Im Bruchteil einer Sekunde, als der SUV auf mich zugerast kam, war er bei mir. Vielleicht stehe ich ja noch unter Schock, und meine Sinne spielen verrückt, aber Delaney war weitaus schneller bei mir, als ein Mensch sich bewegen kann – noch dazu jemand in seinem Alter. Ich hab gespürt, dass er mich wegstieß, und wurde buchstäblich quer über die Straße geschleudert – aber wie auf einem Luftkissen. Einen Augenblick dachte ich, ich wär tot – du weißt schon, wie diese Leute mit ihren Nahtoderfahrungen. Ich war fest überzeugt, ich würde auch etwas in der Art erleben. Wie damals, als Ricky starb. Dann knallte ich gegen die Wand eines Geschäfts und lag auf dem Boden. Ich …«

Er brach ab, versuchte sich zu erinnern. »Ich sah den Wagen, einen riesigen SUV, der die Straße hinunterraste, und dann Delaney, der durch die Luft segelte wie eine – wie eine Lumpenpuppe.«

Sie langte über den Tisch und legte zärtlich ihre Hand auf die seine.

»Es war, als bliebe für den Bruchteil einer Sekunde die Zeit stehen.«

»Geschehen nicht zuweilen auch seltsame Dinge, wenn Menschen Nahtoderfahrungen haben? Du hast mir diese außergewöhnliche Sache mit deinem Bruder erzählt – als er starb.«

»Das vorhin war anders. Mehr wie ein …«

»Wunder?«, schlug sie vor.

»Es war ein Wunder. Aber warum musste er sterben? Der Angriff galt doch mir.«

»Du glaubst, er hat dich gerettet?«

»Das mag schon sein.«

»Als hätte er – sein Leben für das deine geopfert?«

»Ich weiß es nicht. Möglich. Aber warum?«

Sie starrte ihn an, und ihre Augen leuchteten. »Weil du eine Mission zu erfüllen hast?«

»Ich weiß es nicht«, antwortete Ross. Er trank noch einen

Schluck Bier. »Irgendwie scheint er gewusst zu haben, dass er bald sterben musste – er hat so etwas angedeutet in der Bar. Fast das Letzte, was er zu mir sagte, war: ›Es wird geschehen, nachdem ich abberufen wurde. Sie haben das Ohr der Medien. Sie haben diese Aufnahme, Mr. Hunter. Sie erhalten den endgültigen Beweis.‹«

»Wie war es, ihn in der Bar zu sehen?«, fragte Sally. »Mit ihm zu sprechen?«

»Es war – ich weiß nicht recht, wie ich es beschreiben soll.« Er überlegte kurz. »Sehr eigenartig. Unglaublich. Ich hab andauernd diese Energie gespürt, die von ihm ausging, wie statische Elektrizität oder so. Wie etwas Übernatürliches.« Er zuckte mit den Schultern. »Vielleicht war es auch nur Einbildung.«

»Vielleicht auch nicht.« Sie beugte sich zu ihm vor und sah ihm eindringlich ins Gesicht. »Er hat von einem Zeichen geredet?«

»Er hat aus dem Buch Genesis zitiert – ich hab alles aufgezeichnet.«

»Darf ich es hören?«

»Sicher.«

»Vielleicht nach dem Essen?«

Er nickte. »Er hat auch auf Matthäus hingewiesen, ich glaube, es war Kapitel 24. Da ist von Sonne und Mond die Rede, die sich verfinstern, und von den Sternen, die vom Himmel fallen, und dann soll uns Gott angeblich ein Zeichen geben. Dieses Zeichen wird überall sein, genau zum selben Zeitpunkt, in jedem Land und jeder Zeitzone.«

»Was ist mit den Menschen, die schlafen oder blind sind?«

»Er behauptete, dass es nicht *eine* Menschenseele, nicht *ein* lebendes Wesen auf der Welt gebe, das nicht die Fähigkeit hätte, es zu erleben.«

Sie betrachtete ihn einen Moment schweigend. »Wenn das hier echt ist – ich meine, wenn *er* echt ist –, dann ist das …«

»Ganz interessant?«

Sie grinste. »Genau, *ganz interessant*. Wäre das die Untertreibung dieses Jahres oder die der vergangenen zweitausend Jahre?«

Ross betastete seine Jackentasche, und man hörte Glasscherben klirren – das Glas, aus dem Delaney getrunken hatte. Es war zerbrochen, als er gegen die Wand geknallt war. »Er hat daraus getrunken. Ich kann vielleicht seine DNA bestimmen lassen.«

»Sehr schlau!«, sagte sie. »Aber ich hätte dich nicht für einen Kleptomanen gehalten.«

»Ich komm irgendwann zurück und bezahle das Glas.« Er lächelte.

»Was waren seine letzten Worte?«, fragte Sally.

»Delaney kippte seinen Whiskey hinunter, stand auf und sagte: ›Ich muss wieder an die Arbeit. Und geben Sie auf sich acht, solange es nötig ist.‹ Ich fragte ihn, wann und wo das Zeichen erscheinen würde. Bald nachdem er abberufen worden sei, sagte er – vermutlich in den Himmel. Er sagte auch, dass ich ihn erreichen könne, solange er noch hier sei, aber es würde nicht mehr lange dauern. Dann ging er zum Nachbartisch und zeigte den Leuten Kartentricks. Ich hab bezahlt und bin gegangen.«

»Und als du ihn das nächste Mal gesehen hast, stand er draußen und wurde von dem SUV umgefahren?«

»Ja.«

»War es Absicht, was meinst du? Hat der Fahrer versucht, dich oder Delaney zu töten?«

»Na ja, kurze Zeit später saß ich auf dem Rücksitz eines Polizeiwagens und hab eine Aussage gemacht. Ein Polizist sagte mir, er hätte mit einem der Barkeeper gesprochen. Und der habe ihm erzählt, dass Delaney vor ein paar Nächten vor einem der Gäste seine Zaubertricks vorgeführt habe. Er habe dem Gast die Brieftasche geklaut und wieder zurückgegeben. Doch dann behauptete der Gast, der Magier habe ihm fünfzig Dollar gestohlen. Es kam zu Handgreiflichkeiten, und sie mussten die Polizei rufen. Die Beamten haben Delaney durchsucht, aber er war sauber, hatte keinen Fünfzig-Dollar-Schein bei sich. Der Gast gab aber keine Ruhe und drohte, er werde zurückkommen und mit Delaney abrechnen. Jetzt konzentriert die Polizei ihre Ermittlungen auf diesen Typen.« Er schwieg einen Augenblick und fügte dann hinzu: »Aber …«

»Aber?«

Er dachte über seine Reise nach, an alles, was bis jetzt geschehen war, und überlegte, wer versucht haben könnte, ihn umzubringen. Da Wenceslas tot war, war der Hauptverdächtige nun Kerr Kluge.

»Ross, dieser Freund von dir, Bischof Carmichael, der meinte doch, dass jemand, der die Existenz Gottes beweisen könne, sein Leben aufs Spiel setze. Überleg doch, was du in Glastonbury erlebt hast, dann in Ägypten und jetzt möglicherweise hier. Vielleicht hatte er recht«, sagte Sally.

»Ja, vielleicht.«

»Aber das kann dich nicht aufhalten, stimmt's, Ross?«

»Nein.«

»Da bin ich froh. Ich will nicht, dass dir etwas passiert, aber ich bewundere deine Grundsätze. Jetzt hast du ja einiges Material für deine Geschichte. Wann hast du vor, sie aufzuschreiben?«

»Ich hab schon angefangen.«

»Und deine Zeitung nimmt dich ernst?«

»Das hoffe ich«, sagte Ross. »Allerdings besteht bei jeder Story die Gefahr, dass sie ausgerechnet an einem Tag erscheint, an dem sich besonders viel ereignet hat; dann kann es passieren, dass sie zur Randnotiz zusammengekürzt wird.«

»Deine Geschichte ist aber doch *die* Sensation. Neben ihr wird doch alles andere absolut irrelevant!«

»Das hoffe ich, Sally. Ich hab viel riskiert. Aber ich bin auch einigen unglaublich tollen Menschen begegnet.« Er sah sie vielsagend an. Ihre Blicke verfingen sich ineinander, und sie nickte.

Da seine Versuche, sich mit Hilfe der Stäbchen ein Garnelenklößchen zu sichern, hoffnungslos scheiterten, spießte er kurzerhand eines auf und schob es in den Mund. Er kaute, unfähig zu sprechen. Erst als er es hinuntergeschluckt hatte, wurde ihm bewusst, wie ent-

534

kräftet er war. Er schob gleich noch ein zweites hinterher und kaute versonnen.

»Glaubst du eigentlich, was Delaney dir erzählt hat, Ross?«

»Ich weiß es nicht. Ich weiß nicht, was ich glauben soll. Vieles kann ich mir einfach nicht erklären. Und ich hab dir bei weitem nicht alles erzählt.«

»Zum Beispiel?«

Er dachte wieder an die Fairfax Lounge. Es war wie ein Traum. Hatte er sich den jüngeren Mann in Delaney nur eingebildet? Und den noch jüngeren in diesem? All die ineinanderliegenden Schichten?

»Hallo!«, sagte sie. »Wo bist du denn mit deinen Gedanken?«

Er sah sie an und zögerte, war völlig konfus. Worüber hatten sie gerade gesprochen?

»Du sagtest gerade, dass du mir vieles noch nicht erzählt hast.«

»Stimmt, ja.« Er war wieder bei der Sache. »Zum Beispiel, dass meine Frau sich gerade hier in L. A. aufhält.«

»Was?« Sie schien erschüttert. »Imogen?«

Er erzählte ihr, was passiert war.

»Und du hattest keine Ahnung, dass sie hier sein würde? Sie kennt dein Hotel und hat nicht versucht, Kontakt mit dir aufzunehmen? Sie reagiert nicht auf deine Anrufe?«

»Genau.« Er nickte. »Dabei sind wir knapp bei Kasse. Jetzt überleg mal.«

»Ich würde sagen, sie hat eine Affäre.«

»Es wäre nicht die erste«, sagte er.

»Wirklich?«

»Sie ist eine intelligente Frau, Sally. Versetz dich in ihre Lage. Stell dir vor, du wärst mit mir verheiratet und wüsstest, dass ich in L. A. bin. Würdest du allen Ernstes mit deinem Liebhaber gleichzeitig herkommen?«

»Nur, wenn ich *wollte*, dass man mich erwischt. Weil ich aus der Ehe ausbrechen will.«

Er blickte sie schweigend an. »So hatte ich es noch gar nicht gesehen«, sagte er schließlich.

»Einige Leute denken eben ziemlich schräg, Ross«, sagte sie. »Ich glaube nicht, dass Imogen berechnend ist – jedenfalls nicht *so* berechnend.«

Sie neigte den Kopf zur Seite. »Du sagtest, sie sei klug. Na ja, das muss sie ja auch sein, wenn sie dich geheiratet hat!«

»Herzlichen Dank, Ma'am!«

»Ich hab im Laufe der Jahre eine Menge Kriminelle interviewt«, sagte sie. »Und alle waren sich einig, dass das beste Versteck direkt vor jemandes Nase sei.«

»Gute Theorie. Aber nicht in dieser Situation.«

»Hast du eine bessere?«

»Nein, hab ich nicht. Ich hab überhaupt keine Theorien mehr. Aber an eine Sache glaube ich ganz fest, auch wenn es gewagt ist. Und dann haben wir Gewissheit, so oder so.«

»Das Zeichen, das Delaney versprochen hat?«

»Ja.«

»Und wenn es nicht passiert?«

»Ich hab schon immer dieses Luther-Zitat gemocht, du weißt schon: ›Auch wenn ich wüsste, dass die Welt morgen untergeht, würde ich noch ein Apfelbäumchen pflanzen.‹« Er sah sie an. »Und daran bist du schuld. Tut mir leid, wenn ich kitschig klinge, aber so ist es nun mal.«

»Es ist wirklich ganz schön kitschig.« Sie grinste. »Aber es ist okay. Ich steh auf Kitsch.«

Gerade sang Van Morrison: »*Have I told you lately that I love you?*«

Ross grinste zurück. »Was hat doch gleich Noël Coward über die Wirkkraft von billiger Musik gesagt?«

Sie legte den Kopf schief. »Sag du's mir!«

132

Montag, 20. März

»Wir sind da«, nuschelte der Fahrer, als sie am Leichenschauhaus ankamen. »Die Happy Hour ist schon vorbei.«

Es war kurz nach zehn, als er die Limousine ruhig durch das offene Tor kutschierte, vorbei an einem auffälligen Schild: BEZIRK LOS ANGELES, RECHTSMEDIZIN.

Im Licht der Scheinwerfer sah Bloor eine Reihe moderner zweistöckiger Gebäude, ein jedes mit einer Nummer versehen. An den Wänden hingen einige gut leserliche Schilder, blau beschriftet: RECHTSMEDIZIN, FORENSIK RECHTSMEDIZIN, VERWALTUNG

Davor parkten, Seite an Seite, mehrere identische weiße Limousinen, jede mit dem gleichen Emblem und dem Schriftzug *Coroner* auf der Vordertür.

Als der Fahrer die Limousine vor den Haupteingang fuhr, sagte er: »Hier fängt die Party an.«

Bloor ignorierte ihn und stieg aus, ließ Helmsley sitzen, der noch mit seinen E-Mails beschäftigt war.

Er stieg die Stufen hinauf, durch den heulenden Wind, und hielt auf die gläsernen Flügeltüren zu, wohl wissend, dass eine Überwachungskamera auf ihn gerichtet war. Ein Schild an der Glastür besagte: »Zutritt verboten«. Er spähte hindurch und sah einen kleinen Wartebereich mit mehreren schlichten Sofas, einem Desinfektionsmittelspender und einer Vitrine voller gerahmter Urkunden.

Ein Mann kam um die Ecke. Er war mittleren Alters mit einem ergrauenden Beatles-Haarschnitt und einem Oberlippenbart. Er trug ein dunkelrotes Hemd mit offenem Kragen und hatte einen Stapel Fotos in Händen.

Bloor klopfte gegen die Glasscheibe. Der Mann sah sich um,

schüttelte den Kopf, zog sich den Daumen quer über die Kehle und deutete an ihm vorbei. Bloor blickte sich verwirrt um. Der Mann deutete erneut, und Bloor zuckte mit den Schultern. Endlich gab der Mann nach und entriegelte die Tür. Als sie aufging, schlug Bloor der Geruch eines scharfen Reinigungsmittels entgegen.

»Kann ich Ihnen helfen, Sir?« Er hatte eine freundliche, effiziente Art. In seiner Brusttasche steckte ein Handy, und um den Hals hatte er ein Trageband mit seinem Dienstausweis hängen. Darauf stand: »Mark Johnson, Leiter der Abteilung forensische Fotografie, Los Angeles County, Abteilung Rechtsmedizin«.

»Ja, ich hoffe schon«, sagte Bloor höflich und bemühte sich um eine Trauermiene. »Sehen Sie, ich bin aus England angereist, um meinen Cousin zu besuchen. Aber tragischerweise kam er heute Abend bei einem Unfall in West Hollywood ums Leben. Ich dachte, es wäre vielleicht hilfreich, wenn ich ihn amtlich identifizieren würde.«

»Mein herzliches Beileid, Sir, aber Sie müssen zu dem Gebäude dort hinten gehen und an der Rezeption vorsprechen.«

Bloor blickte sich zu dem weitaus älteren, eleganten Backsteingebäude um.

»Aber es gibt bei uns keine amtliche Identifikation durch Angehörige mehr«, fügte er hinzu.

»Nicht?«

»Das erledigen neuerdings DNA-Spuren und Fingerabdrücke.«

»Ach so.«

»Tut mir leid, dass Sie sich umsonst hierherbemüht haben.«

Bloor improvisierte. »Nun ja, die Sache ist die: Ich bin eigens aus England gekommen – wir hatten ein großes Familientreffen geplant. Wäre es vielleicht möglich, Mike zu sehen? Um ihm die letzte Ehre zu erweisen?«

»Tut mir leid, das geht nicht, ein Versicherungsproblem. Sie müssten im Leichenschauhaus nachfragen, wohin man ihn anschließend bringt.«

»Ist das denn nicht das Leichenschauhaus?«

»In England spricht man, soweit ich weiß, von Bestattungsinstitut.«

»Okay – und wo erfahre ich, in welches er gebracht wird?«

»Wie lautet der Name des Verstorbenen?«

»Mike Delaney.«

»Ach ja, okay. Er war in ein Verbrechen verwickelt, tut mir leid. Sie müssen warten, bis der Coroner die Leiche freigegeben hat.«

»Und wann wird das sein?«

»Tja, wir müssen die Obduktion abwarten, und wir sind ziemlich im Rückstand, über fünfhundert sind noch vor ihm dran. Könnte ein paar Tage dauern, vielleicht auch eine Woche oder noch länger.«

»Verstehe«, sagte Bloor und dachte scharf nach. »Vermutlich könnten Sie auch keine Ausnahme machen – weil ich so weit angereist bin und in zwei Tagen schon wieder zurückfliegen muss? Ein schneller Blick vielleicht?«

»Das ist leider nicht möglich, Sir, bedaure. Sie könnten höchstens morgen noch einmal herkommen und Ihren Fall dem Coroner schildern.« Er sah nachdenklich drein. »Ach nein, das geht ja nicht, er und sein Stellvertreter sind ja beide auf einer Konferenz und kommen nicht vor Donnerstag zurück. Tut mir wirklich leid.«

Bloor bedankte sich, prägte sich den Namen des Mannes ein und ging wieder hinaus. Doch anstatt zum Wagen zu gehen, bog er nach rechts, schlich im Dunkeln am Gebäude entlang und spähte im Vorübergehen in jedes der dunklen Flügelfenster. Als er dann ein paar Stufen hinunterging, roch er süßen Zigarettenrauch, der vom Parkplatz heraufwehte.

Er übersprang ein paar Stufen, ging an mehreren Coroner-Limousinen vorbei, bog um die Ecke und sah einen kleinen Mann, der in blauem OP-Kittel, die Mütze nach hinten aus der Stirn geschoben, vor einer Tür stand und eine Zigarette rauchte.

Bloor schritt zuversichtlich auf ihn zu. »Riecht gut!«, sagte er.

»Möchten Sie eine?« Der Mann holte ein Päckchen Zigaretten unter seinem Kittel hervor.

»Sicher?«, fragte Bloor. Er hatte nicht mehr geraucht, seit er Anfang zwanzig war.

»Wir Raucher müssen doch zusammenhalten.«

»Unbedingt!« Er zog eine Zigarette aus dem Päckchen, das der andere ihm entgegenhielt, und ließ sich Feuer geben.

»Sie klingen wie ein Brite.«

»Ich bin auch einer.«

»Was führt Sie dann hierher?«

»Oh, ich bin Rechtsmediziner. Wir haben nicht viele Schussopfer drüben, und wegen der Terrorgefahr bin ich hier, um Erfahrungen zu sammeln. Mark Johnson hat mich eingeladen – ich hab ihm heute Abend über die Schulter geschaut.« Bloor warf einen verstohlenen Blick auf das Namensschild des Mannes. *Dr. Wayne Linch.* »Morgen soll ich einen gewissen Dr. Linch hier treffen und mich von ihm herumführen lassen.«

»Dr. Linch? Das bin ich!«

Sie schüttelten einander die Hände. »Nett, Sie kennenzulernen, Dr. …?«

»Porter – Richard Porter.«

»Tja, Richard, bei mir sind Sie richtig. Deshalb arbeite ich spätnachts. Vier Leute, erschossen in Orange County – vermutlich ein missglückter Drogendeal. Wollen Sie sie sehen?«

»Sicher«, sagte Bloor. »Das wäre hilfreich.«

Sie rauchten zu Ende und gingen hinein.

Bloor folgte ihm in einen Umkleideraum. Der Pathologe reichte ihm einen blauen Kittel, eine Kappe und eine Papiermaske und holte dann ein Paar weiße Gummistiefel unter einer Bank hervor.

»Welche Schusswunde interessiert Sie besonders?«

»Faustfeuerwaffe. Hin und wieder wird jemand mit einem Jagdgewehr erschossen, aber selten mit einer Pistole.«

Der Pathologe führte ihn einen Korridor entlang, öffnete eine Tür und schaltete das Licht ein. Im Inneren lag auf einer stählernen Bahre unter einem großen, runden Scanner ein nackter hispanischer Mann. Er hatte ein riesiges Tattoo auf der Brust und kleine Einschusslöcher zu beiden Seiten seiner linken Brustwarze.

»Sehen Sie die Spuren auf seiner Brust?«

»Die neben der Brustwarze?«, fragte Bloor.

»Genau. Die stammen von einer Kleinkaliberwaffe – einem Dum-Dum-Geschoss Kaliber .22. Winzige Eintrittslöcher, aber dann explodieren die Projektile im Körper. Wenn ich ihn auf den Bauch drehen würde, könnten Sie sehen, dass ihm fast der ganze Rücken weggeblasen wurde, mitsamt den inneren Organen.« Er deutete auf den Scanner. »Wir suchen nach allen Patronenfragmenten, die noch in ihm drin sind.«

Bloor betrachtete das Tattoo auf der Brust des Toten. Da stand: ICH BIN HIER.

Als der Pathologe sein Interesse bemerkte, las er es auch. »Jetzt nicht mehr, Junge«, sagte er.

Als sie den Raum verließen, schaltete der Pathologe das Licht aus und schloss die Tür hinter ihnen. »Na schön, ich geh mal wieder an die Arbeit. War nett, Sie kennenzulernen, Richard.«

»Ganz meinerseits. Dann bis morgen. Wann werden Sie hier sein?«

»Oh, ich bin Frühaufsteher. Sieben Uhr morgens.«

»Dann also bis um sieben.«

Der Pathologe ging davon, und Bloor konnte sein Glück kaum fassen. Mike Delaney war bereits hierhergebracht worden – wo war er?«

Er wurde kurz nervös, als ein junger, übergewichtiger Mann mit Bart, in einem blauen Kittel, der dem seinen glich, aber ohne Kopfbedeckung auf ihn zukam.

»Schönen Abend noch«, sagte er im Vorbeigehen.

Bloor grunzte eine Antwort und ging dann den Korridor entlang. Er öffnete die erste Tür, die er erreichte, spähte hindurch und sah einen langen, schmalen Raum mit OP-Leuchten und einer Reihe stählerner Bahren. Auf einigen lagen Leichen unter Plastikplanen, ausnahmslos dunkelhäutig. Am hinteren Ende arbeitete ein Mann, der genauso gekleidet war wie der Pathologe, mit dem er gerade eine Zigarette geraucht hatte, an einer kleinen Leiche. Ein Kind.

Er schloss die Tür und ging weiter, vorbei an Toilettentüren, einem Wasserspender, einer gelben Mülltonne und mehreren Infotafeln. Er erreichte einen Aufzug und fragte sich, wohin er führen mochte. Dann sah er weiter vorne noch eine Tür.

Er öffnete sie.

Ein Schwall kalter Luft schlug ihm entgegen, in der dick der süßliche Gestank der Verwesung lag. Es brannte Licht. Es war ein weitläufiger Kühlraum mit der Atmosphäre einer Lagerhalle. Unter einer Wellblechdecke hingen Neonröhren. Auf gestapelten Metallstellagen, fünf übereinander, lagen in langen Reihen Leichen aufgereiht. Dutzende Stahlbahren, die meisten davon ebenfalls bereits belegt, standen scheinbar beliebig im Raum herum. Jede Leiche war in eine Plastikplane gewickelt, einige davon durchsichtig, andere in opakem Weiß, und hatte zwei Schilder am großen Zeh baumeln, das eine orange, das andere gelbbraun.

Über fünfhundert, dachte Bloor, weil er sich an Mark Johnsons Worte erinnerte.

Eine davon war Mike Delaney.

Die Lichter flackerten. Fast im selben Augenblick hörte er einen Donnerschlag. Er hallte durch den Raum, ein tiefes metallisches Dröhnen.

Er zog die Tür hinter sich zu und eilte auf eine Bahre zu, nicht weit von ihm, auf der eine Gestalt unter einer weißen Plastikplane lag. Er sah sich um, doch die Tür war immer noch geschlossen. Er sah auf die Schilder, aber sie trugen nur ein Aktenzeichen, keinen Namen. Er hob die Plane über dem Gesicht an und starrte auf einen Schwarzen, dem der Oberkopf weggeblasen worden war, so dass man das Gehirn sehen konnte.

Er schluckte angewidert, deckte ihn wieder zu und ging weiter. Er musste Delaney finden und sich ein paar Haare schnappen. Schließlich brauchte er die DNA des Mannes.

Unbedingt!

Wieder flackerte das Licht. Gleich darauf kam ein weiterer Donnerschlag. Und noch einer. Dann, lauter noch, ein dritter, der den Boden erschütterte und dröhnte, als befände er sich in einer gewaltigen Basstrommel.

Er sah sich weitere Leichen an, unter durchsichtigen Planen. Eine unfassbar fette weiße Frau. Ein dünner junger Mann. Eine schöne junge Blondine. Dann näherte er sich einer weiteren Gestalt unter einer weißen Plane. Er lupfte sie, entblößte einen Kopf und blickte in die offenen, erschrockenen Augen eines schwarzen Mädchens mit einem blutverkrusteten Loch in der Mitte der Stirn.

Wo bist du, Delaney? Wo in drei Teufels Namen bist du?

Wieder flackerte das Licht, erlosch und ging gleich darauf wieder an. Dann brachte eine Explosion wie eine Bombe, direkt über ihm, das gesamte Gebäude ins Wanken.

Mit wachsendem Unbehagen passierte er weitere Leichen in durchsichtigen Plastikplanen, doch keine glich dem Bild von Mike Delaney, das er sich eingeprägt hatte. Und noch eine Leiche unter einer weißen Plane. Als er bei ihr anlangte, flackerte erneut das Licht. Und ging aus.

Es erfolgte ein Donnerschlag, so laut und so nah, dass erneut das gesamte Gebäude wackelte.

Er holte sein Handy heraus, drückte auf die Taschenlampen-App und leuchtete damit der Leiche ins Gesicht.

Wieder donnerte es.

Er trat vor eine weitere Leiche. Hob die weiße Plane an, um sich den Kopf anzusehen. Eine Chinesin.

Im selben Moment ertönte direkt hinter ihm eine ärgerliche Stimme, die er wiedererkannte: »He! Sie da! Mister!« Es war Mark Johnson.

In blinder Panik fuhr er herum.

»Was zum Henker bilden Sie sich …«

Da hörte er das Knistern von Elektrizität. Der gesamte Raum war plötzlich in blauen Dunst gehüllt. Er sah spitze blaue Blitze an der Decke entlangtanzen, dann über die Metallstellagen, wie die Ausschläge auf einem EKG-Display. Er erhaschte einen Blick auf das wütende Gesicht des Mannes im dunkelroten Hemd hinter sich. Da erschütterte eine gewaltige Explosion den Raum.

Er blickte nach oben, und die gesamte Decke stand in Flammen.

Er stieß den Mann beiseite, der nach hinten stürzte, erreichte die Tür, riss sie auf und rannte den Korridor entlang.

Über ihm erfolgte ein weiterer Donnerschlag.

Da erkannte er, dass er in die falsche Richtung rannte.

Die Decke über ihm explodierte in sengende Flammen.

Er machte kehrt und rannte blindlings in die entgegengesetzte Richtung. Aus der Sprinkleranlage spritzte Wasser auf ihn herab. Er erreichte die Rezeption und lief auf die Tür zu. Wollte sie aufschieben, aufziehen. Sie regte sich nicht.

Wieder erfolgte ein Donnerschlag.

Ein Teil der brennenden Decke stürzte hinter ihm ein.

Er bemerkte einen grünen Knopf neben der Tür. Drückte darauf. Nichts tat sich. Er lief zurück zur Rezeption, griff sich den Drehstuhl und schleuderte ihn mit voller Wucht gegen die Glastür. Sie zerbrach. Er kletterte hindurch und rannte auf die Limousine zu, riss die Tür auf und stieg ein.

»Alles in Ordnung?«, fragte Helmsley besorgt.

»Nichts wie weg!«, brüllte er den Fahrer an.

»Blitze«, stellte Helmsley fest. »Das Gebäude hat zwei nacheinander abbekommen.«

Als sie durch das offene Tor wieder hinaus auf die Straße fuhren, drehte Bloor sich um und starrte auf das Leichenschauhaus. Das gesamte Gebäude stand in Flammen.

In der Ferne hörte er Sirenen und das heftige Hupen herbeieilender Feuerwehrwagen.

133

Dienstag, 21. März

Nach einer schlaflosen Nacht, vom Gewitter und seinen wirbelnden Gedanken wach gehalten, gab Ross um 5 Uhr morgens endlich den Versuch auf, noch ein wenig zu schlafen. Sally hatte ihn nach dem Essen noch auf einen Absacker in ihr Hotel einladen wollen, aber er hatte darauf verzichtet. Er fühlte sich mehr und mehr zu ihr hingezogen. In ihrer Gegenwart empfand er etwas, was er mit Imogen nie empfunden hatte. Was genau es war, wusste er nicht. Eine tiefe Verbundenheit.

Immer wieder kreisten seine Gedanken um Imogen. Was hatte sie hier zu suchen? Was führte sie im Schilde? Es ergab einfach keinen Sinn, dass sie hier war.

Er griff nach seinem Telefon und blickte hoffnungsvoll auf das Display.

Er hoffte auf eine Nachricht von Imogen, die ihm erklärte, was sie in L. A. zu suchen hatte.

Doch er fand nur eine SMS von Sally, die sie ihm um halb zwölf Uhr nachts geschickt hatte.

Schlaf gut, Du Retter der Welt! X X

Er schrieb ihr zurück:

Es muss »Erlöser« heißen. XX

Die Antwort kam prompt. Wahrscheinlich hatte sie genau wie er eine schlaflose Nacht hinter sich.

Jetzt werd mal nicht übermütig:-) XX

Er grinste, und seine düstere Stimmung lichtete sich ein wenig.
Seine Augen fühlten sich an, als hätte er sie mit Sandpapier malträtiert. Er griff sich die Fernbedienung, schaltete den Fernseher ein und zappte durch die Kanäle. Eine alte Folge von *Emergency Room*. Eine Dokumentation über die schmelzende Arktis. Dann ein lokaler Nachrichtensender, der ein brennendes Gebäude zeigte, vor dem mehrere Feuerwehrfahrzeuge und Rettungswagen standen. Feuerwehrschläuche. Feuerwehrmänner. Eine telegene Nachrichtensprecherin, die ein Mikrophon in der Hand hielt.

»… die ganze Nacht hindurch damit beschäftigt, einen Brand zu löschen, den ein Blitzschlag in den Räumlichkeiten der Gerichtsmedizin des Los Angeles County verursacht hat. Neben mir steht Mark Johnson, der für das Gebäude verantwortlich ist. Wie sieht es aus?«

Johnson, ein nüchtern aussehender Mann in einem dunkelroten Hemd, sagte: »Ziemlich schlimm. Der heftigste Blitz scheint direkt über dem Bereich eingeschlagen zu haben, den wir als Krypta bezeichnen. Dort lagerten über fünfhundert Leichen, die noch obduziert werden mussten. Es ist noch zu früh, um den Schaden einzuschätzen, aber nach Aussage der Feuerwehrleute ist dieser gesamte Gebäudeteil weitgehend zerstört.«

Ross richtete sich auf. In der folgenden Stunde starrte er wie gebannt in den Fernseher und zappte sich durch die Nachrichtenprogramme. Dann klingelte sein Telefon.

Sally war dran.

»Hey, schon die Nachrichten gesehen?«, fragte sie.

»Ich seh sie gerade.«

»Seltsam, oder?«

»Kann man wohl sagen.«

»Es war schön mit dir gestern.«

»Mit dir auch.«

»Obwohl du am Esstisch eingeschlafen bist.«

»Echt? Nein, Mist, tut mir leid!«

»Ich verzeih dir – unter einer Bedingung.«

»Und die wäre?«

»Wir essen heute Abend wieder zusammen.«

Er lächelte. Er durchschaute sie immer noch nicht ganz, hatte aber zunehmend das Gefühl, dass man ihr trauen konnte. »Diesmal bleib ich wach!«

»Ich nehm's persönlich, wenn nicht!«

Augenblicke später, nachdem er aufgelegt hatte, klingelte sein Telefon erneut.

Diesmal war Imogen dran.

134

Dienstag, 21. März

»Was tust du in Los Angeles?«, fragte Ross seine Frau.

»Das kann ich dir am Telefon nicht sagen. Könntest du mich um 10 Uhr im Foyer des Serena Hotel am Sunset treffen?«

Ihre Stimme hatte einen stählernen Unterton. Sie klang wie eine Fremde.

»Ja, aber sag mir doch – was …?«

Klick.

Sie hatte aufgelegt.

Er rief sie zurück. Landete auf ihrer Mailbox.

Er hinterließ keine Nachricht. Stattdessen blieb er im Bett liegen und fragte sich, was hier vorging. Was sie für ein Spiel mit ihm spielte. Dann dachte er wieder an die Ereignisse der vergangenen Nacht. Öffnete die Voice-Memos-App und spielte die Aufnahme von seiner Begegnung mit Mike Delaney ab. Lauschte auf die Nuancen in seiner Stimme. Die Ehrlichkeit.

»Es steht auch bei Matthäus 24: ›Sofort nach den Tagen der großen Not wird sich die Sonne verfinstern, und der Mond wird nicht mehr scheinen; die Sterne werden vom Himmel fallen, und die Kräfte des Himmels werden erschüttert werden. Danach wird das Zeichen des Menschensohnes am Himmel erscheinen …‹«

Hätte er doch seine Turnschuhe eingepackt, dachte er, dann könnte er jetzt den Fitnessraum des Hotels benutzen. Er zog sich ein T-Shirt an, Jeans, Stiefel und Lederjacke und ging hinaus auf einen Spaziergang. Der Wind hatte an Stärke noch zugelegt, und nach dem Sturzregen, der mit dem Gewitter niedergegangen war, fühlte die Luft sich erfrischt an. Er bog aufs Geratewohl nach rechts auf eine ruhige, von Bäumen gesäumte Straße und ging an mehreren protzigen, abgeschotteten Häusern vorbei in einen kleinen Park. Er war um diese Zeit bereits voll von Joggern und Leuten mit Hunden, und er drehte zwei energische Runden.

Anschließend kehrte er in sein Hotel zurück, ließ sich ein Omelette, einen Sauerteigtoast, eine Schale mit Beeren und Kaffee zum Frühstück auf sein Zimmer bringen, duschte und rasierte sich und bestellte dann ein Taxi für 9.45 Uhr, das ihn zum Serena Hotel fahren sollte, laut Portier nur fünfzehn Minuten entfernt.

135

Dienstag, 21. März

Es war kurz vor 18 Uhr, und Bruder Pete fluchte. Er war in den falschen Zug gestiegen; er hätte den Zug zur Victoria Station nehmen sollen, stattdessen war er unterwegs nach London Bridge, wie ein hilfsbereiter Passagier ihm sagte. Es sei denn, er stieg um.

Regenspritzer glitten über das Zugfenster, und ein kalter Wind blies ihm ins Gesicht. Sie fuhren durch eine graue Stadtlandschaft. Im Augenblick war alles sehr verwirrend für ihn. Er empfand eine tiefe Niedergeschlagenheit. Vor einer Weile war ihm sein Plan wichtig erschienen, aber jetzt befielen ihn Zweifel. Seine Bibel lag auf seinem Schoß. Er hatte sie während der gesamten Reise noch nicht aufgeschlagen.

Er hatte die Absicht gehabt, nicht auf den Berg Athos zurückzukehren. Jedenfalls vorerst nicht. Er wollte noch ein wenig mehr von der Welt sehen und seinen Glauben auf die Probe stellen, herausfinden, ob er ihn ins Kloster zurückzog. Er musste etwas ergründen, das ihm schwer auf der Seele lastete. War es sein Glaube, der ihn im Kloster hielt, oder nur der Lebensstil? Ein Lebensstil, der es ihm ermöglichte, von der Welt in Ruhe gelassen zu werden. Denn mehr hatte er nie gewollt.

Sein Cousin, Bruder Angus, hatte ihm erzählt, er habe über vierzig Jahre gebraucht, um zu verstehen, dass der Sinn seines Lebens darin bestand, allein, in der Abgeschiedenheit Gott zu dienen. Pete hatte am Nachmittag dabei geholfen, Angus' Sarg auf den Friedhof zu tragen, einen Ort mit Reihen schlichter Holzkreuze.

Er trauerte um den alten Mann, aber gleichzeitig freute er sich für ihn, weil Angus im Gegensatz zu so vielen anderen Menschen den inneren Frieden offensichtlich in seinem einfachen Leben gefunden hatte. Doch nun saß Pete, die Tasche an sich gedrückt, in diesem Zugabteil und wusste nicht so recht, was er tun sollte. In der Tasche war das Päckchen, das der Abt ihm zur Aufbewahrung gegeben hatte. Mit den Gegenständen, die Angus unbedingt in Sicherheit wissen wollte, für alle Ewigkeit. Auf dem Berg Athos wären sie sicher.

Tief im Herzen war er voller Zweifel.

Falls er ins Kloster zurückkehrte, würde man ihm womöglich nie mehr erlauben wegzugehen. Man konnte die Halbinsel nur mit dem Boot verlassen, und nur der Abt konnte einem ein Ticket besorgen.

Ihm gegenüber saß eine erschöpft aussehende Frau mit einem schreienden Baby, dem die Nase lief. Ein kleines Stück Menschheit. Neben ihm saß mit hängenden Schultern ein Jugendlicher, aus dessen Kopfhörern viel zu laute Musik drang. Pete hörte den konstanten, nervtötenden Beat, zu dem der einfältig aussehende Bursche mit dem Kopf nickte. Ein ältliches Ehepaar saß jenseits des Mittelgangs einander gegenüber. Beide starrten vor sich hin ins Leere, nicht aus dem Fenster oder sonst wohin. Der Mann hielt einen Gehstock in der knochigen Hand, die Frau war dick und hatte ein Doppelkinn.

»Mir ist langweilig«, beschwerte sich der Mann.

»Mir auch«, erwiderte die Frau.

»Wie lange noch?«, fragte er.

»Weiß nicht«, antwortete sie.

Der Zug fuhr in einen Bahnhof ein. EAST CROYDON, las Bruder Pete auf einem Schild. Hier konnte er in den Zug nach Victoria Station umsteigen.

Der Zug hielt an, und er stand auf und stieg aus, froh, der klaustrophobischen Umgebung entronnen zu sein. Auf dem Berg Athos hatte er Platz. Er musste keine Babys mit Schniefnasen ansehen oder jemandes abscheuliche Musik ertragen. Zum ersten Mal, seit er aufgebrochen war, vermisste er tatsächlich die Einsamkeit.

550

Er versuchte sich bei strömendem Regen in dem Labyrinth von Gleisen zu orientieren und fand schließlich das richtige zur Victoria Station. Auf einer elektronischen Tafel las er, dass der nächste Zug in vierzehn Minuten einfahren würde. Er setzte sich unter einem Vordach auf eine leere Bank, holte die Bibel aus der Tasche und fing an zu lesen.

Bald darauf war er von einer Gruppe Menschen umgeben, die sich an ihn herandrängten. Er roch Alkohol und Zigarettenrauch. Eine höhnische Stimme sagte: »Was liest du da, den Koran?«

Er blickte auf. Da standen vier Jugendliche, allesamt tätowiert, zwei mit kahlrasierten Köpfen, einer mit Irokesenschnitt und einer mit Nasen- und Lippenringen und grünem Igelhaarschnitt. Sie trugen Hoodys, Trainingshosen und Turnschuhe, und jeder hielt eine Bierdose in der Hand. Drei von ihnen rauchten.

»Das ist die Bibel«, sagte er höflich.

»Echt?«, sagte einer.

Er nickte.

Der Zug kam angefahren. Er steckte das Buch wieder in die Tasche und stand auf. Sie sahen ihn alle an, dumpfen Hass in den Augen.

Er ignorierte sie, ging an ihnen vorbei und stieg in den Zug, in ein leeres Abteil. Zu seiner Erleichterung stiegen die Jugendlichen weiter vorne zu, in einen anderen Wagen. Er setzte sich hin, erschüttert von der Begegnung. Warum gab es nur so viel Feindseligkeit in der Welt? Vielleicht stellte Gott die Menschen auf diese Weise auf die Probe, so wie Er ihm den Zorn ins Herz gelegt hatte, dachte Pete, einen Zorn, der zuweilen aufflammte und kaum zu kontrollieren war.

Kurz nachdem der Zug aus dem Bahnhof gerollt war, wehte durch den offen stehenden oberen Teil des Fensters neben ihm der Regen. Er war gerade im Begriff, aufzustehen und es zu schließen, als sich hinter ihm die Abteiltür öffnete und wieder schloss. Erneut roch er Zigarettenrauch. Dann eine Stimme.

»Bist du ein Scheißterrorist, oder was?«

Er blickte auf, und zu seinem Schrecken standen die vier Rüpel vor ihm. Einer hielt eine Zigarette zwischen Zeigefinger und Daumen und sog daran.

»Hier ist rauchen verboten«, sagte Bruder Pete, bevor er es verhindern konnte, und erneut stieg dieser unkontrollierbare Zorn in ihm auf.

»Moslems auch, Kumpel«, sagte der mit dem Iro.

»Ich bin kein Muslim.«

»Was soll dann der Filz in der Fresse und die schwarze Kutte, Mann?«

»Ich bin ein griechisch-orthodoxer Mönch«, antwortete er und lächelte in der Hoffnung, sie zu besänftigen.

»Echt? Woher wissen wir, dass du kein Scheißterrorist bist? Trägst du vielleicht 'ne Bombe in der Tasche da?«

»Ich bin ein Mönch.«

»Na schön, dann zeig uns, was du da hast.« Der mit den grünen Haaren griff nach der Tasche.

Pete hielt mit der Linken dagegen und stieß ihn zurück. Dann packte er die Tasche an den Griffen und schlug damit nach den Jugendlichen. »Lasst mich in Ruhe! Ich bin Mönch, kein Terrorist!« Wieder schlug er mit der Tasche nach den Burschen, verfehlte sie aber und traf stattdessen das Fenster neben ihm.

Die vier starrten ihn an.

»Du hast sie doch nicht alle«, sagte der mit dem Iro.

Der Typ mit den grünen Igelhaaren versetzte ihm einen Schlag auf die Nase. Der Schmerz trieb ihm Tränen in die Augen, und so sah er nur verschwommen, wie der Jugendliche sich die Tasche griff und durch den offenen Fensterspalt stopfte.

»Nein!«, brüllte Bruder Pete. »Nein, nein, nein!«

»Jetzt haben wir wenigstens nichts mehr zu befürchten in diesem Zug – wir haben die Bombe rausgeschafft!«

Unter johlendem Gelächter gingen sie weiter den Gang entlang.

Pete versuchte aus dem Fenster zu blicken, wobei Wind und Regen ihm das Gesicht peitschten, dass ihm Tränen aus den Augen liefen, während der Zug weiter beschleunigte.

136

Dienstag, 21. März

Kurz vor zehn bog das Taxi auf die eindrucksvolle Zufahrt zum Serena Hotel. Na klar, dachte Ross leicht verärgert, während er sich fragte, wie viel man hier für eine Nacht bezahlte, Imogen würde natürlich nicht in einem schäbigen Loch absteigen.

Einerseits rechnete sie ihm immer wieder vor, wie dringend sie Geld sparen mussten für die Zeit, in der sie des Babys wegen aufhören würde zu arbeiten und sie nur von seinem Einkommen leben würden. Andererseits flog sie nach Los Angeles und verpulverte ihre Kohle in einem der protzigsten Hotels der Stadt.

Das Taxi fuhr einige hundert Meter eine kurvige, von Palmen gesäumte Auffahrt hinauf und hielt vor der säulengeschmückten Hotelfassade, wo sich livriertes Personal tummelte und hochpreisige Limousinen, Sportwagen und SUVs parkten.

Ein junger, gutaussehender und servil-freundlicher Mann öffnete seine Tür.

»Willkommen im Serena, Sir!«

Ross bezahlte den Fahrer und begab sich zum Eingang, vorbei an den Bronzestatuen einstiger Hollywoodikonen. Er erkannte John Wayne, der auf einer Bank saß. Marilyn Monroe, die lachend eine Zigarette in der Hand hielt. An einer Wand lehnte Rock Hudson und lächelte ihm ironisch zu.

Die Türen öffneten sich automatisch, und er betrat ein weitläufiges weißes, wohlriechendes Atrium. Es wurde dominiert von einem großen, runden Teich mit einem Springbrunnen, aus dessen Mitte drei goldene Engel aufragten. Mehrere Sitzgruppen umringten das Wasser.

Er hielt nach Imogen Ausschau und sah sie auf sich zukommen. Sie trug ein elegantes Kostüm, wie zu einem Geschäftstreffen.

Sie wurde von zwei Männern mittleren Alters flankiert, keiner von ihnen besonders gutaussehend. Der eine war mittelgroß, mit glattem silbergrauem Haar und schlanker Figur, und trug ein selbstgefälliges Lächeln in seiner Falkenvisage. Der andere war groß und dünn, mit einer roten Drahtgestellbrille, die zu einem Kunststudenten gepasst hätte, an ihm aber affig aussah, fand Ross.

Er erkannte die beiden von ihrer Firmenwebseite. Wenn das Böse einen Geruch hätte, würden diese Männer stinken, dachte er.

Als gehorchten sie einem unsichtbaren Kommandanten, blieben sie stehen, und Imogen legte die letzten Schritte bis zu ihm alleine zurück.

Je näher sie kam, ohne ein Lächeln, desto fremder wurde sie ihm.

»Hallo, Ross«, sagte sie und blieb im Diskretionsabstand vor ihm stehen.

Instinktiv wollte er sie in die Arme schließen und küssen, aber ihre Körpersprache hielt ihn wie eine Barriere davon ab.

»Was tust du hier, Imo? Warum nimmst du meine Anrufe nicht an? Willst du mir sagen, was vor sich geht? Ich hatte eine Scheißangst.«

»Ach ja, und ich vielleicht nicht? In den letzten Wochen? Seit du beschlossen hast, uns beide in Gefahr zu bringen?«

»Das hier ist mein Job.«

»Jobs sind dazu da, um *Geld* zu verdienen, Ross«, entgegnete sie.

»Wer sind deine Lakaien?« Er nickte zu den Männern hinter ihr. »Du lässt es ganz schön krachen, fliegst nach L.A., steigst hier ab, holst dir Bodyguards.«

»Das sind keine Bodyguards, sie bezahlen alles. Und sie bieten uns eine Menge Geld, viel mehr, als die Zeitung dir je für den Artikel zahlen wird.«

Mit leiser Stimme, damit nur Imogen es hören konnte, sagte er: »Wirklich? Sind das hier die Scheißtypen, die mich in Ägypten umbringen lassen wollten?«

»Nein, da irrst du dich – sie wollten dich nicht töten, sie wollten dir etwas abjagen. Aber jetzt bieten sie dir einen ausgezeichneten Deal – viel besser als der Vatikan. Können wir uns irgendwo in Ruhe unterhalten?«

»Hier ist es doch ruhig.« Er starrte sie an und fragte sich: *Kenne ich dich eigentlich noch?*

»Dann setzen wir uns wenigstens.«

In Begleitung der beiden Männer ging sie auf ein paar Sofas und Sessel zu, die um einen Kaffeetisch standen, nah am Wasser und weit genug von der nächsten Sitzgruppe entfernt, um nicht belauscht zu werden.

»Ross«, sagte Imogen, »ich möchte dir Ainsley Bloor und Julius Helmsley vorstellen.«

Er gab dem falkengesichtigen Mann widerstrebend die Hand, dann dem mit der albernen Brille, und sie setzten sich.

»Es freut mich sehr, Sie zu treffen, Ross«, sagte Bloor. Seine Stimme klang schrill, fast kriecherisch freundlich und völlig unaufrichtig. »Möchten Sie vielleicht Tee oder Kaffee?«

»Einen Americano mit heißer Milch.«

Bloor schnippte mit den Fingern, und ein Kellner mit beigem Jackett eilte herüber.

»Möchten Sie etwas essen?«, fragte Bloor. »Haben Sie schon gefrühstückt?«

»Ich möchte nichts, danke.«

Sie bestellten die Getränke. Dann sagte Ross: »Haben Sie zufällig Visitenkarten, Gentlemen?«

»Sicher.« Bloor fischte ein schickes Silberetui aus der Tasche und reichte ihm eine.

»Kerr Kluge?«

»Richtig.« Bloor lächelte ihn an wie ein Lehrer ein Schulkind.

»Sie sind der Geschäftsführer?«

»Genau. Und Julius hier ist unser Chief Operating Officer.«

Ross sagte nichts. Imogen sah ihn gespannt an.

»Vielleicht hat Ihnen Ihre Frau erklärt, warum wir alle hier sind?«

»Nein, ich habe keine Ahnung.«

»Ah ja«, fuhr Bloor in seinem gönnerhaften Ton fort. »Soweit wir wissen, sind Sie hier in Los Angeles, um einen gewissen Mike Delaney zu treffen, der nach Informationen, die Sie sich beschaffen konnten, der wiedergekehrte Jesus Christus sein könnte – so unwahrscheinlich es auch klingen mag.«

»Woher wissen Sie das?«

»Von Ihrer Frau«, sagte Bloor und lächelte entwaffnend.

»Ja, und so sind wir hübsch auf dem neuesten Stand, Mr. Hunter«, warf Julius Helmsley ein.

Ross blickte finster von einem zum anderen. »Tatsächlich? Ihnen ist doch hoffentlich bewusst, dass Delaney in der vergangenen Nacht von einem Auto überfahren wurde. Es war Fahrerflucht. Sie haben nicht zufällig etwas damit zu tun?«

»Ross!«, sagte Imogen verärgert.

»Wir?«, sagte Bloor, als ließe er dem Schulkind seine Launen. »Wir sind hier, um Mr. Delaney kennenzulernen, nicht um ihn zu töten. Kerr Kluge ist ein geachtetes Unternehmen, wie Sie sicher wissen. Menschen zu töten ist nicht unsere Art.«

»Und was war in Ägypten? Und mit den Armen in Afrika?«, fragte Ross.

»Wie bitte?«, sagte Helmsley gekränkt.

»Ihre Firma ist bei mehreren Gelegenheiten kritisiert worden, weil sie abgelaufene Medikamente nach Afrika verkauft«, sagte er, den bösen Blick seiner Frau ignorierend.

»Mr. Hunter«, sagte Helmsley, »es gibt einen großen Sicherheitsspielraum, was die Datierung auf unseren pharmazeutischen Produkten anbelangt. Für den Einzelhandel innerhalb Europas und den USA mögen sie abgelaufen sein, aber sie wirken trotzdem. Wenn es ärmeren Ländern hilft, dass wir sie günstiger verkaufen, ist das doch eine gute Sache, meinen Sie nicht?«

»Sie klingen wie ein Heiliger, Mr. Helmsley«, sagte Ross.

»Nun ja, ich glaube in der Tat, dass die Menschen die Pharmaindustrie gern verteufeln.«

»Ach wirklich? Warum nur?«

»Ross!«, zischte Imogen.

»Sehen Sie, Mr. Hunter«, sagte Bloor. »Ich will nicht länger um den heißen Brei herumreden. Wir möchten etwas, von dem wir glauben, dass Sie es haben, und sind bereit, ein hübsches Sümmchen dafür zu bezahlen.«

»Von dem Sie *glauben*, dass ich es habe? Sie haben doch mein Haus verwanzt, oder nicht? Sie *wissen*, was ich habe.«

Bloor errötete leicht.

»Seitdem Sie Leute beauftragt haben, die Wände zu beschmieren, hab ich recht? Unter dem Deckmantel religiöser Fanatiker. Sehr clever.«

Bloor sagte nichts.

»Haben Ihre Leute den armen Harry Cook und seinen Anwalt umgebracht?«

»Viele Leute sind hinter dem her, was Sie haben, Ross, nicht nur wir.«

»Wirklich?«

»Ich denke, Sie wissen das.«

»Sind die genauso skrupellos wie ihr, Freunde? Wären sie auch bereit, mich zu erschießen, wie ihr in Ägypten? Mich in einem Brunnen ersaufen zu lassen?«

»Je mehr auf dem Spiel steht, desto größer das Risiko«, entgegnete Bloor zynisch. »Manchmal müssen Menschen den höchsten Preis zahlen. So ist das nun mal. Sie haben etwas, das die Welt verändern könnte. Ein Fläschchen, das höchstwahrscheinlich die DNA

Jesu Christi enthält, gewonnen aus einem zermahlenen Zahn. Nicht auszudenken, wenn es in falsche Hände geriete.«

Ross sah Imogen an, völlig baff. »Du hast diesen Leuten von dem Fläschchen erzählt? Diesen Schleimern?«

»Sie sind keine *Schleimer*, Ross. Das sind gute Menschen, die gute Forschungsarbeit leisten und Gutes für die Welt tun.«

»Wirklich?« Schäumend vor Wut blickte er auf die beiden Männer. Da kamen die Getränke und dazu ein Tablett mit kleinen Keksen.

Als der Ober gegangen war, sagte er: »Können Sie mir sagen, Gentlemen, warum Christi DNA so wichtig für Sie ist? Ich weiß ja, dass Ihre Firma auf dem Feld der Genetik eine Vormachtstellung innehat – wollen Sie Ihn etwa klonen? Oder haben Sie Sorge, Mr. Bloor, dass jemand anders es tun könnte und dann scharenweise Wundertäter herumlaufen, die Leute heilen und Sie aus dem Geschäft drängen?«

»Ich bin Atheist, Ross.« Bloor lächelte. »Es ist ganz einfach. Unser Unternehmen ist, wie Sie richtig bemerkt haben, marktführend in der Genforschung. Ich glaube nicht, dass Jesus Christus der Sohn Gottes ist oder ein Heiler oder sonst was. Alles Quatsch. Aber es gibt über zwei Milliarden praktizierende Christen auf der Welt, von denen viele die Produkte meines Unternehmens kaufen. Es geht uns schlicht ums Geschäft.«

»Was?«, sagte Ross. »Ich kann Ihnen nicht ganz folgen.«

Bloor hatte wieder seine herablassende Miene aufgesetzt. »Es ist ganz einfach, Mr. Hunter. Sie als Konsument haben ein gewisses Sortiment an Produkten zur Auswahl. Wenn Sie als gläubiger Christ Kopfwehtabletten kaufen möchten oder ein Mittel gegen Erkältung, für welches Produkt würden Sie sich entscheiden – einmal angenommen, sie hätten alle denselben Preis: irgendein No-Name-Produkt oder doch lieber das Medikament des Herstellers, der über die DNA Christi verfügt?«

Ross war eine Zeitlang still. Schließlich schüttelte er den Kopf. »Das ist so unglaublich zynisch.«

Bloor sprach lächelnd weiter. »Es nennt sich *Business*, Mr. Hunter.«

Ross wandte sich an seine Frau. »Was haben sie dir geboten, Judas – Pardon – Imogen. Dreißig Silberlinge?«

»Ross«, sagte Imogen. »Sie bieten uns an, unsere Hypothek und alle Schulden zu bezahlen und noch was draufzulegen.«

»Wir sind bereit, Ihnen ein sehr großzügiges Angebot zu machen«, sagte Helmsley.

Ross sah weiter seine Frau an. »Ich glaube es einfach nicht. Ich habe die Gelegenheit, etwas für die Menschheit zu tun, und du bist bereit, mich zu verscherbeln? Zuerst an Silvestri, und jetzt schleppst du diese Drecksäcke sogar hierher?«

»Ja, Ross, okay – ich tue es nicht für den Rest der Welt, ich tue es für uns.«

»Du bist doch angeblich gläubige Christin, Imogen!«

»Na ja, vielleicht stelle ich manchmal praktische Überlegungen über meinen Glauben an.«

Ross wandte sich an die Männer. »An welche Summe hatten Sie denn gedacht?«

»Bevor wir zum Geschäftlichen kommen, müssen wir die Provenienz abklären, Mr. Hunter«, sagte Helmsley.

Ross zog seinen Geldbeutel aus der Brusttasche und hielt ihn in die Höhe. »Die Provenienz?«

Bloor und Helmsley bekamen leuchtende Augen.

Er riss das Futter auf. Dann fischte er den winzigen Flakon hervor, der mit einem Etikett von ATGC Forensics gekennzeichnet war, und hielt ihn in die Höhe. »Sie wollen die Provenienz abklären?«

Er bemerkte die Sorge in Imogens Augen.

»Das ist richtig, Mr. Hunter«, sagte Helmsley. »Wir müssen den Firmenvorstand zufriedenstellen.«

»Ihr Vorstand ist doch längst informiert, nehme ich an?«

»Ich verstehe Sie nicht«, entgegnete Helmsley.

»Wirklich nicht? Wollen Sie damit sagen, dass Ihr Vorstand nicht weiß, woher das hier stammt? Sie wollten mich doch töten lassen, als ich in Ägypten war, um es zu holen.«

»Das ist unerhört!«, protestierte Bloor.

»Sie wissen, dass es stimmt, Gentlemen.« Er betrachtete den Flakon. »Und wissen Sie was? Dieser kleine Gegenstand hier scheint wirklich eine Menge Probleme zu verursachen.«

»Ross!«, warnte ihn Imogen.

Den Flakon in der Linken haltend, entfernte er mit der Rechten den Stöpsel, stand auf und trat an den Rand des Teichs.

»Neiiiiiin!«, kreischte Bloor so laut, dass sich mehrere Leute nach ihm umdrehten.

»Mr. Hunter!«, rief Helmsley mit flehender Stimme.

»Ross! Tu's nicht!«, befahl Imogen.

Er schleuderte den Flakon mit ganzer Kraft in Richtung Springbrunnen. Dabei gingen Tropfen daraus verloren. Gleich darauf war er unter der Wasseroberfläche verschwunden.

Er drehte sich zu den zwei Pharmaunternehmern um, die ihn schockiert anstarrten. »Schnell, meine Herren, holen Sie sich Eimer! Ich habe ein Geschenk für Sie beide. Weihwasser, völlig gratis!«

137

Dienstag, 21. März

»Alles okay?«

Sally, die im Flieger neben ihm saß, war ein wenig blass um die Nase. Sie nickte. »Ja, danke. Mir ist nur ein bisschen mulmig vor dem Start. Die Landung mag ich übrigens auch nicht besonders.«

»Und was wäre die Alternative?«

»Hör auf!«

Sie waren auf die Startbahn gerollt und standen in einer Schlange. Der Sturm hatte noch zugenommen und rüttelte am Flugzeug. Ross sah auf die Uhr. Es war 18.20 Uhr. Morgen um die Mittagszeit würden sie in London Heathrow ankommen.

»Wie stark müsste der Wind sein, damit Flugzeuge nicht starten können, Ross?«, fragte Sally.

»Ziemlich stark – diese Dinger sind wie in den Himmel genagelt!«

»Schade, ich hatte irgendwie gehofft, dass der Flug gestrichen wird, weißt du – dann müssten wir wieder aussteigen. Und hätten noch einen Abend in L. A.«

Er betrachtete eine Weile ihren Gesichtsausdruck, als die Motoren brüllten und das Flugzeug noch mehr erzitterte. »Ich werde dir jetzt eine Frage stellen, und ich möchte eine ehrliche Antwort von dir, okay?«

Sie grinste. »Ich versuch's.«

»Haben Sie dich tatsächlich nach L. A. geschickt, oder war das Blödsinn?«

»Bin ich dermaßen durchschaubar?«

»Durchtrieben trifft es eher.«

Sie tat entrüstet. »Aber Mr. Hunter! Darf man so etwas zu einer Dame sagen?«

»Ich bin Reporter und muss den Dingen auf den Grund gehen. Genau wie du.«

»Also schön, ich sag dir was: Ich hab die Reise selbst finanziert. Du interessierst mich eben. Deine Mission fasziniert mich, ich wollte daran teilhaben – und dich ein wenig unterstützen.«

Das Flugzeug rollte an. Sie packte seine Hand, so fest, dass er ihre Nägel spürte, und schloss die Augen.

Sie rasten die Startbahn entlang, nahmen immer mehr Fahrt auf, spürten die Stöße, die das Fahrwerk weitergab, das Rütteln des Windes. Allmählich bekam es auch Ross mit der Angst zu tun. Mist, würden sie jemals abheben?

Dann waren sie plötzlich in der Luft, die Stöße wurden noch heftiger, und ihre Nägel krallten sich noch tiefer in sein Fleisch. Sie stiegen auf. Wurden durchgerüttelt und geschüttelt. Kamen vom Kurs ab. Sie erschraken beide, als es direkt hinter ihnen laut schepperte. Doch es war nur Inventar der Bordküche, das durch die Gegend flog. Sie beruhigten sich wieder.

Durch das Fenster sah Ross die Lichter der Stadt unter ihnen. Dann Wolkenfetzen. Plötzlich waren die Lichter verschwunden. Sie stiegen steil nach oben, wurden dabei kräftig durchgeschüttelt.

»Du kannst die Augen wieder aufmachen.«

Sie sah ihn an, immer noch leichenblass, und lächelte erleichtert.

»Danke«, sagte er.

»Wofür denn?«

»Für deine Ehrlichkeit.«

»Immer.«

138

Dienstag, 21. März

Zwei Stunden nachdem das Flugzeug mit Ross und Sally vom LA International Airport gestartet war, rollte die Gulfstream, die Ainsley Bloor und Julius Helmsley nach Großbritannien zurückbringen würde, über die Startbahn des Santa Monica Airport, einige Meilen weiter nördlich.

Der Sturm, der im Laufe des Abends immer heftiger geworden war, rüttelte an dem kleinen Jet.

Beide Männer waren fuchsteufelswild. Der Pilot hatte ihnen wegen der Wetterverhältnisse abgeraten, noch abzufliegen, aber Bloor hatte keine Lust, sich von ihm sagen zu lassen, was er tun sollte.

Festgeschnallt in seinem Sitz, kippte er das zweite Glas Champagner hinunter und fragte zum dritten oder vierten Mal: »Jetzt sag mal, Julius, woher wusste Hunter, dieses kleine Arschloch, dass wir das waren in Ägypten?«

»Keine Ahnung. Wirklich, Ainsley, keine Ahnung!«

»Jemand muss ihm einen Tipp gegeben haben. Jemand muss es ihm doch gesteckt haben, verflucht!«

»Ich hab schon mit den Piloten geredet.«

Pilot und Co-Pilot der Gulfstream hatten in Ägypten mit im Hubschrauber gesessen, und ein Pilot aus Luxor hatte ihnen beim Navigieren geholfen.

Bloor starrte aus dem Fenster. Im Dunst, der vorbeiwirbelte, sah er kaum die Lichter der Startbahn.

Die Stimme des Piloten knisterte aus der Sprechanlage. »Ein Sandsturm zieht auf, Gentlemen. Der Flug wird äußerst ungemütlich. Ich rate dazu, abzubrechen. Vielleicht beruhigt sich das Wetter bis morgen früh.«

Bloor griff sich das Mikrophon in der Armlehne und schaltete es ein. »Starten Sie einfach, okay? Starten Sie, besiegen Sie den verdammten Sturm. Sie sagten doch, wir würden ihm zuvorkommen, wenn wir jetzt losfliegen.«

»Na schön, Sie sind der Boss. Es wird aber ganz schön ruppig werden.«

»Für Sie wird's noch viel ruppiger, wenn wir nicht starten.«

»Ihr Geld, Ihre Entscheidung!«

Die Motoren brüllten, und der Flieger nahm rasant Fahrt auf.

»Bist du dir sicher, Ainsley?«, fragte Helmsley nervös.

»Der Typ hat ungefähr hundertzehn Einsätze im Irak geflogen. Dort haben sie richtige Sandstürme. Er weiß, was er tut. Das ist ein Kinderspiel für ihn.«

Gleich darauf hob das Flugzeug ab, wurde heftig durchgeschüttelt und sackte ab.

Helmsley schrie auf.

Der Flieger gewann wieder an Höhe.

Und sackte erneut ab.

Bloor wurde weiß.

Es war, als säßen sie beide in einem Cocktail-Shaker. Der Flieger stieg fast senkrecht nach oben, tauchte dann sekundenlang fast ebenso senkrecht wieder nach unten, ehe er sich einpegelte. Doch dann erhielt er einen Stoß von der Seite. Und geriet ins Trudeln.

»Herr Jesus!«, brüllte Bloor.

Helmsley musste kotzen.

139

Mittwoch, 22. März

Die Stimme des Piloten tönte aus den Bordlautsprechern und holte Ross aus seinem leichten, unbequemen Schlaf in dem beengten Sitz. Sally schlief noch, ihr Gesicht nur wenige Zoll von dem seinen entfernt, in ein kleines Kissen gedrückt. Er hörte das Klappern eines Trolleys und roch warmes Essen.

»Tja, tut mir leid, dass Sie eine so ruppige Nacht hatten, aber die gute Nachricht ist, dass der Rückenwind uns einen ordentlichen Schubs gegeben hat, so dass wir fast eine Stunde früher in Heathrow eintreffen als vorgesehen. In London herrschen milde vierzehn Grad, und es scheint die Sonne. Näheres in Kürze.«

Sally schlug die Augen auf und lächelte ihm zu.

»Konntest du ein wenig schlafen?«, fragte er.

»Tja, wie auf einem gut besuchten Trampolin.«

Er lächelte, und bevor er wusste, was er tat, küsste er sie auf die Stirn.

Sie sah ihn an. Klare, tiefblaue, arglose Augen. Ein Lächeln im Blick. Sie gähnte. »Sehen wir uns mal wieder?«

»Schon bald, hoffe ich.«

»Das hoffe ich auch«, sagte sie. »Sehr bald, ja?«

Später, als Ross in Heathrow aus dem Parkhaus fuhr, überlegte er, was alles passiert war in den vergangenen zwei Tagen. Und vermisste Sallys Gesellschaft schon jetzt.

Sie war ihm unter die Haut gegangen.

Er musste sie aus dem Kopf kriegen, sich auf seinen Artikel für die *Sunday Times* konzentrieren und irgendwie mit Imogen zurechtkommen. Ärger stieg in ihm auf. Was für ein Biest. Er verstand sie einfach nicht mehr. Sie hatte davon gesprochen, in welcher Gefahr sie schwebten, völlig verstört und erstarrt, und dann ging es ihr nur noch ums Geld.

Um einen fairen Preis. Da war schon was dran. Vielleicht hatte sie ja recht, und er war der Dumme, der Sture, Unrealistische.

War es unrealistisch, die Welt vor dem Sturz in den Abgrund bewahren zu wollen?

Oder lag er völlig daneben? Hatte er die Chance verspielt, aus dem Ganzen richtig viel Geld zu schlagen? Es war immer noch möglich. Bruder Angus hatte das Back-up, sowohl den Kelch als auch das Reagenzglas mit der DNA. Er konnte die Situation retten, wenn er wollte.

Die Nachrichten kamen im Radio.

Heftige Stürme wüteten entlang der Westküste der USA, und am schlimmsten betroffen war Südkalifornien. Der LAX war geschlossen worden. Sie hatten Glück gehabt, noch rechtzeitig abgeflogen zu sein.

Vielleicht, dachte er, zürnten die Götter – oder doch Gott? – wegen Mike Delaneys Tod.

Sein Smartphone meldete den Eingang einer SMS. Ein paar Minuten später wieder ein *Bing.* Er ignorierte es. Imogen schimpfte immer, wenn er am Steuer seine Textnachrichten las, und vor ein paar Monaten hatte er einen Artikel über tödliche Autounfälle

565

geschrieben, verursacht von Fahrern, die genau das getan hatten. Ein Verkehrspolizist der Sussex Police hatte ihm von zwei Unfällen mit Todesfolge erzählt, bei denen ein Fahrer und eine Fahrerin aus unerfindlichen Gründen auf die andere Straßenseite geraten und mit entgegenkommenden Lastwagen kollidiert waren. Später hatten die Unfallexperten Textnachrichten entdeckt, die von den Handys der Verstorbenen zur Zeit des Aufpralls geschickt worden waren.

Endlich, kurz nach 14.30 Uhr, bog er müde, hungrig und mit dem dringenden Bedürfnis nach Kaffee in die leere Zufahrt vor seinem Haus. Er stellte den Motor ab und checkte seine SMS.

Die erste war von Sally.

> Hey, tut mir leid, wenn ich wie eine Stalkerin rüberkomme. Ich mag Dich wirklich, aber ich hab schon begriffen, dass Du verheiratet bist, und ich möchte nichts tun, was Dich in Verlegenheit bringt. Und so weiter und so fort. Also, besteste Freunde? Viel Glück mit dem Artikel, sag mir, wann er erscheint, ich bin schon sehr gespannt! XXX

Er lächelte wehmütig. Und schrieb ihr zurück.

> Sicher wieder zu Hause, meine neue besteste Freundin. XXX

Dann las er die zweite Nachricht. Sie war von Imogen, und sie war lang.

> Ross, ich weiß nicht genau, wo Du gerade bist. Ich weiß nicht, ob Du's schon gehört hast, aber Bloor und Helmsley sind gestern ums Leben gekommen. Ihr Flieger ist abgestürzt – die Nachrichten hier sind voll davon. Ich bleib noch ein paar Tage in Amerika, besuche eine alte Freundin. Ich konnte es Dir gestern nicht sagen, aber

ich hab das Baby leider verloren. Es ist nicht einfach zu schreiben, aber ich fürchte, ich hab auch Dich verloren, oder besser gesagt, wir haben uns verloren. Ich weiß einfach nicht mehr, wer Du bist. Du liebst Deine Arbeit mehr, als Du mich jemals lieben wirst. Es ist wohl besser, wenn wir uns trennen. Es tut mir leid, und ich hoffe, dieser unverblümte Text kommt nicht zu überraschend und ist nicht zu schmerzhaft. Ich hab Dich sehr lange geliebt, ja, wirklich, und ich weiß, dass Du mich auch geliebt hast. X

Als er die SMS noch einmal durchlas, waren seine Gefühle in Aufruhr, und er kämpfte mit den Tränen. Er hatte sein Baby und seine Frau verloren. War es diese Geschichte, die sie beide auseinandergebracht hatte, oder war sie nur der letzte Nagel im Sarg ihrer Beziehung? Er war überzeugt, dass sie eine Affäre gehabt hatte. War das Baby überhaupt von ihm gewesen?

Er schrieb zurück.

Gibt es einen anderen?

Die Antwort kam fast sofort.

Ist das wichtig?

Das Leben steckte wirklich voller Überraschungen, dachte er zynisch.

Sein Telefon klingelte und riss ihn aus seinen Gedanken. Er meldete sich, die Tränen fortblinzelnd, und hörte einen Birminghamer Akzent.

»Mr. Hunter?«

»Am Telefon.«

»Hier spricht DCI Starr, Kripo Birmingham.«

»Ja, hallo.«

»Können Sie sprechen?«

Zögernd sagte er: »Ja, sicher.«

»Na ja, ich hätte nur ein paar Dinge zu berichten, Sir. Die Rechtsmedizin hat Dr. Cooks Leiche freigegeben, das Begräbnis findet kommenden Freitag statt. Werden Sie teilnehmen?«

»Ich komme eben aus den USA zurück, ich muss einen Blick in den Terminkalender werfen. Aber ich glaube, ich habe noch nichts geplant.«

»Ich dachte mir, wenn Sie teilnehmen, könnten Sie vielleicht eine Aussage machen, da Sie ohnehin in der Gegend sind?«

»Natürlich. Ich sehe in meinem Terminkalender nach und rufe Sie zurück.«

Starr gab ihm die Nummer, unter der er am einfachsten zu erreichen war, und bedankte sich.

Ross stieg aus dem Wagen, holte Koffer und Laptoptasche aus dem Kofferraum und ging zum Haus. Er war zu müde, um darauf zu achten, ob er beobachtet wurde. Und es war ihm auch egal.

140

Freitag, 24. März

Ross fuhr um Spaghetti Junction herum und konnte kaum glauben, dass er erst vor zehn Tagen auf diesem Albtraum von einer Straße gefahren war.

Und irgendwie schien dieser schöne, sonnige Tag nicht so recht zu einem Begräbnis zu passen.

Als hätte sie seine Gedanken erraten, sagte Sally neben ihm im Audi: »Ich dachte, das Wetter müsste immer scheußlich sein, wenn jemand beerdigt wird. Die Beerdigungen, die ich erlebt habe, waren immer feucht und windig.«

»Kann ich nur bestätigen.«

»Wann triffst du dich morgen mit dem Detective?«

»Halb zwölf.«

»Gut«, sagte sie beifällig. »Ich hab den Termin absichtlich nicht zu früh angesetzt.«

Sie legte den Kopf schräg. »Warum denn das?«

»Na ja, es ist ein hübsches Landhotel. Ich dachte, wir möchten das vielleicht ein wenig genießen?«

»Das mag sein!« Sie sah ihn weiter an und lächelte dabei. Dann konzentrierte sie sich wieder auf die Navi-App ihres Smartphones und lotste ihn durch eine wirre Abfolge von Kreuzungen. Als sie der Überzeugung war, dass sie auf dem richtigen Weg waren, sagte sie: »Weißt du, ich hab darüber nachgedacht, dass du den Inhalt des Flakons in den Brunnen geworfen hast. Da ist etwas …« Ihre Stimme verebbte.

»Etwas?«, ermunterte er sie.

»Ich kann's nicht erklären, na ja, jedenfalls noch nicht. Aber ich finde, du hast das Richtige getan.«

»Mag sein.« Er nickte. »Ich weiß ja, wo das Back-up ist, falls ich meine Meinung ändern sollte.«

Er überlegte kurz und empfand eine tiefe Traurigkeit darüber, dass er erst nach seiner Rückkehr aus L. A. von Angus' Tod erfahren hatte. Er wäre gern bei seinem Begräbnis gewesen.

»Hoffentlich änderst du nie deine Meinung. Ich hab da nur so ein Gefühl, dass – dass es etwas sehr Gefährliches ist«, sagte sie.

»Wenn es den Falschen in die Hände fällt?«

»Wie Kerr Kluge.« Sie legte ihre Hand auf seinen Arm und drückte ihn sanft. »Wie geht's dir?«

Er überlegte, bevor er antwortete. Seit er Imogens SMS erhalten hatte, war er durch ein Wechselbad der Gefühle gegangen. Es war ein Schock gewesen. Und dennoch, er konnte nicht erklären, warum, aber seit sie ihm von ihrer Schwangerschaft erzählt hatte, hatte er Zweifel gehabt, dass er der Vater war. Er hätte traurig sein sollen, dass sie das Baby verloren hatte, vielleicht sogar am Boden zerstört, aber er war es nicht. Er fühlte sich einfach nur erleichtert – so falsch es auch sein mochte.

In Wirklichkeit hatte er sich schon lange nicht mehr so wohl gefühlt. In Schwarz sah Sally sogar noch hübscher aus. Es fühlte sich an, als hätte sie immer schon auf dem Beifahrersitz neben ihm gesessen, als gehörte sie dorthin. Er wusste, er sollte sich schuldig fühlen wegen Imogen, aber er tat es nicht. Überhaupt nicht. Er fühlte sich seltsam befreit, auf eine Weise, die er sich selbst nicht erklären konnte.

»Ich finde es großartig, dass du mitgekommen bist«, sagte er.

»Ich verreise gern mit Ihnen, Mr. Hunter. Nicht viele Menschen können ein Begräbnis zum Abenteuer machen. Ich bin Harry Cook nie begegnet, trotzdem habe ich das Gefühl, als würde ich ihn ziemlich gut kennen.«

»Ich schulde ihm eine Menge.«

»Und vielleicht nicht nur du? Die ganze Welt?«

»Am Sonntag finden wir es heraus.«

»Sie bringen den Artikel?«

»Meine Redakteurin ist begeistert. Sie hatte mich ursprünglich gebeten, ihn auf zwei Seiten zu kürzen, doch dann sagte sie mir, ihr Vorgesetzter hätte ihn so gut gefunden, dass er ihn auf drei oder sogar vier Seiten bringen wollte!«

Freudestrahlend sagte sie: »Das ist wunderbar – du hast es aber auch verdient!«

»Yep, aber ich will mich nicht zu früh freuen, falls eine größere Geschichte daherkommt. Es wäre nicht das erste Mal.«

»Und was, bitte, könnte größer sein?«

»Ein Flugzeugabsturz zum Beispiel. Der Präsident der Vereinigten Staaten wird ermordet. Ein Mitglied der Königsfamilie stirbt.«

»Und was passiert dann?«

»Na ja, mit etwas Glück wird die Geschichte um eine Woche verschoben. Wenn nicht, wird sie wie gesagt auf wenige Spalten zusammengekürzt. Und wenn ich richtig Pech habe, wird sie storniert.«

»Soll heißen?«

»Das war's.«

»Das darf doch nicht wahr sein, Ross!«

»Willkommen in der wunderbaren Welt der Printmedien.«

»Du wirst auf der ganzen Welt Furore machen mit diesem Artikel, ich weiß es. Ich glaube an dich.« Sie beugte sich herüber und küsste ihn auf die Wange.

141

Freitag, 24. März

Vierzig Minuten später erreichten sie die prächtige normannische Dorfkirche. Nur wenige Meilen von dem Haus entfernt, in dem Ross vor einem Monat mit Harry Cook verabredet gewesen war – und ihn tot aufgefunden hatte.

Vor der Kirche standen ein paar Autos, und Ross parkte dahinter. Er zog die schwarze Krawatte aus der Jackentasche, band sie um, und mit Hilfe des Innenspiegels hatte er den Knoten beim dritten Versuch endlich an der richtigen Stelle platziert.

Es war 11.40 Uhr.

Sie stiegen aus dem Audi in den ungewöhnlich warmen Tag. Die Sonne brannte heiß, als sie auf die Kirche zuhielten, und Ross kam sich seltsam vor in seinem dunkelblauen Anzug. In lässiger Kleidung fühlte er sich immer viel wohler.

Sie nahmen am Eingang das Programmheft entgegen, gingen einige Schritte den Gang hinunter und setzten sich hinter die kleine Gruppe zumeist alter Leute in der Kirche. Ganz vorne saß ein Paar mittleren Alters mit zwei halbwüchsigen Kindern, einem Jungen und einem Mädchen.

Ross warf einen Blick in das Programmheft und sah auf der Vorderseite ein Jugendfoto von Harry Cook. Darauf war er bestenfalls

Anfang zwanzig, in RAF-Uniform, mit einem stacheligen Oberlippenbart und einem sehr stolzen Lächeln.

Der Gottesdienst wurde von einem Vikar mit weißem Rauschebart abgehalten, der Cook offenbar gut gekannt hatte. Er beschrieb ihn als einen liebevollen Familienmenschen, zutiefst erschüttert durch den Tod seines Sohnes, der bei einem Einsatz in Afghanistan ums Leben gekommen war, und durch den Verlust seiner geliebten Ehefrau Doreen, die vor kurzem gestorben war. Seiner Nichte Angela und ihren beiden Kindern Alice und Robert sei er sehr zugetan gewesen. Als geachteter Universitätsprofessor habe er unendlich viel Geduld aufgebracht, um seine Liebe und Leidenschaft für Kunstgeschichte an seine Studenten weiterzugeben.

»Wer Harry gekannt hat«, sagte der Vikar, »der weiß, wie ehrlich, aber auch wie humorvoll er war. Vor einigen Jahren fragte ihn ein Zeitungsreporter, was er als Kunsthistoriker über die Evolution der menschlichen Natur gelernt habe. Er erzählte mir, was er geantwortet hatte. ›Don‹, sagte er zu mir, ›eines weiß ich jetzt: Du solltest dir am besten Nahrungsmittel- und Munitionsaktien besorgen. Die Menschen werden immer essen und sich immer gegenseitig umbringen.‹«

Man hörte verhaltenes Lachen.

»Als Vikar, sagte ich ihm, hätte ich nicht genügend Geld übrig, um an der Börse zu zocken, ich würde seinen Rat jedoch in Erinnerung behalten. Er war analytisch und konnte sehr leidenschaftlich sein, wenn er an etwas glaubte. Am meisten lag ihm unsere Welt am Herzen. Durch sein Hinscheiden verlieren wir einen feinen Menschen. Jetzt ist er im Himmel und wieder mit seiner geliebten Doreen und seinem Sohn vereint.«

Sein Neffe las nun aus der Bibel vor, und seine Nichte sagte ein Gedicht auf. Am Ende verließ die Trauergemeinde die Kirche und trat hinaus in den wolkenlosen Tag. Ross und Sally, die sich fast wie Eindringlinge fühlten, hielten sich im Hintergrund, als sie den Menschen durch den Friedhof folgten.

Es war eine idyllische Kulisse, dachte Ross. Jenseits der Friedhofsmauer waren sanfte Hügel zu sehen, auf denen Schafe weideten. Sie hörten ihr Blöken.

Der Vikar setzte zum Gebet an: »Ich bin die Auferstehung und das Leben, spricht der Herr.«

Plötzlich schienen Wolken die Sonne zu verdecken.

Ross blickte nach oben.

Keine Wolken zu sehen, nur der unendliche blaue Himmel.

»Wer an mich glaubt, wird leben, und wenn er auch stirbt, und jeder, der lebt und an mich glaubt, wird niemals sterben«, sagte der Vikar.

Der Himmel verdunkelte sich. Binnen weniger Sekunden wechselte seine Farbe von strahlendem Kobaltblau zu Dunkelblau. Stirnrunzelnd blickte Ross erneut nach oben.

»Ich bin überzeugt, dass weder der Tod noch das Leben, weder Engel noch Herrscher, weder Gegenwärtiges noch Zukünftiges, weder Höhen noch Tiefen oder irgendetwas sonst in der Schöpfung uns trennen könnte von der Liebe Gottes in Jesus Christus, unserem Herrn.«

Es war, als würde die Nacht hereinbrechen.

Mehrere Menschen blickten nun verwirrt nach oben.

Der Himmel wurde zusehends dunkler.

Eine Schar Stare ließ sich auf dem Kirchendach nieder, auf der Suche nach einem Schlafplatz.

Ross und Sally blickten einander verblüfft an.

Es war wie eine totale Sonnenfinsternis.

Ross hatte erst einmal eine gesehen und durch eine Schutzbrille hindurch fasziniert beobachtet, wie der Mond sich vor die Sonne geschoben hatte. Doch jetzt sah er die matte Scheibe des Mondes weit entfernt von der zusehends schwächer glühenden Sonne.

»Was geschieht da?«, flüsterte Sally. »Soll heute eine Sonnenfinsternis stattfinden?«

Die Stimme des Vikars geriet ins Stocken, und er blickte immer wieder zum Himmel. »Da wir glauben, dass Jesus gestorben und wiederauferstanden ist, wird Gott durch Jesus all jene zu sich rufen, die gestorben sind. So werden wir für immer bei Gott sein. Also lasst uns einander mit diesen Worten ermutigen.«

Es war nun fast stockdunkel.

»Da es Gott dem Allmächtigen gefallen hat, in Seiner großen Gnade die Seele unseres teuren Bruders Harry zu sich zu rufen, übergeben wir hiermit seinen Leib …«

Als hätte jemand eine riesige Lampe am Himmel entzündet, erschien plötzlich über ihnen in der Dunkelheit ein leuchtender, schillernder Regenbogen.

Doch etwas daran war anders, dachte Ross.

Der Vikar verstummte. Es herrschte völlige Stille. Jedermann starrte nach oben. Auf den Regenbogen.

Er überspannte den gesamten Raum über ihnen, berührte an jedem Ende einen schimmernden, geisterhaft fernen Horizont.

Und während Ross noch staunte, kam ihm der Reim in den Sinn, den er in der Schule gelernt hatte, um sich die Farben des Regenbogens in ihrer korrekten Reihenfolge merken zu können – der einzig möglichen Reihenfolge, in der die Farben eines jeden Regenbogens seit Anbeginn der Welt erschienen waren. *Rot, Orange, Gelb und Grün sind im Regenbogen drin. Blau und Indigo geht's weiter auf der Regenbogenleiter. Und dann noch das Violett – sieben Farben sind komplett.*

Die Farben dieses Regenbogens erschienen in der umgekehrten Reihenfolge. Auf den Kopf gestellt.

Violett, Indigo, Blau, Grün, Gelb, Orange, Rot.

Mike Delaneys Worte in der Bar in Los Angeles fielen ihm wieder ein:

Sofort nach den Tagen der großen Not wird sich die Sonne verfinstern, und der Mond wird nicht mehr scheinen; die Sterne werden vom Himmel fallen, und die Kräfte des Himmels werden erschüttert wer-

den. Danach wird das Zeichen des Menschensohnes am Himmel erscheinen ...

War dies das Zeichen?

142

Freitag, 24. März

Big Tony lehnte sich zurück in seinem gelben Polstersessel am Fenster, rauchte seine Zigarre, trank Whisky und sog das Sonnenlicht ein, das durch das Fenster hinter ihm hereinschien. Er hatte in dieser Woche mehr getrunken als sonst. Seit er aus Los Angeles zurückgekommen war.

Dieses große, beschissene Los Angeles.

Der große, beschissene Tony.

Er war ein bisschen angetrunken. Normalerweise rührte er das Zeug vor sechs Uhr abends nicht an. Noch nie – bis auf den Tag vielleicht, als er endlich aus dem Gefängnis freikam. An diesem Tag war er ein wenig ausgeflippt. Normal nach so langer Zeit im Knast.

Er hatte den Eindruck, als würde die Sonne sich hinter Wolken verstecken, nahm aber kaum Notiz davon. Er dachte an den vergangenen Montag zurück, versuchte ihn zu begreifen.

Entweder er hatte sie nicht mehr alle, oder ...

Oder?

Der verrückte Alte auf dem Gehsteig hatte sich zu schnell bewegt, schneller, als irgendein Sportler hätte sprinten können. Und er hatte Ross Hunter überhaupt nicht weggestoßen, weil er nicht nah genug an ihm dran, sondern immer noch mehrere Meter entfernt gewesen war, als Hunter seitwärts flog.

Dann hatte der Alte plötzlich direkt vor ihm gestanden. Im Licht der Scheinwerfer.

Er hatte ihm unmöglich ausweichen können.

Er sah immer noch das Weiße in den Augen des Mannes vor sich. Sein Gesicht. Er hatte keine Angst darin entdeckt. Der Mann hatte gelächelt. Wie ein Verrückter, ein Lebensmüder, der bereit war zu sterben.

Er hatte sich geopfert.

Es hatte Tony eine Höllenangst eingejagt. Er war zwanzig Blocks weitergedüst, bevor er angehalten und die Nummernschilder ausgetauscht hatte. Dann war er in den Wagen umgestiegen, der auf ihn wartete. Er war vier Stunden nach Vegas gefahren, um den Kumpel zu treffen, der ihm die Autos organisiert hatte, und hatte die ganze Nacht mit ihm gepokert. Er hatte eine Menge Geld verloren, weil er unfähig gewesen war, sich zu konzentrieren.

Die Dämmerung brach herein. Es wurde dunkel im Zimmer. *Was?* Er sah auf die Uhr. 13.25 Uhr. War sie stehengeblieben? Er schüttelte sie und schaute dann auf die Uhrzeit im Display seines DVD-Players. 13.25 Uhr.

Er blickte aus dem Fenster. Die blinkenden Lichter eines Hubschraubers, der im Sinkflug sein Fenster passierte. Es war stockdunkel. Finstere Nacht. Er blickte auf. »Was zum …?«

Er sprang auf, eilte hinaus auf den Balkon.

Und traute seinen Augen nicht. Wie viel hatte er getrunken?

Er starrte auf den Regenbogen, der sich über den tintenschwarzen Himmel spannte.

Und irgendetwas war merkwürdig an diesem Regenbogen. Tony brauchte einen Moment, um es herauszufinden – die Farben erschienen in der falschen Reihenfolge: Violett, Indigo, Blau, Grün, Gelb, Orange, Rot.

Er starrte darauf, halb ehrfürchtig, halb entsetzt. Was zum Henker ging hier vor? Die Invasion von Außerirdischen? Der Beginn des Weltuntergangs?

Er griff nach seinem Smartphone und fuhr hinunter zum Concierge. Vielleicht wusste der, was da vor sich ging.

Der Franzose wusste es nicht. Er war genauso verblüfft.

Big Tony fuhr im Lift zu seiner Wohnung zurück. Er durchquerte sie und trat wieder hinaus auf den Balkon. Über und unter ihm standen auch andere Leute auf ihren Balkonen, um das Phänomen zu bestaunen und zu fotografieren.

143

Freitag, 24. März

Die Tür zu Hassam Udins Büro im ersten Stock seines Hauses flog auf.

»Hassam!«

Es war seine Frau Amira, und ihre Stimme klang eindringlich und besorgt.

Er saß an seinem Schreibtisch, mit der üblichen Tasse Kaffee und der Zigarette, die im Aschenbecher vor sich hin glomm. Den ganzen Vormittag hatte er mit einer Dame namens Hilary Patel E-Mails ausgetauscht. Es war ein mühsamer Prozess, denn sein Computer musste ihm jede E-Mail Wort für Wort vorlesen.

Hilary war die Leiterin der Abteilung, die innerhalb des Ministeriums für Wohnen, Gemeinden und Kommunalverwaltung für Glaubensdinge zuständig war. Er wusste nicht genau, worin ihre Aufgabe bestand, aber sie war eine freundliche und überaus hilfsbereite Dame. Sie brachte ihn mit wichtigen Glaubensführern in Kontakt, half ihm bei dem Buch, an dem er gerade schrieb und in dem er die Ähnlichkeiten zwischen den vielen Weltreligionen und Glaubensrichtungen aufzeigen wollte.

»Hassam! Oh Gott, ich wünschte, du könntest das sehen!«, sagte Amira.

»Beschreib es mir doch, meine Liebe, ja?«

»Draußen ist es vollständig dunkel geworden. Dabei ist es noch nicht einmal halb eins. Wie bei einer totalen Sonnenfinsternis! Alle Menschen stehen auf der Straße und schauen zu. Alle Autos sind stehen geblieben, die Fahrer ausgestiegen, um in den Himmel zu blicken. Die Leute fotografieren mit ihren Handys, Kameras und Tablets!«

Udin tippte auf seine Armbanduhr, die ihm die Uhrzeit ansagte. »12.27 Uhr«, verkündete sie.

»Am Himmel, Hassam«, sagte sie, »da ist ein Regenbogen, der den gesamten Himmel ausleuchtet!«

Sehr leise antwortete er: »Ich sehe ihn auch, Liebes. In meinem Kopf. Aber sag mir doch, sind die Farben nicht verkehrt herum?«

144

Freitag, 24. März

Die Rückkehr Bruder Petes auf den Berg Athos war nicht einfach gewesen. Gott hatte ihn auf die Probe gestellt, das wusste er. Seinen Glauben auf die Probe gestellt.

Zwei Tage lang hatte er entlang der Bahnlinie nördlich von East Croydon hektisch nach seiner Tasche gesucht und sie dann endlich gefunden. Sie hatte völlig durchnässt im Gestrüpp eines Grabens gelegen. Durchnässt und leer.

Sie hatte alles enthalten – seine mageren Ersparnisse, mit denen er in England ein neues Leben anfangen wollte, und auch seinen Pass. Und die wertvollen Gegenstände, die Angus ihm anvertraut hatte.

Alles weg.

Er war vor Verzweiflung auf die Knie gefallen und hatte Gott um Hilfe angefleht, das Einzige, was er konnte.

Als er schließlich in seiner Verzweiflung per Anhalter fahren wollte, hatte Gott seine Gebete erhört. Nass, durchgefroren, durstig und hungrig, wie er war, hatte er einen Retter gefunden, der ihn zur griechischen Botschaft nach London gefahren hatte.

Jetzt, um 14.25 Uhr, saß er endlich auf der Fähre von Thessaloniki nach Athos. Gerade eben war es noch ein schöner, sonniger Tag gewesen. Doch jetzt wurde der Himmel bedrohlich finster.

Eine Sonnenfinsternis?

Binnen Minuten brach die Nacht herein.

Am Himmel über ihm erschien ein Regenbogen, die Farben verkehrt herum. Er verstrahlte Licht, Wärme, Liebe.

Ein Zeichen.

Wie alle anderen Mönche und die Pilger um ihn herum auf dem offenen Deck fiel auch er auf die Knie.

145

Freitag, 24. März

Diese verblödeten Affen!, dachte Cilla Bloor.

Kurz nach 13 Uhr, als der seltsame Regenbogen im wiederkehrenden Licht der Sonne verblasste, herrschte in den Käfigen der reinste Tumult.

Untröstlich und immer noch zutiefst erschüttert nach dem Telefonanruf aus Los Angeles, der sie darüber informiert hatte, dass der Jet ihres Mannes kurz nach dem Start abgestürzt war, hatte sie eine Woche lang kaum das Haus verlassen. Beide Kinder waren nach Hause gekommen, ihre neunzehnjährige Tochter Lucy, die in ihrem Sabbatjahr mit dem Rucksack durch Europa unterwegs war, und ihr Sohn Jake, der in Oxford Biologie studierte. Die beiden waren heute zur amerikanischen Botschaft gefahren, um die Rückführung der Leiche ihres Vaters in die Wege zu leiten, sobald die Rechtsmedizin in Los Angeles sie freigegeben hätte.

Cilla war zu verstört gewesen, um sie zu begleiten. Hatten Lucy und Jake es auch gesehen, fragte sie sich. Diese außergewöhnliche, unangekündigte Sonnenfinsternis, oder was immer es war, und diesen unglaublichen Regenbogen am Himmel? Sie hatte sie noch nicht angerufen.

Das Kreischen wurde lauter.

Ruhe, ihr Affen, haltet endlich die Klappe!

Es klang, als würden sie sich gegenseitig umbringen. Die scheußlichsten Laute. Wo war Frank, ihr Chefgärtner? Warum kümmerte er sich nicht um sie?

Sie hatte weder gebadet noch sich angezogen. So ging sie aus dem Haus. Sie sah schrecklich aus, aber es war ihr egal, als sie in ihren Samtpantoffeln und dem Hausmantel über das nasse Gras auf die Orangerie zuging.

Je näher sie kam, desto lauter wurde das Kreischen.

Sobald das Begräbnis vorbei wäre, hatte sie beschlossen, würde sie die Tiere loswerden. Sie einem Zoo anbieten oder irgendeinem Affenhaus oder dergleichen, das sich freute über sechs lärmende Affen, die nicht tippen konnten.

Sie öffnete die Tür der hübschen viktorianischen Orangerie aus rotem Backstein und trat ein, wobei sie sich bemühte, so wenig wie möglich von dem Geruch einzuatmen. Das Gekreische war ohrenbetäubend.

Sie ging an den ersten fünf Käfigen vorüber. Zu ihrer Überraschung waren die Bewohner darin ganz kleinlaut. Einer, Jefferson, hatte eine Erdnuss in den kleinen Händen und beäugte sie gleichgültig. Gwendolyn – wie war ihr Mann bloß auf diese lächerlichen Namen gekommen? – hockte hoch oben auf einer Stange und sah leicht traumatisiert drein, ihren Laptop tief in Exkrementen vergraben.

Es war Boris, ganz hinten, der den fürchterlichen Lärm veranstaltete. Er sprang wie ein Irrer im Käfig herum, von der Stange auf den Boden, auf den Schreibtisch mit dem Computer darauf, und rüttelte dann kreischend, kreischend, kreischend am Käfiggitter.

Als er sie sah, öffnete er die winzigen Kiefer, bleckte die Zähne, kreischte erneut und vollführte dann einen scheinbar unmöglichen Sprung auf die Stange in über drei Metern Höhe.

»Was ist denn bloß los, Boris?«, fragte sie.

Wieder kreischte er, sprang hinunter auf den Schreibtisch, tappte über die Tastatur und schwang sich wieder hinauf zur Stange.

Er wollte ihr etwas zeigen, begriff sie.

Dann bemerkte sie, dass ein ausgedrucktes Blatt Papier aus dem Drucker ragte, beschrieben.

Sie betrat vorsichtig den Käfig und ging zum Drucker.

Starrte auf den Ausdruck.

Sie blickte hinauf zu Boris und wieder auf das einzelne Blatt Papier.

Sie musste noch zweimal hinsehen, um sich zu vergewissern, dass sie sich nicht getäuscht hatte. Sie spähte zu dem Affen hinauf und hätte schwören können, dass er zu ihr heruntergrinste.

Auf dem DIN-A4-Blatt stand in Großbuchstaben, fettgedruckt, ein einziges Wort, mit einem Ausrufezeichen am Ende:

REGENBOGEN!

146

Sonntag, 26. März

Seit zwei Tagen interessierten sich die Medien für nichts anderes mehr. Astronomen und Meteorologen dozierten ununterbrochen. Einige Zeitungsschlagzeilen verkündeten den nahenden Weltuntergang. Was war es nur, das um 12.25 Uhr Greenwich Mean Time und gleichzeitig in jeder anderen Zeitzone der Welt passiert war?

Wie konnte ein Regenbogen am Himmel stehen, wenn es nicht geregnet hatte? Wie konnte er an einem stockfinsteren Nachthimmel entstehen?

Und die umgekehrte Farbreihenfolge?

Die sozialen Netzwerke ergingen sich in wilden Theorien und Spekulationen. Jeder Fernsehkanal brachte Interviews mit Augenzeugen. Ross hatte auf den Bildschirmen zwei junge Rucksacktouristen vor der Oper in Sydney stehen sehen, die fast atemlos von dem außergewöhnlich schimmernden Regenbogen am Nachthimmel erzählt hatten, dessen Farben in umgekehrter Reihenfolge erschienen waren. Er hatte etwas Mystisches an sich, sagten sie.

Ein Schäfer in einer entlegenen Hochebene der Anden versuchte zu beschreiben, was er erblickt hatte. Ein Arbeiter auf einer Bohrinsel in der Arktis hatte das Phänomen bestätigt. Die Mannschaft eines japanischen Walfängers. Ein Soldat vor dem Kreml. Menschen, die ausgestreckt auf dem Petersplatz lagen, vor dem Dom. Markthändler im Irak. Ein Imam in Bagdad. Ein Meteorologe in Hawaii beteuerte, dass das, was er und seine Kollegen gesehen hätten, schlicht unmöglich sei. Irgendeine Interferenz von einem nicht angekündigten galaktischen Gewitter sei das Beste, was ihm als Erklärung einfalle.

Genauso ungewöhnlich war, dass von den Millionen Fotos und Videos von dem Regenbogen nicht ein einziges überlebt zu haben schien. Entweder das Bild war gar nicht erst aufgenommen oder aber hinterher gelöscht worden.

Die Wissenschaftler auf der ganzen Welt – in China, Russland, den USA, Afrika, Australien, Neuseeland, Japan, Europa, Skandinavien, Indien und sonst wo – waren offenbar mit ihrem Latein am Ende.

Die Religionsführer hatten ihre eigenen Ansichten vorgestellt. Der Papst hatte von einem Wunder gesprochen, einem Zeichen Gottes. Der Erzbischof von Canterbury war zurückhaltender gewe-

582

sen. Er hatte eine Presseerklärung abgegeben, die besagte, dass etwas geschehen sei, das den Gesetzen der Wissenschaft widersprach. Er rief die Wissenschaftler auf der ganzen Welt dazu auf, gemeinsam eine Erklärung zu suchen, die besser sei als seine eigene Einschätzung: dass es sich bei dem Phänomen um einen göttlichen Eingriff in unsere physische Welt handelte.

Am Samstag war Ross nach Monmouth gefahren, um seinem Freund, Benedict Carmichael, den Hintergrund des Phänomens zu erläutern. Und um Benedict an seine früheren Worte zu erinnern, dass ein Beweis der Existenz Gottes etwas erfordere, was die physikalischen Gesetze des Universums außer Kraft setze.

»Mal sehen, was die Wissenschaftler sagen«, hatte Carmichael taktvoll und allzu ausweichend für Ross' Geschmack entgegnet.

In dem harten, schmalen Bett in Sallys Gästezimmer fand Ross Samstagnacht keinen Schlaf und sah zu, wie Stunde um Stunde verstrich. 3 Uhr. 4 Uhr. 5 Uhr. 6 Uhr. 6.15 Uhr.

Zeitungskioske öffneten früh. Wie früh? 6.30 Uhr?

Dann war es plötzlich 7.20 Uhr.

Er glitt aus dem Bett und wäre beinahe auf Monty getreten, der sich auf dem weißen Bettvorleger ausgestreckt hatte.

Ross spritzte sich Wasser ins Gesicht, putzte sich die Zähne, schlüpfte in ein T-Shirt und den Trainingsanzug, zog die Turnschuhe an und steckte die Brieftasche ein.

Der Hund sprang auf und winselte.

»Schschsch!«

Er hörte Sally nach ihm rufen.

Ihre Tür einen Spaltbreit öffnend, sagte er: »Ich hol nur rasch die Zeitung.«

»Aber beeil dich!«, murmelte sie.

»Schlaf weiter, ich bin gleich wieder hier.«

Er war erpicht darauf, ein Exemplar der *Sunday Times* zu erstehen und seinen Artikel zu sehen. Er freute sich immer darauf, seine Arbeit gedruckt zu sehen, aber heute ganz besonders. Wie viel Platz hatten sie ihm wohl eingeräumt? Die vier Seiten, die der Vorgesetzte seiner Redakteurin zugesagt hatte? Das wäre toll!

Drei Etagen tiefer nahm er Monty an die Leine, vergewisserte sich, dass er eine Hundetüte und die Schlüssel eingesteckt hatte, öffnete die Haustür und trat hinaus in die frische Morgenluft der eleganten Georgian Crescent in Bristol. Es war schon fast hell.

Er setzte sich in Trab. Monty sprang fröhlich neben ihm her, blieb dann abrupt stehen, zerrte an der Leine und wollte an einem Laternenpfahl schnüffeln.

»Nein!«, sagte Ross streng. »Später.«

Sie rannten weiter, einen Hügel hinunter, und kamen an eine Reihe von Geschäften. Eines davon war zu seiner Freude ein Zeitungsladen und bereits offen. Nachdem er Monty vor der Tür festgebunden hatte, ging er hinein und kaufte von allen überregionalen Sonntagszeitungen, die dort auslagen, jeweils ein Exemplar.

Die Titelseite der *Sunday Times* war natürlich der Geschichte von der rätselhaften weltweiten Himmelserscheinung vom Freitag vorbehalten.

DIE WELT IN DUNKELHEIT GETAUCHT

Um die Wirkung noch zu steigern, war die gesamte Titelseite schwarz und wurde von einem Regenbogen überspannt, den ein Künstler gemalt hatte.

Sehr zum Leidwesen des Hundes eilte Ross schnurstracks zu Sallys Wohnung zurück.

»Keine Sorge, Junge, wir gehen später noch mal länger raus, versprochen.«

Wer's glaubt, schien der Blick zu sagen, den Monty ihm zuwarf.

Als er zurückkam, war Sally wach. Im Fernsehen in ihrem Schlafzimmer liefen ohne Ton die Nachrichten auf Sky News.

»Morgen, Süßer!«, sagte sie. »Ist er drin?«

»Wollte gerade nachsehen.«

»Toll! Lass uns um neun die *Andrew Marr Show* gucken – mal

sehen, was er und seine Gäste zu sagen haben. Er hat es bestimmt zum Hauptthema gemacht.«

Er legte die Zeitungen auf den runden Tisch im Essbereich neben Sallys Küche und ging daran, die *Sunday Times* durchzublättern. Die Geschichte von der Dunkelheit, die am Freitag die Welt verschlungen hatte, und dem schimmernden, schillernden Regenbogen mit dem umgedrehten Farbenspektrum füllte Seite um Seite. Theorien von Wissenschaftlern auf der ganzen Welt. Von verblüfften Politikern.

Erst nach dreiundzwanzig Seiten stieß er auf seine eigene Geschichte.

Sie war auf eine kurze Spalte zusammengekürzt worden.

Er starrte darauf, meinte seinen Augen nicht zu trauen.

Unserem Reporter Ross Hunter zufolge prophezeite Mike Delaney, ein in die Jahre gekommener ehemaliger Zauberkünstler und Illusionist, dass Gott der Welt ein Zeichen senden werde zum Beweis der Wiederkunft Christi.

Delaney, der sich als Gesandter Christi bezeichnete, hatte in den 1990er-Jahren eine Show zur besten Sendezeit,»Mickey der Magier – Mysteriös!«.

2014 war Delaney wegen Trunkenheit am Steuer verklagt worden. Letzte Woche warf er sich in West Hollywood vor ein Fahrzeug und kam dabei ums Leben.

Schäumend vor Wut – und in seiner Ehre gekränkt – trug Ross die Zeitung ins Schlafzimmer, um sie Sally zu zeigen.

»Was soll das?«, fragte sie, nachdem sie den Artikel gelesen hatte.

»Was bilden die sich ein? Du lieferst ihnen die größte Geschichte der letzten zweitausend Jahre, und sie drucken das hier? Das können sie dir nicht antun!«

»Tja, wie du siehst … Ich hab's dir gesagt«, entgegnete er zutiefst enttäuscht und ernüchtert. »Verdammte Presse.«

Dann kam ihm ein Gedanke. Hatte dieser Mann vom MI5, Stuart Ivens, der ihn vor zwei Wochen in der Autobahnraststätte angesprochen hatte, etwas damit zu tun? Er war seiner Forderung, ihm den Artikel vor seiner Veröffentlichung vorzulegen, nicht nachgekommen.

Er griff sich sein Telefon und rief seine Redakteurin an. Sie meldete sich fast sofort. Er drückte auf den Freisprechknopf, damit Sally mithören konnte.

»Hallo, Ross.«

»Tut mir leid, dass ich so früh anrufe, Natalie.«

»Kein Problem, bin schon auf.«

»Was zum Henker ist mit meiner Story passiert?«

»Was meinst du?«

»Du sagtest doch, ich würde vier Seiten kriegen, wahrscheinlich sogar die Titelstory!«

»Stimmt – so war es gedacht – alle waren schon darauf gespannt. Wir leben hier auf dem Land, die Zeitungen sind noch nicht da.«

»Hat sich der MI5 eingemischt?«

»Der MI5?«

»Ein Mann namens Stuart Ivens?«

»Nie von ihm gehört, Ross.«

»Bist du sicher?«

»Absolut. Warum, gibt's ein Problem?«

»Ein Problem? Ehrlich gesagt, ja.«

Einige Minuten später legte er auf. Natalie McCourt stand ebenso vor einem Rätsel wie er selbst. Er wandte sich an Sally:

»Hier ist etwas sehr, sehr Seltsames im Gange.«

»Vielleicht weiß ich, was es ist«, erwiderte sie.

»Wirklich?«

»Was dir alles zugestoßen ist. Dein Freund, der Bischof, hat dich doch gewarnt, dass jemand, der die Existenz Gottes beweisen könnte, wahrscheinlich ermordet würde. Vielleicht wollte Delaney dich beschützen.«

Befremdet sah er sie an.

»Ich mein's ernst, Ross. Was geschehen ist, ist geschehen. Es ist draußen. Du bekommst keine Anerkennung dafür, na und? Dafür bist du in Sicherheit. Ist das nicht ein guter Ausgleich?«

Er starrte ins Leere, versuchte zu begreifen. »Ich hab immer noch die DNA bei diesem Mönch auf dem Berg Athos«, sagte er. »Vielleicht kann ich, nicht gleich, aber irgendwann ...«

Sie berührte ihn sanft, um ihn zu unterbrechen, und nickte zum Bildschirm. Die *Andrew Marr Show* fing an. Sie griff nach der Fernbedienung und schaltete den Ton ein.

Der renommierte Fernsehmoderator mit dem ordentlich gekämmten kurzen Haar, einem grauen Anzug und lachsrosa Krawatte saß vor einem Hintergrund, der die Themse, das London Eye und die Houses of Parliament zeigte.

Vor ihm, auf einem Tisch ausgebreitet, lagen sämtliche überregionale Sonntagszeitungen.

»Und die große Story in dieser Woche«, sagte Marr, »ist die außergewöhnliche globale Sonnenfinsternis – wenn es das war – am Freitag, dem 24. März. Um 12.25 Uhr Greenwich Mean Time verfinsterte sich in jeder Zeitzone der Welt, in der es hell war, der Himmel, und es erschien ein umgekehrter Regenbogen. In den Zeitzonen, in denen es bereits dunkel war, erschien im selben Moment derselbe Regenbogen. Millionen – Milliarden – Menschen waren draußen auf den Straßen, um das Phänomen zu sehen. Astronomen und auch Meteorologen stehen ebenso vor einem Rätsel wie wir alle. Was die Welt erlebte, war nicht nur eine unangekündigte totale Sonnenfinsternis, sondern ein unmöglicher Regenbogen – zumindest nach den Gesetzen der Physik und dem derzeitigen Stand unserer Wissenschaft! Zu Gast im Studio sind heute Professor Dr. Susan Meyer, die an der Universität Leeds den Lehrstuhl für Meteorologie innehat, Professor Sir Quentin Ferlinger, Hofastronom, und Colonel Jeff Hawke von der Nationalen Aeronautik- und Raumfahrtbehörde NASA.«

Er kündigte noch weitere Gäste an, darunter eine Folkband. Dann folgten die Nachrichten.

Ross schwirrte der Kopf, als er es sich neben Sally auf dem Bett bequem machte, um andere Teile der *Sunday Times* durchzublättern, nur für den Fall, dass seine Geschichte an anderer Stelle fortgesetzt wurde. Aber er fand nichts.

Nach den Nachrichten erschien Andrew Marr wieder auf dem Bildschirm, auf einem apricotfarbenen Drehstuhl sitzend, gegenüber von zwei Männern und einer Frau auf einem farblich passenden Sofa. Der eine Mann war Ende sechzig, in einem grauen Anzug, mit langem, strähnigem grauen Haar, der andere etwa zehn Jahre jünger mit soldatischer Haltung. Er hatte einen Bürstenhaarschnitt und trug eine formlose beige Jacke über einem Hemd mit Krawatte. Die Frau, Ende vierzig, war adrett gekleidet, mit kurzem roten Haar, einer kleinen runden Brille und einer ziemlich verbissenen Miene.

»Herzlich willkommen, Dr. Susan Meyer, Professor Sir Quentin Ferlinger und Colonel Jeff Hawke. Die erste Frage, die ich an Sie drei stellen möchte in Bezug auf die Ereignisse am vergangenen Freitag, ist die folgende: Wie unzählige andere Experten bemühen Sie sich darum, eine wissenschaftliche Theorie für das Geschehen zu finden. Die einen sprechen von außergewöhnlichen Wetterverhältnissen, andere von irgendeinem unvorhergesehenen astronomischen Ereignis oder einem Meteoritenregen. Wieder andere vermuten hinter dem Phänomen einen Versuch Außerirdischer, mit uns zu kommunizieren. Wäre nicht auch eine weitaus einfachere Erklärung denkbar, was – oder *wer* – dafür verantwortlich sein könnte, die jedoch niemand akzeptieren will?«

»Und die wäre?«, fragte Susan Meyer.

»Gott?«

EPILOG

Sonntag, 26. März

Spätnachmittags sahen sich Ross und Sally noch einmal die *Andrew Marr Show* an. Als die Debatte im Fernsehen zusehends erregter wurde, schlug Ross, wütend und enttäuscht, mit der Faust auf die Couch. »Ich hätte es ihnen doch sagen können!«, rief er. »Wäre ich dabei gewesen, hätte ich …«

Sein Handy klingelte, eine unterdrückte Rufnummer. Er sah Sally an.

Sie griff sich die Fernbedienung und drückte den Pausenknopf.

»Geh dran«, drängte sie.

»Ross Hunter«, sagte er.

Eine Stimme mit überzeugendem Nordatlantik-Akzent antwortete: »Mr. Hunter, hier spricht Jim Owen von Owen Media, haben Sie kurz Zeit?«

Er runzelte die Stirn. Owen Media war die mächtigste Nachrichtenagentur der gesamten Medienwelt und auf Geschichten mit großer Öffentlichkeit spezialisiert.

»Ja, okay«, sagte Ross zögernd, weil er nicht wusste, was auf ihn zukam.

»Ihre Geschichte in der *Sunday Times* heute – man hat mich informiert, dass Sie weit mehr zu diesem unglaublichen Thema zu sagen haben und dass es mit dem außergewöhnlichen übernatürlichen weltweiten Ereignis neulich in Verbindung steht. Stimmt das?«

»Ja, es stimmt.«

»Ich befinde mich bereits in einem Bieterkrieg mit Zeitungen auf der ganzen Welt. Im Augenblick ist hier eine Zeitung bereit, 3,5 Millionen zu zahlen, aber ich glaube, dass ich Ihnen noch viel mehr beschaffen kann. Hätten Sie Interesse daran, mit mir ins Geschäft zu kommen?«

Ross entgegnete: »Ist der Papst katholisch?«

Dank

Dieser Roman begann 1989 mit einem Telefonanruf aus heiterem Himmel von einem älteren Herrn, der mich fragte, ob ich der Autor Peter James sei. Er habe den endgültigen Beweis für die Existenz Gottes erhalten, sagte er.

Dieses Telefonat war der Beginn einer nunmehr 29 Jahre währenden Forschungsreise in die Frage, was als *endgültiger Beweis* gelten könnte – und welche Konsequenzen dies hätte. Während dieser Zeit habe ich mit Menschen aus vielen unterschiedlichen Glaubensrichtungen gesprochen, war in einer griechischen Klostergemeinschaft, um herauszufinden, wie stark der Glaube eines Mönchs sein muss, und führte außerdem viele wertvolle Gespräche mit Wissenschaftlern, Forschern, Theologen und Geistlichen auf allen Ebenen.

In den vergangenen vier Jahren haben meine Frau Lara und ich uns mit zahlreichen Menschen unterhalten, darunter viele herausragende Wissenschaftler und Theologen, und allen dieselben zwei Fragen gestellt: Was wäre für sie der endgültige Beweis für die Existenz Gottes, und welche Auswirkungen hätte ein solcher Beweis? Wir haben diese Fragen auch überzeugten Atheisten gestellt und sie gefragt, was passieren müsste, damit sie ihre Meinung ändern würden oder ihre Gewissheit zumindest eine Delle bekäme, so wie der berühmte britische Philosoph Antony Flew 2004 vom Atheismus zum Deismus wechselte.

Ich bin vielen Menschen zu großem Dank verpflichtet, weil sie sich für mich Zeit genommen und sich auf ein Gespräch mit mir eingelassen haben. Vor allem drei Personen haben mir bei der Verwirklichung dieses Buches geholfen. Der Erste ist Dominic Walker, Mitglied des Ordens *Oratory of the Good Shepherd* und Bischof von Monmouth, der mich, ohne es zu wollen, auf die Idee brachte, dieses Buch zu schreiben, und der Zweite ist mein Freund Ken Owen, der mir auf jede nur erdenkliche Weise beigestanden hat. Und drittens möchte ich David Gaylor danken, dessen unermüdliche Arbeit und dessen Blick fürs Detail absolut unbezahlbar waren.

Dank vor allem auch an meine Frau Lara, ein sprudelnder Quell der Weisheit. Sie hat mich mit ihrem unerschöpflichen Enthusiasmus für dieses Projekt vorangetrieben. Allein der Thematik wegen ist es zweifellos mein bisher schwierigstes Buch, von dem ich aber auch am meisten gelernt habe. Ich bin ihr und allen, deren Namen ich aufgelistet habe, über alle Maßen dankbar – wen ich vergessen habe, der möge mir verzeihen.